KB057376

# 큰글 수호지

천하를 호령한 영웅호걸들의
이야기를 통해 나를 읽는다.
시대를 초월해 인생의 큰길에서
만나는 영웅호걸들의 인간경영 전략.

김영진 엮음
시내암 지음

법문 북스

# 시작하면서

중국 4대 기서(奇書) 중의 하나인 '수호지(水湖志 : 일명 水滸傳)'는 중국의 민중이 사랑하고 키워 온 대중 문학의 자랑이다.

황하나 양자강이 광활한 대륙을 유구히 굽이쳐 흐르는 동안 수많은 지류를 품 안에 모으듯이 남송(南宋) 이래로 이름없이 사라진 사람들에 의해 만들어진 여러 이야기가 민중들의 가슴 속에 깊이 간직되고 키워지다가 '수호지'라는 형식의 찬란한 꽃을 피운 것이다.

'수호지'에는 탄압받는 민중의 절망적인 한숨과 좌절이 있고 부패와 부정에 항거하는 열화같은 분노와 반항이 있다.

썩어빠진 조정에 분연히 반기를 들고 탐관오리를 통쾌하게 응징하는 영웅호걸들의 활약은 민중들의 가슴을 고동치게 하고, 그들의 울분을 달래 주기에 충분한 것이었다.

어찌 보면 영웅담(英雄譚)의 형식을 취하고 있는 것 같지

만, 그 본질에 흐르고 있는 것은 어디까지나 힘없고 가련한 민중의 애환 그 자체라고 할 수 있는 것이 '수호지'이다.

그래서 청조(淸朝)에 들어와서는 통치자들의 눈엣가시가 되어 금서(禁書)로 묶이는 수난을 당하기도 했던 것이다.

이 책의 줄거리는 송나라 휘종 때(1119-1125) 송강(宋江)의 무리 36인이 산동에서 반란을 일으켰다가 항복한 역사적 사실에 바탕을 두고 있다.

여기에다 36인의 인물전이 덧붙여지고, 다시 72인의 호걸들이 추가되면서 명나라 초기에 대략 오늘날 우리들이 보는 '수호지'의 모습이 갖추어지게 되었다.

오랜 세월에 걸친 수많은 민중들의 설화(屑話)와 이야기들을 간추리고 모아 '수호지'의 체계를 세운 사람은 시내암(施耐庵)이라는 것이 일반적인 정설로 되어 있다. 더러는 시내암이 엮은 것을 나관중(羅貫中)이 손질을 가했다는 주장도 있다.

특히 명나라 말기와 청나라 초기의 유명한 문예 비평가였던 김성탄(金聖嘆)이 이야기를 더욱 재미있게 꾸미고 문장을 다듬으며 귀찮을 정도로 많이 나오는 시(詩)를 과감하게 삭제함으로서 흥미있는 읽을거리로 만들기도 했다.

　우리나라에서는 1929년 영창서관(永昌書館)에서 처음으로 '수호지' 번역판을 출간하여 이른바 낙양의 지가(紙價)를 올릴 정도로 많이 읽혔으나, 다만 너무나 직역체(直譯體)여서 일반 독자가 읽기에는 어려움이 많았다.

　정보화 시대의 물결을 타고 지나친 기계화와 함께 인간성의 상실을 개탄하는 목소리가 높은 오늘날, 의기를 목숨보다 중히 여기는 양산박 호걸들의 훈훈한 인간미는 우리들에게 시사하는 바가 클 것이라 생각된다.

평역자 씀

# 차 례

시작하면서 ································································ 3

서장                                    11

제1장

1. 고태위(高太尉) ······································· 26

2. 구문룡(九紋龍) 사진(史進) ················· 31

3. 화화상(花和尚) 노지심(魯智深) ·············· 43

4. 조원외(趙員外) ····························· 51

5. 도화촌(桃花村) ····························· 64

6. 표자두(豹子頭) 임충(林冲) ················· 79

7. 소선풍(小旋風) 시진(柴進) ················· 95

8. 청면수(靑面獸) 양지(楊志) ·············· 129

## 제2장

1. 탁탑천왕(托搭天王) 조개(晁蓋) ················· 142
2. 지다성(智多星) 오용(吳用) ················· 150
3. 일청도인(一淸道人) 공손승(公孫勝) ················· 155
4. 생신강(綱) ················· 161
5. 급시우(及時雨) 송강(宋江) ················· 185
6. 양산박(梁山泊) ················· 209
7. 초문대(招文袋) ················· 223
8. 행자(行者) 무송(武松) ················· 239

## 제3장

1. 경양강(景陽岡) ················· 246
2. 반금련(潘金蓮) ················· 255
3. 십자파(十字坡) ················· 285
4. 청풍산(淸風山) ················· 294
5. 소이광(小李廣) 화영(花榮) ················· 305
6. 진삼산(鎭三山) 황신(黃信) ················· 316
7. 벽력화(霹靂火) 진명(秦明) ················· 326
8. 여방(呂方)과 곽성(郭盛) ················· 339

## 제4장

1. 송가장(宋家莊) ················································ 350

2. 게양령(揭陽嶺) ················································ 358

3. 선화아(船火兒) 장횡(張橫) ································ 372

4. 신행태보(神行太保) 대종(戴宗) ······················ 382

5. 흑선풍(黑旋風) 이규(李逵) ······························ 387

6. 낭리백도(浪裏白跳) 장순(張順) ······················ 393

7. 십자로구(十字路口) ·········································· 424

8. 백룡신묘(白龍神廟) ·········································· 432


## 제5장

1. 축가장(祝家莊) ················································ 446

2. 일장청((一丈靑) 호삼랑(扈三浪) ····················· 455

3. 해진(解珍)과 해보(解寶) ·································· 461

4. 병울지(病蔚遲) 손립(孫立) ······························ 478

5. 비천신병(飛天神兵) ·········································· 498

6. 쌍편(雙鞭) 호연작(呼延灼) ······························ 510

7. 굉천뢰(轟天雷) 능진(凌振) ······························ 521

8. 금창수(金槍手) 서녕(徐寧) ······························ 525

## 제6장 보수설한(報讎雪恨)

1. 도화산(桃花山) ····································· 536
2. 명불허전(名不虛傳) ······························· 544
3. 청주성(淸州城) ··································· 550
4. 사진과 노지심의 재난 ···························· 560
5. 조천왕(晁天王) 귀천 ······························ 582
6. 옥기린(玉麒麟) 노준의(盧俊義) ················· 594
7. 낭자(浪子) 연청(燕靑) ··························· 625
8. 북경성(北京成) ··································· 640

## 제7장 체천행도(替天行道)

1. 대도(大刀) 관승(關勝) ··························· 648
2. 급선봉(急先鋒) 삭초(索超) ······················ 662
3. 조천왕(晁天王) 현성(顯聖) ······················ 666
4. 원소가절(元宵佳節) ······························ 669
5. 제일좌 교의(第一座交椅) ························· 677
6. 쌍창장(雙槍將) 동평(董平) ······················ 704
7. 몰우전(沒羽箭) 장청(張淸) ······················ 715
8. 108인의 영웅호걸 ······························· 728
9. 십로절도사(十路節度使) ························· 738
10. 동옥묘(凍獄廟) ································· 797
11. 돌아온 영웅들 ································· 810

# 서 장

# 서장

때는 송나라 인종 황제 3년 삼월 삼짇날 아침. 천자가 자신전(紫宸殿)에서 백관들의 조하(朝賀)를 받고 있었다.

정편(淨鞭)이 세 번 나직이 울리고 나자 전두관(殿頭官)이

"아뢸 일이 있으면 자리를 나와 아뢰오, 없으면 조하를 파하겠소."

하고 말했다. 이 때 재상 조철(趙哲)이 나와 아뢰었다.

"지금 경사(京師)에 역병이 창궐하여 백성들 중에 죽는 자가 허다하옵니다. 바라옵건대 폐하께옵서는 죄인들에게 특사를 내리시어 성은을 넓게 하시고 세금을 낮추시어 천의(天意)를 순하게 하사 만민을 구휼토록 하소서."

천자는 이 말을 듣고 곧 한림원에 명하여 조서(調書)를 지어 천하에 반포케 하였다, 죄인에게는 은사를 베풀고, 세금을 낮추고 다시 온 나라 사원(寺院)으로 하여금 역병을 쫓는

기도를 올리게 했다.

그러나 역병은 조금도 누그러질 줄을 몰랐다. 인종 황제가 다시금 백관을 모으고 의논하자, 참지정사 법중엄이 아뢰었다.

"이번 재앙을 물리치는 데는 아무래도 사한천사(嗣漢天師)를 부르시고 궁중에서 대제(大祭)를 올려 하늘에 빌어야 되오리다."

인종은 이 말을 옳게 여겨 어향(御香)과 함께 태위 홍신(洪信)으로 칙사를 삼아 신주(信州) 땅 용호산으로 보내고, 사한천사로 하여금 곧 참내하여 제사를 지내게 했다.

홍신은 칙명을 받들어, 조서는 짊어지고 어향은 합에 넣은 다음, 수십인의 종자를 거느리고 역마(驛馬)에 올라 일로 신주로 떠났다.

칙사를 맞이한 신주에서는 대소 관원들이 성 밖으로 나와 영접하는 한편으로, 사람을 용호산으로 보내어 상청궁(上淸宮)의 주지와 도사들에게 알리고, 칙서를 봉영할 준비를 갖추게 했다.

이튿날 태위가 용호산 기슭에 이르자, 산 위에서 수많은 도사들이 종경(鐘磬)을 울리고 북을 치며 내려와 칙사를 맞았다.

태위는 상청궁으로 들어가자, 조사를 전각 한가운데에 모시고 물었다.

"천사(天師)는 어디 계시냐?"

주지 진인(眞人)이 대답했다.

"천사께서는 워낙 성품이 괴상하셔서 사람 대하기를 싫어하십니다. 그래서 용호산 위에다 초옥을 짓고 수도에만 전념하십니다. 그러하오니 우선 차나 드시면서 의논하시지요,"

태위는 속말로 절에 온 사람이라, 우선 차를 대접받으면서도 못내 마음이 편치 않아 다시 진인에게 말했다.

"천사가 암자에 있다면서 어찌 불러다 조서를 영접토록 하지 않는 거요?"

그러나 진인의 대답은 또한 맹랑했다.

'그분은 도술이 비상하여 안개를 타고 구름을 멍에하여 다니시며 종적이 일정치 아니하셔서, 여기 사는 저희들도 뵈옵기가 극히 어려운데, 어찌 마음대로 청할 수 있으리까'

태위는 듣고 나자 은근히 걱정이 되어 진인에게 사정했다.

"이번 걸음이 사사로운 바 아니고, 경사에 만연한 역병을 다스리기 위해 이렇게 천사를 뵈러 온 바인데, 장차 어찌하면 좋겠소?"

"천자께서 만민을 구제하실진대, 태위께서는 정성스러이 목욕재계하시고 혼자 조서를 지니고 산으로 올라 절하고 청하신다면, 혹시 천사께서 보기를 허락하실 지도 모르겠습니다.

태위는 이튿날 오경에 향촉을 갖추고 목욕재계한 다음, 포의(布衣)로 갈아입고 새 짚신을 신었다. 조서는 책보에 싸서 등에 메고, 향로에 어향을 피워 든 채 도사들의 인도를 받으며 뒷산으로 올랐다.

얼마 가지 않아 진인이 다시 일렀다.

"태위께서 만민을 구하시려거든. 부디 마음을 받게 가지시고 일심(一心)을 행하소서. 우리는 여기서 이만 내려갈까 합니다."

태위는 여러 도사들과 작별하자 혼자 염불을 외면서 쉬지 않고 걸었다. 가다가 산정을 바라보니, 마치 구천(九天)을 꿰뚫은 듯 끝간 데를 알 수 없었다.

태위가 정신을 가다듬고 있는 힘을 다해서 더듬더듬 올라가려니, 호강하고 자라난 두 다리가 이런 고생을 이겨내기 어려웠다. 숨은 어깨로 헐떡이고 땀은 비오듯 흘러내렸다.

"어디 이놈들, 그냥 두나 봐라. 조정의 고관을 이렇게 곯릴 수 있단 말인가."

혼자 중얼거리며 가는 길을 오르려 할 때였다 소나무 우거진 건너편에서 가느다란 피리 소리가 들려 왔다.

태위가 숨을 죽이고 가만히 바라보고 있으려니, 한 동자가 황소 등에 걸터앉아 풀피리를 불면서 산모퉁이에서 나타

났다.

머리를 쌍가닥으로 땋아 올리고 몸에는 청의(靑衣)를 입었
으며 발에는 마혜(麻鞋)를 신고 있었다. 맑은 눈에 흰 이, 조
금도 세속의 흔적이 없어 보였다.

동자는 태위를 보았는지 황소 등에서 생글생글 웃으면서
다가왔다. 태위는 무심코 말을 건넸다.

"너, 어디서 오느냐? 혹 나를 아느냐?"

동자는 태위의 말은 들은 둥 마는 둥 계속 피리를 불면서
가고 있었다. 몇 번이나 태위가 되풀이해서 묻자, 동자는
불던 피리를 멈추며 한바탕 깔깔 웃고 나더니, 피리로 태위
를 가리키며 말했다.

"천사(天師)님을 찾아오는 거 아니오?"

"네가 어떻게 그걸 안단 말이야?"

태위가 깜짝 놀라 물으니 동자가 웃으면서 대답했다.

"아침녘에 초암에서 천사님이 그러시더군요. 금상 폐하
께서 홍(洪)이라는 성을 가진 태위를 이 산으로 보내신다구
요. 그래서 천사님더러 동경성으로 오셔서 대제(大祭)를 올
려 역병을 쫓게 하신다고요. 그러시면서 천사님이 학을 타
시고 구름을 달려서 떠난 지가 언젠데요. 지금 초암에 가신
댔자 아무 소용없어요, 산에는 독충과 맹수가 우글우글하
니 목숨이나 아끼세요."

"그게 정말이냐? 함부로 입을 놀리면 못쓴다."

태위가 갈피를 잡지 못하고 있을 때 동자는 아무런 대꾸 없이 다시 피리를 불며 산길을 지나갔다. 태위는 속으로 생각했다.

'아무래도 저 동자가 심상치 않아. 천사께서 일러주는 건지도 모르겠지. 아마 그럴 거야, 그렇다고 여기까지 와서 그냥 돌아가 버릴 수도 없고…'

태위는 잠시 망설이다가 다시 산으로 오르기로 했다. 그러나 두어 걸음을 걷다가,

'에라 모르겠다. 이렇게 힘이 드는데… 동자 말대로 그만 내려가는 게 상책일 지도 몰라.'

하고 자문자답 끝에 애써 올라온 길을 도로 내려갔다.


태위를 보자 진인(眞人)이 황급히 물었다.

"천사님을 뵈오셨나요?"

태위는 언성을 높였다.

"나는 조정의 고관이야, 그래, 나를 그 험한 산길을 혼자 오르게 해야 한단 말인가!"

"저희들이 감히 일부러 대관을 욕보시게 하겠습니까."

"그건 그렇다고 하고, 길에서 동자를 만났는데 오늘 아침에 천사가 학을 타고 동경으로 떠났다고 하기에 그냥 돌아

오는 길이다."

"아이구, 바로 그 동자가 천사님이신데….'

"뭐라고? 그 동자가 천사님이라고?"

"그렇습니다. 퍽 젊지만 비상하신 분이시죠. 사람들이 도통조사(道通祖師)님이시라며 존대합지요."

"이럴 수가 있나. 모처럼 뵈옵고도 눈이 없어 알아뵙지를 못했으니, 장차 이 일을 어쩌면 좋단 말인가?"

"너무 심려 마십시오. 천사님이 간신다고 하셨으면 틀림없습니다. 태위께서 동경에 돌아가시면 천사님은 이미 제사를 마치시고 돌아오실 겝니다."

들고 보니 태위는 적이 마음이 놓였다.

진인은 잔치를 베풀어 그를 대접하며. 가지고 간 조서는 상청궁에다 두고 어향은 삼청전(三淸殿)에 피웠다. 태위는 고단한 몸을 절에서 쉬기로 하고 그 날 밤은 절에서 잤다.

이튿날이 되자 진인을 비롯한 도사들이 태위를 인도하여 경내를 구경하게 했다. 삼청전은 그 호화함이 과연 놀랄 만했고, 다시 구천전(九天殿)·자미전(紫薇殿) 등 여려 전각을 샅샅이 보고 나니, 오른편 월랑(月廊) 밖으로 한 채 별전이 있었다.

호초를 빻아 섞은 칠로 담을 채색했는데, 문은 큰 자물쇠로 잠겨져 있었다. 문 사이는 십여 장의 봉인이 첩첩이 붙어 있고, 처마에는 주홍칠을 한 현판이 걸려 있는데, 금색 글씨로 '복마지전(伏魔之殿)'이라는 넉 자가 뚜렷했다. 태위는 궁금해서 물었다.

"여기는 어떤 전각인가?"

"예, 선조의 노조천사(老祖天師)께서 마왕(魔王)을 잡아다 가두어 두신 곳이외다."

듣고 보니 신기한 이야기였다. 태위는 불현듯 호기심이 일어나, 도사에게 명하였다.

"이 문을 열어라. 마왕이 어떻게 생겼는지 어디 한 번 봐야겠다."

도사가 크게 놀라 두 손을 비비면서,

"천사님께서도 결코 함부로 열지 말라는 말씀이 계셨습니다. 이 일만은 들을 수 없습니다. 어떤 일이 생길지 모릅니다."

하고 완강히 거절했으나, 태위의 호기심은 더욱 커질 뿐이었다. 태위는 언성을 높여 도사들에게 호령했다.

"허튼 수작들 작작 해라. 너희들이 산속에 들어박혀 허황한 말을 지어내서 백성들을 현혹하려고 그 따위 수작을 꾸며낸 것이겠지. 내가 고서(古書)를 두루 보았지만 일찍이 귀신을 잡아 가두었다는 얘기는 듣지 못했다. 귀신이란 원래가 저세상에 있는 것인데 이 속에 마왕이 있다니, 어디 될

법이나 한 말이냐. 어서 열어라. 내 마왕이란 게 어떤 것인지 꼭 한 번 보고야 말겠다."

그러나 도사들은 들으려고 하지 않았다. 태위는 더욱 노기를 띠우고 말했다.

"너희들이 저엉 내 말을 거스른다면 나도 생각이 있다. 조정에 돌아가면 우선 너희들이 성지(聖旨)를 거역해 나를 천사께 만나지 못하게 한 죄를 상주하겠다. 그리고 너희들이 함부로 마왕을 만들어 백성들을 속이고 있는 죄를 물어 중의 도첩(度牒)을 빼앗는 동시에 먼 곳으로 귀양을 보내도록 할 테니 그리 알렷다."

진인은 태위의 권세가 우선 눈에 보이지 않는 마왕보다도 두려웠다. 하는 수 없이 화공(火工)을 불러 먼저 봉인을 뜯게 하고 철퇴로 큰 자물쇠를 깨뜨렸다. 수백 년 동안 열린 적이 없던 문을 열고 그들은 그 안을 들여다보았다.

어둠침침한 그 속— 그저 혼혼묵묵(昏昏默默)할 뿐, 검은 기운은 구름처럼 사람을 휩싸고 찬 기운은 소리없이 스며들어 온몸을 떨리게 했다.

태위는 종자에게 십여 개의 횃불을 가져오라 하여 근방을 비춰 보았다. 아무리 보아도 눈에 띄는 것이라곤 없고, 다만 한가운데에 높이 5, 6척 되는 비석 하나가 우뚝 서 있었다.

횃불로 비석에 새긴 글자를 보니, 전면에는 용봉전자(龍鳳篆字)로 가득히 천서(天書)가 적혀 있으나 워낙 알아볼 수 없는 글이고, 다만 뒤로 돌아가 보니, 예사 한자로 '우홍이개(遇洪而開)'라고 쓰여 있으니, 곧 홍가 성을 가진 이를 만나 열린다는 뜻이었다.

이는 곧 천강성(天罡星)이 이 세상에 나타날 시운이 온 것과, 송조(宋朝)에 충신이 나타나겠음과, 끝으로 용하게 홍씨(洪氏)가 이 일을 발단케 함을 말하는 것이었다. 이것이 바로 하늘의 뜻이 아니고 무엇이랴.

태위는 이 넉 자를 읽고 나자 크게 기뻤다.

"어떠냐? 너희들이 아무리 그랬어도 여기 적힌 걸 봐라. 틀림없이 나더러 열어 보라는 뜻이 아니겠느냐. 아무 염려 말고 내가 시키는 대로 들어라. 마왕인가 뭔가가 이 비석 아래에 있는 게 분명하다. 자, 어서 이 밑을 파라."

진인은 기겁을 하고 말렸다.

"그러시면 안 됩니다. 무서운 변이 일어나 사람에게 재앙을 끼치면 어떡하시렵니까?"

그러나 태위의 고집도 대단했다. 재삼 간청했으나 그의 노여움만 북돋울 뿐이었다. 드디어 진인이 인부들을 불러서 비석을 넘어뜨린 뒤에 석귀(石龜)를 파헤치니, 반나절이나 걸려서야 사방 1장(丈)이나 되는 푸른 반석이 나타났다.

필시 무엇을 덮어 놓은 뚜껑이 틀림없었다. 태위는 인부를 꾸짖어 그 반석마저 열게 했다.

과연 그 아래에 큰 굴이 나타났다. 깊이가 만 장이나 될 듯싶은 깊은 굴로, 그 속에서 마치 하늘이 무너지고 땅이 꺼지는 듯 반야(半夜)의 천둥소리와도 같은 굉음이 들려 왔다.

이윽고 그 소리가 그치는가 싶더니, 한 가닥 검은 기운이 구멍 속으로부터 치올라오더니, 복마전의 일각을 덮었다. 검은 구름은 뭉게뭉게 하늘 높이 솟아 올라가서 무수한 금빛을 띠는가 싶더니, 이윽고 사면팔방으로 흩어지고 말았다.

모든 사람들은 크게 놀라 비명을 지르며 문 밖으로 달아났다. 횃불을 던지고 괭이는 팽개치고, 넘어지고 밟히는 큰 소동이 일어났다.

태위는 입을 벌린 채 다물 줄 모르고 겨우 복도로 나오자 진인을 잡아 물었다

"달아난 게 마왕이 틀림없소?"

"글쎄 뭐라고 합디까. 태위께서는 모르시겠지만 그 옛날 개조(開祖)이신 동현진인(洞玄眞人)께서 말씀하시기를, 이 전각에는 36원(員)의 천강성(天罡星)과 72좌(座)의 지살성(地煞星)— 그러니까 백팔 마왕(百八魔王)이 여기에 갇혀 있으니, 만일 그들을 다시금 이 세상에 떠돌게 한다면 반드시 세상을 시끄럽게 하고 사람을 궂힐 것이라 하셨답니다. 태위께

서는 이 무서운 마왕들을 세상에 내놓으셨으니, 이 일을 어찌하시렵니까?"

태위는 진인의 말을 듣고 나자 온몸이 떨리고 식은땀이 전신을 적셨다. 와락 겁이 나사 황급히 짐을 꾸리고 종인(從人)들을 재촉해서 동경성을 바라고 도망치듯 산을 내려갔다.

진인과 도사들은 태위 일행을 보내고 나서, 전각을 수리하고 비석을 다시 일으켰다.

태위는 동경성으로 돌아오면서 종인들에게 신신당부했다.

"마왕을 놓친 일을 누구에게도 말하지 말라. 혹시 천사께서 아신다면, 너희까지도 무슨 벌을 받을지 모른다."

태위는 엄포를 놓아 종인들의 입을 막은 다음 별일없이 변량성(忭涼城)에 들렀다. 그 곳에서 얘기를 들으니, 천사는 이미 역병을 다스린 후, 학을 타고 용봉산으로 돌아갔다고 했다.

태위가 궁으로 들어가 천자를 뵈오니, 천자는 그의 노고를 크게 치하했다.

인종 황제는 재위하기 전후 42년으로 붕어했는데, 마침 그 슬하에 태자가 없었으므로 황위(皇位)는 태종 황제의 손자뻘 되는 영종에게 전하고, 영종 황제는 재위한 지 4년 만에 황위를 신종에게 물리고, 신종 황제는 제위 18년에 황위를 철종에게 물리었다.

그 사이 천하는 태평하고 해는 무사하였다. 나만 홍 태위
의 손에 의해 사방으로 흩어진 백팔 마왕들은 온 천하에서
그 어떤 풍파를 일으킬지가 궁금할 따름이었다.

# 제 1 장

1. 고태위(高太尉)

2. 구문룡(九紋龍) 사진(史進)

3. 화화상(花和尙) 노지심(魯智深)

4. 조원외(趙員外)

5. 도화촌(桃花村)

6. 표자두(豹子頭) 임충(林沖)

7. 소선풍(小旋風) 시진(柴進)

8. 청면수(靑面獸) 양지(楊志)

# 제1장

## 1. 고 태위(高太尉)

송(宋)나라 철종 황제 재위 연간이었다. 동경(東京) 개봉부 변량 땅에 고이(高二)라는 자가 있었다. 위인이 본래 허랑방탕하여 소싯적부터 가업에는 힘쓰지 않고 오직 주색잡기로 세월을 보냈다.

그는 노래와 춤에 능했으며 창법(槍法)과 봉술도 제법 익혔는데 특히 공을 차는 솜씨가 뛰어났기 때문에 그 고장 사람들은 그를 고가집 둘째 아들이라고 하지 않고 공을 잘 차는 고구(高毬)라고 불렀다.

고이는 이 고구라는 이름이 마음에 들어, 후에 제기 구(毬)자의 터럭 모(毛) 변을 인(人)변으로 고쳐 공손할 구(俅)자를 썼는데, 그는 예의나 범절 같은 것은 도무지 모르는 사람이었다. 날이면 날마다 양가의 자제들을 꾀어 청루에 드나

드는 것만을 일로 삼았다.

하지만 꼬리가 길면 밟히는 법이다. 철물전을 하는 왕원외(王元外)의 아들에게 오입을 가르쳐 주었는데, 그것을 알고 크게 노한 왕원외가 마침내 그를 걸어 관가에 소지를 올렸기에 부윤은 곧 그를 잡아들여다 태형 20대를 치게 한다음 외지로 추방했다.

고구는 하는 수 없이 임회주(臨淮州)라는 곳에서 살며 도박장을 차리고 있는 건달 유태랑(柳太郎)을 찾아갔다.

그 곳에서 3년을 보냈을 때 철종 황제가 천하에 대사령을 내리자 유태랑은 고구에게 동경에 올라가면 자기의 친척이 되는 동장사(董將仕)를 찾아가 보라면서 소개장을 써 주었다.

그런데 약방을 운영하고 있는 동장사는 고구의 소행을 잘 알고 있었기 때문에 소소학사(小蘇學士)라는 사람을 찾아가 보라면서 그를 소개하는 편지 한 통을 써 주었다. 하지만 소소학사도 역시 그런 위험한 인물을 집에 받아들이기를 꺼리며 소왕도태위(小王都太尉)를 찾아가 보라면서 편지 한 통을 써 주었다.

소왕도태위 왕진경(王晉卿)은 바로 철종 황제의 매부가 되는 사람으로 평소부터 의지 왕성한 장정들을 좋아했었기에 편지를 보자 두말없이 고구를 받아들였다.

어느 날 소왕도태위는 자기의 생일을 축하하려고 처남인

단왕(端王)을 초청하게 되었다. 그래서 잔지에 참석했던 단왕은 우연히 태위의 서원에 들어가 잠시 쉬게 되었는데 책상 위에 놓인 양지옥(羊脂玉)으로 만든 진지(鎭紙)와 필가(筆架)를 만지며 손에서 놓으려고 하지 않았다. 그러자 소왕도 태위는 그것을 단왕에게 선사하겠다고 약속했다. 이 단왕이라는 이는 신종 황제의 열한 번째 아들로서 철종 황제의 아우인데 그도 또한 풍류를 매우 좋아하는 사람이었다.

매우 공교로운 일이었다. 그 두 가지 물건을 가지고 단왕의 궁중으로 심부름을 가게 된 것이 바로 고구였다. 고구가 궁중 안으로 들어갔을 때 단왕은 마침 호종하는 무리들 4~5명과 함께 뒤뜰에서 공을 차고 있었다.

그 때, 저편에서 사람이 찬 공을 단왕이 막아내지 못하고 놓쳐 버렸는데 그 공이 다른 사람들과 함께 몰려서서 구경하고 있던 고구의 앞으로 굴러왔다. 고구는 무의식적으로 원앙괴(鴛鴦拐)라는 술법을 써서 그 공을 단왕에게로 차 보냈다. 그것을 본 단왕은 심히 놀라고 기뻐하며 고구를 불러들여 다시 공을 차 보라고 권했다. 고구는 황송하여 어쩔 줄 모르다가 공을 차게 되었는데 그가 보인 놀라운 재간은 단번에 보는 이들의 마음을 황홀해지게 만들었다.

단왕은 크게 감탄하며 즉시 사람을 보내 왕진경에게 말하고 그 날부터 고구를 자기의 궁전에 머물러 있게 했다.

그런 일이 있은 지 채 두 달도 지나지 않아 철종 황제가 붕어했는데 왕위를 계승할 만한 태자가 없었기에 단왕이 천자의 자리를 계승하게 되었고 제호를 휘종 황제라고 했다. 그리고 고구는 반년도 채 지나지 않아 전수부태위(殿帥府太衛)라는 요직을 맡게 되었다. 3년 전에 태형 20대를 맞고 성밖으로 내침을 받았던 일개 파락호 고구가 오직 공차기를 잘 했기에 마디만한 공도 없으면서 갑자기 대신(大臣)의 반열에 오르게 된 것이다.

　고구가 태위로서 전수부에 처음으로 나가니 여러 부하들이 모여들어 참배했다. 그런데 그 중에 단 한 사람 80만 금군 교두(禁軍敎頭)인 왕진(王進)이라는 사람만이 병 때문에 출석하지 않았다.

　고 태위는 노발대발하며 당장에 부하를 보내 왕진을 잡아들여 호통을 쳤다.

　"네가 도대체 누구를 믿고 나를 업신여겨 병이라고 추탁하고 안 나온 거냐?"

　왕진은 손이 발이 되도록 잘못했다고 빌고 나서 얼굴을 들어 그를 바라보았다가 깜짝 놀랐다. 태위는 바로 자기에게 언어맞은 적이 있는 고구였기 때문이었다.

　고 태위가 좌우에 명해 끌어내다 매질을 하라고 했는데 아장들은 모두 다 왕진과 친한 터였기에 군정사와 함께 앞

으로 나와 고했다.

"태위께서는 처음으로 도임하신 경사로운 날에 죄를 다스리면 아무래도 상서롭지 못할까 하오니 왕전의 죄를 이번 한 번만 사하여 주십시오."

고 태위는 마지못해 말했다.

"여러 사람의 낯을 보아 오늘은 이대로 내보내지만 내일은 기어코 처단할 것이니 그리 알아라."

왕진은 고개를 숙여 사례하고 아문 밖으로 나오며 한탄했다.

'내일은 속절없이 죽어야 하는구나. 고 태위가 누군가 했는데 그가 바로 부랑자로 소문났던 고이란 놈이었다니, 그놈이 전에 봉술깨나 한다고 뽐내다가 나에게 한 번 얻어맞고 서너 달 동안 자리에서 일어나지 못한 일이 있었는데, 그래서 앙심을 품고 있다가 오늘날 전수부 태위가 되자 내게 분풀이를 하려는 것이 분명하다. 내가 무슨 수로 이 화를 면한단 말인가?'

집으로 돌아온 왕진은 결국 나이 육십이 넘은 노모와 상의한 결과 타향으로 몸을 피할 결심을 했다. 그리하여 날이 밝기 전에 허둥지둥 서화문을 빠져나가 연안부(延安府)를 향해 모자가 뺑소니를 쳤다.

다음 날, 왕진이 집을 비워 놓고 도주했다는 사실이 전수부에 보고되었다.

"죽일 놈! 네 멋대로 도망칠 수 있을 것 같으냐"고 태위는 노발대발했다. 그는 공문서를 각 주부(州府)로 발송하여 도망친 군인 왕진을 잡아들이라는 엄명을 내렸다.

## 2. 구문룡 사진(史進)

왕진 모자는 풍찬노숙을 하면서 한 달 동안이나 길을 걸어 드디어 연안부가 얼마 남지 않은 지점에까지 이르렀다. 그런데 어느 날 땅거미가 질 무렵 길을 잃어 오도가도 못하게 되었다. 그러는 중 멀리 숲속에서 어른거리는 불빛이 보였기에 왕진은 그 곳을 찾아 들어갔다. 사방을 토담으로 두른 큼직한 집 한 채가 서 있었는데 담 밖으로는 몇 백 그루의 나무들이 심어져 있었다.

그 곳은 화음현(華陰縣) 소화산(小華山) 사가촌(史家村)에 위치한 사씨(史氏)라는 지주의 집이었다. 왕진은 본성을 감추고 장사에 실패해 낙향하는 사람이니 하룻밤만 재워 달라고 부탁했다. 점잖아 보이는 사씨 영감은 웬일인지 왕진 모자를 안내하여 밥과 술을 주며 극진히 대접해 주고는 방 한 간을 따로 치워 모자가 편히 쉬도록 해 주었다.

다음 날 아침, 왕진이 길을 떠나기 위해 말을 끌어내려고

뒤뜰로 갔다. 그 때 우연히 보니 이십 남짓 되어 보이는 젊은이 하나가 정신없이 몽둥이를 휘두르며 봉술 연습을 하고 있었다. 웃통을 벗어젖힌 그의 몸에는 아홉 마리나 되는 용의 문신이 있었다.

왕진은 한동안 그의 봉술을 바라보다가 자기도 모르게 한 마디 중얼거렸다.

"제법 하기는 하지만 아직까지는 서투르군!"

그 말을 듣자 젊은이는 발끈하며 성을 냈다.

"이래 봬도 나는 이름 있는 스승님들에게서 가르침을 받았다. 그런데 감히 내 솜씨를 비웃다니… 그렇다면 나하고 한 번 겨뤄 봅시다."

그 때 사씨 영감이 그 자리에 나타나 젊은이를 꾸짖더니 자기 아들에게 지도해 주는 셈 치고 한 번 솜씨를 겨루어 봐 달라고 청했다. 왕진이 사양했지만 사씨 영감은 아들의 팔다리가 부러져도 원망하지 않겠다면서 졸라댔다. 때문에 왕진은 할 수 없이 몽둥이 한 자루를 들고 그 젊은이와 대결하게 되었다.

하지만 젊은이는 물론 왕진의 적수가 될 리가 없었다. 왕진이 한 번 몽둥이를 휘두르자 젊은이의 몽둥이는 그의 손을 벗어나 서너 간이나 저편으로 날아갔고, 두 번째 휘두르자 이번에는 젊은이의 몸이 뒤로 나자빠지고 말았다.

사씨 영감은 비호 같은 왕진의 솜씨에 탄복했고 몸을 일으킨 젊은이는 왕진 앞에 꿇어앉아 공손히 절하고 용서를 구했다.

　"제가 눈이 있어도 태산을 몰라뵈었습니다. 이제까지 배운 것이 모두 장난에 지나지 않으니 부디 저의 스승이 되어 주십시오."

　사씨 영감도 청했다.

　"가실 길이 과히 바쁘지 않으시다면 여기서 유숙하시면서 저 아이의 봉술이나 좀 봐 주시지요."

　왕진은 그 집에서 신세진 것을 생각하고 쾌히 승낙했다. 그러자 사씨 영감은 그를 후당으로 청해 술을 권하며 은근히 물었다.

　"봉술이 그처럼 능하신 것을 보니 아무래도 장사하시는 분 같지는 않은데…"

　"예, 사실대로 말씀드리자면 저는 동경의 금군교두로 있었던 왕진입니다. 이번에 깊은 사연이 있어 변성명하고 연안부로 가던 길에 뜻밖에도 댁에 들러 이렇게 폐를 끼치게 되었던 것입니다."

　"아, 그렇습니까. 우리 애가 복이 많아서 교두 어른을 스승으로 모시게 되었나 봅니다. 아까 보셨겠지만 그 애의 몸에 9마리 청룡의 문신이 있기에 이 곳 회음현 사람들은 그

애를 구문룡(九紋龍) 사진이라고들 부릅니다. 아무쪼록 오랫동안 계시면서 그 애의 봉술을 봐 주십시오."

그 날 사씨 영감은 왕진 모자에게 거처를 따로 마련해 주었고, 왕진은 사진에게 십팔반무예(十八般武藝)를 일일이 기초부터 가르치기 시작했다.

그로부터 반년 동안 왕진이 심혈을 기울여 가르친 결과, 사진은 십팔반무예에 통달하게 되었고, 어느 것이나 모두 그 재간과 실력이 오묘한 경지에 다다르게 되었다.

왕진은 아무리 좋은 곳이었지만 남의 집에 오래 머물러 있는 것이 거북했기에 어느 날 사씨 부자와 작별하고 다시 연안부를 향해 길을 떠났다. 사씨 부자는 만류해도 듣지 않자 하인들에게 짐을 지워 십 리가 더 되는 곳까지 따라가 전송해 주었다. 사진은 깍듯이 사제간의 예의를 갖추어 눈물을 흘리면서 왕진을 떠나보냈다.

그로부터 다시 반년이 지나 사씨 영감이 병으로 세상을 떠나자 사진은 예로써 선산에 안장하고, 집안 일은 남에게 맡긴 채 자기는 오직 활을 쏘고 말을 달리며 무예를 익히기에만 골몰했다.

때는 6월 중순이었다. 찌는 듯한 염천이었고 할 일도 없어서 심심했기에 사진은 마당의 버드나무 그늘 밑에 의자를 내놓고 앉아 바람을 쐬고 있었다.

그런데 소나무 숲 속에서 어떤 사람 하나가 나타나더니 그의 집을 살피며 기웃거렸다. 사진이 벌떡 일어나 숲 쪽으로 달려가서 보니 사냥꾼 이길(李吉)이었다. 사진이,

　"왜 남의 집 안을 엿보는 거요?"

하고 호통을 쳤더니 이길은 '이 집의 하인과 함께 술이나 한 잔 마실 생각으로 왔는데 마침 서방님이 보여서 망설이던 중'이라고 말했다. 사진이 다시 요즘에는 왜 사냥한 짐승들을 팔러 오지 않느냐고 물었더니 이길은 다음과 같이 대답했다.

　"서방님께서는 모르시는 말씀을 하고 계십니다. 요즘 산속에 도적놈들이 나타나 산채를 든든히 마련했는데, 모두 육백 명이나 되며 백여 필의 말까지 가지고 있습니다.

　첫째 두목은 신기군사(神機軍師) 주무(朱武), 둘째 두목은 조한호 진달(陣達), 셋째 두목은 백화사(白花蛇) 양춘(楊春)이라고 하는데 이 세 놈이 앞장서서 닥치는 대로 약탈을 하고 있습니다. 화음현에서는 놈들을 잡을 수 없어서 상금 삼천 관을 내걸고 체포하려고 하지만, 누가 감히 놈들을 잡으러 산에 올라가겠습니까? 그래서 소인도 감히 사냥하러 산에 올라가지 못하니, 팔러 올 짐승이 있겠습니까?"

　사진에게는 놀라운 소식이었다. 멀지 않아 그 무서운 도적의 무리들이 사가촌(史家村)으로 습격해 내려올 것이 뻔한

일이기 때문이었다. 사진은 마을의 소작인 삼사백 명을 집 초당(草堂)에 집결시켜 그들에게 대처할 선후책을 강구했다. 어느 집에서나 먼저 도둑놈들의 침입을 알게 되면 즉각 딱 따기를 쳐서 서로 신호를 보내어 물샐틈없이 경계를 하기로 했다.

그 때, 소화산의 산채에서는 세 두목이 한자리에 모여서 계책을 협의하고 있었다. 먼저 주무가 진달과 양춘에게 제안했다. 그것은 화음현에서 상금을 내걸고 체포하려고 하니 그들 쪽에서 먼저 화음현을 습격하여 식량을 빼앗자는 것이었다.

진달과 양춘은 각각 의견이 맞지 않았다. 더욱이 양춘은 강하게 반대했다. 그 이유는 화음현을 습격하려면 사가촌을 통과해야 하는데, 구문룡 사진이라는 범 같이 무서운 자가 있으니 만만히 통과시키지 않을 것이라는 의견이었다. 그러자 진달이 거친 음성으로 호통을 쳤다.

"잠자코들 계시오. 내가 한번 나서리라! 사진이 귀신은 아닐 것이니 뭣이 그리 걱정거리란 말이오!"

주무와 양훈이 만류했지만 진달은 당장 말에 올라 부하들을 거느리고 징을 치고 북을 울리며 사가촌을 향해서 산을 내려갔다. 사가촌에서는 여기저기서 딱따기 소리가 울렸다. 도적 떼가 습격해 온다는 것을 눈치챈 사진은, 말 위에 올라 앞으로는 삼사십 명의 건장한 소작인 장정들을 내세우고, 뒤로는 백여 명의 소작인 남자들을 따르게 하여 일제히 고함을 지르며 마을 북쪽 어귀로 몰려 나갔다. 마침내, 사진과 진달은 맞부딪쳐 꽤 오랫동안 치열한 싸움을 계속했다. 사진은 일부러 지는 체하고 진달이 허를 찌르게 했다. 진달이 창을 잡고 온갖 힘을 기울여 사진의 앞가슴을 노리고 덤벼들었을 때, 사진이 허리를 주춤하고 몸을 피하자 진달은 그대로 사진의 가슴팍에 고꾸라지고 말았다.

사진은 긴 팔을 가볍게 놀려서 진달의 몸을 단숨에 덥석 움켜잡아 땅바닥에 내동댕이쳤다. 진달을 태웠던 말은 미친 듯이 허둥거리며 달아나 버리고 말았다. 사진은 소작인 장정들을 시켜서 진달을 꽁꽁 묶어 가지고 집으로 돌아와 마당 한복판에 있는 굵직한 기둥에 매어두게 했다. 우선 술상을 차려서 여러 사람들이 기분 좋게 한잔 마시고 나서, 나머지 두 놈의 두목을 마저 잡게 되면 한꺼번에 관청으로 끌고 가서 넘겨주고 상을 탈 작정이었다.

한편, 주무와 양춘은 진달의 소식을 몰라 초조한 시간을 보내고 있는데 부하 하나가 빈말을 끌고 숨을 헐떡거리며 산채로 달려들었다. 사진의 놀라운 솜씨를 칭찬하면서 진달이 고집을 부리다가 붙잡혀 갔다는 사실을 자세히 보고했다.

그들은 한동안 멍하니 서로의 얼굴만 쳐다볼 뿐이었다.

이윽고 주무가 양춘의 귓전에 대고 무슨 말인가 속삭였다.

이윽고 주무는 양춘과 함께 사진을 찾아가서 울며불며 애원을 했다.

"소인들 셋은 관가에 쫓기어서 부득이 산 속에 들어가 도둑질을 하게 되었으며 이런 맹세를 했습니다. 서로 같은 날 세상에 태어나지는 못했다 할지라도 같은 날 같이 죽자고요. 비록 유비, 관우, 장비의 의협심에 미치지는 못한다 해도, 마음만은 그네들만 못한 바 없습니다. 오늘날 아우 진달이 타이르는 말을 듣지 않았기에 잡히는 몸이 되었으나 소인들은 그를 구출할 방법이 없사와 함께 죽고자 여기까지 온 길입니다. 영웅께서는 저희들 셋을 한꺼번에 관에 넘겨 주시고 상을 타시기 바랍니다. 맹세코 비겁하게 살고 싶지는 않사오며 저희들은 영웅의 손에 죽더라도 아무런 원한이 없습니다!"

사진은 두 눈이 휘둥그레지며 그들의 의협심에 감탄해 마지않았다. 때문에 기꺼이 진달을 묶었던 끈을 풀어 주고 술을 한 상 잘 차려 내어 세 두목을 대접했다. 세 사람은 몇 잔 술에 거나해지자 사진에게 감사의 절을 하고 산으로 돌아갔으며, 사진은 문 밖까지 나와서 그들을 전송했다.

주무 일행 세 사람이 산으로 돌아와서 곰곰 생각해 보니, 자기네들을 용서해 준 사진의 은혜야말로 태산 같았으며 그의 대장부다운 의협심은 실로 탄복할 만하다고 뼈아프게 느끼지 않을 수 없었다.

십여 일이 지난 다음에 그들은 사례의 뜻으로 약간의 금덩이를 사진에게 보냈다. 사진은 그것을 가지고 온 부하를 잘 대접해서 돌려보냈다. 또 반달이 지난 다음에, 세 두목들은 그들이 약탈한 큼지막한 진주를 사진에게 선사해 주었다. 그들의 정중하고 극진한 마음씨에 사진도 그대로 있을 수는 없었다. 다시 반달쯤 지나서 사진도 그들에게 답례를 하기 위해 붉은 비단 세 필을 사다가 세 벌의 의복을 만들고 살찐 양 세 마리를 잡아 소작인을 시켜 산 속으로 보냈다. 이렇게 사진은 빈번하게 주무 등 세 두목과 왕래를 하고 있었다.

8월, 중추절(仲秋節)이 되었을 때, 사진은 그들 세 두목을 만나 보고 싶은 생각이 들었기에 초대장을 써서 하인 왕사에게 주어 산 속으로 보냈다. 왕사는 그 초대장을 잘 전달하고 심부름값으로 받은 다섯 냥의 은전과 세 두목의 답장을 품속에 지니고 산을 내려왔다.

사나운 산바람에 휩쓸리며 산을 내려오고 있던 왕사는, 술기운이 획 돌았기에 두 다리가 휘청거려 걸음을 제대로 걷지 못하며 비틀거리다가 잡초가 무성한 산골짜기에 쓰러지고 말았다. 이 때 공교롭게도 사냥꾼 이길이 언덕 아래서

토끼를 노리고 있다가 사진의 집 왕사가 쓰러져 있는 것을 발견하고 달려와 일으키려고 했으나 워낙 술에 취해서 요지부동이었다.

그런데 이길이 얼핏 보니 왕사의 가슴 속에 은전이 든 것 같은 전대가 있는 것이 보였다. 이길은 두 눈이 휘둥그레졌다.

"이놈이 어디서 이렇게 많은 돈이 생겼을까?"

이길은 전대를 불쑥 잡아당겨서 땅바닥에 동댕이쳤다. 은전들이 쏟아지면서 그 속에서 편지통이 튀어나왔다. 이길은 대뜸 그 편지를 뜯어보았다. 그것에는 소화산의 주무니, 진달 양추이니 하는 글자가 적혀 있었다.

이길은 은전을 품 속에 집어넣으면서 코웃음을 쳤다.

"흥! 언젠가 자기 집 안을 기웃거린다고 호통을 치던 사진이 삼천 관의 현상금이 붙어 있는 도둑놈들과 내왕하고 있었다니……"

이길은 그 길로 화음현으로 달려가서 그런 사실을 보고하고 말았다.

이튿날 저녁때, 사진의 집 안에는 벌써 연석이 마련되어 있었다. 사진은 산에서 내려온 세 두목들을 상좌에 앉게 하고 자기는 친히 그 맞은편에 자리잡고 앉아 손님들을 모셨다, 하인을 불러서 집 안의 앞뒤 문을 모조리 잠가 버리게 하고 술을 마시기 시작했다.

이일 저일 과거지사를 흥겹게 서로 이야기하고 있을 때, 담 밖으로부터 난데없는 고함소리가 일어났다. 그리고 횃불들이 어지럽게 어른거렸다. 사진이 대경실색해 벌떡 일어나며,

"세 분께서는 가만히 앉아 계시오! 내가 나가서 살펴보리다!"
하고는 하인들에게 소리를 질렀다.

"문을 열지 말아라!"

사다리를 가져다가 처마에 기대어 놓고 그 위로 올라가서 보니 말에 탄 화음현의 현위가 두 사람의 도두(都頭)와 사병 오백 명을 거느리고 자기집을 포위하고 있는 것이었다.

두 사람의 도두가 버럭 소리를 질렀다.

"강도들아! 꼼짝 말고 있거라!"

그들은 사진과 세 두목을 잡으러 온 것이 뻔했다.

사진은 당황해서 어쩔 줄을 몰랐다. 세 두목은 그의 앞에 무릎을 꿇고 앉아 결백한 형님까지 우리들과 휩쓸릴 것이 없이, 우리 세 사람을 묶어서 관청에 내주고 상금을 타시라고 말했다. 하지만 사진은 그 말을 듣지 않았다.

자기가 계획적으로 세 두목을 유인해서 잡아 주는 결과가 될 것이니, 그것은 천하의 웃음거리가 될 일이므로 세 두목과 생사를 함께 하는 도리밖에 없다고 했다.

사진은 자기 집 안에다 불을 질러 버렸다. 그리고 그 틈

을 타서, 무장한 세 두목과 함께 밖으로 뛰쳐나가 생사를 판가름할 결심을 했다.

깊은 밤, 횃불 밑에서 치열한 혼전이 벌어졌다. 그러나 두 도두는 사진이나 세 두목의 적수가 되기엔 너무나 약했다. 그들은 몸을 날려 뺑소니를 치기 시작했다. 이길과 맞딱뜨리게 된 사진은 그를 한칼에 내리쳐서 몸뚱어리를 두 동강 내 버렸다. 두 도두도 뺑소니를 치다가 마침내 전달과 양춘의 추격을 받아 그들의 박도에 베어져 목숨을 빼앗기고 말았다. 현위도 역시 대경실색하여 말머리를 재빨리 돌려 도주해 버렸다.

사진이 일행을 거느리고 닥치는 대로 찌르고 베고 하자 관병들은 뿔뿔이 흩어져 버렸다. 무주, 진달, 양춘 그리고 여러 소작인 부하들은 사진과 함께 산채로 몸을 피해 우선 한숨 돌리고 나서 소와 말을 잡아 승리를 축하하는 주연을 베풀었다.

며칠이 지난 뒤에 사진은 곰곰이 생각했다. 집도 불에 태워 버렸고, 돈이 될 만한 물건이라곤 하나도 몸에 지니지 못한 그는 갑자기 처량한 신세로 변했다. 하지만 산채에서 세 두목들과 세월을 보낸다는 것은 결백한 자기로서는 할 짓이 아니라고 생각했다. 그 때 퍼뜩 머릿속에 떠오르는 것이 있었다. 그는 얼마 전에 그가 일찍이 스승으로 섬겼던 왕진이 관서(關西) 경략부(經略府)에서 일을 보고 있다는 소문을 누구에게선가 들었던 것이다.

　며칠 후 그는 드디어 길을 떠나기로 결심하고 그런 의사를 세 두목에게 밝혔다. 주무가 사진에게 산채에서 형님 노릇을 해 보는 것도 흥미있는 일이 아니냐면서 극력 만류했으나, 사진은 결국 세 두목에게 작별 인사를 한 다음 연안부를 향하여 출발했다. 세 두목은 산 아래까지 내려와 그를 전송하고 눈물을 흘리며 산채로 돌아갔다.

## 3. 화화상(花和尙) 노지심(魯智深)

　사진은 반달 만에야 위주(渭州)에 도착했다. 이 곳에도 경략부가 있으니 왕 교두를 찾아 보자는 생각으로 사진이 한 찻집에 들어가 잠시 쉬면서 그 곳 심부름꾼에게 경략부와 왕 교두에 관한 일을 한 마디 두 마디 물어보고 있었다.

　바로 그 때 다방 안으로 들어와서 한편에 앉으며 차를 주문하는 거한이 있었다. 얼굴이 둥글둥글하고 귀가 크며 콧날이 우뚝하고 두 볼에는 온통 수염이 더부룩한 팔척 거구의 사나이였다.

　"왕 교두에 관한 일이라면, 저 분, 제할(提轄)님께 여쭈어 보십시오."

심부름꾼이 가리켜 주는 대로, 사진은 그 사나이의 좌석으로 건너가 인사를 하고는 말했다.

"제 이름은 사진이라고 하는데 좀 여쭈어 볼 말씀이 있습니다. 금군교두 왕진이라는 분을 찾아 나선 길인데 관인께서는 혹시 모르시나요?"

그러자 제할이 두 눈을 크게 뜨며 반문했다.

"가만 있자, 사진이라니… 그럼 노형이 바로 저 사가촌의 구문룡 사진이란 말이오?"

"예, 그렇습니다."

사진이 대답했더니 제할은 무릎을 탁 치면서 몹시 반갑다는 듯이 말했다.

"자네의 이름은 벌써 들은 적이 있어 한번 만나 보고 싶었는데 이거 참 잘 됐네."

제할은 성이 노(魯) 이름은 달(達)이라고 했다. 사진도 반가워하며 다시 왕진의 소식을 물었으나 얼마 전에 어디론가 떠나 버렸다는 것이었다.

"동생! 같이 술이나 한잔 하지!"

노달이 사진의 손목을 붙잡고 술집을 찾아 얼마쯤 걸어가다가 보니 한 군데 빈 터에 수많은 사람들이 울타리처럼 둘러싸고 모여 있는 것이 보였다. 사람의 울타리를 헤치고 들어가 보니 어떤 남자가 몽둥이를 열 자루쯤 버티어 놓고 땅 위에 놓여진 십여 개의 접시에 고약을 담아 놓고 재주를 부려가며 그것을 팔고 있었다. 사진은 두 눈이 휘둥그레졌다. 그 사나이는 바로 사진이 무예를 배우려고 맨 처음에 스승으로 섬겼던 타호장(打虎將)이란 별명을 가진 이충(李忠)이었기 때문이다.

노달은 그 사나이가 사진의 스승이었다는 사실을 알자, 함께 술을 마시러 가자고 잡아끌었다. 노달이 두 사람을 이끌고 들어간 곳은 다리 모퉁이에 있는 번가(燔家)라는 주점이었다. 세 사람이 술을 몇 잔씩 들어가 거나해진 기분으로 과거지사와 창법에 관한 이야기를 주고받으면서 신바람이 났을 때, 난데없이 옆방에서 어떤 사람이 흐느껴 우는 소리가 요란스럽게 들려 왔다. 노달은 화가 나서 심부름꾼을 불러 호통을 쳤다.

"네놈은 내가 누군지 알면서도 일부러 옆방에 사람을 울려 우리들의 주흥을 깨뜨려 놓을 작정이냐!"

"천만입쇼! 화내실 일이 아닙니다. 옆방에서 노래를 팔아서 살아가는 노인과 그 딸이 있는데 이 방에 손님이 계신 줄도 모르고 자기네들 신세 한탄을 하다가 울고 있는 것이니 언짢게 생각하지 마십시오!"

"그 노인과 딸을 이리로 불러들여라!"

노달의 명령대로, 육십 세가 거의 다 된 노인과 열아홉

살쯤 되는 소녀가 방으로 들어왔다. 소녀는 그다시 미모는 아니었으나 어딘지 모르게 사람의 이목을 끄는 생김새였다.

노달이 말 못할 사정이라도 있느냐고 묻자, 소녀는 눈물을 씻으면서 입을 열었다.

"저희는 본래가 동경 사람인데, 이 곳에 일가가 있어 부모님과 함께 찾아왔지요. 그랬더니 그 친척은 뜻밖에도 남경으로 이사를 가 버렸고, 어머님은 병환으로 여인숙에서 세상을 떠나셨어요. 그래서 아버지를 모시고 이렇게 떠돌아다니며 고생을 하고 있었지요. 그런데 이 고장의 진관서(鎭關西) 정 대관인(鄭大官人)이라는 분이 저를 보시더니 강제로 매파를 보내 저를 자기 첩으로 삼으려 하고 있습니다. 거기다 또 저의 몸값으로 삼천 관을 주었다는 거짓 문서를 꾸며 애당초에 우리에게 한 푼도 준 일이 없는 돈을 도로 내놓으라고 생떼를 쓰니 뭣으로 이런 돈을 갚을 수 있겠어요? 우리 부녀가 아무리 생각해도 이처럼 기막힌 고초를 호소할 곳이 없어서, 흐느껴 울기만 하여 뜻밖에 관인께 시끄러움을 끼쳐 드렸으니 너그럽게 용서해 주셔요!"

조달은 계속해서 영감의 성씨는 뭐고 정대관인이란 누구냐고 물어 봤다. 그랬더니 노인이 대답했다.

"저는 김로(金老)라 하고 이 애는 취련(翠蓮)이라 합니다. 그리고 정대관인은 이 고장에서 고기장수를 하고 있는 정씨

(鄭氏)입니다."

노달은 그 말을 듣자, 노발대발했다.

"누군가 했더니 바로 정도(鄭屠)란 놈이었군! 그놈은 우리 경략사(經略史) 덕택에 고기관을 내고 벌어먹는 놈인데 그렇게 사람을 골탕먹일 수가 있나!"

그리고 이충과 사진에게 잠시 이 곳에 머물러 있으면 자기가 달려가서 그 정가 놈을 때려죽이고 오겠다고 말했다. 두 사람이 붙들고 아무리 말려도 노달은 막무가내, 노인에게는 자기가 노자를 마련해 줄 테니 내일이라도 딸을 데리고 동경으로 돌아가라고 했다. 그러자 노인은 노자가 문제가 아니라 정 영감이 자기네들을 여인숙 주인에게 맡겨 두었으니 돈을 다 갚지 못하면 꼼짝도 할 수가 없다고 하소연했다.

"그깟 것은 걱정하지 마시오. 나대로 방법이 있으니까⋯⋯"

은전 다섯 냥을 꺼내서 상 위에 놓으면서 노달은 사진에게 말했다.

"나는 오늘 몸에 지닌 돈이 이것밖에 없으니 동생이 돈이 있으면 좀 꾸어 주게."

그 말을 들은 사진은 서슴지 않고 보따리 속에서 은전 열 냥을 꺼내 상 위에 놓았다. 노달은 도합 열닷 냥의 은전을 노인에게 주면서 말했다.

"짐을 꾸리시오. 내일 아침이면 내가 탈 없이 떠나시도록

해 주겠소."

김 노인과 딸은 고맙다는 인사를 하고 돌아갔다. 노달은 다시 두 사람과 함께 술을 몇 병 더 마시고 밖으로 나왔다.

이튿날 아침 고기장수 정도는 두 짝 문을 활짝 열어젖히고 두 대의 큼직한 고기 써는 상을 벌려 놓고 네댓 덩어리의 돼지고기를 매달아 놓고 있었다. 문 앞 계산대에 자리잡고 앉아 수하 칼잡이들이 고기를 팔고 있는 품을 흐뭇해하는 얼굴로 바라보고 있는데 난데없이 노달이 나타면서 소리를 버럭 질렀다.

"여보게! 정도!"

정도는 그가 노 제할인 줄 알자, 얼른 계산대에서 내려와 절을 했다.

"경략상공의 명령을 받고 왔으니 살코기 열 근만 곱게 다져 주게. 한 점이라도 기름기가 섞이면 안 되네!"

노달은 대뜸 그렇게 말했다. 정도가 칼잡이 부하에게 살코기를 열 근 다져 드리라고 분부하자 노달은 서투른 부하를 시키지 말고, 정도가 친히 칼질을 해 고기를 다져 달라고 청했다. 정도는 제할의 분부를 거절할 수 없었다. 몸소 고기를 써는 상 앞으로 가서 살코기 열 근을 골라 잘게 다지기 시작했다.

정도가 살코기 열 근을 반 시간이나 걸려서 곱게 다져 연

잎에다 싸 주자, 노달은

"가만 있게! 열 근 더 다져 줘야겠네. 이번에는 비계만……
살코기가 한 점이라도 섞이면 안 되네! 역시 곱게 다져 주게!"

하고 분부했다. 정도가 그 말을 거역하지 못하고 비계 열
근을 또 곱게 다져서 연잎에다 싸고 나니 시간은 어느덧 아
침식사 시간이 끝날 무렵이 되어 있었다. 하지만 노달은 이
번에는 또 마디뼈 연한 것을 열 근 골라서 살점은 하나도
붙지 않도록 곱게 다져 달라고 말했다. 때문에 정도는

"혹시 심심풀이로 저를 놀리고 계신 겁니까?"

하고 말하며 열쩍게 웃었다. 그 말을 듣자, 노달은 벌떡 일
어서더니 두 꾸러미의 고기 다진 것을 양편 손에 들고 눈을
부릅떠 정도를 노려보며 외쳤다.

"그래! 내가 네놈을 좀 골려 주려고 왔다!"

그리고는 두 꾸러미의 다진 고기를 정도의 얼굴을 향해
내동댕이치니, 마치 고기비가 퍼붓는 것 같았다. 정도는 너
무나 약이 올라서 가만히 있을 수가 없었다. 상 위에서 고깃
살을 바르는 뾰족하고 날카로운 칼을 선뜻 뽑아들더니 다짜
고짜 뛰어 내달으며 노달에게 덤벼들었다.

노달은 재빨리 몸을 움직여 거리로 나왔다. 이웃 사람들
이 보고 있었지만 감히 말리는 사람이 없었다. 여인숙의 젊
은 하인도 대경실색하여 멍하니 바라보고 서 있을 뿐이었

다. 정도는 오른손에 칼을 잡은 채, 왼손으로 노달의 멱살을 잔뜩 움켜잡았다. 하지만 노달은 왼손으로 그의 왼편 손을 비틀면서 오른쪽 주먹으로 그의 아랫배를 힘껏 내질렀다. 길거리 한복판에 벌떡 나자빠지는 정도를, 주발만큼이나 커다란 주먹으로 닥치는 대로 후려갈기며 호통을 쳤다.

"네놈은 고기를 파는 칼잡이니 개 같은 놈인데 진관서니 뭐니 하며 난 체를 하다니! 네놈은 어째서 김취련의 돈을 강제로 속여서 빼앗았느냐?"

노달은 그렇게 소리를 지르며 또 주먹 한 대를 먹였다. 이번에는 볼치를 보기 좋게 얻어맞은 정도는 땅바닥에 아주 뻗어 버려서 숨을 내쉴 뿐, 들이쉬지도 못하고 몸을 꼼짝도 못했다.

"이놈! 일부러 죽은 시늉을 하구! 한 대 더 맞아야겠니?"

노달이 혼을 내 주려고 그런 말을 또 하면서 자세히 살펴보니 정도의 얼굴빛이 점점 변했다. 노달이 내심으로 생각했다.

'단지 통쾌하게 때려 주려고 한 것이 주먹 너댓 대에 이놈을 정말 때려죽이게 될 줄은 몰랐구나! 관청에라도 붙잡혀 가게 된다면 나는 밥을 차입해 줄 사람도 없는데…… 뺑소니를 쳐 버리는 게 상책이다!'

노달은 선뜻 그 곳을 떠나면서, 정도의 시체를 되돌아보며 말했다.

"이놈, 죽은 체 하지만 누가 속을 줄 아느냐. 천천히 나하고 다시 따져 보기로 하자!"

일면 욕설을 퍼부으면서 성큼성큼 걸어서 그 자리를 떴다. 하지만 이웃 사람들도, 또 고기관 부하들도 노달을 잡으려고 내닫는 사람은 하나도 없었다. 노달은 자기 거처로 돌아오자 황급히 의복을 수습하고 노자를 꾸려 가지고 헌 옷가지가 들어 있는 상자들을 그대로 내동댕이쳐 버리고 큼직한 몽둥이 한 자루만 질질 끌면서 남문 밖으로 뛰쳐나와 걸음아 나 살려라 하고 삼십육계를 쳐 버렸다.

고장(告狀)이 주아로 들어가자 부윤은 곧 상공께 품한 다음 각처로 문서를 내어 살인범 노달을 잡는 자에게는 일천 관의 상금을 주기로 하고, 다시 노달의 나이와 인상, 착의 등을 자세히 적어 도처에다 붙여 놓게 했다.

## 4. 조원외(趙員外)

노달은 허둥지둥 몇 군데 주를 지나서 반달 만에야 대주(代州) 안문현(雁門縣)이라는 곳에 도착했다. 성 안으로 들어서니, 한 군데 십자가루 어귀에 무수한 사람들이 모여서 높이 붙은 방문(榜文)을 읽고 있었다. 그것은 바로 자기를 체포하

라는 방문이었다. 그 때 돌연, 여러 사람 틈에서 누군가가 대닫더니,

"어째 여기 계시오?"

하면서 다짜고짜 노달을 끌고 달아났다.

노달을 끌고 달아난 사람은 술집에서 그가 구출해 준 김씨 노인이었다. 노인은 노달을 인기척이 없는 조용한 곳으로 데리고 가더니 황급히 말했다.

"어쩌자고, 일천 관의 상금을 내걸고 제할님을 체포하겠다는 바로 그 방문 밑에서 어물거리고 계십니까?"

"그 날 노인을 도망치게 하느라고 정도의 집에 가서 주먹으로 서너 대 때렸는데 죽었기에 도망치게 되었소. 그런데 노인이야말로 어째서 동경으로 돌아가시지 않고 여기 계시오?"

노인은 그 동안의 경과를 자세히 이야기했다. 노인은 정도가 나중에 알고 뒤쫓아올까 겁이 나서 동경으로 돌아가지 않고 북쪽으로 달아나다가, 같은 고향에서 장사를 하러 와 있는 아는 사람을 만나게 되었으며 그 사람이 중매를 서 주어서 딸 취련은 이 고장 부자 조원외(趙員外)의 첩으로 들어앉게 됐다는 것이었다.

"우리 조원외란 사람도 봉술 창술을 좋아해서 꼭 한 번 제할님을 뵙고 싶다고 늘 말했습니다."

노인은 그렇게 말하면서 노달을 데리고 딸의 집으로 갔

다. 생명의 은인을 뜻밖에 만나게 된 딸 취련의 기뻐하는 품은 이루 형언할 수 없었다.

노인과 딸은 번갈아 노달에게 술잔을 권했고, 노인은 침상 위에 꿇어앉아 두 손을 싹싹 비비면서 기도를 올리듯이 노달에게 절을 했다.

그리고 집에 있는 사람이 바로 노제할이란 사실을 알게 되자, 조원외는 회색이 만면해서 이층으로 뛰어 올라가 노달 앞에 꿇고 앉아 감사하다는 절을 했다.

이튿날 날이 밝자, 조원외는 곰곰이 생각했다. 노달을 한 곳에 잡아 둘 수도 없는 형편이었다. 마침내 그는 가장 안전하게 노달을 피신시킬 수 있는 곳을 생각해 냈다.

"마침 잘됐습니다. 여기서 삼십 리쯤 가면 오대산(五臺山)이 있습니다. 그 산꼭대기에 있는 문수원(文殊院)이란 절간의 지진 장로(智眞長老)는 나하고 형제 같은 사이입니다. 만약에 제할님께서 꺼리시는 점만 없으시다면 일체의 비용은 제가 부담할 것이니, 이 절간으로 몸을 피하시어 삭발하시고 중이 되시는 게 어떻겠습니까?"

노달은 이것저것을 망설일 겨를이 없었다. 즉석에서 쾌히 승낙했다. 조원외와 노달은 두 채의 교자를 타고 산꼭대기로 올라갔다.

험상궂게 생긴 노달의 용모를 보고 수좌(首座)를 비롯한

여러 화상들이 극력 반대했으나, 지진 장로는 조원외의 간곡한 부탁을 받아들여 주었다. 길일을 택하여 삭발시킨 다음, 가사(袈裟)를 입혀 주고 지심(智深)이라는 법명도 지어 주었다.

조원외는 자기 집으로 돌아갈 때 노지심에게 신신 부탁했다.

"오늘부터는 지금까지와는 생활이 완전히 달라지셔야 합니다. 만사에 몸조심하시고 함부로 화를 내셔도 안 됩니다. 잘못되면 다시 서로 만나 볼 수도 없게 될지 모르니 부디 자중자애하시기 바랍니다."

하지만 워낙 조로(祖鹵)한 그가 머리쯤 깎았다고 해서 천성이 당장 고쳐질 수는 없는 일이었다. 그는 곧 숲 속에 있는 선불장(選佛場)으로 들어가 선상 위에 벌렁 나자빠져 코를 골며 잠이 들어 버렸다. 불도를 닦고 있는 젊은 중 둘이 그를 흔들어 깨웠다.

"이러면 안 돼요. 출가를 했으면서 어째서 좌선하는 법을 배우지 않는 게요?"

"내가 내 멋대로 자는데 당신들이 무슨 상관이요?"

그렇게 삭발하고 중이 되었으면서도 노지심의 태도는 뻣뻣하기 이를 데 없었다. 한참 동안 옥신각신했으나 젊은 중들은 상대가 되지 않자 단념했으며 이튿날, 노지심의 그 같은 무례한 태도를 장로에게 고해바치려고 했다.

그러나 수좌승이 말렸다. 노지심은 장래에 불도를 터득하고 비범한 인물이 될 것이라고 장로께서 말씀하셨으니, 보고했댔자 아무런 소용이 없다. 그러니 그만 두라는 것이었다.

아무도 간섭하는 사람이 없자, 노지심은 저녁때가 되면 숫제 선상 위에 큰 대자로 드러누워서 밤새도록 코를 드르렁 드르렁 골았고, 밤중에 일어나서는 불전 위의 아무 데나 대고 소변을 깔기고는 했다.

노지심은 오대산 절간에서 어느덧 반년을 지냈다. 겨울철로 접어들면서 지심은 하도 오랫동안 조용히 지냈는지라, 몸을 좀 움직여 보고 싶다는 생각이 들었다. 맑게 갠 날씨였다. 지심은 검정빛 짤막한 승복을 입고 산문 밖으로 나왔다.

맘 내키는 대로 걸어가 산 중턱에 있는 정자에 올라앉아서 곰곰이 생각했다.

'이런 빌어먹을! 여태까지 맛있는 술과 고기가 입에서 떠날 날이 없이 지내왔는데 이렇게 중 노릇을 하고 있으니 배가 너무 고파서 미쳐 버릴 지경이구나! 어떻게 해서든지 술을 좀 얻어먹을 수 있으면 좋겠는데……'

술 생각이 간절한 판인데, 멀리서 어떤 장정 하나가 물통

을 떠메고 노래를 부르면서 산으로 올라오는 것이 바라보였다.

정자에 앉아 있던 노지심은 그 장정이 정자께로 올라와 물통을 내려놓는 것을 보자, 대뜸 물었다.

"여보게, 그 통 속에 뭣이 들어 있나?"

"좋은 술이 들어 있소."

"한 통에 얼만가?"

"그건 왜 물으시오?"

"왜 묻긴, 사서 마시려고 묻지!"

"스님! 지나친 농담을 하시는군요."

"농담이 아니니 그저 술이나 팔아 주게!"

그 장정은 이야기가 이상하다고 생각했는지 대뜸 술통을 도로 떠메고 그 자리를 떴다. 그러자 지심은 정자에서 뛰어내려와 다짜고짜 두 손으로 멜빵을 덥석 움켜잡으며 장정의 사타구니를 한 발로 내질렀다.

그 장정은 두 손으로 아픈 곳을 부둥켜 쥐고 쭈그리고 앉은 채 꼼짝달싹도 못했다. 지심은 그 술 두 통을 모두 정자 위로 끌어 올려가지고 뚜껑을 열어젖히고는 주발로 닥치는 대로 퍼마셨다. 얼마 안 되어서 한 통을 다 마셔 버리고 나서 말했다.

"여보게! 술값은 내일 절간으로 와서 받게."

그 장정은 겨우 통증이 가라앉기는 했으나, 그런 사실이 장로에게 알려지면 혼이 날까 봐, 술값을 내란 말도 못하고 나머지 한 통 술을 빈 통에 절반 따라서 다시 떠메고 빠른 걸음으로 산을 내려가 버렸다.

지심이 정자 소나무 밑에 앉아 있노라니 술이 점점 취해 왔다. 이윽고 그는 짧은 승복을 벗어젖혀 두 어깨를 다 드러내고 소맷자락으로 허리를 휘감은 모습이 되어 산 위로 올라갔다. 어깨를 드러냈으니 먹물로 뜸을 뜬 얼룩덜룩하고 시퍼런 용무늬가 그대로 나타났다는 것은 두말 할 것도 없는 일이다.

산문 앞까지 다다랐을 때, 대나무 방망이를 손에 든 문지기 두 사람이 지심의 앞을 가로막으며 호통을 쳤다.

"불문(佛門)에 있는 몸으로 술이 곤드레만드레 취해 파계를 하다니! 술을 마시는 중은 이 방망이로 사십 대를 때려서 추방하게 돼 있다!"

"못된 놈들! 네놈들이 나를 때리겠다구, 내가 네놈들을 때려 줘야겠다!"

그러자 문지기 중의 한 사람은 나는 듯이 감사(監寺)를 찾으러 달려갔고, 또 한 사람은 대나무 방망이를 내밀며 지심을 막으려고 했다. 하지만 지심이 다섯 손가락을 쫙 펴 가지고 그 문지기의 얼굴을 보기 좋게 후려갈겼다. 한 번 얻어맞

고 쓰러져서 버둥거리는 문지기를 지심은 또 한 번 주먹으로 후려갈겼다. 그는 그대로 산문 아래에 나자빠진 채 끙끙 앓는 소리만 냈다.

보고를 받고 대경실색한 장로는 대뜸 낭하로 달려와 호통을 쳤다.

"지심! 그런 짓을 해선 안 된다."

하지만 지심은 도리어 변명을 했다. 자기가 술 몇 잔을 마셨더니 저놈들이 싸움을 건 것이라고. 장로가 시자(侍者)들을 시켜서 지심을 선장에까지 끌고 가니 그는 몸을 제대로 가누지도 못하고 선상 앞에 벌떡 나자빠져서 쿨쿨 잠이 들어 버렸다.

이런 자를 이 절간에 오래 두면 신성한 규칙(淸規)을 어지럽힌다고, 여러 중들이 이구동성으로 아우성을 쳤다. 하지만 장로는 전처럼 장래에 크게 불도를 터득할 인물이니 이번만은 용서해 주자고 극력 감싸 주었다. 그래서 일은 무사히 수습되었다.

그런 일이 있은 후 삼사 개월 동안 지심은 절간 밖으로 한 걸음도 나가지 않았다.

그런데 날씨가 갑자기 따스해진 2월의 어느 날, 지심은 승방에서 나와 발길 내키는 대로 걸었다. 그는 오대산 경치를 바라보면서 새삼스럽게 감탄했다. 그런데 그 때 산 아래에서 난데없이 '둥둥둥' 요란스런 소리가 바람결에 들려 왔다. 지심은 다시 승당으로 돌아와 은전을 몇 닢 주머니 속에 집어넣고 한 걸음 두 걸음 산 아래로 내려갔다. 그 곳에는 저자와 약 육백여 호의 인가들이 있었다. 술집과 고깃집, 반찬가게와 국수집 등 없는 것이 없었다. 지심은 뭣이고 사먹고 싶은 생각에 주위를 살피며 어슬렁어슬렁 걸어갔다.

그가 대장간 문 앞을 지나가면서 보니 세 사람이 망치로 쇠를 두드리고 있었다. 지심은 갑작스레 호기심이 일어나 은전 닷 냥을 던져 주고 백 근짜리 선장과 계도를 만들어 달라고 했다.

"관우의 청룡도도 팔십이 근밖에 안 되는데요."

대장간 사람은 그렇게 말하면서 두 가지 물건을 만들어 놓겠다고 약속했다. 다시 어슬렁어슬렁 걸어가다가, 한두 군데 술집이 있는 것을 보고 안으로 썩 들어서서 술을 달라고 호통을 쳤다.

그러나 주인은 중한테는 술을 절대로 팔 수 없다고 했다.

"이놈, 내 다른 데 가서 한잔 먹고 오다가 네놈을 그대로 두지 않을 테다……"

또 다른 술집을 찾아갔으나 역시 마찬가지였다. 다시 이 집 저 집 서너 군데 술집을 더듬다가, 멀찌감치 떨어진 마을 어귀에 있는 조그마한 술집을 발견했다.

지심은 또 그 술집으로 쑥 들어서서 들창 가에 앉아 소리를 질렀다.

"주인! 길 가는 중이요! 술 한잔 마시도록 해 주시오!"

"오대산에서 오신 스님이라면 술을 팔 수가 없습니다."

"나는 오대산 중이 아니오. 빨리 술을 가져오시오!"

술집 주인이 얼핏 보니, 지심의 모습이나 몸차림이나 말투가 보통 중과는 달랐기에 술을 내놓고 말았다. 큰 잔으로 열 잔이나 꿀꺽꿀꺽 마시고 나서, 지심은 주인에게 물었다.

"고기는 없소? 한 접시만 먹게 해 주시오!"

"아침결에는 쇠고기가 좀 있었지만 다 팔리고 없습니다."

그 때, 지심은 어디선가 나는 고기 냄새가 코를 찌르는 것을 깨닫고, 빈터로 뛰어나왔다. 담모퉁이에 가마솥을 걸고 개 한 마리를 삶고 있었다.

"당신 집에는 개고기가 있는데 어째서 팔지 않는 거요?"

"스님께서 개고기는 잡숫지 않으시는 줄만 알고 여쭙지도 않았습니다."

"돈은 여기 얼마든지 있소!"

지심은 주머니에서 은전을 꺼내 주인에게 주고 개고기를 절반만 내놓으라고 했다. 주인이 어쩔 수 없이 잘 삶아진 개고기를 마늘까지 곁들여서 내놓자 지심은 기뻐서 어쩔 줄 모르며 술을 열 잔쯤 더 마셨다.

입 안이 껄끄러워질 정도로 실컷 먹고 난 지심은 또 술 한 통을 더 가져오라고 했다. 주인이 하는 수 없이 술 한 통을 더 퍼다 주었더니 지심은 그것도 순식간에 깨끗이 비워 버리고 먹다 남은 개다리 하나를 품 속에다 감추어 넣었다. 그리고는 말했다.

"잔돈은 거스를 것 없소. 내일 또 와서 먹을 테니까…"

산 중턱에 있는 정자까지 올라온 지심은 오랫동안 손발을 써 보지 못해서 몸이 근질거렸기에 두 소매를 걷어 올리고 팔을 휘저어 보았다. 한쪽 어깨로 정자 기둥을 들이받아 보았다. '우지끈'하는 소리와 함께 정자의 기둥이 부러지고 정자는 한편으로 기울어져 버렸다.

문지기가 그 소리를 듣고 높은 곳에서 내려다보다가 소리를 질렀다.

"큰일났다! 저 못된 놈이 오늘 밤에 또 곤드레만드레로 술이 취했으니!"

그는 질겁을 하며 부리나케 산문에다 빗장을 굳게 질러 버렸다.

"문 열어라. 문 열어!"

지심은 북을 두드리듯이 주먹으로 문짝을 들이쳤다. 그러나 두 문지기들이 문을 열어 줄 리 없었다. 지심은 문득 고개를 돌려 왼편에 서 있는 금강신(金剛神)의 상(象)을 보더

니 목소리를 가다듬어 꾸짖었다.

"네 이놈! 내 대신 문을 좀 두들겨 주지 않고 주먹만 불끈 쥐고 나를 노려보다니, 그러면 내가 무서워할 줄 아느냐?"

지심은 다짜고짜 달려들어 울타리 기둥 하나를 뽑아 들고 금강산의 다리를 후려갈겼다. 이어서 오른편에 있는 금강신의 다리도 후려갈겨서 거꾸러뜨렸다. 문지기들은 대경실색하며 장로에게 보고했다.

여러 중들은 미친 듯이 날뛰는 지심의 흉흉한 기세를 보자 겁을 집어 먹고 일제히 곤봉을 질질 끌면서 낭하로 후퇴했다. 그러나 지심은 몰래 가져온 개다리 두 개를 휘두르며 줄기차게 덤벼들었다. 여러 중들은 양편에서 힘을 합쳐서 협공하기 시작했다. 지심이 대로하여 동서남북 방향 없이 닥치는 대로 개다리를 휘두르며 법당에까지 쳐들어갔을 때, 장로의 호통 소리가 들렸다.

"지심! 무례한 짓을 하면 안 된다. 여러 중들도 손을 멈추어라!"

여러 중들은 양편에서 십여 명의 부상자를 냈지만 장로의 모습을 발견하지 그대로 물러섰다. 지심은 여러 중들이 물러서는 것을 보자, 그제야 개다리를 집어던지며 소리를 질렀다.

"장로님, 죄송하게 되었습니다."

술기운은 거의 다 깨어 있었다. 장로는 너무나 한심스럽다는 듯이 말했다.

"지심! 전번에도 술이 취해서 한바탕 소란을 일으켰기에 내가 그대의 형뻘 되는 조원외님에게 알렸더니, 그가 편지를 보내어 여러 중들에게 대신 사과를 했다. 그런데 이번에 또 이렇게 대취해서 무례한 짓을 하고, 규칙을 어지럽게 하고, 정자를 부수고, 금강상을 깨뜨려 버리고…… 이런 일을 젖혀 놓고라도, 여러 중을 몰아 내쫓았으니, 이 죄업은 이만 저만한 게 아니란 말이다."

장로는 지심을 반장으로 데리고 가서 하룻밤을 쉬도록 했다. 그리고 수좌와 상의한 끝에 어느 정도의 은전을 마련해 주어 지심을 다른 곳으로 보내기로 작정했다. 그러나 일단 조원외에게 알려야 했기 때문에, 장로는 한 통의 편지를 써서 두 사람을 시켜서 조원외의 집으로 통지해 주고 사건의 전말을 자세히 이야기한 다음 답장을 받아 오도록 했다. 편지를 받아 본 조원외는 곧 장로에게 답장을 보내고 부서진 금강신상과 정자는 자기가 비용을 들여서 수축하겠다고 했다.

답장을 받아 본 장로는 곧 시자를 시켜서 검은 승복 한 벌과 백금 열 냥을 내오게 하고 지심을 방 안으로 불러서 말했다.

"지난번 일은 과실로 돌린다 해도 이번에 대취해서 금강 신상을 때려 부수고 정자를 쓰러뜨리고 선불장을 어지럽게 한 것은 그 죄업이 가볍다 할 수 없으니 이 깨끗한 곳에서는 용납할 수가 없다. 조원외의 체면을 생각하여 이 편지 한 통을 주는 것이니 그 곳에 가서 몸 편히 있는 게 좋을 것이다."

그리하여 지심은 장로에게서 네 귀의 게언을 듣고 그가 지시하는 곳으로 떠나갔다.

## 5. 도화촌(桃花村)

노지심은 장로에게 구배(九拜)의 절을 하고 오대산을 떠나 그 길로 대장간을 찾아갔다. 옆집 여인숙에서 며칠 묵으며 계도와 선장이 다 만들어지기를 기다려 그것을 찾아 가지고 다시 길을 떠났다.

반달이 지났다 그 동안 절간에서는 한 번도 묵지 않고 밤이면 여인숙을 찾아들고 낮이면 술집을 찾아 노상 마시면서 길을 걸었다. 하루는 길을 가다가 산수의 경치가 너무나 아름다웠기에 그것만 구경하고 있다가 날이 저물어 잠잘 곳도 찾지 못하고 쩔쩔 매게 되었다.

다시 30리 길을 걸어서 어느 다리를 건너서니 멀리 저녁놀이 비끼는 숲 속으로 큼직한 집 한 채가 바라다보였다. 지심은 얼른 그 집 앞으로 달려가 하루 저녁만 재워 달라고 간절히 청했다. 그러나 아무리 애원을 해 봐도 막무가내였다.

"스님, 두말 말고 빨리 가시오. 여기서 어물어물하고 있으면 죽기에 꼭 알맞소."

화가 난 지심이 선장을 불끈 움켜잡고 한바탕 행패라도 부려볼 생각을 하고 있는데 육십이 넘어 보이는 그 집 주인 노인이 지팡이를 짚고 나왔다. 하인배를 꾸짖으며, 지심과 옥신각신하는 사연을 물었다. 노인은 지심이 중이라는 말을 듣더니 반색을 했다.

"이 늙은 것도 평소에 부처님을 공양하고 있습니다. 오늘 밤 우리 집에는 좀 특별한 일이 있지만, 하룻밤쯤은 주무시고 가셔도 좋습니다."

서로 인사를 했다. 노인은 성이 유(劉), 그 고장은 도화촌(桃花村)이라 하며, 마을 사람들은 노인을 유 태공(劉太空)이라고 부른다는 것이었다. 지심도 자기가 지진 장로의 제자라는 사실을 밝히고 통성명을 했다.

"저녁진지를 올려야겠는데 기름진 것이나 냄새나는 음식도 상관없으신지요?"

"소승은 아무것이나 다 잘 먹습니다. 탁주, 청주, 소주, 모두 좋습니다. 쇠고기나 개고기가 있다면 더욱 잘 먹겠습니다."

얼마 안 되어서 하인이 밥상을 차려 내왔는데, 거기에는 쇠고기 한 접시, 반찬이 네댓 가지 있었다. 지심은 조금도 사양하는 빛이 없이 눈깜짝할 사이에 술 한 주전자와 고기 한 접시를 깨끗이 치워 버렸다. 유 태공은 맞은편 자리에 앉아서 바라보다가 두 눈이 휘둥그레지며 어리둥절했다.

밥상을 물리자, 노인은 이런 말을 했다.

"스님께서는 바깥방에서 쉬십시오. 밤중에 좀 어수선한 일이 생겨도 결코 나오시면 안 됩니다."

"오늘 밤에 무슨 일이 있으신가요?"

"오늘 밤에 딸의 신랑을 맞이하게 되어서 그것 때문에 큰 걱정을 하고 있습니다."

노지심은 큰 소리로 껄껄 웃었다.

"남자는 장성하면 장가를 들게 마련이고 여자는 시집을 가게 마련인데, 무슨 까닭으로 걱정을 하신다는 겁니까."

그 말을 듣자 노인은 안타까운 사연을 털어놓았다. 그에게는 열아홉 살짜리 외딸이 하나 있으며 그 곳에서 얼마 떨어지지 않은 도화산(桃花山) 속에 근자에 두 대왕(大王)이 나타나서 부하들을 모아 함부로 강탈 행위를 하고 있는데 이곳 청주(靑州) 관군(官軍)의 포도(捕盜)들도 손을 못 댄다는 것이었다. 그런데 어느 날 놈들이 이 노인의 집으로 돈을 걷으러 왔다가 노인의 딸을 한 번 보더니 금 스무 냥과 비단 한 필을 던지는 것으로 약혼을 삼고 바로 오늘 밤을 길일로 택하여 장가를 들러 내려온다는 것인데, 노인의 집에서는 그 놈과 싸울 수도 없고 해서 큰 걱정을 하고 있다는 것이었다.

노지심은 그 딸을 구해 줄 결심을 했다.

"그런 일쯤을 가지고 걱정하실 것 없습니다. 내가 그 혼담을 단념하도록 해 놓겠습니다."

"사람을 죽이고도 눈 한 짝도 깜짝하지 않는 놈들인데, 어떻게 그런 일을 하신다는 겁니까?"

"나는 지진 장로에게서 설법을 배웠기에 철석같은 인간이라도 설득시킬 수 있습니다. 오늘 밤에 따님만 다른 곳으로 숨겨 버리시면 됩니다. 놈이 꼭 마음을 돌리도록 만들어 놓겠습니다."

노인은 곧 하인들에게 분부하여 삶은 오리를 한 마리 내놓고 지심이 마시고 싶은 대로 술을 마시게 했다.

양껏 마신 노지심은 자기를 신부 대신 신방으로 안내하라고 했다.

노인이 그의 말대로 딸을 다른 곳으로 숨기고 딸의 방을 가리켜 주자, 지심은 두말 않고 들어가 계도를 머리맡에 놓고 선장은 침상 한옆에 꽂은 다음 발가벗고 알몸뚱아리가 되어 침상 위로 기어올라가 앉았다.

노인은 넓은 마당에 등불과 술 그리고 음식 등, 만반의

준비를 갖추고 대왕이라는 도적의 두목을 기다리고 있었다. 초경 때쯤 되어서 북 소리와 징 소리가 요란하게 울리더니 멀리서 사 오십 자루의 횃불을 밝히며 도적의 무리들이 나타났다. 두목인 대왕이 노인의 집 앞에 도착해 말에서 내리자, 부하 도적들은 일제히 축하의 소리를 울렸다.

대왕은 대청에 자리잡고 앉기가 무섭게 노인에게 물었다.

"장인, 나의 아내는 어디 있소?"

"부끄러워서 밖에 나오지 못했소."

노인은 노지심이 잘 설복시켜 주기만 마음 속으로 빌면서 대왕을 딸의 방으로 안내했다. 촛대를 손에 들고, 대왕을 인도하여 병풍 뒤를 돌아 신부 방 앞까지 오자 노인은 손으로 가리키면서 말했다.

"여기요! 이 안으로 들어가시오!"

노인은 촛대를 손에 든 채, 돌아서 가 버렸다. 길인지 흉인지 아직 알 수 없으나 뭣이 어찌 되든 간에 뺑소니를 치자는 생각에서였다. 대왕이 방문을 열고 안을 들여다보니 캄캄절벽이었다. 그는 혼잣말처럼 중얼거렸다.

"우리 장인은 과연 살림 규모가 대단하구나. 방 안에 등잔불도 켜지 않고 내 아내가 될 사람을 캄캄절벽 속에 앉혀 두었으니."

대왕은 두 손으로 더듬으며 방 안으로 들어서자 신부를

불렀다.

"여보 당신은 왜 나와서 나를 맞아들이지 않소? 부끄러워할 것 없소. 나는 내일부터 당신을 산채의 부인으로 삼을 것이니……"

그렇게 연방 중얼거리면서 다시 더듬다가 금빛 휘장이 만져지자 선뜻 얻어 젖히고 손을 넣어 휘저으면서 노지심의 뱃가죽을 쓰다듬었다. 그러자 노지심은 대뜸 그놈의 두건한 귀퉁이를 덥석 움켜잡으며 단번에 침상 아래로 깔아 버렸다. 대왕이 일어서려고 버둥거리자 노지심이 오른편 주먹을 불끈 쥐고 "이 못된 도둑놈아!"하고 소리치며 뒷 목덜미를 주먹으로 한 번 후려갈겼다. 대왕은, 엄청난 아픔을 느끼며 "사람 살리오!"하고 고함을 질렀다.

유 태공은 깜짝 놀라며 어리둥절했다. 오늘 밤에 대왕을 설득시켜 주겠다고 했는데 안에서는 사람 살리라는 소리뿐이었기에 유태공은 겁이 덜컥 났다. 황망히 촛불을 밝히게한 그는 하인들을 거느리고 안으로 달려 들어갔다. 그런데 여러 사람이 등불을 밝히고 살펴보니 건장하게 생긴 화상이 실오라기 하나 걸치지 않은 알몸뚱이로 대왕을 깔고 앉아서 마구 때리고 있는 것이 아닌가. 선두에 선 부하 졸병이 소리를 지르고 있었다.

"모두들 함께 대왕님을 구하자!"

여러 졸병들이 일제히 창과 곤봉을 들고 덤벼들어 대왕을 구하려고 했다. 그러자 노지심은 대왕을 내동댕이치고 침상 옆에서 신장을 집어들더니 대뜸 휘두르며 덤벼들었다. 졸병들은 그 같은 무서운 기세에 놀라 소리를 지르며 도망쳐 버렸다. 대왕도 그런 소란한 틈을 타서 방문 앞으로 엉금엉금 기어나와 문 앞에 매어 두었던 빈 말 위로 잽싸게 뛰어올라 나는 듯이 산 위로 달아나 버렸다.

유 태공은 지심을 붙잡고 오히려 원망조로 말했다.

"주먹다짐을 하시리라고는 생각하지도 못했습니다. 놈들이 산채로 가서 보고를 하면 도둑놈들이 떼를 지어서 우리 집으로 쳐들어 올 겁니다."

지심은 그제야 자기의 과거 경력을 솔직히 설명해 주었다. 그 따위 놈들은 수천 명이 몰려들어도 겁날 것이 없다고 뻐기면서, 자기 말을 믿지 못하겠으면 이 선장을 한 번 들어보라고 내주었다. 하인배들이 제대로 들지도 못하는 선장이 지심의 손에 들어가면 마치 파리채처럼 간단히 움직였다. 노인은 지심에게 제발 우리 집에 오래 머무르면서 지켜달라고 간청했다.

한편, 도화산의 산채에서는 장가를 들겠다고 산을 내려간 둘째 두령의 소식이 궁금해진 첫째 두령이 부하를 보내알아보려는 판이었다. 그런데 부하 졸병 몇 명이 난데없이 달려들며 허둥지둥 소리를 질렀다.

"큰일났습니다! 큰일났습니다."

첫째 두령이 대뜸 물었다.

"무슨 일이 생겼기에 그러는 거냐?"

"둘째 두령께서 매를 맞으셨습니다!"

"뭐? 그게 도대체 무슨 소리냐"

그 때, 둘째 두령이 돌아왔다는 보고가 들어왔다. 그런데 둘째 두령은 머리에 휘감았던 홍건도 없어지고 몸에 걸쳤던 녹포(綠袍)도 갈갈이 찢어졌기에 그 꼴이 말이 아니었다. 둘째 두령은 말에서 내리자, 봉변을 당하게 된 자초지종을 이야기하고 원수를 갚아 달라고 했다.

첫째 두령은 노발대발했다.

"경각을 지체 말고 내 말을 준비해라!"

첫째 두령은 말 위에 올라앉아 창을 꼬나쥐더니 부하 졸병들을 모조리 거느리고 고함을 지르면서 산을 내려갔다.

노지심이 한창 술을 마시고 있는데, 하인 하나가 달려와 소식을 전했다.

"산에서 첫째 두령이 부하 졸병을 모조리 거느리고 쳐내려왔습니다."

노지심은 태연자약했다.

"당황해할 것은 조금도 없다! 내가 모두 때려눕힐 테니까."

노지심은 옷을 입은 다음, 세도를 허리에 차고 선장을 뻗쳐 든 채 뚜벅뚜벅 보리타작하는 넓은 마당으로 걸어나갔다. 첫째 두령이 일기로 노인의 집 앞으로 다가들며 긴 창을 뻗쳐 들고 호통을 쳤다.

"그 못된 알대가리 중놈은 어디에 있느냐? 빨리 나와서 승부를 결하자!"

지심도 대로하여 매도했다.

"돼먹지 않은 도둑놈아! 내가 누군지 톡톡히 한 번 맛을 보여 주마!"

선장을 휘두르며 다짜고짜 쳐들어가자, 첫째 두령이 창 부리를 뒤로 물리며 소리를 질렀다.

"화상! 잠시 손을 멈추시오! 그대의 음성이 몹시 귀에 익으니, 우리 우선 통성명부터 합시다!"

"경략상공 밑에서 제할로 있던 노달이 바로 나다! 지금은 출가해서 화상이 되어 노지심이라고 부른다!"

첫째 두령은 별안간 껄껄대며 호탕하게 웃어젖혔다. 말에서 굴러 내려온 그는 창을 집어 던지고 지심 앞에 꿇어앉았다.

"형님! 그 동안 별고 없으셨소? 우리 둘째가 형님 앞에서 맥을 못춘 이유를 알 만하오."

노지심은 무슨 속임수가 아닌가 해서 재빨리 뒤로 몇 걸음 물러서며 그의 얼굴을 노려보았다. 횃불 속에 나타난 얼굴은 바로 창봉으로 재간을 부리며 약장사를 하고 있던 타호장 이충이었다.

이충은 다시 일어서더니 노지심을 붙들고 물었다.

"형님은 어째서 머리를 홀랑 깎아 버렸소?"

"안으로 들어가서 이야기하세!"

유 태공은 그 광경을 보자 또 한 번 깜작 놀라며 중얼거렸다.

"알고 보니 이 스님도 같은 패거리였구나!"

안으로 들어간 노지심은 이충을 자기 옆에 앉히고, 유 태공을 그 다음 자리에 앉혔다. 두 사람에게 그 때까지 자기가 지내온 경과를 상세히 이야기해 주고 나서 이충에게 어째서 이 곳에 나타나게 되었느냐고 물었다. 이충이 대답했다.

"위주 술집에서 형님과 작별한 후, 바로 그 다음 날 형님이 고기장수 정가 놈을 때려 죽였다는 소문을 듣고, 사진에게 상의하러 갔더니, 사진도 어디로 갔는지 찾아볼 수 없고, 사람을 늘어놓아 형님을 체포하려 든다는 소식을 들었기에 나도 허둥지둥 뺑소니를 쳤소, 그러다가 이 산기슭을 지나게 됐는데, 마침 공교롭게도 아까 형님이 때려눕힌 바로 그 사나이와 맞닥뜨리게 됐죠. 그자는 도화산에 산채를 마련하고 소패왕(小霸王) 주통(周通)이라 일컫고 있었는데 부

하들을 거느리고 산을 내려오다가 나를 만나 한바탕 싸우다 가 나에게 패하자 나를 산 속에 머무르게 하고 채주를 삼아 첫째 두령의 자리에 앉히게 된 것이오. 그래서 그대로 이 곳에 주저앉아 버리게 되었소."

"아우가 이 곳에 있는 이상, 유 태공의 이번 혼사는 두 번 다시 말하지 않기로 해 주게. 이분에게는 이 딸 하나가 있을 뿐이니 종신토록 봉양해야 하는데 자네들이 뺏어 간다 면 노인은 의지할 곳이 없네."

노인은 그 말을 듣자, 기뻐서 어쩔 줄 모르며 두 사람에 게 술과 음식을 대접하고 여러 부하 졸병들도 배불리 먹게 해 주었다. 그리고 예물로 받았던 금과 비단을 내놓자 노지 심이 말했다.

"아우, 이걸 자네가 나 대신 받아 주게. 이번 일은 자네가 하기에 달렸으니까……"

이충은 쾌히 승낙하고 지심에게 유 노인과 함께 산채에 가 서 며칠 묵자고 했다. 노인은 하인에게 교자를 준비시켜서 지심을 태우고, 선장과 계도와 짐짝도 운반해 가도록 했다.

밤이 샐 무렵, 이충은 말을 타고 노인은 소교를 타고 산 으로 올라갔다. 산채 안에 있는 취의청(聚議廳)에 세 사람이 자리잡은 뒤 이충이 주통을 불러들였다. 주통은 지심을 보 더니, 분노를 참지 못하며 말했다.

"형님은 나를 위해 원수를 갚아 주지 않고 도리어 그를 산채로 청해다가 상좌에 앉히십니까?"

이충은 웃으면서 말했다.

"이 스님이 바로 내가 늘 말하던, 주먹 세 대로 진관서를 때려죽인 분이네."

"그… 그래요?"

주통은 그제야 머리를 긁적긁적하더니 훌쩍 몸을 숙이며 절을 했다. 노지심도 답례를 하면서 사과했다.

"너무 시끄럽게 군 것을 언짢게 생각지 마오. 그리고 예물로 보낸 금과 비단을 여기 가지고 왔는데, 어찌할 작정이요?"

"형님 처분대로 하겠소. 두 번 다시 그 집에는 가지 않겠소."

"대장부가 한 번 작정한 일을 이랬다저랬다 해서는 못쓰네."

주통은 화살을 꺾어서 맹세했다. 노인은 예물로 받았던 금과 비단을 돌려주고 산을 내려가 집으로 돌아갔다.

이충과 주통은 소와 말을 잡아서 지심을 극진히 대접했다. 산의 경치도 구경시켜 주었다. 지심은 며칠을 지내는 동안 이충과 주통이 배짱이 있는 위인이 못되고, 하는 짓이 시시하다는 것을 피부로 느끼게 되자 산에서 내려가기로 결심했다. 결심을 하자 두 사람이 잡는 것도 뿌리치고 산을 내려갔다.

지심은 동경을 향해 십여 일 동안이나 쉬지 않고 걸었다.

어느덧 동경 장안의 모습이 눈 앞에 바라보였다. 곧장 성 안으로 들어가 시정의 혼잡한 광경을 휘둘러보면서 길 가는 행인에게 물어봤다.

"대상국사(大相國寺)는 어디 있습니까?"

"앞으로 바라다보이는 다리 건너가 바로 그 곳이요."

지심은 선장을 들고, 한참 동안 걸어서 절간 문 앞에 다다랐다. 도인이 나와 보더니 안으로 연락을 했다. 얼마 안 되어서 지객승이 나왔는데 그는 지심의 우락부락한 모습과, 철선장이며 계도를 지난 꼴을 보고 대뜸 겁을 집어먹는 모양이었다.

"어디서 오시는 분이십니까!"

"오대산에서 왔습니다. 스승 진 장로님의 편지를 여기 가지고 왔습니다. 이 절에 가서 청대사(淸大師) 장로님을 찾아뵙고 직사승 자리라도 한 자리 청을 드려 보라고 하셨습니다.

지객승이 지심을 방장(方丈)으로 안내해 가자, 지심은 보따리를 풀어 편지를 꺼냈다.

편지를 읽은 청 장로는 시자를 시켜 객방으로 가서 지심이 식사를 끝나는 대로 불러 오라고 분부했다. 청 장로가 불려온 지심을 바라보며 입을 열었다.

"이 절간에는 산조문 밖 악묘(嶽廟) 옆에 큰 채마밭이 있으니 그리 가서 그것을 관리해 주면 좋겠다. 매일 밭을 가꾸는 사람들에게 채소 열 단만 바치도록 하고 나머지는 모두 그대가 적당히 처분해서 용채나 뜯어 쓰도록 하구."

지심이 그 직책을 승낙하자, 청 장로는 그 이튿날 지심에게 채마밭 관리를 맡긴다는 법첩에 도장을 찍어서 지심에게 주었고 지심은 그것을 받아 가지고 즉시 산조문 밖에 있는 묘우로 가서 채마밭을 맡아 보게 되었다.

채마밭 근처에는 노름꾼, 건달, 망나니들이 득실거리며 늘 채마밭의 채소를 도둑질해다가 팔아먹고 있었다. 그들은 어느 날 우연히 묘우 문에 붙어 있는 방문을 보게 되었다. 거기에는 새로 노지심을 관리자로 임명하게 됐으니, 일 없는 자는 함부로 채마밭에 들어와 어지럽게 굴지 말라는 글이 쓰여 있었다.

건달패들은 그것을 보자, 새로 오는 관리자를 한 번 골탕 먹일 궁리를 했다. 신임 축하를 하는 체하고 몰려들어서 지심을 똥통 속에 처박아 버리자는 계책을 꾸몄다.

지심이 채마밭에 도착하자, 밭을 가꾸는 사람들이 몇 명 인사를 하러 왔다. 열쇠와 자물쇠의 인계를 끝낸 지심이 채마밭으로 나가서 여기저기 돌아보고 있었는데, 건달패들이 축하의 술을 가지고 달려들더니 싱글싱글 웃으면서 말을 걸었다.

"스님께서 새로 여기 오셨다기에 이웃 사람들이 모두 축

하하러 왔습니다."

지심은 그것이 계책인지도 모르고 뚜벅뚜벅 걸어서 똥통 근처까지 갔다. 건달패들은 지심을 똥통에 거꾸로 처박아 버리려는 계획으로 슬슬 접근하고 있었다.

그러나 눈치 빠른 지심은 벌써 놈들의 이상한 태도에 번갯불처럼 빨리 신경을 쓰고 있었다.

'흐음! 하룻강아지 범 무서운 줄 모르고 호랑이의 수염을 건드려 보자는 놈들이구나'

두 놈이 잽싸게 달려들어 한 놈은 지심의 오른편 다리를, 또 한 놈은 왼편 다리를 낚아채려고 했다. 하지만 지심은 놈들에게 그럴 만한 여유를 주지 않고 도리어 선수를 썼다. 오른편 발을 높이 들어 이사(李四)를 내질러서 똥통 속에다 처박고, 내빼려는 장삼(張三)을 왼편 발로 내질러 역시 똥통 속에 처박아 버렸다.

깊숙한 똥통에 빠져 허우적거리는 두 놈의 꼴은 실로 가관이었다. 코를 찌르는 악취는 고사하고 빠져 죽을 판이었다.

"이놈들, 채마밭에 있는 못에 가서 몸이나 씻고 오너라. 내 네놈들에게 할 말이 있다!"

호통을 치는 지심 앞에서 꼼짝할 도리가 없었다. 똥통에서 간신히 기어나온 두 놈은 몸을 씻고, 여러 건달패들과 함께 지심 앞에 꿇어앉아서 사죄를 했다. 그제야 지심도 자기의 경력을 밝히고 또 한 번 호통을 쳤다.

"나는 성이 노, 법명이 지심, 네 따위 놈들 백 명쯤은 문제가 아니다. 천군만마 속이라도 쳐들어가는 것을 네놈들 앞에서 보여줄 수도 있다!"

그 이튿날 건달패들은 묘우에 술과 고기 등을 잘 차려 놓고 지심을 모시고 충심으로 그들의 두목이 되어 달라고 청했다. 지심도 기분이 좋아서 거나하게 술이 돌아가고 있을 때, 좌중에서 한 자가, 담 모퉁이에 있는 큰 수양버들에서 매일 까마귀가 울어서 불길하다는 말을 했다.

지심은 당장, 벌떡 자리를 박차고 나가서 그 거창한 수양버들을 뿌리째 뽑아 내동댕이 쳐 버렸다. 건달패들은 두 눈이 휘둥그레져서 일제히 땅바닥에 꿇어 엎드리며 감탄했다.

"사부님께선 정말 범인이 아니십니다. 몸에 천만 근의 기력이 없으시다면 어찌 이것을 뽑아 버리실 수 있겠습니까?"

## 6. 표자두(豹子頭) 임충(林沖)

다음 날부터 이 건달패들은 지심을 보기만 하면 굽실굽실했고, 날마다 술과 고기를 대접했다.

노지심은 날마다 받아먹기만 할 수 없는 일이었기에 하루는 자기가 술자리를 벌이고 그들을 청했다. 그리하여 술

이 여러 순배 돌자 그들은 노지심에게 무예 솜씨를 한 번 보여 달라고 졸랐다.

노지심이 흥이 나 있었기에 철선장을 들고 뜰로 나가 놀라운 재주를 보이자 건달패는 모두 탄복해 마지 않을 뿐이었다. 그러자 담 밖에서 구경하고 있던 어떤 관인 한 사람이,

"놀라운 솜씨인걸!"하면서 갈채를 연발했다. 지심이 그 소리를 듣자, 손을 멈추고 돌아다보니 담이 무너진 곳에 관인 한 사람이 서 있었다. 마치 표범 같은 머리를 하고 있었다.

"저 무관은 누구냐?"

"팔십만 금군(禁軍)의 창봉교두 임충이라고 하는 분입니다."

"그분을 이리 청하여, 좀 만나 뵙게 해 주지 않겠느냐?"

지심과 임충은 느티나무 밑에서 서로 인사를 마치고 나서 자리잡고 앉았다. 지심이 자기가 사람을 죽이고 중이 됐다는 과거를 솔직히 말하자, 임충은 기뻐하면서 당장에 의형제를 맺고 지심을 형님으로 모시기로 했다.

지심이 술을 내오게 하여 임충과 서너 잔씩 마시고 있는데, 홀연 임충의 하녀 금아가 허물어진 담 틈으로 새빨개진 얼굴을 보이며 소리를 질렀다.

"서방님! 큰일났어요. 오악루(五嶽樓)에서 내려오는 길에 어느 괴상한 남자가 아씨를 붙잡고 놓아 주지 않아서 옥신각신 말다툼을 하고 계셔요!"

임충이 당황하며 소리쳤다.

"형님, 일후 다시 찾아뵙겠소! 언짢게 생각지 마시오!"

임충은 하녀 금아와 함께 쏜살같이 악묘로 달려갔다.

임충이 오악루로 달려가니, 어떤 젊은 녀석이 임충의 아내 장씨(張氏)를 가로막고, 이층으로 올라가자고 승강이를 벌이고 있었다.

"발칙한 놈! 백주에 남의 유부녀를 희롱하다니!"

임충이 주먹을 들어 후려갈기려고 하다가 얼굴을 보니, 그는 바로 고 태위(高太尉)의 양자 고아내(高衙內)였다. 고구는 본래 갑자기 벼슬자리에 앉은 몸으로 변변히 장가도 들지 못해 종형제의 아들을 양자로 데려다 놓았는데, 이 젊은 녀석은 허구한 날 남의 유부녀나 집적대고 돌아다니는 것이 재간이었다. 그러나 그의 권세를 두려워하는 사람들은 감히 그를 건드리지 못했다.

높이 쳐들었던 임충의 주먹이 맥이 빠지며 도로 내려오자, 고아내는 눈을 부라리며 도리어 소리를 질렀다.

"임충! 네놈이 무슨 상관이냐! 중뿔나게 나서지 마라!"

그 여자가 임충의 아내라는 것을 몰랐기 때문이었다. 따라다니는 여러 건달 녀석들이 일제히 아뢰었다.

"교두님! 언짢게 생각지 마십시오. 우리 서방님께서 뉘댁 부인이신지 모르고 그러한 일이니……"

임충은 격분을 못 참고 한참 동안이나 고아내를 노려볼 뿐이었다. 고아내는 그대로 말을 타고 제 집으로 돌아가 버렸다.

임충은 아내와 하녀 금아를 데리고 낭하를 나오다가 건달패를 거느리고 성큼성큼 걸어오는 지심과 맞닥뜨렸다. 임충의 싸움을 거들어 주러 오던 판이었다. 임충은 도리어 자기의 괴로운 심정을 호소하며 지심을 달랬다. 고 태위의 체면상 괘씸한 줄은 알지만 이번만은 용서해 주는 도리밖에 없다고 말했다. 그러자 노지심이 소리쳤다.

"원 그 따위 태위 하나 쯤 뭐가 겁이 난단 말이오? 내가 그 녀석을 만나게 되면 선장으로 백 대쯤 때려줘야겠군!"

그렇게 날뛰는 지심이 술이 취한 것을 보자, 임충은 달래다시피 해서 집으로 돌아가게 했다. 건달패들도 지심이 술에 취한 것을 알고 있었기 때문에 그를 구슬려 데리고 돌아갔다. 임충도 아내와 하녀 금아를 데리고 집으로 돌아오기는 했으나, 격분한 심정은 참을 길이 없었다.

한편, 고아내는 한 번 본 임충의 아내를 잊지 못해 집구석에 틀어박혀 잠만 자고 있었다.

어느 날 늘 따라다니는 건달패 육겸(陸謙)과 부안(富安)이 고아내를 찾아왔다. 그의 얼굴은 창백하고 풀이 죽어 차마 볼 수 없는 처참한 꼴이었다. 그는 임충의 아내 때문에 병이 덧쳐서, 반 년이나 석 달밖에는 더 살 것 같지 않다고 호소했다. 두 사람은 고아내의 비위를 맞추어 주었다.

"서방님, 아무 걱정도 하지 마십쇼! 저희들 둘이서 무슨 방법으로든지 그 여자를 서방님 수중에 넣어 드리도록 하겠습니다."

육겸과 부안은 늙은 도관을 한편으로 불러 가지고 가서 꾀었다. 자기네들은 만반 준비를 갖추고 있으니, 돌아가서 태위에게 이런 사실을 보고만 해 달라는 것이었다.

늙은 집사는 밤이 되기를 기다려서 태위를 찾아 아뢰었다.

"서방님의 병환은 임충의 아내 때문에 생긴 것입니다."

그리고 육겸이 임충을 없애 버리기 위해 만반의 준비를 갖추고 있다는 사실까지 살살이 보고했다. 태위 고구는 즉각 육겸과 부안을 불러들여 말했다.

"내 아들 녀석의 사건에 관해 자네들이 어떤 계책을 가지고 있다는 건가? 그것으로 내 아들을 살릴 수 있다면, 나는 자네들에게 후히 상을 내리겠네!"

"저희가 생각한 한 가지 계책이 있습니다."

그 계책이란 이러이러한 것이라고 말하자, 고구는 무릎을 치며 말했다.

"그거 참 좋은 생각이다."

한편에서 이렇듯 흉계를 꾸미고 있는 줄은 꿈에도 모르

고. 임충은 그 무렵 날마다 노지심과 서로 만나 함께 기리로 나가서 술을 마셨다.

어느 날 일이었다. 두 사람이 함께 열무방(閱武坊) 근처를 지나가려나까 머리에는 두건을 쓰고 몸에는 낡은 전포를 입은 사나이가 한 자루 보검(寶劍)을 손에 들고 반은 혼잣말로 중얼거렸다.

"임자를 못 만나 천하의 보검이 이대로 썩는구나."

임충은 원래 무인(武人)이라 칼에 대한 관심이 많았으나 보검을 살 만한 돈이 없어 귓가로 흘려듣고 그냥 그 앞을 지나치려니까 그 사나이가 뒤따라오며 음성을 높여 다시 한 번 중얼거렸다.

"아깝다! 천하의 보검이 임자를 못 만나 썩고 있구나!"

임충이 마침내 걸음을 멈추고 고개를 돌려 보자, 그 사나이가 칼을 획 뽑아 앞으로 내미는데, 빛나는 검광이 보는 이의 눈을 부시게 했다. 임충이 기어코 일을 당하느라 한 걸음 앞으로 나서며, "어디 좀 봅시다."하면서 칼을 받아 노지심과 함께 지세히 살펴보니, 과연 천하에 드문 보검이 틀림없었다.

"값이 얼마요?"

"3천 관은 받아야 하겠지만, 2천 관이면 팔겠습니다."

"그 값에는 아마 살 사람이 없을 게요. 만약 1천 관만 받겠다면 내가 사리다."

그 사나이는 길게 한숨을 쉰 다음에 마침내 1천 관에 그 칼을 팔고 돌아갔다.

보검을 구한 임충은 그 날은 밤이 늦도록 잠도 안 자고 칼을 손에 잡아 이리 보고 저리 살피며, 중얼거렸다.

"과연 천하의 보검이로구나. 고 태위 부중에도 보검이 한 자루 있다던데, 내 아직 구경을 못하였지만 내 것이 결코 그보다 못하지는 않을 게야…"

이튿날도 새벽에 일어나는 길로 보검부터 손에 잡고 다시 보고 있으려니까 아침때쯤 하여 승국(承局) 두 명이 와서 고 태위의 균지를 전하되, 어디서 보검을 구하였다 하니 곧 들고 들어오라, 내 것과 한 번 비하여 보자고 한다는 것이었다.

'대체 그 말은 누구에게 들어 이리도 빨리 알았단 말인고?'

임충은 속으로 의아해 마지않으며 보검을 들고 두 승국을 따라 부중으로 들어갔다. 정청 앞에 이르러 걸음을 멈추자 승국이 말했다.

"태위께서는 이 뒤 후당에 계십니다."

뒤로 돌아 후당 앞에 이르러 임충이 다시 걸음을 멈추자 승국이 또 말했다.

"태위께서는 바로 이 뒤에 계십니다. 교두를 바로 거기까지 모시고 들어오라는 분부십니다."

문을 두셋이나 지나 한 곳에 이르러 보니, 주위에 둘린 난간이 모두가 초록빛이었다. 두 승국은 임충을 당 앞에 머물러 있게 한 다음,

"여기서 기다리고 계십시오. 저희가 들어가 태위께 품하오리다."

하고 안으로 들어갔다.

그러나 얼마를 서서 기다려도 도무지 아무 소식이 없었다. 마음에 은근히 의혹이 들어 당 앞에 늘인 발을 들치고 안을 살펴보니, 현판에 쓰여 있는 푸른색의 네 글자는 곧 '백호절당(白虎節堂)'이 분명했다.

임충은 그만 소스라치게 놀랐다.

'이 절당은 곧 군기대사(軍機大事)를 상의하는 곳인데, 내가 어찌 여기에 들어왔단 말인고?'

곧 몸을 돌려 밖으로 나오려 할 때 문득 신발 소리를 크게 울리며 한 사람이 밖에서 들어오니 그는 다른 사람이 아니라 바로 본관 고 태위였다.

임충은 칼을 잡고 앞으로 나서며 예를 베풀었다 그러나 태위는 뜻밖에도 소리를 가다듬어 크게 꾸짖었다.

"임충! 나는 네놈을 부른 일이 없는데, 어찌 감히 백호절당에 네 멋대로 함부로 들어와 있단 말이냐! 네놈은 법도란 것도 모르느냐! 필시 엉뚱한 마음을 먹고 있었던 것이구나!"

임충은 몸을 굽히며 공손히 아뢰었다.

"태위께서 방금 승국에게 시켜서 이 임충을 부르셨단 말씀을 들었기 때문에 여기 온 것뿐입니다."

"너를 불렀다는 승국은 어디 있느냐?"

"저 안으로 갔습니다."

"이놈 듣기 싫다! 어떤 승국이 감히 저 안으로 들어갔단 말이냐? 에잇, 저놈을 빨리 잡아 내려라!"

말이 떨어지자 이방(耳房) 뒤로부터 20여 명의 무리가 우루루 달려 나와 그대로 임충을 묶어 버렸다.

고구는 임충을 개봉부로 넘기고 부윤에게 분부하되 엄히 신문한 다음에 감리(勘理)를 명백히 하여 처결하라고 했다.

개봉부로 넘어간 임충은 부윤 앞에 나가자 전후수말을 자세히 아뢰어, 태위 부자가 자기를 모해하려 함이요, 결단코 자기에게는 털끝만한 죄도 없음을 주장했다.

그러나 부윤은 고구의 뜻을 받아 임충이 칼을 들고 백호절당으로 들어간 것은 태위를 모해하려 함이었다 하며 기어코 그를 참형에 처하려 했다.

그러나 이러한 시절에도 올곧은 관원은 있었다. 당안공목(當案孔目)은 손정(孫定)이라는 자로서 강직하기로 유명한 사람이었다.

그는 부윤을 향하여 말했다.

"이 개봉부는 조정의 뜻을 받아 천하의 대법을 행하는 곳이 아니라 고 태위의 말 한 마디로 그 처단이 좌우되는 곳이오니까?"

"그것은 어찌 하는 말이오?"

"고 태위가 권세를 빙자하여, 털끝만치라도 자기의 위엄을 범한 자가 있으면 곧 우리 개봉부로 넘기어, 죽이고 싶으면 죽이고, 살리고 싶으면 살리기를 임의로 하는 줄은 천하가 다 아는 일이 아닙니까?"

부윤이 당황하여 물었다.

"그러면 임충을 어떻게 처결해야 옳겠소?"

"임충의 구사(口詞)를 보면 죄없는 사람임이 분명합니다. 다만 그를 백호절당까지 데리고 들어갔다는 승국을 잡지 못하여 일이 명백치 못하니, 칼 차고 잘못 절당을 범한 죄만을 다스리기로 하여 척장 20대에 멀고 험한 창주 땅으로 귀양을 보내는 것이 법에 마땅할까 합니다."

이리하여 임충은 위태로운 목숨이 겨우 살아, 머리에 큰 칼을 쓰고, 동초(董招)와 설패(薛覇)라는 두 명 방송공인(防送公人)에게 끌리어, 멀리 창주 노성(牢城 : 교도소)을 향하여 떠나게 되었다.

임충이 창자가 끊기는 듯한 마음으로 아내에게 당부했다.

"부인은 과도히 애통해 말고 내 말 한 마디 들어 보오.

내 이제 창주로 떠나니, 생사존망을 기약할 길이 바이 없소
그려. 행여나 내가 돌아오기만을 기다리다가 전정을 그르
치지 말고, 부디 마땅한 데가 있거든 하루라도 일찍이 개가
를 하도록 하오."

아내는 그 말을 듣고 그대로 혼절해 버렸다.

사랑하는 아내 장씨와 애를 끊는 작별을 마치고 임충은
마침내 창주로 향하여 길을 떠났다. 그를 압송하는 두 방송
공인이 품에 지니고 있는 개봉부 공문에는 임충을 창주 노
성으로 넘기라고 쓰여 있건만, 그들은 기어코 중로에서 임
충을 없애 버리려는 속셈이었다.

개봉부를 떠나기 전에 육겸이 그들 두 사람을 남몰래 주점
으로 불러서 열 냥 은자를 주고 고 태위의 분부시니 죄인을
중로에서 죽이고 돌아오라고 신신당부를 했기 때문이다.

길을 가기 사흘. 유월 염천의 숨이 탁탁 막히는 불볕더위
에 어제까지도 그냥 견디겠던 봉창(棒瘡)이 마침내 크게 터
져 임충은 촌보를 옮기기 어려웠다.

그러나 열 냥 은자에 눈이 어두워 그의 목숨까지를 빼앗
으려는 무리에게 인정사정이 있을 턱이 없었다.

"여기서 창주까지 2천 리가 훨씬 넘는 길인데, 이렇게 가
다 언제 가려느냐? 어서 빨리 걷지 않고 무얼 꾸물대느냐?"

동초와 설패는 연해 수화곤(水火棍 : 죄인을 때리는 몽둥이)을

휘두르며, 그저 마소 몰듯 임충을 몰고 나갔다.

이 날 밤, 세 사람이 찾아 든 주막에서 두 사람이 연해 권하는 술에 임충이 저도 모르게 취하여 일곱 근 반짜리 큰 칼을 쓴 채 그대로 한 옆에 곯아떨어지고 말았다. 그러자 설패가 슬그머니 일어나 밖으로 나가더니, 펄펄 끓는 물 한 대야를 들고 들어왔다.

"임 교두, 일어나서 발 씻고 자우."

흔들어 깨우는 통에 임충은 졸린 눈을 비비고 일어나 앉으려 했으나. 머리에 쓴 칼이 걸리어 몸이 임의로 놀려지지 않았다.

"그냥 그러고 계슈. 내가 씻어 줄게."

"천만의 말씀이오."

"괜찮소이다. 발을 이리 뻗우."

그것이 불측한 계교인 줄 모르고 임충이 불안스럽게 내놓은 발을 설패는 그대로 두 손으로 꽉 잡아서 대야 속에다 잠갔다.

"악!"

한 마디 소리치고 곧 발을 잡아 뺐으나, 끓는 물에 덴 발은 금세 시뻘겋게 부풀어 올랐다. 그대로 '에구구' 하고 소리를 지르며 쓰러져 버리는 임충을 설패는 곁눈으로 흘기며,

"젠장헐! 일껀 발까지 씻어 주었더니 물이 차서 싫다, 더

워 싫다 앙탈이니… 원 별놈의 꼴도 다 보겠다."하고 밤이 깊도록 투덜거리기를 마지않더니, 이튿날 새벽에는 주막 사람들이 미처 눈을 뜨기 전부터 일어나서, 부랴부랴 밥 지어 먹고는 임충을 재촉하여 어서 떠나자고 성화였다.

마지못하여 짚신을 꿰어 신고 그들을 따라 나서니 끓는 물에 한껏 부풀어 오른발이 한 마장 길도 미처 못 가서 탁 터져 그대로 피투성이였다.

동초와 설패의 재촉에 못 이겨 5리 길을 더 걸어, 낮에도 해를 구경하지 못할 만큼 울창한 송림에 이르렀다.

그 곳은 바로 야저림이라고 부르는 유명한 숲이었다. 동경과 창주를 연결하는 가도 중에서 가장 넘기 힘든 난관이었다. 임충은 마침내 그 곳에서 쓰러지고 말았다.

"저 사람이 더 못 걷겠다니 우리도 그럼 여기서 한잠 자고 가기로 할까?"

"하지만 우리가 자는 사이에 저 사람이 어디로 도망이나 가면 어쩌지?"

두 방송공인이 주고받는 말을 듣고 임충이 한 마디 했다.

"내게 도망치려는 생각이 있었다면 설사 방송공인이 백 명이었더라도 벌써 도망을 쳤을 게요. 마음 놓고들 주무시오. 더구나 지금 이 발을 해 가지고 가기는 어딜 가겠소."

"그래도 마음이 안 놓이는걸 숫제 나무에다 비끄러매어

놓을까?"

동초와 설패는 곧 옆에 선 큰 소나무에다 임충을 꼼짝 못하게 비끄러매어 놓았다. 한잠 자겠다던 놈들이 수화곤 (水火棍)을 꼬나잡고 뜻밖의 말을 하는 것이었다.

"이건 뭐 우리가 하고 싶어 그러는 게 아니다. 우후 육겸 이란 자가 고 태위의 분부라면서 너를 죽이라고 해서 죽이 는 거다. 어차피 당할 노릇을 며칠 뒤로 미뤄 봤자 고생만 더할 뿐이지 무슨 뾰족한 수가 있겠느냐! 오늘 이 자리에서 우리 작별을 하자."

뜻밖의 말을 듣고 나자, 임충의 두 눈에서 눈물이 비오듯 했다.

"내 두 분과 일찍이 원수진 일이 없는데, 나를 여기서 죽 이다니 어인 말씀이오? 목숨만 살려 주신다면 그 은혜는 맹 세코 잊지 않으리다."

그러나 동초는 코웃음을 치며 말했다.

"동관, 한가한 수작할 거 있나? 어서 요정을 내세."

설패와 함께 수화곤을 번쩍 치켜들고, 그대로 임충의 머 리를 내리치려는 바로 그 때였다.

송림 속으로부터 벽력같은 호통이 들리며 한 자루 철선 장이 날아와 두 사람의 수화권을 때려 떨구더니, 무섭게 살 찐 중 한 사람이 나서며,

"이놈들아! 하늘이 무섭지 않느냐?"
하고 소리를 가다듬어 꾸짖었다.

임충이 고개를 들어 보니, 다른 사람이 아니라 노지심이었다. 두 공인은 마음이 놀라고 가슴이 떨리어, 바보처럼 노지심의 얼굴만 멀거니 쳐다보았다 노지심은 땅에 떨어진 선장을 집어 들고 곧 그들을 치려 했다. 그러자 임충이 황망히 그것을 말렸다.

"이 두 사람에게는 죄가 없는 일이니. 구태여 죽일 것까진 없소."

그 말에 노지심은 선장을 든 손을 내리고 즉시 임충의 앞으로 와서, 계도를 빼어 묶은 것을 끊어 버리고 지난 일을 이야기했다.

"자네가 고구 놈의 흉계에 걸려서 애매하게 붙들렸단 말은 그 즉시 들었으나, 어떻게 구해 낼 도리가 있어야지. 창주로 귀양을 떠난다는 날, 이 두 놈의 동정을 가만히 살펴보니까, 정녕 그 육겸이라는 놈하고 술집에서 만나서 남몰래 하는 수작이 아무래도 수상해. 그래서 뒤를 밟아오다가 어젯밤에 술집에서 밤이 늦어 끓는 물에 너의 발을 잡아넣어 데이게 하는 것을 보니 기가 막혔다. 그래서 내가 저놈들의 뜻을 대강 짐작하고 방심할 수 없어 근심하다가 오늘 새벽 오경에 주막을 나오기로 내가 먼저 달려와 저 숲속에 숨어

서 망을 보았다. 그러는데 저놈이 과연 현제를 해하려고 하는 것을 보고야 어찌 저놈들을 살리겠는가."

임충이 말하였다.

"형님 은혜는 무엇으로 갚아야 좋을지 모르겠소. 그래, 형님은 이제 어디로 가시려오?"

"가기는 어디로 간단 말인가? 나 없으면 이놈들이 또 무슨 짓을 할지 아나? 내친걸음에 아주 창주까지 함께 갈 생각일세."

노지심은 동초와 설패를 돌아보고 분부했다.

"이놈들아 어서 이 어른 곱게 모시고 내 뒤를 따라라."

두 명 공인은 그저 목숨이 붙은 것만이 다행이어서 임충을 좌우에서 부축하고 뒤만 따랐다.

이 때부터 매사가 모두 노지심의 주장대로였다. 가고 싶으면 가고, 쉬고 싶으면 쉬고 잘해도 꾸짖고 수틀리면 매질이었으나, 두 명 방송공인은 말대꾸 한 마디 감히 못하고 그저 하자는 대로 따랐다.

이틀 지나 노지심은 수레 한 채를 사서 임충을 태우고 동초와 설패에게 이번에는 또 수레를 밀라고 분부했다.

그렇게 네 사람이 길을 가기 보름쯤 지나, 이제는 창주도 상거 70리 밖에 안 되는 곳에 다다랐다. 사람들에게 물어보니 이로부터 창주까지는 연달아 인가가 있어 사람들의 왕래도 빈번하다고 한다.

"이제는 내가 안 따라가도 별일 없을 성싶으니, 여기서 나는 그만 돌아가겠네. 부디 몸성히 지내게. 뒷날 다시 만날 때가 있겠지."

노지심은 품에서 20냥 은자를 내어 임충에게 주고, 다시 두 명 공인에게도 각각 두 냥씩 행하를 내린 다음에 표연히 온 길을 되돌아갔다. 두 명 공인은 혀를 휘휘 내두르며 그가 사라진 곳을 한참이나 멀거니 바라보고 있었다.

## 7. 소선풍(小旋風) 시진(柴進)

노지심과 헤어진 임충은 도중에 소선풍 시진을 만나게 되었다. 이 시진이라는 이는 대주(大周) 시세종(柴世宗) 황제의 후손으로, 무덕 황제가 내린 서서(誓書)와 철권(鐵卷)을 가지고 있어 아무도 그를 홀홀히 보지 못하는데다 또 대재주(大財主)라 그의 이름은 멀리 동경에까지 알려져 있었다.

시진은 이 날 노루 사냥을 나왔다가 방송공인에게 압송되어 가는 임충을 보자 물었다.

"거기 칼을 쓰고 가는 사람은 어떠한 사람입니까?"

임충이 몸을 굽히며 대답했다.

"소인은 동경 금군교두였는데 성은 임이요 이름은 충입

니다. 고 태위와 원수가 되어 창주로 귀양가는 길입니다."

시진이 급히 말에서 내려 임충에게 절하며 예를 갖췄다.

"교두를 일찍이 만나지 못하였으니 그 죄를 용서하여 주십시오."

하며 임충의 손을 이끌고 장상에 이르러 장객이 크게 장문을 열자 시진이 청하여 청상에 올라가 예하고 말하였다.

"소인 오래 전부터 교두의 높은 성함을 들었는데 오늘날 폐사에 강림하시니 평생에 갈망하는 원을 풀었습니다."

"대관인의 높은 성함은 천하에 가득하더니 오늘에야 존안을 뵈오니 속세에 천만다행입니다."

시진이 재삼 겸양하고 임충을 붙들어 주빈석에 앉히고 동초 설패는 그 아래에 앉힌 후 장객에게 명하여 술과 밥을 가지고 오라 하였다. 장객이 탁자에 술과 고기를 벌려 놓고 또 소반에 백미와 십관전을 내어다가 탁자 위에 놓았다.

시진이 보고 혀를 차며 말했다.

"촌부가 높고 낮음을 알지 못하여 이리 소홀히 대접하는구나. 빨리 들어가서 과품과 술을 가져온 후 양과 돼지를 잡아서 잔치하게 하여라."

임충이 몸을 일으키며,

"대관인은 너무 지나치게 염려하지 마십시요. 이만 하면 임충의 본의에 족합니다."

하고 말하자 시진은

"어찌 그럴 수가 있겠습니까. 교두가 이 곳에 오시는 것이 쉽지 못 하니 소홀히 대접하여서는 아니 됩니다."

하며 술을 내다가 대접했다.

이 때 장객이

"교사 홍 교두께서 오십니다."

하고 알리니 시진이 그에게 명하여 교의를 가져다 놓게 하고 교사를 청했다.

"한자리에서 술을 먹는 것이 좋겠습니다."

머리에 두건을 비껴쓴 교사라는 사람이 교의에 앉는 것을 보면서 임충은 '장객들이 교사라고 하니 이 사람은 대관인의 스승이로구나.'하고 생각했다. 그래서 몸을 굽혀 절하며 말하였다.

"임충이 삼가 뵈옵니다."

그 교사가 본 체도 들은 체도 하지 않았기에 임충은 미안하여 얼굴을 감히 들지 못하였다.

시진이 임충을 가리키며 말했다.

"저 사람은 동경 팔십만 금군교두이십니다."

임충이 그 말을 듣고 다시 절을 했으나 홍 교두는 "절하지 마시오."하며 답례를 하지 않았다. 때문에 시진이 불쾌하게 생각하며 자리를 정하는데 임충이 사양하며 홍 교두에게 앉

기를 청하니 그는 조금도 사양하지 않고 앉았다.

임충은 그 아래 앉고 두 사람 공인이 또한 그 아래에 앉았는데 홍 교두가 말했다.

"대관인은 무슨 연고로 귀양 가는 무리에게 후한 대접을 행하시오."

시진이 대답했다.

"저 임 교두는 다른 사람들과 비교하지 못합니다. 팔십만 금군교두이시니 사부는 소홀히 대하지 마시기 바랍니다."

"대관인이 창봉 쓰기를 좋아하시니 저런 귀양 가는 무리들이 모두들 이르기를 창봉교사라 하며 장상에 찾아와 주식을 얻어먹고 돈과 쌀을 얻어 갑니다. 그런데 대관인은 왜 항상 속으십니까?"

임충이 듣고도 감히 입을 열지 못하자 시진이 말했다.

"너무 교만한 태도로 남을 업신여기지 마시오."

홍 교두는 그 말을 듣고 화를 내며 일어나 말했다.

"내가 저 사람을 믿지 아니하니 만일 나와 싸워 한 합을 능히 견디면 그 때는 진짜 교두로 알겠소."

시진이 껄껄 웃으며 말했다.

"참 좋은 말씀입니다. 임 무사의 뜻은 어떠하십니까?"

임충이 겸손히 말했다.

"소인이 어찌 당하겠습니까?"

홍 교두는 마음 속으로 헤아리고 있었다.

'저놈이 원래 아무것도 모르니 겁을 내는구나.'

하고 생각하며 더욱 잘난 체 했다. 때문에 시진이 한편으로는 임충의 무예를 보고 싶고, 한편으로는 임충으로 하여금 홍 교두의 예기를 꺾고 싶었다.

때마침 달이 솟아 청상이 대낮 같았다. 시진이 이윽고 말하였다.

"두 분 교두께서는 한 번 재주를 시험하여 보십시오."

임충은 곰곰이 생각했다.

'저 홍 교두는 시대관인의 사부라고 하니 만일 한 막대로 쳐서 물리치면 시대관인이 허망해할 것이 아닌가.'

시진은 임충의 주저하는 까닭을 짐작하고 넌지시 말했다.

"저 홍 교두는 이 곳에 온 지 오래 되지 않았고 또 이 곳에 적수가 없으니 임 무사는 어려워 말고 시험해 보십시오. 저는 두 분 사부들 중에서 어느 분이 높고 낮은지 보려고 합니다."

임충은 비로소 홍 교두를 맞아 겨뤄 보려고 하였다.

홍 교두가 먼저 몸을 일으키더니 "내가 너와 한번 재주를 겨뤄 보겠다."하며 막대를 들고 임충을 공격했다.

두 사람은 달 밝은 뜰에서 오륙 합을 싸웠는데 임충이 갑자기 권자 밖으로 뛰어나오며 말했다.

"잠깐 쉬겠습니다."

시진이 의아해하며 물었다.

"교두께서는 어찌하여 힘을 다하지 않으십니까?"

"소인이 졌습니다."

"두 분이 끝까지 겨뤄 보시지도 않았는데 어찌 지셨다고 하십니까?"

임충이 목에 씌워진 칼을 가리키며 말했다.

"이것 때문에 지는 것이 당연합니다."

"제가 깜박 잊었습니다."

시진은 장객을 불러 은자를 내어 오라고 하여 탁자에 놓고 공인들에게 말했다.

"두 분은 교두의 칼을 벗겨 주오. 무슨 일이 생기면 내가 책임지겠소."

동초와 설패는 시진의 부탁을 거절할 수 없었다.

더욱이 열 냥 은자가 있는 것을 보고 즉시 임충의 목에 씌워진 칼을 벗기니 시진이 기뻐하며 말했다.

"이제는 마음 놓고 하겠습니까?"

시진은 장객에게 명하여 이십오 량 큰 두레에 은을 담아 내오라고 하여 상에 올려놓고 말했다.

"두 분 사부께서 서로 겨뤄 이기시는 분에게 이것을 상으로 드리겠습니다."

홍 교두는 임충을 업신여겼으며 더 큰 은자를 보고 욕심이 생겼기에 다시 공격을 가했다.

임충이 뒤로 잠깐 물러나자 홍 교두가 따라 들어오며 막대로 치려고 하였다. 임충이 그 막대 쓰는 법이 어지러운 것을 보고 문득 막대를 들어 내려치자 홍 교두는 손 쓸 사이 없이 임충의 막대 공격에서 벗어나지 못하고 뒤로 자빠졌다.

시진은 크게 기뻐했고 모든 장객들도 크게 웃었다.

홍 교두는 감히 다시 겨룰 엄두를 내지 못했다. 장객의 부축을 받아 일어난 그는 부끄러운 빛이 가득해진 채 문 밖으로 나가 버렸다.

시진이 임충의 손을 잡아 이끌고 후당에 들어가 술을 마실 때 장객에게 명하여 은을 가져다가 임 무사께 드리라고 했으나 임충은 받지 않았다.

시진은 임충을 십분 공경하여 그대로 후당에 머물러 있게 하고, 날마다 대접함이 심히 융숭했다. 하지만 며칠 지나자 방송공인들의 재촉이 성화같았다.

시진은 작별을 아끼며 마침내 그를 떠나보내는 날, 두 봉 서찰을 임충에게 써 주며 말했다.

"한 통은 청주 대윤(大尹) 앞이고, 또 한 통은 관영 앞입니다. 두 사람 모두 저와는 교분이 두터운 사이지요. 이 글을 보면 저들이 교두를 소홀히 대하지는 않을 것입니다."

그리고 그는 다시 스물댓 냥 은자를 임충에게, 댓 냥 은

자는 두 명 방송인에게 주었다.

시진이 다시 말했다.

"며칠 후에 제가 겨울옷을 보내어 교두께서 입게 하겠습니다."

임충이 말했다.

"대관인의 은혜를 어떻게 다 갚겠습니까."

이리하여 그 날 오시(午時)에 세 사람은 창주에 다다랐다. 두 명 방송공인은 임충을 노성에 넘기고 대신 창주 대윤의 회문(回文)을 받아 품에 지닌 다음, 곧 동경으로 돌아갔다.

이 때 임충은 뇌성영에 이르러 독방에 앉아 점고하기를 기다리고 있었는데 일반 죄수들이 나타나 그에게 말했다.

"그대가 모를 것 같아 우리가 일러 드리려고 하오. 이 곳에는 차발과 관영이 있는데 뇌물을 좋아합니다. 만일 뇌물이 없으면 옥 속에 갇혀 살려고 하여도 살지 못하고 죽을려고 하여도 죽지 못합니다. 또 첫 번 점고 때 뇌물이 없는 사람은 일백 대를 맞습니다. 이 매를 맞으면 열에 일곱 여덟은 죽는데 뇌물을 주면 길에서 병들었다고 하며 때리지 않습니다."

"그대들이 일러 주는 것은 감사합니다만 뇌물은 얼마나 줍니까?"

여러 사람들이 이르기를

"은자 댓 냥을 주면 충분할 것입니다."

하고 말을 하는데 차발이 이르러 물었다.

"어느 사람이 새로 들어온 정배군이요?"

임충이 나와 절하며 말하였다.

"소인이올시다."

차발이 제게 줄 돈을 안 가져온 줄 알고 낯빛이 변하며 호령했다.

"네가 나를 업신여기지만 너는 내 손 안에 쥔 물건과 다를 바 없다."

모든 죄수들이 차발이 노하는 것을 보고 흩어져 가는데 임충이 허리에서 닷 냥 은자를 꺼내 들고 웃는 낯으로 말했다.

"차발 형님은 노여워하지 마시오. 은자 닷 냥이 비록 적으나 소인이 성의를 표하는 것입니다."

차발이 그제야 얼굴을 펴고 말했다.

"이것을 관영께 갖다 드리라는 것이냐?"

"관영상공께 드릴 것은 열 냥 은자가 따로 있습니다."

차발이 그제야 웃으며 말했다.

"내가 임 교두의 좋은 이름을 들은 지 오래 되었는데 이제 보니 정말로 호남자요. 생각하기에 그대는 아무 죄도 없는데 고 태위가 남을 모함에 빠지게 한 것이니 괴로움은 잠시고 나중에는 큰 이름과 그만한 의표로 어찌 대관이 되지 못하겠소."

임충이

"어찌 그러하기를 바라겠습니까?"

하며 시진의 서신을 내어 열 냥 은자와 함께 차발에게 주며 말했다.

"형님이 나를 위하여 관영에게 드리십시오."

차발이 다시 말했다.

"그대를 점시할 때 만일 일백 살위봉을 치려고 하거든 그대는 길에서 병들었다고 하시오. 그러면 뒷일은 내가 적당히 처리하겠소."

임충은 독방에 돌아와 홀로 탄식했다.

"돈이 있으면 가히 귀신도 부린다 하더니 그 말이 잘못된 말이 아니로다."

차발은 반을 떼고 남은 닷 냥 은자와 서신을 가지고 가서 관영에게 주고 임충에 대해 좋게 말해 주었다.

"이 사람은 호걸이며 고 태위의 모함을 입은 것이니 큰 죄가 없습니다. 그리고 시대관인의 서신도 필경 저 사람을 돌봐 달라는 부탁인가 합니다."

관영이 점두하고 임충을 불러들였다.

패두가 와서 부르니 임충은 점시청 앞에 이르렀다. 관영이 임충을 보며 말했다.

"태조 무덕 황제가 지으신 법에 새로 귀양 온 정배군은 일백 삼위봉을 치라고 하셨으니 너는 맞아라."

그가 좌우를 호령하여 빨리 치라고 하자 임충이 고하였다.

"소인이 길에서 병이 들어 아직 낫지 못하였습니다."

차발이 얼른 말했다.

"저 사람의 얼굴에 병색이 있으니 두었다가 후일에 치는 것이 좋을까 합니다."

관영이 허락하자 차발이 말했다.

"천왕당을 지키는 사람의 기한이 찼으니 임충이 대신 보게 하십시오."

관영이 그 말을 좇아 임충에게 천왕당을 지키라고 했다. 임충이 짐을 꾸려가지고 옮겨 천왕당으로 갈 때 차발이 말했다.

"내가 교두의 일을 주선하여 이 소임을 시켰습니다. 다른 죄수들은 일찍 일어나 늦게까지 잠시도 쉬지 못하고 그 중에서 인정을 쓰지 않은 사람은 옥에 갇혀 살아나기 힘듭니다."

임충은 사례하고 또 삼사 냥 은자를 내어 차발에게 주며 말했다.

"형님께서 윗분께 주선하여 나의 칼을 좀 벗겨 주십시오."

"그렇게 해 봅시다."

차발이 대답하고 은자를 가지고 관영에게 가서 두어 말 하더니 내려와 임충의 칼을 벗겨 주었다.

임충이 이 날부터 천왕당에 있으며 한가하게 지냈는데 세월은 흐르는 물 같아 어느덧 오십 일이 지났다.

이 때부터 서로 정이 들고 친해져서 지키는 바도 없고 또 시대관인이 보낸 겨울옷을 입게 하였다.

매일 하는 일이라고는 천왕당 간수(看守)의 소임이라, 아침과 저녁 두 차례 향을 피우고 마당이나 쓸면 그만이었다.

날이 가고 달이 오고, 어느덧 5, 60일이 지나 초겨울로 접어든 어느 날이었다. 임충이 오래간만에 거리로 나가 한가로운 걸음을 옮기고 있으려니까 문득 등 뒤에서 누가,

"임 교두께서 여기는 웬일이십니까?"

하고 부르는 소리가 들렸다.

이 곳에 나를 알 사람이 없는데 어인 일일까 하고 생각하며 고개를 돌려 보니, 그는 뜻밖에도 이소이(李小二)라는 자였다.

그는 전에 동경의 어떤 주점에서 일을 보던 사람이었다. 평소에 임충에게 은혜를 많이 입었는데 주인집 돈을 훔치다가 들켜서 관사에 붙잡힌 것을 임충이 힘을 많이 써 석방되어 나왔으나 동경에서 있지 못하게 되어 임충이 또 노자를 주어 다른 곳으로 가서 살게 하였다. 그를 이 곳에서 만난 것은 정말로 뜻밖이었다.

이소이는 허리를 굽혀 절하고는 말했다.

"은인이 구제하여 주신 덕택에 창주에 와서 자본주를 만났는데 성은 왕가(王哥)입니다. 소인은 그의 가게에서 음식을 만들게 되었는데 모든 손님들이 맛있게 잘 한다고 하여 유명해져 장사가 전에 비하여 몇 배나 잘 되어 주인이 소인을 사위로 삼았습니다. 그 후 장인과 장모가 돌아가시고 나니 다만 소인 부부만 남아 술을 팔고 있는데 오늘 조그만 일이 있어서 이 곳에 왔습니다. 은인은 무슨 일로 이 곳에 오셨습니까?"

임충은 얼굴에 새겨진 것을 가리키며 말했다.

"내가 고 태위와 원수를 지어 그놈의 모함을 입어 이리로 귀양왔는데 지금은 천왕당을 지키고 있네. 뒷일은 어찌 되었든 오늘 그대를 만나 보니 반갑네."

이소이는 한시도 임충의 은혜를 잊고 있지 않았다. 어떻게 하면 그의 은혜를 갚을 수 있을까 하고 생각해 온 이소이는 이처럼 임충이 귀양살이를 와서 천왕당을 지키고 있는 신세라는 것을 알자 한편으로는 슬펐고 또 한편으로는 기뻤다.

이소이는 임충을 청하여 제 집에 이르자 아내를 불러 나의 은인이니 뵈오라고 했다. 부부 두 사람이 기뻐하며 말했다.

"소인들에게 가까운 친척이 없는데 오늘 은인을 만나니 이것은 하늘이 가르치는 것입니다."

"나는 죄수가 되어 귀양 온 사람이니 그대에게 누만 될까 하오."

이소이는

"은인의 높으신 존함을 누가 모르겠습니까. 그런 말씀은 마시고 낡은 의복을 갖다가 소인의 집에서 빨래하여 고치게 하여 주십시오."

하고 말하며 술과 밥을 내다가 환대하고 밤이 든 후에 돌아가게 했다. 그리고 이튿날 또 청하여 극진히 대접했기에 임충은 그들 부부가 진심으로 대접하는 것을 보고 돈을 조금 보태 주어 본전을 삼게 하였다.

그러던 어느 날이었다. 바로 이소이의 주점에 동경에서 온 듯싶은 손님 둘이 찾아왔다.

술과 안주를 가져오라고 한 다음에 사람을 보내서 관영과 차발을 청하여 남몰래 은밀하게 주고받는 수작이 아무래도 수상쩍었다.

이소이가 의혹이 들어 아내에게 시켜 몰래 옆방에서 엿듣게 했더니, 워낙 은밀히 하는 이야기라 자세히는 알 수 없어도, 간간이 '고 태위'니 '임충'이니 하는 사람의 이름이 섞이어 나오는 양이, 은인의 신상에 심상치 않은 관계가 있는 수작 같았다.

이소이가 곧 임충에게 이 일을 알리려 할 때 마침 임충이 들어오며 물었다.

"장사 잘 되나?"

이소이가 황망히 맞이하며 임충이 좌정한 후에 말했다.

"은인을 뵈오러 가려던 중이었습니다."

"무슨 긴요하게 할 말이라도 있는가?"

이소이 부부가 임충을 안으로 들어오게 하고는 그들의 대화에 대해서 말했다.

"한 사람은 키가 퍽 작더구먼요. 한 5척밖에 안 되어 보였는데 해끄스름하니 수염은 안 난 이가 나이는 30여 세쯤 되어 보이고, 또 한 사람도 키는 작은 편인데 얼굴은 검붉더군요."

"30여 세쯤 되었다는 놈 그게 바로 육겸이란 놈이야. 이놈! 네가 기어코 나를 해치러 여기까지 쫓아왔구나. 만나기만 해 봐라. 내 그냥 둘 듯싶으냐?"

임충이 노해서 중얼거리자 이소이가 권했다.

"다만 방비하는 것이 우선일 듯 하옵니다. 옛날 사람이 '급히 먹는 밥에 목이 메이는 것을 생각하라'고 하신 말을 듣지 못하셨습니까? 교두께서는 급히 굴지 마십시오."

하지만 크게 분노한 임충은 이소이의 집에서 나와 거리에서 한 자루 해완첨도(解腕尖刀)를 사서 몸에 감추고 원수를 찾아 매일같이 성내를 돌아다녔다. 때문에 소이 부부는 은

근히 걱정이 되어 밤을 흘렸다. 그러나 닷새가 지나도록 육겸의 모습은 볼 수가 없었다.

그런데 엿새째 되는 날, 관영이 임충을 불렀다. 육겸에게서 돈을 받아먹고 제가 나를 어쩌려고 그러나…하고 속으로 생각하며 임충이 가 보니, 천왕당 간수 소임을 풀었으니 앞으로는 대군 초료장(大軍草料場)으로 가서 그 곳을 관리하라고 분부했다.

이 대군 초료장이란 동문 밖 시오 리 되는 곳에 있으며, 다달이 정해 놓은 초료만 바치고 나면 나머지는 관리하는 사람이 임의로 사용할 수 있었다. 얼마간 들어오는 돈도 있었으므로 천왕당 간수 소임보다는 이를 테면 승차한 셈이었다. 그러나 그것이 흉측스러운 계책인 줄을 임충은 꿈에도 알 수 없었다.

임충은 곧 이소이에게로 가서 작별을 고하고 천왕당으로 돌아가 짐을 꾸려 등에 지고, 해완첨도는 허리에 차고, 화창(花槍)은 손에 든 다음, 차발과 함께 초료장으로 향했다.

그 날 따라, 험상궂은 겨울 날씨에 북풍이 사납게 일고 눈이 지독하게 퍼부어 지척을 분별할 수 없게 쌓였다. 임충과 차발이 초료장에 다다라 주위를 둘러보니 황토담이 둘러쳐져 있었고 두 짝의 큰 대문이 있었다. 그것을 밀고 안을 들여다 보니 말 먹이 풀이 산더미처럼 쌓여 있으며 그 중간 두 군데에 초청이 있었다. 그 초청 안에서 늙은 죄수가 불을 쬐고 앉아 있었다.

"당신과 내가 일자리를 바꾸게 됐으니 이제 천왕당에 가서 지키시오."

임충이 이렇게 말하자 늙은 죄수는 열쇠를 가지고 사방 안내를 해 주며 풀더미 수효를 확인시켰다. 그는 보따리를 짊어지고 떠나면서 이런 말을 했다.

"창고에 쌓인 것과 허다한 마초가 다 수효가 있는데 낱낱이 맞고 또 화로와 남비 식기들은 그냥 두고 갈 것이니 당신이 쓰시오."

"나도 쓰던 것이 다 천왕당에 있으니 당신이 쓰시오."

그 늙은 죄수가 벽에 걸린 호리병을 가리키며 말했다.

"당신이 만약 술이 먹고 싶거든 저 호리병을 가지고 동쪽으로 이 삼 리만 가면 그 곳에 마을과 술집이 있소. 그러면 편안히 계시오."

늙은 죄수와 차발이 돌아간 뒤에 임충이 혼자 남아서 불을 쬐고 있었으나 말이 집이지 사면 벽이 모두 헐어서 바람이 그대로 들어와 밖이나 다름이 없었다.

임충이 짐을 풀고 이불을 내어 깔고 화로의 불이 신통치 않아 불을 피우려고 뒤쪽에서 숯을 가져 오다가 머리를 들어 보니 집이 다 기울어지고 또 삭풍에 지붕이 다 벗겨진

상태였다.

'이 집이 이렇게 헐었으니 눈이 그치면 우선 미쟁이를 불러다가 집을 고쳐야겠다.'

추위에 떨던 임충은 문득 늙은 죄수가 일러 주었던 말을 생각하고 호리병을 화창에 달아맸다. 그가 화로의 불을 재로 덮고 밖으로 나와 동쪽으로 가는데 눈을 밟고 한참 가다 보니 한 고묘(古廟)가 있었다.

임충은 속으로 가만히 빌었다.

"다음 날 와서 지전을 사르겠습니다."

한참 가다 보니 마을이 나왔기에 거기서 걸음을 멈추고 찾아 보니 한 집에 주기를 꽂혀 있었다. 임충이 들어가니 술집 주인이 물었다.

"약주를 잡수시렵니까?"

임충이 호리병을 가리키며 말했다.

"그대는 이 호리병을 알아보겠소?"

"그 호리병은 초료장 늙은 죄수의 것입니다."

"그대 말이 옳소."

"초료장에 새로 오신 분이라면 제가 한잔 대접하겠습니다."

주인이 삶은 고기 한 소반과 더운 술 한 병을 내어 임충에게 권했으나 임충은 스스로 술과 고기를 더 사서 먹고 두 근 고기와 술 한 병을 화창에 달아매고 눈보라를 안으며 초료장으로 돌아왔다.

그러나 문을 열고 안으로 들어가 서자 그는 자신 모르게 "어?"하고 소리를 쳤다. 종일 퍼부은 눈의 무게 때문에 헐어빠진 집이 쓰러져 있었던 것이다.

불은 어찌 되었나 하고 살펴보니 눈에 덮히어 불씨가 죽은 지 오래였다. 때문에 불이 날 염려는 없지만 당장 오늘 밤을 어디서 지내나 하고 생각하니 난감하였다.

임충은 결국,

'오늘 밤은 고묘에 가서 지내고 날이 밝으면 다시 와서 무슨 도리를 취해야겠다.'

하고 생각하며 이불과 호로를 가지고 고묘 안으로 들어갔다. 그가 돌을 굴려 문을 누르고 전상에 올라가 보니 금갑산신(金甲山神)을 모셨고 한편에는 파관이 있고 또 한편에는 조그마한 귀사(鬼便)가 늘어서 있는데 이웃에 집도 없는 것으로 보아 묘 주인이 없는 모양이었다.

임충이 이불을 펴고 앉아 찬술과 쇠고기를 먹는데 갑자기 밖에서 무엇인지 타는 소리가 들렸다. '이상도 하다'하고 생각하며 일어나 뚫어진 벽 틈으로 바라보니 초료장 안에서 불길이 활활 일어나고 있었다.

'어이쿠! 저게 웬일일까?'

한편으로 놀라고 또 한편으로 의아해하며 그는 곧 화창

을 집어들고 밖으로 뛰어나가 불을 끄려 했다. 그러나 그는 문고리를 잡은 채 멈칫했다. 밖에서 나는 소란스러운 발 소리를 들었기 때문이었다.

가만히 밖의 동정을 살펴보려니까 초료장 쪽에서 뛰어오는 사람은 모두 세 명이었는데 하필이면 임충이 들어 있는 고묘 앞에 이르러 처마 밑으로 들어섰다. 그런데 그들이 불구경을 하며 주고받는 수작을 들어 보니, 참으로 뜻밖이었다.

"이 계책이 어떻습니까? 임충이 놈도 이번에야 갈 데 없이 죽었을 게 아닙니까?"

"전부가 관영과 차발이 힘써 주신 덕이오. 우리들이 동경에 가서 태위께 고하면 그대들 두 사람은 반드시 대관을 봉할 것입니다."

"고아내의 병이 이제는 나을 것입니다."

"그럼요, 하여튼 시원하게 잘 해치웠습니다. 또 설사 제가 요행히 저 불길 속에서 빠져 나와서 목숨을 잠시 보전한다 하더라도, 대군 초료장을 태워 버린 죄는 크니까 죽음을 면하기는 틀렸습니다."

"불에 탄 저놈의 두골(頭骨) 한 덩이를 가져다가 태위에게 드려 우리들의 진실함을 표하는 것이 좋겠소."

임충이 듣기를 다하고 자세히 보니 한 놈은 육겸이요, 한 놈은 부안이요, 한 놈은 차발이었다. 임충은,

'하늘이 도우셔서 집을 무너뜨린 고로 내가 살았다. 그렇지 않았으면 저놈들이 지른 불에 타 죽기를 면하지 못하였을 것이다.'

하고 생각하며 하늘에 사례하고 곧 오른손으로 화창을 고쳐잡고 왼손으로 묘문을 밀쳐 열고 밖으로 내달으며,

"이 벌레 같은 놈들아!"

하고 벼락같이 소리를 질렀다. 세 명의 무리는 불 속에서 타 죽은 줄로만 여겼던 임충이 뜻밖에도 묘 안에서 내닫는 것을 보자 너무나 놀랍고 떨리어 도망갈 생각조차 못했다.

임충은 먼저 차발의 옆구리를 한창에 찔러 거꾸러뜨리고 다음에 그제야 도망가려는 부안의 등을 찔러 죽인 다음. 마지막으로 육겸을 잡아 칼로 가슴을 푹 찌르니, 칠규로 피를 쏟으며 눈 위에 그대로 쓰러져 버렸다.

임충은 세 사람의 머리를 베어 들고 묘 안으로 다시 들어가 산신(山神) 면전의 공탁 위에다 벌려 놓고 호리병에 남아 있는 찬술을 벌컥벌컥 한숨에 들이킨 다음, 머리에 전립자를 쓰고, 몸에 백포삼(白布衫)을 입고, 한 손에 화창을 잡고, 묘문을 밀치고 나가 동쪽을 향해 걸음을 재촉했다.

삼사 리를 못갔을 때 가까운 마을에서 백성들이 물통을 메고 불을 끄러 오는 것을 본 임충은

"그대들은 빨리 가서 불을 끄시오. 나는 관가에 알리러

가오."

라고 말하고는 달아났는데 눈보라가는 더욱 심해지고 있었다.

초료장을 떠나 멀리 가니 앞쪽 숲속에 불빛이 새어 나오는 인가가 있었다. 임충이 찾아가 문을 밀치고 들어가 보니 가운데에 늙은 장객이 앉아 있고 사오 명 젊은 장객들은 화로 주위에서 불을 쬐고 있었다.

임충은 앞으로 나아가 절하고 말했다.

"소인은 뇌성영의 군인인데 공사로 갔다가 눈에 옷이 젖었습니다. 미안합니다만 좀 말려 입고 갈려고 하니 허락해 주십시오."

늙은 장객이 대답했다.

"좋소. 이 앞에 와서 말려 입도록 하시오."

임충은 한 옆에 끼어앉아 얼마 동안 말없이 옷을 말리고 있었는데, 문득 곁에 놓인 항아리에서 술 냄새가 은근히 풍기는 것을 보자 다시 입을 열었다.

"술이 있는 모양인데, 저에게 한잔 못 나눠 주겠소? 술값은 후히 쳐서 드리겠소."

"돈을 많이 준다고 해도 그건 못하겠소. 우리는 노적 곳간을 지키려고 나온 사람들인데, 이 추위에 어한으로 몇 잔 하려는 것을, 그래 우리 먹기에도 모자라는 터에 노형 차례가 갈 듯싶소?"

"그러지 말고 그저 두어 잔만 먹게 해 주시우."

"글쎄 안 된대두 그러는구먼."

"그럼 꼭 한 잔만 주시구료."

"안 된다면 그만이지, 이 사람이 웬 잔소리가 이리 심해, 불을 쬐게 해준 것만 해도 뭐한데. 술까지 달라구? 염치도 참 좋다. 냉큼 나가지 못하겠느냐? 안 나갔다간 다리 뼈다귀가 성하질 못할 게다…."

임충이 크게 노해 창끝으로 모닥불을 들쑤시자 불똥이 튀어 그 중 늙은 장객의 수염을 태웠다. 그것을 보자 장객들도 크게 노해, 일제히 임충에게 달려들었으나, 그의 적수가 아니었다. 화창 자루로 한두 번씩 얻어맞자 그대로 앞을 다투며 도망을 가 버렸다.

임충은 홀로 남아 항아리에 든 술을 반 넘어 들이키고 곧 문을 나서자 그대로 밤길을 또 달렸다.

그러나 지칠 대로 지친 몸에 취기가 크게 발한 그는 두어 마장을 다 못 가서 마침내 눈 속에 쓰러졌으며 다시 일어나지 못하고 그대로 잠이 들어 버렸다.

임충에게 얻어맞고 도망쳤던 장객들이 20여 명의 무리들을 모아 가지고 뒤를 밟아와 보니 이 꼴이었다. 그들은 힘들이지 않고 임충을 단단히 묶은 다음 어깨에 떠메고 돌아갔다.

날이 훤히 밝을 쯤 해서 임충이 눈을 떠 보니, 뜻밖에도 몸은 결박을 당하여 크나큰 장원 안에 뉘어져 있었다.

어인 영문을 몰라 소리쳐 사람을 부르려니까 간밤에 수염을 끄슬린 노인을 비롯한 수십 명의 장객들이 각기 손에 곤봉을 들고 달려나와 함부로 쳤다.

결박을 당한 몸이 꼼짝을 못하고 욕을 당하고 있을 때, 이 장원의 주인인 듯싶은 사람이 뒷짐을 지고 나와 이 광경을 보고 물었다.

"웬 사람을 그리들 치느냐?"

"예. 이게 간밤에 노적 곳간에 들어왔던 도둑놈인뎁쇼…."

"뭐, 도둑이라?"

주인은 장객들의 어깨 너머로 임충을 한 번 보자,

"이놈들 물러나거라."

곧 소리를 가다듬어 그들을 꾸짖어 물리치고,

"아아니, 임 교두께서 이게 대체 웬일이십니까?"

하며 황망히 묶은 것을 풀어 주었다. 그는 곧 다른 사람이 아닌 소선풍 시진으로 이 곳은 그의 동장(東莊)이었던 것이다.

임충이 간밤에 겪은 일을 낱낱이 이야기하자 시진은 저도 모르게 한숨을 쉬며,

"형장의 명도(命途)가 참으로 기구도 하십니다그려. 그래도 이렇듯 제 집으로 끌려오시기가 불행 중 다행입니다."

라고 말하고는 장객에게 명하여 새 옷 한 벌을 내오라 하여 갈아입게 하고 일변 주식을 내어 접대했다. 임충은 그의 두 터운 정의에 깊이 사례하며, 동장에 그대로 머물러 있는 채 5~6일을 지냈다.

그러나 살인범을 관가에서 그냥 내버려 둘 리 없었다. 창주 노성의 관영에게서 급보를 받자 주윤(州尹)은 크게 놀라 곧 이를 공문첩에 올린 다음, 수하 군교들에게 임충을 잡으라고 영을 내리니, 상금이 삼천 관이라 각처 촌방(村坊)이 이 소문으로 왁자했다.

말을 전해 들은 임충은 마치 바늘방석에나 앉은 것처럼 불안하여, 곧 시진을 보고 말했다.

"관사(官司)에서 저렇듯 저를 잡으려 든다 하니, 만약 제가 이 곳에 있는 것이 드러나고 보면 대관인에게까지 누를 끼치고 말 것이라 오늘 당장 이 곳을 떠나려 합니다. 염치없는 말씀이나 약간의 노자를 마련해 주신다면, 이 몸이 요행히 죽지 않고 살아 있는 동안 태산 같은 은혜의 만분의 일이나마 갚아 올리오리다."

시진이 말했다.

"기왕에 형장께서 이 곳을 떠나시겠다면 내 한 봉 서신을 써 드릴 터이니, 양산박(梁山泊)으로 가 보시는 것이 어떨까요?"

"양산박이 어딥니까?"

"양산박이란 산동 제주(濟州) 관하의 수향(水鄉)으로, 방원 (方圓)이 8백여 리입니다. 지금 3명의 호걸이 그 곳의 산채 를 점거하고 있는데, 수하에 7,8백 명 졸개를 두어 노략질 을 마음대로 하되 천하에 드문 험요처라, 관가에서도 감히 손을 대지 못하는 터입니다. 그 세 두령과는 일찍부터 제가 잘 아는 사이라 이제 글을 써 드릴 테니, 그리로 가셔서 화 를 피해 보시는 것이 어떠하십니까?

"그렇게만 해 주신다면 그만 다행이 없겠습니다."

"이제 관가에서 방을 붙이고 관군 두 사람이 길 어구에서 지킨다 하니 형장이 그 곳을 지나가야 하는데 어떻게 하나."

시진이 머리를 숙이고 곰곰이 생각하다가 말했다.

"아하 좋은 방법이 있습니다. 형장을 지나가게 할 수 있 습니다."

사진은 임충의 행장을 꾸려 장객 한 명에게 지워서 관 밖 에 나가 기다리게 하고 자신은 이삼십 필 말을 준비하여 활 과 칼과 창과 탄자와 매와 사냥개를 앞세우고 일행 인마가 사냥하러 가는 몸맵시로 일시에 창주 길 어구로 향하여 나 갔다.

이 때 길 어구를 지키던 두 군관이 장 앞에 지키고 있다가 시진 일행이 나오는 것을 보자

"대관인님 사냥하러 나가십니까?"

하고 아는 체를 했다. 원래 그들은 벼슬하기 전에 시진의 장상에 와서 놀았고 또한 시진이 주선했기에 잘 아는 터이다.

시진이 말에서 내려서 시치미를 뚝 떼고 물었다.

"두 분 관인은 무슨 일로 이 곳에 와서 있습니까?"

"부윤상공이 문서와 도본을 보내 범인 임충을 잡으라고 하기에 이 곳을 지키며 왕래하는 객상들을 낱낱이 살피고 있습니다."

시진이 웃으며 말했다.

"우리 일행에 임충이 있는데 어찌 알지 못하시오."

군관이 웃으며 대꾸했다.

"대관인은 법도를 아시는 사람이온데 죄 지은 사람을 데리고 다닐 수 있겠습니까?"

시진이 껄껄 웃으며 말에 올라 모두들 말을 타고 장 밖에 나가 십사오 리 정도 가니 먼저 내보낸 사람이 기다리고 있었다.

시진이 부르자 임충은 말에서 내려 사냥꾼 옷을 벗고 시진과 이별하고는 떠났다.

임충은 십여 일 동안이나 길을 걸어갔다. 때는 겨울도 한 고비를 넘어설 무렵이었다. 하늘에 구름이 잔뜩 끼고 삭풍이 모질게 불더니 분분히 내리던 눈이 온천지를 뒤덮어 버렸다. 이 때 멀리 계호(溪互) 근처에 있는 한 군데 술집이 점

점 눈 속에 파묻혀 가고 있는 광경이 바라다보였다.

임충이 들어가 술을 너댓 잔 마셨을 때, 술집 안으로부터 한 사나이가 나와서 심부름꾼에게 말했다.

"오늘은 일찍 치우자."

임충이 그 사나이를 힐끗 바라보니 키가 크고 우락부락하게 생겼으며, 광대뼈가 불쑥 나왔고, 코 아래와 턱밑에는 세 줄기 누런 수염이 붙어 있었다. 그는 목을 길게 빼고 밖을 내다보고 있었다. 임충은 심부름꾼을 불러 물어봤다.

"여기서 양산박(梁山泊)까지는 얼마나 되느냐?"

"몇 리 길 안 됩니다. 가시려면 배를 타셔야만 합니다."

"배를 한 척 마련해 줄 수 없겠느냐?"

"지금은 배를 구할 도리가 없습니다."

"그러면 어떻게 하면 좋다지?"

연거푸 술을 또 몇 잔 마시고 나니 가슴이 답답해지며 슬픈 생각이 들었기에 임충은 심부름꾼에게 붓과 벼루를 빌어 가지고 일시의 주흥을 못 이겨 흰 분칠을 한 벽에다 시구를 써 놓았다.


정의의 편에 서는 나는 바로 임충,

위인이 순박하고 충성되었다.

강호에 명예와 인망을 날리고,

경국에 영웅의 모습을 나타내다.

허수아비 같은 신세가 슬프고

공명도 바람에 굴러다니는 마른쑥 같도다.

후일, 만약에 뜻한 바 대로 된다면

위력으로써 태산의 동쪽을 진압하리라.


붓을 던진 임충이 다시 술을 가져오라고 해서 마시고 있자니까 광대뼈가 불거져 나온 사나이가 앞으로 걸어오더니 임충의 허리춤을 덥석 움켜잡았다.

"참으로 대단하군! 창주에서 큰 죄를 범하고도 버젓이 여기 와서 있다니! 관사에서 삼천 관의 상금을 걸고 체포하려고 하는데 그대는 어찌할 작정이지?"

"당신은 나를 누구라고 하시는 거요?"

"그대는 표자두 임충이 아닌가?"

"나는 성이 장(張)간데."

그 사나이는 싱글싱글 웃었다.

"그대는 방금 벽에다 이름을 써 놓았고 또 얼굴에는 금인(金印)이 찍혀 있는데 그러고도 속여 넘길 수 있을 것 같은가?"

"당신은 정말로 나를 붙잡겠다는 거요?"

그 사나이는 여전히 웃으면서,

"내가 그대를 붙잡아선 뭣하겠나!"

하면서 임충을 데리고 뒤에 있는 수정(水亭)으로 갔다. 심부름꾼에게 등불을 켜게 한 뒤 임충과 절을 하고 인사를 마치자 서로 마주 대하고 앉았다. 그 사나이가 물었다.

"방금 형장은 양산박까지 가는 길을 묻고, 배를 구해 달라고 했소. 거기는 강도들의 산채인데 형장은 뭣하러 가려고 하시오?"

"솔직히 말씀드리리다. 지금 관사에서 나를 잡으려고 뒤를 바싹 쫓기 때문에 몸 둘 곳이 없소. 그래서 그 산채 속에 있는 호걸들에게 몸을 던져 한데 끼어 보려고 하는 거요."

"나는 왕 두령 수하에 있는 감시원입니다. 성이 주(朱) 이름은 귀(貴)라고 하죠. 강호에서 모두들 한지홀률(旱地忽律)이라고 불러 줍니다. 산채에서는 나에게 여기에 술집을 차려 놓고 이 곳을 왕래하는 객상들을 탐지, 조사케 하고 있습니다. 재물을 지닌 자가 나타나면 곧 산채에 보고하고 혼자 지나가는 객인과 재물을 지니지 않은 자는 그대로 통과시킵니다. 재물을 지닌 자가 여기 나타나면, 가벼운 자는 한약을 써서 녹초로 만들어 버리고 중한 자는 즉각 처치합니다. 방금 형장께서는 양산박으로 가는 길만 자꾸 물으셨기 때문에 감히 손을 대지 못했습니다. 그리고 형장께서 대명을 벽에 쓰시는 것을 보고 비로소 정신이 번쩍 들었습니다. 일찍이 동경 사람들로부터 형장이 호걸이라는 이야기를 들었는데 뜻밖에도 오늘에서야 만나 뵙게 되었군요."

그는 곧 새로운 안주를 마련하여 술상을 차려 놓고 임충을 대접했다. 두 사람은 밤이 깊도록 술을 마셨다. 임충이 물었다.

"어떻게 하면 배를 타고 건너갈 수 있을까요?"

"그건 아무 염려 마시오. 다 도리가 있소이다. 오늘 저녁은 여기에서 쉬시고 내일 오경에 저와 함께 산채로 들어가십시다."

이튿날, 날이 채 밝기도 전에 주귀는 과연 임충을 깨웠다. 아침밥과 술까지 대접한 다음 수정의 창문을 열고 활을 꺼내 화살 하나를 건너편 강기슭 갈대숲 속으로 쏘았다. 산채를 향하여 신호를 보내는 화살이었다. 얼마 안 있어 저편에서 졸개들이 배를 한 척 몰고 왔다. 주귀는 임충과 함께 그 배를 탔다. 소졸들은 재빨리 배를 저어 금사탄(金沙灘)에 대었다. 주귀와 임충은 함께 언덕 위로 올라갔다. 주귀를 따라 산채로 올라가며 임충이 눈을 들어 살펴보니 길 양면에 빽빽하게 서 있는 것들이 모두 아름드리 큰 나무요, 산 중턱의 한 채 정자(亭子)를 지나자 큰 관문이 앞을 막고 서 있었다. 관 앞에는 도(刀)·창(槍)·검(劍)·극(戟)·궁(弓)·노(弩)·과(戈)·모(矛) 등속의 병장기가 수풀처럼 서 있고, 사면에

쌓여 있는 것은 모두 뇌목과 포석들이었다.

졸개 하나가 선통을 하러 그들 앞을 달려갔다. 두 사람이 관문을 지나니 길 좌우에 무수한 깃발이 바람에 나부끼고 있었다. 다시 두 곳 관애(關隘)를 지나서야 비로소 산채 문 앞에 이르렀는데, 사면을 삥 두른 험하고 높은 산 한가운데에 있는 거울같이 편편한 평지가 가히 사방 4, 5백 장(丈)은 되어 보였다.

정문 안으로 들어선 주귀가 임충을 인도해 마침내 취의청(聚義廳) 위에 오르니, 가운데 교의에 앉아 있는 이가 바로 백의수사(白衣秀士) 왕륜(王倫)이고, 왼편 교의에 앉아 있는 이는 모착천(摸着天) 두천(杜遷)이며, 오른편 교의에 앉아 있는 이는 운리금강(雲裏金剛) 송만(宋萬)이었다.

임충이 예를 베푼 다음, 찾아온 뜻을 고하고 정중하게 시진의 서신을 올리니 왕륜은 받아 보고 나서 그를 청하여 넷째 교의에 앉게 하고, 주귀는 다섯째 교의에 앉게 했다.

곧 이어서 손님을 대접하는 주연이 벌어졌다. 그러나 왕륜은 수하에 수백 명 졸개를 거느리고 산채의 대왕으로 있는 몸이건만 기국(器局)이 심히 좁은 자였다. 그는 임충에게 은근히 술을 권하면서도 속으로는 딴 궁리를 하고 있었다.

'나는 본래 급제도 하지 못한 몸으로, 두천·송만과 우연히 이 곳으로 들어와 이렇듯 허다한 인마를 거느리고 있지만 무예는 익지 못하고, 두천이나 송만도 보통 기량에 지나지 않는다. 그런데 저 임충으로 말하면 동경에서 금군교두를 지냈다 하니 무예가 반드시 출중할 것이라. 만약 함께 지내 보아 우리들의 수단을 알게만 된다면 제가 필시 우리를 업신여겨 이 산채를 빼앗으려 들 것이 아니겠는가! 소선풍 시진이 일껏 정중한 서신을 보내어 천거를 한 터에 박절하게 물리치는 것이 도리는 아니겠지만, 그렇다고 그대로 두었다가는 후환이 될 것이니, 아주 일찌감치 다른 데로 쫓느니만 못할까 보다….'

이렇게 생각한 왕륜은 졸개에게 소반에 백은(白銀) 50냥과 비단 두 필을 담아 내오게 한 다음, 술잔을 멈추고 임충에게 말했다.

"시대관인께서 모처럼 족하를 우리 산채에 천거했소마는, 양식도 넉넉지 못하고 거처할 곳도 마땅치 않아 호걸이 계실 만한 곳이 못되니, 박한 사례나마 허물 말고 받으신 다음에 어디 다른 곳으로나 가 보도록 하시지요."

뜻밖의 말에 임충은 놀랐다.

"이 사람이 천리를 멀다 않고 이 곳을 찾아온 것은 결코 은자나 비단을 얻기 위해서가 아닙니다. 제가 비록 재주는 없으나 수하에 거두어만 주신다면 삼가 견마(犬馬)의 수고를 사양 않을 것이니, 세 분 두령께서는 깊이 통찰해 주십시오."

왕륜은 좀처럼 듣지 않다가 마침내 난데없는 말을 꺼냈다.

"만약 족하가 진심으로 우리 산채에 들어올 생각이라면 투명장(投名狀)을 들여놓은 다음에라야 되겠소."

"이 사람이 글을 배워 아는 터이니, 지필만 빌려 주신다면 이 자리에서라도 곧 써서 바치겠습니다."

그러자 주귀가 웃으면서 말했다.

"교두님, 그런 게 아닙니다. 호걸들의 틈에 낄 때 필요한 투명장이란 산 아래로 내려가서 사람을 하나 죽이고 그 목을 바치는 것입니다. 그래야만 의심이 풀린다는 것이고, 이것을 투명장이라고 부르는 겁니다."

왕륜이 또 조건을 붙였다.

"기한은 사흘 동안으로 하지. 사흘 안에 투명장이 들어오면 우리 틈에 끼도록 승낙하겠소. 그것이 들어오지 못한다면 어찌할 도리가 없으니 그 때는 섭섭히 생각지 마시오."

산 사람의 모가지가 아무 데서나 손쉽게 구해질 리가 없는 노릇이다. 왕륜은 어떻게든지 해서 임충을 쫓아 버릴 생각이었다. 그것을 눈치 못 채는 임충은 아니었다. 그러나 이곳을 떠난다면 지향 없는 발길이 어디를 또 찾아가야 한단 말인가.

임충은 결국 그렇게 하겠다고 약속했다.

이튿날 아침밥을 먹고 나자 임충은 요도를 허리에 차고

졸개의 길 안내를 받으며 산을 내려와 배를 타고 강을 건넜다. 산기슭 으슥하고 조용한 길가에 앉아 객인이 지나가기만을 기다리고 있었다.

아침부터 저녁때까지 하루 진종일 기다렸지만 혼자 지나가는 객인은 하나도 없었다.

## 8. 청면수(靑面獸) 양지(楊志)

둘째 날도 헛일이었다. 그럴 수밖에 없는 것이 관가에서도 그 형세를 꺼려 감히 손을 대지 못하는, 무서운 산적 떼가 살고 있는 양산박 근방을 사람들이 그처럼 생각 없이 지나다닐 리가 없었다.

임충이 그대로 산채로 돌아가니, 왕륜은 입가에 비웃음을 띠며 한 마디 했다.

"내 사흘 기한을 주었는데. 이틀이 지나도록 투명장을 들여놓지 못했으니 만약 내일도 못해 놓겠거든 구태여 다시 산으로 올라올 것도 없이 바로 어디 다른 데로 가 보시도록 하오."

임충은 자기 처소로 물러나와 오직 긴 한숨으로 밤을 새웠다.

이제 밝는 날이 마지막 기한인 제3일이다. 임충은 조반

을 치르자 다시 졸개를 데리고 산에서 내려졌다.

나루를 건너 산 아래 동쪽 숲속에 몸을 숨기고 한나절을 기다렸으나 역시 한 사람의 행인도 구경을 할 수 없었다.

"아무래도 일은 다 틀린 것 같다! 날이 저물기 전에 일찌 감치 보따리를 꾸려 가지고 다른 데로 가서 있을 만한 곳을 찾아 보는 게 낫겠다!"

이 때, 졸개가 임충의 옆구리를 꾹 찌르며 말했다.

"됐습니다! 저기 한 놈이 나타나는군요!"

임충은 멀리 저편 비탈길을 내려오는 사람을 바라보다가 소리를 질렀다.

"마침 잘된 일이로군!"

임충은 그 사람이 가까이 다가들기를 기다렸다가, 박도로 휘두르며 뛰어 내달았다. 그 사람은 임충을 보기가 무섭게 짐을 동댕이쳐 버리고 훌쩍 몸을 빼어 삼십육계를 놓아버렸다. 임충은 뒤를 쫓았지만 결국 붙잡지 못했고 그 사람은 오던 길을 되거슬러 도주해 버렸다.

"아! 참 운수가 불길하군! 간신히 한 놈을 만났더니 도주해 버리다니……"

졸개가 위로했다.

"사람은 못 죽이셨지만 그래도 짐은 빼앗으셨으니, 이것이라도 가지고 우선 왕 두령께 좋도록 말씀을 드려 보시지요."

"하여튼 너는 짐을 가지고 먼저 산채로 돌아가라. 나는 여기서 좀 더 기다려 보겠다."

과연 기다린 보람이 있었다. 행인이 버리고 간 짐을 지고 졸개가 산채로 돌아간 뒤 얼마 지나지 않아 조금 전에 본 듯한 그 사나이가 산 언덕 아래에서 이편을 향해 걸음을 재촉해서 오고 있었다.

임충은 기뻐하며 곧 요도를 잡고 앞으로 나섰다. 이를 보자 그 사나이도 박도를 꼬나잡으며 소리를 벽력같이 질렀다.

"네 이 강도놈아, 냉큼 내 행리를 못 내놓겠느냐? 아까는 내가 아직 네 배후를 몰라 잠시 몸을 피했을 뿐이다."

임충이 다시 한 번 그 사나이의 행색을 살펴보니, 신장은 7척 5,6촌에 뺨에 큼직한 푸른 점이 있고 귀밑에 붉은 수염이 났는데, 상묘가 괴위(怪偉)한 사람이 박도를 꼬나잡고 서 있는 모양으로 보아 무예에도 그 수단이 결코 범상치는 않을 성싶었다.

그러나 그를 털끝만치라도 겁낼 임충이 아니었다. 지난날의 동경 80만 금군교두 임충이라면 천하에 모를 사람이 없는 몸이다. 두 호걸의 두 자루 칼은 마침내 서로 마주쳤다.

그러나 어우러져 싸우기 30합이 넘어도 좀처럼 승패가 나뉘지 않았다. 두 사람이 더욱 정신을 가다듬어 다시 10여 합을 싸웠을 때, 별안간 멀리서 외치는 소리가 들렸다.

"두 분 호걸은 잠시 손들을 멈추시오!"

임충이 권자(圈子) 밖으로 몸을 뛰쳐나가며 그편을 바라보니, 나루 건너 산 언덕 위에서 백의수사 왕륜이 두천·송만과 함께 많은 졸개를 거느리고 내려오고 있었다.

임충과 함께 푸른 점박이 사나이도 칼 잡은 손을 멈추고 기다리고 있었다. 그들 일행과 함께 배를 타고 나루를 건너온 왕륜이 다시 입을 열었다.

"두 분의 검술이 과연 신출귀몰하시오. 한데 이분은 표자두 임충이시거니와, 얼굴이 푸른 친구는 뉘라 하시오? 원컨대 통성명이나 하시기를 바라오."

그 사나이가 대답했다.

"나는 양령공(楊令公)의 후손으로 양지라는 사람이오. 일찍이 무거(武擧)에 뽑혀 도군 황제의 칙명을 받잡고 9명의 통관과 함께 태호(太湖) 가에서 화석강(花石綱)을 날라오는 중에 뜻밖의 풍랑을 만나 그만 황하에서 배가 전복되었소. 화석강을 잃고 그대로 경사로 돌아갈 수가 없어, 다른 곳으로 몸을 빼쳐 화를 피하고 지내왔는데, 풍문에 들으니 조정에서 우리들의 죄를 사하신다 하기로, 지금 동경으로 가서 다시 전의 벼슬자리를 구하려 하는 터요. 사정이 이러하니, 내게서 뺏은 행리는 순순히 돌려주는 것이 어떻겠소?"

그의 내력을 듣고 나자 왕륜이 말했다.

"그러면 족하가 바루 청면수 양지가 아니오?"

"내 작호는 어찌 아시오?"

"내가 수년 전에 동경에 과거 보러 올라갔다가 족하의 대명을 익히 들었소. 오늘 이처럼 만난 터에 그냥 헤어지는 것은 도리가 아니니, 함께 산채로 가서 우리 술잔이나 나누십시다."

양지는 그 말을 듣고 보니 거절할 도리도 없고 해서 왕륜 일행을 따라서 강을 건너 산채로 갔다. 그러나 왕륜이 양지를 유인해 가지고 산채로 가는 데는, 엉뚱한 배짱이 있었다. 임충을 그대로 받아들여 두면 자기네 약점이 드러나고 말 테니 양지를 산채에다 두어서 임충과 서로 으르렁대게 만들어 임충을 저절로 밀려나게 해 보자는 수작이었다. 왕륜은 양지를 산채로 데리고 가서 극진히 술대접을 하고 나서 감언이설로 꾀었다. 이 산채에 같이 머물러 있으면서 금은 보물을 나누어 가지고 마음껏 마시고 먹으면서 한번 멋들어지게 대장부 노릇을 해 보자는 것이었다.

과연 묘책이라 생각하고, 양지에게 부디 산채에 머물러 있도록 하라고 권했으나, 양지는 듣지 않았다.

그는 임충과 입장이 달라 구태여 도적의 소굴에 몸을 숨길 것도 없이, 경사로만 올라가면 떳떳하게 다시 벼슬자리에 오를 수가 있는 것이다.

그는 하룻밤을 앙산박에서 묵고는 그대로 산에서 내려갔다. 왕륜은 본의는 아니었으나 어찌할 길이 없었다. 임충에게 마침내 넷째 교의를 주고, 주귀를 제 6위에 앉혔다.

　　산에서 내려온 양지는 그로부터 며칠 지나 무사히 동경에 이르자, 곧 지니고 온 금은 재물을 내어 추밀원 상하에 손을 후히 쓰고, 어떻게든 해서 전에 지낸 전사부 제사 벼슬을 다시 얻으려 했다.

　　그러나 태위 고구는 재물만을 탐내는 소인이었다. 양지의 뇌물이 적은 것을 보자 그는 크게 노했다.

　　"화석강을 운반하러 간 열 명의 제사관 가운데서 아홉 사람은 모두 돌아와서 납품을 했는데, 네놈 하나만 그것을 바닷물 속에 털어넣고도 돌아와서 자수하지 않고 도망쳐 버려서 오랫동안 체포할 수 없었다. 그런데 이제 와서 뻔뻔스럽게 농간을 부려서 복직을 꾀하고 있으니, 아무리 사죄령이 내렸다 해도 나로서는 네놈을 받아들일 수 없다!"

　　양지는 드디어 전수부에서 추방당하고 말았다 고 태위의 잔악한 소행을 저주하면서 울적한 심정으로 여인숙에서 며칠을 보내는 동안 노자까지 깨끗이 써 버리고 수중 무일푼의 신세가 되어 버렸다. 양지는 궁여지책으로 조상 때부터 물려받은 한 자루의 보도(寶刀)를 팔아서 돈을 천 관쯤 만들어 어디로든지 자리잡을 만한 곳을 찾아 떠나 볼 생각을 하고 거리로 나섰다.

처음에는 마행가(馬行街)에 가서 두 시간이나 서 있었으나, 거의 한 식경이 지나도록 누구 한 사람 값을 묻는 이가 없었다.

양지는 좀 더 사람 왕래가 잦은 곳으로 가 볼까 하고 천한 주교(天漢州橋) 다리 위로 갔다. 그 곳에 가서 있은 지 얼마 안 되어 별안간 사람들이 어지러이 달리며,

"여보, 범이 와요, 범이…. 그렇게 멀거나 서 있지 말고, 어서 몸을 피하시오."
하고 일러 주었다.

동경 한복판, 더구나 백주 대낮에 범이 나오다니 이 어인 말인가? 양지가 괴이하게 생각하며 그대로 서서 동정을 살피려니, 저편에서 한 사나이가 술이 대취하여 이리 비틀 저리 비틀 하며 이편을 향해 오고 있었다.

그는 본래 몰모대충(沒毛大蟲) 우이(牛二)라는 자로서, 경사에서도 이름난 파락호로 허구한 날 거리에 나와서 갖은 행패를 다 부리어, 개봉부 관원들도 우이라면 머리들을 내두르는 터였다. 그래서 성 안의 모든 사람은 이자만 보면 호랑이처럼 무서워하며 도망을 치는 것이다.

우이는 양지 앞으로 벌컥 대들더니 다짜고짜 보도를 끌어 잡아당기며 물었다.

"여보게, 이 칼을 얼마에 팔겠다는 건가?"

"조상이 물려준 보도요. 삼천 관이면 팔겠소."

"이렇게 시시한 칼이 그렇게 비싸단 말인가?"

"내 칼은 아무 가게에서나 파는 보통 칼이 아니오."

"어째서 보도라고 하느냐 말일세."

"첫째로 쇠를 베도 칼날이 말리는 법이 없고, 둘째로 털을 칼날에다 뿌리기만 해도 저절로 잘라지며, 셋째로 사람을 죽여도 칼날에 핏자국이 남지 않소."

"그렇다면 자네, 동전을 베어 보일 수 있겠나!"

우이는 당장에 근처에 있는 향초포(香椒鋪)로 달려가서 삼전짜리 동전을 이십 문이나 털어다가 주교 난간 위에 쌓아놓고 양지를 불렀다.

"자네가 이 동전을 한칼에 잘라 놓으면 삼천 관을 줌세."

양지는 소맷자락을 걷어 젖히고 칼을 잡아 내려쳤다. 동전이 두 동강으로 잘라졌다. 겁이 나서 가까이 오지도 못하고 멀찌감치 둘러싸고 있던 구경꾼들이 갈채를 보냈다.

"두 번째 것은 뭐라고 했지?"

"머리털 같은 것을 몇 가닥 뽑아서 칼날에 대고 혹 불면 저절로 잘라지오."

"그럴 수가 있단 말이냐?"

반신반의하면서도 우이는 제 머리털을 한 줌 뽑아 가지

고 양지에게 주면서 해 보라고 했다.

양지가 그 머리털을 받아서 칼날에다 대고 혹 불었다. 두 동강으로 잘라져서 땅바닥에 흩어지고 말았다. 구경꾼들은 또 갈채를 보내며 야단법석이었다. 우이가 또 물었다.

"세 번째는 뭐라고 했지?"

"사람을 죽여도 칼날에 피가 묻지 않소. 그만큼 이 칼은 잘 베어지는 거요!"

"믿을 수 없는 말이다! 어디 사람을 한 명 죽여 보게!"

"금성 안에서 어찌 사람을 죽일 수 있겠소? 믿지 못한다면 개를 한 마리 잡아 오시오. 내가 죽여 보이리라."

"네놈은 사람을 죽인다고 했지, 개를 죽인다고 하지는 않았단 말야!"

양지는 두 눈을 치켜뜨고 우이를 꼬나봤다. 공연히 까탈만 부리고 있다는 생각에 화가 벌컥 났다.

"칼을 사지 않으면 그만이지, 어째서 이렇게 시비를 걸고 덤비는 거야?"

우이는 양지를 덥석 움켜잡았다.

"나는 그 칼을 꼭 사야만 되겠다!"

"사겠으면 돈을 내라!"

"나는 돈이 없다!"

"돈이 없으면서 왜 나를 붙잡는 거냐?

양지는 대로하여 우이를 빌컥 떠밀었다. 우이는 다시 일어나 양지의 앞가슴을 부둥켜 잡았다. 양지는 소리를 질렀다.

"거리에 계신 이웃분들이 모두 구경하신 증인들이시요! 이 양지는 노자가 없어서 칼을 팔러 나온 것뿐인데, 이 못된 놈이 억지를 쓰고 강제로 내 칼을 뺏으려는 거요!"

구경꾼들은 우이가 무서워서 어느 한 사람도 대들어 싸움을 말리지 못했다. 우이가 또 호통을 쳤다.

"내가 너를 때렸다구? 네놈을 때려죽이면 어떻단 말이냐?"

우이는 오른손을 휘둘러 주먹질을 했다. 양지는 재빨리 몸을 피했다. 우이는 미친놈처럼 활개를 치며 다시 덤벼들었다. 양지는 치밀어오르는 성미를 참지 못하고 칼을 빼어들자 우이의 목을 쿡 찔러 땅바닥에 거꾸러뜨리고 말았다. 양지는 소리를 질렀다.

"나는 이 망나니를 죽여 버렸소. 그러나 여러분에게 누가 미치게야 하겠소? 나는 관청에 가서 자수할 것이니 여러분은 나와 같이 가 주시기 바라오."

거리의 사람들은 황망이 몰려들어 양지와 함께 개봉부로 출두하였다. 양지는 칼을 내려놓고 부윤 앞에 꿇어앉아서 자초지종을 솔직히 얘기했다. 함께 아문으로 간 거리의 구경꾼들도 양지를 위해서 사건의 전말을 사실대로 상세히 진술했다.

"자수하여 왔으므로 벌봉은 면하여 주리라."

부윤은 그렇게 말하고는 양지를 사형수 감옥에 집어넣었다. 하지만 옥졸들은 모두 그를 훌륭한 사나이라고 동정하여 돈을 먹으려 하지도 않고 오히려 여러 가지로 보살펴 주었다. 담당인 취조 관리도 양지가 훌륭한 사나이이며 더욱이 도성 거리의 부랑자를 퇴진한 자이고, 또 우이 쪽에는 친척이 없었기 때문에 조서는 간단히 끝내고 하찮은 일로 말다툼하다 과실로 살인한 것처럼 꾸몄다.

그리하여 양지는 곤장 이십 대의 형을 언도 받고 얼굴에 두 줄의 문신을 새긴 다음 북경의 대명부인 유수사(留守司)에 보내져 귀양을 가게 되었다. 당시의 유수 양중서(梁中書)라는 자의 이름은 세걸(世傑), 이 사람은 동경에서 당시를 주름잡던 태사(太師) 채경의 사위였다. 그가 등청하여 집무하고 있는데 두 사람의 관리가 양지를 호송하여 가서 개봉부로부터의 공문서를 내놓았다. 양중서는 그것을 보더니 전에 도성에 있을 때 양지를 본 일이 있으므로 즉시 수가를 풀어 주고 자기 수하에 있게 했다.

세월은 흘러 봄도 지나고 여름이 찾아와 이윽고 단오절이 되었다. 양중서는 처인 채 부인과 안방에서 단오를 축하하는 연회를 베풀었다 술을 서너 잔 마신 후 식사가 준비되었을 때 문득 채 부인이 말했다.

"당신이 관계에 나선 이래 시금은 이렇게 국가의 중책을 짊어진 대관으로 출세하고 계십니다만 이 공명과 부귀는 어떻게 해서 얻어진 것이라고 생각합니까?"

"초목이 아닌 이상 장인님이 후견해 주시는 은혜는 잘 알고 있다고 생각하오."

"아버지의 은혜를 잘 아신다면 어찌하여 아버지의 생일을 잊어버리십니까?"

"왜 잊어버려. 6월 15일이 그 날이오. 나는 이미 십만 관이나 돈을 써서 금은재보를 준비하여 축하하러 동경에 보내려고 하고 있소. 그러나 한 가지 근심되는 일이 있소. 그것은 작년에도 많은 보물과 금은주옥을 사서 보냈으나 반도 가기 전에 모조리 도적에게 약탈을 당하여 모처럼의 재보를 모조리 잃어버려 도적의 행방을 엄중하게 염탐하고 있으나 아직까지 잡지 못한 실정이오. 올해는 도대체 누구를 보냈으면 좋을까?"

양중서의 미간은 저절로 찌푸려졌다.

# 제 2 장

1. 탁탑천왕(托搭天王) 조개(晁蓋)

2. 지다성(智多星) 오용(吳用)

3. 일청도인(一淸道人) 공손승(公孫勝)

4. 생신 선물

5. 급시우(及時雨) 송강(宋江)

6. 양산박(梁山泊)

7. 초문대(招文袋)

8. 행자(行者) 무송(武松)

## 1. 탁탑천왕(托搭天王) 조개(晁蓋)

그즈음 산동 제주(濟州) 운성현에 새로운 지현(知縣)이 도임했으니 성은 시(時)요, 이름은 문빈(文彬)이라고 했다.

도임했을 때 자기의 관하에 도적 떼가 창궐한다는 말을 들은 시문빈은 즉시 두 명 도두(都頭)를 앞으로 불러 명했다.

"제주 관할 하의 양산박이라는 곳에 도적들이 모여서 약탈질을 하여 관군까지도 가까이 가지 못한다고 한다. 또 각처 향촌에도 도적들이 창궐하고 있다니 참으로 한심한 일이 아니겠느냐."

두 명 도두는 곧 태지(台旨)를 받들고 그 앞에서 물러나와 본관 토병들을 점거하여 거느리고 순찰하러 나갔는데, 서로 길을 나누어 보병 도두는 동문으로 나가고, 마군 도두는 서문으로 나갔다.

마군의 도두는 주동(朱同)이라는 사람으로 키는 팔 척, 수염의 길이가 한 자 오 척, 얼굴은 커다란 대추 같고 눈은 별처럼 날카롭고 관운장과 똑같은 모습을 하고 있어 현의 사람들은 그를 미염공이라고 불렀다. 원래 이 지방의 부자였으나 의가 두텁고 금전에는 담백하며 세상의 호걸들과 널리 교제하여 무예의 솜씨도 훌륭했다.

또 한 사람, 보병의 도두는 뇌횡(雷橫)이라는 사람으로 키는 칠 척, 얼굴은 적동색이고, 수염은 좌우로 치솟고, 완력은 남달리 강했다. 두세 장의 넓은 도랑도 단번에 뛰어넘었기에 현의 사람은 그에게 삽시호(揷翅虎)라는 별명을 붙였다.

그 날 밤 뇌횡이 이십 명의 부하를 거느리고 동계촌(東溪村) 일대를 남김없이 순찰한 뒤 영관묘(靈官廟)에 이르렀을 때, 전각의 문이 열려진 채로 있는 것을 보게 되었다. 뇌횡이 괴이하게 생각하며 말했다.

"묘지기가 없는데도 문이 열려져 있다. 들어가 조사해 보라."

일동이 횃불을 비치며 들어가니 공물 탁자 위에서 기골이 장대한 사나이 하나가 발가벗은 채 잠을 자고 있었다. 찢어진 옷을 둘둘 말아 베개 대신 베고 코를 골고 있었다.

"이놈을 잡아라!"

뇌형은 불문곡직하고 큰 소리로 호통을 쳤다. 일어나려

는 사나이에게 이십 명의 병사가 달려들어 줄로 묶어서 사당에서 끌어냈다.

때는 어느덧 오경이 지났기에 동편 하늘이 희미하게 밝아 오고 있었다. 뇌횡은 이제 조 보정(晁保正)이나 찾아가 해장술이나 한잔 대접받은 뒤에 그만 돌아가야겠다고 마음먹고 수하 군사들을 재촉하여 보정의 장상(莊上)으로 갔다.

이 동계촌의 보정(保正)인 조개는 조상이 그 지방의 부자였으며 작호는 탁탑천왕(托搭天王)이라고 했다.

젊었을 때부터 의를 중히 여기고 금전을 가볍게 여기고, 천하의 호걸들과 사귀기를 좋아했으며, 창술과 봉술에 능하고 힘이 또한 장사였다.

뇌횡과 그의 부하들은 그 사나이를 끌고 조개의 저택에 가서 문을 두드렸다. 조개는 그 때 자고 있었으나 도두인 뇌횡이 왔다고 듣고는 급히 문을 열도록 분부했다. 뇌횡이 올라 자리를 잡자 조개가 물었다.

"무슨 일로 이처럼 일찍 나오셨소?"

"지현 상공의 명령으로 도적을 잡으러 나왔다가 들어가는 길입니다."

"그래, 우리 마을에 도적이 있습니까?"

"글쎄요. 도적인지 확실하게는 모르겠지만 영관묘 안에서 자고 있는 웬 사내가 수상하게 생각되어 일단 묶어서 끌고 가는 중입니다.

처음에는 그대로 끌고 가서 지현님에게 보이려고 했습니다만 관가에 가기는 아직 이르고, 그래도 이쪽에 한 말씀 해 드려야 후에 지현님이 보정님에게 물으면 대답하기 좋다고 생각되어 잠깐 들렀습니다."

조개는 속으로 도대체 누가 잡힌 것일까 하고 궁금해하며 술을 몇 잔 더 권하다가 잠깐 소피를 보고 오겠다는 핑계를 대고 밖으로 나왔다.

수상한 사나이는 결박당한 채 문방(門房) 보꾹에 매달려 있었다. 조개가 방 안으로 들어가 자세히 살펴보니 귀 밑에 붉은 점이 있고 점 위에 누른색 털이 난 그의 상모가 범상치 않았다.

"여보게, 자넨 누구인가? 마을에서는 보지 못하던 얼굴인데."

조개가 물었더니 그 사나이가 대답했다.

"나는 멀리서 왔소. 이 곳의 어떤 분을 찾아왔는데 도둑놈 취급을 당했소."

"어느 마을의 누구를 찾아왔는가?"

"조 보정을 찾소."

"무엇 때문에 찾아왔는가?"

"그분은 천하에 이름난 의협인이오. 내가 굉장한 돈줄을 발견했기에 그것을 가르쳐 주러 왔소."

"잠깐만, 내가 그 조 보정이네. 어쨌든 내가 당신을 구해 줄 테니 이따가 나를 보면 외삼촌이라고 부르게. 그러면 내가 어렸을 때 멀리 떠난 내 생질이라고 할 것이니…"

조개가 안채로 되돌아와 다시 몇 잔 술을 주고받다가 보니 어느덧 창 밖이 환하게 밝아져 있었다. 그러자 뇌횡은,

"날이 밝은 것 같으니 이만 실례하겠습니다. 이제 관가에 가지 않으면 안 됩니다."

하며 자리에서 일어났다 그래서 조개가 문간까지 바래다 주려니까 토병들에게 끌려 나오던 사나이가 그를 보며 외쳤다.

"아저씨, 저 좀 살려 주세요."

"아니, 넌 왕소삼(王小三)이 아니냐?"

"예, 소삼이예요."

일동은 깜짝 놀랐다. 뇌횡이 물었다.

"누굽니까. 이 사나이가 누구기에 보정님을 알고 있습니까?"

"이놈은 나의 조카로 왕소삼이라 합니다. 나의 누님의 아들인데 어릴 때 이 곳에 살다가 다섯 살 때 누님과 함께 남경에 간 지 꼭 10년이 됩니다. 그 후 십사오 세쯤에 한 번 온 일이 있습니다. 그 이후에는 이놈을 만나지 못했습니다. 그래서 이놈의 얼굴은 이미 잊어버렸으나 옆수염 부근에 있는 저 붉은 반점 때문에 알았습니다."

조개는 이번에는 사나이를 향해서 물었다.

"소삼아, 너는 어째서 똑바로 나에게 오지 않고 마을에서 도둑질을 했느냐?"

"아저씨, 도둑놈이라니요. 저는 그런 일을 하지 않았습니다."

"도둑질을 하지 않았다면 이렇게 묶일 까닭이 없지 않으냐?"

하고 소리치며 조개는 군졸의 손에서 곤봉을 빼앗아 소삼을 내리쳤다. 뇌횡이 사이에 들어 말렸다.

"보정님, 부디 언짢게 생각지 마십시오. 생질이라는 것을 알지 못했기에 정말 대단히 무례한 짓을 했습니다."

뇌횡이 사과하며 그 사나이를 묶은 줄을 풀어 주자 조개는 크게 감사하며 장객에게 화은(花銀) 열 냥을 내오게 하여 그에게 주며 말했다.

"도두, 너무 적다고 허물 마시고 웃으면서 받아 주시오."

"허어, 이러시면 안 됩니다."

뇌횡은 사양하며 받지 않았다. 하지만 받게 한 조개는 다시 약간의 은냥을 내어 토병들에게도 손을 썼다.

뇌횡의 무리가 떠난 뒤에 조개는 곧 사나이를 이끌고 후당으로 들어가 옷을 갈아입히고 물었다.

"당신은 도대체 누구요?"

그 사나이가 대답했다.

"저는 유당(留唐)이라 하며 동로주(東路州) 사람입니다. 보

시는 바와 같이 귀밑에 붉은 반점이 있어 적발귀(赤髮鬼)라는 별명을 얻었지요. 이번에 긴히 만나 여쭙고 의논할 말씀이 있어서 일부러 찾아 뵈러 왔다가 간밤에 술도 취했고 밤도 또한 깊었기에 되는 대로 묘 안으로 들어가서 자다가 그만 욕을 보았습니다그려."

"그래, 내게 하실 말씀이란 무엇이오?"

"조용히 보정께만 여쭙고 싶은데요."

"말씀하시오. 다들 내 심복이니 무슨 말씀을 해도 괜찮소."

"그럼 말씀드리지요. 제가 들은 바에 의하면 북경 대명부의 양중서가 10만 관의 금주보패(金珠寶貝)와 완기(玩器) 등속을 사서 자기 장인 채 태사의 생신을 하례하러 동경으로 올려보낸다고 합니다. 제가 생각해 보니 그것은 백성들의 고혈을 짜낸 불의의 재물이라 중로에서 누가 가로채 빼앗더라도 별로 죄될 것이 없지 않을까 합니다. 형장의 의향은 어떠하십니까?"

"장한 말씀이오. 천천히 의논해 봅시다. 그건 그렇고 그처럼 욕을 보아 몸이 고단하실 테니 객방(客房)으로 나가서 좀 편히 쉬시오."

유당은 장객의 인도를 받아 객방으로 나오자 속으로 생각했다.

'조개님 덕분에 살아났지만 뇌횡이란 놈은 용서할 수가

없다. 보기 좋게 조개님한테서 열 냥을 얻어 갔을 뿐 아니라 나를 밤새도록 매달았다. 그래, 그놈들이 아직 멀리 가지는 못했을 것이다.'

적발귀 유당이 박도를 휘두르며 오육십 리 정도 뒤쫓아 가니 이윽고 뇌횡이 토병을 데리고 느릿느릿 걸어가는 것이 보였다. 유당은 쫓아가 호통을 쳤다.

"도적도 아무것도 아닌 사람을 밤새도록 매달아 놓고, 게 다가 보정에게서 은자 열 냥을 뺏어가고, 잘 하는구나, 돌 려주면 얌전하게 되돌아가지만 돌려주지 않으면 이 부근을 피로 물들여 놓을 테다."

뇌횡은 유당에게 손가락질을 하면서 소리쳤다.

"이 부끄러움도 없는 돼먹지 못한 놈아. 네 외숙이 나에 게 준 돈이 대체 너와 무슨 상관이 있어서 그러느냐? 네 외 숙의 낯을 보지 않았으면 내가 너 같은 놈을 놔 주었을 것 같으냐? 이놈이 은혜를 모르고 날뛰는구나!"

"잔말 말고 네가 우리 아저씨에게서 뺏은 열 냥 은자를 빨리 내놓지 못하겠느냐? 지체하면 용서하지 않을 테니 그 리 알아라."

"뭐가 어째?"

크게 노한 뇌횡은 한 토병에서 받아 든 박도를 휘두르며 유당에게 달려들었다.

## 2. 지다성(智多星) 오용(吳用)

뇌횡은 제주 일판에서 무예가 남들에게 별로 뒤지 않는 사람이다. 그러나 유당도 또한 실력이 결코 그만 못하지 않았다.

뇌횡과 유당이 큰길에서 교합하기 오십여 합이 지났지만 승부는 결정되지 않았다. 뇌횡이 유당의 공격에 힘겨워하는 것을 본 토병들이 일제히 유당에게 쳐들어 가려했다. 바로 그 때 한옆 길갓집의 싸리문이 열리면서 한 사나이가 나와 외쳤다.

"두 분, 호걸께서는 잠시 칼을 멈추시오. 할 이야기가 있소."

그 사람은 지당성(智多星) 오용(吳用), 자는 학구(學究), 도호를 가량 선생(加亮先生)이라 하는 원래 이 부락 사람이었다. 오용이 유당에게 물었다.

"어째서 도두님과 싸우시는 거요?"

유당은 눈을 부릅뜨고 오용을 노려보면서 내뱉었다.

"선생 같은 분은 알 필요가 없소."

바로 그 때 토병들이 손가락질하며 말했다.

"보정님이 오셨습니다."

유당이 뒤돌아보니 조개가 앞섶을 헤친 채 당황한 표정으로 큰길을 뛰어오면서,

"이놈, 무례한 짓을 하지 마라."

하고 소리쳤다. 뇌횡이 말했다.

"생질님이 박도를 가지고 쫓아와서 나에게 은전을 돌려 달라고 했습니다. 그래서 내가 너 같은 게 참견할 일이 아니라고 말했더니 다짜고짜 박도를 휘두르더군요. 그래서 싸우게 되어 오십 합쯤 주고받았는데 오용 선생이 말리러 오셨던 것입니다."

"이거 참, 도두님, 오늘 일은 이 보정의 얼굴을 보아서 여기서 끝내시고 제발 돌아가 주십시오. 다음 날 다시 사과하러 가겠습니다."

"아니, 나도 이놈이 제멋대로 한 짓이라는 것을 알고 있으니 별로 마음에 두지 않습니다. 오히려 보정님에게 걸음을 하시게 하여 미안할 뿐입니다."

뇌횡은 인사를 하고 돌아갔다.

그러자 오용이 조개에게 말했다.

"보정께서 오시지 않았으면 일이 크게 벌어질 뻔했소. 이분의 무예가 참으로 비범하시오. 내가 울 안에서 보고 있자니 박도 잘 쓰기로 유명한 뇌 도두도 당해 내지 못하고 막아 내기만 하느라고 애를 씁디다. 만약 몇 합만 더 싸우게 되면 뇌횡이 필연코 목숨을 잃게 될 형세였기에 내가 달려나와 싸움을 말렸지요. 그런데 이 생질님은 누구지요? 댁에서

한 번도 본 적이 없는 것 같은데요."

"그렇지 않아도 선생을 청해 의논을 하려고 심부름꾼을 보내려다 이 사나이가 안 보이는 것을 알게 되었습니다. 창가 (槍架) 위에 있던 박도가 없어진 것도, 그래서 황급히 뒤쫓아 왔습니다만 선생님이 싸움을 말려 주셔서 감사합니다. 어쨌든 긴히 의논할 말씀이 있으니 저와 함께 우리 집으로 가십시다."

오용은 즉시 조개와 유당을 따라 조가장으로 갔다. 세 사람이 후당으로 들어가 손과 주인이 자리를 나누어 앉자 오용이 다시 물었다.

"이분은 누굽니까?"

조개는 유당에 대해서 설명하고는 본론을 말했다.

이야기를 듣고 난 오용은 웃으며 말했다.

"좋은 말씀이오. 하지만 이 일을 이루려면 사람들이 너무 많아도 안 되고, 또 너무 적어도 안 될 것 같소. 내 생각에는 호걸들 7, 8명이 함께 힘을 모으면 일이 될 것 같소."

오용은 이맛살을 찌푸리고 한참 동안 뭔가 생각하다가 이윽고 말했다.

"되었소이다. 함께 일할 사람들이 있소."

"그게 누구요?"

조개가 묻자 오용이 말했다.

"양산박 부근 석갈촌(石碣村)에서 고기잡이로 생업을 삼고 있는 삼 형제요. 첫째는 입지태세(立地太歲) 원소이(院小二), 둘째는 단명이랑(短命二郎) 원소오(院小五), 셋째는 활염라(活閻羅) 원소칠(院小七)인데 전애 내가 석계촌에 살 때 같이 지내 보았기에 그 위인들을 잘 알고 있소. 글을 배우지들은 못했어도 형제들이 모두 의리를 중히 여기고 또 무예도 출중하지요. 내 생각에는 그들 세 사람만 얻는다면 대사를 가히 이룰 수 있을 것이오."

"원씨 형제들의 이름은 나도 들었소만 서로 보지는 못했소. 석갈촌은 여기서 백 리밖에 안 되니 곧 사람을 보내 청해 오도록 합시다."

"그렇게 하면 오지 않을 것이오. 내가 직접 가서 설복하여 한패로 만들겠소."

조개가 매우 기뻐하며 물었다.

"언제 가시려오?"

"빠를수록 좋으니 오늘 밤에 떠나겠소."

오용이 대답하자 다음에는 유당에게 말했다.

"그런데 생신 선물이 북경을 떠나는 날짜는 언제며, 또 어느 길로 오는지 그것을 자세히 알아야 하지 않겠소? 아무래도 이 일은 유형이 좀 나서서 알아 오셔야겠소."

"그럼 저도 오늘 밤에 떠나겠습니다."

"아니오, 그렇게 일찍 서두를 것까지는 없소. 채 태사의 생신은 유월 보름이라는데 지금이 오월 초순이잖소? 아직 4~50일 정도 여유가 있으니 내가 먼저 석갈촌에 가서 삼형제를 불러 가지고 온 다음에 떠나셔도 늦지 않을 것이오."

그 날은 술을 조금만 마시고 잤는데 이윽고 자시 무렵이 되자 오용은 일어나서 세수를 하고 아침밥을 먹은 뒤에 약간의 은자를 품에 지니고 석계촌으로 떠났다.

오용은 그 날 낮쯤에 벌써 석계촌에 이르렀다. 원래 알고 있는 땅이었기에 남에게 물어 볼 필요도 없이 원소이의 집으로 갔다.

"소이, 집에 있나?"

오용이 부르자 머리에 찢어진 두건을 쓰고 누더기 옷을 걸친 사나이가 신발도 신지 않고 뛰어나오더니 놀란 얼굴로 인사를 했다.

"선생님, 이거 정말 오래간만입니다. 갑자기 무슨 바람이 불었기에 여기를…"

"자네에게 부탁할 일이 있어서 왔네!"

"무슨 일입니까? 제가 할 수 있는 일이라면 하겠습니다."

이윽고 원소오와 원소칠도 달려왔고 술자리가 벌어졌다. 그 때 오용이 슬쩍 물었다.

"당신들은 운성현 동계천에서 사는 조 보정이라는 사람

을 알지 못하는가?"

"인연이 없어 이름만 듣고 있을 뿐 뵙지는 못했습니다."

원소칠이 대답하자 오용이 혀를 차면서 말했다.

"그분은 의를 중히 여기고 재물을 멀리하는 훌륭한 인물이다. 그분을 왜 만나지 않은 것인가?"

"지금까지 그 곳에 갈 일이 없었기 때문에 뵙지 못하고 있습니다."

원소이가 대답하자 오용이 단도직입적으로 물었다.

"그렇다면 나와 함께 가서 그분을 만나겠는가? 그분이 당신들의 도움을 원하고 있으니까."

"예? 그분이 우리의 도움을 원하신다고요?"

"그게 도대체 뭡니까?"

세 사나이가 의아해하며 반문하자 오용은 짧게 말했다.

"당신들이 그분에게 힘을 합쳐 줄 뜻을 가지고 있다면 대사의 내용을 밝히겠네."

### 3. 일청도인(一淸道人) 공손승(公孫勝)

하룻밤을 꼬박 새우면서 술을 마신 네 사람은 다음 날 아침이 되자 석갈촌을 뒤로 한 채 동계촌을 향해 떠났다. 꼭 하루를 걸으니 조개의 집이 눈 앞에 나타났다.

원가 삼 형제를 만나게 된 조개의 기쁨은 컸다. 그들은 함께 후당으로 들어가 손과 주인의 자리를 나누어 앉았고 저녁식사를 끝낸 뒤에 밤늦게까지 거사에 대해서 의논했다.

그런데 다음 날 오후였다. 그 때도 호한들 여섯 명은 안채에서 술자리를 벌이며 이야기를 나누고 있었는데 갑자기 장객이 들어와 조개에게 보고했다.

"문전에 한 도사가 찾아와 보정님을 뵙고 시주를 청하겠다고 합니다."

조개가 말했다.

"나는 지금 이렇게 손님들을 모시고 있으니 네가 알아서 쌀이나 서너 되 주어서 보내면 될 일이지, 구태여 내게까지 알릴 것 없지 않으냐?"

"주었지요. 그랬는데도 받지 않고 보정님을 꼭 뵙겠다는군요."

"아마 적어서 그런가 보다. 한 두어 말 내주어라. 그리고 나는 오늘 손님이 계셔서 나가 뵈올 겨를이 없다고 해라."

하지만 장객이 나간 지 얼마 지나지 않아 장문 밖에서 들리는 소리가 왁자하게 나며 또다른 장객이 뛰어들어와 보고했다.

"그 도사가 벌컥 화를 내며 사람들을 함부로 치니 어떻게 할까요?"

"뭐?"

조개는 마침내 깜짝 놀라며 자리에서 일어났다. 그가 장문 밖으로 나가 바라보니 신장이 8척이나 되고 도모(道貌)가 당당한 이가 10여 명의 장객들에게,

"네 이놈들, 아무리 몰지각해도 그렇지 그렇게도 사람을 못 알아본단 말이냐?"

하고 꾸짖으며 한편으로는 어지럽게 그들을 치고 있었다.

조개는 앞으로 나서며 말했다.

"선생, 고정하시고 내 말을 좀 들으시오. 선생이 조 보정을 만나려는 것은 재량을 구하기 위해서가 아니겠소? 그러니 저 사람들이 쌀을 내다 드렸으면 그냥 돌아가실 것이지, 왜 이토록 역정을 내시오. 나는 도무지 까닭을 모르겠소."

그 말을 듣자 도사는 한 차례 크게 웃고 말했다.

"빈도는 돈이나 쌀을 바라고 온 사람이 아니외다. 이처럼 보정을 찾아온 것은 은근히 상의할 일이 있기 때문인데 이놈들이 그것도 모르고 나를 욕주기만 하니 어찌 내 심사가 뒤틀리지 않겠소?"

"그럼 무슨 말씀이신지 안으로 들어가서 들읍시다. 내가 선생이 만나시려는 조개요."

조개가 안으로 청해 들여 성명과 용건을 물으니 그가 대답했다.

"저의 이름은 공손승(公孫勝), 도호는 일청(一淸) 선생이라 하오. 본래 계주 사람으로 어릴 때부터 시골에서 창봉을 즐기고 여러 가지 무예를 다루어서 공손승대랑(公孫勝大郎)이라 불리고, 또 한파의 도술도 배워 바람을 일으키고 비를 부르고 안개를 타고 구름에 오를 수도 있어 세상에서는 입운룡(入雲龍)이란 이름으로 통하고 있습니다. 전부터 운성현 동계촌의 조 보정이란 이름을 듣고 있었습니다만 인연이 없어 뵈옵지 못하였으나 이번에 하늘이 내리는 십만 관의 금은재보가 있기에 드리러 왔습니다. 받아 주시겠습니까?"

조개는 크게 웃고는 말했다.

"도사님이 말씀하시는 것은 혹시 북경에서 동경으로 가는 생신 선물이 아닙니까?"

공손승은 깜짝 놀라며 되물었다.

"보정님게서는 어떻게 그것을 알고 계십니까?"

"그저 짐작으로 한 말입니다. 그런데 맞혔군요."

"이 산만큼한 재보를 그대로 지나쳐 버려서는 안 됩니다. 옛 사람도 말하기를, '가질 것을 가지지 않고 나중에 후회하지 말아라'라고 했습니다. 보정님은 그 말을 어떻게 생각하십니까?"

바로 그 때 한 사람이 뛰어들어와 공손승의 앞가슴을 꽉 휘어잡으며 소리쳤다.

"건방진 놈, 이 곳에서 네가 한 말을 남김없이 다 들었다."

공손승은 너무나 놀란 나머지 얼굴이 푸르다 못해 흙색이 되었다. 그 사람은 바로 지다성 오용이었다. 조개가 웃으며 말했다.

"선생, 농담하지 마십시오. 자, 소개하겠습니다."

두 사람이 인사를 나눈 뒤 조개는 공손승을 안으로 데리고 들어가 유당과 원씨 삼 형제도 만나게 했다. 모두들 조개에게 말했다.

"오늘 이렇게 일당이 모이게 된 것은 결코 우연한 일이 아닙니다. 보정님, 부디 상좌에 앉아 주십시오."

"나는 보잘것없는 가난한 주인인데 감히 어떻게 상좌에……"

"그러나 보정님은 나이가 제일 많으시니 제 말대로 부디 저쪽에……"

하고 오용은 원했다. 조개는 결국 상좌에 앉고 오용이 제2. 공손승이 제3, 유당이 제4, 원소이가 제5, 원소오가 제6, 원소칠이 제7의 자리에 앉게 되었다. 주효를 갖추어 일동이 잔을 들었을 때 오용이 말했다.

"보정님은 꿈에 북두칠성 끝의 흰빛이 이 집채에 떨어지는 것을 보셨다고 하셨는데 오늘 이렇게 7인이 모여 의거를 꾀하는 것은 꿈에 나타난 천상과 훌륭하게 합치됩니다. 벌써

그 막대한 재보는 우리 손에 굴러들어온 것과 같습니다. 그런데 재물이 어느 길로 오는지, 전에 우리가 말한 대로 유당형이 좀 알아 오셔야겠소."

그러자 공손승이 말해다.

"그 건이면 일부러 수고하실 필요가 없습니다. 내가 이미 그 길을 알고 있습니다. 황니강(黃泥岡)의 가두를 통과합니다."

그 말에 조개가 입을 열었다.

"황니강이라 하면 그 동쪽 십 리쯤에 안락촌(安樂村)이라는 것이 있는데, 그 곳에 백일서(白日鼠) 백승(白勝)이라는 호한이 살고 있지요. 전에 나에게 몸을 담은 일이 있고 노자 같은 것도 편리를 보아 준 일이 있습니다."

조개가 그렇게 말하자, 오용이 무릎을 쳤다.

"북두칠성 끝의 흰빛이란 그 사람에 해당할는지 모릅니다. 그 사나이에게 빨리 손을 빌어 봅시다."

"그런데 오용 선생, 대체 어떤 수단으로 10만 관을 뺏는 것이 좋겠소?"

"나에게 이미 계책이 서 있습니다. 뒤는 그쪽이 어떻게 나오느냐에 달려 있는데, 힘으로 덤비면 힘으로 할 것이고 지혜로 하면 이쪽도 지혜로 합시다. 그런데 나의 계략이란 것은 이렇고 이렇습니다만, 여러분의 마음에 드실지요?"

조개는 그 말을 듣고 대단히 기뻐하며 찬사를 보냈다.

"과연 그것은 묘계입니다. 소문처럼 지다성이라고 일컬을 만하니 참으로 제갈공명도 꼼짝 못할 묘계입니다."

"이제 그 정도로 그칩시다. 격언에도 '벽에 귀가 있고 장지문에 눈이 있다'고 합니다. 우리들만의 비밀입니다."

그 때 조개가 말했다.

"그러면 원씨 세 분은 일단 돌아가시고 거사일이 결정되면 나의 저택에 모여 주십시오. 오용 선생님은 전처럼 글방에, 공손 선생과 유당은 이 곳에 머물러 주십시오."

원삼 형제는 작별하고 석갈촌으로 돌아갔다. 조개는 공손승과 유당을 저택에서 묵게 하고 오학구는 자주 와서 협의하게 했다.

## 4. 생신강(綱)

한편 북경 대명부의 양중서는 십만 관어치의 생신 축하 선물을 사들였기에 남은 일은 출발 일자를 정하고, 이끌고 갈 사람을 정하여 떠나게 하는 것뿐이었다.

그 날 대명부에서는 양중서가 채 부인과 함께 후당에 마주 앉아 예물 보내는 일에 대한 의논을 하고 있었다.

"상공(相公)의 생신강은 언제 떠나기로 되었나요?"

채 부인이 눈을 빛내며 물었다.

"모레가 날이 좋기는 한데, 영거해 가지고 갈 사람이 마땅치 않아 걱정이오."

"아니, 항상 그 사람이면 무슨 일이든 마음놓고 맡기겠다고 하셨으면서 이번 길엔 다른 사람을 보내시려고요?"

"그 사람이 누구요?"

채 부인이 섬돌 아래를 가리키며 말했다.

"저 사람 말예요."

양중서가 그쪽을 바라보니 마악 중문 안의 뜰로 들어서고 있는 그 사람은 다름 사람이 아닌 청면수 양지였다.

'그래, 맞아!'

양중서는 크게 기뻐하며 즉시 양지를 청상으로 불러올려 물었다.

"내가 하마터면 너를 잊을 뻔 했다. 네가 이번에 생신강을 영거하여 무사히 동경에 올라갔다가 돌아오면 내가 너를 중히 쓸까 하는데, 네 생각은 어떠냐?"

양지가 아뢰었다.

"은상의 분부시라면 기꺼이 맞겠습니다. 그런데 준비는 어떻게 하고 언제 출발합니까?"

"대명부인에게 열 채의 수레를 내게 하고 이쪽에서는 열 명의 호위병을 골라 차의 호송을 맡게 한다. 수레는 한 대마다 '경하태사 생신강'이라고 쓴 노란 깃발을 달고 별도로 군졸들을 수레마다 배치한다. 그리고 사흘 안에 출발해 주기 바란다."

"그렇게 하면 저는 도저히 못 갑니다. 부디 용감하고 지략 있는 다른 사람에게 분부하십시오."

"나는 너를 기용하려고 하는데 왜 사양하는가?"

"작년에도 생신 선물을 도적에게 강탈당했는데 아직까지 도적을 잡지 못했다고 합니다. 올해는 도중의 도적이 더욱 더 많이 퍼져 있을 것이고. 동경으로 가는 길은 육로만으로 수로는 없습니다. 지나가는 곳은 자금산, 이룡산, 도화산, 산개산, 황니강, 백사오, 야운도, 적송림 등으로 어느 곳이나 도적들이 횡행하는 곳입니다. 하물며 수레마다 실린 것이 금은주옥이라는 것을 알면 도적들이 어떻게 뺏지 않고 보내겠습니까. 함부로 목숨을 잃는 것이 고작입니다. 그렇기 때문에 못 간다고 하는 것입니다."

"그러면 더 많은 관군을 딸려서 경호를 튼튼하게 하면 되지 않겠나?"

"설사 오백 명의 군사들을 주셔도 아무런 도움이 되지 않습니다. 도적이 온다는 말을 들으면 그들은 앞을 다투어 도망쳐 버립니다."

"그렇다면 생신강을 보낼 길이 없다는 건가?"

"만약 저의 현책(賢策)을 쓰신다면 확실히 보낼 수 있을 것입

니다.”

“너에게 모든 것을 맡기고 네가 하자는 대로 하겠다. 어서 말해 보아라.”

“저의 생각으로는 수레차는 일체 사용하지 않고 물품은 십여 개의 등짐으로 하여 여행하는 자의 짐으로 가장하고 힘이 센 호위병 열 명을 골라 평민의 복장을 하게 하여 그들에게 짊어지웁니다. 그리고 나와 또 한 사람이 나그네처럼 몸을 분장하여 은밀하게 길을 재촉하여 동경에 보내게 한다면 잘 되리라 생각합니다.”

“흐음, 듣고 보니 그렇군!”

양중서는 그 날 즉시 양지에게 명해 짐을 싸게 하고, 또 군사들을 골랐다. 다음 날 양지를 부른 양중서가 물었다.

“양지, 언제 출발하겠는가?”

“내일 아침으로 예정하고 있습니다.”

“아내도 선물을 한 짐 태사부의 맨 안쪽에 보낸다 하였으니 함께 가지고 가 주게. 그런데 자네는 안쪽의 출입문을 모르니 사도관(謝渡官)과 우후(虞侯) 두 사람을 동행시키겠다.”

“그러면 저는 못 갑니다.”

“짐 준비도 다 되었는데 왜 못 간다는 거냐?”

“그 열 개의 짐을 이 한 몸이 맡았기 때문에 함께 가는 사람들을 제 마음대로 할 수 있습니다. 빨리 출발한다면 빨리 출발하고 천천히 가라면 천천히 가고, 묵고 가자면 묵고 가고, 쉬고 가자면 쉬고 가고 모두 내 명령하는 대로 됩니다. 그것을 이제 와서 도관님과 우후님이 함께 하시면 그분들은 부인님의 측근들이시고 더욱이 태사부에서 오신 태공님이라면, 만약 도중에 저와 의견이 맞지 않는 일이 생기면 저는 어떻게 할 수가 없고, 나아가서는 대사를 그르치게 되지 않는다고 할 수 없습니다."

"그런 일이라면 문제없네. 세 사람에게는 내가 단단히 일러 두겠네."

하며, 양중서가 즉시 사도관과 오후 두 사람을 불어내어,

"양지 제할이 금은재보 열한 짐의 생신망을 관장하여 서울까지 가서 태사부에 보내기로 되었는데 이것은 모두 그가 한 몸에 중책을 맡은 것이니 너희들 세 사람은 그와 동행함에 있어 빨리 가건 늦게 가건 숙박하건 쉬건 모두 그의 말대로 따르되 결코 거역하여서는 안 된다. 부디 조심하여 임무를 무사히 수행하라."

하고 말하자 늙은 도관은 공손하게 승복했다.

양지는 그 날 짐을 인수했다. 짐은 합계 열한 개, 선발된 열한 명의 건장한 호위병들은 모두 어깨짐꾼의 몸차림이었다. 일행은 도합 열다섯 명, 양중서의 저택을 뒤로 북경의 성문을 지나 똑바로 동경으로 향했다.

때는 마침 5월 중순, 맑게 갠 날씨라고는 하나 길 떠나기에는 괴로운 혹서였다. 양지 일행은 6월 15일인 생신날에 맞추기 위해 오로지 길을 서둘렀다. 북경을 떠난 지 5~6일 동안은 매일 아침 인시에 일어나, 아침에 시원할 때 걷고 한낮의 뙤약볕은 피하여 쉬는 등 길을 계속하였는데, 5~6일 지나니 촌락도 점점 귀하게 되고 길손도 좀처럼 보이질 않고 객주집을 잇는 도중은 산길뿐이었다. 그래서 양지는 진시 경에 출발하여 신시 때면 쉬기로 했다. 그러자 일행은 가벼운 짐은 하나도 없고 모두 무거운 것밖에 없으며 더위에 배겨날 수 없어 나무 그늘만 보면 뛰어가서 쉬려고 하였다. 양지는 쫓아가서 재촉하고 그래도 움직이지 않으면 호령을 하기도 하고 또는 거칠게 철기채찍으로 때리기도 하며 무턱대고 걷기만 하였다. 두 사람의 우후는 작은 짐을 지고 있을 뿐이었으나 그래도 허덕거렸기에, 좀처럼 길이 짧아지질 않았다. 양지는 화를 내며 말했다.

"당신들은 정말 분별이 없는 사람이오. 이 걸음은 유람길과는 다르오."

"우리들도 뭐 일부러 느릿느릿 걷고 있는 게 아니오. 더위서 발이 움직이지 않으니 늦는 거요. 처음에는 아침 나절 시원할 때 걸었는데, 왜 이번에는 한나절 더위에 걷게 하시오?"

"무슨 불평을 하는 거요? 처음에 지나온 곳은 안전한 곳이었지만 이 부근은 음침한 곳이니 한낮이 아니면 지나지 못하오. 아침 일찍이나 저녁때 지나는 사람이 어디 있나 보시오."

두 사람은 입에 내어 대꾸는 하지 않았지만 마음 속으로 투덜거렸다.

이러한 날을 거듭하기 7, 8일, 북경을 떠나온 지 꼭 보름 되는 유월 초나흗날, 일행은 마침내 황니강에 다다랐다.

남산북령(南山北嶺)에 기구한 산벽 소로(山僻小路)를 더듬어 가기 20여 리, 해는 바야흐로 한낮이었다.

공중에 나는 새도 날개를 접고 숲속 깊이 그늘을 찾아들려 하거든 하물며 사람이야, 더위도 더위려니와 이제는 다리까지 아파 다시 더 나가지를 못하고, 일제히 송림 그늘 속에 드러눕고 말았다.

양지는 애가 탈대로 타고 화가 끓을 대로 끓었다.

"어서들 일어나거라! 이 곳 황니강은 가장 위험한 곳이다. 한시 바삐 이 고개를 넘어야만 한다."

채찍을 번쩍 들고 외쳤으나 군사들은,

"죽으면 죽었지 정말 더는 못 가겠소."

하면서 그대로 땅마닥에 쓰러진 채 꼼짝달싹 하지 않았다. 양지는 이리 뛰고 저리 뛰며 채찍으로 상금군들을 어지러이 치며,

"이놈들아 그래도 못 일어나겠느냐? 정말 아프게 때를 맞

아야 직성이 풀리겠느냐?"

하고 소리를 가다듬어 꾸짖었다. 하지만 상금군들은 이제는 대꾸할 기력조차 없다는 듯 그대로 늘어져 있었다. 양지의 화기가 그대로 꼭뒤까지 치밀어 올랐을 때, 문득 저편 송림 사이로 웬 사나이 하나가 고개를 쑤욱 내밀고 연해 이쪽을 살펴보다 들어가는 모양이 아무래도 수상했다.

"이놈아, 웬 놈이냐?"

양지는 소리를 버럭 지르며 박도를 꼬나잡고 그대로 그편으로 쫓아갔다. 숲속으로 들어가 보니 웃통을 벌거벗은 장정 7명이 일곱 채 강주거(江州車) 옆에 앉아서 쉬고 있다가 양지를 보자 일제히 자리를 차고 일어나며 말했다.

"우리는 호주(濠洲)서 동경으로 가는 대추장수다마는, 너야말로 뭣 하는 놈이냐?"

"우리도 동경까지 가는 장사꾼이요. 지금 누군지 우리 쪽을 연해 엿보기에 마음이 수상쩍어 그랬소."

"우리도 난데없는 인기척에 잠깐 동정을 살펴본 게요. 노형들도 동정까지 간다니 그럼 동행이 되겠소그려, 대추나 좀 드리리까?"

"그만 두시우,"

양지가 돌아오자 도관이 황망히 물었다.

"그래, 정말 도적입디까?"

“알고 보니 대추장숩디다.”

그 말에 뭇 군사들은 이빨을 드러내고 웃어댔다. 양지는 하는 수 없이 자기들도 그 곳에서 잠시 쉬어 가기로 했다.

그러자 얼마 안 있어 한 사나이가 어깨에 통을 메고 고개를 올라와 역시 소나무 아래에 이르러 땀을 들였다. 상금군들이 그를 보고 물었다.

“그 통 속에 든 게 뭐요?”

“백주요.”

상금군들은 서로 돌아보고 의논했다.

“덥기도 하고 조갈도 나니 우리 한 통 사서 먹세.”

“그거 좋은 말이야.”

돈들을 거두어서 막 사 먹으려 하자, 보고 있던 양지가 소리를 가다듬어 꾸짖었다.

“이놈들, 어찌 내 허락도 받지 않고 무얼 사 먹겠다고 그러느냐?”

“아, 우리 돈으로 우리가 사 먹는 것도 못하게 하슈?”

“이 무지몰각한 놈들아! 길에 나서면 매사에 각별히 조심해야 하는 거다. 길을 가다 흔히들 몽환약(夢汗藥) 탄 술을 먹고 욕보았단 말도 듣지 못했느냐?”

이 말에 술장수가 발끈하며 양지를 돌아보고 말했다.

“이 양반 좀 봐. 언제 내가 노형들한테 억지로 술 팔아

달랬소? 원 재수가 없으려니까 별 소릴 다 듣겠네."

"뭣이라고? 너 누구 보고 하는 수작이냐?"

피차 언성이 높아지며 형세가 제법 험악해졌을 때, 맞은 편 송림 속에서 대추장수라는 사나이들이 제각기 박도를 들고 뛰어나와 물었다.

"왜들 이러시우?"

술장수가 하소연했다.

"아, 이분이 글쎄 이 술에 몽환약이 들었다고 하니, 내가 화가 안 나게 생겼습니까?"

"오, 그래서 시비가 났구먼. 우린 또 별안간 왁자하기에 진짜 도적이 나타났나 했지. 하여튼 술 얘기를 들으니 반갑 군. 저분들이 의심쩍어 못 사 먹겠다면 우리가 사 먹겠소. 한 통에 얼마 주리까?"

"얼마고 뭐고 난 술 못 팔겠소!"

"이 친구 봐라, 언제 우리가 노형 술 가지고 뭐라기나 했 단 말이오? 달라는 대로 값은 쳐줄 것이니 한 통 파슈."

"팔라시면 드리기는 하겠지만 떠 잡수실 게 없는 걸요."

"그건 염려 마오. 우리에게 표주박 가진 게 있으니…."

말을 마치자 한 사나이가 송림 속으로 들어가더니 표주 박 두 개를 들고 나오는데 한 개에는 대추가 수북했다.

양지 일행이 멀거니 바라보고 있는 앞에서 대추장수들은

뺑 둘러앉아 대추를 안주 삼아서 눈 깜짝할 사이에 술 한 통을 다 먹었다.

먹고 나자 한 사람이 물었다.

"참, 지금 생각하니 우리가 값도 묻지 않고 먹었구먼 그래, 얼마요?"

"5관이요."

"5관이면 비쌀 것도 없소마는, 이왕이면 덤으로 한 잔 못 주겠소?"

"덤이 어디 있습니까."

"없다면 할 수 없고… 자아, 돈이나 받우."

술장수가 돈을 세어 받는 동안에 대추장수 하나가 남은 술통 뚜껑을 열더니 술 한 바가지를 듬뿍 떠서 입으로 가져갔다.

"이게 무슨 짓이유?"

술장수가 소리치자 그 사나이는 마시다 남은 반 바가지 술을 들고 그대로 송림 속으로 달아났다.

술장수가 부리나케 그의 뒤를 쫓을 때, 또 한 사나이가 대추 담았던 바가지로 술을 또 퍼냈다.

술장수는 질겁을 하고 되돌아와 그의 손에서 바가지를 빼앗아 술을 도로 통에 쏟고 눈을 흘겼다.

"이 장사치들 정말 행실이 고약하군. 그렇게 보지 않았는

데 이런 더러운 짓을 하다니."

한참 투덜거릴 때, 상금군들이 이제는 더 참을 수가 없어 양지를 보고 사뭇 애걸했다.

"덥기도 하려니와 목이 타서 죽겠습니다. 근처에 물 한 방울 구할 데도 없고 하니, 그저 한 잔씩만 사 먹게 해 주십쇼."

도관과 우후들도 은근히 비위가 동하여 함께 청했다. 양지는 대추장수들이 그 술 한 통을 다 먹어도 별 이상이 없는 것을 보고, 마침내 허락해 주었다.

"제할도 한 잔 하시죠."

"어서 너희들이나 먹어라."

"그러지 마시고 한 잔 드십쇼."

하도 권하는 통에 양지도 첫째는 더위가 견디기 어려웠고, 둘째는 조갈이 심하여 마침내 반잔을 받아 마시고야 말았다.

두 통 술을 그 자리에서 다 팔고 나자 술장수는 빈 통을 어깨에 메고 콧노래를 부르며 도로 고개 아래로 내려갔다.

이 때 대추장수 7명은 소나무 그늘에 앉아 그 광경을 보고 있다가, 자리를 차고 벌떡 일어나더니 양지의 일행 15명을 손으로 가리키며 외쳤다.

"어서 한잠들 푹 자거라. 어서 쓰러져 자."

말이 미처 끝나기도 전에 양지의 무리 15명은 그대로 그 자리에 쓰러지고 말았다.

대추장수의 무리는 곧 송림 뒤로 들어가더니, 각기 수레 한 채씩을 밀고 나와 그것에 실은 대추를 말끔히 땅에다 쏟아 버린 다음, 대신 열한 짐 금주보패를 옮겨 싣고 그대로 언덕 아래로 향해 내려가 버렸다.

이 사람들이 누굴까? 묻지 않아도 뻔한 조개·오용·공손승·유당 그리고 원가 삼 형제였다. 또 술장수로 차리고 나선 것은 안락촌에 사는 백일서 백승이었다.

그러면 몽환약은 언제 탔던 것일까? 애초에 백승이 어깨에 메고 올라온 것은 아무것도 섞지 않은 그냥 술이었다. 그것을 일곱이서 한 통 다 먹고 나자, 유당이 새 통 뚜껑을 열고 한 바가지 떠먹은 것은 그 통의 술도 무해독한 것임을 양지의 무리에게 보이기 위함이었다.

농간은 유당의 뒤를 백승이 쫓고 있는 사이에 오용이 또 술을 푼 바가지에 있었다. 바가지가 통 속으로 들어갔을 때, 몽환약은 이미 술에 풀어지고 만 것이었다. 그것을 오용이 떠서 입에 갖다 대려 할 때 백승이 부리나케 돌아와 바가지를 빼앗아 통 속에다 도로 술을 쏟고 말았으니, 그 귀신도 곡할 농간 속을 뉘 알았으랴, 이 모두가 오용이 꾸며낸 계교였다.

얼마 후에 양지는 정신을 차리고 일어났다. 워낙 먹은 술이 적어서 남보다 일찍 깨어난 것이었다.

둘러보니 열한 짐 예물은 간 곳이 없고, 오직 대추만 어

지러이 흩어져 있는 가운데 도관과 2명의 우후와 또 열한 명 상금군이 침들을 흘리며 혼몽히 쓰러져 있었다.

양지는 기가 탁 막혔다. 발을 구르며 애를 태웠다.

"기어코 생신강을 빼앗기고 말았구나, 감히 무슨 낯을 하고 양중서님에게 돌아갈 수 있단 말인가. 이렇게 된 바에는 돌아갈 수도 의지할 곳도 없다. 차라리 언덕 위에서 죽어버리는 것이 좋겠다."

하고 언덕 위에서 몸을 던져 죽으려 하였으나 문득 생각이 나서 다리를 버티고 곰곰이 고쳐 생각했다.

'부모로부터 주어진 이 훌륭한 몸. 어렸을 때부터 십팔기의 무예를 배워 몸에 익혔는데 이대로 죽어서야 되겠는가. 그래, 오늘의 이 욕은 후일 깨끗이 씻기로 하고 달리 살 곳을 구해 보자.'

양지는 이렇듯 마음을 고쳐먹고 마침내 혼자서 고개를 넘어 촌가를 찾아 내려갔다.

그 날 밤 이경이나 되어서야 모든 사람은 비로소 깨어났다. 정신이 들고 보니 일은 미상불 큰일이었다. 어떻게 저희들의 죄를 모면할 도리가 없을까 궁리한 끝에 그들은 마침내 모든 죄를 양지 한 사람에게 들씌우기로 하고, 날이 밝기를 기다려서 먼저 본청 관사(官司)에 고한 다음, 총총히 북경으로 돌아갔다.

한편 양지는 남쪽을 향해 황니강을 내려가, 그 날 밤은 숲속에서 한둔을 하고 이튿날 새벽 다시 길을 가기 20여 리— 눈을 들어 둘러보았지만 아는 이라곤 한 사람도 없는 고장이었으며 노자조차 몸에 지닌 것이 없었다.

그래도 굶어죽지 않으려면 우선 먹고야 볼 세상이었다. 양지는 마침 찾아 이른 술집 문 안으로 들어섰다. 한편 탁자 앞으로 가서 자리를 잡고 앉으려니, 부뚜막 앞에 서 있는 여인이 물었다.

"무얼 드릴까요?"

"우선 술을 좀 주. 그리고 밥을 먹겠소. 또 고기가 있으면 고기도 좀 주시우."

술과 고기가 나오고 또 밥이 나왔다. 든든하게 한 상 잘 먹고 나자, 양지는 즉시 박도를 들고 술집 문 밖으로 나서려 했다.

"손님, 술값 밥값 다 안 내셨습니다."

안주인이 일깨웠으나 양지는 뻔뻔했다.

"내 지금 가진 게 없어 그러우. 요 다음 지나는 길에 틀림없이 셈쳐 드리리다."

말을 마치자 그대로 밖으로 달려나가니, 이것을 보고 상머리에서 이제껏 시중들던 젊은이가 곧 뒤를 쫓아와 소매를 덥석 잡았다. 양지는 그 젊은이를 한 주먹에 때려눕히고 그

대로 달음실쳤다.

"이놈아 네가 가면 대체 어디로 갈 테냐?"

등 뒤에서 누군지 외치는 소리가 들렸다.

양지가 걸음을 멈추고 돌아다보니 웃통을 홀떡 벗어부친 사나이 하나가 손에 몽둥이를 들고 쫓아오고, 그 뒤로 지금 양지에게 주먹맛을 본 젊은이가 한 자루 창을 꼬나잡고 따라오고, 또 그 뒤로 서너 명 장객들이 역시 몽둥이들을 손에 잡고 부지런히 달려오고 있었다.

"너희 놈들이 죽지를 못해 몸살이 났느냐? 나를 쫓아와서 그래 어쩔 셈이냐?"

양지는 큰 소리로 꾸짖고 박도를 휘두르며 앞장선 사나이에게로 달려들었다. 한 자루 박도와 한 자루 몽둥이가 서로 어우러져 싸우기 2, 30합― 웃통 벗은 사나이는 저도 남만큼은 무예를 익힌 모양이나, 그래도 양지의 높은 수단이야 어찌 당할 수 있을 것인가. 얼마 동안은 양지의 박도를 막아내기에만 골몰하더니, 마침내 몸을 날려 권자 밖으로 뛰어나가며 외쳤다.

"잠깐, 당신의 이름을 알고 싶다."

"나는 청면수 양지라고 한다."

"그럼 동경 양 제사가 아니신가요?"

"그렇소, 내가 바로 양 제사요."

말을 듣자 그 사나이는 땅바닥에 엎드려 넓죽 절을 하고 말했다.

"눈이 있어도 태산을 몰라뵀습니다그려."

양지는 그의 손을 잡아 일으키며 물었다.

"저는 원래 개봉부 사람으로 팔십만 금군의 교두 임충님의 제자입니다. 이름은 조정(曹正)이라 하고 사람들은 조도귀라고 부릅니다."

"오 그렇소? 오늘 일은 내가 잘못했소, 하도 신세가 궁해서…."

"그 말은 그만 두시고, 하여튼 제게로 다시 좀 가시지요."

조정은 양지를 청하여 주점으로 함께 돌아오자 곧 주식을 베풀어 권하면서 물었다.

"그런데 양 제사께서는 대체 이 곳에는 어찌하여 오셨나요?"

양지가 이번의 생신강 일을 그에게 하소하니, 듣고서 조정이 말했다.

"기위 그러시다면 얼마 동안 제게 머물러 계시도록 하시지요."

"후의는 감사하오마는, 나의 지금 신세가 어다 한 곳에 오래 머물러 있지 못하오."

"그럼 대체 어디로 가실 생각이신가요?"

"마땅한 행처가 따로 있는 것도 아니오."

"그러시다면 이룡산(二龍山)으로 찾아가 보시는 것이 어떨까 합니다."

"이룡산이 어디요?"

"여기서 멀지 않습니다. 바로 청주(淸州) 땅입지요. 그 산 위에 보주사(寶珠寺)라는 절이 있는데, 본래는 그 절의 주지였던 등룡(鄧龍)이란 자가 지금은 환속하여 머리를 기르고 산적의 두령이 되어, 수하에 졸개 4, 5백 명을 거느리고 지낸답니다."

"글쎄, 그럼 그 곳으로나 가 볼까…"

그 날 밤은 그 곳에서 편히 쉬고, 이튿날 양지는 주인에게서 약간의 노자를 얻은 다음 박도를 손에 들고 혼자서 이룡산을 바라고 떠났다.

하루 종일을 걸어 마침내 이룡산 기슭에까지 이르렀으나, 때마침 일락 서산에 날이 저물었다. '이 밤은 숲속에서 지내고 산에는 내일 아침에나 올라가리라'하고 생각하며 숲속으로 몇 걸음 들어가던 양지는 깜짝 놀랐다.

웬 살찐 중 하나가 벌거벗은 알몸뚱이로 나무뿌리에 앉아서 땀을 들이고 있다가 양지를 보자 옆에 놓은 선장을 집어 들며 소리를 벽력같이 질렀기 때문이다.

"네 어디서 오는 놈이냐?"

양지는 아무도 없는 줄로만 믿었던 숲속에 그렇듯 벌거

벗은 살찐 중이 있는 것을 보고 처음에는 놀랐으나, 그의 말투에 자기와 마찬가지로 관서(關西) 사투리가 섞인 것이 마음에 반가워 앞으로 나가 성명을 통하려 했다.

그러나 중은 일어나자 불문곡직하고 철신장을 들어 그대로 양지를 치려고 했다. 양지는 노했다.

"웬 중놈이 이리도 무례하단 말이냐!"

곧 박도를 고쳐잡고 달려들어 두 사람이 숲속에서 어우러져 싸우니, 두 마리 용이 보배를 으르고 한 쌍 호랑이가 먹이를 다투는 형세라 진운(陣雲) 속에 흑기(黑氣)가 서리고, 살기 가운데 금광(金光)이 번뜩였다.

이처럼 싸우기 4, 합에 이르자, 중은 문득 몸을 빼쳐 권자 밖으로 뛰어나가며 외쳤다.

"좀 쉬자꾸나."

"좋다."

양지는 자기도 멀찍이 물러서며, '대체 어디서 온 중이기에 무예 수단이 이리도 높을까?'하고 속으로 은근히 칭찬함을 마지않을 때 중이 불쑥 물었다.

"푸른 얼굴, 넌 도대체 누구냐?"

"동경서 제사를 지낸 양지라는 사람이다."

"그럼 동경에서 칼을 팔다가 건달 우이를 죽인 그 사나이잖아?"

"그렇다."

그러자 중은 '하하하'하고 한바탕 웃고 나더니 말했다.

"원, 여기서 우리가 만날 줄을 뉘 알았을까? 나는 연안부 노충경략상공 장전에서 제할을 지낸 노달이다."

그가 화화상 노지심이라는 것을 알자 양지도 따라 웃으며 말했다.

"그런 줄 모르고 나는 누군가 했소. 선성을 듣기는 참 오래였소. 그나저나 스님은 대상국사에서 체류 중이라는 소문을 들었는데 어째서 이런 곳에 계시오?"

"한 마디로 설명할 수는 없소. 내가 대상국사에서 채원의 당번을 하고 있을 때 표자두인 임충을 만났소. 고 태위의 모략으로 목숨이 위태로운 모양이어서 나도 가만히 보고만 있을 수 없어 창주까지 전송하여 목숨을 구해 줬소. 그러나 돌아온 두 사람의 호송 관리가 고구란 놈에게 이렇게 말했다오. '야도림에서 임충을 죽이려는데 대상국사의 노지심이 방해를 한 후에 창주까지 따라오기에 기어코 손을 쓰지 못했다.'라고 말이오. 그래서 그 바보 같은 놈이 나에게 원한을 품고 포졸을 보내 잡으러 왔소. 그것을 근처의 놈팡이들이 재빨리 알려줬기에 나는 선수를 쳐서 채원의 은거소에 불을 지르고 그대로 도망쳐 이곳저곳 떠돌아다니는데 지나가던 곳이 맹주의 십자파라는 곳이었소. 그래서 선술집의 여편네에게 자칫하여 목숨을 잃을 뻔 했었소. 왜냐 하면 수면제를 먹이어 뻗어 버렸는데 다행히 그녀의 남편이 마침 그 곳에 돌아와 나의 모습과, 이 선장과 계도를 보고 깜짝 놀라 황급히 해독제를 먹여 구해 주었다오. 남편은 이름을 묻고 며칠 동안 묵게 하고 의형제의 약속을 하였는데, 이 부부라는 게 남편은 채일자인 장청이라 하고 여편네는 모야차의 손이랑이라 하는데 모두들 아주 훌륭한 사람들이었소. 그 곳에서 4, 5일 체류하고 있는 동안 들은 것이 이 이룡산 보주사의 이야기요. 몸을 담기에는 적합한 곳이라는 생각이 들었기 때문에 일부러 동룡에게 한패에 넣어 달라고 청하러 갔었소. 그런데 망할 놈, 그놈은 나를 거절하였소. 기어코 싸움이 되었는데 나에게는 이가 안 먹혀 들자 기슭에 있는 세 개의 관문을 닫아 버렸소. 달리 올라가는 길도 없어서 단단히 욕설을 퍼부었으나 역시 내려와서 승부를 겨루려 하지 않지 뭐요. 화가 나 여기서 어슬렁거리는데 당신이 불쑥 나타난 거요."

양지는 크게 기뻐했다. 둘은 밤새도록 그 곳에 앉아 양지는 칼을 팔러 나간 것에서 우이를 죽인 경위와 생신강을 빼앗긴 전말을 상세하게 이야기 하고 또 조정이 가리켜 주어 이 곳에 찾아온 것도 말했다.

"관문이 닫혔으면 여기에 있어 봤자 별수 없소. 물론 그

놈이 내려올 까닭도 없고, 어쨌든 조정한네 가서 의논을 해 봅시다."

둘은 급히 숲을 나와 조정의 선술집으로 돌아갔다. 양지가 노지심을 소개하니 조정은 즉시 술을 내어 와서 대접하고 이룡산의 보주사를 탈취할 의논을 시작했다. 다음 날 인시쯤 일어난 일동은 충분하게 먹었다. 양지, 노지심, 조정 세 사람은 조정의 처남과 5, 6명의 토민을 이끌고 이룡산으로 가는 길을 서둘렀다.

한낮이 넘어서 숲에 이르러 그 곳에서 옷을 벗은 노지심을 엉터리로 묶었다. 농군 두 사람이 끄나풀을 붙들고 양지는 삿갓을 쓰고 찢어진 무명옷을 걸치고 박도를 거꾸로 쥐고, 조정은 지심의 선장을 쥐고, 다른 사람은 손에 곤봉을 들고 앞뒤에서 노지심을 에워싸고 갔다.

이윽고 산기슭에 이르러 관문을 쳐다보니 거기에는 강노, 경궁, 모래, 투석 들이 즐비하게 놓여 있었다. 관졸은 중이 묶여 온 것을 관문 위에서 내려다보고 나는 듯이 산정에 아뢰었는데 잠시 후에 두 사람의 소두목이 관문 위에 나타나,

"너희들은 어디 놈들이냐? 무슨 볼일로 왔으며 그 중은 어디서 사로잡았느냐?"

고 물었다. 조정이 답하여 말했다.

"우리들은 이 산기슭의 백성으로 조그만 선술집을 하고

있는 사람인데, 이 뚱보 중이 문득 찾아와 술을 처먹고 엉망으로 취하여 술값을 내려고는 안 하고 혀를 돌려 지껄이기를 지금 양산박에 가서 몇천 몇백 명을 불러와 이 이룡산을 쳐부수고 이 부근의 마을들을 모조리 털어 버린다고 큰 소리를 치기에 우리가 열심히 고급 술을 권하여 취해서 곯아 떨어지게 하여 묶어서 두목님에게 데리고 왔습니다. 이 모두가 두목님에 대한 우리 마을의 충성의 표시이고 후환을 면하기 위해서입니다.”

두 사람의 소두목은 그 말을 듣자 기뻐 날뛰며,

“장하다, 너희들 잠깐만 거기 기다려라.”

하고 산 위로 올라가 등룡에게 보고하였다. 등룡은 그 말을 듣고 크게 기뻐하며 말했다.

“여기로 끌고 오너라. 놈의 생간을 끄집어내어 술안주로 하여 전날의 원한을 풀겠다.”

명을 받은 졸병이 관문을 열어 위로 데리고 갔다. 양지와 조정은 노지심을 단단히 지키며 산정으로 끌고 갔다. 세 개의 관문을 지나서 보주사 앞으로 나와 보니 3중으로 설치한 산문 저쪽에 거울 같은 평지가 있었고 그 주위는 목책으로 둘러싸여져 있었다.

노지심은 말없이 불전까지 끌려갔다. 불상을 모조리 떼어 버린 불당 한가운데에 호피를 씌운 의자가 하나 있고 그

좌우에는 많은 부하들이 창봉을 들고 대기하고 있었다. 한참 있으니 부하 두 명에게 팔을 부축당한 등룡이 모습을 나타내며 의자 위에 앉았다.

"이 개 같은 중놈아, 감히 어제는 나를 걷어차 아랫배를 다치게 했지. 아직도 푸른 멍이 없어지지 않았으니 오늘 내가 혼을 내 주겠다."

노지심은 눈을 부릅뜨며 큰 소리로 호령했다.

"바보 같은 놈아, 움직이지 마라."

그 때 두 사람의 농부가 줄 끝을 홱 잡아당기자 매듭이 풀려 줄이 풀어졌다. 노지심은 조정으로부터 선장을 받아 쥐기 바쁘게 물레바퀴처럼 휘둘렀고 농부들도 일제히 신이 나서 '와' 하고 덤벼들었다. 등룡이 당황하여 허리를 일으켰을 때는 벌써 지심의 선장을 정면으로 맞아 두개골은 두 동강이 나고 의자도 산산이 부서졌다. 둘레의 부하들은 벌써 양지의 박도에 맞아 사오 명이 넘어졌다. 조정은 큰 소리로 외쳤다.

"모두 항복해라 칼을 휘두르는 자는 한 놈도 남기지 않고 때려죽이겠다."

절 안의 5, 6백 명의 부하들과 소두목 수 명은 완전히 위축되어 할 수 없이 모두 항복했다. 즉시 등룡의 시체를 뒷산으로 메고 가서 화장했다. 노지심과 양지는 이렇게 하여 산채의 주인이 되고 축하의 술자리가 벌어졌다.

## 5. 급시우(及時雨) 송강(宋江)

한편 10만 관의 생신 선물을 어처구니없게도 잃고 만 북경 대명부의 양중서는 분이 머리끝까지 올랐다. 더욱이 그렇게도 믿었던 양지가 도적 떼와 통모하고 자기를 배신했다고 듣자 그에 대한 사랑은 지극한 미움으로 변하여, 그를 잡는 날에는 그 몸을 만 토막내겠다면서 이를 갈았다.

그는 서리(書吏)를 불러 문서를 꾸미게 하여, 곧 밤을 새워 제주부로 띄우고 일변 일봉 가서(家書)를 써서 동경으로 올려 보내어, 그 일을 채 태사에게 고하였다.

양중서의 서찰을 받아 본 채 태사의 놀람은 컸다. 10만 관어치 생신 선물이란 오직 말로만 들었을 뿐이지 정작 물건은 구경도 하지 못했다. 그것도 한 번만이 아니라 이태를 연달아서였다.

도저히 이대로 두어서는 안 될 일이라 생각하고, 부간(府幹)에게 공문을 주어 친히 제주 부윤을 찾아보고, 대추장수 7명에 술장수 1명, 그리고 도망한 군관 양지를 잡아 올리도록 하되, 꼭 열흘이 기한이라고 했다. 만약 열흘이 지나도록 못 잡아 올리는 때에는 사문도(沙門島)로 귀양갈 줄로 알라고 엄히 분부를 내리게 했다.

태사가 보낸 부간의 입에서 그 말을 듣고 또 태사부에서

온 균첩(鈞帖)을 보고 난 부윤은 소스라치게 놀랐다. 곧 소리쳐 즙포인(緝捕人)의 무리를 부르니, 섬돌 아래에서 한 사람이 대답하고 나섰다.

"네가 누구냐?"

"소인 즙포사신(緝捕使臣) 하도(河濤)라 하옵니다."

"오늘 동경 태사부에서 태지(台旨)를 전하되, 열흘 기한을 하고 도적들을 잡아 경사로 올려보내라 하신다. 만약 기한을 어길 때는 다만 내 관직만 파하게 되는 것이 아니라, 사문도로 귀양을 가야 할 모양이다. 그렇게 된다면 네놈을 기러기도 안 찾아드는 곳에다 정배 보낼 것이니, 네 각별히 용심하렷다!"

집으로 돌아온 하도는 답답한 심사 때문에 나오는 것은 오직 긴 한숨뿐이었다.

바로 그 때 마침 찾아온 사람이 있으니, 그는 하도의 아우 하청(河淸)이었다. 하청은 같은 형제라도 즙포관찰을 다니는 형과는 달라, 밤낮 무뢰배들과 어울려 술이나 먹고 노름판이나 찾고 하는 파락호였다 다른 때 같으면 냉대했을 형이었지만 그 날은 사정이 달랐다.

'이놈은 본래가 술집이나 노름판으로만 떠돌아다니니 혹시 무슨 소문이라도 귓결에 들은 것이 있을지 모를 일이다.'

하도는 전에 없이 술대접을 하고, 또 10냥 은자까지 쥐어주면서 이 얘기 저 얘기 물어 보는 중에 과연 아우의 입에서 단서를 잡을 수가 있었다.

"얼마 전에 노름판을 찾아 안락촌에 있는 왕가 객점(王家客店)이라는 술집에 갔다가 마침 대추장수 일행을 보았소. 그리고 그 이튿날 아침 동구 밖에서 한 사나이가 술통을 지고 가는 것을 보았는데, 동행하던 객점 주인이 아는 체를 하기에 물어 보았더니, 백일서 백승이라는 사람이라고 일러주더군요."

하도는 그 말을 듣자 크게 기뻐하여 즉시 하청을 데리고 관청에 가서 부윤을 만났다. 즉시 여덟 명의 포졸들이 명령을 받고 하도, 하청과 함께 밤을 새워 안락촌에 가서 여관 주인의 안내로 백승의 집에 들이닥쳤다. 백승은 침대 속에서 꾸물대고 있었다. 곧 포승줄에 묶이고 여편네도 묶였는데 끝까지 잡아떼며 자백을 하지 않았다. 포졸들은 가택 수색을 시작하여 이윽고 침대 밑을 파헤쳤다. 백승의 얼굴은 새파랗게 질렸다. 일동은 땅 밑에서 한 보자기의 금은을 끄집어내어 제주성으로 돌아왔다.

새벽녘에 백승을 관청에 끌고 나가 줄로 묶고 주모자의 이름을 힐문하였으나 아무리 해도 말하지 않았다. 세 번 네 번 계속하여 두들겨 맞아 피부가 찢어지고 살이 튀어나오고 신혈이 튀어 흩어졌다.

백승은 그래도 얼마 동안 입을 열지 않았는데 이윽고 견

디지 못하며 고백했다.

"주모자는 조 보정입니다. 그 사람이 여섯 사람과 함께 나를 끌어들여 술을 지게 했습니다만 그 여섯 사람은 전혀 알지 못하는 사람입니다."

"오냐, 그만 하면 족하다. 나머지 여섯 놈쯤이야 조 보정만 잡고 보면 다 알 노릇이다."

곧 20근짜리 칼을 씌워 백승을 옥에다 가두고, 부윤은 한 장 공문을 내려, 하도로 하여금 눈이 밝고 손이 잰 공인 20명을 거느리고 운성현으로 나가 본현(本縣)에게 말하고, 즉시 조 보정 몇 여섯 명의 정적(正賊)을 잡아오게 했다.

하도는 밤을 새워 운성현에 당도하자, 우선 일행 공인과 2명 우후를 객점에다 숨겨 두고, 단지 2명만 데리고서 운성현 아문(衙門) 앞으로 갔다.

때마침 지현(知縣)이 막 아침 공사를 마치고 난 때라 아문 앞에서 사람의 그림자를 구경할 수 없었다. 하도는 맞은편 다방으로 들어가 포차(泡茶) 한 잔을 시키고 주인을 불러 물었다.

"오늘의 당직 서기는 누구냐?"

주인이 손가락질을 하며 말했다.

"저기 오시는 분이 바로 그분입니다."

다방 주인이 가리키는 대로 하도가 눈을 들어 보니, 과연

이원(吏員) 하나가 걸어오고 있었다.

눈은 단봉(丹鳳) 같고 눈썹은 흡사 누에 같은데, 입은 크고 수염은 지각(池閣)을 덮었다. 나이는 서른에 만인을 양제하는 도량이 있고, 키는 6척에 사해를 소제하는 심기를 품고 있었다.

이 압사의 성은 송(宋)이고 이름은 강(江)이며 자는 공명(公明)이니, 본래 운성현 송가촌(宋家村) 사람으로, 얼굴이 검고 키가 작아 모두 그를 흑송강(黑宋江)이라 부르기도 하는 터였다.

평생에 재물을 우습게 알고 오직 의리를 중히 여기며, 어버이를 섬기되 효도가 지극하고, 사람을 대하매 지성으로 하며, 남의 곤(困)하고 급(急)한 것을 구해 주니, 이로 인하여 이름이 산동과 하북에 들렸기에 모두들 그를 가리켜 급시우(及時雨 : 때맞추어 오는 단비)라고 일컬었다.

이 날 송강이 현아를 나서자 하도는 길로 나와서 그를 맞아 다방 안으로 이끌며 성명을 통했다.

"저는 제주부 즙포사신 하 관찰입니다. 압사의 고성대명은 뉘신지요?"

"저는 송강이라 합니다."

하도는 자리에서 내려와 곧 절하고 말했다.

"대명을 듣자온 지 이미 오래이나, 다만 연분이 없어 여

지껏 뵈옵지를 못했습니다그려."

"관찰은 이번에 무슨 일로 이렇듯 폐현(弊縣)에 내려오
셨나요?"

"실은 저의 관하(管下) 황니강이라는 곳에서 얼마 전에 8명
의 도적 떼가 몽환약으로 북경 대명부 양중서가 채 태사께
올리는 생신 선물을 훔쳐간 일이 있었는데, 백승이라는 종
적(從賊) 한 놈을 잡아다 물어 보니, 정적(正賊) 7명이 모두
귀현(貴縣)에 있다고 합니다그려. 그래서 여기 공문을 가지
고 나온 길입니다."

"백승이 자백했다는 7명 정적의 이름은 무엇이라 합니까?"

"괴수는 동계촌의 조 보정이라는데, 나머지 6명은 아직
모르겠습니다."

들고 나자 송강은 소스라치게 놀랐다. 그는 혼자 속으로
생각했다.

'조 보정은 의리가 나와 형제나 마찬가진데, 만약에 내가
구하지 않는다면 반드시 잡혀가서 목숨을 잃고 말 것이다.
그것은 그렇거니와 대체 어느 틈에 그렇듯 큰 죄를 지었던
것인고?'

내심으로는 놀랍기가 한량없었지만 겉으로는 그런 내색
을 조금도 보이지 않으며 말했다.

"그 실봉공문은 관찰께서 몸소 당청(當廳)에 내놓으십시

오. 그러나 다만 이 일이 작게 볼 일이 아니니, 미연에 누설이 안 되게 하시지요."

"그러기에 데리고 온 일행 공인들도 객점 안에다 감추어 두었습니다."

"지금 본관이 마악 아침 시무를 끝내시고 잠깐 쉬시는 터이니, 관찰께서는 잠시 기다리시지요. 무어 얼마 안 있다가 다시 나오실 것이니, 그 때 제가 인진(引進)해 올리오리다."

"어련히 잘해 주시겠습니까."

"그럼, 관찰께서는 그대로 여기서 잠시 기다려 주십시오. 이 사람은 집에 일이 좀 있어서 잠깐 다녀와야 되겠습니다."

송강은 다방을 나서자 거의 달음질쳐서 사처로 돌아갔다. 때를 놓쳤다가는 조개의 목숨이 위태로워지는 것이다.

송강은 마구간에서 말 한 필을 끌어내어 타고 바로 동문을 나서, 그대로 동계촌을 향해 나는 듯이 달렸다.

이 때 조개의 장상에서는 주인 조개가 오용·공손승·유당의 무리와 후원 포도나무 아래서 술자리를 벌이고 있는 중이었다.

그 때 장객이 들어와 보했다.

"송 압사께서 찾아오셨습니다."

"여러 분이시냐?"

"아닙니다. 혼자 오셨습니다. 급히 뵈옵고 여쭐 말씀이

있으시다고요."

"무슨 일일까?"

조개는 곧 나가서 송강을 맞았다.

"대체 웬일이시오?"

그러나 송강은 말없이 조개의 손을 잡고 남의 이목을 피하여 앞을 서서 한옆 객방 안으로 들어갔다. 조개는 마음에 의아하여 다시 물었다.

"아니, 대체 무슨 일이오?"

"형님, 큰일났습니다. 황니강 일이 발각돼서 백승은 이미 붙잡혀 제주의 감옥에 들어가 있답니다. 백승의 입에서 형님 이름이 나와, 지금 하 관찰이라는 자가 태사부 균첩과 본주 문서를 가지고 나와 형님을 잡으려 하고 있습니다."

"아니, 그게 정말이오?"

뜻밖의 말을 듣고 조개는 깜짝 놀랐다.

"그래도 천만 다행으로 저를 먼저 보고 이 일을 의논하기에, 제가 짐짓 지현께서 지금 쉬고 계시니 있다가 함께 들어가자고 하 관찰을 다방에서 기다리고 있게 해 놓고는, 이렇게 말을 달려나온 길입니다. 삼십육계(三十六計) 주위상계(走爲上計)라지 않습니까? 한시 바삐 멀리 떠나십시오. 제가 이 길로 하 관찰과 함께 들어가 당청에다 공문을 들여놓으면 즉시 이리로 사람을 보낼 것이니, 그 때 후회 마시고 어서 다른 분들한테도 말씀을 하셔서 멀리 종적을 감추도록 하십시오."

조개는 듣고 나자 놀라워하기를 마지않으며 중얼거렸다.

"나는 그런 줄도 모르고 있었구료. 아우님의 이 은혜는 대체 무엇으로 갚아야 옳단 말이오."

"한가한 말씀하실 틈이 없습니다. 어서 떠날 채비나 하십쇼."

"이번 일을 같이 한 7명 중에 원소이·원소오·원소칠 세 사람은 이미 석계촌으로 돌아갔고, 나머지 세 사람은 지금 후원에 있으니, 잠깐 들어가서 만나나 보고 가오."

조개는 송강을 이끌고 후원으로 들어갔다.

"이분이 오학구, 이분은 계주에 오신 공손승, 또 이분은 동로주 유당이시오."

송강은 급한 마음에 인사도 제대로 못하고 부리나케 장원을 나서며,

"그럼 형님, 어서 한시 바삐 떠납시오."

라고 또 한 번 당부를 하고 말에 뛰어올라 다시 현리를 바라고 나는 듯이 달렸다. 조개는 송강을 보내고 후원으로 돌아오자, 오용의 무리에게 말했다.

"지금 그 사람이 누군지 아시겠소?"

"참, 누구요? 변변히 인사도 안 하고 그대로 나가 버리니…."

"그 사람이 와 주지 않았더라면 우리 목숨이 위태로울 뻔

했소."

"그럼 혹시 그 일이 드러난 거나 아니오?"

"말을 들으니 백승이 잡혀들어가 내 이름을 불었다나 봅니다. 곧 어디로 뜰 궁리를 해야겠소."

"지금 그분이 대체 누구시오?"

"본현 압사 호보의(呼保義) 송강이오."

"아 그분이 바로 급시우 송강이시오?"

"나와는 참으로 막역한 사이지요."

조개가 대답하고 미간을 좁히며 오용을 돌아보고 물었다.

"일이 매우 급한데, 대체 어찌 했으면 좋겠소?"

"삼십육계 주위상계지요."

"송공명도 그 말을 합디다마는, 가면 어디로 가야 마땅하겠소?"

"내 이마 생각해 둔 바가 있습니다. 우선 석계촌 삼원 형제에게로 가십시다."

"그 사람들 집이 뭐 크다고 우리 여럿이 가서 은신을 하고 있겠소?"

"그런 것이 아니오. 석계촌과 바로 지척 사이에 양산박이 있소. 지금 그 곳 형세가 심히 흥왕하여 관군 포도들도 감히 바로 보지 못한다오. 정 무엇한 경우에는 그리로 피신을 합시다그려."

"좋은 말씀이오만 그들이 우리를 받아들이지 않을 때는 어쩌오?"

"우리가 가진 것이 모두 금은보패요. 그것을 얼마간 내주면 우리를 용납 안 할 까닭이 있겠소?"

의논이 정해지자 오용은 유당과 함께 한 걸음 앞서 석계촌으로 떠나기로 했다. 생신 선물을 겁탈하여 얻은 금주보패를 대여섯 짐으로 나누어서 묶어 장객들에게 지워 가지고 오용은 동련(同錬)을 소매 속에 감추고, 유당은 박도를 손에 쥐고, 일행 10여 명이 석계촌을 향해 떠났다.

그들이 떠난 뒤 조개와 공손승은 그대로 장산에 남아 뒷수습을 했다. 장객 가운데는 따라가고 싶어하지 않는 축도 더러 있었다. 그런 사람에게는 전물(餞物)을 후히 주어 달리 주인을 얻어 가게 하고, 따라가겠다는 패는 모조리 데리고 나서기로 하여, 날이 저물도록 짐을 꾸리느라 한참 부산했다.

한편 송강은 말을 달려 집에 돌아오자 급히 찻집으로 달려갔다.

"관찰님, 정말 오래 기다리셨습니다. 실은 시골에 있는 친척이 찾아와 가사를 의논하느라 그만 시간을 잡아먹었습니다."

"그럼 안내해 주십시오."

두 사람이 관청의 문을 들어서니 지현인 시문빈은 이미

등청하여 집무중이었다. 송강은 밀봉한 공문서를 가지고 하 관찰을 안내하여 진언했다.

"제주로부터 온 공문서입니다. 강도에 관해 긴급한 공무로 집포사신인 하 관찰님이 특파되어 이 문서를 전하러 오셨습니다."

지현은 내용을 보자 깜짝 놀라 송강을 보고,

"태사부에서 용인을 보내서서 즉시 회답하라는 사건이다. 빨리 포졸을 보내서 일당의 도척을 사로잡도록 하라." 하고 명했다.

"대낮에는 정보가 새어 나갈 우려가 있으니 밤이 되어 보내는 것이 좋을 줄 압니다. 조 보정을 잡기만 하면 나머지 여섯 명은 저절로 해결될 것입니다."

"동계촌의 조 보정은 상당한 호한이라 들었는데 어째서 이런 일을 저질렀을까?"

지현은 즉시 도두를 불렀다. 그 도두 중의 한 사람은 주동, 또 한 사란은 뇌횡이었다.

그 때 주동과 뇌횡, 두 사람은 안으로 들어가 지현의 명을 받자 현위와 함께 말을 타고 조개의 집을 향해 곧장 달려갔다. 이윽고 동계촌에 닿은 것은 술시경이었다. 일행이 어떤 사당에 모이자 주동이 말했다.

"저것이 조가의 저택이다. 조개의 집은 앞뒤에 길이 있다. 모두가 문으로 뛰어들면 놈은 뒷문으로 도망칠 것이고 뒷문으로 들어가면 앞문으로 도망칠 것이다. 게다가 조개는 여간한 솜씨가 아니다. 다른 여섯 명은 어떤 패인지 모르나 물론 얌전한 놈이 아니라는 것은 틀림없다. 이놈들이 모두 필사적으로 일제히 쳐들어오면 도저히 당할 수 없다. 그러니 동으로부터 들어가는 척하면서 서쪽에서 공격한다는 방법으로 놈을 당황하게 하여 처치하는 것이 좋을 것이다. 그래서 나와 뇌 도두는 두 패로 나누어 먼저 내가 뒷문 쪽으로 가서 대기하고 있을 테니 휘파람을 신호로 당신들은 앞문으로 쳐들어가 모조리 잡아 주게."

　주동은 그렇게 말하고 궁병 열 명과 사병 스무 명을 거느리고 앞서 나갔다. 뇌횡은 2, 30개의 횃불을 환하게 비치며 일제히 조가 집으로 뛰어들었다. 저택 앞 오리 쯤까지 왔을 때 갑자기 조개의 저택에서 불꽃이 올라갔다. 안채가 타서 검은 연기는 땅을 휘덮고 붉은 화염은 하늘로 솟았다. 다시금 십여 보도 가지 않는 사이에 이번에는 앞문과 뒷문 등 사방팔방의 3, 4개소에서 불꽃이 올라가 활활 타올랐다.

　선두에서 뇌횡이 박도를 휘두르고 그 뒤에서는 사병들이 함성을 지르며 일제히 저택의 문을 부수고 들어가 보니 주위는 불빛으로 대낮같이 밝았다. 그러나 사람 그림자 하나 보이지 않았다. 그 때 뒷결 쪽에서 함성이 일어나며,

"앞쪽에서 잡아라."

라는 소리가 들렸다. 원래 주동은 조개를 무사히 도망가게 하려는 속셈이 있었으므로 뇌횡을 속여 앞문으로 쳐들어가게 했던 것이다. 그러나 한편 뇌횡도 조개를 도와 주려고 생각하고 있었기 때문에 일부러 크게 떠들어 대면서 함부로 휘둘러 그 사이에 조개를 도망치게 하려고 했던 것이다.

주동이 뒷문으로 돌아갔을 때까지 조개는 짐을 다 챙기지 못하고 있었다. 관병이 왔다는 소식을 듣자 조개는 일대에 아무 데나 불을 지르게 하고 자기는 공손승과 함께 하인 열 명을 데리고 환성을 지르며 박도를 휘둘러 뒷문으로 치고 나가 큰 소리로 외쳤다.

"덤벼드는 놈은 모두 베어 버린다! 목숨이 아까운 놈은 가까이 오지 마라!"

주동은 일부러 몸을 돌려 퇴로를 열어서 조개를 도망시키고 궁병을 뒷문에서 저택 안으로 몰아넣고, 소리쳤던 것이다.

뇌횡은 그 소리를 듣고 몸을 돌려 앞문 밖에 나와 기병, 보병, 궁병들을 나누어 추격시키고 자기는 불빛 속에서 이곳저곳을 살피며 사람을 찾는 것처럼 하고 있었다. 주동은 병사들을 버려둔 채 칼을 휘두르면서 조개의 뒤를 쫓아갔다. 조개는 도망치며 말했다.

"주 도두, 왜 그렇게 나를 쫓는가? 앙심을 산 일은 없지 않는가?"

주동은 돌아보며 뒤에 아무도 없는 것을 확인하고는 대답했다.

"보정, 당신은 아직 나의 계략을 모르겠소? 나는 뇌횡이 완고하게 고집을 부려 서투른 짓을 하면 큰일이라고 생각하여 놈을 속여 앞문으로 돌리고 나 자신이 뒤쪽을 맡아 당신을 도망치게 하려고 기다리고 있었소. 지금 길을 열어 지나가게 했지 않소. 당신은 다른 곳에는 어디든 안 되니 양산박에 몸을 담으시오."

"고맙소. 목숨을 구해 준 은혜는 언젠가는 꼭 갚겠소."

주동이 뒤쫓고 있는데 뒤에서 뇌횡이 크게 소리쳤다.

"놓치지 마라."

그러자 주동은 뒤를 돌아다보며 소리쳤다.

"도적 세 사람이 동쪽 작은 길로 도망쳤다. 뇌 도두, 그쪽을 부탁하네."

뇌횡은 사람들을 이끌고 동쪽 작은 길로 향하고 군졸들도 그를 뒤쫓아갔다. 주동은 조개와 말을 주고받으며 쫓아갔으나 그것은 마치 호송하고 있는 것 같았다. 이윽고 조개가 어둠 속에서 보이지 않게 되자 주동은 발을 삔 것처럼 하고는 뒤로 자빠졌다. 뒤에서 쫓아온 포졸들이 달려와 주

동을 일으키니,

"어두워 길이 보이지 않아 논밭에 발을 헛디뎌 넘어졌다. 왼발을 삔 것 같다."

라고 말했다.

"주범을 놓쳐 버렸으니 어떻게 하지."

라고 하도가 말하자 주동이 대답했다.

"나는 뒤쫓기는 하였으나 달도 없는 이 어두움 속에서 어떻게 할 수가 없었습니다. 포졸들은 누구나 할 것 없이 나가려고 하지 않고……"

하도가 사병들을 불러 추격을 명령했으나 포졸들은 뒤쫓는 시늉만 하고는 이내 돌아와서 말했다.

"캄캄해서 어느 길로 갔는지조차 알 수 없습니다."

하 관찰은 일동이 밤새껏 소동을 벌인 끝에 한 놈도 못 잡은 것을 알자 크게 한탄했다.

"아, 어떻게 해야 하나, 제주에 돌아가 부윤님을 뵈올 낯이 없다."

하도는 할 수 없이 이웃 사람 몇을 붙잡아 운송현으로 호송하여 갔다. 그들을 불러내어 지현이 심문하였다. 그러자 그 중 한 사내가 말했다.

"확실한 것은 그 곳의 하인에게 물어 보십시오."

지현이 곧 체포하러 보냈는데 두 시간도 못되어 두 사람의 장객을 끌어 왔다. 일동은 하도와 함께 둘을 호송하여 밤길을 뛰어서 제주로 갔다. 때마침 부윤이 등청중이어서 하도는 일동을 이끌고 출두하여 조개가 저택에 불을 지르고 도망쳤다는 경위를 보고하고 하인들의 자백을 덧붙였다. 그러자 부윤이 백승을 불러서 물었다.

"원가 형제 세 놈은 어디 있는 놈들이냐?"

백승을 다시 올려 고문하니 백승은 처음에 모른다고 잡아떼다가 아픔을 견디지 못하고 실토했다.

"하나는 입지태세 원소이고, 또 하나는 단명이랑 원소오요, 또 하나는 활염라 원소칠인데 석갈촌에서 고기를 잡으며 살고 있습니다."

"또 세 놈의 이름은 무엇인가?"

"하나는 입운용 공손승이요, 하나는 지다성 오용이요, 또 하나는 적발귀 유당이라고 합니다."

부윤은,

"아직 도적을 풀기에 이르니 백승을 가두어라."

하고는 즉시 하 관찰을 분부하여 석계촌의 원가 삼 형제를 잡아 오라 하였다.

이 때 하 관찰이 당하에서 분부를 듣고 즉시 기밀방에 모여 공인들과 같이 의논했는데, 모두들 말했다.

"다른 곳 같으면 잡기 쉽지만 석계촌은 큰 바다를 등지고

양산박은 망망한 물 가운데에 있으면서 사면이 다 갈대 숲이니 대대관군이 천만인마를 거느리고 가도 당하지 못할 것입니다. 그러니 우리들이 어떻게 가서 잡겠습니까?"

하도는 여러 사람들의 말을 듣고 나서 그 말들이 옳은 것을 알고 청상에 올라가 부윤에게 다시 아뢰었다.

"저 석계촌은 양산박 근처에 있는데 사면이 물이오며 깊은 구렁에는 갈대숲이 자욱해 평상시에도 사람들의 재물을 겁탈합니다. 지금은 또 한 떼 도적들이 그 속에 들어가 있는데 만일 대대인마를 일으키지 않으면 잡지 못할까 합니다."

"일이 그렇게 해야만 한다면 일원대장을 시켜 가게 하면 될 것 아닌가? 포도순검을 명하여 관군 오백과 인마를 점검하여 너희들과 같이 가게 하여라."

하도는 부윤의 태지(台旨)를 받고 그 앞에서 물러나오자 포도 순검과 함께 5백 관병을 점기하여 일제히 석갈촌을 바라고 나아갔다.

한편 조개의 무리 7명은 이 때 원소이의 장상(莊上)에 모두 모여 앞으로 양산박에 들어갈 일을 의논하고 있는데, 문득 몇 명 어부가 황황히 달려 들어오며, 난데없는 관병 인마들이 바로 지금 촌중으로 짓쳐들어오고 있다고 일러 주었다.

그러나 그만한 일로 놀랄 사람들이 아니었다. 조개는 곧 좌중을 한 번 둘러본 후 유당을 향해 말했다.

"유형, 형은 오학구 선생과 함께 재물과 식솔을 배에 싣고 먼저 주귀(朱貴)의 주점이 있는 이가도구(李家道口)로 가서 기다리고 계시오. 우리는 관군의 거동을 보고 나서 뒤쫓아갈 터이니⋯."

유당과 오용이 응낙하고 일어서자, 이번에는 원소이·원소오·원소칠을 향해 조개는 이러저러하게 하라고 계교를 일러 주었다.

다음 날, 하 관찰은 포도순검과 함께 오백의 군병과 포졸 일동을 집합시켜 일제히 석계촌으로 쳐들어갔다. 가는 길에 눈에 띄는 호수가의 배는 모두 강탈하여 물에 익숙한 포졸들을 태워 가게 하고, 기슭으로는 군대를 가게 했다. 그리하여 배와 말을 가지고 서로 앞을 다투면서 수륙 양 길을 함께 재촉하여 이윽고 완소이의 집에 도착하여 '와아' 하고 일제히 함성을 지르며 집 안으로 뛰어 들어갔다. 하지만 집 안은 텅 비었고 쓸모없는 물건들이 몇 가지 뒹굴고 있을 뿐, 그 밖에는 아무것도 없었다. 분이 치민 하도는 그 이웃집 사람에게 물었다.

"원소이가 어디 갔는지 모르겠소?"

"모두들 아우 집으로 가나 보더군요."

"아우 집은 어디요?"

"저 석계호 속에 있어요."

하도는 포도순검과 의논하였다.

"저 곳은 물길이 세어서 만일 시로 떨어지면 도적을 잡기 힘들 것입니다. 또 도적들에게 속기 쉬우니 수륙 인마를 한 곳에 모아 함께 쳐들어가십시다."

순검과 하도가 군관들을 수습하여 일제히 배에 오르니 모인 배가 수십 척이었다. 소리치며 배를 저어 일제히 완소오의 집으로 가는데 오륙 리 쯤 가니 수면 위의 갈대숲이 자욱한 곳에서 사람이 노래를 부르는 소리가 났다. 배를 멈추고 들으니

"사나이로 태어나 자라나니 논의 벼와 밭의 삼을 심지 아니하고 탐관과 혹리를 모두 죽여 충심을 다하여 나라에 갚으리라."

라는 내용이었다. 하 관찰이 노래를 듣고 모든 사람들과 아무 말 없이 서로 얼굴만 물끄러미 쳐다보는데 멀리서 한 사람이 배 한 척을 몰고 가까이 오자 그를 아는 사람이 말했다.

"저 사람이 원소오입니다."

하도가 관군을 지휘하며 힘을 합하여 각각 기계를 가지고 잡으라 하자 원소오가 껄껄 웃으며 꾸짖었다.

"너희들은 백성들을 잔학하는 도적놈들로 이다지도 담이 큰 체하며 나를 건드리니 이것은 호랑이의 수염을 건드리는 짓이다."

하도의 등 뒤에서 궁노수들이 일제히 활을 쏘았다.

원소오는 화살이 앞에 떨어지는 것을 보고 몸을 날려 물 속으로 들어갔다. 군관이 쫓아가 배를 빼앗았는데 이번에는 갈대 숲 속에서 다시 배 한 척이 나오며 뱃머리에 선 사람이 노래를 불렀다.

"나는 석계촌에서 생장하였는데 품성이 사람 죽이기를 즐겨하는도다. 먼저 하도를 베고 다시 순검의 머리를 취하여 조왕군께 바쳐나 보겠다."

하 관찰이 여러 사람과 같이 함께 놀라자 그를 아는 사람이

"저놈이 원소칠이옵니다."

하니 하도가 관군에게 호령했다.

"힘을 합하여 잡으라."

원소칠이 껄껄 웃으며 배를 저어 좁은 구렁으로 들어가며 말하였다.

"너희들이 감히 나를 잡을 수 있는가?"

모두들 죽기를 각오하며 따라가니 물이 얕고 좁은데 하도가 영을 내려 배를 언덕에 대고 보니 사면이 다 갈대 숲이요, 길도 없었다.

하도가 의심이 나서 근처 백성을 붙들고 물었더니 그 사람이 대답했다.

"우리들도 비록 이 곳에서 사나 그 많은 길을 어찌 다 알

셨습니까?"

하도가 명하여 쾌선 두 척으로 삼사 명 공인을 데리고 앞
길을 탐지하러 보냈는데 두 시간이 지나도 소식이 없었다.
하도가 간 사람이 오지 않으니 초조하여

"저놈들은 영 못쓰겠구나."

하고 다시 영리한 공인을 시켜 쾌선 두 척을 주어 보냈으나
또 종무소식이었다.

"저 사람들이 관가에 오래 다녀 담이 크고 물정에 영리한
데 어찌하여 먼저 보낸 사람들처럼 알리는 것이 없는지?"

하고 걱정하는데 날이 점점 어두워지자 하도는

"내가 친히 가서 보겠소."

라며 나이 많이 먹은 공인들을 가려서 배 한 척을 타고 갈대
숲 속으로 들어갔는데 벌써 해가 서산으로 떨어지고 있었다.

한 오륙 리 정도 수면으로 가는데 언덕 곁으로 한 사람이
호미를 들고 나오는 것이 보였기에 하도가 말했다.

"여보시오. 말 좀 물읍시다. 이 곳 지명이 무엇이요?"

그 사람이 대답하였다.

"이 곳은 단두구(斷頭溝)라고 하는데 길이 없소."

"그대는 조금 전에 배 두 척을 보았소?"

"원소오를 잡으러 오는 배가 아니었소?"

"그대가 어떻게 알고 있소."

"이 앞에서 쳐들어가기에 알았소이다."

"그러면 여기서 얼마나 먼데요."

"그렇게 멀지 않소."

하도가 공인 두 사람을 데리고 배에서 내려 언덕을 올라오는데 그 사람이 갑자기 호미로 공인 두 사람의 머리를 한 번씩 후려갈겨 물 속에 처박는 것이 아닌가. 하도가 깜짝 놀라며 피하려고 하는데 물 속에서 한 사람이 뛰어 올라오며 하도의 두 다리를 잡아서 물 속으로 끌고 들어갔다. 배 안에 있는 사람들이 깜짝 놀라 달아나려고 하자 언덕에 있던 사나이가 몸을 날려 배로 뛰어오르며 호미로 머리를 한 번씩 후려갈겨 모조리 거꾸러뜨렸다. 원래 호미를 든 사람은 원소칠이요. 물 속에서 나와 하도를 잡은 사람은 원소오였다. 형제 두 사람은 코와 입으로 물을 먹어 반주검이 된 하도를 언덕 위로 끌어 올려놓고 꾸짖어 말했다.

"우리 형제 세 사람은 사람 죽이기를 즐겨하는 태세대왕인데 네놈이 얼마나 담이 크다고 감히 관군을 거느리고 우리를 잡으러 오는가."

하도는 애걸했다.

"어디 소인이 오고 싶어 왔겠습니까? 위에서 가라시니 왔습지요. 집에 팔순 노모가 계십니다. 소인이 죽고 보면 봉양할 사람도 없는 신셉지요 그저 목숨만 살려 줍시오."

원소이 형세는 낄낄 웃고 띠를 끌러 하도를 단단히 결박하였다.

이 때 뒤에 남아서 하회를 기다리던 포도순검은 한편에서 이런 일이 있는 줄은 꿈에도 모르고 중얼댔다.

"원, 하 관찰 이 사람 이거 웬일이야? 가더니 도무지 소식이 없으니…."

때는 바로 초경시분— 달은 없고 하늘에는 별만이 총총했다.

포도순검과 관병의 무리들이 하 관찰의 소식을 궁금히 여기며 뱃전에 앉아 땀을 들이고 있을 때, 이 어인 괴변인가. 난데없는 일진광풍(一陣狂風)이 일어나며 대소 관선을 모조리 나뭇잎처럼 들까불어 놓았다.

관병들이 배 위에서 몸들을 가누지 못하고 혼백은 이미 중천에 떴을 때, 문득 저편 갈대 숲속에서 화광이 하늘을 찌르더니 점점 이쪽으로 번져 왔다.

깜짝 놀라 자세히 살펴보니, 불이 붙은 갈대와 섶 따위를 가득 실은 한 떼 작은 배들이 바람을 타고 살같이 물 위를 미끄러져 오는 것이었다.

제 몸 하나를 가누지 못하는 무리들이 배를 내어 불을 피할 수 있을 턱이 없었다. 더구나 그 곳은 가뜩이나 협착한 수항 안이었다.

삽시간에 대소 관선에 불이 모조리 옮겨 붙어, 미처 피하지 못한 자는 그대로 불에 타 죽고, 간신히 불을 피한 자는 또 물에 빠져 죽었다. 물도 불도 다 피하여 가까스로 언덕 위로 기어오른 자는 어느 틈엔가 그 곳으로 배를 몰아 나와 기다라고 있던 조개와 원가 삼형제의 칼 아래 놀란 혼을 면치 못하니, 본래 도술을 부려 그렇듯 괴풍(怪風) 일으키게 한 사람은 바로 일청도인 공손승이었다.

포도순검과 5백 관병이 모조리 다 죽고 뒤에 남은 것이라고는 이제 하도 한 사람 뿐이었다.

원소이가 아우 원소칠을 시켜 하도를 석계촌까지 데려다 주게 하니, 원소칠은 하도를 배에 싣고 촌중으로 데리고 들어와,

"모든 군사들을 다 죽이고 너만 살려 보내는 것은 옳지 않으니 너의 두 귀를 베어 보내겠다."

하고 두 귀를 베었다. 하도는 피를 흘리며 목숨을 건져 제주로 돌아갔다.

## 6. 양산박(梁山泊)

한편 조개의 무리는 그 즉시로 석계호 촌박(村泊)을 떠나 이가도구로 배를 저어 갔다. 일행의 노소와 재물을 싣고 한

걸음 먼저 가서 기다리고 있던 오용과 유당이 나와 맞았다.

그들은 곧 한지홀률 주귀의 주점을 찾아갔다. 주귀는 오용에게서 일동의 내력을 듣자 황망히 그들을 정청(正廳) 위로 청하여 들이고 크게 잔치를 베풀어 접대했다. 서로 보기는 처음이라도 턱탑천왕 조개를 비롯한 일곱 사람의 호걸된 이름은 일찍부터 들어서 이미 귀에 젖은 터였다.

술이 여러 순배 돈 다음에, 주귀가 문득 피파궁(皮靶弓)에 향전을 메워 맞은편 갈대 숲속을 향하여 쏘자 그 소리를 들은 졸개가 한 척 배를 몰아 나왔다.

주귀는 곧 호걸들의 이름과 대채에 의지하러 온 내력과 사람 숫자를 적어서 졸개에게 주고 먼저 산채에 가서 알리라고 일렀다.

다시 또 양을 잡고 돼지를 잡아 이 날은 밤이 늦도록 여러 호걸들과 즐겼다. 이튿날 아침 일찍이 주귀는 조개와 여러 사람을 청하여 배에 올랐다.

물길을 가기 한참 만에 한 곳 수구(水口)에 이르니, 언덕 위에서 북 소리가 크게 울리며 7, 8명의 졸개가 4척의 초선(硝船)을 나누어 타고 나와 일동을 영접했다.

다시 앞으로 나가 일동이 금사탄(金沙灘)에 배를 대고 언덕에 오르려니, 산 위에서 수십 명 졸개들이 분주히 내려와 앞길을 인도했다. 일동은 산 위로 올라갔다.

관(關) 앞에 이르니, 백의수사 왕륜이 일반 두령들과 함께 나와 정중히 그들을 맞아서 취의청으로 인도해 들였다.

청상에 오르자 조개의 무리 일곱 사람은 오른편에 일자로 서고, 왕륜과 뭇 두령들은 왼편에 일자로 서서 각기 서로 예를 베푼 다음, 손과 주인이 자리를 나누어 앉았다.

먼저 왕륜이 입을 열었다.

"일찍부터 조천왕의 대명을 듣자왔더니, 뜻밖에도 이처럼 여러 호걸들과 함께 초채(草蔡)에 왕림하여 주시어 이만한 기쁨이 또 없습니다그려."

조개가 대답했다.

"서사(書史)도 변변히 읽지 못한 한낱 촌부(村夫)로서 오늘날 일을 저지르고 천하에 몸 둘 곳이 없어 이처럼 찾아뵈온 것이니, 두령께서 부디 버리지 마시고 장하(帳下)에 거두시어 소졸이라도 삼아 주신다면, 이만 다행이 없을까 합니다."

서로 인사를 마치자 주연은 크게 벌어졌다. 소 잡고 돼지 잡고 피리 소리와 북 소리가 요란하게 울리는 가운데, 뭇 두령과 일곱 호걸은 권커니 잣거니 하며 술잔을 기울였다.

이윽고 날이 저물어 술자리를 파하자 뭇 두령들은 곧 조개의 무리를 인도하여 관 아래 객관에서 편히 쉬게 했다.

조개가 좌중을 둘러보며 말했다.

"우리들이 그렇듯 큰 죄를 지은 몸으로, 만약에 왕 두령

이 용납해 주지 않았던들 갈 곳이 어디겠소. 참으로 고마운 일이오."

말을 듣고 오용은 냉소함을 마지않았다. 조개가 물었다.

"선생은 왜 웃으시오?"

"형님은 성질이 곧기 때문에 알지 못하십니다. 왕륜이 우리들을 용납해 줄 것으로 믿고 계시오?"

"왜, 왕륜이 어떠해서 그러오?"

"처음에 제가 우리를 대할 때는 아마도 진심으로 반겨 맞을 뜻을 가졌던 같소. 그러나 아까 주석에서 형님이 우리가 5백 관병을 무찌른 이야기를 자세히 하시지 않았소?"

"했지요."

"그 이야기를 들은 뒤부터 비록 겉으로는 공손 선생의 도술과 원가 삼 형제분의 수단을 칭찬하는 체 해도, 실상은 우리를 두려워하고 기피하는 뜻이 그 안색과 동정에 은연히 보입니다. 제가 만약에 우리를 산채에 용납할 뜻이 있다면, 이미 그 자리에서 피차의 좌위(座位)를 정했어야만 옳을 일 인데, 그러지 않은 것만 보아도 벌써 알조가 아니오."

"과연 그렇다면 이제 앞으로 어떻게 해야 옳겠소?"

"내 오늘 자세히 살펴보니, 둘째 두령 두천이나 셋째 두령 송만이나 다 보잘것없는 무리지만 오직 넷째 두령 임충이란 사람 하나는 인물입니다. 본래 동경 80만 금군교두를 지낸 이로 지금 부득이 왕륜이 밑에 몸을 굽혀 있기는 하지만, 아까도 왕륜이가 형장께 응대하는 양을 보고 마음에 적지 아니 불평을 갖는 것 같습니다. 이 사람을 끼고 어떻게 일을 꾸며야만 하지요."

"그런 줄은 몰랐구료. 하여튼 선생의 묘책으로 어떻게 우리 일곱 사람이 안신할 도리를 차려 주시오."

일동은 그 정도로 의논을 정하고 각기 자리로 돌아가 그 밤을 편히 쉬었다.

그 이튿날이었다. 아침 일찍 졸개 하나가 들어와 보고하되, 넷째 두령 임충 교두가 몸소 호걸들을 뵈오러 왔다고 한다. 오용이 조개를 돌아보고 말했다.

"저 사람이 왔으니 우리가 생각한 대로 될 것입니다."

일곱 호걸은 분주히 나가서 그를 맞아들였다. 자리를 나누어 앉자 조개가 먼저 입을 열었다.

"어제는 후한 은혜로 대접을 하여 주시고 오늘 또 수고롭게 찾아주시니 황감합니다."

그러자 임충이 말했다.

"이 사람이 전에 동경에 있을 때, 벗들과 서로 사귀되 일찍이 예절을 그르친 일이 없었는데, 이제 이 곳에서는 여러 호걸들을 모시고도 모든 일이 뜻같지 않기로 오늘 이렇게 사죄 말씀을 올리러 온 터입니다."

"원 사죄라니, 그 무슨 말씀이십니까? 도리어 불안스럽습니다그려."

오용이 나섰다.

"교두의 대명은 익히 듣자온 터이오. 고구의 흉계로 없는 죄를 쓰시고 창주 초료장(草料場)에서는 정말 위태로우셨다는 이야기는 풍문으로 들어서 알고 있습니다마는, 이 양산박에는 누구의 천거로 들어오셨던가요?"

"시대관인(柴大官人)입니다."

"시대관인이라니, 소선풍 시진이라는 분 말씀입니까?"

"그렇습니다."

"제가 들으니 시대관인은 대주 황제의 적파 자손으로 의리는 중히 여기고 재물은 천히 알아, 두루 천하 호걸들을 맞아들인다 합니다. 교두의 무예 수단은 말씀 말고라도, 단지 교두를 천거한 시대관인의 얼굴을 보더라도 왕륜은 이치가 마땅히 교두께 첫째 교의를 사양해야 할 것입니다. 이는 이 사람 하나만 그리 생각하는 것이 아니고, 실로 천하의 공론인 줄로 믿습니다."

"선생의 말씀이 제게는 과분합니다만, 그까짓 위차(位次)야 아무려면 대숩니까? 다만 위에 있는 사람이 도량이 좁고 능한 이를 시새우는 마음이 많으니, 그것이 한심할 따름입니다."

"우리가 보기에는 왕 두령이 그다지 도량이 좁은 사람 같지는 않던데, 참 모를 일입니다."

"이번에 여러 호걸께서 모처럼 우리 산채를 찾아 주시어 이 산채에 힘을 주시게 된 것은 금상에 첨화요, 큰 가뭄에 단비를 얻은 것과 같은 것이지요. 하지만 왕륜은 어쩌면 여러 호걸을 이대로 산채에 머물러 계시게 하지 않을지도 모르겠습니다."

오용은 짐짓 뜻밖인 얼굴을 하고 말했다.

"그런 줄은 몰랐습니다그려. 그러나 이미 왕 두령이 그러하다면 구태여 가라는 말 들을 것 없이 우리가 먼저 다른 데로 물러가겠습니다."

"아닙니다. 그러셔서는 안 됩니다. 이 일은 이 사람에게 맡겨 주십시오. 이따가 여러 호걸을 모시고 왕륜이 하는 거동을 보아, 그 말이 이치에 합당하면 몰라도, 만약 그렇지 못할 때에는 이 사람이 별로이 구처할 도리가 있습니다."

"변변치 못한 우리들을 그처럼 생각해 주시니, 그 은혜를 이루 갚아 올릴 길이 없습니다마는, 다만 우리들로 하여 산채의 여러 두령께서 의를 상하시는 일이 있이 있으시다면, 그런 불행이 어디 있겠습니까, 만일 머물라 하면 머물고 그렇지 못하면 즉시 물러가겠습니다."

임충이 대꾸했다.

"선생의 말씀이 들립니다. 옛말에 이르되 원숭이가 원숭이를 알고 호걸이 호걸을 안다고 하였습니다. 저렇게 더러운 놈하고 어떻게 형제라고 하겠습니까. 호걸 여러분은 마음을 편하게 가지십시오."

말을 마치자 임충은 산으로 올라갔다.

그가 돌아간 지 얼마 안 있어 산채에서 졸개가 내려와 왕두령이 일곱 분 호걸을 정자(亭子)로 청한다고 했다.

"곧 가겠다고 여쭈어라."

졸개를 돌려보낸 후 조개가 오용을 돌아보고 물었다.

"오늘 잔치가 어떻겠소?"

오용이 대답했다.

"한바탕 소동이 일어나고야 말지요, 모두들 무기를 몸에 감추고 있다가, 내가 수염을 어루만지거든 그것을 군호삼아서 일제히 나서기로 합시다."

조개의 무리는 각각 무기를 품에 감춘 다음, 산채에서 내려보낸 일곱 채 교자를 나누어 타고 정자로 갔다.

뭇 두령들이 나와서 조개 일행을 맞았다. 서로 인사를 마치자 왕륜의 무리는 좌편 주위(主位)에 앉고, 조개의 무리는 우편 객석(客席)에 자리를 잡았다.

권하거니 들거니 술이 여러 순배가 돌아 조개가 왕륜을 보고 앞으로 머물러 있을 것을 다시 말하니 왕륜이 다른 말로 어물어물하였다.

오용이 눈을 돌려 임충을 보니 임충이 눈을 흘기고 왕륜을 보았다.

한낮이 제법 기울었을 때 왕륜은 고개를 돌려 졸개를 보고 명하였다.

"너 그거 내오너라!"

소리에 응하여 서너 명 졸개들이 나가더니 얼마 안 있어 5개의 대은(大銀)을 담은 큰 쟁반 하나를 들고 들어왔다. 왕륜은 잔을 손에 잡고 자리에서 일어나 조개를 보고 말했다.

"여러 호걸께서 이렇듯 모처럼 찾아는 오셨으나, 조그만 웅덩이 물에 어떻게 수많은 진룡(眞龍)을 용납하겠습니까? 사소한 예물이나마 웃고 받으신 다음 별로이 대채(大寨)를 찾아 가시도록 하시지요."

조개가 대답했다.

"우리가 이 곳을 찾아오기는 대산(大山)에서 어진 이를 부르고 선비들을 용납한다고 들었기 때문입니다. 그러나 이제 용납해 주시지 못하겠다 하니 물러갈 수밖에 도리가 없겠소이다그려. 다만 저 백금(白金)은 도로 거두시지요. 약간의 노비는 우리들도 가진 것이 있소이다."

"그렇게 사양하신다면 이 사람이 도리어 무안치 않소이까. 우리가 호걸들을 용납하고 싶지 않아 그러는 것이 아니

라, 다만 양식이 넉넉하지 않고 방이 적은 탓이니 그리들 아시고, 박한 예물이나마 받아 주신 다음에 다른 데로 가 보십시오."

이 말이 막 끝나자마자 지금까지 잠자코 있던 임충이 자리를 박차고 일어서며 눈을 부릅뜨고 꾸짖었다.

"네가 먼젓번에 내가 산에 올라올 적에도 양식이 모자라느니 방이 없느니 하더니 오늘도 호걸 여러분들이 산채에 찾아 오셨는데 또 이런 말을 하니 무슨 도리냐?"

오용이 말리는 척 하며 말했다.

"임 두령은 고정하십시요. 오늘날 우리들이 이 곳에 온 것이 잘못이요. 우리들로 인하여 산채의 좋은 정의를 상할 것이니 왕 두령이 예로써 우리를 보내는 것이요. 억지로 쫓아 내는 것이 아니니 임 두령은 제발 고정하십시요. 우리들은 조용히 가겠소이다."

"아닙니다. 내 오늘은 정말 저놈을 용서하지 못하겠습니다."

말을 듣자 왕륜은 크게 화를 냈다.

"이놈이 정말 술이 취했나! 상하 분별도 없이 네 어딜 감히 이러느냐?"

"흥, 과거에 떨어진 궁유(窮儒) 네놈이 산채의 주인이라 뽐내는 것이냐?"

임충은 술상을 한편으로 밀어 엎치고 가슴을 헤쳐 날이

시퍼런 칼 한 자루를 빼어 들었다.

이것을 보고 오용이 손을 들어 수염을 어루만지니, 그것을 군호 삼아 원소이는 두천의 덜미를 잡아 누르고 원소오는 송만의 멱살을 붙잡고, 원소칠은 주귀의 어깨를 억눌러 각기 요동을 못하게 했다.

임충은 그대로 왕륜에게 달려들어 그의 가슴을 움켜쥐고,

"너는 한낮 촌구석에서 궁한 선비였는데 두천·송만이 받들어 산채의 주인이 되었으나 시대관인이 천거하는 사람을 허다하게 이리저리 핑계대어 물리치려고 하더니 이번에는 호걸 여러분들이 찾아오신 것을 또 다른 데로 가라고 하니 이 양산박을 네가 맡은 것이냐? 너 같은 현명하고 능력있는 사람은 시기하고 미워하는 도적놈을 무엇에 쓰려느냐? 너 같은 도량이 좁은 놈은 이 산채의 주인의 자격이 없다."

하고 꾸짖기를 마치자 한칼로 그의 가슴을 찔러 죽이니, 이를 본 조개의 무리가 모두 품에서 칼을 꺼내 손에 잡았다. 두천·송만·주귀의 무리는 그대로 그 자리에 무릎을 꿇고 엎드렸다.

"여러 호걸을 모시고 우리들은 삼가 수종(隨從)을 드오리다."

조개의 무리가 황망히 세 사람의 손을 잡아 일으키자, 오용은 곧 교의 하나를 들어다 임충을 앉히고 소리를 높여 호령했다.

"이제부터 임 교두로 산채의 주인을 삼으려니와, 만약 복종치 않는 자가 있다면 왕륜으로 본을 삼을 것이니 그리들 알라!"

그러자 임충이 교의에서 벌떡 일어서며 외쳤다.

"선생의 말씀이 옳지 않소이다. 내 오늘날 호걸들의 의기를 중히 여겨서 어질지 못한 도적을 죽였을 뿐이요, 실상 이 자리가 탐이 나서 그런 것이 아닙니다. 내가 이제 이 자리에 앉는다면 천하 호걸들의 비웃음을 어찌하리까?"

임충은 조개 앞으로 가서 여러 호걸들을 둘러보고 말했다.

"조형으로 말씀하면 의리를 중히 여기시고 재물을 우습게 아시며, 지용(智勇)을 겸비하시어 천하에 그 이름을 떨치신 터이니, 내 오늘 의기를 중히 여기어 조형으로 산채의 주인을 삼으려 하거니와, 제형들의 생각은 어떠하시오?"

여러 사람이 모두들 찬성하며 말했다.

"임 두령의 말씀이 옳습니다."

"그러면 안 됩니다. 예부터 강한 손이 주인을 업신여기지 못한다고 하지 않습니까. 우리는 멀리서 온 사람인데 어찌 상좌에 앉겠소."

조개는 재삼 사양했으나 모두가 좋다고 이구동성이었다. 임충이 조개의 팔을 이끌어 교의에 앉히고, 모든 무리를 꾸짖어 정자 앞에서 세 번 절하게 했다. 일변 사람을 대채로 보내어 연석을 배포하게 하는 한편 사람을 산전산후(山前山後)로 보내어 작은 두목들을 모조리 대채 안으로 모이게 했다.

그리고 일행은 조개를 교자에 태워 대채 안 취의청으로 갔다. 모든 사람이 조천왕을 인도하여 첫째 교의에 앉히자 임충이 다시 나서서 말했다.

"오늘날 천행으로 여러 호걸이 이 곳에 모이시어 이미 대의가 분명한 터이니 좌위도 공명정대하게 정해야 하지 않겠소? 제2위에는 오학규 선생이 앉으시어 산채의 군사(軍師)로서 병권을 집장하시고 장교를 조용(調用)하도록 하셔야만 되겠소이다."

오용은 겸사했다.

"이 사람은 한낱 촌구석의 학구로서 비록 손오병서는 좀 읽었다 하나, 아직 털끝만한 공이 없는 터에 감히 제2위라니 당치도 않습니다."

"이미 일이 앞에 닥쳤으니 겸양하지 마십시오."

오용이 마지못해 앉았다. 임충이 또 말했다.

"공손 선생은 제3위에 앉아 주십시오."

하니 당자가 사양하기 전에 조개가 먼저 나섰다.

"임 교두께서 너무 이러신다면 이 사람은 이 자리를 물러나고야 말겠소이다."

"아닙니다. 공손 선생으로 말씀하자면 대명이 이미 강호

(江湖)에 들리신 터이요, 용병에 능하시고 또 귀신불측의 기모(機謀)와 호풍환우(呼風喚雨)의 술법이 있으시니, 제3위에는 역시 공손 선생을 제하고는 마땅한 이가 없을 줄로 믿습니다."

공손승을 셋째 교의에 앉힌 다음, 임충이 넷째 교의도 다른 호걸에게 사양하려 하자, 조개·오용·공손승은 일제히 자리에서 일어나며 말했다.

"임 두령께서 다시 다른 이에게 사양하시겠다면 우리는 이 산채를 떠날 수밖에 없습니다."

임충을 이끌어 제4위에 앉히니, 제5위는 유당이고, 제6위는 원소이며, 제7위는 원소오고, 제8위는 원소칠이며, 두천·송만·주귀는 각각 제9위, 제10위, 제11위였다.

좌위가 정해지자, 조개는 생신 선물을 겁략하여 얻은 금주보패를 내어 작은 두목들과 7, 8백 명 졸개들에게 상 주고, 마소를 잡아 천지신명께 제 지낸 다음, 크게 잔치를 베풀어 산채 상하가 연하여 수 일 동안 즐겼다.

양산박의 면목은 일신했다. 조개와 오용은 뭇 두령과 상의하여 창부(倉府)를 점검하며, 채책을 수리하고, 군기(軍器)·창도(槍刀)·궁전(弓箭)·의갑(衣甲) 등을 타조하여 관군 막을 준비를 하고, 크고 작은 선척을 안배하며, 졸개들을 교련하여 제방(堤防)을 엄히 하게 하였다. 양산박의 열한 명의 두목의 결속은 마침내 손발과 같이 또한 골육과 같이 빈틈없이 단결되었다.

## 7. 초문대(招文袋)

제주부의 부윤 시문빈은 관군이 양산박에서 괴멸된 상황을 상세히 들었다. 또한 양산박의 호걸들은 곁에 갈 수도 없을 만큼 용맹하여 체포할 수 없으며 입강(入江)과 천구(川口)가 복잡해서 수로를 알기가 어려워 쉽사리 이길 수 없다는 이야기도 들었다.

하지만 방책을 세워야 했다. 시 부윤은 즉시 제주 경비를 위해 파견되어 온 신임 군관을 불러 상담하고, 병사들 모집과 군마 구입, 마초와 양식을 구입하고, 민간의 용기 있는 자나 지략이 있는 사람들을 모집하기도 하여 양산박의 호걸들을 체포할 준비를 진행시켰다. 동시에 소속 현에 대해서도 각각 관내의 경계를 엄중히 하도록 명령했다.

운성현의 지현(知縣)은 공문서를 읽자 송강에게 그것을 넘겨 주고 각 향촌에 일치단결하여 경계에 임하도록 하라는 포고문을 내리라고 명령했다. 송강은 공문서를 보고,

'조개 일당이 정말로 큰 대죄를 범하였구나. 이건 일가족 전부가 사형에 처해질 중죄로다.'

하고 생각하며 혼자서 마음 속으로 애를 태웠다.

어느 날 저녁때였다. 급시우 송강이 현아(懸衙)에서 물러나와 막 사처로 향하여 돌아가려니까, 저편에서 한 사나이가 땀을 비 오듯 흘리며 걸음을 재촉하여 오다가, 문득 발길을 멈추고 서서 그의 얼굴을 유심히 바라보았다.

송강이 마음에 괴이쩍어 마주 바라보니, 머리에는 전립을 썼고 몸에는 나오(羅襖)를 입었으며, 짚신 감발하고 허리에는 요도를 차고 등에 큰 보따리를 졌는데 얼굴이 어디선가 한 번 본 사람 같았다.

'누구더라? 내가 어디서 본 사람인데….'

송강이 속으로 생각하고 있을 때, 그 사나이가 뚜벅뚜벅 앞으로 다가오더니 물었다.

"송 압사시죠?"

"예, 나는 송강이오마는 형장은 뉘시오?"

"저를 몰라보시겠습니까?"

"잘 모르겠는데요. 어디서 한 번 뵈온 듯은 하오마는….'

그 사나이는 주위를 잠깐 둘러본 다음에 말했다.

"조용히 좀 여쭐 말씀이 있습니다. 어디로 좀 함께 가실까요?"

두 사람은 조용한 술집을 찾아 들어갔다. 구석진 방에 서로 자리를 잡고 앉자 그 사나이는 등에 진 보따리를 탁자 아래 내려놓더니, 넓죽 엎드려 절을 했다. 송강은 황망히 답례하고 물었다.

"족하는 누구시던가요?"

"몰라보시겠습니까? 조 보정 장상에서 압사의 은혜로 목숨이 살아난 적발귀 유당입니다."

"오! 참 유당형이시던가? 대체 이 곳에는 웬일이시오? 군관들의 눈에라도 띠면 어떻게 하시려고 이렇게 나다니시오?"

"실은 압사 덕분으로 저희 일곱 사람이 위태로운 목숨을 부지한 뒤로, 양산박으로 들어가 본래 산채를 지키던 임충·두천·송만·주귀 네 사람과 함께 모두 열한 명 두령이 졸개 7, 8백 명을 거느리고 지금 아무 탈 없이 지내고 있습니다. 이 모두 압사의 막중하온 은혜이시라, 이제 그 만분의 일이라도 은혜를 갚기 위해 이 사람이 조 보정 두령의 서찰과 황금 백 냥을 가지고 이렇듯 와서 뵙는 것입니다."

송강이 조개의 편지를 받아 펴 보니 재삼 사례하는 뜻이 적혀 있었다. 송강은 품 속에서 초문대(招文袋)를 꺼내 조개의 편지를 그 속에 간수한 다음, 술을 가져오라 하여 유당과 함께 먹었다.

얼마 안 있어 날이 저물었다. 송강이 유당에게 말했다.

"오래 이 곳에 머물러 계시는 것은 위험한 일이니, 그만 돌아가시지요. 오늘 밤에 필시 달이 밝으리라."

"예, 곧 양산박으로 돌아가겠습니다. 그러면 이것을 받아 주십시오."

유당은 보따리에서 백 냥 황금을 꺼내어 탁자 위에 놓았다. 그러나 송강은 받으려 하지 않았다.

"여러분 두령의 후의는 감사하오마는 받지 않아도 받은 거나 다름없으니, 도로 가지고 가셔서 군용으로나 보태 쓰시지요, 하여튼 이대로 곧 돌아가시오. 남의 이목이 시끄러우니 오래 계시는 것이 부질없습니다."

"말씀은 그러하오나, 조 두령의 분부를 받자와 이처럼 나선 몸입니다. 산채의 호령이 심히 엄명하여 이대로 제가 돌아갔다가는 중한 벌이 내릴 것이니, 그리 마시고 받아 주십시오."

"그러면 내가 한 자 써서 답장을 써 드릴 터이니 그것을 가지고 돌아가시기 바랍니다."

유당은 시원스러운 기상의 호걸 송강이 너무나 사양하므로 도저히 받아들여지지 않을 것으로 체념하고 금자를 도로 전대에 쌌다.

"그러면 답장을 받았으니 급히 돌아가기로 하겠습니다."

유당은 달밤을 다행으로 생각하고 양산박을 향해 빠르게 걸어가기 시작했다.

유당을 보낸 뒤에 송강은 혼자 사처로 향하여 발길을 옮

졌다. 그러나 얼마 가지 않아서 누군가 등 뒤에서,

"에그, 압사 나으리. 원 이게 대체 얼마 만이야?"

하고 불렀다. 송강이 고개를 돌려 보니 그는 왕파(王婆)였다. 이 왕파 일가는 동경에서 흘러 들어왔으나, 남편이 죽어 곤란한 것을 송강에게 도움을 받고 그것이 인연이 되어서 지금은 십팔 세가 되는 염파석(閻婆惜)이라는 딸과 함께 송강의 신세를 지면서 살고 있었다. 송강이 혼자 몸으로 살고 있는 것을 알고 있는 왕파는 딸인 파석을 송강에게 첩으로 주었다. 그래서 송강이 한두 번 파석을 찾아오게는 되었지만 날이 갈수록 자연히 발이 뜸해지게 되었다. 송강은 원래 무예를 좋아하는 호걸이었으며 여색에는 범연한 사람이었다. 때문에 파석은 송강을 못마땅하게 생각하고 송강의 동료 장문원(張文遠)과 사이좋게 지내고 있었다.

왕파로서는 그런 일 때문에 송강으로부터 버림받으면 살아가기가 어려웠기에 호들갑을 떨었다.

"우리 집 그 애의 어디가 마음에 걸리셨는지 모르겠지만 이 할멈의 얼굴을 보아서라도 용서해 주시기 바랍니다. 나도 잘 타일러서 그 애가 사과드리도록 할께요. 오늘 밤은 인연이 닿아서 만나 뵙게 되었으니 함께 가 주십시오."

"오늘은 중요한 볼일이 있어서 그러니 며칠 후에 가겠네."

"안 돼요. 안 돼, 딸애가 기다리다 지쳐 있으니 좌우간 가

보아 주세요.”

왕파는 송강의 소매를 잡고 무리하게 자기 집까지 끌고 갔다. 파석은 침대 위에 누운 채 창 밖을 쳐다보면서 안타까운 심사로 장문원이 와 주지 않을까 하고 생각하며 기다리고 있었다. 그런데 “너의 귀중한 삼랑님이 오셨다.”라는 소리를 듣자 필시 장삼랑일 것이라고 생각하고 날듯이 아래층으로 뛰어내려가 문틈으로 들여다보니 방 안에 있는 것은 송강의 모습이었다. 파석은 획 하고 몸을 돌려 2층으로 올라가 다시 침대 위에 드러누웠다.

송강은 파석의 그런 행동에 기분이 매우 언짢아졌으나 할멈이 끄는 대로 이끌려 2층으로 올라갔다. 할멈은 파석을 송강 쪽으로 밀면서 속삭였다.

“삼랑님과 같이 앉아 있는 것이 싫다면 어쩔 수 없지만 오래간만에 만났으니 조금은 귀엽게 입을 놀리는 게 어떠냐.”

하지만 파석은 그 말을 전혀 받아들이지 않고 송강의 맞은편 쪽으로 걸어가서 앉았다. 송강은 아래를 쳐다보며 잠자코 있었다.

여자는 옷도 벗지 않고 침대에 올라가 자수 목침을 끌어당기더니 벽 쪽을 향해 몸을 비틀고는 이내 잠들고 말았다. 송강은 화가 나서 잠을 이룰 수가 없었다. 마음을 졸이다가 인시가 되자 송강은 일어나서 냉수로 얼굴을 씻고, 웃저고리를 입고 두건을 쓰면서 욕설을 퍼부었다.

"참으로 지독한 년이로구나."

파석은 한잠도 자지 않고 있다가 그 소리를 듣고서는 휙 몸을 돌리면서 앙칼진 목소리로 내뱉었다.

"뭐라고, 뻔뻔스럽게."

송강은 화가 잔뜩 나서 나가 버렸는데, 도중에 아무런 생각 없이 저고리의 전대를 열어 보고는 깜짝 놀랐다. 서류포와 주머니칼을 단 초문대가 없었기 때문이었다.

'실수를 했구나, 어젯밤에 침대 모서리 위에 놓고 잤는데 욱 하고 화가 치밀어 허리에 차지도 않고 나왔다. 조개의 편지가 그년 손에 들어가기라도 하면 큰일인데……'

송강은 크게 당황하며 왕파의 집으로 다시 들어갔다. 한편 염파석은 송강이 집을 나간 것을 알자 일어나서,

"흥, 그 자식 띠를 잊고 가 버렸어. 챙겨 두었다가 장삼랑에게나 주어야겠다."

하고 손을 뻗어 풀어 보니 서류포와 주머니칼이 늘어져 있었다. 그런데 주머니는 약간 무게가 있었다. 그래서 입을 열어 책상 위에다 쏟아 보았는데 그 속에서 나온 것은 예의 편지였다. 펼쳐서 불빛 밑에 보니 '조개'라는 이름과 이것저것 자질구레한 용건이 적혀 있었다. 파석은 생긋 웃으며

"나는 장삼랑과 부부가 되고 싶었지만, 너라는 방해꾼

때문에 뜻을 이루지 못했어. 그런데 네가 양산박의 도적들과 한패가 되어 있었군. 기다려라 내가 친친히 요리해 줄테니."

하고 중얼거리며 편지를 서류포에 도로 넣었는데, 그 때 아래층에서 '찌익' 하고 문 열리는 소리가 났다.

파석은 송강이 돌아온 기미를 알고서는 급히 띠와 주머니칼과 서류포를 하나로 묶어서 이불 속에 감춰 놓고 찰싹 벽에 붙어 자고 있는 척했다.

송강이 방 안에 뛰어들자마자 곧 침대의 모서리를 보았으나 아무것도 없었다. 송강은 당황하며 손으로 여자의 몸을 흔들었다.

"야, 초문대를 돌려다오."

"당신, 그런 걸 언제 나에게 맡겼어요? 돌려달라니, 전혀 맡았던 기억이 없어요."

"침대 모서리 위에 놓았어. 아무도 이 곳에 왔을 리가 없으니 너 아니면 가져갈 사람이 없어."

그러자 파석은 눈을 뒤집어 부라리며 말했다.

"홍, 그래요. 내가 가지고 있어요. 하지만 당신에게 돌려드리지 않겠어요. 그러니 나를 관가로 끌고 가서 도둑으로 몰아 보세요."

"내가 언제 너를 도적으로 몬댔니?"

"몰고 싶더래도 몰지 못할걸요. 당신은 나에게 샛서방이 생겼다고 해서 심사가 좋지 못한가 봅니다마는, 그래도 양산박 도적들하고 내통하는 것보다는 죄가 가벼울걸요?"

"뭐라고?"

송강은 비로소 크게 당황하며 파석의 이불을 끌어 벗기려고 했다. 여자는 이불 속의 양 손으로 송강의 띠를 꼬옥 쥐었다. 이불을 젖혀 버린 송강은 초문대의 끝이 그녀의 가슴 밑으로부터 삐죽 나와 있는 것을 보고 양 손으로 빼앗으려고 하였다. 여자는 죽어라고 내놓지 않았다. 이 때문에 송강은 있는 힘을 다해 끌어 당겼고 그 바람에 주머니칼이 마루 깔개 위로 굴러 떨어졌다. 송강이 그것을 집어 들자 파석은

"사람 살려!"

하고 소리를 질렀다. 이 한 소리가 송강에게 살인할 마음을 일으키게 하였다. 송강은 왼손으로 그의 몸을 짓누르고 오른손으로는 주머니칼을 휘둘러 파서의 목밑을 한칼로 파헤쳤다. 피가 솟아 나오는데도 여자가 소리를 지르자 다시 한 번 칼질을 했고, 그의 목이 침대 밑으로 떨어졌다. 송강은 초문대를 끌어 당겨 속에 있는 편지를 집어내어 등불에 태워 버리고 아래로 내려가는데 왕파가 놀란 얼굴이 되어 말했다.

"왜 그래요? 싸움을 다 하시고…"

"저년이 너무 심한 말을 했기 때문에 할 수 없이 죽이고 말았소."

"무슨 말씀을 하시는 거예요. 그 애를 죽이다니, 압사님, 이 늙은이를 놀리는 것이지요?"

"거짓말 같으면 방에 들어가 보구려, 정말로 죽였소."

"그런 어리석은 짓을."

하며 할멈이 문을 열고 들여다보니 피투성이 속에 시체가 누워 있었다.

"아, 이걸 어쩌지?"

"나도 남자다. 도망가지는 않아. 너의 말대로 할 테야."

망연해하며 한동안 그대로 서 있던 왕파 할멈이 이윽고 다시 입을 열었다.

"이 딸년은 확실히 좋지 않은 아이였습니다. 손을 대신 것도 매우 당연한 일이라고 생각됩니다. 하지만 이제 나는 어떻게 되는 거지요. 앞으로 나를 돌봐 줄 사람이 없어졌으니 말이에요."

"그것은 걱정하지 않아도 돼. 나에게는 다소 재산이 있으니 여생은 안락하게 지내도록 하여 주겠소."

"그렇게만 하여 주신다면 좋습니다. 그러면 날이 다 새기 전에 관을 사 가지고 와서 넣어 버립시다요. 근처 사람들에게 알려지지 않도록 말이에요."

두 사람은 함께 집에서 나왔다. 그런데 관아 앞에 도달했을 때 할멈은 와락 송강에게 달려들며 크게 소리 질렀다.

"살인자가 이 곳에 있어요!"

송강이 깜짝 놀라며 할멈의 입을 막으려고 했으나 아무래도 말릴 수가 없었다.

"바로 이놈이에요. 어서 잡아 주세요."

하지만, 송강은 원래 사람됨이 틀림없는 인물이었기에 포졸들은 그를 잡으려 하지 않았고 할멈의 말에도 귀를 기울이지 않았다. 때문에 송강은 할멈이 이러니저러니 하며 떠들고 있는 사이에 살짝 빠져나와 사람 틈으로 도망해 버렸다. 살인 사건이 발생했다고 들은 지현은 급히 관청에 나왔다. 지현은 송강하고는 매우 친한 사이인 까닭에 어찌해서든지 도망치게 해 주려고 하였으나 장문원이 와서 상신했다.

"무어라고 하여도 현재 여기 있는 이 칼은 송강의 주머니 칼입니다. 송강을 잡아 조사하지 않으면 일이 해결되지 않습니다."

지현은 그의 제3, 제 4의 상신을 받아들이지 않을 수 없기에 할 수 없이 송강의 숙소에 체포 관리를 보냈다. 송강은 벌써 도망하고 없었다. 장문원은 다시 아우성을 쳤다.

"그렇다면 그의 부친과 동생인 송청(宋淸)이 현재 송가촌에 살고 있으니 두 사람을 체포하여 관가에 구류하고 그들

을 인질로 하여 기한을 걸고서 체포하도록 명령하옵소서."

지현은 원래 포박해 오라는 명령을 내리고 싶지 않았지만 장문원이 서류를 마련하고 왕파에게 속삭거려서 끊임없이 관청에 고소하도록 했기 때문에 어쩔 수 없이 이삼 명의 포졸을 송가촌에 보내서 송 태공과 송청(宋淸)을 잡아오게 하였다. 관리가 송가촌에 가니 송 태공은 마중을 나오며 말했다.

"나는 전조 대대로 농부입니다. 쭉 이 곳에 있는 논밭을 지키며 살고 있습니다. 불효자인 강은 어릴 적부터 부모의 말을 거역하고 농부가 되기를 싫어하며 관리가 되고 싶다고 말했으며 아무리 말려도 듣지 않았습니다. 그래서 나는 수년 전에 현의 높은 분에게 그놈의 불의의 뜻을 고발하여 호적을 뺐으므로 우리 집의 호적에는 들어 있지 않습니다. 그놈과 우리들과는 아무런 관계도 없습니다. 전 지현님의 재임 중에 그러한 뜻을 올리고 증거가 되는 서류를 받아 왔고 지금도 가지고 있습니다."

관리들은 모두가 송강과는 친밀하게 지내왔으므로 이것은 미리 준비해 놓은 구실인 것을 알아차렸지만,

"그런 서류가 있다면 보여 주십시오. 복사해서 지현님에게 보여 드리겠습니다."

하며 그것을 복사한 뒤 관아에 돌아와서 지현에게 복명했다.

"송 노인은 벌써 삼 년 전에 송강과 부자의 연을 끊고 증

거가 되는 서류를 받아 가지고 있었습니다. 이것이 사본이며, 그래서 구인해 올 수가 없었습니다."

송강을 도망치게 해 주고 싶었던 지현은,

"그렇다면 그에게 친족이 없는 것이니, 일천 관의 상금을 걸고서 각처에 포고하여 발견되는 대로 체포할 수밖에 없다."
라고 말했다. 그런데 장삼랑이 또 왕파를 충동질하여 관아로 가서 머리를 풀고 호소하게 했다.

"송강을 자기 집에 숨겨 두고 지현님에게 넘기지 않습니다. 지현님 제발 나를 위해 송강을 체포해 주십시오. 사람을 죽이는 것은 무엇보다도 중대한 죄입니다. 아무래도 들어 주시지 않는다면 할 수 없으니 주의 관청에 고소하겠습니다."

장삼랑도 또 출두하여 할멈을 위해 말을 거들었다.

지현은 할 수 없이 도두인 주동과 뇌횡을 보내기로 하였다. 주동과 뇌횡 두 사람은 관군을 사십 명 정도 모아 가지고 송가촌으로 달려갔다. 송 태공은 그 말을 듣고 급히 마중 나왔다. 주동과 뇌횡은

"노인 영감, 꾸짖지 마십시오. 우리들은 상사의 명령으로 어쩔 수 없이 나온 것입니다. 잠시 찾아 보게 하여 주시지 않으면 돌아갈 수가 없습니다."
하고, 말하고는 이, 삼십 명의 관군에게 명령하여 가옥을 둘러쌌다.

"나는 앞문을 지키고 있을 것이니, 뇌 도두, 당신은 먼저 안에 들어가 자세히 찾아 보아 주시구료."

그래서 뇌 도두가 안에 들어가 가옥의 내외를 샅샅이 찾아 보았으나 잠시 있다가 나와서 주동에게 말했다.

"정말로 없소."

"나는 납득이 가질 않는구료. 뇌 도두, 이번에는 당신이 앞문을 지키고 있소. 내가 충분히 찾아 보겠소."

주동은 가옥 안에 들어가서 문에 자물쇠를 걸고서 불간(佛間)에 들어가서 공물대를 옆으로 치우고 마루판자를 들쳤다.

마루 밑에는 새끼 끝이 보였다.

그걸 잡아당기니 동으로 된 종 소리가 나고 송강이 지하에 있는 구멍창에서 나왔는데, 주동을 보자 '앗' 하고 놀랐다.

"공명 형님, 내가 당신을 잡으러 온 것을 나쁘게 생각하지 마오. 오늘 지현님이 나와 뇌횡에게 가라고 말씀하신 것도 기실 어찌하여도 세상의 눈을 속일 수가 없게 되었기 때문이오. 외길밖에 모르는 뇌횡에게는 잘 처리할 수 있는 재간 같은 것이 없을 것 같아서 놈을 속이고 앞문에서 기다리게 하고 이렇게 이야기를 하러 온 것이오. 이 곳도 나쁘지는 않지만 언제까지나 있을 곳은 못되오. 어디 가서 몸을 의지할 작정이오?"

"3개소가 있소. 하나는 창주 행해군(昌州構海郡) 소선풍(小旋風) 시진의 집, 또 하나는 청주 청풍채(靑州濟風寨) 소이광(小李廣) 화영(花榮)이 있는 곳, 또 다른 하나는 백호산(白虎山) 공태공(孔太公)의 집이오. 태공에게는 아들이 둘 있는데 장남은 모두성(毛頭星) 공명(孔明), 차남은 독화성(獨火星) 공량(孔亮)이라고 하며, 몇 번이고 관청에 찾아온 일이 있어서 3개소의 어느 곳으로 할까 하고 그들 얼굴들을 떠올리며 지금 망설이고 있는 중이오."

"빨리 생각을 정해서 오늘 즉시 떠나시오, 우물쭈물하면 위험하오."

"관아의 사람들에게는 잘 말해 주기 바라오."

"그 일은 걱정 마시오. 만사를 내가 맡았으니."

송강은 인사를 하고 구멍 속으로 들어갔다. 주동은 먼저 대로 마루판자를 덮고 공물대를 놓고서 문을 열고 밖으로 나갔다.

"정말 아무 데도 없군."

그리고 큰 소리로 말했다.

"뇌 도두, 할 수 없으니 송 태공을 잡아가면 어떻겠소?"

뇌횡은 주동이 송 태공을 잡아가자는 말하는 소리를 듣고서 계책을 생각해 보았다.

'주동은 송강과 친하게 지내고 있다. 그런데 친구의 아비

를 끌고 가자고 하다니 이것은 마음과는 딴판으로 반대의 말을 하고 있는 것이다. 그래. 나도 한 번쯤 인정을 베풀어서 잘 처리하도록 해 주자.'

"글쎄, 내가 하는 말을 들어 주게. 송 압사가 사건을 일으킨 것은 무언가 꼭 이유가 있어서 한 일이겠지. 사형은 되지 않을 거야. 노인 영감은 증거 서류를 가지고 계시지 않은가. 그리고 더욱이 그것은 관청의 도장이었고, 가짜가 아니란 말이야. 그러니 한 번 이쪽의 편리를 봐 주기로 하세."

주동은 마음 속으로 흐뭇하여 웃으면서 말했다.

"당신이 그렇게 말하니 난들 무엇이 좋아서 미움받을 짓을 하겠나."

주와 뇌 두 사람 도두는 일행을 끌고서 현에 돌아가 보고했다.

"가옥 일대와 마을의 주변을 두 번이나 찾아 보았으나, 당사자는 확실히 없습니다. 송 태공은 병으로 누워 움직일 수도 없으며, 이제 얼마 되지 않은 것 같습니다. 송청은 지난 달부터 집을 나간 채로 아직도 돌아오지 않고 있습니다."

"그렇다면 주에 상고하고 또 전국에 수배하도록 하지."

그건 그렇고 관청에서 송강과 친하게 지냈던 사람들은 송강을 위하여 모두가 장삼랑이 있는 곳으로 말을 하러 갔다. 장삼랑도 여러 사람들의 체면도 있고 또, 여자는 이미 죽었고 더욱이 자기 자신도 오래 전부터 송강으로부터 도움을 받아 온 체면도 있고 해서 드디어 단념하고 말았다. 주동은 또 얼마간의 돈을 모아 가지고 왕파에게 주었고, 주 관청에 고발을 취하하도록 타일렀다. 할멈도 돈을 받았으므로 어떻게 할 수가 없게 되자 내키지는 않았으나 억지로 승낙했다.

## 8. 행자(行者) 무송(武松)

그리하여 송강은 길을 떠났다.

그가 가는 곳은 창주 횡해군 소선풍 시진의 장상이었다. 송 태공은 송강이 혼자서 길에 나서는 것이 종시 마음에 불안하다 하여, 그의 아우 송청(宋淸)이 함께 따라 나서게 했다.

때는 시들은 풀 속에서 귀뚜라미가 울고, 평사(平沙) 모래 위에 기러기가 떨어지는 추말동초(秋末冬初)였다.

소선풍 시진은 대주 황제의 적파 자손으로 의를 중히 여기고 제물을 가볍게 알아 천하 호걸들과 사귀기를 좋아하니 곧 당시의 맹상군(孟嘗君)이라. 서신 왕래는 몇 번 있었어도 서로 보기는 처음인 송강이 그렇듯 불시로 찾아가자 그의 기쁨은 컸다.

시대관인은 송강을 보자 무릎을 꿇고 말했다.

"형님, 오랫동안 뵙고 싶었습니다. 오늘 뜻하지 않게 뵈옵게 되어 평소의 소원이 이루어졌으니 행복하기 이를 데 없습니다."

송강이 염파석을 죽인 전말을 자세하게 이야기하자 시진은 웃으면서.

"대형, 안심하십시오. 설령 조정의 현관을 살해하셨다 하여도 또한 부(府)의 창고의 재물을 탈취하셨다 하여도 제가 이 가옥 내에 숨겨 드리겠습니다."

라고 말하면서 송강을 안에 깊숙이 있는 뒷방으로 안내했다. 거기에는 벌써 주연의 준비가 되어 있었다.

취기가 적당히 돌아감에 따라 두 사람은 각각 평소 마음속에 품고 있었던 경애의 마음을 서로 펼치었다.

얼마 아니 있어서 송강은 소피를 보려고 나갔다. 시진은 곧 장객 하나를 불러 등롱에 불을 밝혀 들고 길을 인도하게 했다. 송강은 그를 따라 긴 낭하를 걸어갔다.

그가 동랑(東廊) 앞에 이르렀을 때였다. 그 복도에 한 사람의 큰 사내가 앉아 있었는데 학질을 앓고 있어서 추위에 견딜 수 없었던지 화로를 그 곳에 내놓고 쬐고 있었다. 그런데 술에 취한 송강이 비틀거리며 걷다가 그 화로의 자루를 밟아 화로의 불이 '팍'하고 튀어올라 사내의 얼굴에 떨어졌다. 사나이는 화가 나서 송강의 가슴패기를 쥐며 큰 소리를 질렀다.

"이게 웬 자식이야?"

그대로 달려들어 송강을 치려 하니, 장객은 등롱을 내던지고 그 사나이의 팔에 매달렸다. 그 때 시대관인이 쫓아 나왔다.

"압사 어른께 이 무슨 무례한 짓이란 말이오?"

"압사요? 압사라도 운성현의 송 압사나 된다며 모르지만…."

"송 압사를 잘 아시오?"

"아니오. 만난 적은 없소. 하지만 그는 세상에 그 이름이 높은 분이시요. 의를 중히 여기고 재물을 멀리 하고 위험한 사람을 살려 주고 곤란한 사람을 도와 주는 천하에 이름이 있는 호걸이지요."

"그럼 만나고 싶겠군?"

"물론이오. 그렇지 않아도 병만 나으면 한번 찾아가 뵐 작정이오."

"상말에도 멀면 십만팔천 리요, 가까우면 바로 눈 앞이라는 소리가 있소. 지금 손님 앞에 서 계신 이분이 바로 급시우 송공명이시오."

"그 말이 정말이오?"

송강이 비로소 입을 열어 말했다.

"예, 제가 송강입니다."

사나이는 눈을 똑바로 뜨고 바라보다 머리를 수그리고 정중히 인사를 하면서,

"꿈을 꾸고 있는 것은 아니겠지? 압사님을 뵈옵다니, 아까는 정말로 실례했습니다. 제발 너무 나무라시지 마십시오. 아주 잘못 알아뵈었습니다."

하면서 무릎을 꿇고 일어서려고 하지도 않았다.

송강은 황망히 그의 손을 잡아 일으키며 물었다.

"족하의 고성대명(高姓大名)이 뉘신가요?"

시진이 대신 대답했다.

"이 분은 청하현 사람으로 성은 무(武)요 이름은 송(松)으로, 저에게 와 계신 지가 한 1년 되지요."

"내가 무이랑(武二郞)의 명자를 들은 지 오랜데, 이 곳에서 만나 뵈옵다니 천만 뜻밖입니다그려."

세 사람은 후당으로 함께 돌아가 다시 또 한 차례 술자리를 벌였다. 송강이 등촉 아래서 무송의 인물을 살펴보니, 과연 일조 호한(好漢)으로 신구(身軀)가 늠름하고 상모가 당당했다. 홍포는 황활하여 만부난적(萬夫難敵)의 위풍이 있고, 어화(語話)는 헌앙하여 천장능운(千丈凌雲)의 지기(志氣)를 토했다.

송강이 마음에 기뻐하기를 마지않으며, 무송에게 이 곳

에 온 내력을 물으니 그가 대답했다.

"제가 청하현에서 술 먹고 본처(本處) 관원과 말다툼을 하다가 홧김에 그만 한 주먹에 때려뉘고, 곧 대관인께로 와서 몸을 숨기고 있었지요. 저는 그자가 꼭 죽은 줄만 알고 있었는데, 근래 풍문에 들으니까 죽지 않고 치료를 받고 숨을 돌이켰다고 합니다. 그래서 고향에 돌아가 형님을 찾아 뵈올까 하고 생각하던 차에 재수 없게 그만 학질을 앓게 되어 떠날 수가 없어서 이대로 있습니다. 아까는 막 떨릴 때였기 때문에 그 곳에서 불을 쬐고 있었습니다."

"그럼 곧 돌아가 편히 쉬시지요."

"아닙니다. 아까 불똥이 튀는 통에 몸의 식은땀을 쭉 뽑고는 어떻게 제풀에 떨어졌나 봅니다."

"그렇다면 사례해야 옳지, 도리어 때리려 든단 말이오?"

주객이 함께 크게 웃고 이 날 밤은 삼경이 지나서야 술자리를 파하였다.

그런데 시진은 왜 무송에게만 푸대접을 하고 있었느냐 하면 무송이 집에서 술을 마시고 취하고만 있었기에, 더욱이 사내 하인들이 조금이라도 서투른 취급을 하면 곧 주먹을 휘두르기 때문에 집 안의 하인 중에 무송에 대해서 좋게 이야기하는 사람은 없었다. 그래서 시진은 그를 내쫓지는 않았으나 자연히 그에 대한 대접이 소홀하게 된 것이었다.

송강과 함께 십여 일인가 보낸 무송은 고향 청하현에 돌아가 형님을 만나 보고 싶다는 말을 꺼냈다. 시진과 송강이 조금 더 있다가 떠나도 되지 않느냐고 말렸지만, 무송은,

"오랫동안 형님의 소식이 없으므로 꼭 만나 뵈러 가고 싶습니다."

하고 말했다.

"이랑님이 아무리 말려도 가시겠다면 무리하게 말리지 않겠습니다. 틈이 나면 또 놀러 오십시오."

"예, 그러지요."

무송은 드디어 시진과 송강에게 작별을 고하고 청하현을 향해 떠났다.

# 제 3 장

1. 경양강(景陽岡)

2. 반금련(潘金蓮)

3. 십자파(十字坡)

4. 청풍산(淸風山)

5. 소이광(小李廣) 화영(花榮)

6. 진삼산(鎭三山) 황신(黃信)

7. 벽력화(霹靂火) 진명(秦明)

8. 여방(呂方)과 곽성(郭盛)

## 1. 경양강(景陽岡)

　홍주오(紅紬襖)를 입고 머리에 전립을 쓰고, 손에 한 자루 초봉(哨棒)을 들고, 밤이면 객점에 들어 쉬고 낮이면 부지런히 길을 가기 수일 만에 무송은 마침내 양곡현(陽穀縣) 땅에 들어섰다.

　햇살이 쏟아지는 한낮이어서 기갈이 자심했다. 눈을 들어 보니 마침 저편에 주점 하나가 있었다. 가까이 가 보니 처마 밑에 깃발 하나가 걸려 있는데 '석 잔 마시면 고개를 넘지 못함'이라고 쓰여 있었다. 무송은 곧 그 집 안으로 들어가서 한옆에 자리를 잡고 앉아 술을 청했다.

　주인은 주발 세 개와 젓가락 한 개, 나물 한 접시를 무송 앞에 가져다 놓고 사발에 가득히 술을 따랐다. 무송은 사발을 들어 단숨에 다 마시고는 자기도 모르게 감탄했다.

"참말로 맛좋은 술이군. 여보 주인, 배가 부를 만한 안주가 없나?"

"쇠고기를 익힌 것이 있는뎁쇼."

"좋아, 그것을 두세 근 잘라 주시오."

주인은 수육 두 근을 큰 접시에 듬뿍 담아서 무송 앞으로 가져왔다. 그리고 그 손으로 두 잔째의 술을 부었다. 무송은 마신 뒤에 다시 한 잔 붓게 했다. 꼭 석 잔을 다 마시고 나니 그것뿐이고 다시는 내오지 않았다. 무송은 상을 두들기며 큰 소리로 말했다.

"여보 주인, 어째서 술을 부어 주지 않소?"

"고기라면 드릴 수 있습니다만요."

"원하는 것은 술인데, 고기도 조금 더 주겠소?"

"고기라면 드리겠습니다만 술은 아니 됩니다."

"술은 팔지 않는다는 것은 어쩐 일이오?"

"저의 집 술이 너무 독해서 누구시든 세 사발만 잡숫고 나면 취하지 않는 이가 없어 요 앞에 있는 고개를 넘지 못하시지요."

듣고 나자 무송은 껄껄 웃었다.

"그렇다면 어째서 나는 세 사발을 먹었는데도 끄떡없단 말이오?"

주인은 무송이 세 사발을 마시고도 괜찮은 것을 보고 다

시 연하여 세 사발을 더 부었다.

"거 참 술맛 좋다. 어서 또 부으시우."

주인은 무송이 그 독한 술을 연하여 여섯 사발을 마시고도 까딱없자 못내 어이없어하며, 그가 청하는 대로 고기 두 근을 더 썰어 내오고 술도 다시 세 사발을 더 부었다.

무송은 도합 열다섯 사발을 마시더니, 그제야 초봉을 손에 집어 들고 자리에서 일어났다.

"그래, 내가 어떠냐. 어디 끄떡이나 해?"

껄껄 웃고 문 밖으로 나서니, 주인이 황망히 뒤를 쫓아 나오며 물었다.

"아니, 어딜 가십니까?"

"그건 왜 묻소? 술값 받았으면 그만이지."

"누가 술값 안 내셨답니까? 내가 호의로 일러 드리는 말씀인데, 저 고개의 이름이 경양강(景陽岡)입니다. 근자에 호랑이가 나와 벌써 수십 명이나 사람을 해쳤습니다. 그래서 관가에서 사냥꾼들을 풀어 잡으려 하고 있습니다마는, 왕래하는 사람들은 반드시 무리를 지어 고개를 넘되, 어두워지면 고개를 못 넘게 되어 있지요. 지금이 미시(未時) 말 신시(申時) 초인데, 이렇듯 단신으로 더구나 술이 취해 가지고 고개를 넘으려 하시다니, 될 뻔이나 한 말씀입니까? 오늘은 저의 집에서 그냥 쉬시고, 내일 사람들이 모이기를 기다려서, 수십 명이 무리를 지어 고개를 넘도록 하시지요.”

들고 나자 무송은 크게 웃었다.

“이거 왜 이래? 나는 바로 청하현 사람이야. 내가 경양강을 적어도 수십 차례 지나다녔지만 호랑이가 나온다는 소리는 들은 적이 없는데, 웬 어림도 없는 수작이야?”

“믿지 못하겠으면, 우리 집에 방문(榜文) 베껴 둔 것이 있으니 들어와서 보슈.”

“사람을 보고서 말을 해. 정말 호랑이가 나온대두 두려워할 내가 아니야. 아마도 네가 굳이 나를 집 안에다 붙들어 재우고 한밤중에 내 재물을 뺏고 목숨을 해치려는 생각인가 보다마는, 네 꾀에 넘어갈 줄 아느냐?”

그 말에 술집 주인은 노하여,

“남이 일껏 호의로 일러 주는 터에 그 따위 수작이 어디 있단 말이오? 호랑이한테 물려 죽거나 말거나 난 모르겠으니 맘대로 하시구료!”

하며 얼굴을 붉히고 안으로 들어가 버렸다.

무송이 코웃음을 치고 초봉을 휘두르며 고개를 올라가니, 이 때는 이미 신패시분(申牌時分)이라 해가 뉘엿뉘엿 산을 넘으려 했다.

무송은 그대로 고개를 올라가는데, 때는 마침 시월 천기라 해는 짧고 밤은 길어 무송이 고개 위에 이르렀을 때는

해가 이미 산 너머로 떨어진 뒤었다. 무송은 혼자 중얼거렸다.

"호랑이는 무슨 호랑이야? 사람들이 공연히 겁을 집어먹고 못 올라오는 게지."

그대로 다시 앞으로 나아갈 때 취기가 대발하여, 번열(煩熱)함을 못 이기게 되었다. 전립을 벗어서 등에다 걸고 옷고름은 풀어 헤쳐 가슴을 드러낸 다음 이리 비틀 저리 비틀 하면서 잡목이 우거진 속을 지나려니 큰 바윗돌이 하나 있었다.

"에라, 아무 데서나 한잠 자고 가자."

초봉을 한옆에 놓고 그 위에 쓰러진 무송이 막 잠이 들려고 할 때였다. 난데없는 일진광풍이 수풀을 헤치며 불어들었다.

한 줄기의 바람이 지나갔을 무렵, 별안간 잡목 숲의 저쪽에서 '버석'하는 소리가 나더니, 눈이 치켜 올라갔고 이마가 흰, 한 마리의 호랑이가 뛰어 나왔다. 무송은 그것을 보자마자 '앗' 하고 소리 지르며 바위 위로부터 굴러 떨어져 초봉을 집어 들었다.

호랑이는 굶주리고 또한 목이 말라 있었다. 양쪽 발의 발톱을 땅 위에 세우며 몸을 숙이더니 '휘익'하고 뛰어 올라가 공중으로부터 공격해 들어왔다. 무송은 찔끔했다. 그 바람에 마신 술이 모두 식은땀이 되어 쏟아져 나왔으나 이 때는 재빨리, 저 때는 느리게 몸을 피해서 호랑이의 뒤로 돌아갔다.

　호랑이란 놈은 사람이 뒤로 돌아가는 것을 무엇보다도 싫어한다. 호랑이가 앞발의 발톱을 땅 위에 걸고 허리를 들어 뒷발로 걸어차 올렸다. 무송이 몸을 굽히며 피하자 호랑이는 '으릉'하고 한 소리 지르고 쇠막대 같은 꼬리를 거꾸로 세워서 흔들어댔다. 무송은 그것도 몸을 비틀어 피했다.

　원래 호랑이가 사람을 잡는 수단이란 세 가지밖에 없으니, 곧 앞발로 치고 뒷발로 차고 꼬리로 때리는 것이다. 이 세 가지 공격을 시도해서 실패하면 그의 세력은 반으로 줄어들고 마는 것이다. 호랑이는 또 한 번 한 소리, '으릉' 하고 짖어대고 한 바퀴 돌아서 방향을 바꾸었다. 무송은 호랑이가 돌아선 것을 보고 초봉을 양 손으로 흔들어 돌리다가 있는 힘을 다하여 내려쳤다. 그런데 '버석'하고 소리가 나며 나뭇가지가 머리 위에 떨어져 왔다. 눈을 잘 뜨고 보니 초봉이 호랑이에게 맞지 않고 빗나갔기 때문에 고목을 치면서 부러져 손에는 반토막만 남아 있을 뿐이었다.

　호랑이가 으르렁대는 소리를 내면서 다시 달려들었다. 무송이 또다시 뒤로 열 걸음 정도 뛰어 날아서 몸을 피하자 호랑이는 자신있게 양쪽 발의 발톱을 나란히 세우며 공격할 태세를 갖추었다.

　무송은 부러진 막대기를 던져 버리고 양 손으로 호랑이

의 수염이 있는 아래 턱을 꽉 쥐고 밑으로 눌러 버렸다. 호랑이가 당항하며 몸부림을 쳤으나 무송의 힘에 눌려서 제대로 움직일 수가 없었다. 무송은 한쪽 발로 호랑이의 양미간 근처를 노리며 냅다 차댔다. 호랑이는 울부짖으면서 몸 밑의 땅을 긁으며 구멍을 팠다. 하지만 무송이 호랑이의 입을 구멍 안으로 눌러 버리자 호랑이는 아주 힘을 잃어버렸다. 무송은 왼손으로 아래턱 수염을 꽉 잡아 쥐고 오른손을 빼돌려 철퇴와 같은 주먹으로 있는 힘을 다하여 마구 때렸다. 6, 70대 정도 때리니 호랑이는 눈에서, 입에서, 귀에서 피를 뿜어댔다. 무송은 이어서 소나무가 있는 곳에서 예의 부러진 초봉을 찾아내 호랑이가 되살아나지 않도록 다시 한 차례 두들겨 댔다. 호랑이는 다시 움직이지 않았다. 죽은 모양이었다.

그래서 무송은 '옳지, 이 호랑이를 끌고서 산 밑으로 내려가자.'하고 생각하며, 피바다 속에서 양 손으로 호랑이를 끌어 올리려고 하였으나 아무래도 움직이지 않았다. 완전히 힘을 다 썼으므로 발과 허리의 힘이 없어졌기 때문이었다. 무송은 큰 바윗돌에 앉아 쉬면서 다시 한 번 생각해 보았다.

'다른 호랑이가 또 나오기라도 하면 이제는 상대할 수 없어. 산 밑으로 가서 쉬고 내일 아침에 다시 돌아와서 어떻게 해 보자.'

무송은 곧 벗어 놓았던 전립을 찾아 쓰고 걸음을 재촉하여 산을 내려갔다. 그러나 단 한 마장 길을 못다 갔을 때, 풀숲 속에서 이번에는 호랑이 두 마리가 쌍을 지어 나왔다. 무송은 외쳤다.

"이젠 속절없이 죽었구나!"

그러나 이상한 일이었다. 호랑이 두 마리가 문득 걸음을 멈추더니, 머리를 치켜들고 벌떡 일어서는 것이었다. 무송이 자세히 보니, 그것은 호랑이가 아니라 호피로 옷을 지어 입은 사람으로, 둘이 모두 손에 오고차(五股叉)를 잡고 있었다. 무송이 물었다.

"그 모양으로 여기서 뭘 하고 계시오?"

호피를 쓴 두 사나이가 대답했다.

"우리는 지현(知縣)의 분부를 받고 호랑이 사냥을 나온 사람이오. 그놈의 짐승이 어찌나 사나운지 심상한 수단으로는 잡을 도리가 없어서, 이렇듯 호랑이 가죽을 쓰고 나선 게요. 저 아래에도 장정 10여 명이 또 매복을 하고 있소마는, 임자는 대체 사람이오, 귀신이오? 이 밤중에 혼자서 고개를 넘어오다니 도무지 까닭을 모를 일이오그려. 그래 호랑이를 만나지는 않았소?"

"바로 지금 이 위 숲속에서 임자들이 찾는 호랑이를 만나서 발로 차고 주먹으로 때려서 죽이고 내려오는 길이오."

"그새 무슨 말이요? 거짓말도 원 분수가 있지."

"못 믿겠으면 바위 위니 같이 가 봅시다그려."

사냥꾼들은 반신반의하며 즉시 소리쳐서 아래에 매복하고 있던 장정들을 불러 가지고, 횃불을 밝혀 들고서 무송을 따라 고개 위로 올라갔다. 이르러 보니 과연 거대한 호랑이 한 마리가 죽어 쓰러져 있었다. 모든 사람들은 일변 놀라고 일변 기뻐했다.

이튿날 아침, 무송은 4명의 장객이 메는 교자에 높이 앉아 지현 상공을 뵈러 들어갔다. 그의 앞을 선 것은 칠팔 명 장정이 멘 죽은 호랑이였다. 거리는 구경나온 사람들로 발 디딜 틈이 없었다.

아문(衙門)에 이르러 교자에서 내려 바로 청전으로 들어가니, 기다리고 있던 지현은 곧 청상으로 오르라는 분부를 내리고, 이어서 호랑이를 잡게 된 곡절을 물었다.

무송이 처음에서 끝까지 자세히 이야기하니, 청상 청하의 모든 사람들로서 놀라지 않는 이가 없었다. 지현은 그에게 술을 내리고 마을의 부자들이 모아 온 상사전(賞賜錢) 1천 관을 내려 주었다. 그러나 무송은 받지 않고 말했다.

"소인이 요행으로 호랑이를 잡은 것이옵지 결코 능하기 때문이 아니오니, 어찌 감히 상사전을 받자오리까?"

지현은 무송이 용력만 뛰어날 뿐 아니라, 위인이 또한 그렇듯 충후인덕(忠厚仁德)함을 보고 말했다.

"네 고향이 청하현이라 하니 우리 양곡현과는 지척간이라, 내가 이제 너를 도두(都頭)로 삼을까 하는데 네 의향은 어떠하냐?"

무송은 꿇어앉아 아뢰었다.

"상공께서 그렇듯 은혜를 내리신다면 소인은 몸을 마칠 때까지 상공을 모시려 하옵니다."

지현은 곧 압사(押司)를 불러 문안을 세우고 당일로 무송을 보병 도두로 삼았다.

## 2. 반금련(潘金蓮)

그로부터 며칠 지나서였다. 무송이 현문을 나서 혼자 거리를 거닐고 있으려니까 누군가 등 뒤에서,

"무 도두(武都頭)."

하고 불렀다. 돌아다보니 뜻밖에도 그의 형 무대랑(武大郎)이었다. 무송은 진정으로 반가웠다.

"형님, 그 동안 안녕하셨습니까? 그런데 이 곳에는 웬일입니까? 저는 그저 청하현에 계신 줄로만 알고 있었는데요."

"내가 이리로 떠나온 지도 어언간 반 년이 넘었나 보다. 그 동안 얼마나 네가 보고 싶었는지 모르겠는데, 어쩌면 그

렇게도 무심하더란 말이냐."

무대랑은 아우를 쳐다보며 한편으론 반기고 한편으론 서운해했다.

원래 무대와 친형제임에도 무송은 키가 육 척, 당당한 풍모로 전신에 몇천 몇백 근이나 되는 늠름한 힘이 넘치고 있었다. 한편 무대로 말할 것 같으면 키가 오 척도 되지 않고 얼굴은 흉하고 머리의 모양이 엉망이어서 청하현 사람들은 그에게 '난쟁이'라는 별명을 붙여 주었다.

그래도 무송이 청하현에 있는 동안에는 그를 꺼리어서 아무도 이 무대를 감히 능멸하지 못했었다. 그러나 한 번 무송이 집을 나가자 고을 사람들은 매사에 무대를 업신여겼다. 더구나 무대가 반금련이라고 하는 계집을 아낙으로 맞아들인 뒤로는 더욱 심했다.

이 반금련이란 올해 나이 스물 둘, 낯짝이 제법 반반하게 생긴 계집으로 원래가 청하현에서 몇째 안 가는 부잣집의 시비(侍婢)였으니 무대와 같은 위인에게로 올 계집이 아니었다.

그러나 일은 공교롭게 되었다. 그 집 주인 영감이 이 반금련에게 뜻이 있어 어느 날 저녁때 남몰래 그 손목을 잡아끄는 것을 반금련이 획 뿌리치고 안으로 들어가서 그 일을 주인마님께 고했으니 주인 영감의 체면이 무엇이 되었을까?

그래서 속으로 크게 한을 품은 주인 영감은 그 앙갚음으로 반금련을 동네에서도 가장 가난하고 못생긴 남자로 이름난 무대에게 그대로 내어주고 말았던 것이다.

그것을 보고 마을 안의 강샘하는 젊은 것들은 연한 양고기가 잘못되어 개 아가리로 들어갔다고 지껄여댔다.

그러나 알고 보면 팔자에 없는 미인 계집을 얻어 가지고 도리어 골치만 앓게 된 사람은 무대였다. 어떻게 할 수 없는 노릇이라 그저 그대로 붙어 산다 뿐이지 계집이 속으로 밤낮 다른 사내를 생각하고 있다는 것쯤은 무대도 짐작하고 있었다. 실상 동네 젊은 사내들과의 사이에 별별 소문이 다 떠돌았다.

그래서 무대는 그대로 청하현에서 살 수가 없어 마침내 이 곳 양곡현으로 집을 옮기고, 전이나 마찬가지로 거리로 나가서 취병(翠屏)을 팔아 그날 그날을 지내오던 중에 오늘 이렇듯 아우 무송을 만난 것이었다.

"일전에 경양강 위에서 호랑이를 맨주먹으로 때려잡고 도두가 되었다는 장사의 성이 무가라는 말을 듣고서, 내가 속으로 십중팔구는 네가 아닌가 하고 생각을 했었다. 하여튼 잘 만났다. 자아 어서 내게로 가자."

"형님은 집이 어디입니까?"

무대가 손을 들어 한 곳을 가리켰다.

"서 앞에서 멀지 않은 곳이다."

무송이 형님을 위하여 짐을 대신 지고 무대를 따라 두어 모퉁이를 지나 자석가(紫石街)에 이르러 다방 옆집에 다다르니 무대가 문 앞에서

"여보, 문을 여시오."

하고 불렀다. 그러자 한 부인이 포렴을 걷어 들고 나오며 말했다.

"여보시오. 오늘은 어찌 이렇게 일찍 들어오십니까?"

"당신의 시동생을 데리고 왔으니 서로 인사를 하오."

방 안으로 들어간 무송은,

"형수는 앉아서 무송의 절을 받으십시오."

하고 말하며 공손히 절을 했다. 그러자 그 부인이 무송을 붙들어 일으키며 말했다.

"도련님은 예를 그만 하십시오. 제가 불안합니다."

무송이 말하였다.

"형수는 불안하게 생각하지 마십시오."

반금련은 무송을 한 번 보자 혼자 속으로 생각했다.

'어쩌면 한 어머니 뱃속에서 나온 같은 형제면서도 저렇게나 다를 수가 있을까? 경양강 호랑이를 맨주먹으로 때려잡은 장사라니, 필연 기력이 많을 것이요. 또 장가들지 않았으니 저를 달래어 내 집에 와서 있게 하면 저간에 나의

소망은 이루어질 것이다.'

반금련은 곧 주육과품(酒肉果品)을 마련하여 대접을 극진히 하며, 무송에게 물었다.

"도련님은 이 곳에 오신 지 얼마나 되십니까?"

"며칠 전에 왔습니다."

"지금 어느 곳에 계십니까?"

"아직 현리에 있습니다."

"그러시면 도련님이 편하지 못하겠습니다."

"내 한 몸이니 모든 일에 어려운 것이 없고 일찍이나 늦게나 토병이 대령하고 있습니다."

"토병이 시중드는 것이 어찌 편하겠습니까? 내 집에 오셔서 형제분이 같이 있으면 조석을 제가 정성껏 모실 것이오니 어찌 토병들이 더럽게 하는 음식에 비하겠습니까?"

무대는 물론 반금련이 속에 다른 생각이 있어서 그러는 줄을 꿈에도 알 턱이 없었다.

"그거 참 좋은 말이오…. 애 너 오늘 밤으로라도 내게로 오도록 하여라."

하고 함께 권하니, 무송은 이 날 현아로 돌아가자 곧 이 일을 지현 상공에게 품하고 행리와 포개(鋪蓋)를 수습하여 토병에게 지워 가지고 형의 집으로 왔다. 그리하여 이 날부터 무송은 형 내외와 한집에서 살게 되었다.

어느덧 그 해 가을이 다 가고 겨울이 되었다. 연일 삭풍이 세차게 불고 구름이 하늘을 덮더니 하룻밤 사이에 큰 눈이 내려 날이 훤히 밝자 천지는 완연한 은세계요 그대로 옥건곤(玉乾坤)이었다.

무송이 아침 일찍 일어나 고을에 들어가더니 한낮이 되어도 돌아오지 않고 무대도 또한 돌아오지 않았다. 반금련이 옆집 노파 왕건낭을 시켜 좋은 술과 고기를 사다 두고 화로에 불을 묻은 뒤 무송이 쓰는 방에서 혼자서 생각했다.

'오늘은 내가 먼저 저를 시험해 보겠다. 제가 부처가 아니라면 어찌 마음이 움직이지 않을 것인가?'

반금련이 처마 밑에서 기다리고 있자니 무송이 눈을 밟으며 돌아오고 있었다. 반금련은 얼굴에 웃음을 띠며 황망이 맞이했다.

"도련님이 오늘은 매우 추우시겠습니다."

무송이 안에 들어와 전립(戰笠)을 벗어 눈을 털자 하는데 형수가 두 손으로 받으려고 했다. 무송이,

"형수는 너무 수고하지 마십시오. 제가 혼자서 털겠습니다."

하고 만류하며 벽에 건 후 전대를 끄르고 앵가록 저사전포를 벗으니 형수가 말했다.

"도련님은 수고하시지 말으시고 저에게 주시면 털어 걸

겠습니다."

무송이 불안한 것을 감추고 전복을 주니 형수가 말했다.

"오늘은 도련님이 일찍 일어나 가셨는데 어찌 일찍 돌아오시지 않으셨습니까?"

"고을에서 아는 사람을 만나 술 먹느라고 늦었습니다."

"추우실 텐데 이리 오시어 불을 쪼이십시오."

무송이

"네, 참 좋습니다."

하며 유화(油靴)를 벗고 등상에 앉아 불을 쪼이는데 형수가 문에 빗장을 지르더니 안주와 술을 가지고 방에 들어와 탁자 위에 놓았다. 무송이 의아해하며 물었다.

"형님은 어디 가셨습니까?"

"아직 돌아오지 않으셨으니 우선 한잔 드십시요."

"형님을 기다려 같이 먹읍시다."

"언제까지 기다리겠습니까?"

말이 끝나기 전에 술이 나왔다.

형수가 한 손에 주전자를 들고 무송의 앞에 서니 무송이 말했다.

"형수는 앉아 계십시오. 제가 혼자서 따라 먹겠습니다."

"도련님은 염려하지 마시고 앉아 불이나 쪼이십시요."

반금련이 손에 잔을 들고 무송에게 권하기에 무송이 받

아 마시니 그가 또 한 잔을 부어 권하며 밀했다.

"날이 몹시 추우니 한 잔 더 드십시오."

"형수는 너무 신경 쓰지 마십시오."

하고 받아 마신 후 무송이 친히 한 잔을 부어 형수에게 권하니 반금련이 잔을 받아 들고 도화같이 붉어지는 양 볼에 교태를 지으며 말했다.

"참, 누구한테선지 들으니까 아주버니께서 창기(娼妓) 하나를 동가(東街)에다 숨겨 놓고 살림을 시키고 계시다고요?"

"그거 공연한 말입니다. 전 그런 사람이 아닙니다."

"글쎄, 뉘 말이 옳은지….'

"못 믿으시겠거든 형님께 여쭤 보십쇼그려."

"형님이 그런 걸 다 알면 저렇게 떡을 팔러 다니지를 않게요? 호호호… 도련님은 한 잔 더 드십시오."

계속해서 권하고 저도 자작으로 석 잔을 거푸 먹고 난 반금련은 울연히 발동하는 춘심(春心)을 스스로 억제할 길이 없었다.

형수가 다시 술을 더 데우러 가고 무송은 화로의 불을 모으고 있었는데 술을 데워 가지고 오던 형수가 한 손으로 무송의 어깨를 살짝 꼬집으며 말했다.

"도련님의 옷이 얇아서 춥겠습니다."

무송이 몹시 불쾌했으나 대답을 하지 않은 계집은 음심

(淫心)이 불같이 일어나 무송의 눈치를 살필 겨를도 없이 그가 들고 있는 화젓가락을 빼앗았다.

그리고 혼자서 술 한 잔을 부어서 반은 마시고 반을 남겨 가지고 무송을 바라보며

"도련님이 이 반잔 술을 받아 마십시오."
하고 말했다.

무송은 더 참지 못했다. 계집이 내미는 잔을 뺏어 땅에 던지고 꾸짖었다.

"형수는 참 염치도 없습니다. 어찌 부끄러운 줄도 모르고 이런 말을 하시오. 만약 다시 이러시는 일이 있다면 무송이의 눈은 혹시 형수로 알아볼지 모르지만 이 주먹은 형수를 알아보지 못할 것이니 그리 아시오."

반금련은 일변 무안하고 일변 분하여 얼굴이 주홍빛이 되었다. 그녀는 허둥지둥 도망치듯 부엌으로 내려가 버렸다.

그로부터 얼마 지나지 않아 무대가 돌아왔다.

"여보, 문 여우."

남편의 음성을 듣자, 반금련은 황망히 달려나가 문을 열었다. 무대는 아내를 따라 방으로 들어오자, 그의 눈이 울어서 퉁퉁 부은 것을 보고 놀라 물었다.

"아니, 웬일이오? 누구하고 싸웠소?"

계집은 앙큼했다.

"임자가 번번찮으니까 나까지 업신여김을 받는 거지."

"아니, 누가 뭐랬기에?"

"누구냐고 물으면 당신이 어떻게 할 것이오. 무송이 눈을 맞고 돌아왔기에 저의 추운 것을 생각하여 술을 데워다가 주었더니 가만히 술을 먹다가 나를 희롱하니 어찌 분하지 않겠습니까?"

"내 동생은 그럴 사람이 아니요. 옛날부터 근실한 위인이니 그런 소리를 마오."

하고 대꾸한 무대는 무송의 방에 들어오며 말했다.

"무송아 너 점심 먹었느냐? 안 먹었으면 나와 같이 먹자."

그러나 무송은 아무런 대답이 없었다. 혼자 고개를 숙이고 앉아서 생각에 잠겨 있다가 마침내 자리에서 일어나 서둘러 집을 나섰다.

그 모양을 보고 무대가 눈이 둥그레지며 물었다.

"아니, 어딜 가니?"

그러나 무송은 역시 아무런 대답 없이 그대로 거의 달음질을 치듯이 가 버렸다. 무대는 곧 안으로 들어가 반금련에게 물었다.

"아무리 불러도 대답 한 마디 없이 가 버리니, 대체 웬일이야?"

"웬일은 무슨 웬일이야? 제가 지은 죄가 있으니까 면구스러워 그러는 게지. 인제 보구료. 오늘 밤 안으로 제가 사람을 보내서 짐을 찾아가고야 말 테니…."

과연 얼마 안 있어 무송은 토병 한 명을 데리고 돌아와 저의 행리를 수습해 가지고 나갔다. 무대가 쫓아나와 물었다.

"얘, 너 대체 왜 이러니?"

그러나 무송은

"형님은 묻지 마십시요. 만일 말을 하면 정말로 입이 더러워지기 때문에 나는 나 편할 대로 하겠습니다."

하고 말을 마치자 토병을 앞세우고 현아로 돌아가 버렸다.

무대는 다시 붙잡지 못했으나 이튿날이라도 아우를 다시 만나 어인 까닭인지 물어 보리라 생각했다. 그러나 여우같은 반금련이 죄가 드러날까 겁나서.

"만약 임자가 다시 그 녀석을 만나볼 때는 나는 이 집에서 영영 나가 버릴 테니, 그런 줄이나 아우."

하고 포달을 부리는 통에 무대는 그러지도 못했기에 형제가 한 고을 안에 살면서도 서로 소식을 모르는 채 10여 일이 지났다.

이 때 이 고을 지현은 도임한 이래 2년 반 사이에 적지 않은 은낭(銀兩)을 수중에 넣었으므로, 이것을 동경으로 올려 보내 친권(親眷)에게 부탁하여 승전(陞轉)할 길을 얻으려고 했다. 그는 무송을 불러들여 말했다.

"동경에 있는 내 친척에게 예물 한 짐을 보낼까 한다마는, 다만 중로에 적환이 있을까 근심되는구나. 그래서 특히 너 같은 영웅 호한(好漢)에게 분부하는 터이니 네가 부디 수고를 아끼지 말고 다녀오너라."

"소인이 상공의 은혜를 입었으니 어찌 상공의 분부를 거역하겠습니까? 다녀오라고 하시면 소인이 일찍이 동경을 가서 보지 못하였으니 겸하여 구경도 하려고 합니다."

지현이 기뻐하여 술 석 잔을 상 주고 예물을 타점(打點)하여 보내려고 했다.

무송은 지현 상공의 분부를 받고 사처로 물러나오자, 토병을 시켜 술 한 병과 어육과품 등속을 사오라 하여 들려 가지고 자석가로 형 무대를 찾아갔다.

무대는 마침 집에 돌아와 있었다. 무송이 곧 토병에게 명하여 부엌에 들어가서 술상을 차리게 했다. 이 때 반금련은 무송이 술과 고기를 들고 찾아왔다는 말을 듣자 속으로 혼자 생각했다.

'그 때는 그랬어도 정녕 제가 마음이 있어서 다시 온 게 아닐까? 어디 제가 하는 거동을 봐야지….'

반금련은 부리나케 머리 빗고 분 바르고 옷까지 갈아입은 다음에 나와서 무송을 맞았다.

"도련님 어찌 오랫동안 오시지 않으셨습니까? 제가 마음에 불안하여 형님을 보고 찾아뵙고 모시고 오라 하였으나 찾지 못하였다 하셨는데, 오늘 찾아 주시니 기쁘기 한량없습니다."

"무송이 오늘 두어 마디 할 말이 있어서 왔습니다."

"그러시다면 다락에 올라가 말씀하십시다."

세 사람은 함께 다락 위로 올라갔다. 이윽고 술자리가 벌어졌다. 권커니 잣거니 하여 술이 몇 순배에 이르자 무송이 술 한 잔을 따라서 들고 무대에게 말했다.

"형님, 제가 이번에 지현 상공의 분부를 받자와 동경에 다녀오게 되었습니다. 내일 떠나야겠는데, 오래 걸리면 두 달이고, 빨리 돌아온대도 아마 4, 50일은 걸릴까 봅니다. 그래서 떠나기 전에 형님께 한 말씀 당부하고 가려고 이렇게 왔는데요…."

"그래, 무슨 말이냐?"

무대가 궁금해하는 얼굴로 물었다.

"저 없는 동안은 부디 아침에는 늦게 나가시고 저녁에는 일찍 돌아오시도록 하며, 돌아오시는 대로 대문을 아주 잠그고 지내십쇼. 남이 뭐라든지 그저 꾹 참으시고 시비를 아예 하지 마세요. 가령 날마다 열 채반 떡을 팔았으면, 내일부터는 다섯 채반 떡만 파세요. 또 남에게 욕을 당하시는 일이 있더라도, 제가 돌아올 때까지는 모든 걸 그저 참고

모른 체하셔야만 됩니다. 말대로 하시겠으면 형님 이 잔을
받으세요."

무대는 잔을 받아 들며 대답했다.

"내 모든 일을 네 말대로만 따라서 하겠다."

무송은 다시 둘째 잔에 술을 가득히 부어 들고 형수를 향
해 말했다.

"우리 형님이 워낙 순박하시니까, 그저 대소사를 막론하
고 아주머님께서 알아서 해 주십시오. 아주머님만 매사를
잘 보살펴 주신다면 우리 형님이야 무슨 근심이 있으시겠습
니까? 상말에도 울타리가 튼튼하면 강아지 새끼 들어올 틈
이 없다고 하지 않습니까."

말을 듣고 나자 반금련은 얼굴이 귓바퀴까지 새빨개져
가지고,

"원 참 듣자 하니 못하는 말이 없네. 울타리가 튼튼하면
강아지 새끼 들어올 틈이 없다니, 그래 내 행실이 어때서
그런 말을 해? 아이구 분해! 아이구 분해!"

하면서 가슴을 주먹으로 '쾅쾅' 두드리며 자리에서 획 일어
나 층계를 뛰어 내려가더니, 분에 못 이겨 우는 소리가 다락
위에까지 들렸다. 무송은 형과 몇 잔 술을 더 나눈 다음에,

"그러면 형님, 안녕히 계십쇼. 부디 제가 드린 말씀을 잊지
마세요. 그저 무슨 일이 있더라고 꾹 참고 지내도록 하세요."

하고 거듭 당부한 뒤에 사처로 돌아갔다. 그리고 그 이튿날 새벽 일찍 예물을 실은 수레를 영거하고 동경을 향해 떠났다.

흐르는 세월은 화살과 같아서 어느덧 벌써 사십여 일이 지났다. 무송은 지현으로부터 받은 용무를 마치자 양곡현으로 무사히 돌아왔다. 왕복의 여로는 거의 이 개월이나 걸렸기에 출발할 때는 봄도 아직 초기인 새봄이었는데 돌아오게 된 것은 삼월의 초순이었다. 그런데 무송은 도중에 뭔가 끊임없이 가슴속에서 이상히 떠들썩하는 것이 있어 불안감에 사로잡혀 있었다. 그래서 먼저 관아로 가서 답서를 갖다주고 급히 자석가로 향했다. 무송은 집 앞까지 오자 발을 올리고 안으로 들어갔다. 그러자 눈 앞에 불단이 놓여져 있었고 '망부 무대랑지위(亡夫 武大郎之位)'라고 적힌 일곱 문자가 보였다. 무송은 너무나 놀랍고 어이가 없었다. 그는 몇 번인가 손으로 눈을 비비고 다시 보았다.

하지만 몇 번을 다시 보아도 그것은 틀림없는 그의 형 무대의 위패였다. 무송은 큰 소리로 반금련을 불렀다.

"형수님, 무송이가 돌아왔습니다."

반금련은 그 때 이층에서 한 사나이와 함께 한창 재미를 보는 중이었다. 무송의 목소리를 들은 사나이는 크게 당황하며 쏜살같이 뒷문으로 빠져서 차를 파는 왕 노파의 집으

로 뛰어들어가 도망쳤고 급히 상복을 입은 반금련은 "아이고, 아이고"하고 울면서 아래층으로 내려왔다.

"형수님, 형님이 대체 무슨 병환으로 언제 돌아가셨는지? 또 약은 어떤 것을 썼습니까?"

"도련님이 떠나신 지 십 일쯤 되었을 때 별안간 가슴이 아프시다면서 자리에 드러누우시게 되어 기도를 해 보기도 하고 점도 쳐 보았고, 약이란 약은 모두 잡숫게 하며 간호를 해 드렸지만 아흐레 만에 그만 돌아가시고 말았습니다."

하지만 무송은 그 말을 믿지 않았다.

무송은 가만히 생각하고 있다가 잠시 후에 관아로 돌아가서 전부 백색의 상복으로 갈아입었다. 그리고 칼끝이 좁고 자루가 짧은 단도를 몸 속에 숨기고 쌀, 밀가루, 향료 등의 식품 그리고 향과 초랑 지전 등을 사서 마련하여 밤이 되자 무대의 집으로 가서 문을 두드렸다.

반금련이 문을 여니 무송은 졸개에게 밤샘을 시키고 자기는 불단 앞에서 망불을 밝히면서 술이랑 안주랑을 차려 놓았다. 해시경 완전히 준비가 끝나자, 무송은 그 곳에 엎드려서,

"형님, 만일 무참하게 살해라도 되었다면 부탁입니다. 잠자는 머리맡에서라도, 꿈 속에서나마 그렇다고 일려주시구료. 내가 꼭 형님의 원수를 갚아 드리겠습니다."
라고 말하면서 술을 붓고 지전을 태우면서 큰 소리로 울었

다. 그 날 밤 자시 가까이 되었지만 무송은 엎치락뒤치락 거릴 뿐 도무지 잠을 이루지 못했다. 무송은 일어나 앉아서 불단에서 하늘하늘 흔들리는 유리 등의 불빛을 가만히 지켜보고 있었다. 때마침 자시를 알리는 북 소리가 저 멀리에서 희미하게 들려 왔다. 그러자 별안간 불단 밑에서 냉기가 일어났다. 그것은 다리에 스며들고 살을 뚫어 찢는 것 같은 차가움이었기에 불전의 불빛도 꺼져 버려서 깜깜하게 되었고 지전은 벽 근처에 부딪쳐서 날아 흩어졌다. 무송은 이 냉기에 불려서 머리칼은 남김없이 치솟아오르는 것 같았다.

가만히 정신을 차려 바라보니 불단 밑으로부터 사람의 그림자가 나타나더니,

"아우야, 나는 고통을 받고 죽은 거란다."
하며 소리를 질렀다.

무송은 확실히 볼 수 없었기 때문에 가까이 가서 물어 보려고 하였으나 냉기가 저절로 없어지면서 사람의 그림자도 없어졌다. 무송은 돗자리 위에 '털썩'하고 넘어졌다.

"형수님, 형님은 무슨 병으로 돌아가신 것입니까?"

"어마, 잊었어요? 가슴이 아파서 돌아가셨다고 어젯밤에 말씀드렸을 텐데요."

"약은 어디서 사셨습니까?"

"관을 메고 간 사람은?"

"이 곳 은망두의 하구숙님이에요. 이것저것 전후를 그분이 처리해 주셨어요."

무송은 즉시 일어나서 졸개의 안내로 하구숙의 집까지 오자 발을 걷어 올리고 큰 소리로 불렀다.

"하구숙님, 계시오?"

하구숙은 마침 일어났을 때였지만 무송의 소리를 듣자 놀라고 당황하며 급히 서둘러 은자와 뼈를 꺼내 주머니에 넣고서 마중하러 나왔다.

"도두님, 언제 돌아오셨습니까?"

"어제 돌아왔네. 그런데 잠시 할 이야기가 있으니 저기까지 같이 가 주지 않겠나?"

두 사람은 나란히 밖으로 나와서 골목 입구에 있는 선술집으로 들어갔다. 자리에 앉자 무송은 주인에게 술을 한 말 시켰다. 몇 잔인가 마셨을 때, 무송은 별안간 옷을 걷어붙이더니 단도를 뽑아 상 위에 꽂았다. 하구숙은 얼굴이 새파랗게 질리며 숨을 죽이고 무송의 눈치만 살피고 있을 뿐이었다.

무송은 양 소매를 걷어 올리고 단도를 잡으면서 한구숙을 향해 말했다.

"나는 어리석은 놈이지만 상대를 잘못 죽이지는 않을 것이니 무서워할 것은 없어. 그저 사실대로만 말해 주면 되는 거야. 형님인 무대의 사인이 무엇이었는가? 그것을 그대로 일러만 준다면 나는 자네의 손가락 하나도 건드리지 않을걸세. 그러나 일언반구라도 잘못 말한다면 나의 이 칼이 금방 자네의 배때기에 바람구멍을 삼백 개쯤 만들어 줄 것이네. 이 사람아, 똑바로 일러 주게. 형님의 시체는 어떤 상태였었나?"

무송은 그렇게 말하더니, 양쪽 손을 양쪽 무릎 위에 똑바로 내려놓고 두 눈을 부릅뜨며 하구숙을 노려보았다.

하구숙은 소매 속에서 봉지를 꺼내어 상 위에 놓고,

"도두님, 제발 마음을 고정하십시오. 이 봉지가 무엇보다도 증거입니다."

하며 자세한 경위를 설명했다. 무송이 들어 열어 보았더니 속에서 두 개의 검고 푸른 뼈와 열 냥의 은전이 나왔다.

"대체 이것이 무슨 증거물이란 말인가?"

"바로 지난 정월 스무이튿날이었습니다. 자석가에서 다방을 하고 있는 왕 노파가 제게 와서 무대랑이 간밤에 죽었으니 곧 와서 염을 해 달라는 겁니다. 그래서 옷을 갈아입고 나갔습지요. 그런데 마악 자석가로 들어가려니까 생약포를 하는 서문경(西文慶)이 그 곳에 있다가 소인을 보더니 할 말이 있다면서 술집으로 끌고 갔습니다. 술을 권하고 바로 여기 있는 이 은자 열 냥을 쥐어주면서 신신당부하기를 염을

하러 가면 모든 일은 부디 좋도록 해 달라고 합디다. '이게 필시 뭔가 곡절이 있는 일이구나'하고 생각을 했습니다만 그 서문경이란 사람이 어떤 위인인지는 도두님께서도 잘 알고 계시지요? 모처럼 그렇게 청하는데 선불리 거절하면 어떤 일을 당할지 몰랐기에 저는 은자 열 냥을 받아 넣고 무대랑 댁으로 갔습니다."

서문경은 양곡현의 파락호 재주(破落戶財主)로 그즈음에 발신(發身)하여 돈 냥이나 벌었기에 사람들은 그를 서문대관이라고 불렀다. 하지만 그는 어려서부터 인물이 간사했으며 창봉(槍棒) 쓰기를 좀 안다며 잘난 체 했다. 뿐만 아니라 사이좋게 지내던 사람도 비위가 틀려지면 관인들에게 뇌물을 써서 죄인으로 모는 모된 인간이었기에 고을 사람들은 은근히 그를 꺼렸다.

"그랬더니…?"

무송이 참지 못하고 재촉했다.

"시체가 있는 방으로 들어간 저는 법대로 천추번을 쳐들고 시체를 살펴보았습니다. 그랬더니 칠규 안에 피를 흘린 흔적이 역력하게 있고, 입술 위에는 잇자국이 뚜렷하게 박혀 있었습니다. 그래서 정녕 심상하게 돌아가신 시체가 아니라고는 알았으나 우선 안에서도 말씀이 가슴앓이로 돌아가셨다고 하니 소인 혼자서 들추어내면 뭘 하겠습니까, 그래서 이러지도 못하고 저러지도 못하여 저는 짐짓 살을 맞은 것처럼 꾸미고 그 자리에서 업혀 나왔지요. 그 후 소문을 들어 보니 사망한 지 3일째 되는 날 화장을 한다고 하기에 저도 성 밖 화장터로 따라가 살짝 이 뼈 두 개를 주워 가지고 돌아왔습니다. 자아, 보십쇼. 이 뼈의 색이 이렇게 검푸르니 독약을 자시고 돌아가신 것이 분명합니다."

"그럼 독약을 먹인 간부가 누구란 말인가?"

"그건 소인도 알 수가 없습니다. 그러나 소문을 들으니 과일을 팔러 다니는 운가라는 아이가 있지 않습니까, 언젠가 그 아이가 무대랑님과 함께 황 노파의 다방에서 간부를 잡는다며 한바탕 소동을 벌인 적이 있답니다. 소인 생각에 운가에게 물으시면 아마 아실 수 있을 것 같습니다."

운가는 마침 집에 있었는데 두 사람이 찾아온 이유를 눈치채고 말했다.

"저의 아버지는 육십이에요. 아무도 뒤를 봐 주는 사람이 없으니 제가 공연히 연루자가 되어 관청에 끌려가는 일은 없도록 해 주셨으면 좋겠는데요."

"그래, 알고 있어."

무송은 그렇게 말하고 호주머니에서 다섯 냥 가량의 은자를 꺼내 쥐어주고 근처의 반점(飯店)으로 데리고 가서 그날 있었던 일의 전말에 대해 자세히 물었다.

운가의 말을 듣고 보니 반금련의 간부는 바로 서문경이고 두 사람 사이에 다리를 놓아 준 것은 다방을 내고 있는 왕 노파였다. 결국 무대는 그들 세 사람의 공모에 의해 독살되었다는 결론이 나왔다.

"지금 말한 그 이야기는 모두 틀림없는 것이겠지? 멋대로 지껄인 것이라면 혼날 줄 알아."

"관청에 가서도 그대로 이야기할 거예요."

"고맙다."

무송은 그렇게 말하고 밥을 먹고 난 뒤에 두 사람을 데리고 곧바로 부로 갔다.

지현은 먼저 하구숙과 운가의 공술을 듣고 나서 그 날로 즉시 밑에 있는 관리들과 협의했다. 하지만 이 관리들은 모두가 서문경의 신세를 진 놈들이었기에 형식적인 상담을 하고 난 뒤에,

"이 사건은 처리하기가 몹시 어렵습니다."

라고 상신했다. 지현은 무송에게 말했다.

"예로부터 간통은 현장을 잡고 나서 체포해야 하는데 네가 비록 그들이 간통했다고 고집하지만 어린아이의 말이라 믿을 수 없고, 자네 형님의 시체는 이미 없는데 저 두 사람의 말만 믿고 살인사건으로 고소하는 것은 조금 온당하지가 못하다. 경솔하게 편리한 대로 추측하는 것은 금물이니 다

시 한 번 잘 생각해 보아라."

무송은 호주머니에서 검게 된 뼈 두 개와 열 냥의 은자를 꺼내 놓고 다시 한 번 고소했다.

"황송하옵니다만 이 곳에 있는 물건까지도 저희들이 꾸며 낸 것이라고는 말씀 안 하시겠지요."

그 날 안으로 그 이야기를 들은 서문경이 심복인 인물을 관청으로 보내서 관리들에게 돈을 뿌리게 했다. 무송이 그 다음 날 아침 일찍 관청에 출두하여 지연에게 즉각 체포하도록 독촉하였을 때는 이미 사정이 달라져 있었다. 뇌물에 눈이 어두워진 관리들은 뼈와 은자를 되돌려주면서 이렇게 말했다.

"이 일을 어찌 남의 말만 듣고 함부로 처단하라는 말이오? 대개 인명에 관한 일이란 시(屍)·상(傷)·병(病)·물(物)·종(踪)의 다섯 가지를 구비해야 비로소 추문할 수 있는 법이오."

무송은 이에 관가의 힘을 빌려고 했다가는 끝끝내 형의 원수를 갚을 수 없음을 깨달았다. 그는 말없이 뼈와 은자를 받아서 하구숙에게 주고 사처로 물렀나왔다.

이튿날 아침 무송은 토병들과 함께 자석가로 갔다.

반금련은 벌서 고소가 각하되었다는 것을 알고 있었기 때문에 안심하고 겁내는 기색도 없이 어떻게 하는지 보기나 하자고 대담하게 마음을 먹고 있었다. 무송은,

"내일이면 형님이 돌아가신 지 사십구 일이 되지요. 그동안 여러 가지로 이웃 사람들에게 신세를 졌을 테니, 오늘은 내가 형수님을 대신하여 술이라도 한잔 베풀어 사례하고자 생각합니다."

하고 말한 뒤 졸개에게 일러서 불전에 두 자루의 촛불을 켜게 하고 향을 피우고 지전을 늘어놓았다. 영전에 제물을 배설한 뒤에 커다란 접시에 드높게 주식과 과일도 담아서 놓았다. 그리고

"그러시면 손님 접대를 부탁하겠습니다. 지금부터 가서 불러오도록 하지요."

라고 말한 무송은 곧 이웃 사람들을 부르러 갔다. 그가 불러 온 것은 이웃의 네 집 사람들과 다방 주인인 왕 노파 모두 다섯 사람의 손님이었다. 무송은 손수 걸상을 끌어와서 옆자리에 앉고 졸개들에게는 대문도 뒷문도 다 닫아 버리라고 일렀다. 안에서 지키던 졸개는 술을 따르며 돌았다.

일곱 잔 정도 돌아갔을 때 무송은 갑자기 졸개에게 일렀다.

"이제 잔들을 먼저 치워라. 한숨 돌리자."

무송 자신은 상을 닦았다. 그리고 일동이 자리에서 일어나려고 할 때 무송은 두 손을 벌리면서,

"아닙니다. 지금부터 할 이야기가 있습니다."

라고 말하고 양쪽 옷소매를 걷어붙이고 그 속에서 쑥 뺀

것은 앞에서 소개한 그 단도였다. 그는 두 눈을 크게 부릅뜨며,

"여러분 '원한에는 복수가 있고 빚에는 빚쟁이가 있다.'는 말이 있습니다. 목적에 어긋나는 일은 하지 않겠습니다. 그저 여러분에게 증인이 되어 주십사 하는 것뿐입니다."

라고 말하기가 무섭게 왕파를 노려보며 목소리를 가다듬어 꾸짖었다.

"이 개 같은 늙은 년아! 우리 형님의 목숨을 그렇게 해치고도, 그래 네년의 목숨은 온전할 줄 알았더냐?"

그는 다시 고개를 돌려 반금련을 꾸짖었다.

"너! 이 창녀야, 어찌하여 형님을 죽였느냐? 사실대로 허물을 토하지 않으면 용서하지 않을 거야."

그러나 반금련은 앙큼했다.

"도련님, 그게 도대체 무슨 말씀이세요? 형님은 정녕코 가슴앓이로 돌아가셨는데, 대체 제가 무슨 상관이 있다고 이러시는 것입니까?"

그의 말이 미처 끝나기 전에 무송은 칼을 들어 탁자에다 탁 꽂았다. 그리고 왼손으로는 계집의 머리채를 휘어잡고, 오른손으로는 그의 멱살을 움켜쥐어 번쩍 들어 상청 앞에다 팽개치고, 한 발로 그 가슴을 꽉 잡고 서서는 칼을 뽑아서 손에 쥐고 꾸짖었다.

"이 개 같은 년아! 네, 그래도 바른 대로 대지 못하겠느냐?"

반금련은 피할 도리가 없음을 깨닫고 애원했다.

"도련님 제가 죽을 때가 되어 잘못했습니다. 그저 모든 일을 바로 말할 것이니, 부디 목숨 하나만 살려 주세요."

무송은 졸개에게 종이, 먹, 붓, 벼루를 가지고 오게 해서 상 위에 늘어놓게 하고 다시 말했다.

"사실대로 말해라"

반금련은 마침내 실토했다. 서문경과 눈이 맞아 남편을 독살한 경위를 하나 빼지 않고 무송 앞에서 그대로 불었다. 무송은 졸개로 하여금 한 마디 한 마디를 빠짐없이 다 종이에 적게 했다. 그러자 왕 노파는

"이 바보야, 네년이 먼저 고백을 다해 버리면, 이쪽은 뭐 속일 것이 있어야지. 네년 덕분에 일이 크게 벌어지게 되었구나."

하고 투덜거리면서 드디어는 자기도 남김없이 죄과를 토하고 말았다. 할멈의 공술도 적게 하고 난 무송은 두 사람에게 손도장을 찍고 이름을 쓰게 하고 그 자리에 있던 네 명의 이웃 사람들에게도 이름을 쓰고 손도장을 찍게 했다. 그리고서 토병을 시켜 잔에 술을 따라 오라 하여 영전에 올리고, 두 계집을 그 앞에 꿇어앉혔다. 무송의 두 눈에서는 눈물이 비오듯 했다.

무송은 영전에 고했다.

"형님! 혼령이 있으시면 지금 이 일을 굽어보시겠지요? 오늘 이 자리에서 제가 형님의 원수를 갚겠습니다."

말을 마치친 무송이 곧 반금련의 머리채를 휘어잡고 그의 가슴을 풀어 헤치자, 그 때까지만 해도 혹시나 하고 요행을 바라고 있던 계집은 그만 얼굴이 새파랗게 질려서,

"에그머니!"

하고 외마디 소리를 질렀다.

그러나 때는 이미 늦었다. 무송은 단도를 들어 계집의 가슴으로부터 일자로 쭉 가르고, 손을 넣어 심간오장(心肝五臟)을 꺼내 영전에 바쳤다. 그리고 다시 한 번 칼을 번득여 계집의 목을 자르니, 왕 노파와 토병의 무리는 너무나 끔찍한 광경에 모두들 두 손으로 낯을 가리고, 오직 전신을 사시나무처럼 떨 뿐이었다. 근처는 온통 피바다가 되었다.

무송은 다시 토병에게 분부하여 왕파를 포박하여 지키게 한 다음, 자기는 반금련의 머리를 보자기에 싸서 옆에 끼고, 그 길로 서문경의 생약포를 찾아갔다.

무송은 점포 안에 앉아 있는 주관(主管)을 보고 물었다.

"대관인 계시오?"

"나가시고 지금 안 계십니다. 바로 조금 아까 손님 한 분이 오셔서 사자교(獅子橋) 아래 술집으로 가셨습니다."

무송은 그 말을 듣자 '획' 하고 몸을 돌려 재빠르게 사자교 밑의 요리집으로 뛰어가서 곧 바로 이층으로 올라가 문살의 틈너머로 들여다보았다. 그 곳에는 서문경이 주인의 자리에 앉아 있고 그와 맞은편의 객석에 남자 한 사람, 그리고 노래 부르는 여자 둘이 양옆에서 시중을 들고 있었다.

무송은 예의 싼 것을 끄르고 한 번 흔들었다. 그러자 피투성이인 모가지가 굴러 떨어져 나왔다. 무송은 왼손으로 그 모가지를 휘어잡아 들고 오른손으로 단도를 빼들고는 발을 걷어 올리고 뚜벅뚜벅 안으로 쳐들어가자마자 여자의 모가지를 서문경의 얼굴을 향하여 '획'하고 던져 버렸다. 서문경은 그가 무송임을 알아차리고 크게 놀라, '앗'하고 소리지르면서 의자 위에 올라서서 한 다리를 들창 틀에 걸고 어디로 도망갈까 하고 살폈다. 아래는 길거리라서 내려뛸 수도 없었다.

서문경은 무송의 이 무시무시한 습격에 대하여 잘못을 비는 척하더니 오른발을 날려서 '팍' 하고 걸어차 올렸다. 인정사정 볼 것 없이 무작정 뚫고 들어간 무송은 금시에 발에 정신이 들어 '획' 하고 몸을 피했지만 상대의 발이 보기 좋게 무송의 오른손에 맞아서 단도는 걸어채여 날아가 그대로 길거리로 떨어졌다.

무송이 제아무리 천하장사라 하나 그의 수중에 이미 무

기가 없는 것을 보자, 권봉깨나 쓸 줄 안다는 서문경은 그다지 무송을 겁내지 않았다.

그는 오른손을 번쩍 들어 무송의 머리를 내려칠 듯 하다가 왼손으로 무송의 명치를 힘껏 쥐어질렀다.

그러나 무송은 또 한 번 간일발에 그 주먹을 피하며 번개같이 달려들어 왼손으로 서문경의 어깻죽지를 움켜잡고 오른손으로 그의 왼편 다리를 쥐어 번쩍 머리 위로 치켜들었다.

서문경이 비록 기운깨나 쓴다고는 하나, 첫째는 무대의 원혼(怨魂)이 붙어 돌고, 둘째는 천리(天理)가 용서하지 않고, 셋째는 제가 어찌 무송의 용력을 당할 것인가.

무송이 번쩍 들어서 그대로 한길 위를 바라고 메다꽂으니 서문경은 변변히 외마디 소리도 못 질러보고 거꾸로 떨어져 땅바닥에다 머리를 부딪고 그만 혼절해 버렸다.

무송은 마룻바닥에 떨어진 반금련의 머리를 집어 들고 난간을 넘어 한길로 사뿐히 뛰어내리더니, 아까 길바닥에 떨어뜨린 단도를 찾아 들고 단 한칼에 서문경의 머리를 싹둑 베어 계집의 머리와 한 보자기에 싸서, 들고 한 달음에 다시 자석가로 돌아왔다. 그리고 두 개의 모가지를 불전에 올려놓고 주발의 찬 술을 따르면서 흐느꼈다.

고하기를 마치자 무송은 왕파를 결박지워 앞세우고 머리

둘은 손에 든 다음, 지현 상공 앞에 나아가 청전에 공손히 꿇어앉은 채로 형의 원수 갚은 일을 처음서부터 끝까지 낱낱이 고하였다.

지현은 무송과 왕파를 각각 큰 칼을 씌워 옥에 넣도록 했으나 그는 이번 일을 통해 무송의 의기(義氣)에 깊이 감동된 바 있었다. 그는 어떻게 해서든 무송을 죽을 죄에서 구해 주고 싶었다.

그러나 살인이란 워낙 죄가 중하다. 지현은 마침내 무송이 반금련과 서문경을 실수로 죽인 양으로 초장(初狀)을 고쳐 꾸며 무송에게 읽어서 들려주고 한 장 신해공문을 써서 올려 발락을 청하였다.

마침내 형부(刑部)에서 지시가 내리기를 왕파는 통간을 부추기고, 본부(本婦)를 사주하여 친부(親夫)를 독살케 했으니 그 죄가 마땅히 능지처사에 당할 것이라 했다.

또 무송으로 말하면 제 비록 형의 원수를 갚았다고는 하나, 서문경과 반금련 두 사람의 목숨을 해친 터이라 그대로 석면하기 어려우니 척장 40대에 2천 리 밖으로 귀양을 보내라 하였다.

문서가 이르자 부윤은 곧 왕파를 목려에 태워 거리로 조리를 돌린 다음 능지처참하고 무송은 일곱 근 반짜리 큰 칼을 씌워 맹주 노성(牢城)으로 귀양을 보냈다.

## 3. 십자파(十字坡)

두 달 이상을 옥에서 보낸 무송은 드디어 얼굴에 금인이 그어진 모습으로 두 명의 방송관인을 따라 귀양지인 맹주로 가게 되었다. 그런데 두 사람의 관리는 무송이 호한임을 알고 있었기 때문에 도중에 계속 부지런히 신변의 시중을 들어 주었고 업신여기는 것 같은 태도는 전혀 보이지 않았다. 무송도 두 사람의 그러한 친절한 태도에 감동되어서 역하는 일 없이 거리나 숙박지를 지날 때마다 술이나 고기를 사서 두 사람에게 대접했다.

계절은 마침 6월에 접어들어 있었다. 활활 타올라 뜨거운 열을 내뿜는 햇볕이 하늘에서 내리쪼여서 금석도 녹일 정도였다. 대충 이십 일 정도 길을 간 세 사람이 맹주 도령(道嶺)의 험한 고개를 넘어 바라다보니 저 멀리 건너편의 언덕 밑에 초가집이 몇 채 골짜기를 따라서 나란히 서 있었다.

세 사람이 한숨에 고개를 뛰어 내려갈 때 한 젊은이가 언덕 근처에서 나무를 짊어지고 오기에 물으니,

"저 곳이 바로 그 유명한 십자파(十字坡)입니다."

라고 말했다. 무송이 두 사람의 관리와 함께 길을 서둘러 십자파에 당도해 보니, 선술집 하나가 있었고 창 앞에 앉아 있던 한 여인이 달려 나와서 그들을 맞았다. 머리에는 한

떨기 야화(野花)를 꽂고, 얼굴에는 연지와 연분(鉛粉)을 바르고, 꼭 여미지 않은 치마 사이로 허벅다리가 엿보였다.

"날이 퍽 덥습니다. 좀 들어와 쉬어 가시죠. 술도 있고 고기도 있고, 또 요기를 하시겠으면 만두도 있습니다.

두 명 방송공인과 함께 주점 안으로 들어간 무송은 우선 등에 진 보따리를 끌러 탁자 위에 놓고, 땀에 흠뻑 젖은 포삼(布衫)을 벗었다.

두 명 공인이

"아무도 보는 사람이 없으니, 여기서는 칼을 잠시 벗어 놓고 술 한 잔이라도 편히 자시구료."

하고 말하고는 봉피(封皮)를 떼고 칼을 벗겨 주었다. 무송은 진정으로 사례함을 마지않았다. 그 때 여인이 만면에 웃음을 띠며 물었다.

"약주는 얼마나 드릴까요?"

무송이 대답했다.

"얼마랄 것 없이 자꾸 데워 내오슈. 그리고 고기도 한 네댓 근 썰어 오구…."

이윽고 여인이 술을 내와 세 사람에게 권했다.

"자아, 식기 전에 어서들 드세요."

두 명 방송공인은 곧 사발을 들고 벌컥벌컥 한숨에 들이켰다. 그러나 무송은 술사발을 집어들며, 문득 생각난 듯이 한 마디 했다.

"아주머니 안주도 없이 강술을 먹을 수 있나. 수고스럽지만 고기를 빨리 썰어다 주슈."

여인이 몸을 돌이켜 안으로 들어갔다. 무송은 그 때를 놓치지 않고 사발을 들어 몰래 한 구석에다 술을 쏟아 버리고, 바로 입맛을 쩝쩝 다시며 말했다.

"술맛 참 좋다. 바로 감로구나, 감로야."

그 소리를 듣자 안으로 들어갔던 여인이 곧 달려나와 찰싹찰싹 손뼉을 치면서 외쳤다.

"이녀석들아, 어서 쓰러져라. 쓰러져!"

마치 그 한 마디 소리를 군호로 삼은 듯이 두 명 공인은 교의에 앉은 채 보기 좋게 뒤로 나가떨어졌다. 그 광경을 보자 무송은 자기도 얼른 눈을 감고 마룻바닥에 모로 쓰러져 버렸다 여인은 깔깔 웃으며,

"그러면 그렇지, 갈 데 있더냐?"

하고 중얼거리더니 즉시 안에다 대고 소리쳤다.

"소이(小二)야, 소삼(小三)이하고 얼른 좀 이리 나오너라."

소리가 한 번 떨어지자 안에서 상판대기가 흉악스럽게 생긴 녀석 둘이 달려나오더니, 우선 두 명 공인을 마주잡이를 하여 들고 안으로 들어갔다.

부인은 그들의 탁자 앞으로 와서 위에 놓인 무송의 보따

리와 두 녕 공인의 전대를 차례로 수불러 보더니, 입가에 웃음을 띠며 중얼거렸다.

"속에 돈이 적지 아니 들었나 본데…. 하여튼 오늘 벌이는 미상불 잘했어. 세 녀석을 잡아서 만두소만 만들어도 값이 또 얼마게…."

그 때 무송이 번개같이 손을 놀려 여인을 '획' 밀어서 자빠뜨리고 두 다리로 그의 허리를 꽉 껴 버렸다.

여인은 죽어 가는 소리를 내며 요동을 쳤다. 그것을 보고 소이와 소삼이 즉시 무송에게로 덤벼들려 했으나, 벽력같은 호통 한 번에 그만 찔끔하여 감히 다시는 나서지 못하고, 흡사 얼빠진 놈들처럼 멀거니 서서 보기만 했다.

여인은 아무리 요동을 쳐 보아도 별 소용이 없다는 것을 깨닫고 이번에는 빌었다.

"에구구, 허리가 끊어져 사람 죽겠네. 다시는 안 그러겠으니 제발 좀 살려 주슈! 에구구, 사람이 죽는대두…."

이 때 밖에서 한 사나이가 황황히 안으로 들어오며 외쳤다.

"장사는 부디 노염을 푸시고 저 사람을 용서해 주십시오. 이 사람이 꼭 여쭐 말씀이 있소이다."

무송은 벌떡 뛰어 일어나 왼발로 부인의 가슴을 꽉 밟고 서서, 그 사나이의 위아래를 재빨리 훑어보았다.

머리에는 면건(棉巾)을 쓰고, 몸에는 백포삼(白布衫)을 입고, 발에는 팔탑마혜를 신었다. 이마는 툭 불거지고 광대뼈가 불쑥 나온 얼굴에 수염을 길렀는데, 나이는 한 서른대여섯쯤 되어 보이는 사나이였다. 그는 무송을 향하여 허리를 굽히고 물었다.

"호걸은 대체 뉘신가요? 대명(大名)을 듣고 싶습니다."

무송이 대답했다.

"나는 양곡현에서 도두를 지낸 무송이요."

이름을 듣자, 그 사나이는 다시 한 번 급히 물었다.

"그러면 바로 경양강에서 맨손으로 호랑이를 때려잡으셨다는 그 무 도두가 아니신가요?

"내가 바로 그 사람이요."

그 사나이는 무송에게 공손히 절하고 말했다.

"참으로 성함 일찍부터 듣자왔습니다. 그러나 이처럼 만나뵈올 줄은 과시 몰랐소이다그려."

"혹시 이년의 남편이 아니시오?"

"예, 저의 처입니다."

무송은 황망히 부인을 붙들어 일으키고 물었다.

"나 보기에 두 사람이 모두 심상한 이는 아닌 듯싶은데, 이름이 무엇인지나 압시다."

그 사나이가 자기 내력을 말했다.

"이 사람의 성은 장(張)이고 이름은 청(靑)이니, 본디 이 곳

광명사(光明寺)의 채원(菜園) 일을 보던 사람인데, 여기 십자파에다 이렇게 술집을 내고 있는 터이지요. 이 사람이 무예도 약간 배웠고 또 천하 호걸들과 많이 알고 지내는 까닭에 모두들 채원자(菜園子)라고 불러 주는 터이외다. 저의 내자는 별명이 모야차(母夜叉)이고 이름은 손이랑(孫二郎)입니다. 밖에 나갔다가 지금 마악 돌아오며 들으니까 사람이 죽는 소리를 하기에 뛰어 들어왔거니와, 참말이지 도두를 이렇게 뵈올 줄은 몰랐소이다.”

“으음….”

“매양 이 사람에게 아무리 생화이기는 하더라도 사람 보아 가며 몽환약을 먹이라고 일러 왔건만, 그래도 듣지 않고 오늘은 또 도두께 이렇듯 죄를 얻었습니다그려. 참말이지 하마터면 큰일날 뻔했습니다.”

모야차 손이랑이 말했다.

“처음에는 그럴 생각이 없었지만, 이 어른이 돈냥이나 지니신 것 같아서 그랬지요.”

“아주머니께서 자꾸 내 보따리를 유심히 보시기에, 마음에 의심이 버쩍 들어 나도 술을 먹은 척했지.”

“장청은 다시 한 번 죄를 사례하고, 무송을 후면 객석(客席)으로 청하여 들였다. 무송은 두 공인을 살려 달라고 청했다.

그 말에 손이랑이 깜빡 생각난 듯,

"내가 작방으로 가 보지요."

하며 허둥지둥 나가더니 이내 돌아와 말하기를,

"아이고, 이 일을 어찌하면 좋아요? 벌써 요정을 내고 말았군요."

"아이구, 큰일났구나."

무송이 저도 모르게 비명을 질렀다.

"저 두 공인은 여기까지 함께 오는 동안에 내게 여러 가지로 고맙게 해 준 사람들인데… 그리고 공인이 둘 다 죽었으니, 내가 갈 곳이 막연하게 되었구료."

"우리가 무 도두님께 큰 죄를 짓고 말았구려 기왕 일이 이렇게 되었으니, 앞일은 차차 의논하기로 하고 안으로 드시지요."

장청 부부는 무송을 후원으로 청하여 들여, 닭 잡고 거위 튀겨 새로이 배반을 정돈하고 은근히 술을 권했다. 호걸과 호걸이 만난 자리였기에 장청과 무송은 서로 보기는 비록 이 날이 처음이지만 그 친숙한 품은 바로 백년지기나 다름없었다.

서로 연치를 따져 보니 장청이 무송보다 다섯 살 위였다. 무송은 곧 장청에게 절하며 그를 형이라고 불렀다.

연하여 사흘 동안 술 마시며 즐기던 어느 날 장청이 마침내 무송에게 말했다.

"이것은 뭐 내가 겁이 나서 하는 말이 아닐세. 아무리 생각을 해 보아도 자네가 이대로 오래 있으면 안 될 것 같네그려. 언젠가는 관가에서 자네에게 수배령을 내릴 걸세. 그래서 내가 자네의 안신할 곳을 하나 정해 놓고 하는 말인데, 자네 의향에는 어떤가? 가 보겠나?"

무송이 대답했다.

"나는 단 한 분 계시던 형님이 돌아가신 뒤로 이 세상에 일가친척이라고는 아무도 없는 몸이요. 정말로 내 한 몸을 안신할 곳만 있다면야 어디든지 가지요."

장청이 말했다.

"그렇다면 내 말하겠네. 내가 전번에도 한 번 말한 적이 있지 않은가. 바로 청주 관하의 이룡산 보주사 말일세. 화화상 노지심과 청면수 양지가 그 곳에 웅거하고 있는데, 청주 관군 포도의 무리들도 이들을 바로 못 보는 터일세. 자네가 거기만 간다면 무사할 것이라 믿네. 내가 편지 한 장을 써 줄 테니 그리로 가 보지 않겠나?"

무송이 대답했다.

"그러지 않아도 은근히 그 생각을 하고 있던 차요. 편지만 써 주신다면 내 오늘로 떠나리다."

장청은 즉시 한 폭 종이를 펴 놓고 붓을 들었다. 그 때 곁에서 그들의 말을 듣고 있던 모야차 손이랑이 입을 열어 참견을 했다.

"아무래도 아주버니께서 혼자 먼 길을 가시는 게 안심이 안 돼요."

"그럼 어떻게 하면 좋지?"

"제게 좋은 방도가 하나 있기는 하지만 아주버니께서 들으실지 모르겠군요."

무송이 물었다.

"잡히지 않을 도리만 있다면야 무슨 말씀인들 안 듣겠습니까?"

손이랑이 말했다.

"바로 2년 전 일입니다. 두타(頭陀) 하나가 이 곳을 지나다가 저의 집에 들른 것을 몽환약을 타 먹여 죽인 일이 있지요. 그 때 그 사람의 의복이며 조포직철(早布直裰), 그러고 도첩(度牒)과 염주와 계도를 하나도 없애지 않고 그대로 두어두었는데, 제 생각 같아서는 아주버니께서 아주 행자(行者) 행색을 하시고 나서시는 게 좋을 성 싶습니다."

이를 듣고 난 장청은 손뼉을 치면서 옳다고 했다.

무송은 그들의 말을 좇아 마침내 앞뒤 머리를 자른 다음 직철을 입고 염주를 들어 완연한 행자로 행색을 바꾸었다.

장청은 노자를 마련하여 그의 전대 속에다 넣어 주고 술과 밥을 내어 배불리 먹게 한 다음에 신신당부했다.

"부디 길에 나서거는 매사에 조심하시게. 술도 좀 적게 자시고 또 남하고 시비하지 마시게. 기왕에 행자 행색으로 꾸미고 나선 터이니 일거일동이 출가인다워야 하지 않겠나. 만약 무사히 이룡산에 가거든 부디 곧 편지를 하게. 우리도 언제까지 예서 이러고 지낼 수 없는 노릇이라 수히 이룡산으로 가려 하거니와, 그 때까지 부디 몸 성히 잘 지내시게."

무송은 장청 부처와 작별하고 마침내 십자파를 떠나 이룡산을 향해 길을 떠났다.


## 4. 청풍산(淸風山)


한편, 염파석을 죽이고 집을 떠난 뒤로 반년 이상 소선풍 시진의 장상에 머물러 있던 송강은 홀로 동편을 바라고 나아가고 있었다. 청풍채(淸風寨)의 소이광 화영(花榮)이 꼭 그곳으로 와서 몸을 의지하라고 권유하는 편지를 여러 번 보내 왔기 때문이었다.

부지런히 길을 자기 수일, 마침내 이름 높은 청풍산(淸風山) 아래에 다다르니, 팔면이 차아(嵯峨)하고 사위가 험준한 일좌 고산(高山)이라 고승의 수행처가 아니면 필시 산적 떼의 소굴일 것 같았다.

짧은 겨울 해가 어느덧 저물어 때는 황혼 무렵이었다. 송강은 마음이 불안하여 동편 소로를 따라 걸음을 재촉하여 한 식경이나 족히 갔으나, 인가는 보이지 않고 날은 아주 어두워졌다. 이제는 길도 잘 분간을 할 수 없었다.

그가 더욱 당황하며 거의 달음질쳐서 앞으로 나가는데, 문득 다리가 무엇에 걸리면서 몸이 앞으로 폭 거꾸러지니 숲속에 난데없는 왕방울 소리가 요란하게 났다. 그리고 그 소리에 뒤이어 숲 속에서 갑자기 뛰어나온 것은 망을 보고 있었던 14, 5명의 산적의 졸개들이었다. 그들은 '와'하고 함성을 지르면서 송강을 끌어내 마대끈으로 묶어 올리더니 산채(山寨) 속으로 끌고 갔다.

불빛 속에서 돌아보니, 둘레에 나무 울타리를 빙 둘러 쳐 놓았고 그 중앙에 풀로 지붕을 덮은 집이 있었다.

대청에는 호랑이 가죽을 붙여 놓은 걸상이 세 개 놓여져 있었다. 그 집의 뒤에는 백 개 이상 되는 작은 방들을 연결시켜 놓은 초가집이 있었다. 산적의 졸개들은 송강을 대나무 잎으로 찍은 떡처럼 쥐어틀어서 끝에 세우고 대들보에 묶어 버렸다.

대청 위에 있던 졸개가 그들을 보고 한 마디 지껄였다.

"대왕께서 방금 잠이 드셨다. 보고하러 가서 귀찮게 해 드리는 것은 좋지 않겠네. 한숨 주무시고 나면 이놈의 생간을 끄집어 내어 성주탕(醒酒湯)을 해 올리고, 우리는 고기나

한 점씩 얻어 먹세나."

대들보에 몸이 묶여 꼼짝달싹 못하던 송강은 그 소리를 듣자 기가 탁 막혔다.

'어째서 내 팔자가 이처럼이나 기박하단 말인가. 놀아먹던 계집년 하나 죽였다고 갖은 고생 다 하고 마침내는 여기까지 와서 소문 없는 죽음을 당하게 되다니….'

절로 입술 사이로 새어나오는 것은 오직 한숨뿐일 때, 대청 뒤에서 4,5명 졸개가 달려나와,

"대왕께서 납신다!"

하고 외치며 등촉을 밝혔다.

송강이 가만히 눈을 들어 살펴보니, 안에서 비단 헝겊으로 머리를 묶고 갈색의 베로 만든 솜옷을 입은 자가 뚜벅뚜벅 걸어 나오더니 한가운데 놓인 호피 교의에 떡 걸터앉았다.

이 호한은 산동 내주(萊州) 태생으로 이름을 연순(燕順)이라고 하며 별명을 금모호(錦毛虎)라고 하였다. 원래 소나 양을 치면서 살았는데 밑천을 다 털어 없앴으므로 산속으로 들어와서 이런 세계에 몸을 던진 것이었다.

얼마 후 좌우 끝에서 두 사람의 호한이 나타났다. 좌측의 호한은 양회(兩淮) 태생으로 왕영(王英)이라고 하며, 5척도 되지 않은 작은 몸으로 왜각호(矮脚虎)라는 별명으로 통하고 있었다. 그는 원래 짐차를 끌었는데 도중에 물건을 보고는

울컥 나쁜 맘을 먹게 되어 집주인을 습격하였으나 발각되어 관리에게 붙들리고 말았다. 그러나 감옥을 부수고 도망나와 청풍산에 올라와서는 연순과 둘이서 이 산을 근거로 하여 그 곳 근처를 마구 황폐하게 만들며 돌아다니고 있었던 것이다.

오른쪽에서 나타난 호한은 서서(遊西)의 소주(蘇州) 태생으로 정천수(鄭天壽)라고 하는데 어렸을 적부터 얼굴빛이 희고 미남이므로 백면랑군(白面郎君)이라는 별명으로 통해 왔다. 그의 전신은 은방의 세공이었는데 어렸을 때부터 무술을 좋아하고, 그 후 거덜이 나서 타향으로 헤매고 돌아다니다가 우연히 이 곳을 지나가게 되어 왕해호하고 맞부딪쳐서 60합이나 서로 겨루다가 승부가 나질 않자 연순이 그의 솜씨를 아깝게 생각하여 산에 붙잡아 두었다. 이리하여 제3의 자리에 앉게 된 사람이었다.

세 명 두령이 각기 자리에 앉자 왕영이 분부를 내렸다.

"이 애들아, 곧 저놈의 간을 내어다 성주산랄탕(醒酒酸辣湯)을 만들어 오너라."

말이 한 번 떨어지자 졸개 하나는 큰 구리 소래에 찬물을 가득 담아서 송강 앞에다 갖다 놓고, 또 한 놈은 소매를 척 걷어올리며 날이 시퍼런 한 자루 첨도(尖叨)를 들고 나섰다.

곧 칼질이 시작되나 했더니, 먼젓 놈이 손으로 물을 떠

서 송강의 가슴에 확 끼얹었다. 이것은 본래 사람의 염통에는 더운 피가 엉겨 있으므로 우선 찬 물을 끼얹어 피를 식히고 그 뒤에 염통과 간을 꺼내야만 연해서 먹기 좋은 까닭이다.

졸개가 다시 손으로 물을 떠서 이번에는 그의 얼굴에다 획 끼얹었다. 송강은 저도 모르게 한숨을 쉬고 한 마디 중얼거렸다.

"슬프다, 송강이가 여기서 이렇게 죽는구나."

이 때 연순은 귓결에 '송강'이라는 두 자를 듣고 곧 졸개에게,

"잠깐 멈추어라. 저놈이 송강이가 어쩌구 하니 그게 무슨 소리냐?"

하고 물었다.

"이놈이 저 혼자서 '슬프다 송강이가 여기서 죽는구나'라는 군요."

연순은 교위에서 몸을 일으키며 물었다.

"이 사람아, 송강이를 아냐?"

송강이 대답했다.

"내가 바로 송강이오."

연순은 곧 뜰로 뛰어내려와 다시 물었다.

"어디서 사는 송강이오?"

"제주 운성현에서 압사를 지낸 송강이요."

그 말을 듣고 나자 연순은 소스라치게 놀라며 곧 졸개 손에서 첨도를 빼앗아 송강을 묶은 줄을 모조리 끊은 다음, 껴안다시피 하여 대청 위로 모셔올려 자기가 앉았던 가운데 호피 교의에다 앉혔다. 그리고 왕영과 정천수더러 빨라 내려오라 하여 셋이 함께 넓죽 절을 했다.

송강은 황망히 교의에서 내려와 답례하고 물었다.

"세 분 장사께서 이 사람을 죽이시지 않고, 도리어 이렇듯 예를 베푸시는 까닭을 모르겠소이다."

연순이 말했다.

"얼른 못 알아뵈옵고 하마터면 형님 목숨을 해칠 뻔한 일을 생각하면 곧 칼을 들어 이놈의 눈깔을 도려내고 싶습니다. 제가 녹림총중에서 10여 년을 지내오며 형님의 대명(大名)을 익히 듣자왔으나 연분이 박해서 만나 뵙지 못하여 평생에 한이 되었는데, 뜻밖에 오늘 이렇듯 모시게 되어 이만 기쁠 데가 없습니다. 그리고 요사이 양산박에 천하에 울려 퍼지는 그 당당한 세력이 있는 것도 듣자오니 당신의 힘을 입었다고들 하더군요. 그건 그렇거니와 어째서 단 혼자서 무엇 때문에 이 곳으로 오셨습니까?"

송강은 앞서 탁탑천왕 조개를 구해 준 이야기로부터 염파석을 죽인 뒤에 몸을 피하여 소선풍 시진에게 신세를 지

고 있다가 이번에 청풍채로 가는 길이라고 진후사연을 자세히 이야기했다.

듣고 나자 세 두령은 기뻐하기를 마지않으며 우선 송강을 옷부터 갈아입히고 곧 분주히 양을 잡고 말을 죽여 크게 잔치를 베풀었다. 그 뒤로 송강은 청풍산에 머물러 매일 호주호식(好酒好食)으로 극진한 대접을 받으며 7, 8일을 꿈결에 지냈다.

그런데 섣달 초승께 일이었다. 원래 산동 사람은 이 때 성묘하는 것이 연례(年例)라, 이 날 산에서 내려갔던 졸개가 분주히 올라와 보고하되, 큰길 위에 교자 한 채가 놓여 있고 종인이 5, 6명이나 되는데 아마도 누가 음식을 차려 가지고 성묘를 온 모양이라 했다.

왜각호 왕영은 본래 호색한 무리라, 이 말을 듣자 속으로 그 교자가 필시 부인이 타고 온 것이리라 생각하여 즉시 창을 집어 들고 4, 50명 졸개를 이끌어 산 아래로 내려갔다.

송강·연순·정천수 세 사람은 뒤에 남아 술을 마시고 있었다. 그로부터 얼마간 지나 왕영을 따라갔던 졸개가 돌아와 보고하는데, '우리가 산에서 내려가는 것을 보자 호위하던 군사들이 모조리 삼십육계를 놓고, 교자에 타고 있던 부인 하나만 붙잡았는데, 몸에 지닌 것이라고는 단지 은향합(銀香盒) 하나뿐이고, 달리 재물이라 할 것은 없더라'고 했다.

연순이 물었다.

"그래, 그 부인은 붙잡아다 어쨌느냐?"

졸개가 아뢰었다.

"왕 두령께서 뒷방으로 데리고 가셨습니다."

그 말을 듣자 연순이 크게 웃는 것을 보고, 송강이 한 마디 했다.

"왕 두령이 아마도 여색을 좋아하나 보오그려. 그건 칭찬할 일이 못되는데¨."

"그 사람이 다른 건 무엇 하나 탓할 것이 없는데, 그거 한 가지가 병이랍니다."

"두 분, 우리 함께 가서 좋은 말로 권하십시다. 그거 어디 되겠소?"

그 말에 연순과 정천수는 곧 송강을 인도해 뒷산에 있는 왕영의 처소로 갔다.

선통도 없이 방문을 열어젖히니, 왕영은 마침 소복한 부인을 부둥켜안고 한참 승강이를 하다가 그들이 들어오는 것을 보고 깜짝 놀라 부인을 한옆으로 떠다밀고 분주히 세 사람에게 자리를 권했다.

송강이 부인을 향해 물었다.

"낭자는 어느 댁 내권이시며, 산에는 왜 올라오셨던가요?"

"첩은 청풍채 지채(知寨)의 처입니다. 오늘이 바로 모친의

초상날이어서 성묘하러 올라왔던 것입니다. 내왕님, 부디 이 목숨을 살려 주세요."

송강은 깜짝 놀라며 물었다.

"주인님인 화영님과는 함께 떠나시지 않으셨던가요?"

"아뇨, 저는 화영의 처가 아닙니다."

"그러나 아까 당신은 청풍진 지채의 사모님이라고 말씀하시지 않았소?"

"청풍진에는 지채가 두 분 계시는데 한 분은 문관이고 또 한 분은 무관입니다. 무관 쪽이 화영님이시고, 문관 쪽은 저의 남편인 유고(劉高)가 맡아 보고 있습니다."

듣고 나자 송강이 왕영에게 말했다.

"왕 두령, 그만 이 부인을 돌려보내기로 합시다."

그러나 왕영은 듣지 않았다.

"형님 홀아비 사정도 좀 봐 주시우. 그까짓 관원놈의 계집 하나 뺏는 걸 가지고 그러실 것까지는 없지 않습니까?"

송강은 마침내 왕영 앞에 무릎을 꿇고 앉았다.

"내가 얼마 안 있어서 좋은 사람을 찾아서 약혼 예물도 내드리고 반드시 훌륭하게 짝지어 드리겠습니다. 뭐라고 해도 이 부인은 내 친구의 동료 되시는 분의 부인이십니다. 어떻게 용서하여 주시지 않겠습니까?"

그가 이렇듯 간청하는 것을 곁에서 보고 있던 연순과 정천

수는 황망히 앞으로 나와 송강의 두 손을 잡아 일으키며 말
했다.

"형님, 그게 무어 어려운 일이라고 이렇게까지 하십니까.
이 부인은 저희가 곧 놓아 보내도록 하겠습니다."

연순이 왕영이야 싫어하거나 말거나 개의치 않고 곧 소
리쳐 교군을 불러다가.

"어서 이 부인을 모시고 내려가거라."

하고 분부를 내라니 부인은,

"대왕님, 이 은혜를 어찌 갚사오리까."

하고 송강 앞에 절을 드려 사례했다. 송강이 말했다.

"부인 내게 그처럼 사례하실 것도 없소이다. 또 나는 이
산채의 대왕이 아니라 운성현에서 온 손이오."

마침내 부인이 교자를 타고 산에서 내려가자, 왕영은 한
편으론 부끄럽고 한편으론 분하지만, 속으로 혼자 성은 내
어도 입에 올려 감히 말은 하지 못했다.

이보다 앞서, 청풍채 군사들이 실내마마를 도적 떼에게
빼앗기고 그대로 돌아가 유 지채에게 보하니, 유고는 듣고
나자 노발대발했다.

"이 쓸개 빠진 놈들아, 그걸 말이라고 하느냐?"

곧 영을 내려 그놈들에게 모조리 곤장을 치라 하니 군사
들이 분주히 변명을 했다.

"소인들은 아무 죄도 없습니다. 소인들은 불과 5, 6명이옵고 그놈들은 3, 40명이나 되니 대체 무슨 수로 당해 낸단 말씀입니까."

"이놈들아, 듣기 싫다! 이 길로 곧 가서 얼른 마마를 찾아와라."

군사들은 어찌할 길이 없어 그 앞을 물러나오자 본채 안의 건장한 군교 7, 80명과 함께 각기 창과 몽둥이를 들고 청풍산으로 향했다.

그러나 결을 얼마 안 가 산에서 내려오는 부안의 교자와 마주쳤다.

"아이구, 마마 행차가 아니십니까? 어떻게 이렇게 내려오십니까? 지금 저희들이 모시러 가는 길인뎁쇼."

"그놈들이 모르고 나를 산채까지 끌고 가기는 했지만 내가 유 지채의 실내인 줄을 알고는 그만 깜짝들 놀라면서 곧 교군들을 불러 돌려보내 주는구먼."

"참말로 불행 중 다행이십니다."

군사의 무리들은 기뻐하기를 마지않으며 전후좌우로 교자를 옹위하여 채중(寨中)으로 돌아갔다. 그리고 그로부터 5, 6일 후에 송강도 연순의 무리에게 작별을 고하고 산에서 내려왔다. 소이광 화영을 찾아보기 위함이었다.

## 5. 소이광(小李廣) 화영(花榮)

청풍진(靑風鎭)은 호수가 4, 5천 정도이며 청주로 연결되는 삼거리의 기점에 위치하고 있었다. 거리의 중앙에 관청이 있고 그것의 남쪽에 있는 채에는 문관인 유고(劉高)가 북쪽에는 소이광 화영이 살고 있었다.

북채(北寨)를 찾아간 송강이 아문 앞에 이르러 문을 지키는 군사에게 성명을 전하고 온 뜻을 말하니 그 군사가 안으로 사라진 지 오래지 않아 머리에 건책(巾幘)을 쓰고 몸에 전포를 입고 허리에 옥대(玉帶)를 두른 한 청년 장군이 분주히 달려 나왔다. 그가 곧 활을 한 번 당기면 백 보 밖에서 버들잎도 쏘아 맞힌다는 청풍채의 무관 지채 소이광 화영이다.

화영은 송강에게 인사를 한 다음에 그를 안내하여 안채로 모셔들이고는 객고를 풀어 주기 위한 술좌석을 마련했다.

그 자리에서 송강이 자기가 유 지채의 부인을 살려 주었다는 이야기를 하자 화영은 눈썹을 찡그리며,

"그런 년은 살려 주지 않아야 했습니다. 거기서 죽어 없어졌으면 좋았을 겁니다."

하고 말했다. 송강이 사연을 물어 보니 그가 대답했다.

"제가 으스대려고 하는 말이 아니라 청주에서도 특히 중요한 고장인 이 곳을 제가 지키고 있는 한 근처에 있는 도적

들이 정주에 손을 내는 장난질은 결코 시키지 않을 것입니다. 그런데 얼마 전에 가냘픈 서생 하나가 정지채로 부임해 왔습니다. 그런데 부임한 뒤부터 나쁜 짓만 저지르고 있습니다. 하지만 저는 무관으로 부지채이기 때문에 감히 나서지 못하며 아니꼬운 꼴만 당하고 있습니다. 더욱이 그의 아내는 정말로 고약한 년이어서 항상 남편을 충동질하여 나쁜 짓을 저지르고 있습니다. 선량한 백성들을 골탕먹이고 뇌물을 저 혼자 처먹는 악독한 년이라 크게 창피를 주었어야 마땅한데 오히려 살려 주셨군요."

그 말을 들은 송강은 옛부터 '원한은 풀 것이요. 맺지 말 것이다'라고 하지 않았느냐고 말하면서 화영을 위로했다.

화영 부부를 비롯한 그의 가족 일동은 몸과 마음을 다해서 송강의 시중을 들었고 4, 5일 동안은 매일 같이 술잔치가 벌어졌다.

하지만 송강은 종일 채중(寨中)에 들어박혀 있는 것은 재미가 없었기에 화영이 권하는 대로 친수인을 데리고 매일 청풍진 거리로 나가서 두루 구경하며, 혹 술집과 다방에 들러 차도 마시고 술잔도 기울이며 지극히 한가한 날을 보내고 있었다.

그가 청풍진에 온 지도 이럭저럭 한 달이 넘어 해가 바뀌고 어느덧 원소절(原宵節)을 맞게 되었다.

서울의 행사에 비할 것은 못되지만, 청풍진의 원소절 행사도 제법 성대하여 집집이 문전에다 등화를 내어 단 것은 물론이고 저잣거리에도 제행백예(諸行百藝)가 모두 있어 인간의 천상(天上)을 이루고 있었다.

이 날 화영은 수백 명의 군사들을 지휘하여 각처를 경계하며 또 책문(柵門)을 지키느라 한만히 나가지 못하고 송강만 종인 두어 명을 데리고 거리로 나갔다.

날이 청명했기에 이 날 밤에는 달이 희한하게 좋았다. 하늘에는 그려낸 듯 둥그런 일륜 명월(一輪明月)이요, 땅에는 수천 수만 개나 되는 화등(花燈)들이 그림처럼 깔려 있었다.

송강의 무리는 이윽고 발길을 돌려 남쪽으로 향했다. 6, 7백 보를 못 가서 문득 눈을 들어 보니, 어느 대장원(大檣院) 모퉁이에 등촉이 휘황하며 한 떼 사람들이 삥 둘러섰는데, 그 속에서 제금 소리가 요란히 일어나자 모든 사람들이 일시에 갈채를 보냈다.

쫓아가 보니 포로무(鮑老舞)가 한창이었다. 송강은 본래 키가 작은 사람이라 남의 등 뒤에서 구경할 수가 없었기에 종인이 사람들 틈을 비집고 송강을 인도하여 구경하게 하였다. 춤추는 사람들이 능수는 아니어서 그 손짓과 몸짓이 지극히 촌스러웠지만 그것이 도리어 보기에 더욱 재미있고 우스웠다.

그래서 한 차례 보고 난 송강은 입을 크게 벌리고 껄껄 웃었다. 그런데 일은 공교롭기도 했다. 그 때 장원 안에서 역시 이 포로무를 구경하고 있던 사람들 중에 하필이면 유 지채 부부가 있었다.

유고의 아내가 송강이 웃는 소리를 듣고 그쪽을 바라보다가 깜짝 놀라 자기 남편을 돌아보며 말했다.

"저기 얼굴이 가무잡잡하고 키가 작달막한 녀석 있죠? 저 놈이 바로 저번에 나를 잡아갔던 청풍산 도적 떼의 괴수놈이랍니다."

그 말에 소스라치게 놀란 유고는 즉시 수하 군사들에게 영을 내려 송강을 잡아 청전(廳前)에 대령하게 하고 황망히 남채(南寨)로 돌아갔다.

사람들 틈에 끼어 포로무 구경에 정신이 팔렸던 송강은 뜻밖의 변을 당하자 변변히 항거도 못해 보고 그대로 잡혀 끌려갔다.

유 지채가 청전에 나와 앉아 죄인을 잡아들이라 하여 뜰 아래 무릎을 꿇리고 호통을 쳤다.

"네 이놈! 청풍산 강적 놈이 감히 오늘 같은 날 마을로 내려와 관등(觀燈)을 하다니, 참말이지 담보가 크구나."

송강은 변명했다.

"소인은 운성현에 사는 장삼(張三)이란 자로, 화 지채와는 오랜 친구입니다. 이 곳에 온 지도 벌써 여러 날인데 청풍산 강적이라니 대체 웬 말씀이오니까?"

그 때, 유 지채의 아내가 병풍 뒤에서 나오며 소리소리 질렀다.

"아니 이놈아, 나를 산으로 잡아 올려다가 대왕님이라고까지 부르게 해 놓고 이제 와서 뻔뻔스럽게 무슨 변명이냐?"

"실내마마, 그 무슨 말씀이오니까. 그 때 마마께서 소인에게 대왕님이라 하시는 걸, 소인은 대왕이 아니라 본래 운성현 사람으로 이 곳에 손으로 있다고 말씀드리지 않았습니까."

"원 기가 막히네. 저놈이 괴수 중에도 상괴수로, 바로 그 중 제일 높은 교의에 앉아서 끄떡거리더니 이제 와선 아주 뚝 잡아떼는구먼."

"실내마마, 너무 하시오. 그 때 소인의 힘이 아니었더라면 꼭 욕을 보시게 되는 걸 무사히 면하시고 내려오셨으면서도 이제 소인을 도적으로 얽어 죽이시려오?"

그 말에 계집은 더욱 펄쩍 뛰며 손을 들어 송강을 가리키며 소리를 질렀다.

"세상에 저런 죽일 놈이 있나, 네가 기어코 매를 맞아야만 직초(直招)를 할 모양이구나."

유 지채가 듣고 있다가.

"그래, 부인 말씀이 옳소."

하고 분부를 내리니, 사정없이 내리치는 곤장 20도에 송강
은 가죽이 터지고 살이 해어져 그 참혹한 정상이 차마 눈으
로는 볼 수 없을 지경이었다. 유고는 그 모양을 보고 영을
내렸다.

"저놈을 칼 씌워 철쇄로 단단히 묶어서 끌어다 가둬라.
도적 떼와 결연한 화영이 놈도 이번 기회에 아주 요절을 내
야겠다."

날이 밝으면 송강을 수거(囚車)에 실어 화영과 함께 청주
부로 압령할 생각이었다.

한편 송강과 함께 나갔던 종인들이 나는 듯이 돌아와 그
런 사실을 알리자 깜짝 놀란 화영은 급히 글을 써서 유 지채
에게 보냈다.

유 지채가 그 글을 받아보니 내용은 대강 다음과 같았다.

'오늘 밤 관등을 하러 나갔다가 요형상공(僚兄相公)의 존위
를 범한 사람은 다른 사람이 아니라 제주(濟州)에서 온 저의
친척 유장(劉丈)이오니 부디 저를 보아 용서하시고 방면해
주시기 바랍니다.'

유고는 다 보고 나더니 크게 노해,

"화영이 정말로 무례하구나. 제가 조정의 명을 받는 관리
인데 강적 떼와 내통하고서 어찌 나를 속이려 한단 말이냐.
그놈은 운성현에서 온 장삼이라고 했는데 그놈을 나하고 동

성(同姓)으로 만들어 놓았으니 그렇게 하면 내가 달리 생각하고 그냥 놓아 줄 것이라고 생각했나 보구나."

하고 내뱉으며 편지를 가지고 온 수종인을 내쳤다.

수종인이 급히 돌아와서 그 말을 자세히 아뢰니 화영이 크게 노했다.

그는 곧 갑옷을 입고 투구를 쓰고 결속을 단단히 하고 활 메고 창을 들고 말에 올라 수십 명 군사들에게 창검을 들리어 거느리고 유고의 채로 짓쳐 들어갔다. 문을 지키고 있던 군사들은 형세가 험한 것을 보고 놀라며 달아났다.

화영은 바로 정청 앞까지 들어가 창으로 땅을 짚고 군사들을 좌우로 쭉 늘어세운 다음 소리를 높여 외쳤다.

"유 지채, 나와서 이야기 좀 합시다!"

유고가 그 소리를 듣고 놀라 혼비백산하니 화영은 무관이니 어떻게 당하겠는가?

유고가 나오지 않는 것을 보고 화영은 군사들에게 명해 좌우 행각을 뒤지게 하였다.

한 곳 구석 방에 송강을 밧줄로 묶어서 들보에 매달고 또 척삭으로 다리를 잡아 가죽과 살이 다 해어졌는데 군사들이 철삭을 끊고 송강을 구했다.

화영은 먼저 송강을 구하여 집으로 보낸 뒤 창을 쥐고 말에 뛰어 오르며 안을 향하여

"유 지채는 정지채라고 해서 권력만 믿고 이 사람을 우습게 보지만 화영이라고 어째서 친척도 없단 말인가. 공연한 사람을 도적으로 몰아 잡아 가두고 사람을 너무 업신여기지 마시고 내일 다시 만나서 따져 봅시다."

하고 소리치고는 여러 군사들을 데리고 채에 돌아와서 송강을 간호하였다.

한편 유 지채는 화영이 송강을 구하여 가는 것을 보고 무서워서 감히 나오지 못하였다가 화영이 돌아간 후에야 급히 교두 두 사람에게 명하여 일렀다.

"너희 두 사람은 군대를 거느리고 가서 북채의 죄인을 뺏어 와라. 만약에 그놈을 찾아오지 못하면 그 땐 너희들부터 그냥 두지 않을 테니 그리 알아라."

두 교두는 원만한 무예를 배웠으나 어찌 화 지채와 비하겠는가? 하지만 유고가 명령을 내렸으니 분부를 거역할 수 없어 물러나와 군사 이백 명을 거느리고 북채로 향했다.

이백 명 가량의 공격군은 문전에서 얼쩡거리기만 했다. 누구 한 사람도 앞서서 쳐들어가려고 하는 사람은 없었다. 모두 화영의 솜씨에 겁을 집어 먹었기 때문이었다. 이렇게 우물쭈물 하는 동안에 어느 사이에 완전히 날이 샜다. 양쪽으로 여닫는 대문은 열려진 채였다. 그 때 화 지채가 관저 쪽으로 나타나서 왼손에 활을 쥐고 오른손에는 화살을 가지고 그 곳에 걸터앉아 큰 소리로 말했다.

"유고가 너희들을 보냈으니 너희들은 유고를 위하여 힘써 보는 것이 좋지 않은가? 너희들 중에 새로 도두가 된 두 놈은 나의 솜씨를 모를 것이니 오늘은 먼저 내 솜씨를 안 뒤에 유고를 위하여 힘을 내어 보아라."

하고 다시 호령했다.

"왼쪽 문에 문신(門神)의 골타(骨朶)를 맞출 것이니 보아라."

하고 곧 활에 살을 메워 한 번 쏘니 시윗 소리 일어나는 곳에 화살은 바로 골타두를 맞추었다.

바라보던 무리들은 일제히 입을 딱 벌리고 어이가 없어 하는데 화영은 살을 다시 집어 들며 말했다.

"너희들은 자세히 보아라. 이번에는 오른쪽 문짝에 있는 문신의 머리 위에 쓴 투구의 붉은 상모(象毛)를 맞추겠다."

말이 끝나자마자 바로 시윗 소리가 났다. 이번에도 화살로 투구의 상모를 맞추니 모든 군사들이 혀를 내두르며 탄복했다.

"정말 귀신 같은 솜씨시다. 양유기(養由基)의 신전(神箭)을 귀하다고 할 수 없을 것이다."

화영이 세 번째 살을 집어 들며 외쳤다.

"이번에는 너희들 가운데 있는 저 흰 전포 입은 교두의 심통을 맞칠 것이다."

이 말이 채 끝나기 전에 그 교두가 '어이쿠' 하고 소리를 지르며 몸을 돌이켜 달아나니 모든 군사들이 아우성을 치며 서로 앞을 다투며 달아났다. 화영은 군사를 시켜 채문을 걸게 한 다음 후당으로 들어가 송강을 보았다.

"제 생각이 미치지 못하여 형님을 욕을 보시게 하였습니다."

"아니, 나는 관계 없네마는 두려운 것은 유고 그놈이 가만 있지 않을 것이니 자네와 다툴까 겁이 나네."

"상관없습니다. 그까짓 것 벼슬을 내놓으면 그만이지요. 후일에 다시 다져 보겠습니다."

"그 부인이 은혜를 잊고 원수를 맺어 저의 남편을 충동하여 몹시 치니 내 이름을 댈 수가 있어야지. 운성현 일이 드러날까 하여 거짓말로 운성현 장삼이라고 하였더니 유고 그놈이 예의없이 나를 운성 죄인 장삼이라고 하여 함거(陷車)에 실어 청풍산 강도라고 하며 죽이려고 하였네. 마침 아우님이 구하여 주지 않았으면 어떻게 될 뻔 하였나. 이제는 소장지변(簫墙之變)을 겸하였어도 유고의 흑백을 분별하지 못할 것일세."

"저의 소견으로는 유고가 글 읽는 사람이기 때문에 같은 성이라면 조금이라도 좋을까 하여 유장이라고 하였습니다만 그놈이 인정머리가 없습니다. 그러나 이제는 집에 돌아와 계시니 무슨 걱정이 있겠습니까?"

"아닐세. 자네가 이미 그 기세를 가지고 나를 구하여 왔으니 만사를 세 번 생각하여 행할 것일세. 그러니 옛사람이 이르기를 밥먹으면 목메일 것을 생각하고 길을 갈 적에는 넘어질 것을 방비하라고 하였으니 아우님이 공연히 사람을 앗아 왔으니 저놈이 어찌 가만히 있겠는가. 분명히 문서를 만들어 상사에 알릴 것일세. 그러니 내가 이 곳에 있을 수가 없어. 지금 내가 청풍산에 올라가 버리면 내일 제가 와서 서로 다툰다고 하여도 증거가 없으니 상사에서 알아도 문무가 서로 마음이 맞지 않아서 그렇다고 할 것일세."

"글쎄요. 형님 말씀이 옳습니다마는 형님이 그 다리로 어떻게 올라가시겠습니까?"

"그러면 어떻게 하나? 일이 워낙 급하니. 오늘 밤을 넘기지 말고 산 밑까지만 가면 무슨 수가 있겠지."

하고 송강은 새로 고약을 갈아 붙이고 짐은 화영에게 맡기고 해가 저물녘에 군사를 두어 명 데리고 밤을 도와 청풍산으로 올라갔다.

한편 유 지채는 군사들이 쫓기어 들어와 화영의 영웅(英雄)한 것을 당하기 어려움과 문신의 골타두와 투구의 끈을 맞춘 솜씨를 세세히 말하자 가만히 생각하였다.

'저놈이 장삼이를 앗아 갔으니 필연코 밤을 도와 산으로 돌려보내고 내일은 나와 싸울 것이다. 상사에서 알아도 반

드시 문무 사이의 불화로 알기 쉬우니 내가 이 분을 어떻게
풀겠나. 내가 이제 삼십여 명 군사들을 놈이 가는 길목에 잠
복시켰다가 요행으로 잡으면 아무도 모르게 집에다가 가두
고 상사가 연유를 알게 한 연후에 관군을 풀어 화영까지도
함께 잡아 목숨을 끊고서 나 혼자 청풍채를 차지하면 속이
후련하겠다.'

유고는 그 날 밤에 군사 삼십여 명을 뽑아 각각 무기를
가지고 가게 했다. 그랬더니 오래지 않아 송강을 잡아왔기
에 유 지채는 크게 기뻐하였다.

"과연 내가 짐작하던 것이 틀림없었다."

하며 후원 깊은 곳에 가두고 심복인을 시켜 밤을 새워서 달
려가 청주부에 알리게 했다.

이튿날 화영은 송강이 무사히 청풍산으로 올라간 줄로만
알고 마음을 놓고 집에서 혼자 생각했다.

'유 지채가 어떻게 하는지 보아야겠다.'

## 6. 진삼산(鎭三山) 황신(黃信)

그 무렵 청주부 지부의 성은 모용(慕容)이고 이름은 언달(彦
達)이니, 바로 휘종 황제의 총희 모용 귀비(慕容貴妃)의 오빠
가 되는 사람이다.

그가 제 누이의 세도를 믿고 이 청주 땅에 있으면서 양민을 잔해(殘害)하는 바가 많았기에 백성들 사이에 원망하는 소리가 높았다.

이 날 일찍이 등청하여 좌정해 있으려니, 좌우 공인이 유 지채의 신장(申狀)을 올렸다. 지부는 받아서 읽고 나자 소스라치게 놀랐다.

"송강은 그렇다 하더라도 화영으로 말하면 공신의 자제인데, 어찌하여 청풍산 강적 떼와 관계했을까? 이 죄범(罪犯)은 참으로 작은 게 아니다. 그러나 아직 허실을 분명히 알수 없으니 병마도감을 보내서 사실을 알아 보게 해야겠다."

주의를 정하자 지부는 곧 본주의 병마도감을 불러들였다.

청주 병마도감의 성은 황(黃)이고 이름은 신(信)이니, 무예가 심히 고강하여 그 위엄이 능히 청주를 진압했다. 그래서 사람들이 그를 불러 진삼산(鎭三山)이라 하는 터였다.

이 청주 관하에는 삼좌의 악산(惡山)이 있었다. 첫째가 청풍산이고 둘째가 이룡산이며 셋째가 도화산이라, 이 세 곳은 모두가 도적의 무리들이 출몰하는 곳이었다.

이 날 황신은 모용 지부의 영을 받자, 곧 물러나와 갑옷입고 투구 쓰고 허리에 상문검(喪門劍) 한 자루를 차고 건장한 군사 오십 명을 뽑아 거느리고 청풍채로 갔다. 남채 앞에 이르러 말에서 내리니, 도감이 왔다는 말을 들은 유 지채가

황망히 문 밖까지 나와 맞아들였다.

함께 후당으로 들어가 손과 주인의 자리를 나누어 앉은 다음, 유고는 주연을 안배하여 황신에게 권하며 청풍산 도적 떼의 괴수 장삼(張三)을 잡은 전후수말을 이야기했다. 듣고 나자 황신이 말했다.

"그놈을 함거(陷車)에 가두어 붉은 천으로 기를 만들고 기에 청풍산 적괴 운성현 죄인 장삼(淸風山賊魁運城縣罪人張三)이라고 하여 보내는 것이 마땅할 것이오. 그런데 그 장삼이란 놈을 다시 잡아 가둔 것을 화영이 알고 있소?"

유고가 대답했다.

"모르고 있을 것입니다."

황신은 음성을 낮추어 은근히 말했다.

"그렇다면 일이 참 쉽겠소. 내일 일찌감치 대채(大寨) 안에 크게 연석을 배설하시오. 그리고 공청 뒤에다 군사들 4, 50명만 매복해 놓으면 내가 몸소 화영을 찾아가서 저를 청하여 오되, '모용 지부께서 그대들 문관·무관이 서로 화목하지 못하단 말씀을 들으시고, 특히 나를 보내시어 서로 화해케 하시는 것이다'라고 말하겠소. 그러면 제가 반드시 나를 따라 이 곳에 올 것이니, 그 때에 내가 술잔을 던지는 것으로 군호를 삼아 일제히 나서서 잡는다면 일이 쉬우리다. 이 계교가 어떻소?"

듣고 나자 유고는 크게 기꺼워 참으로 묘계라면서 감탄하기를 마지않았다.

이 날 황신과 유고는 이 같은 계책을 정한 다음에 밤이 깊어서야 술자리를 파했다.

이튿날 아무것도 모르는 화영은 마침내 황신을 따라 함께 대채로 갔다. 유고는 이미 공청에 나와 있었다. 황신은 화영의 손을 잡고 청상으로 올라가 세 사람이 서로 보기를 마치자, 자신이 잔을 들어 먼저 유고에게 권하며 말했다.

"두 분이 불화하시단 말씀을 들으시고 지부께서 이렇듯 나를 보내신 터이니, 부디 앞으로는 오직 조정에 보답할 일만 생각하시어, 매사를 좋도록 서로 상의하여 하도록 하시오."

말을 마치자 황신은 다시 술 한 잔을 가득 부어 화영에게 권하며 말했다.

"자, 화 지채도 한 잔 드시오."

화영이 잔을 받아 마시고 나자, 유고가 술 한 잔을 가득 부어 황신에게 권하며 말했다.

"도감 상공이 먼 곳에서부터 폐지에 임하시어 계시니 술 한 잔으로 수고로움을 치하하옵니다."

황신이 잔을 받아들고 사면을 고시(顧視)하고 술잔을 땅에 던지자 후당에서 함성이 일어나며 양쪽에서 건장한 군사 사오십 명이 달려나와 화영을 잡아서 섬돌 아래로 끌어내렸다.

황신은 소리를 가다듬어 꾸짖었다.

"저놈을 묶어라!"

뜻밖의 일에 놀란 화영이 외쳤다.

"내가 무슨 죄가 있다고 이러오?"

황신은 크게 웃었다.

"네가 변명하려고 하느냐. 청풍산 도적 떼와 결연하여 조정을 배반하고도 감히 죄가 없다고 앙탈하느냐? 내가 그대와 지낸 연분이 두터워 너의 집 사람들이 놀랄까 하여 여기서 잡은 것이다."

그러나 화영은 굴하지 않고 다시 외쳤다.

"무슨 증거가 있어서 감히 그런 말을 하오?"

"무슨 증거가 있느냐고? 그래, 내 그 증거를 보여 주마."

황신은 좌우를 보고 분부했다.

"네, 그놈을 끌어내 오너라."

말이 떨어지자 군관의 무리들이 한 채의 수거(囚車)를 밀고 나왔다. 화영이 눈을 들어 보니, 수거 속의 사람은 바로 송강이었다. 너무나 어이가 없어 잠시 동안 아무 말도 하지 못하자 황신이 다시 꾸짖었다.

"네 이래도 할 말이 있느냐?"

화영은 변명했다.

"저분은 운성현 사람으로, 바로 내 친권(親眷)이오. 청풍산 도적이란 대체 무슨 연유로 하는 말이오?"

"네 할 말이 있거든 지부 상공 앞에 나가서 하여라."

곧 유 지채를 시켜 군사 백 명으로 하여금 압송하게 하니, 화영은 황신을 향하여 한 마디 했다.

"도감이 유고의 말만 믿고 나를 이렇듯 죄인으로 대하니, 상사(上司)에 이르면 내 다 분변(分辯)할 바가 있소. 다만 한 마디하고 싶은 것은 나나 도감이나 다 같은 무직(武職)이니, 부디 관면(官面)을 보아 의복을 벗기지 말고 수거에 실어 주오."

황선은 선선히 대답했다.

"그만한 일이야 못 들어 주겠느냐."

이 날 황신이 손에 한 자루 상문검(喪門劍)을 빗겨잡고 말에 올라 앞을 서니, 융의(戎衣)를 입고 손에 한 자루 차(叉)를 들고 말에 탄 유 지채가 또한 뒤를 따랐다.

수하 150명 군사들은 각기 손에 병장기를 들고 송강과 화영의 수거를 몰아 청주를 향해 일제히 나아갔다. 그러나 일행이 청풍채를 떠나 40리 길을 못다 갔을 때, 문득 앞선 군사가 저편 숲속을 가리키며 말했다.

"누군지 저 속에 숨어서 자꾸 우리 쪽을 엿보는 놈이 있습니다."

그 말이 채 끝나기 전이었다. 별안간 바라 소리가 크게 울리며 함성이 천지를 진동시켰다. 군사들은 수각이 황란

하여 그대로 몸을 빼쳐 달아나려 했다. 황신이 이를 보고 꾸짖었다.

"너희들은 겁내지 말아라. 내가 스스로 처치하겠다."

그리고 유고를 돌아보며 말했다.

"그대는 함거를 지키고 있구려."

유고는 전신이 떨려 그 말에 대답도 제대로 못했다. 그러나 황신은 역시 당당한 무관이며 또 매우 담량이 있는 사람이었다.

곧 말을 채쳐 앞으로 나가 보니, 숲속으로부터 몰려나오는 4, 5백 명 졸개들이 모두 기골이 장대하고 상모가 흉악한데, 제각기 머리에 홍건(紅巾)을 쓰고 몸에 납오(納襖)를 입고, 허리에 단검을 차고, 손에 장창을 들고 있었다.

그들이 앞길을 막고 서자, 다음에 숲속에서 세 명 호한이 나오는데, 한 명은 청포(靑袍)를 입고, 한 명은 녹포(綠袍)를 입고, 또 한 명은 홍포(紅袍)를 입고 있었다. 세 사람 다 머리에는 두건을 쓰고 허리에는 요도를 차고 손에는 박도를 들었으니, 중간은 곧 금모호 연순이고 좌편은 왜각호 왕영이며 우편은 백면낭군 정천수였다.

세 명 호한은 앞길을 막고 서서 큰 소리로 외쳤다.

"이 곳을 지나려면 매로전(買路錢)으로 삼천 관을 내놓아야 하느니라."

황신이 말 위에서 크게 꾸짖었다.

"나는 상사로부터 공무를 분부받아 온 도감이다. 너 같은 놈에게 통행료가 다 무어냐."

"상사나 도감이 뭐 별거냐. 만일 천자가 지나간다 하여도 삼천 관의 통행료를 받아 내고야 만다. 없다면 그 보증으로 그놈의 죄수를 여기 잡혀 두고 가서 돈을 가지고 온 뒤에 찾아가도록 하여라."

황신은 대단히 노하여 소리쳤다.

"강적놈들이 이렇듯 무례한 법이 있느냐!"

꾸짖기를 다하자 황신은 칼을 휘두르며 말을 몰아 연순을 향해 달려들었다. 세 명 호한이 일제히 박도를 휘두르며 앞으로 내달아 그를 맞았다. 황신은 기운을 뽐내며 세 사람을 상대로 싸웠다.

그러나 황신이 제아무리 무예가 고강하다 해도. 어찌 세 명 호한을 당해 낼 것인가. 어우러져 싸우기 10여 합에 이르러 형세가 불리한 것을 알자 그는 혹시나 그들에게 사로잡히는 일이라도 있어 명성(名聲)을 깨칠까 두려워, 갑자기 말머리를 돌려 달아났다.

세 명 호한이 박도를 휘두르며 그 뒤를 쫓았다. 황신은 이루 남을 돌볼 경황도 없이, 혼자서 청풍진으로 살같이 말을 몰았다.

이를 보고 군사들도 수거를 버리고 각기 도망하여 사면으로 달아났다. 뒤에 홀로 남은 유고가 소스라치게 놀라 황망히 말머리를 돌리려 할 때, 졸개들이 반마삭(絆馬索)으로 유고가 탄 말을 얽으니, 유고는 그대로 땅 위에 거꾸로 떨어지고 말았다. 졸개들이 아우성치며 달려들어, 그를 발가벗기고 굵은 밧줄로 결박을 지워 버렸다.

이 때 화영은 이미 자기가 타고 있던 수거를 깨뜨리고 뛰어나와 묶은 줄을 모조리 끊어 버린 다음, 다시 송강을 수거 밖으로 구해 냈다.

세 명 호한은 송강을 말에 태워 먼저 산으로 올려 보낸 후 화영과 함께 졸개들을 거느리고 유고를 앞세우고 산채로 돌아갔다.

원래 연순의 무리들은 송강의 뒷소식이 궁금하여 몇 명 졸개를 청풍진으로 보내어 알아 보게 했는데 돌아와 보고하기를, 송강과 화영이 다 함께 유고 손에 잡혀 청주로 끌려가게 되었다고 했다.

이 말을 듣고 세 명 호한은 곧 인마를 이끌고 대로변으로 나와 길목을 지키고 있다가 송강과 화영을 구하고 유고를 사로잡은 것이었다.

일행이 산으로 돌아오니, 때는 이미 이경이었다. 세 명 호한은 송강과 화영을 취의청 위로 청하여 상석에 자리를

잡게 한 다음 곧 주식을 갖추어 대접하고, 일변 졸개들에게
도 술을 내렸다. 화영은 청상에서 세 명 호한을 향하여 칭사
함을 마지않았다.

"이번에 세 분 장사의 덕택으로 이렇듯 구원을 받고 원수
를 갚게 되었으니, 이 은혜를 무엇으로 갚사오리까?"

화영이 칭사하자 송강이 말했다.

"유고놈을 곧 잡아들이도록 하오."

"그놈은 지금 깃대에다 묶어 놓았습니다. 곧 배를 갈라
간을 내기로 하겠습니다."

화영이 자리에서 일어나며 말했다.

"형님, 그놈은 화영의 손으로 요정을 내겠습니다."

송강을 돌아보고 한 마디 한 다음, 섬돌을 내려서자 칼을
번쩍 들어 유고의 배를 가르고 간을 꺼내 송강 앞에 바쳤다.

송강이 다시 말했다.

"저놈은 비록 죽었으나 계집이 아직 그대로 있으니, 그년
을 마저 잡아다 죽여야만 속이 시원할까 보오."

이 말에 왜각호 왕영이 한 마디 했다.

"형님, 염려 마십시오. 내가 내일 산에서 내려가 그년을
잡아 올 것입니다. 이번에는 제게 주어 긴하게 쓰게 삼게 하
여 주십시오."

모두들 껄껄 웃었다. 그 밤에 즐기고 이튿날 청풍채 칠

일을 의논하는데 연순이 말했다.

"이제 군사들이 고생하였으니 오늘은 쉬고 내일 산에서 내려가도 늦지 않을 것입니다."

송강이 또 말했다.

"좋은 생각이오. 인마를 쉬게 하여 힘을 기르는 것이 좋소."

## 7. 벽력화(霹靂火) 진명(秦明)

한편 병마도감 황신은 필마 단기로 몸을 빼쳐 청풍진 대채로 돌아오자, 곧 인마를 점고하여 책문을 엄히 지키게 한 다음, 신장(申狀)을 써서 두 명 교군 두목에게 주고 말을 달려 모용 지부에게 보고하게 했다.

지부는 긴급한 공무가 있다는 말을 듣자 그 날 밤으로 공청에 나와 황신의 신장을 보았다.

화영이 조정을 배반하고 청풍산 강도와 결연하여 청풍채의 형세가 시각이 급하게 되었으니, 서둘러 유능한 장수를 보내시어 지키게 하소서 라는 내용이었다.

지부는 보고 나자 크게 놀랐다. 그는 즉시 사람을 보내어 병마총관을 청하여다 이 일을 상의하기로 했다.

이 곳의 병마총관은 원래 개주(開州) 사람으로서, 성은 진(秦)이고 이름은 명(明)이라 한다. 그의 성격이 조급하고 음성이 뇌정(雷霆)과 같으므로, 사람들이 그를 별명지어 벽력화(霹靂火)라 불렀는데 낭아봉(狼牙棒)을 잘 쓰며 만 사람을 당하는 용맹이 있었다.

이 날 지부의 부름을 받고 진명이 곧 공청으로 들어가니, 모용 지부는 서로 인사를 마치고 나자 즉시 황신의 신장을 내어 그에게 보였다. 진명은 보고 나자 크게 노했다.

"도적놈들이 이렇듯 무례할 데가 있나. 그러나 과히 금심 마시지요. 이 사람이 비록 재주는 없으나 곧 군마를 거느리고 가셔 도적의 무리들을 모조리 잡아오리다."

모용 지부가 말했다.

"장군이 만일 늦게 이행하면 그놈의 무리들이 청풍채를 쳐서 파할까 하오."

"이것은 긴급한 군정이오니 어찌 늦추겠습니까? 오늘 밤으로 인마를 점고 하여 청풍채로 진병(進兵)하겠습니다."

듣고 나자 지부는 크게 기뻐했다.

진명은 지부 앞을 물러나오자, 곧 1백 마군과 4백 보군을 점기한 다음, 이튿날 새벽 일찍 '병마총관진통제(兵馬總管秦統制)'라고 대서한 홍기(紅旗)를 앞세우고 성 밖으로 나가 대오를 정제한 후 군병을 재촉하여 바로 청풍채를 향해 나아갔다.

이 때 산채에서 내려왔던 졸개들은 이 일을 탐지하자 나

는 듯이 산상으로 달려가 이를 보고했다.

연순의 무리들은 송강·화영과 함께 바야흐로 청풍채를 칠 일을 의논하고 있다가 뜻밖에도 벽력화 진영이 병마를 거느리고 산 아래에 이르렀다 듣자, 해연하여 하기를 마지 않았다. 그러나 화영은 태연히 말했다.

"여러분, 과히 염려하실 것 없소이다. 먼저 아이들을 배불리 먹인 다음에, 우선 힘으로 당하고 다음에 꾀로 잡읍시다."

그리고 음성을 낮추어 자세히 계교를 말하니, 듣고 난 송강이 무릎을 쳤다.

"딴은 좋은 계교네그려. 여러분, 우리 그대로만 행하십시다."

연순의 무리는 그 계교를 쫓아 곧 졸개들에게 영을 내려서 각자 준비를 급히 하게 하였다.

한편 진명은 군사들을 이끌고 청풍산 아래에 당도하자 10리 밖에 채책을 세우고 이튿날 오경에 밥을 지어 군사들을 배불리 먹인 다음, 바로 청풍산을 향해 나아가 공활한 곳을 가리어 안마를 파개(擺開)하고 크게 북을 치게 했다.

이에 응하듯 산에서도 징 소리를 요란하게 울리며 일표 인마가 나는 듯이 내려왔다.

진명이 말을 세우고 낭아봉을 빗겨잡은 다음 눈을 부릅뜨고 바라보니, 졸개의 무리들이 소이광 화영을 옹위하고 산에서 내려와 언덕 아래 이르자 곧 진을 치고 대치했다.

화영이 마상에서 창을 비끼고 예를 취하자 진명은 소리를 가다듬어 꾸짖었다.

"화영! 너는 장문(將門)의 자손으로 조정 명관이 되어 벼슬이 지채로 있어 일경을 진수하고 후(厚)한 녹봉(祿俸)을 받거늘 나라에서 너에게 무엇을 박하게 하기에 도적과 결탁하여 조정을 배반하는가? 내 이제 너를 잡으러 왔으니 네가 만일 잘못을 알거든 직접 말에서 내려 묶이는 것이 편하니 억지로 내 손을 더럽히지 않게 하여라."

화영이 웃으며 말했다.

"총관 상공은 화영이 억울한 것을 통촉하십시오. 내가 어찌 조정을 배반하겠습니까? 유고가 실상이 없는 것을 읽어 사사로이 원수를 갚으려고 핍박하니 내 집이 있으나 갈 곳이 없기에 우선 이 곳에 머물렀으니 바라옵거니와 용서하십시오."

진명은 또 꾸짖었다.

"네 얼른 말에서 내려 포박을 받으려고는 하지 않고, 도리어 기묘한 언사로 군심을 선혹시키려 하느냐?"

말을 마치자 진명은 낭아봉을 휘두르며 화영을 향해 달려들었다. 화영은 소리를 높여 웃었다.

"네가 본래 나의 상사관(上司官)이기로 겸사하여 한 말이지, 내가 참으로 너를 두려워하여 그러는 줄 아느냐?"

화영은 곧 창을 휘두르며 말을 채쳐 진명을 맞아 싸웠다. 어우러져 싸우는 두 장수의 형세는 그대로 남산의 한 쌍 맹호요, 북해의 두 마리 창룡이었다.

두 사람이 서로 수단을 다하여 어우러져 싸우기 50여 합에 이르렀지만 졸연히 승부가 나뉘지 않았다.

화영은 문득 파탄을 보이고, 말머리를 돌려 산 아래 작은 길을 향해 달렸다. 성미 급한 진명이 크게 노하여 곧 그 뒤를 쫓았다.

그런데 갑자기 화영의 모습이 보이지 않았다. 사면을 둘러보다가 바로 아래 작은 길이 하나 있는 것을 발견하고, 말을 몰아 산 위로 올라가려 했다. 그러나 미처 4, 50보를 못 다 가서 사람과 말이 그대로 함갱(陷坑) 속으로 떨어지고 말았다.

양편에 대기하고 있던 50명의 요구수(撓鉤手)가 달려나와 진명을 밖으로 끌어냈다. 청주 지휘사 총관본부병마 벽력화 진명도 이렇게 되면 달리 손을 놀려 볼 도리가 없었다. 갑옷과 군기(軍器)를 모조리 빼앗기고, 시뻘건 알몸은 굵은 밧줄로 단단히 묶인 바 되고 말았다.

졸개들이 진명을 사로잡아 가지고 산으로 올라갔다. 신채에 이르니 날이 훤히 밝았다.

이 때 다섯 명 호걸이 취의청 위에 앉아 있다가 진명이 잔뜩 결박을 당하여 끌려 들어오는 것을 보자, 화영은 교의에서 벌떡 뛰어 일어나 뜰로 내려가서 분주히 그 묶은 것을 풀고 손을 이끌어 청상에 오르게 한 다음, 한가운데 좌석에 앉혔다. 그리고 다섯 사람은 나란히 서서 엎드렸다. 진명은 급히 답례를 한 뒤 똑같이 엎드렸다. 송강이 입을 열었다.

"졸개놈들이 본래 존비(尊卑)를 분간할 줄 몰라 그릇 장군을 모독했으니 부디 용서해 주십시오."

곧 옷을 내어다 입게 하니, 진명은 화영을 보고 물었다.

"이분은 누구신가?"

"저분은 운성현의 송 압사 송강이시고, 여기 이분들은 이 산채의 주인 되는 연순·왕영·정천수이십니다."

"아니, 송 압사시라니? 그럼 혹시 산동의 급시우 송공명이란 분이 아니신가요?"

화영이 미처 대답하기 전에 송강이 나서서,

"예, 제가 바로 송강입니다."

하니, 진명은 자리에서 물러나 절을 드리며 말했다.

"선성은 익히 듣자왔거니와, 이 곳에서 뵈올 줄은 과시 뜻밖입니다."

송강이 황망히 답례를 하는데 다리 쓰는 것이 심히 불편해 보였다.

"다리가 불편하신 모양인데 웬일이십니까?"

진명이 묻는 말에 송강은 자기가 운성현을 떠나던 당초로 부터 유고에게 형벌을 받게 되기까지의 자초지종을 들어 호소했다. 듣고 나자 진명은 머리를 설레설레 흔들며 말했다.

"한쪽 말만 듣고 일을 이렇듯 그르쳤습니다그려. 저를 돌려보내만 주신다면, 모용 지부를 뵈옵고 자세한 말씀을 드리겠습니다."

그러자 연순은,

"무어 급하실 것 있습니까. 며칠 여기서 유하시고 가시지요."

라고 한 마디 권하고, 곧 연석을 안배하여 대접했다. 진명은 술을 몇 잔 기울인 뒤에 곧 자리에서 일어났다.

"여러분이 만약 진명을 죽이시지 않겠으면 부디 곧 돌아가게 해 주십시오."

연순이 말했다.

"총관께서 청주의 5백 병마를 거느리고 나서셨다가 이제 다 잃으셨으니, 무슨 면목으로 다시 고을 안에 발을 들여놓으시며 또 모용 지부인들 어찌 총관을 죄 주지 않으리까? 저의 생각에는 이대로 여기에 눌러 계시어, 우리와 고락을 함께 하시느니만 못할까 합니다."

진명은 모든 사람이 그렇듯 자기를 공경하고 사랑하는 것을 보자, 마침내 산채에 머물러 있기로 했다.

이 날, 모든 사람이 송강을 받들어 상좌에 앉히고 좌우에 진명과 화영, 다음에 3명 두령이 좌차대로 앉아 청풍채 칠 일을 의논하는데 진명이 듣고 있다 나서며 말했다.

"이는 지극히 용이한 일이니, 따로이 의논할 것도 없소이 다. 첫째 지금 그 곳을 지키고 있는 황신으로 말하면 곧 내 수하 사람이고, 둘째 제가 바로 내게 무예를 배웠으며, 셋 째는 사사로이도 교분이 두텁소. 내가 내일 몸소 가서 황신 에게 권하여 저도 산으로 들어오게 하고, 화 지채의 보권(寶 眷)을 모셔오는 한편으로 유고의 계집을 잡아다가 형장의 원수를 갚도록 하오리다."

이 말에 송강은 물론이고 모든 사람이 다 기뻐했다.

이튿날 진명은 아침 일찍 일어나 조반을 재촉하여 먹고, 즉시 낭아봉을 들고 말에 올라 산을 내려갔다. 이 때 황신은 혼자 청풍채를 지키고 있었는데 문득 파문 군사가 들어와 보고했다.

"진 통제께서 필마로 밖에 오셔서 책문을 열라고 하십니다."

황신은 몸소 나가서 그를 맞아들였다. 공청에 서로 자리 를 잡고 앉자, 황신은 급히 물었다.

"총관께서는 무슨 일로 종인도 안 데리시고 이렇게 오셨 습니까?"

진명은 먼저 청풍산을 치러 갔다가 허다한 군마를 잃은

이야기며, 산채에서 급시우 송공명을 만나 자기도 입과(入夥)하게 된 전후수말을 이야기하고 끝으로,

"자네는 마침 처자도 없고 홀몸이니 언제까지 문관 따위에게 절제받을 것 없이 나를 따라 산으로 들어가세."
하고 권하였다. 황신이 대답했다.

"이미 은관(恩官)께서 그러시다면 이 황신도 물론 그렇게 하겠습니다. 그건 그렇고 송공명님이 산에 계시다는 말은 처음 듣습니다만 도대체 급시우 송공명은 어디로부터 오셔서 산으로 들어가셨습니까?"

"자네가 일전에 호송하고 있었던 운현성의 장삼이라는 분이 바로 그분이시다."

황신은 그 말을 듣자 어쩔 줄을 모르고 중얼거렸다.

"만일 송공명님이라고 알고만 있었다면 도중에 도망가도록 해 드렸을 텐데, 그런 것도 모르고 유고란 놈의 말만 듣고서는 하마터면 그분의 목숨을 뺏을 뻔했었군요."

진명과 황신 두 사람이 관청에서 출발할 의논을 하고 있을 때 그 곳에 채병이 허겁지겁 달려와서는,

"두 대의 인마가 징과 북을 올리면서 거리로 쳐들어 왔습니다."
하고 알렸다. 진명과 황신 두 사람이 울타리 문 밖으로 나가보니 두 대의 인마는 방금 도착한 직후였다. 한 대는 송강과

화영, 두 대는 연순과 왕왜호로서 각각 150여 명을 이끌고 있었다. 황신은 채병에게 적교를 내리게 하고 채문을 넓게 열어 놓게 한 뒤, 두 대의 인마를 거리 안으로 맞아들였다. 송강은 곧 호령하여 '한 사람의 주민도 죽이지 말라, 한 사람의 채병도 다치게 하지 말라'고 전달하고 먼저 남채로 쳐들어가 유고 일가 놈을 모조리 죽여 버렸다. 왕왜호는 제일 먼저 유고의 계집년을 빼앗고 화영은 자기 집으로 가서 처와 누이동생을 데리고 산채로 물러갔다.

왕왜호는 유고의 계집년을 잡아가지고 자기 방에 감추었다. 그런데 연순이 찾아왔다.

"유고의 계집년은 어디 있느냐?"

"이번에는 제발 저의 계집으로 만들어 주시오."

"주기는 줄 것이니, 잠시 이 곳으로 불러와 주지 않겠냐? 할 이야기가 있단 말이다."

연순이 말하니, 송강도

"나도 듣고 싶은 일이 있다."

고 했다.

왕영에게 이끌려 취의청 아래 이르자 유고의 계집은 목을 놓아 울며 제발 목숨만은 살려 달라고 빌었다. 송강은 소리를 가다듬어 꾸짖었다.

"네 이년! 내가 모처럼 너를 구해내어 산에서 내려보내 주

었건만, 너는 도리어 은혜를 원수로 갚아 기어코 나를 죽이려 들었으니 어디 오늘 이 자리에서 할 말이 있거든 해 보아라."

이 때 연순이 자리에서 뛰어 일어나며.

"형님, 이깟년하고 무슨 말씀이십니까!"

하고 한 마디 하며, 곧 허리에 찬 칼을 빼어 일도양단(一刀兩斷)으로 죽여 버리니. 이 광경을 본 왕영이 크게 노하여 박도를 손에 쥐고 양순에게로 달려들었다.

송강은 여러 사람과 함께 나서서 칼을 뺏은 다음 말했다.

"연순이가 이 계집을 죽어 없앤 것은 잘한 일인 줄 알게. 내가 그 때 모처럼 구해 주었건만 그 은공은 모르고 도리어 제 사내를 충동해서 나를 해치려고만 들었으니, 만약 자네가 그런 년을 데리고 살다가는 앞으로 어떤 일이 있을지 아나. 내 일후에 마땅한 부인을 구하여 중매를 들 테니 그리 알고 참게."

연순도 한 마디 했다.

"그런 년을 집 안에 두어 둬 봤자 해만 보지 유익할 건 조금도 없네, 그저 그런 줄만 알게."

왕영은 입을 다물고 아무 말이 없었다.

그로부터 다시 6, 7일이 지나서었다. 산에서 내려갔던 졸개가 올라와서 보고하되, 청주의 모용 지부가 문서를 닦아, 화영·진명·황신의 무리가 모반하니, 속히 대군을 내려

보내시어 청풍산을 소탕하도록 하소서'라고 중서성(中書省)에 장계를 올렸다고 했다.

두령들은 곧 도회청에 모여 의논했다. 손바닥만한 산채에 그대로 앉아 있다가 만일에 관군이 이르러 사면을 에워싼다면 도저히 면할 도리가 없는 일이었다.

이 때 송강이 말을 내었다.

"내가 생각한 게 한 가지 있는데, 여러 사람들의 의향이 어떨지를 모르겠군."

"어서 말씀합쇼. 뭐 좋은 계책이 있으신가요?"

"어차피 여기서는 앉아 배기지 못할 테니 양산박으로나 들어가는 것이 어떨까 싶네. 양산박이란 산동 제주 관하로 방원(方圓)이 8백여 리고 중간에 완자성(宛子城)과 요아와(蓼兒窪)가 있는데 지금 조천왕(晁天王)이 4, 5천 명의 무리를 거느리고 그 곳에 웅거하여 관병들도 이 곳을 바로 보지 못하는 터일세. 아무래도 곧 인마를 수습하여 그 곳으로 가는 것이 상책일까 하네."

진명이 말했다.

"그러한 데가 있다면 좋기는 하겠지만 우리가 누구인지 인지해 주는 사람도 없이 이대로 불쑥 가도 쉽게 용납해 줄지 모르겠습니다."

그 말에 송강은 크게 웃고 조개의 무리가 생신 선물을 겁

탈한 일이며, 유당이 돈과 글을 가지고 자기를 찾아와 사례한 일이며, 그 일봉 서찰에서 동티가 나 마침내는 염파석을 죽이고 이렇듯 강호로 떠돌게 된 일을 낱낱이 들어 말했다.

듣고 나자 진명은 기뻐하기를 마지않으며 말했다.

"그러고 보니, 형님께서 양산박에는 대 은인이 되십니다그려. 구태여 날을 천연시킬 것 없이 곧 수습하여 떠나기로 하시지요."

의논이 쉽사리 정해져 청풍산을 버리고 양산박을 찾아가기로 했는데, 먼저 졸개 가운데 따라가기를 원치 않는 자는 돈을 주어 저 갈 데로 가게 하고, 따라가기를 원하는 자는 모조리 대(隊)에다 편입하니, 진명이 거느리던 군사들과 아울러 그 수가 4, 5백 명이 착실했다.

또 금은과 의복 따위를 수레로 나르고 노소(老少)는 수레를 타고 가기로 하니, 그 수효가 모두 여남은 채고 따로이 말이 수백 필이었다.

수다한 인마가 가깝지도 않은 곳을 무리를 지어 가지고 무사히 길을 가기가 쉬운 일이 아니라, 공론 끝에 양산박을 소탕하러 가는 관군 행세를 하기로 했다.

산채에 불을 지른 다음 3대(隊)로 나누어 산을 내려가니, 제1대는 송강·화영이고, 제2대는 진명·황신이며, 제3대는 연순·왕영·정천수였다.

대마다 기호(旗號) 위에 뚜렷이 '수포초구관군(收捕草寇官軍)'이라고 적혀 있었으므로 의심스럽게 여기는 사람은 한 사람도 없었다.

## 8. 여방(呂方)과 곽성(郭盛)

송강과 화영이 졸개 4, 50명을 거느리고 노소들이 타고 있는 수레를 보호하며 길을 가기 6, 7일 만에 한 곳에 이르니 지명은 대영산(對影山)이라 했다. 좌우에 산이 높이 솟아 있고, 그 사이로 한 가닥 역로(驛路)가 통하고 있었다.

둘이서 말을 타고 선두에 서서 앞으로 나가는데, 산속으로부터 제금 소리와 북 소리가 요란하게 들려 왔다.

"전방에 적이 있는 것 같습니다."

그래서 20여 기의 인마를 이끌고 정찰하러 갔더니 반리쯤 갔을 때 두 소년장사가 길 한가운데서 말을 달리며 창을 서로 맞대고 승부를 다투고 있는 모습을 볼 수 있었다.

두 소년장사는 서로 화극을 사용하면서 맞서 싸우기를 30여 합이 되었는데 승부는 나지 않았다. 두 소년 용사의 싸움은 점점 심하여졌다. 한쪽은 화극에 금실로 된 표범 꼬리같은 술을 달고 또 한쪽은 금실로 된 오색의 술을 달고 있었다. 그런데 두 개의 창이 부딪칠 때 창 끝에 있는 끈이

엉켜져서 풀어지지 않게 되었다. 화영은 마상에서 그것을 보자 화살을 시위에 메운 다음 활을 힘껏 당겨 표범 꼬리 같은 술이 엉켜져 있는 것을 겨누어서 쏘았다. 화살은 바로 들어맞아 엉킨 끈을 끊었고 두 개의 화극은 양쪽으로 갈라졌다. 두 소년 장사는 그 자리에서 싸움을 멈추고, 말을 달려 송강과 화영의 말 앞에 오더니 마상에서 인사를 하고,

"신전(神箭) 장군님의 성함을 듣고 싶습니다."

라고 말했다. 화영은 마상에서 대답했다.

"이쪽에 계시는 이 어른은 운성현의 압사, 산동의 급시우 송공명 선생이시고, 나는 청풍진의 지채 소이광 화영이요."

두 소년 장사는 그 말을 듣더니 창을 거두고 말에서 내려와 엎드리며 말했다.

"두 어른의 선성을 오래 전부터 듣고 있었습니다."

송강과 화영은 자기들도 황망히 말에서 내려 두 사람을 붙들어 일으키고 물었다.

"두 분 장사의 고성대명을 알고 싶소."

홍의를 입은 장사가 먼저 대답했다.

"소인은 담주(潭州) 태생으로 성은 여(呂)고, 이름은 방(方)입니다. 평소에 여포(呂布)의 사람됨을 흠모하여 방천화극을 익혀 왔음으로 하여 사람들이 소인을 별명지어 소온후(小溫侯) 여방이라 하는 터입니다. 처음에 생약 장사를 하러

나서 산동까지 왔다가 그만 본전을 다 없애고 그대로는 고향에 돌아갈 수가 없어, 잠시 이 대영산에 들어와 무리들을 모아 가지고 험한 벌이를 하며 지내게 되었는데, 근자에 저 사람이 난데없이 와서 소인의 산채를 뺏으려 하기로 이렇듯 매일 싸우게 된 것입니다."

듣고 나서 송강이 백의를 입은 장사를 돌아보니, 이번에는 그가 나서서 말했다.

"소인은 서천 가릉(嘉陵) 사람으로 성은 곽(郭)이고, 이름은 성(盛)입니다. 수은(水銀) 장사를 하러 나섰다가 황하에서 풍랑을 만나 배를 엎고 고향에 못 돌아가게 되었습니다. 전에 고향에 있을 때 방천극을 익혔기 때문에 사람들이 소인을 새인귀(賽仁貴) 곽성이라 불러 줍니다. 소인이 들으니까 이 대영산에 화극 쓰는 장사가 있다기에 극법(戟法)을 시험해 보려고 쫓아와서, 이래 10여 일을 싸우건만 승패를 나누지 못하더니 뜻밖에도 오늘 두 분 호걸을 뵈옵게 되어 참으로 이만한 다행이 없습니다."

듣고 나자 송강이 말했다.

"우리가 이렇듯 한자리에 모인 것도 인연이니 이 사람 낯을 보아서 두 분이 그만 화해하시는 게 어떠하시오?"

두 소년 장사는 쾌히 응낙했다.

이 때 후대 인마가 다 이르렀다. 서로 보기를 마치자 여

방은 곧 그들을 산채로 청하여 올려 소 잡고 말을 잡아 융숭하게 대접했다. 그 밤을 그 곳에서 편히 쉬고 나서 이튿날은 또 곽성이 술자리를 벌여 대접했다.

송강이 그들에게 자기네와 함께 양산박으로 가는 것이 어떠냐고 권해 보니, 두 사람은 크게 기뻐하며 두말 할 필요 없이 응낙하고 그 길로 떠날 채비를 차리려 했다.

그것을 보고 송강이 말했다.

"가만 있자. 4, 5백 명 인마가 이대로 함께 몰려가면 양산박에서 소문을 듣고, 혹시 정말로 관군이 쳐들어오는 게 아닌가 하여 무슨 일이 있을지 아나. 아무래도 내가 연순이 하고 한 걸음 앞서 가서 마리 연통을 하는 게 좋을 성싶으니, 자네들은 먼저처럼 3대로 나뉘어 오도록 하게.

그 말에 화영과 진명이 곧,

"형님 말씀이 옳습니다. 어서 먼저 떠나시죠."
하여, 송강은 연순과 함께 그 길로 수행원 10여 명을 데리고 산을 내려갔다.

부지런히 길을 가기 사흘, 새벽부터 쉬지 않고 길을 가던 중에 송강이 관도 가에 주점이 하나 있는 것을 보고 수하 무리들에게 술을 좀 사 먹일까 하여 연순과 함께 말에서 내려 무리들을 이끌고 주점 안으로 들어갔을 때였다.

웬 사나이가 송강의 얼굴을 뚫어지게 쳐다보더니 별안간

그 앞에 넓죽 엎드려 절을 하면서 말했다.

"혹시 송공명님이 아니십니까?"

"그렇소."

송강이 대답하자 그 사나이가 다시 말했다.

"여기서 뵙게 된 것이 참으로 천만다행입니다. 하마터면 길이 엇갈릴 뻔했습니다. 소인은 석용(石勇)이라고 하며, 태생은 대명부(大名府)로서 노름판으로 떠돌아다니며 살아왔지요. 제 고향 사람들로부터는 석 장군이라는 별명으로 불리워져 왔습니다만 어느 날 노름판에서 시비가 생겨 사람 하나를 때려죽이고 도망쳐 잠시 시대관인님의 장상에 몸을 숨기고 있었지요. 그 때 형님을 한 번 찾아뵈려고 운성현까지 갔었습니다. 그랬더니 계씨의 말이 지금 청풍산에 계시다는군요. 그래서 다시 청풍산으로 찾아가 뵙겠다고 했더니 계씨가 '그렇다면 부디 서신을 전해 달라'고 하며 일봉 서찰을 주기에 소인이 그것을 가지고 청풍산으로 가는 중이었습니다."

석용은 보따리 속에서 편지를 집어내어 공손히 송강에게 건네 주었다. 송강이 받아 들어 들여다보니 봉이 거꾸로 되어 있고 평안이란 두 글자도 적혀 있지 않았다. 송강은 더욱 가슴이 뛰놀고 두근거려서 급히 봉을 뜯고 사연을 읽었다. 그런데 너무나 뜻밖이고 또 너무나 놀라운 소식이었다. 부친 송 태공이 금년 정월 초순에 병으로 작고하여 아직 발인도

하지 않고 오직 형이 돌아오기만 기다리고 있다는 것이었다.

읽고 나자 송강은 한 소리 크게 부르짖고 두 주먹을 들어 자기의 가슴을 쾅쾅 두드리며 한탄했다.

"천하에 나 같은 불효자가 또 있겠는가. 연로하신 아버님께서 돌아가신 것도 모르고, 죄지은 몸이 노상 밖으로만 떠돌아다니며 도무지 사람의 도리를 다하지 못했으니, 개돼지보다 나을 것이 대체 무엇이란 말이냐."

연순과 석용 두 사람이 좋은 말로 그를 위로했다.

"형님, 부디 과도히 애통해하지 마십시오."

송강은 다시 한 차례 통곡을 했다. 이윽고 울음을 그치자 그는 연순을 돌아보고 말했다.

"아무래도 나는 집으로 돌아가 봐야만 하겠네. 박정한 말 같지만 나는 상관 말고 아우님들이나 산으로 올라가도록 하시게."

듣고 나자 연순이 말했다.

"형님, 태공께서 이미 돌아가신 이제 형님이 지금 와서 서두르시면 무얼 합니까? 그러실 게 아니라, 우선 저희들을 데리고 양산박으로 가셨다가, 다음에 댁으로 돌아가시도록 하시지요. 옛말에 뱀도 머리가 없으면 못 간다고 한답디다. 만약 형님께서 앞장을 서 주시지 않는다면, 양산박에서 저희들을 받아 주지 않을지도 모릅니다."

그래도 송강은 듣지 않았다.

"아닐세. 나는 아무래도 즉시 집으로 돌아가 봐야만 하겠네. 양산박에는 내가 자세한 사연을 적어서 편지 한 장을 써 줄 것이니, 그것을 석용님도 한패에 넣어가지고 함께 올라가시게. 모르고 있다면 몰라도 이렇게 하늘이 나에게 알려 준 이상은 마음이 놓여지질 않네. 말도 필요없고 시종한 사람도 필요 없네. 밤을 새우며 혼자서 돌아가겠네."

송강은 울면서 편지를 쓰고 정중하게 부탁했다. 적기를 마치자 봉을 하지 않고 연순에게 건네고, 날듯이 혼자서 뛰어나갔다.

다음 날 아침 진시(辰時)경, 청풍산으로부터 온 사람들이 전부 합류했다. 연순과 석용은 그들을 마중하고 송강이 부친상 때문에 바삐 돌아갔다는 것을 자세하게 이야기하였다.

화영과 진명은 무리들을 돌아보고 상의했다.

"가는 도중에 이런 일을 당했으니 진퇴가 양난이라, 도로 돌아가자니 말이 안 되고, 이대로 헤어지자니 그것도 안 될 말이라, 그러니 되나 안 되나 가 볼 수밖에는 도리가 없을까 보오. 가 보아서 일이 여의치 못하면, 그 때 달리 방도를 차리기로 합시다."

의논이 정해지자, 아홉 명 호걸들은 4, 5백 인마를 거느리고 다시 길을 떠나 마침내 양산박 가까이에 이르렀다.

일행 인마가 대로를 따라서 산에 오르려고 갈대가 우거진 숲속을 지날 때였다. 갑자기 물 위에 징 소리와 북 소리가 요란하게 울려왔다. 고개를 들어 보니 산을 덮고 들을 덮은 것이 모두 깃발들인데, 수박(水泊) 안에서 쾌선 두 척이 이쪽을 향해 살같이 내닫고 있었다.

앞서 나오는 배 위에는 4, 50명 졸개들이 타고 있는데, 뱃머리에 자리를 잡고 앉아 있는 두령은 곧 표자두 임충이고, 뒤를 따르는 초선(哨船) 위에도 역시 4, 50명 졸개들이 타고 있는데, 뱃머리에 앉아 있는 두령은 곧 적발귀 유당이었다.

앞배의 임충이 문득 소리를 높여 외쳤다.

"네 어느 곳 관군이기에 감히 와서 우리를 잡겠다고 하느냐 가소롭구나. 한 놈도 남기지 않고 죽여 버려서 우리 양산박의 대명을 알려 주어야겠다."

화영과 진명은 모두가 말에서 내려 강기슭에 서서 큰 소리로 말했다.

"우리들은 관군이 아닙니다. 산동의 급시우 송공명님으로부터의 편지를 받아 가지고 일부러 이렇게 찾아왔으며, 대채의 한패로 넣어 주시길 바라고 있습니다."

임충이 그 말을 듣고 말했다.

"송공명 형장의 서찰을 가지고 오셨다면 우선 저 앞에 있는 주귀 주점으로 들어가시지요. 글월을 본 다음에 산으로 청하오리다."

말을 마치자, 선상의 청기(靑旗)를 들어 한 번 흔드니, 갈대 속으로부터 작은 배 한 척이 노를 저어 나오는데, 배 속에 세 사람이 있어 하나는 남아서 배를 보고, 두 명은 물 위로 올라와 화영의 무리를 보고 말했다.

"여러분 장군께서는 저를 따라오십시오."

이 때 물 위의 두 척 초선은 한 척 배 위의 백기(白旗)가 한 번 휘날리자, 징 소리를 크게 울리며 일제히 수박 안으로 사라져 버렸다.

화영 일행은 그 모양을 보고 모두 놀라며 어이없어했다.

"과연 관군이 범접을 못해 보겠소. 우리 산채는 도저히 여기와 비할 것이 못되오그려."

일행은 어부를 따라 주귀의 주점으로 갔다. 주귀는 곧 그들을 안으로 맞아들인 다음에, 송공명의 서찰을 달라고 해서 보고 수정(水亭)으로 나가 작화궁에다 향전을 메워 맞은 편 갈대숲을 향해 쏘았다.

한 척 쾌선이 나는 듯이 물 위를 달려왔다. 주귀는 곧 졸개에게 분부하여 송강의 서찰을 가지고 먼저 산으로 올라가 보고하게 한 다음, 돼지와 양을 잡아 아홉 명 호걸들을 대접하고, 이 날 밤은 일행을 주점에서 편히 쉬게 했다.

이튿날 아침이었다. 군사(軍師) 오용이 몸소 주점으로 내려와 호걸들과 서로 보고 예를 마치자, 한 사람 한 사람의 내력을 자세히 물었다.

그 때 수삼십 척 대선(大船)이 일행을 맞으러 나왔다. 오용과 주귀는 아홉 명 호걸을 이끌어 배에 오르게 하고, 다시 노소·거량(車輛)·인마·행리를 모조리 배에 실은 후 금사탄을 향해 나아갔다.

일행이 뭍에 오르자 송림 속으로부터 여러 두령이 조개를 따라 북을 울리며 나와 맞았다. 화영의 무리들은 각기 교자에 올라 취의청으로 갔다.

취의정에 당도하여 한 사람 한 사람의 인사가 끝나자 좌측 걸상에는 조개, 오용, 공손승, 임충, 유당, 원소이, 원소오, 원소칠, 두천, 송만, 주귀, 백승이 앉고, 우측 걸상에는 화영, 진명, 황신, 연순, 왕영, 정천수, 여방, 곽성, 석용이 두 줄로 나누어져서 앉았고, 한가운데에 있는 향로에 향을 피우고 한 사람 한 사람 서약을 했다. 식이 엄숙하게 끝난 뒤 입단한 사람들을 위해서 떠들썩하게 주연이 베풀어졌다.

# 제 4 장

1. 송가장(宋家莊)

2. 게양령(揭陽嶺)

3. 선화아(船火兒) 장횡(張橫)

4. 신행태보(神行太保) 대종(戴宗)

5. 흑선풍(黑旋風) 이규(李逵)

6. 낭리백도(浪裏白跳) 장순(張順)

7. 십자로구(十字路口)

8. 백룡신묘(白龍神廟)

# 제4장

## 1. 송가장(宋家莊)

한편 송강은 밤을 새워서 길을 걸어 여러 날 만에 마침내 고향에 이르렀다. 그 날 저녁때 마을 입구에 있는 선술집 안으로 들어선 송강은 길게 한숨을 지었다.

술집 주인 장 씨는 원래 송강의 집과 친숙하게 왕래하는 사람이었기에 수심이 가득한 송강이 눈물까지 흘리는 것을 보자 한 마디 물었다.

"송 압사. 지금 돌아오시는 길이오? 생각해 보니 그 일이 있었던 지도 어느덧 반년이나 되오. 참 반갑소이다. 그런데 안색이 좋지 않소. 무슨 근심이라도 있어서 그러오?"

"죄를 짓고 타향으로 떠돌아다니느라고 가친의 임종도 못 모셨으니 이런 망극한 일이 또 어디에 있겠습니까."

"송 압사, 농담을 하는 것도 분수가 있지. 태공께서 내 집에 오셔서 약주를 잡숫고 돌아가신 지가 반시간도 채 안 되는데 그게 도대체 무슨 말이오?"

"예?"

송강은 반문했는데 아무래도 납득이 가질 않았다. 그래서 잠시 동안 이것저것 생각하고 있다가 얼마 안 있어서 해가 졌으므로 장 씨의 선술집에서 나와 집으로 향해서 달려갔다.

문 안으로 들어가 보니, 아무것도 달라진 것이 없었다. 곧바로 안방으로 돌아가니 송청이 나와서 인사를 했다. 송강은 동생이 상복을 입지 않는 것을 보고 벌컥 화를 내며 호령을 했다.

"이 불효자식아, 이게 무슨 짓이냐. 아버지는 현재 집에 계시다고 하는데 잘도 그런 편지를 보내 놓고 나를 조롱하다니!"

송청이 변명하려고 하자 간막이 저쪽으로부터 송 태공이 나와서 말했다.

"애야, 그렇게 화내지 말아라. 그것은 네 동생이 한 짓이 아니다. 내가 매일같이 어떻게 해서라도 너를 만나 보고 싶다고 생각한 끝에 그 애에게 일러서 내가 죽었다고 쓰게 한 것이란다. 그렇게 하면 너도 돌아올 줄로 생각했기 때문이었다. 그러니 그 애에게 화내지 말아라. 이번에 너를 불러들인 것은 뭐라고 그러더라, 요사이 조정에서 황태자를 세운

까닭으로 은사의 말씀이 내려져 빈산에서 범한 죄는 모두 일등과(一等科)를 감해 주기로 되었다고 하기에 설혹 네가 체포되더라도 그저 겨우 유배나 될 정도이니 목숨은 무사할 것이라고 생각되었기에 그런 편지를 쓰게 했다."

그런데 어느덧 하늘에는 달이 뜨고 대략 술시(戌時)경이 되어 집안 식구들이 모두 잠들었을 때, 갑자기 앞뒤에 있는 문에서 함성 소리가 들렸다. 벌떡 일어난 송강이 바라보니 사방은 온통 횃불이고 그것이 빙 돌아 송가장을 포위하며,

"송강을 놓치지 말라."

하고 고함지르고 있었다.

송 태공이 소스라치게 놀라 사다리를 타고 담 위로 올라가니 몰려오는 횃불 속에 대충 1백여 명의 사람들이 보였다. 선두의 두 사람은 운성현에 새로 온 도두로서 조능(趙能), 조득(趙得) 형제들이었다. 두 사람은 큰 소리로 말했다.

"송 태공, 너도 분별이 있으면 네 자식인 송강을 이쪽으로 내보내라. 그렇다면 우리도 모든 것을 잘 처리해 줄 것이다. 만일 내놓지 않으면 늙었더라도 너도 함께 붙잡아 가겠다."

"송강이 언제 돌아왔다는 겁니까?"

"그 따위 엉터리 소리를 하지 말아라. 그놈이 장가의 술집에서 술을 마시고 나가는 것을 마을 입구에서 본 사람이 있다. 이 곳까지 뒤를 밟아온 사람도 있단 말이다."

조능이 말하자 사다리 아래에 서 있던 송강이 말했다.

"아버지, 저는 스스로 관청으로 나가도 관계치 않습니다. 현의 관청에도 부의 관청에도 아는 이들이 있고 그리고 벌써 은사도 나와 있으므로 감형이 될 것은 틀림없을 것입니다. 저런 놈들에게 뭐니뭐니 말해도 어떻게 되는 것은 아닙니다."

송 태공은 목소리를 떨면서 중얼거렸다.

"내가 공연히 너를 돌아오게 했구나."

송강은 사다리 위로 올라가

"여러분, 제발 그렇게 너무 떠들지 마시오. 두 분 도두님, 집에 들어와서 한잔 하십시다. 내일 함께 관청에 출두하겠소." 라고 큰 소리로 말했다. 그러자 조능이 빈정거렸다.

"잘도 지껄인다. 우리들을 속여 놓고 줄행랑을 치려고 그러는 거지?"

"부모 형제가 말려들어가는 일은 결코 하지 않습니다. 안심하시고 들어와 주십시오."
하고 말한 송강은 잠시 후 대문을 열고, 두 사람의 도두를 방 안으로 청해 들였다.

그 날 밤, 두 사람의 도두는 송강의 집에서 머물렀고 다음 날 인시(寅時), 송강과 같이 현의 관청으로 돌아갔다. 도두인 조능과 조득이 송강을 끌고 온 것을 보고 지현인 시문빈(時文彬)은 송강에게 공술서를 쓰게 하고, 우선 먼저 감옥에 감금

시켜 두도록 명령했다.

온 동네 사람들은 송강이 체포되었다는 소식을 듣자 석방되도록 탄원했고, 지현도 대체로 송강을 관대하게 보아 주겠다고 생각하고 있었으므로 손에 가쇄도 채우지 않고 옥 안에 연금시켰다. 그 때 염파석은 벌써 반년 전에 죽었으므로 고소인으로 나서는 사람도 없었고 장문원도 여자가 죽고 난 이상 일부러 미움을 사는 역할을 하기 위해서 떠들지는 않았으므로 책장 20도로 그치고 강주에 있는 감옥으로 보내기로 되었다.

송강은 두 사람의 방송공인과 함께 길을 떠났다.

장천(張千)과 이만(李萬) 두 사람은 송강에게서 제법 많은 돈을 받았을 뿐만 아니라 그의 호걸됨을 잘 알고 있었기에 노상에서 송강을 극진히 대해 주었다.

세 사람은 그 날 하루 종일 걸어가다가 날이 저물자 주점을 찾아들었다. 두 공인이 불을 피워 밥을 지어 놓자 송강은 술과 고기를 사서 그들에게 권하며 은근히 말했다.

"내가 두 분에게 일러 드릴 말이 있소. 내일은 아무래도 양산박 앞을 지나가게 될 것인데, 산채에 있는 호걸들이 만약 내가 지나는 것을 알게 되면 반드시 산에서 내려와 나를 구하려고 할 것이고, 그리 되면 두 분의 목숨이 위태로워질 것이오. 그러니 내일은 새벽에 이 곳을 떠나 소문이 나지 않게 사잇길로 갑시다."

듣고 나자 두 공인이 말했다.

"압사가 일러 주시지 않았다면 큰일날 뻔 했습니다. 그러면 그렇게 하지요."

다음 날 인시에 일어나 밥을 지어 먹은 세 사람은 주점을 떠나 사잇길을 따라서 걸음을 재촉했다. 그러나 그들이 대략 30리 정도 갔을 때, 별안간 맞은편 언덕길 너머에서 한 떼의 사람들이 뛰어나왔다. 송강은 그들을 보고,

"아차, 큰일났군."

하고 소리쳤다. 그들의 앞을 선 두목은 적발귀 유당으로 박도를 휘두르며 두 사람의 공인에게 덤벼들었다. 두 사람은 소스라치게 놀라 그 자리에 털퍼덕 주저앉았고 송강은 앞으로 나서며 급히 외쳤다.

"대체, 이들을 왜 죽이려는 거요?"

그러자 유당이 말했다.

"산에 계신 형님의 명령으로 염탐꾼을 내보냈더니 형님이 잡히셨다고 하지 않겠소. 운성현으로 달려가서 감옥을 파괴하려고 했지요. 그런데 자세히 알아 보니 이번에 강주로 귀양을 가게 되었다지 않겠습니까. 하지만 강주로 가는 길은 원체 여러 갈래라 혹시 일을 그르칠까 두려워 대소 두령들이 각기 나서서 길목을 지키기로 했습니다. 그러니 두

놈의 관리를 죽이지 않고서 어찌하겠습니까?"

듣고 난 송강이 말했다.

"여러분이 나를 진심으로 생각해 주신다면 이대로 강주의 감옥으로 가도록 해 주시오. 기일이 다 되어서 돌아오면 그 때는 꼭 여러분과 만날 것입니다."

"하지만 그것은 저 혼자의 생각만으로는 결정지을 수 없습니다. 저 건너 길에 군사이신 오학구와 화 지채가 나와 계시니 두 분을 이리 청해 다 같이 의논하기로 하시지요."

분부를 받은 졸개가 달려간 지 얼마 안 되어서 오용과 화영이 말을 나란히 타고 선두에 서서 수십 기를 거느리고 달려왔다. 말에서 내려 인사를 하자마자 화영은 졸개들에게 명했다.

"형님의 목에 걸린 가쇄를 빼 드려라."

"아니오. 무슨 말씀을 하시는 거요. 이것은 나라의 법도요. 제멋대로 그런 짓을 할 수는 없는 거요."

송강이 그렇게 말하자, 오학구는 웃으면서 말했다.

"당신의 마음가짐은 잘 알았습니다. 당신을 산채에 머물러 계시도록 하지만 않으면 되겠지요? 조 두령이 오랫동안 형님을 뵙지 못했기에 이번에는 꼭 뵙겠다고 하시니 잠시 동안만이라도 산채로 가 주십시오."

"과연 선생이십니다. 잘도 이 송강의 마음을 알아주시는

군요."

라고 말하며 송강은 두 사람의 공인을 일으켜 세웠다.

일행은 큰길을 벗어나 갈대가 우거진 물가로 갔다. 배로 물을 건너 취의청에 들어갔더니 조개가 자리에서 일어나 송강을 맞으며 진심으로 감사의 말을 올렸다.

"운성에서 목숨을 구해 주신 뒤 저희들 일행은 이 곳에 왔습니다만, 하루도 은혜를 잊은 적이 없었습니다."

"여러분의 호의는 잘 알았습니다만, 나는 죄인의 몸이니 이만 실례하게 하여 주십시오."

"그것은 또 이상하신 말씀, 두 사람의 관리를 처치하는 것이 싫으시다고 말씀하시면, 듬뿍 금은을 주어서 그들에게 돌아가게 하고, 우리들 양산박에 있는 놈들에게 납치되었다고 말하게 하면 그들에게 죄가 돌아가지는 않겠지요."

일동이 몇 번이나 송강을 말렸으나, 송강은 아무래도 듣지 않고 두 사람의 공인 옆에서 떨어지지 않고 있었다.

그 날 밤은 그 곳에서 하룻밤을 자고, 다음 날은 아침 일찍 일어난 송강이 그만 떠나겠다고 하였다. 그러자 오용이 말했다.

"저와 매우 친숙한 사람으로서 지금 강주에서 옥리를 하고 있는 사람이 있습니다. 대종(戴宗)이라고 하며 그 곳 사람들은 원장이라고 부르지요. 그 사람은 하루에 8백 리 길을

걷는 술법을 체득하고 있기 때문에 사람들로부터 신행태보 (神行太保)라는 별명을 얻었지요. 또한 의가 두터운 남자여서 어젯밤 제가 편지를 써 두었으니 그것을 가지고 가셔서 그에게 전하시면 형장께 불리하지는 않을 것이외다."

그리하여 송강은 두 공인과 더불어 산을 내려가 강주를 향하여 걸어갔는데 두 방송공인은 양산박 산채에 인마들이 허다하고 뭇 두령들이 모두 송강을 받드는 것을 보았기에 더욱 그를 공경했다.

## 2. 게양령(揭揚嶺)

세 사람은 길을 떠난 지 반달이 되었을 때 드디어 전방에 높은 산이 보이는 어떤 곳에 당도하였다. 두 사람의 관리가,

"됐다. 저 게양령(揭揚嶺)만 넘으면 심양강입니다. 그 뒤로 는 강주까지 배로 가면 그리 멀지는 않습니다."

라고 말하자 송강이 대꾸했다.

"날씨도 따뜻하니 선선할 때 산을 넘고 그 다음에 여인숙 을 찾도록 합시다."

세 사람이 드디어 고개를 넘어서니, 산 밑에 있는 선술집 이 한 눈에 띄었다. 세 사람은 그 술집으로 들어갔다. 잠시 기다리고 있었으나 아무도 나오질 않았다. 송강이,

"여보시오. 주인은 없소."

라고 부르니 안으로부터,

"예 지금 갑니다."

라는 대답이 있고, 이어서 기골이 큰 사나이 하나가 나왔다.

"대단히 말씀드리기가 어렵습니다만, 이 고개의 주점에서는 선금을 주신 뒤에 마시기로 되어 있습니다."

"돈을 먼저 내고 마시는 것이, 이쪽도 마음이 편하오. 자, 그럼 돈을 내주지."

하며 송강은 보따리를 열고서 은자를 집어냈다. 사나이는 옆에 우뚝 서서 묵직하게 보이는 그 보따리를 보더니, 빙긋이 웃었다.

두 사람의 공인이,

"형씨, 뜨거운 것을 한 잔 주시오."

하고 말하자 그는

"뜨거운 것이 좋으시다면 데워서 드리겠습니다."

하고 데워 가지고 온 술을 사발 세 개에 부었다. 산길을 올라오느라고 기갈이 심했던 세 사람은 잔을 들자 단숨에 들이켰다. 그러자 괴이한 일이 벌어졌다. 두 공인이 갑자기 눈을 뒤집고, 입 언저리에서 침을 흘리면서 서로 부둥켜안고, 위를 쳐다보다가 뒤로 나동그라지고 만 것이다. 송강이 벌떡 일어나서,

"두 분, 단 한 잔으로 그렇게 취해 떨어지다니, 어떻게 된 일입니까."

하며 옆으로 가서 일으키려고 하였으나, 그 순간 자기도 모르게 머리가 아찔해지고 눈이 어두워지는 것을 느끼며 그 자리에 쓰러지고 말았다. 세 사람은 눈을 껌벅거리며 서로의 얼굴만 쳐다볼 뿐 마비가 되어서 꼼짝도 할 수가 없었다.

이 모양을 보고 술집 주인은 입속말로 혼자 중얼거렸다.

"근래 도무지 벌이가 없더니, 오늘은 참 천행으로 저것들이 굴러들어왔구나."

그는 우선 송강을 번쩍 안아 들고 인육 작방으로 들어가 눕혀 놓고 다시 나와 두 공인을 차례로 안고 들어갔다.

그는 다시 나와 세 사람의 보따리를 들고 뒷집으로 들어가 곧 펴 보았다. 나오는 것이 모두 금은(金鐵)이었다. 그는 또 중얼거렸다.

"내가 여기 술집을 내고 있은 지 여러 해지만, 이런 죄인은 처음 보겠군. 그래 일개 죄인이 이렇게 많은 돈을 지니고 있을 수가 있나? 하여튼 하늘이 내리신 게다."

그는 보따리를 도로 싸서 한옆에 치워 놓고 문 밖으로 나왔다.

주점의 중노미가 돌아오면 곧 요리를 해치우려고 문 밖으로 나갔다. 그러자 그 때 산 밑으로부터 고개를 향하여 올라오고 있는 세 사람의 일행이 보였다. 사나이는 급히 앞으로 나서며 그들을 맞았다.

"형님들, 어디 가시우?"

세 사람 가운데 가장 기골이 장대한 사나이가 대답했다.

"사람을 좀 기다리다가 오는 길일세. 아무리 생각해도 그만 하면 오실 때가 지났는데 웬일인지 모르겠네. 며칠 전부터 고개 아래에서 매일같이 눈이 빠지게 기다리건만 도무지 오시지를 않네그려."

주인이 다시 물었다.

"누구를 기다리고 계시는지요?"

"성함은 너도 들어서 알고 있겠지. 제주 운성현의 송 압사님이신 송강이라고 하는 분이시다."

"그렇다면, 세상에서 이름이 높다는 산동 급시우 송공명님 말입니까?"

"그렇다, 그분이란다."

술집 주인이 다시 물었다.

"그분이 이 곳에는 왜 오시우?"

"나도 모르고 있었는데, 일전에 제주에서 온 사람 말을 들으니 송 압사가 대체 무슨 일을 저질렀는지 모르나 하여튼 강주로 귀양을 가게 되어 제주부를 떠났다고 그러데그려. 제주부에서 강주 노성을 가려면 또 어디 딴 길이 있나? 천하

없어도 이 게양령을 넘어야 하지. 그 어른이 운성현에 계실 때도 내 몇 번인가 찾아가 뵈오려 했었는데, 이 곳을 지나신다는 걸 알고야 내 어찌 가만히 있을 수 있겠나? 그래, 그간 고개 아래에서 그 어른이 지나시기만 기다리고 있었는데 그 어른은 그만 두고 다른 죄인도 도무지 지나가는 사람이 없네그려. 그래 오늘은 자네도 오래간만에 볼 겸, 술도 한잔 할 겸하여 올라온 길일세. 요새 벌이가 어떤가?"

"그간 벌이가 도무지 시원치 않았죠. 그런데 오늘은 대체 어찌 된 일인지 세 놈이나 한꺼번에 굴러들어와 장사가 미상불 괜찮았소."

그 사나이가 황망히 물었다.

"그 죄인이란 게 혹시 얼굴이 검고 키가 작으며 살이 찐 사람 아니던가?"

"글쎄요. 확실히 키는 그다지 크지 않고, 얼굴빛은 검붉은 남자입니다."

큰 사나이가 입에 거품을 머금고 다시 물었다.

"이놈아, 아직 손을 대지는 않았겠지?"

"방금 요리장에 끌어넣고 왔습니다만, 중노미가 돌아오질 않아서 아직 요리는 하지 않고 있습니다요."

"잠깐 내게 보여 다오."

네 사람은 이리하여 낭떠러지 옆에 있는 인육 요리장으

로 들어갔다. 그 큰 사나이는 송강의 얼굴을 자세히 들여다 보았으나 원래 면식이 있는 것도 아니어서 전혀 알 수가 없었지만 공문서의 주머니를 열고서 송장을 읽고 나서

"아이고 고마워라. 이젠 살았다."

라고 소리를 질렀다. 사나이는 저도 모르게 한숨을 한 번 쉬고는 중얼거렸다.

"내가 오늘 이 곳으로 올라온 것은 정말 하늘이 시키신 일이로군. 자네가 아직 그냥 두어 두기가 천행이지, 하마터면 큰 일을 저지를 뻔하지 않았나. 하여튼 곧 가서 해약(解藥)을 가지고 오게."

주인은 황망히 나가 해약을 가지고 돌아왔다.

우선 칼부터 벗긴 다음에 해약을 입 안에 흘려 넣고 네 사람이 각기 송강의 팔 다리를 마주잡고 곱게 객방으로 모셔 내었다.

송강은 한동안 정신을 차리지 못했다. 사나이는 송강을 두 팔로 안고 앉아 있었다. 이윽고 약기운이 돌자 송강은 차차 깨어나서 눈을 두리번거리며 앞에 있는 사람들을 둘러보았다.

이것을 보고 사나이는 같이 온 두 사람에게 송강을 부축하고 있게 한 다음, 자기는 황망히 그의 앞으로 나가 공손히 절을 드렸다. 송강이 비로소 입을 열어 물었다.

"누구시오? 내가 지금 꿈을 꾸고 있는 게 아닌가?"

그 때 술집 주인이 또한 절을 드리자 송강은 답례하고 말했다.

"두 분, 그만 일어나시오. 대체 여기는 어디며 두 분은 뉘 신가요?"

사나이가 대답했다.

"소제의 성은 이(李)고 이름은 준(俊)으로, 본디 노주(蘆洲) 사람입니다. 양자강의 뱃사공으로 지내오며, 그만치 물에 는 익어 사람들이 저를 혼강룡(混江龍) 이준이라 부르는 터이 지요. 또 이 집 주인으로 말씀하면, 보시다시피 이 게양령 에서 술집을 내고 술에 몽환약을 타서 사람을 상하게 하고 재물을 뺏으므로 남들이 모두 최 명판관 이립(李立)이라 부 른답니다. 그리고 이 두 형제는 심양 강변 사람으로 사염(私 鹽)을 가지고 이 곳에 와서 장사를 하며 지내는데 역시 물에 익어 형은 이름이 출동교(出洞蛟) 동위(童威)고, 아우는 이름 이 번강신(飜江蜃) 동맹(童猛)입니다."

그 날 밤 이립은 술을 내놓아 일동을 대접하고, 집에서 일박하도록 하였다. 그 다음 날 송강은 이준, 동위, 동맹, 그리고 두 사람의 관리들과 같이 고개를 내려와 이준의 집 에 가서 쉬었다. 이준은 주식을 내놓고 정중하게 대접하며, 의형제를 맺고 송강을 형님으로 모신 뒤 그런 대로 며칠 동안 집에서 머물게 하였다. 그리고서 송강은 다시금 목에 가쇄를 차고 게양령을 뒤로 한 채 계속 강주로 향했다.

드디어 낮이 지났을 때, 세 사람은 어떤 번화한 거리에 당도했다. 집들이 즐비한 거리로 들어가다 문득 보니 사람들 한 떼가 삥 둘러서서 뭔가 구경을 하고 있었다. 들여다보니 창봉을 쓰면서 사람을 모이게 하는 고약장수였다.

송강과 두 사람의 관리는 그 곳에 머물면서 잠시 그 사나이의 창봉술을 구경하고 있었는데, 얼마 안 있어서 그가 창과 봉을 내려놓더니 이번에는 주먹을 써 보였다.

"잘 하는데, 대단한 솜씨야."

라고 송강은 감탄했다. 사나이는 이번에는 접시 한 개를 손에 들고 넋두리를 했다.

"저는 먼 고장에서 온 사람입니다. 자랑할 만한 재주는 없습니다마는 그저 여러 손님 덕택에 고약 봉지나 팔아 볼까 하여 멀리 이 곳을 찾아왔습니다. 고약을 좀 팔아 줍시오. 설사 고약이 소용되지 않더라도 몇 푼 동전을 내려 주시면 그 이상 감축할 데가 없겠습니다."

말을 마치자 그는 곧 쟁반을 들고 구경꾼들 앞을 주욱 한 바퀴 돌았다. 그러나 동전 한 닢 내 주는 사람이 없었다.

"여러분, 제발 따뜻한 인정을 베풀어 주십시오."

하며 다시 한 번 접시를 돌렸지만 사람들은 모두가 모르는

척하고 있었다. 이 광경을 보고, 송강이 품에서 닷 냥 은자를 내어 접시 위에 놓고 말했다.

"나는 죄를 짓고 귀양 가는 사람이라 닷 냥밖에 못 드리오마는 적다 말고 받으시오."

사나이는 그 5냥의 백은을 받아 쥐더니 두 손으로 받들고 감사의 넋두리를 했다.

"소문에도 이름이 높은 이 게양진에서, 이 몸을 아껴 주겠노라 하고 사리를 알고 계시는 호한은 한 사람도 보이지 않았는데…… 황송스럽게도 이분께서는 현재 그의 몸은 잡힌 몸이 되었으나, 그리고 단지 이 곳을 지나간다는 것뿐인데도 5냥의 은백을 저에게 베풀어 주셨습니다. 이 5냥의 은자는 다른 분이 주시는 50냥보다도 더 소중합니다. 이 곳에 엎드려 인사를 올리며 성함을 듣사옵고 천하에 이 소식을 알리면서 돌아다니도록 하여 주십시오."

"아니오, 무예자님, 이까짓 것을 가지고 무얼 그렇게 인사를 하십니까?"

하고 송강은 대답했는데 마침 그 때 사람들을 헤치면서 한 사람의 큰 사나이가 뛰어나오더니 큰 소리로 호령했다.

"야, 이놈아, 네놈은 도대체 어디서 빌어먹던 죄수놈이냐? 이 곳 게양진에서 살고 있는 우리들에게 잘도 흙탕질을 했구나."

송강이 대꾸했다.

"여보, 내 돈 내가 주는데 당신이 무슨 상관이란 말이오?"

그 사나이는 다짜고짜 송강의 멱살을 잡으며 으르렁거렸다.

"야 이자식 봐라. 내게다 말대답을 하네."

"내가 당신한테 말대답 못할 게 뭐요?"

송강이 다시 한 마디 되받자 그자는 눈결에 주먹을 들어 송강의 면상을 바라고 내리쳤다. 송강이 얼떨결에 머리를 뒤로 젖혀 그 주먹을 피하자 그자는 바짝 앞으로 대들며 다시 주먹을 번쩍 들었다.

이 때, 교두가 번개같이 달려들어 한 손으로 그자의 허리를 움켜쥐고, 또 한 손으로는 그자의 복장을 쥐어질렀다. 그자는 그대로 '쾅!' 소리를 내며 땅바닥에 나동그라졌다. 큰 사나이가 그래도 일어나려고 몸부림치는데, 교두는 다시금 발로 걸어차 버리고 뒤로 넘겼다. 두 사람의 관리가 교두를 말리고 있으려니까 큰 사내는 겨우 어기적거리며 일어나,

"이대로는 참을 수가 없다. 두고 보자."

라고 말하고는 어디론가 도망가 버렸다.

송강이 교두에게 이름을 물으니 그가 대답했다.

"저는 하남의 낙양 사람으로서 설영(薛永)이라고 하오며, 조부는 경략사인 충로상공(沖老相公)에게 벼슬하던 무관이었

습니다만, 동료에게 미움을 받고 영달의 길이 막혔기 때문에 자손들은 이렇게 창봉이나 쓰면서 사람들을 모이게 하여 약이나 팔고 지냅니다. 그러므로 세상 사람으로부터 병대충(病大蟲)의 설영이라고 불리고 있습니다. 당신은 누구신가요?"

"나는 송강이라고 하며, 운성현 사람입니다."

"그러면 산동의 급시우 송공명님이십니까?"

"그렇습니다."

설영은 그 말을 듣자 무릎을 꿇고서 절을 했다. 송강은 황망히 그를 붙들어 일으키고 말했다.

"자, 어디 가서 우리 술이나 한잔 나누십시다."

설영은 즉시 창봉과 약낭(藥囊)을 수습하여 들고 송강과 두 명 공인을 따라갔다. 그러나 뜻밖이었다. 찾아 들어간 술집에서 그들에게는 술도 고기도 팔려고 하지 않았다.

송강이 물었다.

"어째서 우리한테는 술을 안 파는 게요?"

"조금 전에 당신들이 맞붙어 싸웠던 그 큰 사나이가 심부름꾼을 보내 만일 당신들에게 마시고 먹게 한다면 이 가게를 때려 부수고 말 것이라고 이르고 갔기 때문입니다. 이 고장에서는 그 사람에게 미움을 받게 되면 끝장입니다. 그분은 이 곳 게양진의 유지이니까요."

그 말에 송강이 어이가 없어서 설영을 돌아보니 설영이

말했다.

"저는 곧 객점으로 가서 방전(房錢)이나 셈을 한 다음에 수일 내로 형님을 뵈러 강주로 가겠습니다. 형님은 이 길로 곧 떠나시지요."

송강은 20냥 은자를 내어 설영에게 주고, 즉시 그와 헤어져 공인들과 술집을 나섰다.

얼마쯤 가느라니 길가에 또 술집이 있었다. 그러나 그 곳에서도 그들에게는 술을 팔지 않았다. 다시 두어 군데 찾아 들어가 보았으나, 역시 그들을 상대해 주지 않았다.

술집뿐만 아니었다. 객점을 몇 군데 찾아가 보았으나, 그 곳에서도 역시 그들에게는 방을 내 주지 않는 것이었다.

어느덧 날이 저물었다.

"이거 쓸데없이 창봉 쓴 거 구경 좀 하다가 욕을 단단히 보지 않나. 설마 촌에까지는 통문이 안 돌았을 것이니 한시 바삐 여기를 떠나기로 합시다."

송강은 두 명 공인과 함께 촌으로 나갔다. 날은 어느 틈에 아주 어두워졌는데 부지런히 촌길을 걸어가느라니까 그래도 숲 사이로 멀리 은은하게 불빛이 보였다.

"저게 필시 인가겠구먼, 그저 염치 불구하고 하룻밤 자고 가지고 떼를 쓰고 우리 내일은 아주 새벽같이 떠나기로 합시다."

그러나 공인은 잠깐 그쪽을 살펴보더니 말했다.

"저기는 원길에서 너무 들어갔는 걸요."

"좀 들어갔으면 대수요. 내일 좀 더 걸을 작정하면 되는 게지."

세 사람은 사잇길로 잡아들어 한 5리나 실히 걸었다. 마침내 찾아 이른 곳은 숲속의 일좌 대장원(大莊院)이었다. 문을 두드리니 장객이 나와서 누가 이렇듯 늦은 시각에 찾아와 주인을 찾느냐고 물었다.

송강은 공손히 대답했다.

"이 사람은 강주로 귀양을 살러 가는 죄인인데, 길을 잘못 들어 숙소를 못 잡고 댁에 찾아왔으니 아무 데서나 하룻밤 드새게 해 주신다면 내일 셈을 쳐서 올리고 일찍 떠나겠소이다."

장객은 잠깐 기다리라 하고 들어가더니 곧 다시 나와,

"태공(太公)께서 들어오시라오."

하고 말했다.

송강이 두 명 공인과 함께 후원 초당으로 가서 태공을 만나 인사를 드리니, 태공은 장객에게 그들을 문방(門房)으로 데리고 나가서 저녁을 대접하고 편히 쉬게 해 주라고 분부했다.

세 사람이 문방으로 나와 종일 굶은 끝에 갱탕과 채소로 밥을 배불리 먹고 나자 장객은 그릇을 수습하여 안으로 들어갔다.

방 안에 세 사람만 남게 되자 두 명, 공인이 말했다.

"압사 어른, 아무도 보는 사람이 없으니 칼을 벗으시고 좀 편히 누우십시오."

잠시 후 세 사람은 문을 닫아 걸고 자리에 누웠다. 그런데 별안간 바깥쪽에 누군가 와서,

"문 열어라"

하고 외치는 소리가 들려 왔다. 깜짝 놀란 송강이 문틈으로 밖을 보니 밖에서 장정 6, 7명이 들어오는데, 앞선 자는 손에 박도를 들었고 뒤를 따르는 자들은 모두 도차(稻叉)와 곤봉을 잡았다.

송강이 자세히 살펴보니 박도를 든 자는 바로 게양진 거리에서 자기를 때리려던 그 허우대 큰 자였다. 송강이 마음에 놀라워하며 가만히 들으려니까 태공이 그자를 보고,

"이 애, 또 어디 가서 누구하고 시비를 하려고 이렇게 아닌 밤중에 몽둥이들을 들고 수선이냐?"

하자 그자가 그 말에는 대답을 않고 물었다.

"아버지, 형 어디 있는지 아세요?"

"네 형은 지금 술이 취해 뒤 정자에서 자나 보다."

"그럼 얼른 가서 깨워 가지고 곧 쫓아가 보아야겠군."

"너 또 누구하고 쌈을 했구나. 네 형을 깨웠다간 일만 크게 벌어진다. 대체 무슨 일이냐?

그 사나이가 이유를 말하자 태공이 좋은 말로 타일렀다.

"너 그게 무슨 말이냐. 제 돈 제가 쓰는데 네가 대체 무슨 상관이냐? 네가 남한테 좀 얻어맞았다지만 무어 상처가 대단한 것도 아니니, 제발 아비 말을 듣고 어서 네 방으로 가서 잠이나 자거라."

그러나 그자는 듣지 않고 기어이 제 형을 불러내겠다고 안으로 들어갔다. 그 뒤를 쫓아 태공도 들어갔다.

송강은 그 말을 듣고 관리에게 말했다.

"이것 참 재미없게 되었는데, 하필이면 그놈의 집에 들게 되다니. 하여간 도망갈 수밖에는 별 재간이 없군 그래. 만일 그놈에게 알려지는 날에는 반드시 죽게 될 걸세. 설혹 노인은 잠자코 있어 주어도 하인들은 아무래도 숨겨 주지는 않을 걸세."

세 사람은 방 안쪽으로부터 뒷벽에 구멍을 뚫고 빠져나가서 별과 달밤을 의지하며 숲속에 난 작은 길로 정신없이 도망갔다.


## 3. 선화아(船火兒) 장횡(張橫)


세 사람이 한참 동안 가노라니 전방에 갈대가 끝없이 펼쳐져 있었고 '철썩철썩' 파도 소리를 내며 흘러가는 한 줄기 큰 강이 보였다. 이것이야말로 다름 아닌 심양강이었다.

그 때 별안간 뒤쪽에서 함성이 들리기에 돌아보니 사람들 한 떼가 횃불을 밝혀 들고 그쪽을 향해 달려오고 있었다.

세 사람은 소스라치게 놀라 덮어 놓고 갈대밭으로 들어갔다. 그러나 몇 걸음을 못 가서 육지는 다하고 다음은 강이었다.

'이럴 줄 알았더라면 숫제 남들이 권할 적에 그대로 양산박에나 있기로 할 것을….'

송강이 하늘을 우러러보며 탄식하기를 마지않을 때, 문득 강 위에서 노 젓는 소리가 들리며 갈대숲을 헤치고 배한 척이 다가왔다. 송강은 소리쳐 불렀다.

"여보, 사공. 우리를 좀 구해 주슈. 돈은 얼마든지 드리리다."

그 말에 사공이 고개를 끄덕이며 배를 앞으로 갖다 대자, 세 사람은 보따리부터 배 위에 던지고 허둥지둥 올라탔다.

사공이 노질을 빨리 하여 강심(江心)을 바라고 나갈 때 뒤를 쫓는 무리들은 그제야 강가에 이르렀다.

횃불이 십여 자루나 되어 그 근방이 낮처럼 밝은데 배 위에서 자세히 살펴보니 허우대 큰 자 둘은 손에 박도를 들었고, 나머지 20여 명은 모두 창과 몽둥이들을 손에 쥐고 있었다. 그들이 일제히 나서서 외쳤다.

"야! 사공, 얼른 배를 되돌려라!"

송강과 두 사람의 관리는 배 안에서 한 덩어리가 되어 몸을 엎드리면서 간청했다.

"사공님, 배를 돌리지 말아 주십시오. 사례금은 톡톡히 드리겠습니다."

사공은 고개를 끄덕이고는 기슭에 있는 놈들에게는 대답도 하지 않고 상류를 향하여 삐걱삐걱 배를 저어갔다. 기슭에 있는 놈들은 큰 소리로 외쳤다.

"네놈은 어디 사는 사공이냐? 배를 돌리지 않다니, 참말로 간덩이가 부은 놈이로구나."

사공은 픽 한 번 웃고 그제야 입을 열어 대답했다.

"나 말이냐? 나는 장 소공(張稍公)이시다."

이 말을 듣자 그들 가운데 허우대 큰 자가 한 걸음 나서면서 물었다.

"누군가 했더니 장 대가(張大哥)시로군. 그럼 나를 알아보시겠소?"

"왜 내가 청맹과니인가, 자네를 몰라보게…."

"그럼 왜 배를 돌리지 않으시우? 거기 탄 세 놈을 어서 우리에게 내주시우."

"그만 두게. 나는 이 세 분 손님을 모시고 가서 대접할 일이 있네."

이 때 사공은 노를 저으면서 '호수절'이란 노래를 불렀다.


"큰 강줄기는 내 것이로세
상감도 하늘도 무섭지 않네.
어떤 귀신이 찾아오더라도
알몸으로 벗겨서 쫓아버리리"


그리고는 얼마쯤 더 올라가서 노를 눕혀 놓더니 사공은
세 사람에게 이상한 질문을 했다.

"너희들, 판도면을 먹고 싶으냐? 아니면 혼돈을 먹고 싶
으냐?"

때문에 송강이 의아해하며 물었다.

"그게 도대체 무슨 말씀이시오?"

사공이 눈을 부라리며 대답했다.

"일러 주랴? 판도면이란 한칼에 한 놈씩 두 동강을 내서
강 속에 처박는 게고, 혼돈이란 구태여 내가 칼을 쓸 것 없
이 너희 세 놈이 곱게 옷들을 벗어 놓고 물 속으로 뛰어 들
어가는 게다."

들고 나자 세 사람은 하느님을 찾았다. 간신히 흑살흉신
(黑殺凶神)의 환란을 벗어 나왔나 했더니, 다시 상문백호(喪門
白虎)의 재앙을 만나고 만 것이다.

송강은 두 공인과 함께 무릎을 꿇고 빌었다.

"사공님, 저희 보따리 속에 들어 있는 돈이며 옷가지는 하나 남기지 않고 다 드리겠으니 제발 세 사람 목숨만은 살려 줍시오."

그러나 사공은 달다 쓰다 말이 없이 선창 속으로 들어가더니 시퍼런 칼 한 자루를 들고 나왔다.

"이놈들아, 어서 말해라. 뭘 먹을 테냐? 훌훌 벗어 놓고 물 속으로 들어가든지 그렇지 않으면 칼맛을 보든지."

이제는 어찌해 볼 도리가 없었다. 세 사람이 땅이 꺼지게 한숨을 쉰 다음에 죽어도 같이 죽자고 함께 얼싸안고 바야흐로 물 속에 뛰어들려고 할 때, 저편에서 '삐걱삐걱'하고 노 젓는 소리가 들려 왔다.

한 척의 쾌선이 상류로부터 날듯이 내려오더니 뱃머리에 선 자가 외쳤다.

"본 사람도 몫이 있으니 내놓아라."

그러자 사공이 황망히 대답했다.

"목소리를 들으니 이 대가(李大哥)시구료, 나는 빼놓구 혼자만 장사를 다니시우?"

"누군가 했더니 아우님일세그려. 그래, 오늘 벌이는 대체 뭐야?"

"형님, 웃지나 마슈. 내 요새 며칠을 두고 벌이는 통 없지.

노름은 잃기만 하지. 신세가 말이 아닌데, 오늘 밤에 허허실수로 또 나와 보았더니 이놈들 셋이 강가로 도망질을 쳐오고 그 뒤를 장정 수십 명이 횃불을 밝혀 들고 쫓기에 얼른 배를 대고 세 놈을 실었지요. 쫓아온 놈은 알고 보니까 목가(穆家)네 형젠데, 세 놈을 저희들에게 내어 달라고 자꾸 보채는 걸 그냥 여기까지 데리고 와 버렸소. 세 놈 중의 하나는 어디로 귀양살이 가는 놈이고 두 놈은 방송공인인데 같지 않게 보따리는 제법 단단해 보여 지금 마악 요절을 내 버리려던 참이오."

"아니, 여보게 귀양살이 가는 사람이라니, 그럼 우리 형님 송공명이 아니실까?"

송강을 그 목소리를 들은 기억이 나서 배 안으로부터 큰 소리로 불렀다.

"그 배에 타고 있는 호한은 누구시오. 송강을 살려 주시오."

"정말로 형님이시구나. 빨리 나와서 이리로 오십시오."
하고 말한 그 사람이 배를 더욱 급히 몰아오는데 별빛 아래 자세히 살펴보니 그는 다른 사람이 아니라 송강이 바로 엊그제 게양령에서 서로 의를 맺어 형제가 된 혼강용 이준이고, 고물에서 노를 젓는 두 젊은이는 곧 출동교 동위와 번강신 동맹이었다.

두 배를 한데 대고 이준이 이편으로 건너와 송강을 위로했다.

"형님. 그래 얼마나 놀라셨습니까? 제가 조금만 늦게 왔다면 또 큰일날 뻔했습니다그려. 그러지 않아도 오늘 웬일인지 집에 앉아서도 공연히 마음이 불안하여 견딜 수가 없기에 에라 벌이나 나서 볼까 하고 강으로 나왔지요. 나오기를 참 잘했군요."

이 때 장소공은 혼자 어리둥절하여 이준의 얼굴만 물끄러미 쳐다보고 있다가 가만히 물었다.

"이 대가, 그럼 이 어른이 바로 송공명이시우?"

"이제야 알았나?"

뱃사공은 절을 한 번 넓죽하고 나서,

"몰라뵙고 한 일이기는 하지요마는 원 이런 황송할 데가 없습니다. 정말이지 하마터면 이놈이 큰일을 저지를 뻔했습니다그려."

하고 사과했다. 송강이 이준에게 물었다.

"이 호한은 누구시오. 이름은 무엇이라고 하시나요."

"실은 이 호한은 저와 맹세를 맺은 동성으로서 소고산 태생으로 장횡(張橫)인데 별명은 선화아(船火兒)라고 하며 주로 이 심양강에서 이렇게 얌전한 일만을 하고 있습니다."

송강과 두 사람의 공인은 자기도 모르게 웃었다.

두 배를 함께 강가에 대고 모두 뭍에 내리자 장횡은 모래판에 엎드려 다시 한 번 송강에게 절을 드리고,

"형님, 부디 이놈의 죄를 용서해 줍시오."
하며 거듭 사죄했다.

송강이 별빛 아래 장횡을 자세히 살펴보니 7척 신구(身軀)에 눈은 세모가 지고 노란 수염에 눈동자가 붉었다. 이자가 곧 악수광풍(惡水狂風)도 두려워 않고 나는 고래처럼 물 속을 종횡한다는 사람이다.

장횡이 절하기를 마치고 송강에게 물었다.

"형님, 대체 무슨 일로 귀양을 살려 가시게 되었나요?"

이준이 송강을 대신하여 일장 설화하니 장횡이 말했다.

"제 아우인 낭리백도(浪裏白跳) 장순(張順)이 요사이 강주에서 생선 가게를 하고 있습니다. 형님이 그 곳으로 가신다면 아우에게 편지 한 장을 보내고 싶습니다만 아무래도 글씨를 몰라서 쓰고 싶어도 쓸 수가 없습니다.

그러자 이준이 말했다.

"내가 서당 선생에게 부탁하여 써서 달라고 하겠네."

그래서 동위와 동맹을 남겨 놓아 배를 지키게 하고 송강 등 세 사람은 이준과 장횡의 뒤를 따라 등불을 비추면서 마을로 향했다. 반리 쯤 가니 횃불이 기슭에서 아직도 환하게 빛나고 있는 것이 보였다.

이준이 손을 들어 불러들이는 휘파람을 삑 하고 울리니 횃불을 들고 있었던 놈들은 일제히 뛰어서 달려왔는데 이준

과 장횡이 송강 옆에 대령하고 있는 것을 보고 형제는 깜짝 놀라며 물었다.

"형님들 어찌하여 저 세 사람을 알고 계십니까?"

이준은 크게 웃으면서, 대답했다.

"어떻게 알다니. 자네들은 그럼 이 어른이 누구신 줄 알고 그러나?"

"우리야 모르죠. 그저 오늘 거리에서 괘씸한 짓을 했기에 이제껏 잡으러 다니던 거라우."

"내가 전에 늘 말하던 산동의 급시우 송 압사 송공명이셔. 어서 절하고 뵙게."

그 말을 듣자 형제는 박도를 던지고 땅에 엎드려 절하고 빌었다.

"선성은 익히 듣자왔더니 뜻밖에도 이 곳에서 뵈옵니다. 저희들이 진 죄는 만 번 죽어 아깝지 않사오나 그저 몰라뵙고 한 일이니 부디 용서해 주십시오."

송강이 곧 그들을 붙들어 일으키고 성명을 물으니 이준이 대신 나서서 말했다.

"이 사람은 몰차란(沒遮欄) 목홍(穆弘)이고 이 사람은 소차란(小遮欄) 목춘(穆春)입니다. 본래 이 고장 사람으로 형세가 부요하지요. 이 게양진의 일패(一覇)랍니다. 원래 이 곳에 삼패(三覇)가 있는데 참 형님은 모르시겠지요. 게양 영하에는 저하고 이립이 일패고, 게양 진상은 이 사람 형제가 일패며, 심양 강변에는 장횡·장순이가 일패라 그래 삼패라고 한답니다."

들고 나자 송강이 목홍을 돌아보고 말했다.

"여러분이 그처럼 정분이 자별하시다니, 그럼 설영이도 아주 놓아 주셨으면 좋겠소."

목홍이 웃으며,

"그 약장주 녀석 말씀이죠. 제 아우를 보내서 곧 데려오도록 하겠습니다. 하여튼 제게로들 가시지요."

라고 말하더니 장객 하나를 먼저 보내서 연석을 준비하게 하고 송강과 이준, 장횡의 무리를 이끌어 목가장으로 돌아가니 아우 목춘은 설영을 데리러 가고 장객 두 명은 동위·동맹을 청하러 갔다.

일행이 장상에 들어섰을 때는 이미 오경이었다. 안에서 목 태공을 청하여 서로 보고 초당 위에 손과 주인이 자리를 나누어 앉아 술잔을 들었다.

그 날은 날이 저물도록 술을 마시며 즐기고 이튿날 송강이 떠나려 하니 목홍이 붙들고 놓지 않았다. 남의 인정을 막을 수 없었기에 송강은 한 사흘 동안 그들을 따라 나서 게양시의 경치를 두루 구경했다.

나흘째 되는 날, 목 태공과 여러 호한과 작별하고 장횡이 그의 아우에게 보내는 편지를 받아서 간직한 다음, 송강은

마침내 두 명 공인과 함께 목가장을 떠났다.

배에 타고 강 하나를 건너니 곧 강주라, 세 사람은 배에서 내리자 바로 강주 부내로 들어갔다.

### 4. 신행태보(神行太保) 대종(戴宗)

송강은 그 전처럼 목에 가쇄를 다시 끼고 두 사람의 공인과 함께 강주의 관청에 출두했다. 이 곳 강주의 부윤은 채득장(蔡得章)이라고 하며, 지금 한참 권세를 떨치는 채 태사 채경(蔡太師蔡京)의 아홉째 아들이었기에 강주 사람들은 채구 지부(蔡九知府)라 불렀다. 이 사내는 그의 관직을 머리에 이고 물품을 욕심내어 탐했으며 그가 하는 짓은 사치스럽고 교만하기 짝이 없었다.

채구 지부는 송강의 인품이 매우 비범한 것을 보고,

"그의 가쇄에는 주의 봉인이 없는데 어찌된 건가."

하고 물었다. 두 사람의 공인이 그 말에 대답했다.

"도중에 봄바람에 날려졌고, 젖어서 벗겨져 나왔습니다."

"곧 서류를 마련하여 성 외의 감옥으로 보내도록 하라. 당 관청에서도 관리를 보내서 호송시키겠다."

이윽고 송강은 점시청으로 끌려갔다. 관영이 청상에 좌정하고,

"새로 온 송강은 듣거라. 태조 무덕 황제의 성지(聖旨) 사례에 무릇 신입 유배수(流配囚)는 누구나 먼저 1백 대 살위봉을 받기로 되어 있다. 그러나 죄인의 안색이 누르고 살이 쭉 빠진 게 몸에 병이 있는 듯하니 살위봉은 아직 맡아 두기로 한다."

하고 말한 다음 좌우를 돌아보며 말했다.

"저자가 본래 현리(縣吏) 출신이라니 본영 초사방(秒事房)에 넣어 두도록 하여라."

송강은 관영에게 깊이 사례하고 단신방으로 물러나와 행리를 수습해 가지고 초사방으로 들어갔다.

어느 날 차발이 초사방에서 송강에게 술대접을 받는 중에 말했다.

"일전에도 말했지만 저 감옥 관리에게 정해져 있는 헌납금을 어찌하여 안 보내시는 것입니까. 압사가 여기 온 지도 벌써 10일 이상이나 되었습니다. 그 사람이 내일이라도 여기에 오게 되면 재미없는 일이 생길 것입니다."

"상관 없습니다. 그 사람이 돈을 달라고 해도 주지 않겠습니다. 그 사람이 찾아오면 나는 이야기하고 싶은 것이 있습니다."

이렇듯 이야기하고 있을 때 패두가 들어오더니, 방금 절급이 나와서 청상에 있는데 새로 온 죄인이 상례전을 안 바

쳤다고 펄펄 뛰며 곧 잡아들이란다고 했다. 차발이 자리에서 일어나며,

"내가 그래 뭐랬소. 공연히 고집을 부려서 나까지 처지가 곤란하게 되지 않았소."

하고 애원하듯 말하니 송강은 도리어 웃으며,

"과히 근심 마시우. 절급은 내가 혼자 가서 만나볼 테요. 참말이지 아무 염려 말고 일간 또 술이나 자시러 오시우."

하고 차발을 보낸 다음, 천천히 걸어서 초사방에서 나와 점시청으로 갔다.

절급은 청전에 등지를 내놓고 앉았다가 패두가 송강을 끌고 들어오는 것을 보자 곧 큰 소리로 물었다.

"야! 이놈아, 네놈은 도대체 누구의 권세를 믿고서 정해진 헌납금을 내지 않느냐?"

"남의 것을 강제로 빼앗으려고 하는 것은 조금 좀스럽지 않습니까?"

양쪽에서 보고 있던 놈들이 이 말을 듣고서 손에 땀을 쥐고 있었다. 이 관리는 대단히 화가 나서 큰 소리로 고래고래 소리질렀다.

"이놈의 징역 죄수 놈아, 무례하기 짝이 없구나. 말을 해도 분수가 있어야지, 이 사람을 향하여 좀스럽다니 잘도 뇌까렸구나. 이봐라, 이놈을 비틀어 엎어 놓고 처벌 방망이로

백 번만 내리쳐라."

그 자리에 있던 감옥 안의 여러 사람은 모두가 송강과 친숙한 사이였기 때문에 '때려 눕혀라'라는 말을 듣게 되자 모두 일제히 도망가고 말았고 그 자리에는 예의 절급(節級)과 송강만이 남았다. 그 절급은 놈들이 모두 도망간 것을 보자마자 더욱더 노기가 뻗쳐 자기 손으로 처벌봉을 뽑아 들고 송강을 겨누며 때리려고 달려들었다.

"당신은 나를 때리려고 하십니다만, 나에게 무슨 죄가 있다고 하시는 것입니까?"

"네놈은 내 손에 잡혀 있는 물건에 지나지 않고, 기침 소리 한 번 내어도 그것이 죄가 되는 거야."

"아무리 저의 잘못을 찾아보아도 설마 나를 사형으로 할 수는 없을 것 아니겠소?"

"뭐 사형이 될 수 없다고, 흥 너를 처치하는 것쯤은 아무것도 아니란 말이다. 마치 파리 한 마리 때려잡는 것과 같단 말이야.

"정해진 헌납금을 바치지 않는 것이 죽을 죄가 된다면 양산박의 군사 오학구와 가깝게 지내는 놈은 글쎄, 도대체 어떠한 죄목이 되겠소?"

절급은 그 말을 듣자 당황해서 손에 쥐고 있었던 처벌봉을 던져 버리고 물었다.

"너, 지금 무어라고 했느냐?"

"양신박의 오학구하고 가깝게 지내는 놈이라고 말했소. 그것이 어쨌다는 거요?"

"당신은 대체 누구며 어디서 그런 말을 들으셨소?"

송강은 빙그레 웃으면서, 대답했다.

"나는 산동의 운성현에 살던 송강이라고 하오."

송강의 명자를 듣자 절급은 깜짝 놀라 황망히 손을 들어 읍(揖)하고 말했다.

"그럼 형장께서 바로 산동의 급시우 송공명이시란 말입니까? 이 곳은 조용히 말씀드릴 곳이 못되어 인사도 차리지 못합니다. 저하고 같이 성내로 들어가시지요."

송강은 절급과 함께 감옥을 나와 거리로 나가 어떤 거리에 있는 요리집의 2층으로 올라가서 의자에 걸터앉았다.

"오학구하고는 어디서 만나 보셨습니까?"

송강은 호주머니에서 편지를 꺼내서 그에게 건넸다. 절급은 봉한 것을 뜯고 죽 훑어보더니 소매 속에 넣으며 일어서서 송강을 향하여 절을 했다.

그런데 이 절급이라는 것은 도대체 어떤 사람인가 하면, 오학구가 천거한 강주의 감옥 관리 대원장인 대종이었다. 이 대종은 다른 사람은 흉내도 낼 수 없는 도술을 익히고 있었다. 길을 떠나든가 긴급한 군사 정보를 띄워 보내는 경우에는 2매 갑마를 양쪽 발에 매어 놓고 신행법을 쓰면 하루에 잘 하면 5백 리도 가고, 4매의 갑마를 발에 끼기만 하면 하루에도 능히 8백 리를 갔다. 그렇기 때문에 사람들로부터 신행태보 대종이라고 불리어지고 있었던 것이다.

## 5. 흑선풍(黑旋風) 이규(李逵)

대원장과 송공명은 여러 가지로 지난 일, 앞으로 일을 서로 말하면서 크게 서로 즐거워했다. 이리하여 두 사람이 서로 터놓고 이야기하면서 두세 잔의 술을 기울이고 있었을 때였다. 별안간 아래층에서 시끄러운 소리가 들려 왔다. 그러자 중노미가 허둥지둥 작은방으로 뛰어들더니 대종에게 호소했다.

"누군데 그러느냐? 아래에서 소란을 피우고 있는 사람은."

"언제나 원장님과 함께 계시는 저 철우(鐵牛) 이규입니다. 밑에서 주인에게 돈을 빌려 달라고 조르고 있습니다."

"또 그놈이 아래서 지랄하고 있는 거냐. 형님 잠시 기다려 주십시오."

대종이 아래층으로 내려가더니 오래지 않아 한 사람의 검은빛이 나는 것 같은 사내를 데리고서 위로 올라왔다.

"이 사람은 저와 같이 일하는 감옥의 하급 관리로서 이규

(李逵)라고 하며 태생은 기주 기수현에 있는 백장촌으로서 흑선풍(黑旋風) 이규리는 별명을 가지고 있습니다. 그의 고향에서는 이철우(李鐵牛)라고 알려져 있습니다. 사람을 때려 죽였기 때문에 도망나왔습니다만 은사의 혜택을 받고 이 강주에 흘러온 채로 고향으로 돌아가려고 하질 않습니다. 술버릇이 나빠서 많은 사람으로부터 호감을 사지 못하여 멀어져 있습니다만 판부(큰도끼) 두 자루를 잘 쓸 줄 알고 있으며 권법도 봉술도 잘 합니다만……"

이규는 송강을 바라보면서 대종에게 물었다.

"형님, 이 검둥이는 누구요?"

대종은 송강을 보며 웃으면서 말했다.

"압사님, 보시는 바와 같이 이렇게 예의고 뭐고 알지 못하는 위인입니다."

"뭐라고, 내가 어째서 예의를 모른단 말이요?"

"이 사람아, 그럼 그렇지 않단 말인가. 저기 저 어른이 누구시오 하고 물으면 될 것을, 저 까만 친구가 누구요라니, 그게 인산가?"

한 마디 타이르고 다시 말했다.

"저 어른이 누구신고 하니 자네가 왜 밤낮 언제고 한번 꼭 찾아가 뵙겠다고 벼르는 분이 계시지 않나. 바로 그 어른이시라네."

"아니, 그럼 저이가 산동의 급시우 흑송강(黑宋江)이란 말이우?"

"그래도 또 그러는군. 점잖은 어른 함자에다 흑(黑)자는 왜 갖다 붙이나. 사람이 인사를 차릴 줄 알아야지. 어서 절하고 뵙게."

"정말 저이가 송공명이라면 내가 절하고 뵙겠지만 혹시 다른 사람을 가지고 형님이 날 놀리려고 그러는 거나 아니우?"

이 때 송강이 입을 열어,

"이 사람이 바로 산동의 흑송강이오."

하고 말하니, 이규는 손뼉을 한 번 딱 치고,

"진작 그렇게 좀 일러 주시지. 이 형님도 아시지만 제가 얼마나 형님을 뵙고 싶어했다고요. 자아, 아우 절 받으십쇼."

하고 말을 마치자 곧 엎드려 공손히 절을 했다. 송강이 황망히 답례를 한 다음에 그에게 술을 권하며 물었다.

"조금 전에 아래층에서 뭣 때문에 그렇게 화를 내셨소?"

"아, 급한 용처가 있어 10냥만 빌려 주면 금방 갚겠다고 했건만 주인인 뚱 같은 녀석이 얼른 승낙을 하지 않잖습니까. 그래서 이놈의 집을 때려부숴 버리겠다고 엄포를 놓고 있었는데, 형님이 부르셔서 2층으로 오고 말았습니다. 빌려 주면 누가 제깐 놈의 돈을 떼어먹습니까?"

송강은 그 말을 듣자 호주머니에서 열 냥의 은전을 끄집

어 내더니,

"뭐 그만한 일을 가지고 그러신단 말이오. 이것으로 볼일을 보십시오."

하고 이규에게 건넸다. 대종이 급히 말리려고 하였으나 그때는 송강이 이미 건네고 만 뒤였다.

이규가 돈을 받아 쥐고,

"이거 고맙습니다. 그러면 두 분께선 잠시 이 곳에서 기다려 주십시오."

하고는 발을 밀어젖히고 아래층으로 내려가자 대종이 말했다.

"저놈에게 돈 같은 건 빌려 주시지 않았으면 좋았을 걸 그랬습니다만 벌써 그놈의 손으로 넘어간 뒤였기 때문에 어쩔 수 없습니다."

"그건 또 왜, 무슨 일이 있습니까?"

"저놈은 마음이야 곧은 놈이지만 술과 노름에는 사정이 없습니다. 허둥지둥 뛰어간 꼴을 보아서는 노름하러 간 것이 틀림없습니다. 이기면 돌려드릴 수도 있겠지만 만일 진다면 형님에게 돌려드릴 열 냥을 돈을 마련할 길이 없습니다."

송강은 웃으면서 대꾸했다.

"거우 그 정도의 돈, 털려 버려도 상관없습니다. 내가 보기에는 상당히 마음이 곧은 남자 같습니다."

얼마 후에 이규가 벌써 돈을 다 잃었는지 풀이 죽어서 돌아왔다. 송강이 웃으면서

"자아, 우리 어디 가서 술이나 한잔 더 먹읍시다."

했더니 대종이 말했다.

"저 건너의 강기슭에 비파정(琵琶亭)이라는 요리집이 있습니다. 당나라 백낙천(伯樂天)과 인연이 있는 곳이랍니다. 그곳에 가서 강의 경치를 바라보면서 마시도록 합시다."

이리하여 세 사람은 비파정으로 향했다.

정자 위로 올라가서 한편 탁자에 자리를 잡고 앉아 주보를 불러 술과 안주를 시키니 술은 곧 강주에서 이름 있는 옥호춘(玉壺春)이라, 송강이 잔을 들고 강산을 둘러보매 경치가 또한 절경이었다.

물결은 일어 장공(長空)을 치고, 바람은 불어 수면(水面)을 왕래한다. 사위는 공활하고 팔면이 영롱하니 여기가 곧 지난날 백락천이 노닐던 심양 강변 비파정이다.

송강은 술이 얼근히 취하자 어랄탕(漁辣湯) 생각이 나서 대종을 보고 물었다.

"여기 먹을 만한 생선이 있소?"

대종이 웃으며 대답했다.

"저기 좀 내다보십쇼. 강 위에 떠 있는 6, 7척 배가 모두 어선인데 잡수실 생선 없을까 걱정이십니까?"

곧 주보를 불러 백어탕(白魚湯)을 만들어 오게 하니, 시킨 지 오래지 않아 탕 세 그릇이 탁자 위에 올랐다. 우선 기명(器皿)부터 아름다웠다.

"미식(美食)이 불여미기(不如美器)라더니, 이 집이 그릇 하나는 잘 쓰는군….""

송강은 한 마디 칭찬하며 대종과 함께 숟갈을 들었다. 그러나 이규는 그냥 손으로 탕 속의 생선을 움켜 한 입에 처넣더니 가시도 발려 내지 않고 그대로 씹어 먹었다.

송강은 그것을 보고 빙그레 웃으면서 두 모금 정도 국물을 마시더니 그대로 젓가락을 놓고서 다시는 입에 대려고 하지 않았다. 대종이 말했다.

"이거 어째 이 생선은 좀 상한 것 같습니다. 입에 맞지 않으시지요?"

"글쎄, 이 생선은 어쩐지 싱싱하지 않은 것 같습니다."

그들의 수작을 듣고 이규는,

"형님네들 안 잡수시려면 나에게나 주시우."

하고, 이번에도 그냥 손으로 움켜 먹느라 온통 탁자 위에 국물을 흘리고 법석이었다. 대종은 다시 주보를 불러 올렸다.

"싱싱한 생선이 없나? 지금 건 좀 상했나 본데…. 있거든 다시 한 그릇 잘 좀 해 오게."

주보가 두 손을 비비며 말했다.

"바른 대로 말씀이지, 그게 오늘 들어온 게 아니어서 그렇답니다. 여태 매어주인(賣魚主人)이 나오지를 않아, 일껀 저렇게 배들이 들어와 있어도 팔고 사지를 못하고 그냥 있으니 싱싱한 고기가 있겠습니까."

그러자 갑자기 이규가 일어서서,

"좋아, 내가 가서 살아서 뛰고 있는 것을 두 마리만 받아 가지고 와서 대접하겠다."

하고는 뒤도 안 돌아보고 쿵쾅거리며 다락 아래로 내려갔다.

## 6. 낭리백도(浪裏白跳) 장순(張順)

그리하여 이규가 강기슭까지 가 보니, 팔구십 척의 어선들이 한 줄로 나란히 서서 버드나무 그늘에 매어져 있었다. 배에 있는 어부들은 선미 쪽에서 배바닥을 베개 삼아 누워 있는가 하면 뱃머리에서 망을 치고 있는 사람도 있었고, 또 한 강 속에서 목욕을 하고 있는 사람도 있었다. 계절은 마침 오월 중순이라 서쪽 하늘에서는 저녁 해가 이제 곧 가라앉으려고 하고 있었다. 이규는 배 옆으로 가서 큰 소리로,

"여보, 배 안에 있는 산 놈을 두 마리만 주지 않겠소?"

하고 말했다. 하지만 어부는

"우리들은 도매상 왕초가 오기 전에는 선창을 열 수가 없

납니다. 저것 보시오, 소매하는 생선 장사치도 모두 저 곳에 걸디앉아 기다리고 있지요."

라고 대답했다. 하지만 이규는,

"무어라고, 돼먹지 않은 왕초 따위를 기다릴 게 뭐 있어."

하면서 한 척의 배 안으로 건너탔다. 어부가 말린다든가 하는 일은 도저히 할 수 없었다.

이규는 배 안의 사정은 잘 몰랐기에 무턱대고 대나무로 만든 발을 뽑아 버리고 말았고 어부들은 기슭 위에서,

"앗, 큰일났다."

하고 소리를 질렀다.

이규가 배 바닥 속으로 손을 넣어서 찾아 보았으나 생선 한 마리도 있을 리 없었다. 그 까닭은 이러한 큰 강의 어선들은 선미에 큰 구멍을 만들어 강물이 통하게 하고 그 곳에 생선을 살린 채로 놓아 두고 대나무로 만든 발을 엮어서 구멍을 막아 두고 있기 때문이었다. 이규가 그런 것을 모르고서 대나무 발을 뽑아 놓았으므로 선창에 있는 살아 있는 고기들을 놓치고 말았던 것이다.

이규는 다시 다른 배에 뛰어 옮아가 대나무 발을 또 뽑아 버렸다. 그러자 칠팔십 명의 어부들이 '와' 하고 배에 뛰어 올라와서 대나무 장대를 휘두르면서 이규에게 덤벼들었다. 이규는 화가 불쑥 나서 저고리를 벗어던지고 닥치는 대로

때리며 쳐들어오는 대나무 장대들을 양 손으로 받아 넘겨 잠시 동안에 5, 6개를 낚아채고 마치 파라도 비트는 것처럼 오그려 부러뜨렸다.

어부들은 그것을 보고 겁이 나 배를 매어 두는 밧줄을 풀고 뿔뿔이 흩어졌다. 화가 날대로 난 이규는 알몸으로 부러뜨린 대나무 장대 두 개를 가지고 기슭에 올라와 소매상인인 생선장수들에게도 덤벼들었다. 소매상인들은 모두가 제각기 저울을 짊어지고 사방으로 흩어지며 도망갔다.

이렇게 소동이 한참 일어나고 있을 때 작은 골목으로부터 한 사나이가 나왔다.

사람들은 그를 보자 소리쳤다.

"여보시오 왕초님, 저 검둥이 놈이 생선을 빼앗으려고 어선들을 모두 쫓아서 흩어지게 만들었어요."

사나이는 뚜벅뚜벅 가까이 와서 호령했다.

"이놈의 자식, 장사를 방해하다니 용서하지 않겠다."

이규는 대꾸도 하지 않고 대나무 장대를 휘두르며 그 사내에게 덤벼들었다. 사나이가 뛰어 잽싸게 대나무 장대를 빼앗자 이규는 사나이의 머리를 꽉 움켜잡았다. 사나이는 이규의 가랑이 속으로 파고 들어가 굴러 보려고 했지만 이규의 물소 같은 힘에는 도저히 견뎌 내지 못하고 그대로 눌려서 몸을 돌리기조차 할 수 없었다.

그래서 주먹을 뒤흔들어 상대방의 옆구리를 쳤으나 이규에게는 전혀 먹혀들지 않았다. 사나이가 다시 발차기로 날려 보려고 하였으나 이규는 머리를 잡고 짓누르고서 쇠망치 같은 커다란 주먹으로 마치 큰 북이라도 두들기듯이 사나이의 등을 쳐냈다. 사나이는 이제는 손도 발도 쓸 수가 없었다. 이규가 그렇게 계속 때리고 있자니 누군가가 뒤에서 허리를 끌어안고 또 한 사람의 사나이는 손을 잡고서,

"멈춰라, 멈춰."

하고 호령했다.

이규가 뒤돌아보니 그들은 다름아닌 송강과 대종이었다. 이규가 손을 놓으니 사나이는 간신히 빠져 나가 곁눈질도 하지 않고 도망가 버렸다.

대종이

"또다시 이런 곳에서 싸움질을 하다가 사람이라도 죽이게 되면 감옥에 넣어지고 사형을 당할 거다."

하고 말하자 이규는 말대꾸를 했다.

"형님을 끌어넣지만 않으면 될 것 아니오, 내가 때려죽인 것은 나 혼자서 결말을 지으면 되지 않소?"

이규는 식식거리며 버드나무 밑에서 저고리를 주워 와서 팔에 걸치고 송강과 대종을 따라갔다. 그런데 열 걸음도 채 가기 전에 누군가가 뒤에서 욕설을 퍼붓는 소리가 들려 왔다.

"검둥이 녀석, 이번에야 말로 결단을 내겠다."

이규가 뒤돌아보니 조금 전에 싸우던 그놈이 알몸으로 혼자서 강결을 따라 대나무 장대로 어선을 저으면서 쫓아오고 있었다.

"토막을 내서 가루로 마셔도 시원찮은 이놈의 검둥이 녀석아, 네놈 같은 것을 겁낸다면 나도 호한이라고는 말할 수 없다. 도망가는 놈도 호남자라고는 할 수 없다."

이규는 그 말을 듣자 "이놈," 하고 한 마디 내뱉더니 저고리를 던지며 다시 달려들었다.

사나이는 배를 강기슭으로 붙여 대나무 장대로 배를 멈추게 하고 크게 욕설을 퍼부었다. 이규도 소리쳤다.

"호한이라면 강기슭으로 올라오너라."

사나이가 대나무 장대로 이규의 발을 찔렀다. 이규가 불덩어리 같이 화가 나서 위로 뛰어들어가는 순간 그 사나이는 대나무 장대를 기슭에 쿡 찌르고 두 다리로 힘껏 바닥을 밟았다. 배는 돌풍에 날아가는 마른 잎처럼 빠른 속도로 강한가운데로 돌진했다. 이규는 물에 대한 재주가 없는 것은 아니었지만 그렇게 잘은 하지 못하였으므로 약간 당황했다. 사나이는 욕설을 멈추고 대나무 장대를 내던졌다.

"자, 이리 와라. 이번에야말로 결말을 지어 주겠다."

이규의 팔을 움켜잡고 때려 주는 것은 나중 일이다. 먼저

물을 좀 먹여 주어야겠다고 생각한 그가 두 다리를 흔들흔들 대며 배를 흔들자 뱃바닥은 하늘을 쳐다보고 호한들은 물 속으로 떨어졌다.

송강과 대종이 당황해서 강기슭으로 뛰어왔을 때 배는 이미 뒤집혀져 있었다.

송강과 대종이 강기슭에서 보자니까 수면이 갈라지더니 사나이가 이규를 끌고 나왔다가는 또다시 가라앉았다. 두 사람은 강 한가운데에서 얽히고설켜 맞싸우고 있었다. 강기슭 위에는 사오백 명이나 되는 사람들이 떠들어 대며 갈채를 보냈다.

송강은 이규가 그 사나이 때문에 물 속으로 끌려 들어갔고 물을 마셔서 눈이 하얗게 뒤집히고 또다시 끌려 올라왔다가는 물 속에 처넣어지는 것을 보자 매우 안타까웠다.

대종이 사람들을 보고 물었다.

"대체 저 사람이 누구요?"

아는 이가 대답했다.

"이 곳 매어주인으로 장순(張順)이라는 사람입니다."

장순이란 말에 송강이 문득 깨닫고,

"그럼 바로 낭리백도란 별명을 가진 사람 아니오?"

"예, 저 사람이 바로 그 낭리백도 장순이지요."

송강이 대종을 돌아보고 말했다.

"내가 바로 저 장순이의 형되는 장횡(張橫)이란 사람의 편지를 가지고 있는데…."

대종은 그 말을 듣자 곧 큰 소리로 외쳤다.

"여보, 장 이가(張二哥). 우리는 백씨 장의 편지를 부탁받고 온 사람이오. 그리고 그 시꺼먼 친구는 우리가 아는 사람이오. 싸움일랑 그만 두고 이리 오시우."

그 말을 듣고 장순이 고개를 들어 보니 대종이라, 곧 이규를 놓고 달려왔다.

"원장 어른, 이 꼴을 하고 뵈어 죄송합니다."

대종이 장순에게 말했다.

"자아, 우리 비파정으로 같이 가서 이야기합시다."

장순과 이규가 다들 포삼을 찾아 입고, 네 사람이 함께 비파정으로 갔다. 각기 자리를 잡고 앉자 대종이 장순을 보고 물었다.

"나를 전부터 아셨소?"

"저야 원장 어른을 모르겠습니까. 인사는 아직 못 올렸습니다만…."

대종이 이번에는 이규를 가리키며 물었다.

"그럼 저 사람도 누군 줄 짐작을 하시우?"

대종이 그들을 번갈아 보며,

"한바탕 싸움을 잘 했으니 앞으로는 의좋게 형제같이들

지내시우."

하고 타이르듯 말하니 둘은 서로 돌아보고,

"이제부터 잘 지냅시다."

"거 좋은 말이오."

하고 한 마디씩 서로 주고받았다. 네 사람은 함께 크게 웃었다. 다음에 대종이 송강을 가리키며 장순에게 물었다.

"이 어른이 뉘신지 아시겠소?"

"전에 도무지 뵈온 적이 없는데요. 뉘신가요?"

장순이 대답하자 이규가 나서서 대신 말했다.

"이 사람아 저 형님이 바로 흑송강이시어."

"아니 그럼 산동의 급시우, 운성현의 송 압사시란 말이야?"

"바로 아셨소. 이 어른이 송공명 형님이시라우."

대종이 또 일러 주자 장순은 자리에서 일어나 넓죽 절을 하고는 물었다.

"선성을 익히 듣자왔더니 천행으로 오늘 이 곳에서 만나 뵙니다그려. 그래, 이 곳에는 어떻게 내려오셨나요?"

송강이 대강 경위를 이야기하고 이번 오는 길에 심양강에서 그의 형 선화아 장횡을 만나 편지를 부탁받은 일을 말한 다음 오늘 대종·이규와 함께 비파정으로 나와 술을 마시는 중에 싱싱한 생선 몇 마리를 구하기 위해 나갔다가 그렇듯 큰 소동이 일어나게 된 것을 일장 설화했다.

듣고 나자 장순은,

"그럼 생선은 제가 가서 몇 마리 구해 가지고 오겠습니다."
하고 강으로 나가더니 얼마 안 있다 커다란 금색 잉어 4마
리를 버들가지에 꿰어 들고 돌아왔다.

"웬걸 이리 많이 가지고 오셨소. 한 마리만 해도 넉넉한
걸…."

"여기서 다 못 잡수시겠으면 행관(行館)에 가지고 가셔서
찬이라도 하시지요."

비파정에서는 주보에게 두 마리만 내주어 한 마리는 어
랄탕을 하고 한 마리는 회를 쳐오라 하여 네 사람이 다시
몇 순배 술을 먹은 다음 함께 비파정을 나서서 영리(營裏)로
돌아갔다.

이 날 네 사람은 초사방에서 다시 한동안 이야기를 한 다
음 송강은 행낭 속에서 장횡의 편지를 꺼내서 장순에게 주
고 또 은화 50냥을 이규에게 주어 용에 쓰도록 했다.

세 사람은 날이 저물어서야 비로소 돌아갔다.

며칠 후 송강은 혹시 대종이 찾아오지 않나 하여 마음으
로 은근히 기다리다가 그 날 하루를 그냥 보내고, 이튿날은
조반을 일찍 치르고 나서 약간 은자를 품에 지닌 다음 영리
에서 나와 성내로 들어갔다.

나와 보니 강 경치가 역시 희한하게 좋았다. 두루 구경하

며 천천히 걸어서 주루(酒樓) 앞에 이르니, 처마 아래 일면 패액에 '심양루(潯陽樓)'라 쓰여 있었다. 소동파의 필적이 분명했다.

송상은 곧 다락 위로 올라가 다락 안 한편 각자(閣子)에 자리를 잡고 앉았다.

주보가 올라와서 물었다.

"관인께서는 누구 손님을 기다리십니까?"

"혼자서 그냥 나온 길일세. 술과 안주를 마련해 주게."

주보가 내려가더니 오래지 않아 탁반(托盤)을 두 손에 받쳐 들고 올라오니 미주(美酒) 한 병에 채소와 과품, 안주 등속이 다 맛깔스럽고 그릇은 모두가 주홍색 반첩(盤碟)을 썼다.

송강은 마음에 기뻤다. 이렇듯 음식이 정제하고 기명(器皿)이 청초하니 참으로 강주란 좋은 곳이라는 생각이 들었다. 혼자서 난간을 의지하여 마음껏 마시고 송강은 저도 모르게 술이 크게 취했다.

'내 본래 산동 태생으로 운성현에서 자라, 다소 강호의 호한들과 추축하여 한낱 허명(虛名)을 얻었으나 나이 서른이 넘도록 공명을 못 이루고 도리어 이 곳으로 귀양오는 신세가 되었으니 고향의 노친과 형제를 어느 날에나 다시 만난단 말인고….'

신세를 생각하니 자기도 모르게 두 줄 눈물이 뺨을 흘러

내렸다.

난간에 기대어 강바람을 쐬며 이 생각 저 생각을 하느라니 가슴에 떠오르는 만 가지 감회가 절로 한 수(首)의 시를 이루게 했다. 몸을 일으켜 하얀 벽을 둘러보니 먼저 다녀간 사람들이 읊어 놓은 시들이 보였다.

'붓을 빌려 나도 한 수 적어 보자. 혹 뒷날에 영달하여 와 본다면 그것도 흥취 있는 일이 아니겠느냐.'

곧 주보를 불러 필연(筆硯)을 가져오라 하여, 주흥이 이는 대로 소매를 걷어 올리고 큰 붓에 먹을 듬뿍 찍어 써내려 갔다.


'어려서부터 일찍이 경사를 배우고

장성하여 또한 권모 있었네.

마치 맹호가 들판에 드러누운 듯

남몰래 발톱과 이빨을 감추고 참아 견디네

불행히도 양 뺨에 문신이 넣어졌으니

어찌 견딜 소냐, 유배되어 이 몸은 강주에 있으니

훗날 만일 이 원수를 갚을 수 있다면

피로써 심양 강구를 물들게 하리라.

마음은 산동에 있고 몸은 오나라에 있으니

강호에 떠돌아다니며 공연히 한숨만 짓네.

훗날 만일에 구름보다 더 높은 뜻을 이룬다면
기어이 옷이 주리라 횡소가 대장부 아니었음을.'

송강은 시를 다 쓰고 그 뒤에, '운성 송강 작(鄆城 宋江 作)'
이라는 다섯 자를 크게 썼다.

붓을 던지고 자리로 돌아오자 다시 잔을 기울여 술을 마
시니 이제는 정말 취하여 몸조차 가눌 수가 없었다.

송강은 주보를 불러 술값을 셈하고 행하를 두둑히 내린 다
음 누상에서 내려오자 이리 비틀 저리 비틀하면서 그래도 용
하게 영리로 돌아왔다. 방문을 열어 부치며 옷을 입은 채로
침상 위에 쓰러져서 이튿날 새벽까지 세상 모르고 잤다.

잠이 깬 때는 오경 무렵, 그러나 그는 바로 어제 심양루
위에서 벽상에다 시를 쓴 일을 도무지 기억하지 못했다.

강주의 대안(對岸)에 무위군(無爲軍)이라는 성이 있었다.
이 무위군에 한 통판(通判)이 있었으니 성은 황(黃)이고 이름
은 문병(文柄)이라고 했다. 이 사람이 경서(經書)깨나 뒤적였
다고는 하나 본래가 권세 있는 자에게 붙어서 아첨이나 하
고 지내는 자였다.

소견이 좁아서 어진 이를 투기하기에 능하고 저보다 나
은 자는 해치려 들고 못한 자는 농락하니, 이럼으로 하여

향리에서는 그를 황봉자(黃蜂刺)라고 별명을 지어 부르는 터였다.

채구(蔡九)가 지부가 되어 강주로 내려오자 황문병은 그가 당조태사 채경의 아들임을 잘 알고 있었기에 때때로 지부를 찾아가 갖은 아첨을 다하는데, 그것은 혹시나 그의 덕을 보아 다시 벼슬자리나 얻을까 하는 생각에서였다

그 날 황문병은 집에 앉아 별로 할 일도 없었기에 또 채구 지부나 찾아가 볼까 하여 종인 두 명을 데리고 나서서 몇 가지 예물을 마련한 다음 강을 건너 부내로 들어갔다.

그러나 가 보니 부내에서는 한창 공연(公宴)이 벌어지고 있었다. 그는 감히 들어가지 못하고 강변으로 나왔다. 도로 그냥 돌아갈까 하다가 마침 날은 더운데 배 타는 곳이 바로 심양루 아래였기에,

'오랜만에 바람이나 좀 쐬고 가자….'

하고 생각하며 홀로 누상으로 올라갔다. 난간에 의지해 한동안 경치를 구경하고 다음에 벽상의 시를 두루 보느라니 송강이 쓴 시가 눈에 띄었다.

한 번 읽어 본, 황문병은 깜짝 놀랐다.

"이놈 보아라, 천하의 역적 황소(黃巢)보다 자기가 낫다고 할 적에는 바로 역적질을 하려는 놈이 아닌가."

하며 곧 손뼉을 쳐서 주보를 불러 올렸다.

"이 시사(詩詞)는 대체 누가 지은 건고?"

주보가 대답했다.

"어제 웬 사람이 혼자 여기에 올라와서 술 한 병을 다 먹고 취중에 저것을 써놓고 갔답니다."

"그게 어떻게 생긴 사람이지?"

"얼굴빛이 검고 키는 작은데 몸집은 뚱뚱하더군요. 뺨에 금인(金印)이 있었으니까. 정녕 노성영(牢城營) 안에 있는 사람이 아니겠습니까?"

"그래?"

황문병은 크게 고개를 끄덕이고, 종이와 필묵을 가져오라 하여, 그 시사와 '운성 송강 작' 다섯 자까지 모조리 베낀 다음 주보에게 분부하여 긁어 버리지 못하게 하고 누상에서 내려왔다.

그 날은 배에서 하룻밤을 지내고 이튿날 아침 일찍 조반을 치르고 나자 종인을 데리고 바로 부중으로 들어갔다.

마침 지부가 아내(衙內)에 있었다. 사람을 들여보내 통하게 하니 한참만에야 지부가 후당으로 불러들였다. 인사가 끝나자 황문병은 가지고 온 예물을 올리고 나서 물었다.

"상공께 감히 묻자옵거니와 그간 태사님께서 사람을 보내시지 않으셨나요?"

"일전에 바로 하서(下書)가 있으셨소."

"경사에 무슨 새 소식은 없습니까?"

지부가 말했다.

"근자에 태사원 사천감(司天監)이 위에 아뢰기를 밤에 천상(天象)을 살피매 강성(罡星)이 오초(吳楚)에 임하니 작란(作亂)하는 자가 있을 듯하외다 하였으니, 곧 조사하여 소탕하도록 하라는 분부가 계셨소. 그리고 요사이 동경에서는 아이들 사이에 요언(謠言)이 돌고 있는데 그 요언에,

모국인가목(耗國因家木) : 나라를 멸망시키는 것은 집과 나무요.
도병점수공(刀兵點水工) : 싸움하는 것은 물과 공(工)
종횡삼십륙(縱橫三十六) : 날뛰며 돌아다니는 삼육(三六)
파란재산동(播亂在山東) : 소란의 근원은 산동이라네.

라고 하였으니. 부디 지방을 잘 지키라고 하셨습니다."

들고 나자 황문병은 혼자 생각에 잠겨 있다가 문득 웃으며 고개를 들더니,

"상공께 말씀이옵지, 일이 참으로 우연이 아니올시다."

하고 소매 속에서 종이 한 장을 꺼내니 그것은 곧 심양루 벽에서 베껴 온 송강의 시사였다.

"상공, 이것을 좀 보십쇼."

채구 지부는 받아서 읽고 나자 그를 돌아보고 물었다.

"이는 분녕히 역모의 시요, 어디서 이것을 손에 넣으셨습니까?"

"소인이 어제 심양루에 올라갔다가 벽에 쓰여 있는 것을 보고 베껴 온 것입니다."

"그래 이게 누가 지은 거요?"

"왜 거기 '운성 송강 작'이라 적혀 있지 않습니까?"

"송강? 송강이 대체 누구요?"

"정녕 강주로 귀양을 와서 지금 노성영에 있는 자인 것 같습니다."

"그렇다면 그깐 죄수놈이 제가 무얼 하겠소?"

그러나 황문병은 말했다.

"상공께서 그자를 우습게 보셔서는 안 됩니다. 아까 말씀하신 동경서 돈다는 요언이 아무래도 바로 이 자에게 맞힌 것 같습니다."

"요언이 이 자에게 맞히다니, 어찌 하는 말이오?"

"자아, 보십시오. 요언에 '모국인가목(耗國因家木)'이라 하였지요. 나라를 어지럽히는 것은 가목(家木)에 인한다. 관머리(宀) 아래 나무 목(木)을 하면 곧 송나라 송(宋)자가 아닙니까. 둘째 구는 '도병점수공(刀兵點水工)'이라, 난리를 일으키는 자는 삼수 변(氵)에 장인 공(工), 곧 물 강(江)이라 하였으니, 그 자의 성이 송이고 이름이 강인 줄을 알겠는데, 바로 그 송강이란 자가 반시를 지었으니, 이것이 다 천수(天數)라 하겠습니다."

지부는 다시 물었다.

"그럼 '종횡삼십륙(縱橫三十六)'에 '파란재산동(播亂在山東)'이 건 무슨 뜻이오?"

"그것은 글쎄요, 육륙년(六六年) 혹은 육륙수(六六數)를 가리킨 말이 아닐까요? '파란재산동'이라, 운성현이 바로 산동 지방이 아닙니까. 하여튼 네 귀가 그대로 전부 송강이란 자에게 맞혀 있습니다그려."

"그럼, 지금 이 강주에 그런 자가 과연 있을까?"

"그놈이 확실히 그 곳에 적지 않았습니까. '불행하게도 양뺨에 문신이 들어가고, 유배되어 강주에 있는 것을 어찌 참을 수 있으랴'라고요. 말하지 않아도 유배인의 소행, 우성에서 복역중인 죄를 지은 죄수라는 것은 명백한 일이니 지금이라도 노성영 문책(文冊)을 들여오라고 하셔서 보시면 유무를 아실 걸요."

"참, 통판 말씀이 옳소."

채구 지부는 곧 종인에게 분부하여 노성영의 문책을 들이게 했다. 책이 오자 친히 간검(看儉)해 보니, 오월간(五月間)에 새로이 들어온 죄인 가운데 '운성현 송강'이 있었다. 황문병이 그것을 보고 말했다.

"바로 이자가 틀리지 않습니다. 곧 잡아들이셔서 조사해 보시지요."

"그래야겠소."

지부는 그 길로 공청으로 나가 압로절급을 불러들이게 했다. 대종이 청하에 대령하자 지부는,

"너는 이 길로 공안을 데리고 노성영으로 나가서 심양루에서 반시를 읊은 범인 운성현 송강이란 놈을 잡아오되 시각을 지체하지 말라."

하고 영을 내렸다.

대종은 소스라치게 놀랐으나 즉시 대답하고 그 앞에서 물러나왔다.

절급과 노자(牢子) 10여 명을 뽑아서 각기 집으로 돌아가 창봉을 들고 성황묘 안으로들 모이라고 이른 다음 대종이 신행법(神行法)을 써서 노성영 안으로 들어가 바로 초사청 문을 열어 보니 아무것도 모르는 송강은 반색을 하며 말했다.

"그저께는 대체 어디를 갔었소? 내 모처럼 찾아갔다가 못 만나 혼자 심양루에 가서 술을 먹고 돌아왔는데, 아무래도 그 날 술이 좀 과했던 모양이야. 오늘까지 머리가 띵하구료."

대종은 물었다.

"형님, 대체 그 날 심양루 벽에다 무슨 글을 써 놓으셨던가요?"

"취중에 장난으로 한 일을 어떻게 다 외우겠소. 그런데 그건 어찌해서 묻소?"

"형님, 큰일났습니다. 바로 지금 지부가 부르기에 들어가 보니 절더러 곧 공인을 데리고 노성영으로 가 심양루 위에 반시를 쓴 범인 운성현의 송강을 잡아들이라는군요. 그래서 공인들을 성황묘 안으로 모이라 해 놓고 저는 바로 이리로 온 길입니다. 이 일을 대체 어쩌면 좋습니까?"

듣고 나자 송강은 소스라쳐 놀라며,

"원 이 노릇을 어쩌나. 이번에는 영낙없이 내가 죽는 판이요그려."

하고 어찌할 바를 몰라 했다. 대종은 잠깐 궁리한 끝에 말했다.

"형님 이렇게나 해 보십시다. 저는 여기서 더 지체할 수 없는 몸이라 곧 성황묘로 가서 공인들을 데리고 형님을 잡으러 다시 나올 터이니, 형님은 머리를 풀어 헤치고 땅에 뒹굴며 미친 사람 행세를 하십시오. 그러면 제가 어떻게 잘 조처할 도리가 있을까 합니다."

말을 마치자 대종은 총총히 성내로 돌아갔다.

바로 성황묘 안으로 가 보니 공인들이 벌써 와서 모여 있는데 제각기 손에 창과 몽둥이를 들었다. 대종은 곧 그들을 이끌고 노성영으로 가서 송강을 잡아 가지고 주아(州衙)로

돌아왔다.

"저놈을 이리로 끌어들여라."

지부의 영이 떨어지자 공인들은 그를 앞으로 끌어내어 무릎을 꿇려 앉히려 했다. 그러자 송강은 두 다리를 쭈욱 뻗고 앉아서, 고개를 젖혀 청상의 지부를 노려보며 소리를 질렀다.

"네가 대체 어떤 놈이냐? 나로 말하면 곧 옥황대제의 사위님이시다! 장인이 나더러 10만 대병을 거느리고 내려가서 너희 강주 놈들을 죽이고 오라셨다. 선봉은 염라대왕이요 후군은 오도장군인데, 내가 가진 금인이 무게가 8백여 근이다. 너희 놈들이 얼른 피해야 망정이지 만약 조금이라도 지체하는 때에는 한 놈 안 남기고 몰살을 하리라!"

"저거 미친놈이 아니냐?"

지부가 너무나 어이없어 황문병을 돌아보니 그는 또 나서서 차근차근 말했다.

"상공, 곧 본영의 차발과 패두를 불러들여 저놈이 당초에 여기 올 때부터 미쳤었나, 혹은 근자에 갑자기 그렇게 되었나 물어 보십시오. 만약에 처음 왔을 때부터 풍증(風症)이 있었다면 정말로 실성한 놈일 것이지만, 근자에 갑자기 그런 거라면 저놈이 흉증을 떠는 것이 분명합니다."

"딴은 통판 말씀이 옳소."

지부는 즉시 사람을 보내서 관영과 차발을 들어오게 했

다. 두 사람이 감히 은휘하지 못하고 바른 대로 아뢰었다.

"이자가 처음 왔을 때는 별로 실성한 것 같지는 않았는데, 근자에 갑자기 이런 증세가 생긴 모양입니다."

지부는 듣고 나자 크게 노하여, 곧 노자(牢子)와 옥졸에게 엄히 영을 내렸다.

"네 저놈을 매우 쳐라."

옥졸이 그를 형틀에 매달자 노자가 신곤(訊棍)을 골라 들고 달려드니 일련 50도에 송강은 한 번 살고 두 번 죽고, 가죽이 터지며 살은 해어져 온몸에 선혈이 임리했다.

곁에서 이러한 광경을 보는 대종은 혼자 마음에 끔찍하고 안타까울 뿐, 송강을 구해낼 아무런 도리가 없었다.

50도 맹장(猛杖)에 송강은 더 견디어 내지 못하고 마침내 직초(直招)하고 말았다.

"일시 취중에 잘못 반시를 초했습니다만, 사실 말씀이옵지 별 생각이 있어서 한 일은 아닙니다."

채구 지부는 곧 초장(招狀)을 받고, 25근짜리 큰 칼을 씌워 송강을 대로(大牢) 안에 가두게 했다. 그리고는 황문병을 후당으로 청하여 칭사하기를 마지않았다.

"만약 통판이 일깨워 주지 않았더라면, 그놈 꾀에 감쪽같이 속고 말 뻔했소그려."

황문병이 다시 조용히 아뢰었다.

"이 일은 곧 국가 대사입니다. 한시 바삐 사람을 경사로 보내시이 은상께 품하도록 하시지요."

"딴은 통판 말씀이 맞소. 곧 가존(家尊)께 품하되 특히 통판의 공로를 말씀드려 친히 천자께 상주하시도록 하리다. 통판도 영화를 좀 누려 보아야 되지 않겠소."

황문병이 사례하기를 마지않았다.

지부가 곧 붓을 들어 일봉 가서(家書)를 초하고 도서(圖書)를 찍고 나자 황문병이 다시 물었다.

"이번 일은 특히 심복인을 시키셔야 하겠는데 누구 마땅한 사람이 있습니까?"

지부가 대답했다.

"마침 그런 사람이 있소. 이 고을 압로절급에 대종이라고 신행법을 쓸 줄 아는 사람이 있어서 하루에 능히 8백 리 길을 가는 터이니 내일 아침 일찍 떠나게 하면 넉넉잡고 열흘 안에 경사를 다녀오리다."

"그참 희한한 재주를 가졌구먼요. 그 사람을 보내시면 참으로 좋겠습니다그려."

이 날 황문병은 지부에게 술대접을 받고 이튿날 새벽에야 무위군으로 돌아갔다.

이튿날, 재구 지부는 신롱(信籠) 두 개에다 금주와 보패, 완호물(翫好物) 따위를 담고 그 위에 두루 봉피(封皮)를 붙인 다음에 대종을 후당으로 불러들여 분부했다.

"여기 이 예물하고 일봉 가서가 있으니 동경에 올라가서 태사부 부중에 드리고 오너라. 가존께서 6월 15일이 생신이신데 날짜가 많이 남지 않았기로 네 빠른 걸음을 빌려 보자는 게다. 부디 밤을 새워 가되 동경서 회서를 받자옵거든 즉시 되돌아오너라. 이번 길을 잘 다녀오면 내 상을 후히 주마."

대종은 밖으로 물러나오자 자기 처소에 잠깐 들렀다가 곧 옥으로 송강을 찾아보았다.

"지부의 분부로 열흘 기한으로 경사에 다녀오게 되었습니다. 태사부에는 더러 아는 사람이 있으니까 이번에 가면 어떻게 형님 일을 주선해 보도록 부탁하고 오겠습니다. 매일 조석은 제가 이규에게 당부하고 갈 것이니, 아무 염려 마시고 계십시오."

송강은 당부했다.

"먼 길에 부디 무사히 다녀오우. 그리고 아우님 주선으로 이 목숨이 살 수 있다면 그 밖에 뭘 또 바라겠소."

대종은 이규에게 가 보고 부디 자기가 없는 동안만이라도 술을 먹지 말고, 송강의 조석을 때맞추어 들여보내도록 하라고 부탁했다.

"형님, 아무 염려 마시고 무사히 다녀나 오슈. 송강 형님

옥바라지는 정성껏 맡아 하리다. 그리고 오늘부터 술을 끊고 형님 돌아오는 날까지 한 잔도 입에 대지 않으리다."

이규는 이렇듯 맹세하고 대종이 없는 동안 주소로 송강 옆에 붙어 있으며 정말 지성껏 그의 시종을 들었다.

한편 대종은 자기 처소로 돌아가자 허리에 선패(宣牌)를 차고 머리에 건책 쓰고 편대(便帶) 속에 서신 넣고 두 개의 신롱을 손에 들었다.

갑마(甲馬) 4개를 꺼내서 양쪽 넓적다리에 각각 2개씩 붙들어 매고 입으로 주문을 외워 신행법을 일으키니, 마치 운무(雲霧)에 멍에한 듯 경각에 향진(鄕鎭)을 떠나서 편시에 주성(州城)을 지났다.

이 날 아침에 강주를 떠난 대종은 7, 8백 리 길을 가서 객점에 들러 자고, 이튿날 일찍 일어나 조반을 먹고 곧 떠나니 길에서 점심 먹느라고 잠깐 지체한 것 외에는 쉬지 않고 저녁까지 달렸다.

그 날 밤을 또 객점에서 쉬고 이튿날은 오경에 나서서 다시 2, 3백 리 길을 가고 보니 때는 이미 점심때가 되었다.

마침 유월 초순 천기— 무더운 날씨에 땀이 비오듯 하여 온몸이 흠뻑 젖었다. 걸음을 멈추고 둘러보니 저편에 수림이 무성하고 그 곁 호숫가에 있는 주점이 하나 눈에 띄었다.

대종은 곧 그리로 갔다. 들어서 보니 안이 정결하고 시원했다. 한편 탁자로 가서 자리를 잡자 대종은 허리의 탑박(搭膊)을 풀어 난간 위에 걸쳐놓았다. 주부가 옆으로 와서 물었다.

"술은 얼마나 드릴까요? 고기도 여러 가지 있습니다."

"술은 많이는 안 먹네. 밥을 좀 주게."

주보가 안으로 들어간 지 오래지 않아 밥과 술을 들고 돌아왔다. 대종은 원체 허기도 졌고 무엇보다도 목이 말랐다. 곧 두부를 안주하여 가져온 술을 다 먹은 대종이 이제는 밥을 갖다 달라고 하려는데 갑자기 머리가 어찔하고 현기증이 일어나더니 하늘과 땅이 한 번 빙그르 돌며 그는 그대로 탁자 옆에 쓰러지고 말았다.

이 때 안에서 한 사나이가 달려나오니 그는 곧 양산박 호걸 중의 한 사람인 한지홀률 주귀였다. 그는 좌우를 돌아보고 말했다.

"저 신롱부터 들여가거라. 그리고 몸을 뒤져 봐라."

수하의 무리가 한동안 대종의 몸을 뒤져 보더니 전대 속에서 종의에 싼 편지 한 통을 찾아내었다.

주귀가 호기심이 발동하여 봉피를 부욱 뜯고 편지를 꺼내서 읽어 보니 참으로 뜻밖이었다.

반시를 읊은 산동의 송강이 곧 요언에 맞는 죄인이기로, 잡아서 사수로(死囚牢)에 가두었다 하고, 분부를 받들어서 시행하겠다는 내용이었다.

읽고 나자 주귀는 놀란 나머지 입만 딱 벌리고 멍하니 있는데 수하의 무리들은 그 사이에 정신을 잃은 대종을 마주잡이로 들어서 작방(作房) 안으로 들여다 놓고 옷을 벗기기 시작했다.

이 때 주귀가 무심코 눈을 들어 보니 대종이 앉았던 자리에 탑박이 걸쳐져 있는데 선패가 달려 있었다. 주귀는 앞으로 가서 선패를 집어들고 보았다.

은으로 곱게 아로새긴 글자는 '강주압로절급 대종(江州押牢節級戴宗)'이라는 8자가 분명했다. 주귀는 곧 작방에다 대고,

"아직 그대로 내버려 두어라."

하고 분부한 다음 곧 해약(解藥)을 가져오게 하여 대종의 입에다 흘려넣었다. 얼마 뒤에 눈을 뜨고 자리에서 일어난 대종은 어인 영문을 모르는 듯 잠깐 사면을 둘러보다가 주귀가 봉서를 펴서 손에 들고 있는 것을 보자 큰 소리로 외쳤다.

"너 이놈, 참 대단도 하구나. 나에게 몽환약을 먹여 놓고서 태사부에 올리는 서신을 맘대로 뜯어 보다니, 그 죄가 죽어 마땅한 줄이나 아느냐?"

그러자 주귀는 픽 웃으며 대답했다.

"이까짓 편지 한 장이 대체 뭣이기에 그처럼 죽네 사네 하느냐? 태사부에게 가는 편지를 뜯어 보는 것쯤은 말도 말고 대송 황제를 상대해도 겁나지 않는다."

들고 나자 대종은 크게 놀라 급히 물었다.

"대체 댁은 누구시오? 우리 성명을 통합시다."

"나는 양산박 두령 한지홀률 주귀요."

"양산박 두령이시라면 필연 오학구 선생을 아시겠소그려?"

"오학구는 우리 산채의 군사(軍師)로서 병권을 쥐고 있는 터이니 내가 아다뿐이겠소."

"그럼 말씀이요마는, 나는 그 오학구와 교분이 두터운 사람이오."

"그럼 당신은 혹시 군사가 늘 말씀하던 강주의 신행태보 대원장이 아니시오?"

"예, 내가 바로 그요."

"그렇다면 내가 모를 일이 하나 있소. 앞서 송공명이 강주로 귀양가시는 길에 우리 산채에 들르셨는데, 그 때 오학구가 노형에게 편지를 보냈나 봅디다. 그런데 지금 노형이 도리어 송공명을 해치려 드니 그건 웬 까닭이오?"

"아니, 그게 무슨 말이오?"

"나보고 웬 말이냐고 따질 것이 아니라, 자아 이 편지를 좀 읽어 보우."

대종은 지부의 편지를 읽어 보고 소스라치게 놀랐다.

"나는 도무지 이런 줄은 꿈에도 모르고 편지를 전하려 들었구료."

"하여튼 나하고 함께 산채로 올라가서 여러 두령과 의논하여 어떻게 좋은 도리를 차려 보기로 하십시다."

두 사람은 곧 금사탄으로 건너가 그 길로 바로 산을 올랐다. 졸개를 보내서 선통을 했더니 오용이 관(關)까지 내려와서 영접했다.

"뵌 지 정말 오래요. 그래, 무슨 바람이 불어 여기까지 오셨소? 우선 대채로 올라가십시다."

대종은 대채로 들어가서 여러 두령과 인사하기가 바쁘게 송강이 이번에 불의의 변을 당하게 된 전후수말을 낱낱이 들어 이야기했다.

듣고 나자 조개는 깜짝 놀라 즉시 여러 두령과 함께 크게 군마를 일으켜 강주를 가서 치고 송강을 구해 오자고 서둘렀다. 이것을 보고 오용이 간했다.

"그래서는 일이 안 됩니다. 여기서 강주가 원체 길이 먼데, 한 번 군마가 동하는 때는 저희가 놀라서 혹은 우리가 미처 이르기 전에 송공명의 목숨을 해치려 들지도 모릅니다. 그러니 힘으로 해서는 안 되고 꾀로 해야만 할 일인데 오용이 비록 재주는 없으나 한 번 계교를 써 보기로 하겠습니다."

"그럼 어디 군사의 묘계를 들어 봅시다그려."

오용이 여러 두령을 둘러보며 계교를 밀했다.

"지금 채구 지부가 글을 동경으로 보내 놓고 태사의 회보를 기다리고 있는 중이니 우리는 장계취계(將計就計)하자는 것입니다. 가짜 회서(回書)를 한 통 만들어 대원장을 시켜 전하게 하되 범인 송강을 그 곳에서 함부로 치죄(治罪)하지 말고 곧 함거에 실어 동경으로 올려보내라 하여, 저희가 이 곳을 지날 때 우리가 내달아 잡으면 송공명을 가히 구할 수 있을까 합니다."

"그랬다가 만약에 이 곳을 지나지 않고 다른 길로 간다면 큰일이 아니오?"

"그야 우리가 사람을 미리 내보내서 어느 길로 가는지 알아 보면 그만이지요."

"그건 그렇다 하더라도 채경의 필적으로 회서를 위조하기가 어디 수운 일이오. 대체 누가 그걸 쓴단 말이오?"

조개가 묻자 오용이 대답했다.

"그것은 오용이 이미 생각한 바가 있습니다. 지금 천하에 가장 널리 행하는 자체(字體)가 소동파(蘇東坡)·황로직(黃魯直)·미원장(米元章)·채경(蔡京)— 이렇게 사가(四家)의 자체입니다. 그런데 제가 아는 사람으로 제주 태생 소양(蕭讓)이라고 있는데, 그가 이 사가의 자체를 다 잘 씁니다. 그래서 사람들이 그를 성수서생(聖水書生)이라 부르는 터인데, 대원장더러 수고를 좀 하라고 해서 이리로 불러다가 회서를 쓰게 하면 감쪽같을 것입니다."

"그럼 그건 그렇다 하고, 채경의 도서인기(圖書印記)는 또 어떻게 한단 말이오?"

"그것도 제가 아는 사람이 있습니다. 역시 지금 제주 성 내에 살고 있는데 이름은 김대견(金大堅)이라 합니다. 이 사람이 비문도 잘 파고 도서(圖書), 옥석(玉石)·인기(印記)도 잘 새기는 까닭에 사람들이 그를 옥비장(玉臂匠)이라고 합니다. 이 사람도 역시 이리로 꾀어 오도록 하지요. 그리고 이 두 사람은 앞으로도 쓸 곳이 많으니 아주 이번에 처자들까지 데려다 놓고 입당시켰으면 좋겠습니다."

"할 수만 있으면 좋다 마다 여부가 있겠소."

이 날 산채에서는 연석을 배설하여 대종을 후히 접대했다.

별로 힘 들이지 않고 소양과 김대견이 입당을 하게 되자 오용은 그들과 의논하여 소양은 채경의 자체로 회서를 쓰고 김대견은 또 전에 채청의 도서와 명휘(名諱)를 여러 번 새겨 본 일이 있어서 그대로 도서를 위조하여 잠깐 동안에 일을 끝내었다.

채경의 회서가 마련되자 대종은 여러 두령과 작별하고 산에서 내려와 즉시 금사탄을 건너 나는 듯이 강주를 향해 떠났다.

내종이 떠난 뒤에 뭇 두령들은 취의청에 모여 다시 술자 리를 벌이고 즐기는데 석간에 군사 오용이,

"아차!"

하고 한 마디 외치며 얼굴이 창백해져 가지고 어쩔 줄을 몰라 했다. 뭇 두령들이 놀라서 물었다.

"아니, 왜 그러시오?"

오용이 대답했다.

"모처럼 송공명을 구하려고 채경의 회서를 꾸며 본 노릇이 도리어 송공명은 말할 것도 없고 대종까지 죽을 구덩이에 몰아넣고 말았으니 이 일을 대체 어찌하면 좋겠소?"

"왜 어디가 잘못 되었소?"

오용이 한숨을 짓고 대답했다.

"그 도서가 잘못 되었다오. 우리가 쓴 도서라는 것이 바로 옥저전문(玉筋篆文)의 '한림채경(翰林蔡京)' 넉 자가 아니오? 이 도서 하나로 하여 그만 일을 그르치고 말았소그려."

그러자 김대견이 말했다.

"제가 늘 채 태사의 서함(書檻)이나 문장(文章)을 보아 왔는데 다 그런 도서입니다. 이번에 쓴 도서가 잘못 되었다는 것은 도무지 모를 말씀인데요."

"그건 아우님이 모르니까 하는 말씀이오. 지금 강주의 지부는 바로 채 태사 채경의 아들이 아니오? 그런데 아비가 자기 자식에게 보내는 글에 횟자(諱諱) 도서를 썼으니 이보다 더 큰 실수가 어디 있겠소. 대종은 그걸 모르고 그대로

지부에게 바칠 텐데, 그러면 즉석에서 발각이 나 문초를 받을 테니 큰일이오그려."

이제까지 듣고 있던 조개가 말했다.

"그럼 이러고 있을 게 아니라 곧 사람을 뒤쫓아 보내서 대종을 도로 불러 올려다가 다시 써줍시다그려."

"형님은 그 사람이 신행법을 쓰는 것을 모르십니까? 지금 쯤은 벌써 5백 리도 더 갔을 것입니다. 아무래도 이러고 있을 수 없으니 곧 두 사람을 구해 낼 방도를 처리하십시다."

"그럼 어떻게 했으면 좋겠소?"

조개가 묻자, 오용은 앞으로 나와 그의 귀에다 대고 몇 마디 속살거렸다. 조개는 연해 고개를 끄덕인 다음에 여러 두령들에게 가만히 영을 전하고 그 날 밤 일제히 산을 내려 갔다.


## 7. 십자로구(十字路口)


한편 대종은 기일 안으로 강주에 돌아가고 관청에 출두하여 답서를 올렸다. 채구 지부는 그것을 보고 크게 기뻐하고 곧 호송군을 편성하도록 명령한 뒤에 압송을 책임질 사람의 인신을 의논케 하였다. 그런데 그 곳 문지기가 외서 보고했다.

"무위군의 황 통판께서 오셨습니다."

채구 지부는 그를 안방으로 모시면서 말했다.

"반갑습니다. 얼마 안 있어서 반드시 정식으로 임관시키신다는 통고가 이 곳으로 오게 되어 있습니다."

"어떻게 그러한 일을 아시게 되었습니까?"

"어제, 서찰의 답장이 왔습니다. 요인(妹人) 송강은 경사로 압송하도록 하라는 것과, 또 당신 일은 때를 보아 폐하의 귀에 올려서 고관으로 발탁해 주겠다고 아버님의 답서에 자세히 적혀 있었습니다."

지부는 그렇게 말하면서 부하에게 서찰을 가지고 오도록 하여서 황문병에게 건냈다. 황문명은 받아 들고 끝까지 죽 읽고 나서 머리를 흔들며 말했다.

"이 서찰은 가짜입니다."

채구 지부는 그 말을 듣자 놀라면서 물었다.

"통관 그게 무슨 말씀이오? 가촌의 필적임이 틀림없는데 무엇을 보고 그러오?"

"부친이 자녀에게 보내는 봉서에 횟자 도서가 당합니까. 아무래도 이것은 누가 위조한 것이 틀림없으니 성공께서 만약 소인의 말씀을 믿지 못하시겠으면, 당장이라도 심부름한 사람을 불러 조사를 해 보십시오."

"그건 어렵지 않은 일이오. 그 사람이 한 번도 동경에는

못 올라가 본 사람이라 한두 마디만 물어 보면 허실을 당장에 일 수 있소."

그는 황문병을 병풍 뒤에 숨어 있게 하고 곧 공인을 보내어 대종을 불러들이게 했다. 대종이 청하에 대령하자 지부는 청상으로 불러 올려 물었다.

"어제는 내가 총망 중에 자세한 이야기를 못 들었기에 오늘 다시 불러서 물어 본다마는, 전날 동경에 갔을 때 어떤 성문으로 들어갔었나. 나의 집 문에서는 누가 너를 어떻게 응대하였으며, 어느 곳에 너를 잠재웠느냐, 문지기의 나이는 몇 살쯤이었느냐, 얼굴빛이 검고 마른 놈이었나, 희고 뚱뚱한 놈이었나, 키다리였나, 꼬마였나, 수염이 있는 놈이냐, 없는 놈이냐?"

대종은 대답할 길이 없어 고문을 받게 되니 할 수 없이 자백을 했다.

"바른 대로 아뢰겠습니다. 그 회서는 위조한 것입니다."

지부는 듣고 나자 구태여 더 밝히지 않아도 된다 생각하고 대종을 큰 칼 씌워 옥에 내려다 가둔 다음 다시 후당으로 돌아가서 황문병을 보고 칭사했다.

"만약 통판의 말씀이 없었다면 그만 대사를 그르칠 뻔했소그려."

황문병이 말했다.

"그놈이 정녕코 양산박과 결연하여 모반하려던 겝니다. 만약에 일찍 처단하지 않으시면 반드시 후환이 있을 것입니다."

"내 생각에는 곧 그 두 놈을 초장(招狀)을 가지고 문안을 세워서 시조(市曹)로 내어다 참수하고, 연후에 표를 닦아 위에 아뢸까 하오."

"상공 말씀이 지당하십니다. 그렇게 처리를 하시오면 첫째로는 조정에서 상공의 크나큰 공로를 아시고 기뻐하실 것이고, 둘째는 양산박 도적 떼들이 몰려와서 옥을 깨치는 변을 면할까 합니다."

황문병은 이 날도 지부에게 술대접을 받고 저물녘에야 물러나와 무위군으로 돌아갔다.

그로부터 엿새째 되는 날 새벽에 지부는 먼저 사람을 십자로구로 보내어 법장(法場)을 깨끗이 치우게 하고, 조반 후에는 토병과 회자(劊子) 5백여 명을 대로(大牢) 문전에 등대하게 했다.

사시(巳時)가 되자 옥관(獄官)이 들어와서 지부에게 품했다. 이로써 채구 지부는 몸소 감참관(監斬官)으로 나서게 되는 것이다.

이윽고 공목(孔目)이 범유패(犯由牌)를 당상에 올리자, 당청은 종이 두 장에 각각 '참(斬)' 자를 써서 한 장의 멍석에다 각각 붙였다.

이 때, 대로 안에서는 송강과 대종을 잡아 일으켜 교수(膠水)를 찍어서 머리를 빗기고, 그 위에다 각각 한 송이 지화(紙花)를 꽂아 준 다음 각기 한 사발의 장휴반(長休飯)과 한 잔의 영별주(永別酒)를 주었다.

두 사람이 먹는 시늉을 하고 나자 6, 7명 옥졸들이 송강을 앞세우고 대종을 뒤세우고, 앞에서 끌고 뒤에서 밀며 옥문을 나섰다.

송강과 대종은 서로 돌아다보며 목이 메어 말도 나오지 않았다. 두 사람은 머리를 숙이고 발을 절며 형장으로 정해진 십자로구로 나아갔다.

그 곳에 당도하자 옥졸의 무리는 창과 몽둥이를 들고 삥 둘러싸며 송강은 남면하여 앉히고 대종은 북면하여 앉혔다. 이제 감참관의 영이 떨어지면 참형을 시행하려는 것이다. 이 때 강주 부내의 구경나온 사람이 수천 명에 이르렀다.

채구 지부가 말을 세우고 서서 시각이 이르기를 기다리고 있는데 이 때 법장 동편이 갑자기 떠들썩했다.

뱀을 놀리는 거지 한 떼가 사람들 틈을 비집고 자꾸 앞으로 나오려는 것을 토병의 무리들이 떠다밀며 못 나오게 하는데, 좀체 물러나지를 않아 그 소동이었다.

그러자 이번에는 또 법장 서편이 왁자지껄했다. 창봉을 쓰며 약을 파는 무리들이 사람들 틈을 마구 헤치고 앞으로

나오려 하는 것을 토병들이 막고 서서,

"분수를 모르는 놈들이구나. 이 곳이 어디라고 생각하고 있느냐. 강제로 파고 들어와 보려고 야단들이니."
하고 말하자 창봉을 쓰는 놈들은

"뭐라고, 이놈의 촌뜨기 같은 놈아. 우리네는 천하를 다 돌아다니면서 어디라도 가고 어떤 처형도 보고 있다. 이놈아!"
하고 마주 소리를 질렀다. 지부가 그 꼴을 바라보고,

"그놈들을 못 들어오게 해라. 저런 괘씸한 놈들이 있나."
하고 소리를 가다듬어 꾸짖을 때, 이번에는 또 법장 남편이 어수선하여 그쪽을 바라보니 짐꾼들 한 떼가 또 앞으로 나오려는 것을 토병들이 막으며 실랑이를 벌이고 있었다.

이 때 또 법장 북편이 시끌벅적했다. 한 떼 객상(客商)의 무리가 수레 둘을 밀고 사람들 틈을 헤치며 염치 좋게 앞으로 나오려 했다 토병들이 달려들어 그 앞을 딱 막고 꾸짖었다.

"웬 사람이 어딜 가려고 마구 들어오느냐?"

"갈 길이 급해서 이러오, 좀 가게 해 주시우."

"아무리 갈 길이 급해도 이리로는 못 가! 뒷골목으로 돌아들 가."

"우리는 경사에서 오는 사람이오. 뒷골목을 어디로 어떻게 가는지 아오. 그럼 천상 여기서 가다렸다가 길이 나거든 가야겠군."

객상의 무리들은 저희들끼리 지껄이며 수레를 내려놓고 그 위에들 올라서서 구경을 했다. 이렇듯 한창 소란할 때 처형장의 중앙에서 사람 울타리가 좌우로 갈라지고, 통고하러 온 놈이,

"정시입니다."

라고 알렸다. 감참관의 입에서 영이 떨어졌다.

"죄인의 목을 베라!"

두 줄로 늘어서 있던 도봉회자의 무리가 죄인 앞으로 가서 그들 머리에 쓰고 있는 칼을 벗겨 놓자 행형회자 두 명이 제각기 손에 법도(法刀)를 들고 나섰다.

이 때 처형장 북편 사람들 틈에 끼어서 보고 있던 객상 하나가 품 속에서 조그만 징을 꺼내 '땅땅' 치니, 그것이 군호인 듯 사면에서 사람들이 '와'하고 아우성을 치며 앞으로 달려나왔다.

그러나 그들보다도 더 빠른 사람이 있었다. 아까부터 십자로구 다방에서 웃통을 훌떡 벗어부치고 두 손에 각각 도끼 한 자루를 들고 있던 시꺼먼 장한(壯漢) 하나가,

"이놈들아!"

하는 벽력같은 호통 소리와 함께 몸을 날려 아래로 뛰어 내려더니 한 달음에 법장 가운데로 달려들며 완손 바른손이 한 번씩 번뜻 두 명의 행형회자를 도끼로 찍어 거꾸러뜨리고 다

시 번개같이 감참관 앞으로 달려들었다.

뭇 토병들이 급히 창을 꼬나잡고 앞으로 나섰으나 범같은 그의 형세를 어이 당할 것인가. 지부가 혼쭐이 빠져서 말을 채쳐 달아나자, 처형장 안이 발칵 뒤집혀지고 말았다.

그 때 동쪽의 뱀 놀리는 거지 떼는 각기 품에서 첨도(尖叨)를 빼어 들고 나서서 토병의 무리를 보는 족족 죽였고, 남쪽의 짐꾼들은 제각기 짐짝을 들어서 앞에 가로질리는 사람은 토병이고 구경꾼이고를 막론하고 함부로 쳤다.

북편의 객상들은 수레 위에서 뛰어내리자 곧 앞으로 수레를 밀고 나와 길을 가로막아 놓고는 그 중의 두 명이 나는 듯이 달려들어 하나는 송강을 등에 업고 또 하나는 대종을 등에 업었다. 다른 놈들이 하는 짓을 보면 어떤 놈은 활과 화살을 꺼내서 쏘고 어떤 놈은 돌덩어리를 집어내어서는 던졌고, 어떤 놈은 투창을 꺼내서 날렸다.

이렇게 행상인들로 분장한 한 떼는 즉 조개, 화영, 황신, 여방, 곽성이었고, 창봉 쓰는 약장수로 분장한 무리는 연순, 유당, 두천, 송만이었다. 또 짐꾼들로 분장한 무리는 주귀, 왕왜호, 장천수, 석용들이고 뱀을 놀리는 거지로 차린 무리는 원소이, 원소오, 원소칠, 백승들이었다.

양산박의 17명 두목들이 일백여 명의 졸개들을 이끌고 당도하여 사방으로부터 쳐들어왔던 것이다.

# 8. 백룡신묘(白龍神廟)

이 날 가장 사람을 많이 죽인 자는 두 자루 도끼를 쓰는 시꺼먼 장한이었다. 그는 토병이고 구경꾼이고 어른이고 아이고를 도무지 가리지 않고 그저 닥치는 대로 도끼를 휘둘러 해골을 부수었다.

조개는 처음에 그가 누군지를 몰랐으나 문득 대종이 양산박에 들렀을 때 송강이 강주에 내려온 뒤로 흑선풍 이규라는 사람과 가깝게 지낸다고 하던 말이 생각나서,

'옳지, 그 사람인 게로군.'

하고 생각하면서 앞으로 나서며 큰 소리로 불렀다.

"여보, 댁이 혹시 흑선풍이 아니오?"

그러나 그 소리도 들리지 않는 모양이었다. 그 시꺼먼 장한은 제 세상이나 만난 듯이 이리 뛰고 저리 뛰며 보는 대로 사람을 찍어 넘어뜨렸다. 조개는 송강과 대종을 들쳐업은 두 졸개를 보고,

"너희들은 그저 저 도끼 쓰는 사람 뒤만 따라가거라."

라고 이르고, 모든 두령과 함께 자기도 그 사나이의 뒤를 따라 성 밖으로 나갔다.

화영·횡신·여방·곽성 네 두령이 뒤에 떨어져 나오며 연방 활을 쏘았다. 그러니 강주성의 군민 백성으로 감히 그

들을 뒤쫓을 것인가.

앞을 선 시꺼먼 장한은 도망하는 사람들의 뒤를 쫓아 춤추듯 도끼를 놀려 이리 찍고 찍으며 어느 틈엔가 강변에까지 이르렀다.

마침 강가에 큰 묘가 있었는데 양선문(兩扇門)이 굳게 닫혀 있었다. 앞선 장한은 곧 도끼로 문을 깨뜨리고 안으로 들어섰다. 모든 사람이 그를 따라 들어갔다.

양편에 늙은 소나무들이 늘어서 낮에도 햇빛을 못 보겠는데, 전면 패액 위에 '백룡신묘'라고 금자(金字)로 크게 쓰여져 있었다.

졸개가 송강과 대종을 묘 안으로 업고 들어가 비로소 내려놓으니 송강은 일장풍파에 혼이 다 나갔다가 그제야 겨우 눈을 뜨고 조개 이하 여러 두령들을 둘러보고 나서,

"형님, 이게 꿈이나 아니오?"

라고 소리를 내면서 울었다. 조개는 좋은 말로 위로한 다음에,

"그런데 대체 저 시꺼먼 사람은 누구요? 도끼로 사람을 제일 많이 죽였는데…."

하고 물었다.

"혹 이름을 들으셨는지, 저 사람이 흑선풍 이귀랍니다. 그간 저 사람이 여러 차례나 옥을 깨치고 도망하라는 것을 멀

리 가도 못하고 도로 붙잡힐 것만 같아서 내가 듣지를 않았었소."

그 때 화영이 조개에게 말했다.

"형님, 형님이 모두에게 이형 뒤를 따라가라고 하셔서 결국 이런 곳에 왔습니다만, 만일에 성중에 있는 관군이라도 뒤쫓아온다면 어떻게 맞이하고 어떻게 싸우면서 빠져 나갈 수가 있겠습니까?"

"뭐 걱정없습니다. 내가 당신들과 함께 다시 한 번 성내로 쳐들어가 그놈의 채구 녀석 똥같은 지부를 비롯하여 모두들 갈기갈기 모조리 잘라 버리고, 그리고서 돌아옵시다."

이규가 말하자 그제야 비로소 정신이 든 대종이 만류했다.

"여보, 너무 터무니없는 소리 작작하시오. 성내에는 6, 7천 명 가량의 군사들이 있소. 쳐들어간다고 한들 얻어터질 것이 뻔하오."

그런데 바로 그 때, 상류 쪽에서 세 척의 큰 배가 살같이 내려오는데, 배 위에는 각각 장정 10여 명이 병장기를 들고 서 있었다. 일동은 당황했다. 송강이,

"나의 운명은 이렇게도 비참한 것인가."

하고 말하면서 묘에서 뛰어나와 바라보니 선두의 배 위에 있는 한 사람의 상성은 다른 사람 아닌 낭리백도 장순이 아닌가!

송강은 앞으로 내달으며 크게 외쳤다.

"여보게, 나 좀 구해 주게."

장순은 그가 송강임을 알자,

"아이구, 이거 웬일이십니까?"

하고 마주 외쳤다.

이윽고 배 3척이 모두 강변에 닿았다. 첫째 배에는 장순이 10여 명 장정을 거느렸고, 둘째 배에는 장횡이 목홍·목춘·설영과 함께 10여 명 장객을 거느렸으며, 셋째 배에는 이준이 이립·동위·동맹과 함께 역시 10여 명의 장사 패를 데리고 왔는데 손에는 모두 창이며 몽둥이들을 들었다.

장순은 송강을 보자 기쁘고 반가워 땅에 넓죽 엎드려 절부터 한 다음에 말했다.

"오늘 강주로 쳐들어가 형님을 감옥에서 구해내려고 떠나온 길입니다. 그런데 한 발 앞서서 여러분들이 구출하셨군요. 이 곳에 계신 줄은 정말로 생각도 못했던 일입니다."

이리하여 장순 등 9명 조개 이하 17명, 송강과 대종 그리고 이규, 합하여 29명 모두가 함께 백룡묘 안으로 들어가 서로 인사를 나누었을 때 별안간 부하놈이 황급하게 뛰어들어와 보고했다.

"강주성으로부터 징이랑 북 소리를 울리면서 군마를 총동원하여 뒤쫓아오고 있습니다."

이규는 그 말을 듣자

"무찔러 버리자!"

하고 소리지르며 두 자루의 도끼를 손에 들고 묘 밖으로 뛰어나갔다. 조개도 벌떡 일어섰다.

"한 번 시작한 일이니 끝까지 한 번 해 봅시다. 우리 다들 나가서 강주 군사들을 모조리 죽이고 양산박으로 들어가지 않으려오?"

무리들이 이구동성으로 응했다.

"분부대로 하오리다."

이규가 먼저 내닫자 다른 사람들도 제각기 무기를 들고 뒤를 좇는데, 유당과 주귀 두 사람은 송강과 대종을 보호하며 먼저 배에 오르고 이준과 장순과 삼원 형제는 선척을 정돈했다.

기슭에서 바라다보니 성 안에서 몰려온 관군은 그 수가 대략 6, 7천 명이었다. 선두는 기마로서 모두가 갑옷과 투구로 무장하고 있었으며 활과 화살을 갖추고 각각 손에 긴 창도 가지고 있었다. 그리고 그 뒤에는 보병이 군기를 흔들며 함성을 지르면서 쇄도해 오고 있었다.

흑선풍 이규가 웃통을 벌거벗고 쌍도끼를 휘두르며 앞서 내달으니 뒤를 따르는 호걸은 곧 화영·황신·여방·곽성이었다.

화영은 앞서 오는 군마들이 모두 장창을 든 것을 보자 혹시나 이규가 상할까 염려하여 가만히 활에 살을 먹여 들고 마군 가운데 우두머리인 듯싶은 자를 겨누어 힘껏 쏘았다. 시윗소리와 함께 그자는 그대로 말에서 거꾸로 떨어졌다.

이를 보자 마군들은 일제히 말머리를 돌려 도망쳤다. 그 통에 뒤를 따르던 보군의 태반이 저희편 군사들의 말굽에 짓밟혀 죽었다.

두령들이 그대로 뒤를 쫓아 만나는 대로 들이치니, 시체는 뒹굴어서 들에 가득 찼고, 피는 강물을 물들여 빨갛게 변하게 만들었다. 곧바로 강주 성 밑까지 쳐들어가니 성벽 위에서 응원하고 있던 관군은 재빨리 나무통이나 돌을 던져서 방어했다. 그런 가운데 관군은 당황해서 성내로 도망갔고 성문을 꽉 잠그고 말았다. 혼이 달아난 관군은 그런 채로 며칠 동안 한 명도 밖으로 나오지 않았다.

여러 두령들이 날뛰는 이규를 가까스로 달래 강변으로 돌아갔을 때 송강이 입을 열었다.

"이 송강은 만일 여러분에게 구출되지 못했다면 대원장과 더불어 비참한 최후를 맞게 되었을 것입니다. 뭐니뭐니 하여도 미운 것은 황문병 그놈입니다. 이 한을 어떻게 해서든지 풀지 않으면 마음이 가라앉지 않을 것입니다. 다시 한 번 여러분의 힘을 빌어서 무이군을 공격하여 황문병을 때려

잡아 이 송강의 한을 풀도록 하여 주십시오.”

조개의 무리들은 그 실로 곧 배를 타고 무위군으로 쳐들어가서 먼저 황문병의 집에다 불을 질렀다.

“불이 났소! 통판댁 뒤에 불이 났으니 어서 문 좀 여슈!”

안에서 그 소리를 듣고 뜰로 나와 보니, 과연 집 뒤에 화광이 충천했다. 그들은 허둥지둥 뛰어나와 벌컥 대문을 열었다.

대문이 열리자 조개와 송강의 무리는 일제히 아우성치며 안으로 달려들었다. 제각기 손을 놀려 하나를 보면 하나를 죽이고, 둘을 보면 둘을 죽였다.

잠깐 동안에 황문병의 일문 내외 대소 4, 50명을 모조리 죽였으나 정작 황문병의 모습이 보이지 않았다.

집 안을 샅샅이 뒤져 보니 황문병이 그 때까지 양민들을 혹해하여 그러모은 재물이 방마다 곳간마다 가득했다. 두령들은 그것을 모조리 수습하여 졸개를 시켜 날라 올리게 했다.

이 때, 강주성에서는 무위군에 불이 크게 일어난 것을 보고 별의 별 소문이 다 돌아 인심이 흉흉한데, 황문병은 마침 주아에 들어와 채구 지부와 일을 의논하다가 이 소문을 전해 듣고,

“무위군에 화재가 일어났다 하오니, 소인은 곧 집으로 돌

아가 보아야 하겠습니다."

하며 지부에게 작별을 고했다. 지부는 사람을 시켜 곧 성문을 열어 주게 하고, 또 한 척 관선(官船)을 내어 그를 태워서 강을 건네 주게 했다.

횡문병은 사례하고 물러나와 종인을 데리고 곧 배에 올랐다. 노질을 빨리 하여 무위군을 향해 나아가며 바라보니 불기운이 어찌나 맹렬한지 물에까지 비치어 강 위가 그대로 시뻘겋다.

사공이 말했다.

"불은 북문 안에서 났다나 봅니다."

횡문병이 그 말에 마음이 더욱 황황하여, 노질을 재촉해서 거의 강 한복판에 이르렀을 때였다. 깜짝 정신이 들어서 보니 한 척의 작은 배가 강 위로부터 내려오더니 지나가지를 않고서 관선을 향해 바로 들이받을 듯이 달려들었다. 종인이 소리를 가다듬어 꾸짖었다.

"웬 배가 이렇게 함부로 달려드느냐?"

소리가 떨어지자 뱃머리에서 앉아 있던 사나이가 일어서는데, 기골이 장대하고 손에는 요구(撓鉤)를 들고 있었다.

"지금 강주로 불난 소식을 알리러 가는 배요."

그 말을 듣자 횡문병은 뱃머리로 나서며 황망히 물었다.

"불이 어디서 났소?"

그 사나이가 대답했다.

"북문 안 황 동관 십에 양산박 강적 떼가 쳐들어와서 집안 식구들을 모조리 죽이고 재물을 깡그리 훔쳐 낸 다음에 불을 질러서 지금 한창 타는 중이오."

황문병이 발을 동동 구르며,

"에구, 저를 어쩌나…."

하고 비명을 지르자, 그 사나이는 손에 들고 있던 쇠갈고리를 날려 이편 배를 끌어당겼다.

황문병은 원체 눈치가 빠른 사람이라, 이 광경을 보자 그는 곧 고물 쪽으로 달려가서 몸을 날려 물 속으로 뛰어들었다. 그러나 뛰어 들자마자 물 속에 한 사나이가 있다가 곧 그의 덜미와 허리춤을 잡아서 도로 배 위로 치뜨리니 물 속에 있던 사람은 곧 낭리백도 장순이고, 갈고리를 들고 배를 몰고 나온 사람은 혼강룡 이준이었다.

두 사람이 굵은 바로 황문병을 잔뜩 결박지워 끌고 가자, 송강 이하 모든 두령이 다들 기뻐하기를 마지않았다.

황문병이 온몸을 떨면서 말했다.

"제가 잘못했으니 한 번만 용서해 주십쇼."

그 말에 송강은,

"누구 내 대신 내려가서 저놈의 배를 가르우."

하고 뭇 두령을 돌아보니 흑선풍 이규가 나서며 말했다.

"그 소임은 내가 맡으리다."

곧 뜰로 내려간 이규는 첨도를 한 번 휘둘러서 황문병의 배를 가르고 간을 꺼내어 송강과 대종의 원수를 갚았다.

이미 원수를 갚은 이상 그 곳에 더 머물러 있을 까닭이 없었다. 송강의 무리는 마침내 조개 이하 양산박의 뭇 두령들을 따라서 함께 산채로 올라가기로 정하고 먼저 주귀와 송만을 떠나보내 이 일을 산채에 알리게 한 다음, 일행을 5대(隊)로 나누어 28명 두령이 수하의 무리를 거느리고 길을 떠났다.

양산박으로 향하는 5대는 인마가 서로 20리를 격하여 길을 가는데, 제1대의 조개·송강·화영·대종·이규가 거장과 인반(人伴)을 영솔하고 먼저 떠나, 길에서 사흘을 지내고 한 곳에 이르니 지명은 황문산(黃門山)이다. 송강이 마상에서 조개를 돌아보며 말했다.

"저 산은 어쩔지 뒤숭숭해 보이는군요, 사나운 도둑놈들이 숨어 있는 것 같습니다."

그 말이 끝나기도 전에 별안간 앞산의 산중턱에서 징과 북 소리가 울리기 시작했다. 화영은 곧 활에 화살을 먹여 손에 들고 조개와 대종은 각각 박도를 집어 들었으며, 이규는 두 자루 도끼를 쥐고 송강을 지키며 일제히 말을 달려가 보니 언덕길 근처에서 4, 5백 명의 산적들이 뛰어나왔다.

일행은 그들이 어떻게 나오나 하고 주시했다. 선두에 앞세워져 나온 네 명의 호한들은 큰 소리로 떠들어댔다.

"네놈들은 형편없이 강주를 시끄럽게 하고, 무위군에서 약탈을 마음대로 일삼고 많은 관군들과 주민들을 죽인 끝에 이제 양산박으로 돌아가는 것으로 알고 있는데 우리들 네 명이 오래도록 이 곳에서 기다리고 있던 중이었다. 사리를 판단한 줄 아는 놈 같으면, 이 곳에 송강을 두고 가거라. 그렇게만 한다면 목숨은 살려 주겠다."

송강이 그 말을 듣자 곧 말에서 내려 땅에 무릎을 꿇고 호소했다.

"제가 송강이올시다. 죄없이 남의 모함을 받아 억울하게 죽게 된 몸이 요행히 여러 호걸 덕분에 이렇게 살아나온 길입니다. 언제 어디서 네 분 영웅께 잘못을 저질렀는지 모르겠습니다만, 부디 저를 가엾게 생각하시어 용서를 해 주십시오."

그가 이렇듯 빌자 그들 네 사람은 일제히 말에서 뛰어내려 손에 든 병장기를 내버리고 땅에 엎드려 말했다.

"저희들 형제 네 명은 산동의 급시우 송공명님의 성함을 듣고서, 어떻게 해서든지 뵈오려고 생각하면서도 그 뜻을 이루지 못하였습니다. 그런데 강주 사건을 듣고서 반드시 이 곳을 지나가실 것으로 생각이 되었지만, 정말인지 아닌지 통 모르고 있었으므로 굳이 그런 심한 말을 올리게 되는 실례를 저지르고 말았으니, 부디 너그럽게 용서하여 주시길 빌겠습니다."

송강이 크게 기뻐하며 곧 네 사람을 붙들어 일으키고 그들의 성명을 물으니, 첫째는 황주(黃州) 사람 구붕(毆鵬)으로, 별명은 미운금시(摩雲金翅)고, 둘째는 담주(潭州) 사람 장경(蔣敬)으로 별명은 신산자(神算子)이며, 셋째는 남경(南京) 태생 마린(馬麟)으로 쌍철적(雙鐵笛)을 잘 부는 까닭에 철적선(鐵笛仙)이란 별명을 가지고 있다고 했다.

그리고 넷째는 도조왕(陶宗旺)으로 광주(光州) 사람이며, 한 자루 철초(鐵鍬)를 잘 쓰고 또 창법과 검술에도 능하여 사람들은 그를 구미구(九尾龜)라 부른다고 했다.

네 사람이 차례로 성명과 내력을 이야기하고 있을 때 졸개가 술과 고기를 올렸다.

구붕의 무리는 잔을 들어 먼저 조개와 송강에게 권하고 다음에 화영·대종·이규에게로 돌렸다. 일변 술 마시며 일변 이야기하는 중에 제2대 두령들이 당도했다.

술자리를 벌인 지 한나절이 못되어 뒤에 떨어진 나머지 두령들도 모두 이르렀다.

이 날은 취의청에서 모두들 취하도록 술을 마셨는데 "어떻습니까, 네 분의 호한들도 다 함께 양산박으로 가

서 한패가 되시면 어떻습니까?"

하고 송깅이 밀하자 네 명의 호한들은 대난히 기뻐하며 입당했다. 그리하여 이튿날, 산채 안의 재물을 모두 수습하여 수레에 싣고 산채에는 불을 지른 다음 졸개들 4, 5백 명을 이끌고 제6대가 되어 뒤를 따랐다.

# 제 5 장

1. 축가장(祝家莊)

2. 일장청(一丈靑) 호삼랑(扈三浪)

3. 해진(解珍)과 해보(解寶)

4. 병울지(病蔚遲) 손립(孫立)

5. 비천신병(飛天神兵)

6. 쌍편(雙鞭) 호연작(呼延灼)

7. 굉천뢰(轟天雷) 능진(凌振)

8. 금창수(金槍手) 서녕(徐寧)

# 제5장

## 1. 축가장(祝家莊)

한편, 양산박에서는 조개가 뭇 두령들을 거느리고 산에서 내려간 뒤, 오용·공손승·임충·진명 등이 산채를 지키고 있었는데 주귀와 송만이 한 걸음 먼저 돌아와서 일행의 소식을 전했다. 오용은 곧 작은 두목들을 주귀 주점으로 내보내 그들을 영접하게 했다.

마침내 일행이 모두 이르렀다. 북 치고 피리 부는 가운데 여러 호걸들이 각기 마교(馬驕)를 타고 산으로 올라가니 오용의 무리 6명은 관(關) 아래까지 내려와 일행을 취의청 위로 인도했다.

조개가 먼저 송강을 청하여 첫째 교의에 앉게 하니 송강이 사양하며 말했다.

"형님, 그게 무슨 말씀이십니까. 원래 이 곳 주인은 형님이

신데 이러신다면 저는 이 곳에 머물러 있지 못하겠습니다."

"아우님이야말로 그게 무슨 말씀이오. 당초에 아우님이 우리 일곱 사람의 위태롭던 목숨을 구해 이 곳으로 보내 주지 않았다면 우리에게 어찌 오늘날이 있었겠소. 아우님은 곧 이 산채의 은인이니 아우님 말고 이 자리에 앉을 사람이 누가 있겠소."

송강은 끝내 사양했다.

"형님, 연세를 가지고 따지더라도 형님이 제게 십년장이시니 어찌 제가 외람되이 첫째 자리에 앉겠습니까."

이리하여 조개가 제1위, 송강이 제2위, 오용이 제3위, 공손승이 제4위 네 사람의 자리가 정해졌다.

이어서 크게 연석을 베풀고 대취대뢰(大醉大擂)하며 뭇 두령들이 술을 마시며 즐겼다.

조개는 수하 졸개들을 모조리 불러들여 새 두령들에게 절하여 뵙게 하고 산전산후(山前山後)에 새로이 집을 많이 지어 새로 들어온 두령과 졸개들의 기거할 곳을 마련해 주었다.

근래에 양산박에서 새로이 한 주점을 열었는데 관장하는 사람은 석 장군 석용이었다. 점심때쯤 되었을까 범상해 보이지 않는 두 사나이가 주점 안으로 들어와 자리를 잡고 앉더니 양산박 노정을 물었다.

석용은 두 사람이 앉은 탁자 앞으로 가서 물었다.

"두 분 손님은 어디서 오셨으며, 양산박 노성은 왜 물으십니까?"

한 사나이가 대답했다.

"우리는 계주서 온 사람이오."

계주라는 말에 석용은 문득 생각나는 바가 있어,

"그럼 손님께서 혹시 석수라는 분이 아니신가요?"

하고 물었다.

"나는 양웅이란 사람이고 석수는 이 사람이오. 그런데 대체 노형은 어떻게 석수라는 이름을 알고 계시오?"

양웅이 묻자 석용은 곧 정중히 예를 베풀고 말했다.

"월전에 대원장 형님이 계주에 갔다 오셔서 형장 말씀을 많이 하시더군요. 그러지 않아도 언제나 우리에게로 오시나 하고 마음에 고대하고 있었답니다."

곧 주보를 불러 분례주(分例酒)를 가져오라 하여 두 사람에게 권한 뒤 수정(水亭)으로 가서 창을 열고 향전(響箭)을 한 대 쏘니 건너편 갈대숲 속에서 졸개 하나가 급히 배를 몰아나왔다. 석용은 두 사람을 청하여 함께 배에 올라 압취탄으로 건너갔다. 선통을 받은 대종이 산에서 내려와 그들을 맞아 올렸다.

새로운 호걸들이 또 들어왔다는 말을 듣고 뭇 두령들이

모두 취의청에 모였다. 대종이 두 사람을 데리고 청상에 올라 조개·송강 이하 여러 어려 두령들에게 인사를 시켰다, 서로 보기를 마치자 조개가 두 사람의 내력을 물었다.

양웅과 석수가 각기 자기들의 내력을 이야기했다. 그들의 무예가 출중한 것을 알자 뭇 두령들은 십분 공경하며 서로 자리를 사양하여 앉게 했다.

그러나 이번 오는 길에 동해하던 시천이란 자가 객점에서 닭 한 마리를 훔친 것으로부터 말썽이 크게 벌어졌으며 마침내 그는 양산박의 도적으로 몰려 축가장(祝家莊)에 붙잡히는 바 되었으며 자기들은 박천조 이응의 힘을 빌려다가 그것도 여의치 못하여 이처럼 산으로 들어왔다고 전후수말을 이야기했다.

듣고 나자 조개는 크게 노했다. 그는 곧 청전에서 거행하는 졸개를 내려다보고,

"이 애들아, 얼른 저 두 놈을 잡아 내에다가 목을 베어라!" 하고 호령했다. 사실을 따지자면 양웅과 석수가 생각이 부족해 쓸데없는 말을 한 것이었다.

이 때 송강이 나서서 황망히 말렸다.

"형님 고정하십시오. 두 분 장사가 천리를 멀다 않고 이렇듯 우리를 찾아온 터에, 저들의 목을 베어서야 되겠습니까?"

조개가

"우리들 양산박의 호한들은 왕륜을 무너뜨린 후 줄곧 충과 의를 본분으로 하여 사람들에게 인과 덕을 베풀 수 있도록 마음가짐을 가져 왔다. 동지들은 신구의 구별 없이 각기 호걸다운 광채를 다하였는데 이놈들 두 놈은 양산박 호한의 이름을 팔아 닭을 훔쳐 먹어 우리들의 이름을 욕되게 했다. 오늘은 우선 이 두 놈을 죽여서 산채의 규율을 보이고 내가 친히 군사를 끌고 그 마을을 때려 부수어 면목을 유지하는 거다. 얘들아, 어서 그놈들을 죽여 버려라."

하고 말하니 송강이 다시 좋은 말로 권했다.

"형님, 어디 이 두 사람이 한 일입니까? 죄는 그 시천이란 사람에게 있는데 그보다도 오히려 축가장 놈들이 괘씸합니다. 그놈들이 매양 우리를 욕하고 업신여긴다 하니 그런 놈들을 어찌 그냥 버려 두겠습니까. 또 지금 산채에 식구는 많고 양식은 부족한 터이니 한 번 크게 군사들을 일으켜 축가장을 무찌르고 보면, 첫째는 우리 원수를 갚을 수 있고, 둘째는 많은 양식을 얻을 수 있고, 셋째는 또 이응 같은 호걸을 청하여 다 입당시킬 수도 있지 않겠습니까. 제가 비록 재주는 없으나 형님이 허락만 하신다면, 군마를 영솔하고 갔다 오겠습니다. 그러니 부디 이 두 사람은 용서를 해 주십시오."

그 말에 오용이 먼저 좋다 하고, 대종은 그 두 사람을 죽이려거든 차라리 자기의 목을 베어 달라 말하고, 다른 두령들도 모두 권했기에 조개는 마침내 양웅과 석수의 죄를 용서하고 송강이 두령들을 거느리고 축가장을 칠 것을 허락했다.

풍룡강 바로 앞에 고개가 셋이 있으며 세 마을이 줄지어 있다. 그 중 가운데 있는 마을이 축가장, 서쪽이 호가장, 동쪽이 이가장이라고 했다. 이 세 마을을 합치면 일만 명 정도의 사람이 살고 있는데 제일 큰 마을이 축가장이다. 그 곳의 당주는 축조봉이라 하고 축가장이 가장 세력이 큰데 세 아들을 두었으며 축 씨의 삼걸이라 했다. 장남은 축룡, 차남은 축호, 삼남은 축표, 그 외에 무예 스승으로 철봉을 쓰는 난정옥이란 사람이 있는데 이 사나이는 만부부당의 용기를 가지고 있으며 집안에는 이천 명 정도의 팔 힘이 좋은 부하들을 거느리고 있다. 그리고 서쪽에 있는 호가장의 주인은 호태공이라 하고 비천야차 호성이라는 아들이 있으며 아주 훌륭한 딸이 있으니 일장청 호삼랑이라고 했다. 쌍칼의 명수이고 말도 잘 타는 여인이다. 그리고 동쪽 마을의 주인은 박천조 이응이라 하며, 혼철로 만든 검강창의 명수로서 등 뒤에 다섯 개의 비도를 숨겨 백 보 떨어진 곳에서도 사람을 쓰러뜨리는 신출귀몰의 솜씨를 가지고 있다. 이들은 마을을 하나로 묶어 좋은 일이나 서로 돕고 살아가고 있었으며 양산박의 호한들이 식량을 약탈하러 오지 않을까 항상 걱정하며 그에 대한 준비도 갖추고 있었다.

이튿날 축가장을 치러 갈 의논을 하는데, 조개는 산채 주인이라 움직이시 않고, 오용과 유당 또 원가 삼형세와 여방·곽성이 남아서 대채를 지키기로 했으며, 그 밖에 관문을 파수하거나 주점을 관장하는 두령들도 모두 자리를 떠나지 않기로 했다.

그 나머지 두령들을 2대(隊)로 나누어 각대가 보군 3천에 마군 3백씩을 거느리고 떠나기로 하니, 제1대는 송강·화영·이준·목홍·이규·양웅·석수·황신·구붕·양림의 열 두령이고, 제2대는 임충·진명·대종·장횡·장순·마린·등비·왕영·백승의 아홉 두령었다.

송강의 제1대는 독룡산에서 상거가 한 마장 남짓한 곳에 이르러 채책을 세운 다음 중군장(中軍帳) 안에서 송강이 화영과 작전을 의논했다.

"내가 전에 들었는데 축가촌이란 곳은 길이 원래 총잡해서 섣불러 발을 들여놓을 수가 없다니, 아무래도 먼저 사람을 보내서 길부터 자세히 알고 그 다음에 군대가 나아가는 것이 옳을까 하네."

화영이 대답했다.

"형님 말씀이 지당합니다."

송강은 곧 석수와 양림을 불러들여 몰래 축가촌으로 가서 그 곳 지리를 낱낱이 살피고, 아울러 축가장의 허실을 알아 오게 했다.

송강이 두 사람을 보내 놓고 회보가 있기를 기다렸으나 날이 저물 때까지 아무런 소식이 없었다. 궁금함을 참지 못해 구붕을 다시 보냈더니 오래지 않아 돌아와서 보고했다.

"촌으로 들어갔더니, 염탐꾼이 한 명 붙잡혔다며 온통 술렁술렁하는데 좀 더 자세히 알아 보고 싶은 마음은 간절해도 길이 원체 총잡해서 더 깊이 들어가 보지를 못하고 그냥 돌아왔습니다."

"염탐꾼이 붙잡혔다면 석수나 양림이 그놈들의 수중에 떨어진 모양이다. 그러니 우리가 오늘 밤에 쳐들어가서 두 형제를 구해야겠다."

송강이 말하니 이규가 뛰어나오면서 말했다.

"형님의 말씀이 옳으나 내가 먼저 쳐들어가서 상황이 어떤지 보고 오겠습니다."

송강이

"너는 양웅과 함께 일대 군마를 거느리고 앞장서 가거라."
라고 말하고는 즉시 군사들을 거느리고 해자 가에 이르러 장상을 바라보니 군사는 말할 것도 없고 불빛 하나도 구경할 수 없었다. 송강이 마음에 의심하기를 마지않다가 문득 깨닫고 중얼거렸다.

"내가 일을 그르쳤구나. 내가 미처 생각을 깊이 안 하고

오직 석수·양림 두 형제를 구하겠다는 마음만으로 그만 중지(重地)로 들어왔으니, 만약 적에서 무슨 세책이 있다면 어찌할꼬?"

그가 곧 영을 내려 삼군(三軍)을 뒤로 물리려 할 때, 축가장 안에서 호포가 반공중에 '탕'하고 터지더니 독룡강 위에 무수한 횃불들이 일어나며 문루(門樓) 위로부터 화살과 쇠뇌가 빗발치듯했다.

송강은 곧 군사들을 사면으로 풀어 돌아갈 길을 찾게 했다. 그러나 아무리 헤매어도 어디로 가야 좋을지 알 수가 없었다.

그 때 독룡강 위에서 호포가 또 한 번 터지며, 사방에서 일시에 함성이 일어나 천지를 뒤흔들었다. 송강이 황망히 말을 앞으로 내어 살펴보니 매복한 군사들이 일제히 일어나서 사면을 에워싸고 들이치고 있었다. 송강은 곧 영을 전하여 큰길을 향해 나아가게 했다.

그러나 얼마 가지 않아 길이 막히고 길 위에 무수히 꽂아놓은 쇠꼬창이와 대꼬창이에 찔려 허다한 인마가 상했다. 다시 군사들을 뒤로 물리려 했으나 멀리서 가까이서 들려오는 함성은 끊임없고 화살이 비오듯 했기에 송강은 마침내 하늘을 우러러보며, "하늘이 여기서 나를 죽이려 하시는구나."하고 큰 소리로 탄식했다.

송강의 군사들이 길을 못 찾아 갈팡질팡하며 서로 밟고 서로 밟히며 심한 혼란에 빠져 있을 때 군중을 헤치고 한 사나이가 앞으로 뛰어오며 외쳤다.

"형님, 염려 마십시오. 길은 제가 안내하오리다."

송강이 급히 돌아보니 그는 곧 생사를 몰라 궁금해하던 석수였다.

송강이 간신히 군마를 정돈하고 석수의 뒤를 따라 활로를 찾아 나오는데 문득 산 너머에서 다시 함성이 크게 일며 한 때 군마가 내달았다. 급히 석수를 시켜 알아보게 하니, 돌아와서 말했다.

"산채에서 제 이대 군마가 이르러 복병과 싸우고 있습니다."

송강이 크게 기뻐하여 촌어귀에 나와서 보니 축가장 인마들은 사면으로 달아나고 있었다.

임충·진명 등의 군마가 모두 와서 합류했을 때 동이 텄다.

높은 곳을 골라 채를 세우고 장병을 점고했는데 진삼산 황신이 보이지 않았다.


## 2. 일장청(一丈靑) 호삼랑(扈三浪)


이튿날 송강이 바야흐로 장상을 향하여 진군하려 할 때 서쪽에서 함성이 크게 일어나며 한 때 인마가 짓쳐 들어왔

다. 송강은 마린과 등비로 하여금 그 곳에 남아 축가장 뒷문을 지키게 하고 자기는 구붕·황영 두 두령을 데리고 군사들을 나누어 앞으로 나아가 쳐들어오는 군사들을 맞았다.

산 언덕 아래로부터 마군 2, 30기가 급한 형세로 달려오는데 한가운데 일원 여장(女將)을 옹위하였으니 그는 묻지 않아도 호가장의 일장청 호삼랑이 분명했다.

머리에 금차(金釵)를 꽂고, 허리에 수대(繡帶)를 두르고 발에는 봉혜(鳳鞋)를 신은 아름다운 미모는 한 떨기 해당화와도 같았는데 두 자루 밀월쌍도를 손에 잡고 한 필 청총마(靑驄馬) 급히 몰아 내닫는 모습은 족히 맹장도 사로잡을 기세였다.

송강이 좌우를 돌아보고 말했다.

"호가장에 여장 하나가 있다더니 필시 이 사람인 게로군. 무예 수단이 심히 높다던데, 누가 나가 대적할꼬?"

그의 말이 미처 끝나기 전에 한 장수가 밀을 달려 나아가니 곧 왜각호 왕영이었다. 그는 본래 호색하는 무리로 여장이라는 말에 단지 1합에 사로잡아 보려고 그렇듯 내달은 것이었다.

두 사람이 함께 어우러져 싸우는데, 한편은 쌍도(雙刀)요 한편은 단창(短槍)이었으며, 그 수단과 솜씨가 과히 우열이 없어 보였다. 그런데 싸우기 시작한 지 10여 합에 이르자 왕영의 창이 차차 문란해졌다.

왕영이 10합이 넘도록 이기지 못하자 초조한 생각에 법을 돌보지 않고 함부로 창을 내지르니 호삼랑이 한 칼은 높게 또 한 칼은 낮게 하며 일시에 그를 향하여 찔러 들어갔다.

왕왜호가 당할 수 없어 말머리를 돌려 달아나자 일장청은 오른손에 든 칼을 거두고는 긴 팔을 뻗어 왕왜호를 말 안장에서 끌어당겨 아래로 던졌고 그의 부하들이 '와' 하고 왕왜호에게 달려들어 손발을 잡아 끌고 갔다.

송강이 당황하기를 마지않을 때, 저편에서 한 때 군마가 풍우같이 몰려오니 곧 벽력화 진영이었다. 진영이 앞문을 치고 있다가 뒷문 쪽에서 시살하는 소리를 듣고 구응하러 달려온 것이었다.

이를 보고 축가장 진영에서 교사 난정옥이 진명을 향해 달려들었다. 서로 어우러져 싸우기 시작한 두 장수가 20합에 이르도록 좀처럼 승패를 나누지 못 할 때, 난정옥이 짐짓 파탄을 보이며 황망히 말머리를 돌리더니 풀밭 속으로 말을 몰아 들어갔다.

그래서 진명이 풀밭 속으로 쫓아들었는데 매복해 있던 무리들이 반마삭(絆馬索)을 잡아 일으켰고 말이 걸려서 넘어지자 사람도 함께 땅으로 떨어졌다.

이 때 등비가 진명을 도우려고 그 뒤를 따랐는데 그 역시 양편에 매복하고 있던 요구수(撓鉤手)들이 아우성치고 일어

나서 일제히 손을 놀렸기에 적에게 사로잡히고 말았다.

어느덧 날이 저물고 있었다. 송강은 징을 쳐 퇴군령을 내린 다음, 어둡기 전에 길을 바로 찾아 나가기 위해 남보다 앞서 말을 몰았다.

그런데 얼마 가지 않아 문득 누군가 말을 급히 몰아 자기의 뒤를 쫓고 있는 것을 깨닫고 송강이 고개를 돌려보니. 곧 일장청 호삼랑이었다.

송강은 소스라치게 놀라 달리는 말에 채찍을 더하였다. 호삼랑이 일월양도를 휘두르며 뒤를 급히 쫓았다. 형세가 심히 위태로울 때 문득 산언덕 위에서,

"이년아, 우리 형님을 해치지 말라!"

하고 벽력같이 소리를 지르며 웃통을 드러낸 흑선풍 이규가 쌍도끼를 휘두르며 뛰어 내려왔다.

형세가 험한 것을 보고 호삼랑은 곧 몸을 돌려 숲속으로 말을 몰았다, 그러나 바로 그 때 그 속으로부터 한 장수가 10여 기(騎)를 거느리고 내달았으니 곧 표자두 임충이었다. 상화준마(霜花駿馬)에 높이 앉아 장팔사모를 잡고,

"이 어린 계집애가 어디로 가려 하느냐!"

하고 큰 소리로 꾸짖으니 호삼랑이 칼을 휘두르며 말을 몰아 바로 임충에게로 달려들었다.

두 사람이 서로 싸워 미처 10합에 이르기 전에 임충이

짐짓 한 번 파탄을 보이자 호삼랑이 곧 그의 머리를 향해 쌍도를 내리쳤다. 임충은 장팔사모로 두 칼을 일시에 막아 한편으로 슬쩍 흘려버리고는 곧 가볍게 왼팔을 내밀어 호삼랑의 허리를 잡아 그대로 한옆에 끼었다.

송강이 그것을 보고 갈채를 보낼 때 임충은 군사들에게 명해 호삼랑을 묶게 하고 말을 달려 송강 앞으로 오며 물었다.

"형님, 어디 상하신 데는 없으십니까?"

"아니, 아무 데도 상한 데는 없네."

송강은 대답하고, 이규를 시켜서 뭇 두령들을 모이게 했다. 두령들이 군사들을 수습하여 차례로 이르렀다.

송강은 채책을 세우고 나자, 호삼랑을 두 손 묶어 말에 태워 20명 졸개들에게 시켜서 산채로 올려보내되, 그 무렵 양산박으로 모셔 온 자기 부친 송 태공에게 맡겨 두었다가 자기가 돌아간 뒤에 발락(發落)하기로 했다. 두령들은 송강의 마음이 이 여자한테 있는 줄 알고 조심해 보내기로 했다. 송강이 중매를 서서 왜각호 왕영과 일장청 호삼랑이 혼례를 올린 것은 나중의 일이었다.

이 날 밤 송강이 장중에서 근심으로 잠을 이루지 못하고 하룻밤을 꼬박 새우고 나니, 날이 밝을 녘에 탐사인이 돌아와서 보고 했다.

"군사 오학구께서 삼원(三院) 두령과 여 두령(呂方)·곽 두

령(郭盛)과 함께 군사 5백을 거느리고 오셨습니다."

송강이 곧 나가서 영접하여 중군장으로 들어오니 오용은 가지고 온 주식을 내어 송강에게 권하고 또 삼군의 어려 장수들을 호상(犒賞)한 다음 송강에게 말했다.

"조 두령께서 궁금하시다 하여 저희를 보내셨습니다. 대체 승패가 어찌나 되었습니까?"

"심히 불리하오. 첫날은 지리(地利)를 잃었기 때문에 양림·황신 두 두령이 저놈들에게 사로잡히고, 이제 또 호삼랑에게 왕영이 잡히고, 난정옥에게 구붕이 철퇴를 맞아 상하고, 다시 진명·등비 두 두령이 반마삭에 걸려서 또 사로잡혔다네. 만약에 임 교두가 호삼랑을 사로잡지 못했다면 우리 편의 예기는 여지없이 꺾어지고 말았을 게요. 내가 만약 축가장을 쳐 무찌르지 못하고 또 사로잡힌 형제들을 구해 내지 못한다면 차라리 이 곳에서 죽지, 맹세코 돌아가지 않을 생각이오. 대체 무슨 낯으로 조 두령님을 뵈옵는단 말이오."

송강의 말을 듣고 나자 오용은 빙그레 웃으며 말했다.

"이 축가장은 멀지 않아 멸망할 것입니다. 더구나 이미 그 기회는 지금 와 있습니다. 저는 이제 당장 쳐부술 수 있다고 보고 있습니다."

송강이 그 말을 듣고 크게 놀라며,

"아니, 대체 무슨 묘책이 있소?"

하고 급히 물으니. 그는 다시 웃음을 띠며 대답했다.

"이번에 우리에게로 새로 입당하러 온 호걸들이 있는데, 그 중에 병울지 손립이 축가장의 교사 난정옥과 잘 안답니다그려. 그래서 제가 계교를 자세히 일러 주었으니까, 닷새 후에는 축가장을 쳐 깨뜨리고 사로잡힌 두령들도 다 무사히 구해낼 수 있을 것입니다."

이어서 오용이 송강의 귀에 대고 그 계교를 말하니 듣기를 다한 송강은 입이 딱 벌어지며,

"참으로 묘계요 묘계야!"

하고 칭선하기를 마지않았다.

### 3. 해진(解珍)과 해보(解寶)

이야기는 잠시 거슬러 올라간다.

산동 해변에 한 고을이 있는데 지명은 등주(登州)라 한다. 등주 성 밖에 큰 산이 하나 있는데 산중에 호랑이들이 많아서 대낮에도 사람들이 많이 상하므로 등주 지부가 사냥꾼들을 불러서 날짜를 정해 주고 호랑이를 잡으라는 명을 내렸다. 또 이정(里正)에게도 기한을 정하여 범을 잡게 하였는데 기한 내에 호랑이를 잡아 바치지 못하는 자에게는 가차 없이 벌을 내린다고 하였다.

등주산 아래에서 사는 사냥꾼 중에 형제 둘이 있는데 형은 해진(解珍)이요 아우는 해보(解寶)이다 두 사람이 다 강철로 만든 작살을 쓰고 놀라울 만한 무예를 가졌으므로 해진은 양두사(兩頭蛇)라 하고 해보는 쌍미갈(雙尾蝎)이라고 했다.

두 형제는 관가에 문서를 들여놓고 집으로 돌아와 와궁(窩弓)·약전(藥箭)과 노자(弩子)·당차(钂叉)를 정돈한 다음 곧 산으로 올라갔다.

호랑이가 다니는 길목에다 와궁을 놓고 나무 위로 올라가서 종일을 기다렸지만 허사였다. 형제는 와궁을 수습해 가지고 내려와 이튿날 또 마른 음식을 싸 들고 다시 산으로 올라갔다.

어느덧 날이 저물었다. 두 사람은 그래도 혹시나 하고 나무 위에 올라가 오경까지 기다려 보았다. 그러나 종시 아무런 동정이 없었다.

해진 형제는 다시 산을 내려와 이번에는 서녘산으로 가서 다시 와궁을 놓고 달이 밝을 때까지 기다려 보았지만 역시 허사였다.

"원 이 노릇을 어쩌나? 사흘 기한 내로 호랑이를 잡아 바쳐야 되는데, 오늘 밤 안으로 못 잡으면 볼기의 살점이 남아나시를 못할 텐네, 이거 참 큰일났군."

두 사람은 몸이 달아 그 날 밤도 산에서 지내기로 했다.

어느덧 밤이 깊어 사경(四更)에 이르자, 연일 산을 탔고 또 잠도 변변히 못 잔 터이라 형제는 서로 등을 맞대고 앉아서 꾸벅꾸벅 졸았다.

그러나 그들이 잠깐 눈을 붙였을까말까 했을 때, '휘익' 하는 와궁의 시윗 소리가 크게 들렸다. 귀가 번쩍 띈 형제가 뻘떡 뛰어 일어나며 곁에 놓았던 강차를 집어 들고 사면을 둘러보니 바로 저편에 호랑이 한 마리가 등에 약전을 맞고 땅바닥에서 엎치락뒤치락 하는 것이 보였다.

형제는 각기 강차를 꼬나쥐고 앞으로 나갔다. 호랑이는 사람이 가까이 오는 것을 보자, 몸에 화살이 박힌 채 그대로 살같이 도망을 쳤다. 두 사람은 곧 그 뒤를 쫓았다.

그러나 고개 하나를 다 못 넘어서 약 기운이 온몸에 돌자, 호랑이는 더 배겨내지 못하고, "어흥!…"하고 산이 떠나가게 한 소리 크게 울더니 그대로 떼굴떼굴 비탈 아래로 굴러 떨어지고 말았다.

해보는 아래를 내려다보고 말했다.

"여기는 바로 모 태공(毛太公) 집의 뒷산이로구먼, 형님, 곧 돌아 내려가서 찾아내 오도록 합시다."

두 사람은 강창를 손에 들고 산을 내려와 모 태공 집의 앞문을 두드렸다. 이 때 날이 훤히 밝아왔다.

나와서 문을 여는 장객에게 형제가,

"모 태공을 좀 뵈러 왔소."

하자, 그가 안으로 들어산 지 한참 만에야 비로소 수인이 나왔다. 형제가 그에게 공손히 인사를 하며,

"백백(伯伯)을 오래 뵈옵지 못하였다가 오늘 뵈옵겠습니다."

하니 태공이 물었다.

"현질(賢姪)이 무슨 일로 이렇게 일찍 왔나?"

해진이

"다름이 아니라 저희가 이번에 동주 지부의 명으로 범을 잡으려고 했지만 삼 일이 되도록 잡지 못하다가 오늘 새벽에 한 범을 잡았습니다. 그런데 그 범이 약전을 맞고 달아나다 백백(伯伯)의 댁 후원으로 떨어져 죽었으니 내어 주시기를 바랍니다."

하고 말하자 모 태공이 웃으며 말했다.

"이미 내 집 후원에 떨어졌으면 어디 가겠나, 이른 아침이라 시장할 테니 앉아서 밥이나 먹고 가서 찾게."

모 태공은 장객에게 분부하여 조반을 내다가 두 사람에게 먹게이게 했다. 두 사람은 먹고 나서 사례했다.

"백백의 후의는 감사합니다. 그럼 이제 범을 좀 내 주시지요."

"내 집 후원에 있다면 어디 갈까? 그리 서두르지 말고 앉아서 차나 한 잔 마신 뒤에 찾아가게."

두 사람이 감히 거절하지 못하고 앉아서 차를 마신 뒤에 모 태공이 말했다.

"너희와 함께 가서 범을 찾아 주겠다."

모 태공은 두 사람을 데리고 동쪽 산 문 앞에 와서 장객에게 명해 문을 열라고 하며

"저 문을 오랫동안 안 열다가 너희를 위하여 여는 거다." 라고 말했다. 하지만 자물쇠가 도무지 열리지 않자 모 태공이 말했다.

"자물쇠에 녹이 나서 안 열리나 보다. 도끼를 가져와서 깨쳐라."

장객이 부리나케 도끼를 가지고 와 문을 깨치고 뒷동산으로 들어갔다. 하지만 아무리 찾아도 범은 보이지 않았다. 모 태공이 말했다.

"현질이 잘못 본 것이 아닌가. 만일 내 집 동산에 떨어졌으면 어디로 갔겠나?"

"천만에요. 어찌 저희가 잘못 보았겠습니까? 저희들은 이 고장에서 나서 이 고장에서 자랐는데요."

"그럼, 어서 더 찾아 보게."

그 때 해보가 손짓을 하며 형을 불렀다.

"형님 이것 봐요. 이쪽, 풀이 모두 쓰러져 있고, 또 여기 저기 핏방울 자국이 있잖아. 그런데 없다니 말이 되나. 이

집의 장객들이 감춰 버린 거야."

"무슨 소릴 그리 하느냐? 내 집 사람들이 여기 호랑이가 떨어진 걸 어떻게 알며 자네들 눈 앞에서 자물쇠를 부수고 같이 들어오지 않았나. 그런 억지소리를 하는 법이 아냐."

"백백님 그러시지 말고 저희들에게 범을 주어서 관가에 바치게 하십시오."

모 태공이 노하여 소리쳤다.

"무어라고?… 이 사람들이 경우가 없어도 분수가 있는 게지, 내가 모처럼 호의를 가지고 술과 밥까지 먹여 놓으니까 보지도 못한 호랑이를 가지고서 생떼를 쓰려 들어?"

"생떼를 누가 쓴단 말입니까. 백백님이 이번에 이 곳 이 정(里正)을 보시면서 우리와 마찬가지로 관가에다 문서를 바치고 호랑이가 안 잡혀서 걱정하던 차에 우리가 잡은 호랑이가 굴러 떨어지니까 아주 큰 수나 난 줄로 아시우? 하지만 경우가 없어도 분수가 있는 게지, 영감님은 남이 잡아 놓은 호랑이로 상을 타구, 그래 우리는 일껀 호랑이를 잡고도 곤장을 맞아야 옳단 말이오?"

모 태공이 크게 노해

"너희가 매 맞는 것이 나에게 무슨 상관이 있느냐?"

하고 소리치자 해진·해보가 눈을 부릅뜨고 말했다.

"우리가 한번 샅샅이 뒤져 보겠습니다."

"내 집은 너희 집과 달라 내외가 분명하다. 그런데 너희가 무례하게 뒤진다고 하느냐?"

벌컥 화가 치민 두 사람이 대청 난간을 분질러 손에 들고 쳐들어가니 모 태공이 소리를 질렀다.

"너희가 대낮에 강도질을 하려고 하는구나."

해진과 해보가.

"네가 우리가 잡은 범으로 상을 받으려 하니 관가에 알려서 밝히겠다."

하고 꾸짖으며 밖으로 나왔다. 그 때 말에 탄 사람이 종인 6~7명과 함께 오는데 두 형제가 보니 모 태공의 아들 모중의(毛仲義)이므로 분하여 소리쳤다.

"너희 집의 장객이 우리가 잡은 범을 감추고 너희 아버지가 이제 우리를 치려고 하므로 우리는 관가에 알리려고 한다."

그러자 모중의가 말했다.

"허허, 그 무식한 것들이 또 그런 짓을 했나. 우리 가친께서는 그놈들의 말만 믿으시고 실상을 모르시니까 그러시는 게지, 자아, 그렇게 화들 낼 것 없이 나하고 집으로 들어가세. 내가 꼭 찾아서 자네들에게 내어 줌세."

해진·해보는 허리를 굽혀 여러 번 치사하고 모중의를 따라 안으로 들어갔다. 그러나 그들이 문 안에 발을 들어놓자마자 모중의가 종인을 시켜 장문을 곧 닫아걸게 하며,

"이놈들을 잡아라!"하고 외치니 양편 낭하로부터 2. 30명 졸개들이 달려나오고 모중의를 따라 들어온 종인 6. 7명이 또한 함께 달려드는데, 알고 보니 그들은 모중의가 관가에서 데리고 나온 공인들이었다.

해진·해보가 비록 영웅이나 저편은 수효가 원체 많고 더구나 뜻밖의 일이었기에 꼼짝없이 결박을 당하고 말았다. 모중의는 그들을 손가락으로 가리키며 큰 소리로 꾸짖었다.

"이런 괘씸한 놈들이 있나. 우리가 간밤에 호랑이 한 마리를 활로 쏘아 잡았더니 이놈들이 욕심이 나서 뺏으러 들어와서는, 되레 우리더러 저희 호랑이를 훔쳤다고 죄를 들씌우려 들며 내정에 돌입해서 세간을 막 들부수는구먼 너희 같은 놈은 잡아다 관가에 바치고 버릇을 가르쳐야만 하겠다."

원래 모중의는 이 날 새벽 오경에 저의 집 후원에 떨어져 죽은 호랑이를 사람에게 시켜 지워 가지고 관가로 들어가서 저희가 잡은 양으로 해서 바치고는 아무래도 말썽이 날 것 같아 공인들까지 그처럼 데리고 돌아온 것이었다.

해진·해보는 그 같은 간악한 계교에 떨어져 말 한 마디 못하고 관가로 잡혀 들어갔다. 이 때 이 고을 당안 공목은 왕정(王正)이라는 사람이니, 곧 모 태공의 사위였다.

그는 먼저 지부에게 품하고 난 뒤 해진·해보가 끌려 들어오는 길로 한 마디 변명도 들어 보려 하지 않고 그대로

독하게 매질부터 한 후, 두 사람이 공연히 생트집을 잡고 모
태공 장상으로 뛰어 들어가서 재물을 겁탈하려 한 것으로
일을 꾸몄다.

두 사람은 마침내 매에 못 이겨 사실이 그런 것처럼 자백
하고 말았다. 지부는 그들에게 각각 25근짜리 큰 칼을 씌워
옥에다 가두게 했다.

모 태공과 모중의 부자는 장상으로 돌아와서 다시 의논했다.

"저놈 형제를 아주 없애 버려야만 후환이 없겠다. 그대로
살려 두어서는 아무래도 마음이 안 놓이거든."

"그야 왕정이한테 한 마디 부탁만 하면 될 일 아니겠습니까."

두 사람은 다시 고을로 들어가서 왕정에게 은근히 부탁
을 하고, 또 지부 이하 여러 관원들에게도 돈을 먹였다.

해진 · 해보 형제는 그 길로 사수로(死囚牢)로 끌려 들어갔
다. 이 때 절급은 포길(包吉)이라는 사람으로 이미 모 태공에
게서 많은 뇌물을 받아먹었고 또 왕 공목의 부탁을 받은 터
이라 기어코 두 사람의 목숨을 빼앗으려고 댓바람에 목소리
를 가다듬어 꾸짖기부터 했다.

"이놈들! 무슨 양두사니 쌍미갈이니 하는 게 너희 놈들이냐?"

해진 · 해보는 대답했다.

"남들이 그런 별명을 지어서 부르지요. 하지만 이번 일은
참으로 억울합니다. 저희가 무슨 죄가 있나요?"

포절급은 다시.

　　"이놈들아, 듣기 싫다. 어떻든 너희 놈들이 이제 내 손에 걸렸으니 양두사는 일두사(一頭蛇)가 되고, 쌍미갈은 단미갈(單尾蝎)이 될 줄로 알아라."

　　하고는 곧 한 명 소로자(小牢子)를 불러, "저놈들을 대로(大牢)에 갖다 처넣어라!"하고 분부를 내렸다. 그 소로자는 해진 형제를 데리고 옥으로 들어갔는데 주위에 아무도 사람이 없는 것을 보고 가만히 그들에게 말했다.

　　"그대들 형제는 나를 모르겠소? 나는 당신네 형님의 처남이요."

　　해진이 의아해하며 말하였다.

　　"우리는 형제뿐이라 다른 형은 없습니다."

　　"그대들 두 사람은 손 제할과 형제가 아니오?"

　　"손 제할은 우리 매부의 형이나 일찍이 만나 본 일이 없사온데 혹시 당신은 악화(樂和)가 아니신가요?"

　　그러자 소로자가 말했다.

　　"나의 성은 악(樂)이고 이름은 화(和)요. 근본은 모주 출신인데 식구를 데리고 이 곳에 와서 누이를 손 제할에게 출가시켰고 나는 고을의 소로자일을 보지만 내가 노래를 잘 부르므로 사람들이 별명을 지어 철규자(鐵叫子)라고 하며 우리 매부가 나를 아끼어 철봉 쓰는 법을 가르쳐 주어서 내 한 몸에 무예가 넉넉하오."

악화는 총명하고 영리한 사람이었다. 모든 풍류를 모르는 것이 없고 일을 시작할 때 머리를 보면 꼬리를 짐작하는데 해진·해보를 보고 호걸임을 알고서 그들을 구하고 싶었지만 혼자서 어찌할 도리가 없었기에 소식이나 전하려고 말한 것이다.

그 자리에서 악화가 가만히

"내가 그대들에게 자세히 말을 하는데 포 절급이 모 태공에게 뇌물을 많이 받고 그대의 생명을 해치려 하니 어떻게 하면 좋겠소."

하니 해진이 말했다.

"딴 도리가 없소 마안하오만 소식을 좀 전해 주슈."

"대체 어디요? 소식을 통할 데가…."

"우리 누님이 손 제할의 친동생 손신(孫新)의 아낙이 아니오? 지금 동문 밖 십리패에서 술집을 내고 한편으로 노름판을 벌이고 지내는데 여자라지만 웬만한 장정 2, 30명은 넉넉히 거느리는 터이라 남이 모대충(母大蟲) 고대수(顧大嫂)라 부른다오, 또 우리 매부 손신이란 사람도 무예가 정숙하오. 지금 형편이 누님 내외의 구원을 빌릴 수밖에 없으니 부디 수고를 아끼지 말고 곧 가서 소식을 통해 주면 더 이상 고마울 데가 없겠소."

들고 나자 악화는,

"그만 일이야 수고랄 게 뭐 있소. 내 곧 다녀오리다."

하고, 감추어 두었던 소병(燒餠)과 육식을 내어 그들에게 먹인 다음에 곧 동문 밖 십리패로 나갔다.

멀리 바라보니 술집 하나가 있는데 문전에는 쇠고기와 양고기를 걸어 놓고 집 뒤에서는 사람 한 때가 노름을 하고 있었다. 가게 안에는 눈이 크고 얼굴이 둥글며 몸집이 비대한 부인 하나가 떠억 버티고 앉아 있었는데 악화는 단번에 그가 고대수임을 짐작할 수 있었다.

악화는 들어서며 공손히 인사하고 물었다.

"댁의 쥔양반이 손씨신가요?"

부인이 황망히 답례하고 물었다.

"예, 술을 사러 오셨나요, 고기를 사러 오셨나요? 만약 놀러 오셨다면 뒤로 들어가시지요."

"아닙니다. 저는 손 제할의 처남 악화입니다. 저를 아시겠습니까?"

고대수가 손뼉을 치고 크게 웃으며,

"아이고, 사돈 양반을 못 알아뵙고 그랬군요. 어쩐지 동서님하고 모습이 같으셔. 자아 들어가시지요."

하며 안으로 이끌고 들어가 좌정한 뒤에 물었다.

"고을에서 소로자 일을 보신다는 말을 들었는데 오늘은

무슨 바람이 불어 이처럼 한가히 나오셨나요?”

“오늘 우연히 두 죄인이 옥에 갇혔는데 저와 안면은 없습니다만 이름을 들으니 알 만한 사람이더군요. 한 사람은 양두사 해진이라 하고, 또 한 사람은 쌍미살 해보라 하는데….”

고대수가 듣고 깜짝 놀라며

“그 두 사람은 나의 형제인데 무슨 죄를 범하고 옥에 갇혔습니까?”

하고 묻자 악화가 대답했다.

“그분들이 호랑이 한 마리를 잡았는데 이 지방의 재주(財主) 모 태공님이란 자가 그것을 가로채 빼앗고는 억탁으로 강적을 만들어 관가에 고하고 상하에 인정을 쓰기 때문에 아마도 포 절급이 조만간 옥중에서 두 분 목숨을 해치고야 말 모양입니다. 제가 혼자서는 어떻게 해 볼 길이 없어 이리저리 궁리를 한 끝에 첫째는 사돈 간의 정리요 둘째는 의기를 중히 여겨 두 분에게 가만히 소식을 통하였더니, 우리 누님이 아니면 우리를 구해 줄 사람이 없다고 말을 하더군요.”

듣고 나자 고대수는,

“에구, 이 노릇을 어쩌나?”

하고 한 마디 탄식하고는 젊은 사람을 불러 곧 가서 자기 남편을 찾아오게 하여 악화와 상면을 시켰다.

원래 손신은 경주(瓊州) 사람으로 군관 출신이다. 형제가 다

등주에 와서 살고 있으나 손신이라는 위인이 선장은 상대하고 여력(膂力)이 과인하며, 또 형에게 무예를 배워 편창(鞭槍)을 잘 쓴다. 그래서 사람들이 그를 소울지(小蔚遲)라 하는 터이다.

세상에서는 이 두 형제를 울지공(蔚遲恭)에게 비유해 동생 손신을 소울지(小蔚遲)라고 부르고 있었다.

고대수가 손신을 향해 악화에게 들은 대로 낱낱이 이야기하니 손신이 악화를 보고 말했다.

"알았소이다. 그럼 먼저 돌아가서 옥중의 일이나 잘 보살펴 주시우. 뒷일은 우리가 좀 더 의논을 해 보고 좋은 도리를 차리겠소이다."

"그럼 저는 가겠습니다. 만약 저를 쓰실 데가 있다면 무슨 일이고 말씀을 하십시오."

악화가 말을 마치고 지리에서 일어나려 하자 고대수가 손을 들어 멈추게 하고 곧 술을 내어 극진히 대접하고 또 약간의 은자를 그에게 주며 당부했다.

"미안하지만 가지고 가셔서 옥중의 여러 압로(押牢)들에게 인정을 써 주시지요."

악화를 보내고 나서 내외가 마주 앉아 의논을 했다.

"그래, 여보. 내 동생을 어떻게 구해 냈으면 좋단 말이오?"

"보 태공이란 놈이 원체 돈이 있고 셋줄이 좋아 한 번 해진이 형제를 죽이려 든 이상에는 우리가 달리 구해 낼 도리가 없을 게요. 아무래도 옥을 깨치고 빼내 오는 수밖에 없겠는데…."

"그렇다면 이러니저러니 할 것 없이 아주 오늘 밤에 우리 둘이 가서 옥을 깨뜨리기로 합시다."

아내가 서두르는 꼴을 보고 손신은 웃었다.

"일이 그리 쉬운 게 아니야. 앞뒤를 빈틈없이 짜 가지고 손을 대야만 하는데, 내 생각에는 아무래도 우리 형제와 그 두 사람의 힘을 빌려야만 일이 될 성싶구먼."

"그 두 사람이 누군데요?"

"왜, 저 노름 좋아하는 추연(鄒淵)·추윤(鄒閏)이 숙질 말이여. 지금 등운산(登雲山) 안에 웅거하고 앉아 남의 재물을 겁략하고 지내는데 나하고 잘 아는 사람이라 그들의 조력만 얻을 수 있다면 일이 그렇게 어렵지 않을 게요."

"등운산이라면 여기서 멀지 않으니 그럼 곧 가서 청해다가 함께 의논을 합시다그려."

손신이 등운산으로 떠난 뒤에 고대수는 즉시 젊은 사람들을 지휘하여 돝을 잡고 안주를 마련하여 풍성하게 술상을 차렸다.

황혼녘에 손신이 두 사람을 데리고 왔다. 추연은 원래 내주(萊州) 사람으로 어렸을 때부터 내기를 좋아하여 노름판으로만 돌아다녔으나 위인이 충직 강개하고 무예가 정숙하며, 아울러 성미가 곧아 남의 허물을 용서하지 않는 까닭에

사람들이 부르기를 출림룡(出林龍)이라 했다.

그리고 그의 조가 추윤은 서의 숙부와 나이는 비슷한데 기골이 장대하고 뇌후(腦後)에 큰 혹이 있는데 남과 서로 다투다가 분을 참지 못하면 곧 머리로 받기가 일쑤였다. 언젠가는 냇가에 서 있는 소나무를 한 번 들이받아 분질러 버린 일이 있는 까닭에 사람들이 모두 놀라 그 뒤로는 독각룡(獨角龍)이라고 별명을 지어 불렀다.

고대수가 나와서 그들과 서로 보고 곧 안으로 청하여 손과 주인이 자리를 나누어 앉은 다음에 해진·해보의 일을 들어 자세히 이야기하고, 다시 옥을 깨뜨릴 일을 의논하니 추연이 말했다.

"지금 내가 수하에 데리고 있는 아이들이 한 8~90명 되기는 하지만, 정말 심복이라 할 것은 불과 20명이오. 이번에 일을 하고 나면 아무래도 그 곳에는 그대로 있지 못하게 되는데 나는 갈 곳이 있소마는 두 분은 어떠신지 별로이 작정이 없으시다면 나 가자는 데로 따라가시겠소?"

고대수가 대답했다.

"아무 데고 가자면 따라가죠. 그저 내 동생들만 무사히 빼내 주세요."

"이제 양산박이 충분히 일어났고 송공명 수하에 나와 지극히 친한 형제가 먼저 가 있으니 하나는 금표자 양림이요,

하나는 화인산 등비요, 하나는 석 장군 석용입니다. 그들이
그 곳에 입과한 지가 오래 되니 우리 무리가 그대의 두 형제
를 구하여 다 같이 양산박으로 올라가는 것이 어떠하오."

"거 좋은 말씀이에요. 만일 한 사람이라도 안 가겠다는
자가 있다면 내가 나서서 죽이겠소."

고대수가 하는 말에 추연이 머리를 끄덕이며,

"그런데 또 한 가지 있소. 만일에 등주부의 군마가 우리
뒤를 쫓는다면 어찌할 테요?"

하고 묻자 그 때까지 잠자코 있던 손신이 나서며 말했다.

"우리 형님이 바로 본주(本州)의 군마 제할로 계시오. 형
님하고만 미리 짜 놓으면 아무 염려 없으니, 내 내일 가서
청하여 낭패가 없도록 하리다."

"만약 백씨가 양산박에 입당하기를 즐겨 않으신다면 어
쩌오?"

"그건 염려 마오. 좋은 도리가 있소."

의논하기를 마치자, 이 날 밤은 취하도록 술들을 마시며
즐겼다. 이튿날 손신은 사람을 성중으로 보내어 자기의 형
과 형수를 청해 오는데,

"주인아주머니가 병이 위중혜서 급히 뫼셔 오라구 말씀
하더라구 그래라."

하고 덧붙였다.

## 4. 병울지(病蔚遲) 손립(孫立)

손 제할 부처가 십리패로 나온 것은 오시(午時)가 거의 다 되었을 때였다. 악화가 교자를 타고, 그 뒤에는 손 제할이 말을 타고 군인 십여 명을 거느리고 오는데 손신이 들어와서 고대수에게 알리자 고대수가.

"당신은 다만 이리이리 하시오."

하고 말했다. 손신이 나와서 형과 형수를 맞을 때 먼저 형수를 맞이하여 들여보내고 형을 맞아 들어오는데 과연 영웅 같은 사람이었다. 얼굴은 담황색이오. 뺨에는 수염이 드물고 팔척신장이며 성은 손이요 이름은 립(立)이요, 별호는 병울지(病蔚遲)라 불렀다. 활을 잘 쏘고 사나운 말을 잘 다루며 한 자루 장창을 가지고 팔 위에 호안죽절강편(虎眼竹節鋼鞭)을 걸쳤다.

이윽고 손립이 말에서 내려 문 안으로 들어서며 나와서 맞는 아우를 향해 물었다.

"제수씨 병세가 그래 어떠냐?"

손신이 대답했다.

"병세가 아주 괴상하군요. 형님, 좀 들어가 보십쇼."

손립은 악화와 함께 방으로 들어갔다. 그러나 앓는다는 제수의 모습이 보이지 않았다.

"아니, 어느 방이냐?"

손립이 아우를 돌아보고 물었을 때, 고대수가 추연·추윤 두 사람을 데리고 밖에서 분주히 들어왔다.

손립이 그를 보고 물었다.

"대체 무슨 병이신가요?"

고대수가 대답했다.

"아주버님, 좀 앉으세요. 제 병은 동생 둘을 구해 내지 못하면 죽는 병이랍니다."

"아니, 그게 무슨 말씀입니까?"

고대수는 해진·해보 형제가 모 태공의 간계에 빠져, 억울하게도 강적의 누명을 뒤집어쓰고 옥에 갇히어 그 목숨이 위태롭게 된 전후수말을 이야기한 다음,

"아무래도 옥을 깨치고 구해 내다가 함께 양산박으로 올라갈 수밖에 없게 되었는데, 만일 이 일이 드러나고 보면 아주버님께 누가 미칠 게 아니겠습니까? 그래서 제가 병이 났다 말씀하고 아주버님과 동서님을 청해다 좋은 도리를 미리 의논하시자는 겝니다. 아주버님께서 함께 가시기 싫으시다면 저는 이만 가겠지요마는, 지금 나라의 법도가 하도 문란하여 흑백을 도무지 분간하지 못합니다그려. 설혹 죄가 없더라도 관사(官司)에 걸리면 죽는 터이니, 아주버님께서 우리 때문에 만약 화를 당해 옥에 갇히시게 된다면, 조석은 누가 해다 드리고 주선은 누가 나서서 하겠습니까? 아주

버님의 의향은 어떠하신지요?"

손립이 말했다.

"제수씨는 그리 말씀을 하지만, 내가 등주 군관된 몸으로 그런 일이야 어찌 하겠소."

"아주버님의 의향이 그렇다면 이제는 저와 아주버님과 사생결단을 할 수밖에 없지요."

한 마디 하고 곧 품 속에서 두 자루 칼을 썩 꺼내 드니 곁에 섰던 추연·추윤이 또한 각각 단도를 빼어 들고 앞으로 나섰다. 뜻밖의 광경에 손립이 깜짝 놀라 손을 내저으며 말했다.

"계수씨, 이게 무슨 짓이오? 내 말 좀 들으슈."

"무슨 말을 또 들으라고 하세요?"

"만일 기어코 그 일을 행하겠다면 내가 먼저 집에 돌아가서 대강 재물을 수습하고 또 허실도 살핀 뒤에 하기로 합시다."

"아주버님의 처남 악화 서방님에게서 전후 소식을 다 듣고 하는 일인데 무어 또 알아볼 게 있습니까? 그저 한편으로는 일을 하고, 또 한편으로는 뒷수습을 하고 그러는 게지요."

손립의 입에서 한숨이 새어나왔다. 그는 사세가 이미 어쩔 수 없음을 깨닫고,

"그렇게까지 말씀하니 더 무어라 칭탁도 못하겠소. 그럼 여러분의 의향을 좇아 좋도록 의논을 하십시다."

하고 말했다. 손립은 마침내 일을 분별하여 먼저 추연으로

하여금 등운산 산채에 가서 재물과 마필을 수습한 다음 20명 심복인을 인솔하여 손신의 술집으로 오라 하고, 아우 손신을 성내로 들여보내 악화를 시켜서 해진·해보 형제에게 미리 소식을 통해 두게 하였다.

그 날 등운산 산채에서 추연이 금은보화와 심복인을 데리고 왔다. 손립이 데리고 온 사람과 합하면 사십 육칠 인이었기에 손신은 크게 기뻐했다. 이 날 손신은 음식을 장만하여 여러 사람을 대접했다. 이윽고 고대수는 품 속에 칼을 감추고 옥중에 밥을 갖다 주는 부인으로 변장하고 손신은 손립을 따르고 추연은 추윤을 데리고 각각 부하를 거느리고 두 길로 나누어 들어갔다.

한편 등주 옥중의 포 절급이 모 태공의 뇌물을 받고서 해진·해보 두 사람을 죽이려고 한 그 날 악화는 수화곤(水火棍)을 들고 옥문 앞에 서 있는데 방울이 끌리는 소리가 나므로 물었다.

"어떤 사람인데 어디를 가는가?"

고대수가 고개를 숙이고

"죄인의 밥을 주러 가는 사람이요."

라고 대꾸하니 악화가 눈치를 채고 문을 열어 주었다. 고대수가 밥그릇을 앞에 안고 울면서 옥으로 향하는 것을 포 절급이 정자 위에 앉았다가 보고서 호령했다.

"어떤 부인인데 감히 옥 근처로 가느냐?"

"나는 죄인에게 밥을 주려고 오는 사람입니다."

하고 대답하자 절급이 큰 소리로 말했다.

"그게 무슨 소리냐? 자고로 옥에는 바람도 통하지 못한다고 했는데 외인이 출입하는 것이 말이나 되느냐?"

"이 부인은 바로 해진·해보의 누님인데, 동생들 먹이려고 밥을 가지고 왔답니다."

악화가 말하자 포 절급이 분부했다.

"그렇다면 저 부인은 들여보내지 말고 네가 대신 받아서 갖다 주어라."

악화가 밥을 가지고 해진·해보가 갇혀 있는 방 안으로 들어가니, 형제가 급히 물었다.

"대체 어제 부탁한 일은 어찌 되었소."

"다 잘 되었소. 댁의 누님이 지금 이 안에 들어와 계시우. 곧 접응할 사람들이 올 게요."

일변 말하며 일변 두 사람의 칼을 벗겨 놓는데, 밖에서 옥문을 요란하게 두드리는 소리가 났다. 손립 일행이 이른 것이다.

소로자 하나가 정자로 달려와서 급히 품했다.

"손 제할이 오셔서 문을 열라 하시니 어찌 하올지…."

포 절급이 발했다.

"저는 영관(營官)인데 여기는 무엇 하러 왔단 말이냐. 문을 꼭 닫고 결코 들이지 말아라."

멀찍이 서 있던 고대수가 차츰차츰 정자 앞으로 가까이 들어오고, 이 때 밖에서는 사뭇 문을 들부수는 소리가 났다.

포 절급이 천둥같이 성이 나서 정자에서 내려올 때, 고대수가 "내 동생들은 어디 있나?"하고 소리를 지르며, 품에서 날이 시퍼런 칼을 두 자루 뽑아 손에 들고 앞을 가로막았다.

절급이 형세가 불리함을 보고 정자 뒤로 달아나려고 할 때 해진·해보가 옥문을 박차고 나오며 칼로 머리를 들이치니 포 절급은 도망가지도 못하고 그 자리에서 머리가 깨어져 죽었다.

고대수는 그 사이에 소로자 4, 5명을 베어 죽이고, 해진·해보와 함께 밖으로 내달아 손립·손신의 무리와 합세했다.

가는 곳은 바로 주아(州衙)였다. 그러나 그들이 앞에 이르렀을 때, 추연·추윤 숙질이 어느 틈에 왕 공목(王孔目)의 머리를 베어 손에 들고 안에서 뛰어 나왔다. 일행은 아우성치며 성 밖으로 향했다.

고을 안이 그대로 발칵 뒤집혔다. 백성들은 모두 문을 닫고 감히 밖에 나오지 못하거니와 공인의 무리들도 그들 일행 가운데 손립이 활에 살을 메워 들고 말 위에 높이 앉아 오는 것을 보고는 감히 나서서 막지 못하고 모두 뒷골목으로 피했다.

모든 사람이 손립을 옹위하여 성을 나서 십리패로 돌아 왔다. 악화를 수레에 내온 고대수도 말에 올라 일행이 바 야흐로 양산박을 향해 갈 참인데, 해진·해보가 앞으로 나서서 말했다.

"왕 공목과 포 절급은 죽였으나 정작 모 태공을 그대로 두고 간다면 우리의 원한을 어떻게 풀겠소?"

손립은 고개를 끄덕이고 아우 손신과 처남 악화로 하여금 먼저 거장(車杖)을 인솔해 떠나게 한 다음 자기는 해진·해보 와 추연·추윤의 무리와 함께 모 태공의 장상으로 향했다.

이 때 모 태공과 모중의 부자는 저의 집에서 손들을 청하 여 잔치를 하느라고 아무런 방비가 없었다. 해진·해보의 무리는 일시에 아우성치고 안으로 달려들어가 모 태공의 일 문 노소를 하나도 남기지 않고 모조리 죽인 다음 와방(臥房) 안으로 들어가 십수 포(包)의 금은재보를 얻고 후원에서는 7. 8필의 양마(良馬)를 손에 넣었다.

해진·해보 형제는 옥중 고초를 겪다가 나온 길이라 주 제가 말이 아니었다. 의걸이를 뒤져 좋은 옷을 한 벌씩 골라 입은 다음에 집에는 불을 놓고, 곧 말을 몰고 와서 앞서 떠 난 일행과 만났다.

그들이 석용 주섬에 이른 것은 그로부터 이틀 뒤였다. 추 연이 석용과 서로 본 뒤에 양림·등비의 소식을 물으니, 축가장을 치러 송공명이 떠날 때 두 사람도 따라갔는데, 두 번 싸움에 다 이기지 못했으며 그들 두 사람이 모두 적에게 사로잡혔다 하며 말했다.

"들으니까 축가장의 아들 삼 형제가 모두 호걸이고 또 교사 난정옥(欒廷玉)이란 자가 있어 두 번 다 패하였다나 봅니다."

곁에서 듣고 있던 손립이 문득 소리를 내어 크게 웃었다.

"우리가 이번에 대채(大寨)에 입당하려 하면서도 반푼의 공로가 없어 마음에 부끄럽더니, 마침 잘 되었소. 산에는 올라가지 말고, 이 길로 바로 축가장으로 가서 공을 이루어 진신(進身)하는 도리를 차리도록 할까 하는데, 형장의 의향은 어떻소?"

석용이 물었다.

"무슨 좋은 계책이라도 있으시오?"

"원래 그 난정옥이란 자는 나와 한 스승을 섬겨, 나의 창 검 쓰는 법은 제가 잘 알고 제 무예는 또 내가 모두 짐작하는 터이오. 이제 우리가 등주 군관으로서 운주(鄆州)를 지키러 가는 길에 들렀다고 거짓으로 말하면 제가 필연 나와서 영접을 할 것이오. 그 때를 타서 우리가 들어가 내응하면 축가장을 깨치기가 어렵지 않을 것이니 이 계교가 어떠하오?"

말을 미처 마치기 전에 졸개 하나가 들어와서 군사 오용이 산에서 내려와 축가장 싸움을 도우러 간다고 보고했다. 석용은 곧 그에게 명해 오용을 청하여 오게 했다.

얼마 안 있어 양산박 군마가 문전에 이르니 앞선 호걸은 곧 여방·곽성과 원가 삼 형제이고, 그 뒤로 5, 6백 명 인마를 거느리고 군사 오용이 따르고 있었다.

석용이 황망히 맞아들여 손립의 무리와 서로 보게 한 다음, 그들이 대채에 입당하러 왔다는 말과 축가장을 칠 좋은 계교를 가지고 있다는 이야기를 자세히 하니 듣고 난 오용이 기뻐하기를 마지않으며 손립 일행과 함께 축가장으로 향했다.

오용이 주야배도하여 송강의 진중에 이르러 보니 두 번 싸워 두 번 모두 패한 송강은 눈썹을 펴지 못하고 얼굴에는 근심하는 빛이 가득했다.

오용은 술을 권하여 그를 위로하며 이어서 석용·양림·등비 세 두령과 서로 친한 병울지 손립이 여러 호걸과 함께 입당하려 하며 계교를 드려 축가장을 치고 그로써 진신하는 예를 삼으려 한다는 전후수말을 갖추어 이야기했다.

듣고 난 송강의 기쁨은 비길 데가 없었다. 모든 근심이 얼음 녹듯 사라진 것이다.

송강은 곧 손립·해진·해보·추연·추윤·손신·고대수·악화의 여덟 호걸을 영채 안으로 청해 들여 크게 술자리를 베풀어 대접을 극진히 했다. 또 군사 오용은 가만히 영을 전하여 제3일은 이리이리 하고 제5일은 또 이리이리 하라고 계교를 일러 주었는데 그 때 한 병졸이 들어와서

"서촌 호가장의 호성(扈成)이 양과 술을 가지고 뵈옵기를 청하옵니다."

라고 했다. 송강이 들어오라고 하자 호성이 중군 장하에 이르더니 두 번 절을 하고 머리를 조아리며

"소인의 누이가 나이가 어려 잘못된 생각으로 위엄을 범했다가 어제 잡혀 왔으니 장군께서는 용서해 주시기 바라옵니다. 누이는 이미 축가의 셋째 아들에게 보내기로 하였으므로 축가장을 위해 싸우다가 사로잡혔으니 만일 놓아 주신다면 다른 일은 분부대로 하겠습니다."

라고 말하니 송강이 말했다.

"그대는 잠깐 앉으시오. 축가 그놈이 무례하여 우리를 우습게 봄으로 원수를 갚으려고 하는 것이니 그대와는 상관이 없고 영매(令妹) 씨가 우리의 왕왜호를 잡아갔으므로 영매씨를 대신 잡아왔으니 그대가 왕왜호를 돌려보내면 영매씨도 보내드리겠소."

호성이

"우리는 알지 못하고 축가장에서 잡아갔습니다."

하고 말하자 오용이 물었다.

"왕왜호를 지금 어느 곳에 두었소?"

"지금 축가장에 있으니 소인이 어찌 데려오겠습니까?"

"그대가 왕왜호를 데려올 수 없으면 어떻게 영매씨를 데려

갈 생각을 하였소?"

하고 송강이 묻자 곁에 있던 오용이 말했다.

"앞으로는 축가장에 무슨 일이 있어도 아는 체 말고 만일 축가장에서 오는 사람이 있으면 잡아서 이리로 데리고 오시오. 그 때 영매를 보낼 작정이오. 우리가 벌써 영매를 산채로 보내어 지금 이 곳에는 없소."

효성은

"오늘 이후 축가장에서 오는 놈이 있으면 이 곳으로 데리고 오겠습니다."

라고 말하고는 절하여 하례하고 돌아갔다.

손립은 이튿날 일행을 이끌고 축가장으로 향했다. 기호(旗號)에 '등주 병마제할 손립'이라고 크게 쓴 다음 인마를 영솔하고 축가장 뒷문으로 갔다.

장상에서 군사가 이 기호를 보고 나는 듯이 들어가서 보고했다. 교사 난정옥은 등주 병마제할 손립이 찾아왔다는 말을 듣자 즉시 축가 삼 형제를 향하여.

"손 제할로 말하면 나와 동문수학한 사람인데, 이 곳에는 어째서 왔는지 모르겠군. 하여튼 곧 안으로 맞아들이세."

하고, 20여 명 인마를 거느리고 몸소 나가서 장문(莊門)을 열고 적교를 내려 그들 일행을 영접해 들였다. 손립의 무리가 모두 말에서 내려 예를 베풀자 난정옥이 물었다.

"아우님은 등주 병마제할로서 어떻게 그 곳을 지키고 있지는 않고 여기에 왔나?"

"그런 게 아니라 이번에 총병부(總兵符)에서 명령이 내려왔는데, 운주(鄆州)로 가서 양산박 강적을 대비하라고 하는군. 그래서 지금 그리로 가는 길에 잠깐 만나 보러 들른 터이네. 본래 앞문으로 갈 것이지만, 거기는 웬 군마가 그리 많은지 혹시 알 수 없어서 일부러 길을 돌아 이리로 왔네그려."

"그거 참 마침 잘 오셨네. 그간 여기는 양산박 떼가 쳐들어와서 여러 번 싸움에 우리가 두령 몇 놈을 사로잡았는데 이제 그 괴수가 되는 송강이까지 마저 잡은 다음에 함께 관가에다 바치려는 참일세."

"그렇다면 내가 별 재주는 없지만, 여기 온 김에 그놈들을 모조리 잡도록 해 보겠네."

난정옥은 크게 기뻐하며 그들을 데리고 전청(前廳)으로 들어가서 축조봉 부자와 서로 보게 했다.

손립이 그들과 차례로 성명을 통한 다음에 안식구들은 후당으로 들여보내고 같이 온 사람들을 소개하는데, 손신과 해진·해보 세 사람은 자기 아우라 말하고 악화는 운주에서 마중나온 공리(公吏)라 하고 추연·추윤 두 사람은 등주에서 따라온 군관이라고 했다.

축조봉과 그의 아들 삼 형제가 다들 총명한 사람이라고는

하지만 첫째는 노소들이 있고, 둘째는 허다한 행리(行李)와 거상·인마가 있으며, 셋째는 그가 난정옥과 동문수학한 사람이라 어느 점으로 보든지 의심할 여지가 없었다. 그들은 곧 소잡고 말 잡아 크게 연석을 배설하고 손립의 무리를 관대했다.

이틀이 언뜻 지나고 제3일이 되었다. 문득 군사가 들어와 보고했다.

"송강의 군사들이 또 쳐들어왔습니다."

축표가 자리를 차고 일어나,

"내가 나가서 이놈들을 잡아오겠소."

라는 한 마디를 남기고 즉시 장객 백여 명을 거느리고 밖으로 나갔다. 쳐들어오는 군사들은 모두 5백여 명인데 앞선 장수는 곧 소이광 화영이었다. 축표는 즉시 말을 달려 나가서 맞아 싸웠다.

그러나 서로 수단을 다투기 50여 합에 승패가 나뉘지 않았다. 화영은 짐짓 파탄을 보이며 말머리를 핵 돌려 그대로 달아났다. 축표가 곧 그의 뒤를 쫓으려 할 때 소이광 화영의 활 재주가 귀신같다는 것을 잘 알고 있는 장객 하나가,

"장군, 쫓아가지 마십쇼. 저 장수가 고금에 드문 명궁(名弓)이랍니다."

하고 큰 소리로 외쳤다.

축표는 그 말을 듣자 즉시 자기도 말머리를 돌려 장상으

로 들어와 버렸다. 후당에 모여 술들을 먹는 자리에서 손립이 문득 한 마디 물었다.

"장군은 오늘 싸움에 또 어떤 놈을 잡아 가지고 돌아오셨소?"

축표가 대답했다.

"오늘 온 놈은 말을 들으니까 소이광 화영이라는 도적놈인데 창법이 심히 고강하더군요. 50여 합을 싸운 끝에 그놈이 별안간 도망을 하기에 즉시 뒤를 쫓으려 했더니 군사들이 그놈이 고금에 드문 명궁이니 조심하라기에 그냥 돌아왔습니다."

듣고 나자 손립은 입가에 웃음을 띠우며,

"내일은 내가 좀 나가서 몇 놈 잡아오리다."

라고 한 마디 하고는 노래 잘 하는 악화를 시켜 노래를 불러 주석의 흥을 돋우게 했다. 이 날 밤이 늦도록 즐기다가 비로소 자리를 파하고 각기 자기 처소로 돌아가서 편히 쉬었다.

날이 밝으니 제4일 때였다. 이 날 한낮에 또 군사가 급히 달려 들어와 보고했다.

"송강의 군사들이 지금 쳐들어옵니다."

이 말을 듣자 축룡·축호·축표 삼 형제는 곧 갑옷을 입고 투구 쓰고 말을 몰아 앞문 밖으로 나갔다. 장문(莊門) 위에는 한가운데 축조봉이 앉고, 왼편에 난정옥, 바른편에 손립이 역시 자리잡고 앉아 적의 형세를 살피기로 했다.

진을 치고 서로 대하자 송강 진상(陣上)의 표자두 임충이 앞으로 말을 내며 큰 소리로 꾸짖었다. 축룡이 창을 들고 말에 올라 백여 명 장객을 거느리고 내달았다. 임충이 곧 장팔사모를 꼬나잡고 그를 맞아 싸웠다. 그러나 서로 어우러져 연하여 싸우기 30여 합에 승패가 나뉘지 않았다.

양편에서 서로 징을 쳐 두 장수가 각기 말을 돌려 돌아오니 축호가 크게 노하여 칼을 들고 말에 올라 진전으로 내달으며 큰 소리로 외쳤다,

"송강은 빨리 나와서 나와 승부를 겨루자."

그러자 송강의 진상으로부터 대장 한 사람이 나왔다. 목홍인데 축호와 싸우기를 사십 합에 이르렀으나 승부가 없었다. 축표가 보다가 크게 노하여 몸을 날려 말에 올라서 창을 번쩍 들고 장병 이백을 거느리고 내다르니 송강의 진중에서 양웅이 소리를 지르며 나와서 축표를 맞아 싸우는데 역시 승부가 없으므로 장문 위에서 이를 바라보던 손립은 끝끝내 참지 못하겠다는 듯 손신을 불러,

"내 편창(鞭鎗)을 가져오너라."

라고 분부하고, 분주히 갑옷 입고 투구 쓰고 말 위에 오르니, 말은 곧 오추마(烏騅馬)다.

축가장에서 징 소리 한 번 크게 울리자 손립은 강편(鋼鞭)을 팔에 걸고 한 자루 장창을 손에 들고 진전으로 말을 내어

"어느 놈이 감히 나와서 나와 승패를 결할꼬?"

하고 말이 떨어지자 송강의 진중에서 한 장수가 말을 달려 나오는데 반면삼랑 석수였다.

손립과 석수가 오십여 합을 싸우다 석수가 일부러 지는 척 하자 손립은 석수를 사로잡아 묶으라고 호령했다. 축가의 세 아들은 군사들을 거두고 돌아와서 문루에 이르러 손립을 보고 치하하기를 마지않았다.

"이번에 제할께서 와 주셔서 이만 다행이 없소이다. 아마도 양산박이 이번에는 아주 끝장이 나나 봅니다."

곧 손립을 후당으로 청하여 은근히 술을 권하며 한편으로 석수를 옥에 가두어 놓았다. 원래 석수의 무예 수단이 결코 손립만 못한 것이 아니나 짐짓 이렇듯 사로잡힌 것은 축가장 사람들로 하여금 한층 더 손립을 믿도록 하기 위함이었다.

손립은 다시 추연·추윤·악화 세 사람을 시켜 후방(後房)을 지키면서 가만히 출입로수(出入路數)를 알아 두게 하였다. 양림과 등비가 추연·추윤을 보고 마음에 은근히 기뻐했다. 악화는 사람들이 보지 않을 때 그들에게 가만히 소식을 전하였다.

드디어 제5일이 되는 날이었다. 이 날 진시(辰時)쯤 되었을 때 군사가 또 들어와 보고했다.

"송강이 군사들을 네 길로 나누어 쳐들어오고 있습니다."

손립은 듣고 나자 한 번 픽 웃고 장객들에게 분부했다.

"너희들은 조금도 두려워할 것 없다. 얼른 싸울 준비들을 하라."

모든 사람이 분주히 출전할 준비를 하는데 축조봉도 수하 무리들을 데리고 문루 위로 올라가서 바라보니 앞문의 송강 외에도 동쪽으로 들어오는 일표(一彪) 인마는 앞을 선 두령이 표자두 임충이고, 뒤따르는 두령은 이준과 원소이인데 수하 인마는 5백이 넘어 보였고 서쪽에도 5백여 명 인마인데 앞을 선 두령은 소이광 화영으로 뒤에 따르는 두령은 장횡과 장순이었다.

다시 남쪽 문루 위를 바라보니 거기도 인마는 5백 명 가량인데, 거느리는 두령은 몰차란 목홍과 병관삭 양웅·흑선풍 이규 세 사람이었다.

축가장 사면이 모두 양산박 인마들로 북 소리 요란히 울리고 함성은 천지를 뒤흔들었다.

난정옥이 말했다.

"오늘 저놈들과의 싸움을 가볍게 볼 수가 없으니 나는 뒷문으로 나가 서북쪽의 인마를 쳐부수겠소."

"나는 앞문으로 나가서 동쪽의 인마를 쳐부수겠소."
하고 축룡이 말하자 축호가 말했다.

"나는 뒷문으로 가서 남쪽의 적빙을 무찌르겠소."
끝으로 축표가 말하였다.

"나는 앞문으로 나가서 송강을 잡을 것이오."

네 사람이 곧 말에 올라 각각 3백여 명 졸개들을 거느리고 나서니 이 때 추연과 추윤은 큰 도끼를 감추어 들고서 감문(監門) 왼편에 지켜 서고, 해진과 해보는 몸에 칼을 품고 뒷문을 떠나지 않으며, 손신과 악화는 앞문 좌우를 지키고, 고태수는 쌍도(雙刀)를 손에 잡고 당전(堂前)에서 서성거리며 때가 오기만 기다렸다.

이윽고 축가장에서 전고(戰鼓)가 세 차례 울리고 호포가 한 번 터지더니 앞뒷문이 일제히 열리고 적교가 내려지며 사로(四路) 군병이 아우성치고 각기 동남서북으로 길을 나누어 내달았다.

그들이 모두 밖으로 나간 뒤에 손립이 군사 10여 명을 거느리고 뒷문 밖 적교 위에 나와 서니 손신은 곧 원래 가지고 온 양산박 기호(旗號)를 문루 위에다 높이 세웠다.

이 때 악화가 창을 들고 안으로 걸어 들어가며 소리를 높여 노래를 불렀다. 감문 곁에 있던 추연·추윤은 그 소리를 듣자 곧 감추어 가지고 있던 도끼를 들고 내달아 감문을 파수하고 있는 군사 수십 명을 모조리 죽이고 함거를 열어 일곱 사람의 두령을 밖으로 내놓았다.

밖으로 뛰어나온 일곱 명 호걸이 일제히 손에 병장기를 얻어 들고서 고함을 질렀다.

한편 고대수는 두 자루 쌍도를 들고 내당 안으로 뛰어들자 안식구들을 한 칼에 한 명씩 하나 안 남기고 모두 죽여 버렸다.

이 뜻밖의 광경을 보고 축조봉은 도저히 피하지 못할 줄을 짐작하여 곧 우물 속에 몸을 던져 자결하려 했다. 그러나 이 때 그 곳에 달려든 석수의 손에 쥐어진 칼이 한 번 번뜻 빛나며 머리가 몸에서 뚝 떨어졌다.

10여 명 호걸들이 앞 뒤뜰로 돌아다니며 장객의 무리들을 보는 족족 함부로 죽이는데, 이 때 또 한편에서는 해진·해보 두 사람이 마초(馬草) 더미에다 불을 질렀다. 시뻘건 불길이 그대로 하늘을 찔렀다.

밖에 나가 양산박 군사와 한창 싸우고 있던 사로 인마는 축가장 장성에서 불길이 오르는 것을 보자 모두 놀라며 발길을 돌려 장상을 향해 달려왔다.

남보다 앞선 것이 축가장의 둘째 아들 축호였다. 그러나 그가 말을 달려 해자 가에 이르자 적교 위에 있던 손립이 뜻밖에도 소리를 가다듬어 꾸짖었다.

"네 이놈, 어디로 가려느냐?"

축호는 그제야 비로소 깨닫고 깜짝 놀라 즉시 말머리를 돌려 다시 송강의 진상을 향해 달렸다. 그것을 여방·곽성 두 장수가 내달아서 일제히 방천화극을 한 번 내지르니 축호는 말에서 떨어지며 바로 군사들의 손에 어육이 되고 말았다. 그의 수하 군사들은 목숨을 도망하여 사면으로 달아났다.

한편 동로(東路)의 맏아들 축룡은 임충과 싸우다가 패하여 곧 말을 돌려 축가장 뒷문을 향해 오는데, 뜻밖에도 해진·해보가 장객들의 시체를 하나하나 끌어다가 불 속에 처넣는 꼴을 보고 소스라치게 놀라 급히 말머리를 돌려 북쪽을 향해 달렸다.

그러나 얼마 가지 않아 한 수장과 맞닥뜨리니 곧 흑선풍 이규였다. 이규는 앞으로 달려들며 도끼로 우선 그가 탄 말의 다리를 찍어 넘어뜨리고 그 바람에 땅에 떨어지는 축룡의 머리를 단번에 끊어 버렸다. 이 때 축표도 축가장으로 돌아가려 하다가 이규를 만나 쌍도끼 아래 이슬이 되고 말았다.

드디어 송강이 축가장상 정청(正廳) 위에 자리를 잡고 앉으니 뭇 두령들이 모두 와서 공(功)을 드리는데 사로잡은 군사가 4, 5백 명이고 뺏은 말이 5백여 필이며, 그 밖에 소와 양 따위는 그 수효를 알 수 없었다.

송강이 크게 기뻐하며,

"다만 교사 난정옥이 또한 호걸이었는데 난군 중에 죽었다니, 참으로 애석한 일이로고."

하고 탄식하는데 알리는 말이 있었다.

이 때 군사 오용이 인마를 거느리고 들어왔다. 송강을 위하

여 술잔을 잡으며 전공을 하례하니 송강은 석상에서, 말했다.

"내 이번에 연일 이 곳을 소란하게 하여 마음에 불안하오. 이제 축가장을 쳐 깨뜨린 오늘날, 매호에 쌀 한 섬씩 분배해 줄까 하오."

백성들에게 나누어 주고 남은 양식은 모조리 수레에 싣고 축가장에서 거둔 금은 재물은 이를 나누어 삼군과 여러 두령을 호상(犒賞)하며, 또 소와 양이며 말, 노새 따위는 산채에서 쓰기 위해 몰고 가기로 했다.

축가장을 쳐서 무찌르고 얻은 양식이 실로 50만 속이었다. 송강이 기뻐하기를 마지않았으며 대소 두령들과 군마를 수습하여 산채로 돌아가는데, 촌방 향민이 늙은이를 부축하며 어린이들을 데리고 나와 길에서 절하고 사례했다.

송강의 무리는 일제히 말에 올라 군사들을 나누어 3대(隊)를 삼고 개가를 부르며 밤을 도와 양산박으로 돌아갔다.


## 5. 비천신병(飛天神兵)


송강은 소두목을 시켜 이내 소와 말을 잡아 오게 하여 새로 동지가 된 열 두 사람의 두령에게 축연을 베풀었다. 즉 이응, 손립, 손신, 해진, 해보, 추운, 추윤, 두흥, 악화, 시천, 여두령인 일정청, 고대수 등이었다. 송강은 왕왜호를 불러

"내가 전에 청풍산에 있을 때 그대한테 중매를 설 것을 약속한 일이 있지만 언제나 그 일이 맘에 걸려 오면서도 그걸 지키질 못했소. 이번 내에 아버지에게 한 따님이 생겼으니 그대를 그 사위로 맞고 싶은데 어떻소?"

하고 말한 후 친절하게 호삼랑을 대하게 해 주면서,

"나의 아우가 되는 이 왕영은 무예 솜씨는 당신에 미치지 않습니다만 예전에 내가 그에게 중 매설 것을 약속해 놓고는 그걸 지키지 못하고 그대로 지내왔던 바 이번에 당신이 우리 아버님을 의부로 모시기로 하였기에 두령들이 다 같이 중매를 선 것으로 하고 오늘이 길일이기도 하니 왕영과 부부가 되어 주었으면 합니다……"

하고 부탁을 했다. 일장청은 송강의 의기에 감동되어 거절할 수도 없었다. 두 사람은 그저 고맙다는 인사를 할 따름이었다.

어느 날 취의청에 뭇 두령들이 모여 앉아 한가하게 한담을 나누고 있을 때였다. 한 탐사인이 황황히 들어오며 급보를 전했다.

"고당주(高唐州) 지부 고렴이 시대관인(柴大官人)께서 우리 양산박과 결연하고 있다는 것을 알아내고 하옥(下獄)을 시켰는데, 지금 시대관인의 목숨이 경각에 달려 있다고 합니다."

듣고 나자 송강의 놀람은 컸다.

"아니 시대관인께서….."

송강이 너무도 놀란 나머지 미처 말을 맺지 못하고 있을 때, 소개가 뭇 누령을 돌아보고 말했다.

"시대관인이 전부터 우리 산채에는 적지않이 은덕을 베풀어 온 터에 이제 그런 위난(危難)을 당했다고 하니, 아무래도 곧 내려가서 구해 내야만 되겠소. 이번에는 내가 몸소 다녀오겠소."

그러나 송강은 이번에도,

"형님은 산채의 주인이신데 어떻게 거길 가시겠다고 그러십니까? 시대관인과는 제가 구일(舊日)의 은정이 깊은 터이니, 제가 형님을 대신해서 산을 내려가겠습니다."

하며, 오용과 상의하여 출전할 두령을 정하니, 임충·화영·진명·이준·여방·곽성·손립·구붕·양림·등비·마린·백승 등 열두 두령은 마보 군병 5천을 거느려 전대(前隊) 선봉이 되고, 중군은 송강·오용·주동·뇌횡·대종·이규·장횡·장순·양웅·석수 등 열 두령으로 마보 군병 3천을 거느려 책응(策應)하기로 하니, 군졸이 도합 8천 명에 두령이 스물두 명이었다.

송강이 산채에 남는 조개 이하 여러 두령과 하직하고 양산박을 떠나 바로 고당주로 향하니 이 때 고당주 지부 고렴은 양산박 전대가 이미 지경 밖에 이르렀다는 말을 듣고도 전혀 놀라지 않고 도리어 냉소하기를 마지않았다.

"저들 도적의 무리가 양산박 속에 숨어 있다 하더라도 내가 오히려 이들을 쳐 무찔러 모조리 잡아 없애려던 터인데, 저놈들이 제 발로 걸어들어와서 묶임을 받으려 하다니, 이는 곧 하늘이 나로 하여금 공을 이루게 하시는 게 아니냐."

곧 호령을 전하여, 군마를 정돈해 성을 나가 대적하게 하고 백성은 성 위에 올라 수호하게 한 다음 군마를 영솔하고 성 밖으로 나갔다.

이들과는 별도로 고렴 수하에 3백 명의 신병(神兵)이 있으니 이를 비천신병(飛天神兵)이라 한다. 비천신병이란 가려 뽑은 정예병들로서 그 모습들을 보면 머리는 풀어 산발하고 몸에는 호리병을 찼는데 그 속에는 모두 화염(火焰)을 감추고 있었다.

지부 고렴은 갑옷을 입고 등에 칼 지고 말에 올라, 이 3백 신병을 거느리고 성 밖에 이르러 진세(陣勢)를 벌였다. 신병은 중군에 두고 기를 두르며 아우성치고 북 치며 적군이 이르기만 기다리고 있었다.

오래지 않아 양산박의 전대 선봉 임충·화영·진명이 5천 인마를 거느리고 와서 서로 대하여 진을 치고 나자 어지러이 북을 치는 가운데 임충이 장팔사모를 빗겨잡고 말을 달려 진전으로 나오며 소리를 가다듬어 외쳤다.

"고가 성 가진 도적놈아. 빨리 나오너라!"

고렴이 30여 명 군관을 거느리고 말을 채쳐 문기(門旗) 아래로 나와 서며 손을 늘어 임충을 가리키며 꾸짖었다.

"너희 도적의 무리들이 어찌 감히 내 성지(城池)를 범하는가!"

임충이 소리쳤다.

"이놈, 백성을 괴롭히는 강도놈아! 내 수이 경사로 짓쳐 올라가 기군망상(欺君罔上)하는 네 아제비 고구(高俅) 놈을 죽여 내 원한을 풀고야 말겠다.

고렴이 크게 노하여 곧 좌우를 돌아보며,

"누가 나가서 저 도적을 잡을꼬?"

하고 한 소리 외치자 군관 가운데 통제관 하나가 앞으로 썩 나서니 곧 우직(于直)이란 장수다. 우직이 칼을 휘두르며 말을 박차 진전으로 나가자 임충이 이를 보고 곧 내달아 맞아 싸웠다.

서로 칼과 창을 어우르기 5합이 못되어, 한 소리 크게 외치며 임충이 우직의 가슴을 찔러 말 아래로 거꾸러뜨렸다. 고렴이 크게 놀라,

"누가 감히 나가서 우직의 원수를 갚을꼬?"

하고 말하자 또 한 명 통제관이 나오니 성명은 온문보(溫文寶)다. 한 자루 장창을 손에 들고 한 필 황표마(黃驃馬)를 급히 몰아 바로 임충을 취하려 했다.

임충이 바야흐로 나가서 맞아 싸우려 할 때 진명이 큰 소

리로 불렀다.

"형님은 잠깐 쉬시우. 이놈은 내가 맡으리다."

임충이 말을 멈추어 사양하자 진명이 곧 온문보를 취하여 싸우기 10여 합에 한 소리 크게 외치며 낭아봉을 번쩍 들어 한 번 내리치니 온문보는 골이 깨어져 그대로 말 아래로 떨어졌다.

고렴은 두 장수가 연달아 적장의 손에 죽는 것을 보자 곧 등에 진 보검을 빼어 들고 앞으로 나섰다. 무어라고 한동안 입속말로 중얼중얼하더니,

"빨리!"

하고 한 마디 외치자 이상한 일이 벌어졌다. 고렴의 진중으로부터 한 줄기 검은 기운이 일어나 반공중에 흩어지더니 별안간 모래를 날리고 돌을 굴라며 일진괴풍(一陣怪風)이 일어나 바로 양산박 진중으로 휩쓸어 들어오는 것이 아닌가.

임충·화영·진명의 무리는 낮을 대하여도 서로 볼 수가 없었다. 타고 있는 말이 먼저 놀라 어지러이 뛰니 수하 군졸이 우루루 몸을 돌이켜 달아나가 시작했다.

고렴은 이를 보고 칼을 들어 한 번 가리켰다. 1백 명 비천신병이 일시에 내닫고 그 뒤를 따라 관군이 짓쳐들어왔다.

임충의 무리는 별이 떨어지고 구름이 흩어지듯 풍비박산하여 그대로 50리나 물러가 하채(下寨)하니, 이 싸움에 꺾인 인마가 실로 1천여 명이었다. 고렴은 멀리 쫓지 않고 군사

들을 거두어 성으로 돌아갔다.

이윽고 송강의 중군 인마가 이르렀다.

임충의 무리가 나가서 맞아들여 패한 연유를 자세히 고하니 송강이 듣고 크게 놀라,

"이것이 대체 무슨 요술이오?"

하고 묻자 오용이 대답했다.

"생각건대 사술(邪術)에 불과할 것이니 만약에 바람을 돌리고 불을 물리칠 수만 있으면 적을 깨치기 어렵지 않으리다."

송강은 문득 생각이 나서 가만히 천서(天書)를 열어 보았다. 그 책은 송강이 가족을 데리러 운성현으로 갔을 때 환도촌(還道村)의 '현녀의 묘'라는 무덤 안에서 우연히 얻은 기서였다. 놀랍게도 그 책에는 바람을 돌리고 불을 막는 방법이 적혀 있었다.

송강이 크게 기뻐, 주문(呪文)과 비결(秘訣)을 잘 왼 다음에 인마를 정돈하여 오경에 밥을 지어 먹고 기를 두르고 북을 치며 성 아래로 짓쳐 들어갔다.

고렴이 어제 이긴 군마와 1백 신병을 거느리고 나와서 진을 치고 나자, 손에 보검을 쥐고 문기 아래로 나와 섰다. 송강은 손을 들어 고렴을 가리키며 외쳤다.

"내가 어제 미처 오지 못하여 우리 형제가 네게 일진(一陣)을 패했거니와, 오늘은 내 반드시 너를 잡아죽일 것이니 그

리 알아라!"

고렴이 크게 노하여,

"이놈, 반적들아! 빨리 항복하지 않고 기어이 내 손을 더럽힐 생각이냐?"

하고 말을 마치며 칼을 들어 한 번 휘두르고 입속말로 또 혼자 무어라고 중얼중얼한 다음,

"빨리!"

하고 한 소리 외치니 진중으로부터 검은 기운이 일어나면서 일진 괴풍이 모래를 날리고 돌을 굴렸다.

송강이 이를 보자 그 바람이 미처 이르기 전에 자기도 입속말로 진언(眞言)을 염하고 왼손으로 결(訣)을 지으며 오른손으로 칼을 들어 한 번 가리키고,

"빨리!"

하고 크게 외치니 그 바람이 송강의 진을 향해 오지 않고 도리어 고렴의 신병대 쪽을 향하여 몰아쳤다. 송강은 크게 기뻐하며 급히 인마를 휘몰아 짓쳐 나가려 했다.

이 때, 고렴은 바람이 도로 자기의 진중으로 돌아오는 것을 보고 곧 동패(銅牌)를 흔들며 칼을 번쩍 쳐들고 진언을 염하였다. 그러자 신병대 속으로부터 황사(黃砂)가 어지러이 날리며 한 때의 괴수(怪獸)와 독충이 앞을 다투어 내달았다.

송강의 진에서 이를 바라보고 모두 놀라며 어이없어하는

중에 주장되는 송강이 남보다 먼저 말을 채쳐 달아나고, 뭇 두렁들이 그를 옹위하여 일시에 뒤따르니 수하 군졸이 서로 능히 돌아보지 못하고 길을 찾아 도망했다. 그 뒤를 고렴의 군사들이 급히 휘몰아쳤다.

송강의 인마가 크게 패하여 20여 리를 물러가니 그제야 고렴은 제금을 쳐서 군사들을 거두어 성내로 들어갔다.

송강은 산 밑에 이르러 비로소 패잔병을 수습해 하채(下寨)하고, 군사 오용에게 계교를 물었다.

"이번에 두 번 싸워 두 번 다 패했으니, 이를 어찌하면 좋겠소?"

오용이 대답했다.

"내 생각에는 아무래도 공손승(公孫勝)을 청해다가 저놈의 요법(妖法)을 깨뜨려야만 되지, 그렇지 않고서는 도저히 시대관인의 목숨을 구해 낼 방법이 없을까 봅니다."

공손승이 쉬지 않고 말을 달려 급히 이르자 송강과 오용이 영채에서 나와 영접하여 함께 중군장(中軍帳) 안으로 들어갔다. 뭇 두렁들이 다 와서 하례하기를 마치자 크게 연석을 베풀어 모든 사람이 다 즐겼다.

이튿날 중군장에서 송강·오용·공손승의 세 사람이 고렴 깨칠 일을 의논하는데 공손송이 말했다.

"형님께서 영을 전하여 군사들을 거느리고 나가시면 제

가 형세를 보아 대응하겠습니다."

송강은 그 말을 쫓아 곧 영을 내려 전군이 바로 고당주성 해자 가로 가서 하채하고 이튿날 오경에 밥을 지어 먹은 후 기를 휘두르고 북을 치며 성 아래로 짓쳐들었다.

이 때 고렴은 성 안에 있다가 군졸이 들어와서 송강의 군마가 다시 이르렀다고 보고하자, 즉시 갑옷 입고 투구 쓰고 말에 올라 3백 신병과 대소 장교를 거느리고 성 밖으로 나왔다.

양군이 서로 진세를 베풀고 북을 '둥둥둥' 울리는 가운데 송강의 진문(陣門)이 열리는 곳에 열세 명 대장이 말을 내어 나오니 왼편의 다섯 장수는 화영·진명·주동·구붕·여방이고, 오른편의 다섯 장수는 임충·손립·등비·마린, 곽성이며, 중간의 3기(騎)는 곧 송강·오용·공손승이었다.

세 명 총군주장이 진전에 말을 내어 적진을 바라보려니 금고(金鼓)가 일제히 울리며 문기가 열리는 곳에 수십 명 군관의 옹위를 받으며 고렴이 말을 몰고 나왔다.

송강은 좌우를 돌아보고 외쳤다.

"누가 나가서 저 도적을 벨꼬?"

소이광 화영이 창을 빗겨잡고 말을 몰아 나가니 이를 보고 고렴이 또한 외쳤다.

"누가 나가서 저 도적을 잡을꼬?"

소리에 응하여 한 상장이 쌍도(雙刀)를 휘두르며 말을 달

려 나오니 그는 곧 설원휘(薛元輝)라는 장수다.

두 상수가 진전에서 어우러져 싸우기 5, 6합에 화영이 문득 말머리를 돌려 달아나니 설원휘는 그것이 계책임을 모르고 말을 몰아 그 뒤를 급히 좇았다.

화영은 창을 안장에 걸자 곧 몸을 돌리며 활을 쏘았다. 설원휘가 화살을 맞고 그대로 말 위에서 거꾸로 떨어졌다. 고렴이 이를 보고 크게 노하여 말안장에 걸어 놓은 동패를 떼어 들고 칼로 세 번을 쳤다.

그러자 신병대 안으로부터 일진 황사가 일어나며 천지가 혼암하고 일월이 무색하더니, 시랑(豺狼), 호표(虎豹), 괴수, 독충 등이 그 황사 속에서 튀어나왔다. 전군이 모두 도망치려 할 때, 공손승이 마상에서 송문(松文)의 고정검(高定劍)을 휙 뽑아 들고 적을 향해 겨냥하고 주문을 외고 '얏!'하고 일갈했다.

그러자, 한 줄기 금색 빛이 비치며 황사가 깨끗이 걷히고 그 괴수 독충의 무리가 진 앞으로 떨어졌다. 일동이 보니 웬걸 그것은 모두 짐승 모양을 백지로 만든 것이었다. 송강은 그것을 보자 채찍을 들어 신호를 했다. 전군이 일제히 쳐들어가니 고렴은 마침내 크게 패했으며 그가 3백 신병과 함께 급히 군사를 돌리려할 때, 양쪽에서 바라 소리를 크게 울리며 좌편에 여방과 우편에 곽성이 5백 인마를 몰고 나와 들이쳤다.

수하 군졸을 태반이나 잃은 고렴이 간신히 길을 찾아 달리는데 사방이 모두 양산박의 군사들뿐이라 감히 성으로 들어갈 생각을 못하고 산속 길로 잡아들었다.

그러나 10리를 미처 못다 가서 산 뒤로부터 함성이 크게 일어나며 한 때 인마가 내달아 길을 막으니 앞선 대장은 병울지 손립이다. 고렴이 크게 놀라 급히 말머리를 돌려 달아나려 할 때 또 한 때 인마가 내달으며 미염공 주동이 호통을 치며 나섰다.

고렴은 급히 말을 버리고 산 위로 기어 올라갔다. 그러나 산과 들을 까맣게 덮은 것이 모두가 양산박 군사들이었다. 좀처럼 면할 길이 없는 것을 깨닫자, 고렴은 황망히 입으로 진언을 염하고,

"일어라!"

하고 한 소리 크게 외쳤다.

그 소리에 응하여 발밑으로부터 한 조각의 검은 구름이 일어났다. 고렴은 그 위에 타고 하늘로 올랐다.

바야흐로 이 때였다. 산기슭으로부터 달려 나오며 이것을 본 공손승이 곧 칼을 들어 하늘을 가리키고 입으로 진언을 염한 다음,

"빨리!"

하고 외치자, 고렴이 구름 위로부터 거꾸로 떨어졌다.

마침 곁에 있던 삽시호 뇌횡이 곧 내달아 칼로 쳐 두 동강을 내니 제후(諸侯)의 귀한 몸도 변하여 한낱 고깃덩어리가 되고 말았다.

뇌횡이 고렴을 죽였다는 말을 듣자 송강은 곧 군사들을 거느리고 고당수의 성내로 들어갔다.

우선 영을 전하여 백성을 상하지 않게 하라 이르고, 일변 방을 내어 백성을 안무하여 추호도 범하지 않게 하며, 일변 사람을 대로(大牢) 속으로 보내어 시대관인을 구해 내게 했다.

한참을 찾아서야 우물 속에 빠뜨려져 있는 시진을 겨우 발견했다.

송강이 시진을 보니 머리 이마에 상처를 입고 피부와 살이 찢어져 흩어지고 눈을 간신히 떴다 감았다 하였다. 송강은 그 비참한 모습을 차마 볼 수가 없었다. 의원을 불러 치료케 했다.

송강은 재빨리 시진을 수레 위에다 올려 눕히고 이규와 뇌횡에게 한 발 먼저 양산박으로 호송해 가게 했다. 이어 고렴의 일가 삼사십 명을 모두 거리로 끌어내어 목을 쳐 버리고 양산박으로 향했다.


## 6. 쌍편(雙鞭) 호연작(呼延灼)


이 때 동창(東昌)·구주(寇州) 두 곳에서는 고당주가 패하여 고렴이 죽고 성지가 함몰한 것을 알게 되자 곧 표를 닦아 조성에 신수(申奏)했다.

태위 고구는 자기의 사랑하는 조카 고렴이 도적 떼에게

죽었다는 말을 듣고 분한 생각을 억제할 길이 없었다.

그는 이튿날 서둘러 입궐하여 천자께 아뢰었다.

"제주 양산박의 도적 조개와 송강이란 자들이 관군을 살해하고 창고의 금품을 약탈하는 등 번번이 대죄를 범하고 있습니다. 그야말로 암과 같은 존재로서 조속히 토벌하지 않으면 언젠가는 그 세력을 확장해 도저히 제압하기 어려우리라 생각됩니다."

천자는 그 말을 듣자 크게 놀라 토벌대를 일으키게 하고 반드시 양산박의 적을 소탕하라고 명하였다.

고 태위는 호연작(呼延灼)을 그 병마 지휘사로 추천했다.

"그는 곧 개국 초의 하동(河東) 명장 호연찬(呼延贊)의 자손으로 이름은 작(灼)인데, 두 자루 동편(銅鞭)을 쓰되 만 사람을 이기는 용맹이 있사오니, 이 사람으로 병마 지휘사를 제수하시와 산채를 소청케 하시옵소서."

천자가 이를 윤허하자 고 태위는 전수부에 앉아서 칙서를 받들고 호연작을 불러올리게 했다.

천자가 보니 그의 용모가 비상했다. 천자는 크게 기뻐하며 곧 척설오추마(蹋雪烏騅馬) 한 필을 내렸다. 이 말은 온몸이 먹칠한 듯 검고 네 굽만 분을 바른 듯 흰 까닭에 이 이름을 얻었으며 하루에 능히 천 리를 갔다.

호연작은 사은(謝恩)하고 다시 고 태위를 따라 같이 전수

부로 나와서 품했다.

"상공께 아뢰옵거니와 지금 양산박의 형세가 자못 크니 소장이 두 장수를 천거하여 선봉을 삼아 함께 군마를 거느리고 나가야만 반드시 공을 이룰 수 있을 것이옵니다."

고 태위가 물었다.

"장군이 추천하겠다는 사람이 누구요?"

호연작이 대답했다.

"한 사람은 지금 진주(陳州) 단련사로 있는 한도(韓滔)로 본래 동경(東京) 태생으로서 한 자루 조목삭(棗木槊)을 잘 쓰므로 백승장군(百勝將軍)이라 부르니 그로써 선봉을 삼고, 또 한 사람은 영주(潁州) 단련사로 있는 팽기(彭玘)니 역시 동경 태생으로 누대 장군의 자제라 무예가 출중하며 한 자루 삼천양인도(三尖兩双刀)를 잘 쓰므로 세상에서 천목장군(天目將軍)이라 부르니 이 사람으로 부선봉을 삼으려 하나이다."

듣고 나자 고 태위는 기뻐하기를 마지않으며,

"만약 한·팽 두 장수로 선봉을 삼는다면 어찌 도적들을 소탕 못할까 근심하랴."

하고 당일로 두 통의 문서를 만들어 추밀원 관원에게 주어 진주·영주 두 곳에 가서 한도·팽기 두 장수를 불러올리게 했다.

며칠이 못되어 두 사람이 경사에 이르러 전수부로 들어와 고 태위와 호연작에게 참배했다.

이튿날 고 태위는 모든 장수를 거느리고 교련장으로 나가 무예를 조연(操演)하고 전수부로 돌아오자 호연작에게 말했다.

"장군은 한·팽 두 장수와 함께 정예한 마군 3천과 보군 5천을 가려 뽑아 양산박을 소탕하도록 하오."

이렇게 하여 반달도 지나기 전에 기병들과 보병들을 선발하고 준비를 완료했다. 호연작은 삼로의 병졸들을 거느리고 성을 나갔다. 전군의 선봉은 한도, 중군의 주장은 호연작, 후군은 팽기가 맡았다. 이리하여 보병과 기병의 전군은 물결과 같이 양산박으로 밀려갔다.

한편, 양산박에서 망을 보고 있던 자는 급히 말을 달려 본채로 가 알렸다. 취의청에서는 조개, 송강 이하 모든 두령들이 그들을 맞아 무찌를 방책을 의논했다.

송강이 배치를 끝내자 선진의 진명은 재빨리 인마를 이끌고 산을 내려가 망망한 평원에 진을 쳤다. 계절은 겨울이었으나 때마침 따뜻한 날씨였으며 하루가 지나자 이미 관군이 몰려오는 것이 눈에 보였다. 선봉대의 백승 장군인 한도가 병졸을 이끌고 진을 쳤다. 그 날 밤엔 싸움이 일어나지 않았다.

다음 날 날이 샐 무렵, 선봉의 한도가 앞으로 나와 삭을 가로 쥐고 말을 멈추더니 진명을 크게 꾸짖었다.

"천병(天兵)이 이에 이르렀건만 네 빨리 항복하려 않고 도리어 항거하니 그 죄가 더욱 큰 것임을 아느냐?"

진명은 본시 성미가 급한 사람이라 그 말에 아무런 대꾸도 하지 않고 그대로 말을 몰아 낭아봉을 휘두르며 한도에게 달려들었다.

한도가 창을 꼬나잡고 나와서 마주 싸웠다. 어우러져 싸우기 20여 합에 이르자 한도가 힘에 부쳐서 바야흐로 달아나려 할 때, 중군 주장 호 연작이 마침 이르러 이 모양을 보고 쌍편(雙鞭)을 휘두르며 척설오추마를 몰아 진전으로 달려나왔다.

진명이 그것을 보고 호연작과 싸우려 하자 제2대의 표자두 임충이 나타나 사모를 겨누고 호연작에게 덤벼들었다. 진명은 부하들을 이끌고 좌편 산 뒤로 물러갔다. 한편, 호연작과 임충이 서로 맞싸웠으나 양자 모두 호각의 호적수였기에 50합이 넘도록 승부가 나질 않았다.

그 때 거기에 3대의 소이광 화영이 진문 앞에 이르며
"임 장군은 잠깐 쉬시오. 내 저놈을 사로잡으리다."
하고 외쳤다. 임충이 말머리를 돌려 자기의 진으로 돌아가니 호연작도 임충의 뛰어난 솜씨를 알고 자기 진으로 돌아갔다.

화영이 창을 꼬나잡고 말을 진전에 내자 마침 호연작의 후군이 이르러 천목장군 팽기가 칼을 빗겨잡고 말을 급히 몰아 나오며 소리를 가다듬어 화영을 꾸짖었다.

"이놈 역적아, 빨리 나와 창을 받아라!"

화영은 크게 노하여 아무런 대꾸도 하지 않고 곧 말을 채쳐 나아가 팽기를 공격했다.

서로 어우러져 싸운 지 20여 합에 이르자 팽기의 칼 쓰는 법이 점점 어지러워지는 것을 보고 호연작이 내달아 싸움을 도우려 하는데 이 때 마침 제4대의 일장청 호삼랑이 인마를 이끌고 크게 외쳤다.

"화 장군은 잠깐 쉬십시오. 내가 그놈을 사로잡으리다."

화영은 인마를 수습하여 오른편 산 뒤로 들어가 버리고, 팽기가 호삼랑을 맞아 싸울 때, 마침 제5대의 병울지 손립이 군마를 거느리고 와 말을 진전에 세우고 두 장수의 싸우는 모습을 관망했다.

호삼랑과 팽기가 서로 싸워 20여 합에 이르자 일장청이 문득 말머리를 돌려 달아났다. 팽기가 공을 세우려고 그 뒤를 급히 쫓았다.

호삼랑은 쌍도를 말안장에 걸고 전포 아래에서 24개 금갈고리가 달린 홍금투삭(紅錦套索)을 내어 팽기의 말이 가까이 이르기를 기다려 몸을 틀면서 휙 던졌다.

줄은 보기 좋게 겨냥한 대로 들어맞아 팽기는 피할 틈도 없이 갑자기 말에서 떨어졌다. 손립은 병졸들에게 일제히 덤벼들게 하여 팽기를 생포했다. 호연작이 그것을 보고 화가 치밀어 구출하러 달려들자 호삼랑 일장청이 말을 달려

그를 맞아 싸웠다.

호연작은 일장청을 단숨에 해치울 듯이 덤벼들어 두 사람은 10합 남짓 서로 싸웠다. 호연작은 아무리 해도 일장청을 무찌를 수 없자 내심 생각했다.

'이 왈패년이, 이 본관과 이렇게까지 맞설 수 있다니 대단한 년이로군!'

그리고는 이내 일부러 진 것처럼 하고 상대를 끌어들이고는 갑자기 쌍편을 휘두르고 단숨에 해치우려 했다. 그러나 일장청의 쌍칼이 막았고 호연작은 오른손의 동편을 들어 일장청의 머리를 향해 내리쳤다.

그러나 호삼랑은 눈이 밝고 손이 빠른 사람이라, 어느 틈에 쌍도를 번쩍 드니 내려오는 쌍편이 칼 위에 떨어져 '쨍그렁'하는 쇳소리와 함께 화광이 사면으로 흩어졌다.

호삼랑이 말을 달려 본진으로 달려오자 호연작이 그 뒤를 쫓았다. 그 때 병울지 손립이 앞으로 내달아 창을 빗겨잡고 가로막았다.

바로 이 때 송강이 10명의 두령을 거느리고 이르러 진을 치고 호삼랑은 스스로 인마를 이끌어 산 뒤로 들어갔다.

송강은 천목장 팽기를 사로잡았다는 보고를 받자 마음에 기꺼워하며 진전에 나서서 손립과 호연작의 싸우는 모습을 보았다.

두 장수가 어우러져 싸워 30여 합에 이르도록 승패를 나누지 못하자 송강이 바라보고 갈채를 보냈다. 이 때 관군의 진중에서 백승장 한도가 팽기가 사로잡힌 것을 보고 군마를 모조리 일으켜 나와서 시살했다.

이를 보고 송강이 채찍을 들어 한 번 가리켰다. 10두령이 대소 군사들을 이끌고 휘몰아 나가고, 배후의 사로 군병들이 또한 두 길로 나뉘어 협공해 들어갔다.

그 형세가 심히 급하고 날카로웠으나 호연작이 이를 보고 급히 본부 군마를 수습하여 진각(陣角)을 굳게 지키자 감히 더 나아가 충살할 수가 없었다.

호연작의 진중이 모두 연환마(連環馬)라, 말은 마갑(馬甲)을 입고 사람은 갑옷을 입었는데 사람은 오직 한 쌍 눈동자를 내놓았을 뿐이고 말은 다만 네 굽을 드러내었을 따름이었다.

송강의 진상에도 마갑(馬甲)이 있다고는 하나 단지 얼굴만 가렸을 뿐이라 비록 이쪽에서 활로 쏘나 관군은 조금도 두려워하지 않고 마군 3천이 모두 어지러이 궁전으로써 응하니 이럼으로 하여 능히 깨치지 못하는 것이었다.

이를 보고 송강이 급히 제금을 쳐서 군사들을 거두니 호연작도 또한 20십여 리를 물러나 하채했다.

송강이 군사들을 물려 산 서편에 이르러 둔주(遁走)하고 나자 마침 군사들이 천목장 팽기를 결박하여 들어왔다.

송강은 그를 보자 곧 몸을 일으켜 군사들을 꾸짖어 물리치며 친히 그를 묶은 것을 풀고 장중으로 끌어들여 자리에 앉힌 다음 그 앞에 절을 했다. 팽기가 깜짝 놀라 황망히 자리에서 내려와 답례하고 물었다.

"소장은 사로잡혀 온 몸이니 마땅히 참을 당해야 옳은 일인데, 장군이 도리어 빈례(賓禮)로써 대하심은 어인 까닭이오니까?"

송강이 대답했다.

"우리 무리가 몸 둘 곳이 없어 잠시 양산박에 몸을 감추고 있거니와 이제 조정이 장군을 보내시어 수포(收捕)케 하시니 마땅히 목을 늘이어 묶임을 받아야 도리에 옳을 것이외다. 그러나 다만 목숨을 보전하기 어렵겠기로 부득이 죄를 짓고 그릇 호위를 범한 것이니 장군은 부디 용서해 주시오."

"급시우 송공명의 선성은 익히 들었습니다만, 이제 뵈오니 과연 의기 심중하신 것을 알겠소이다. 만일 장군께서 소장의 잔명을 붙여 주시겠다면 마땅히 몸을 버려 보답하오리다."

송강은 크게 기뻐하며 당일로 천목장 팽기를 대채로 올려 보내어 조 천왕과 서로 보게 하고, 일변 삼군과 뭇 두령을 호상하며 군정을 의논했다.

한편, 호연작은 군사들을 거두어 하채하고 백승장 한도를 청하여 일을 의논하니 한도가 말했다.

"오늘 도적의 무리가 우리의 진을 범하려다가 감히 가까이 들어오지 못하고 제풀에 물러간 것은 정녕 우리의 장한 위세를 두려워했기 때문일 것입니다. 내일 만약 군마를 총동원하여 한 번에 몰아친다면 크게 이길 수 있을 것 같은데 어떠하올지?"

듣고 나자 호연작은,

"장군의 말이 심히 옳소. 나도 실은 그런 생각을 하고 있었소."

하고 즉시 영을 전하여 준비를 서두르게 했다.

그 이튿날 아침이었다. 송강이 군사들을 5대로 나누어 앞에 두고 양로 복병은 좌우에 있게 하며 10명 두령은 후군을 거느리게 한 뒤에 먼저 진명을 내보내 싸움을 청하게 했다.

그 때 관군 진중에서 연주포(連珠砲)가 터지며 1천 보군이 좌우로 갈라서더니 삼면으로 연환마군이 짓쳐 나오는데 양편에서 어지러이 활을 쏘고 중간은 모두가 장창이었다.

송강이 이를 보고 크게 놀라 급히 영을 내려 전군이 일시에 마주 활을 쏘게 했다.

그러나 3천의 연환마들이 산과 들을 까맣게 덮으며 곧바로 짓쳐들어오니 송강의 전면 5대의 군마가 능히 견디어 내지 못하고 일시에 흩어지며 후면 인마마저 각기 앞을 다투며 달아났다.

송강이 황겁하여 말을 채쳐 달아나니 10명 두령도 전후

좌우로 송강을 옹위하여 함께 달아나는데 그 등 뒤를 일대의 연환마늘이 급히 쫓았다.

형세가 십분 위급할 지경에 마침 이규와 양림의 복병이 내달아 송강을 구하여 물가에 이르니 이준·장횡·장순·원가 삼 형제의 수군 두령이 전선(戰船)을 거느리고 접응했다.

송강이 급히 배에 오르며 영을 전하여 길을 나눠서 뭇 두령들을 접응하게 할 때 어느 틈엔가 연환마가 물가에까지 이르러 어지러이 활을 쏘았다.

그래도 선상에 방패가 많아 화살을 막아서 다행히 중상은 면하고 배를 재촉하여 압취탄에 다다랐다.

언덕에 올라 인마를 점고해 보니 그 싸움에서 군사들을 태반이나 잃었다. 그래도 두령 가운데는 한 명도 크게 상한 사람이 없어 그나마 천행으로 여기는데 뒤이어 석용·시천·손신·고대수의 무리가 목숨을 도망하여 산으로 올라와서,

"보군이 조수처럼 몰려 들어와서 집을 함부로 들부수는데 만약 수군에서 배를 내어 접응해 주지 않았더라면 저희는 다 잡혀갔지 한 사람도 살아오지 못했을 겁니다."
하고 말했다.

송강이 일일이 좋은 말로 위로하며 뭇 두령들을 계점하여 보니 임중·뇌횡·이규·석순·손신·황신의 여섯 두령이 화살에 맞았고, 졸개로서 상한 자는 그 수효를 알 수

없을 정도로 많았다.

이 때 대채에서는 조개가 이 소식을 듣고, 오용과 공손승을 데리고 수채(水寨)로 내려왔다.

그는 좋은 말로 위로하며 수군에 분부하여 채책을 견고히 하고 선척을 정비하여 굳게 지키게 한 다음 송강을 청하여 함께 대채로 돌아가 편히 쉬도록 했다.

그러나 송강은 끝까지 듣지 않고 그대로 수채에 머물러 있겠다 하여 다만 부상당한 두령들만 대채로 돌아가기로 했다.

## 7. 굉천뢰(轟天雷) 능진(凌振)

한편, 호연작은 대승을 거두고 자기 진영으로 철수한 후 곧 사자를 경사에 보내 승보를 전함과 동시에 굉천뢰(轟天雷) 능진(凌振)이라는 명포수(名砲手)를 파견해 달라고 조정에 청했다.

원래 능진은 연릉(燕陵) 사람으로 별명을 굉천뢰라 했으며 겸하여 무예가 심히 정숙했다.

능진이 태위의 부름을 받고 전수부에 이르러 참배하니 태위가 곧 행군통령관(行軍統領官)에 임명하고 군기(軍器)를 수습하여 떠나게 했다.

능진은 온갖 화포 재료며 포가(砲架) 등을 수레에 싣고 3, 40명 군사를 거느리고 동경을 떠나 바로 양산박으로 향했다.

여러 날 만에 행영에 이른 능진은 호연작에게 참현하고 선봉상 한도를 본 뒤에 자세히 수채의 원근노정(遠近路程)과 산채의 험준거처(險峻去處)를 살핀 다음 삼등포석(三等砲石)을 안배하여 산채를 치기로 했다. 곧 제1은 풍화포(風火砲)이고 제2는 금륜포(金輪砲)이며 제3은 자모포(子母砲)라, 먼저 군사를 시켜 물가에다 포가를 설치케 하고 장차 대포 쏠 준비를 했다.

한편, 조개는 공손승과 송강을 취의청에서 맞아,

"이런 상태에선 어떤 수로 적을 무찔러야 하나?"

하고 물었다. 그 말이 채 끝나기도 전에 산기슭 주변에서 포성이 울리는 소리가 들려왔다. 이어 세 발이 쏘아졌는데 두 발은 수중에 떨어지고 한 발은 압취탄 소채에 명중했다고 했다. 두령들이 모두 새파랗게 질리자 오용이 말했다.

"아무래도 이 사람부터 잡은 뒤에 파적(破敵)할 일을 의논하는 것이 좋겠습니다."

이윽고 오용이 군사들을 분발했다.

먼저 수군 두령을 2대로 나누어 이준과 장횡이 4, 50명의 물에 익은 수군을 거느리고 한 척 쾌선에 올라 갈수풀 우거진 곳으로 가만히 가고, 그 뒤를 좇아 장순과 원가 삼형제가 또한 작은 배 40척을 이끌고 접응하기로 했다.

이순과 장횡이 건너편 언덕에 오르며 곧 고함치고 내달아 포가를 뒤덮어 놓으니 이를 보고 군사들이 급히 달려가 능진에게 보고했다. 능진은 즉시 창을 들고 말에 올라 군사 1천여 명을 거느리고 물가로 달려 나왔다.

이준과 장횡은 졸개들을 데리고 황망히 달아났다. 능진이 곧 그 뒤를 쫓아가 수풀가에 이르러 보니 물가에 작은 배 4, 50척이 일자로 벌여 섰고, 배 위의 사람이 모두 백여 명인데, 이준과 장횡의 무리가 배 안으로 뛰어든 뒤에도 얼른 배를 내지 않다가 관군이 가까이 이르자 모두 물 속으로 뛰어들었다.

능진은 즉시 군사들에게 호령하며 배를 모조리 빼앗아 탔다. 이 때 건너편 언덕 위에서 주동과 뇌횡의 무리가 북을 울리며 아우성을 쳤다. 능진은 이를 우습게 보고 곧 배를 내어 그쪽을 바라고 나아갔다.

그러나 바야흐로 강심(江心)에 이를 무렵, 주동 · 뇌횡의 무리가 바라를 어지러이 치니 물 속으로부터 4, 50명 수군이 떠올라 일시에 고물 아래 박아 놓은 설자(屑子)를 빼어 버렸다.

물이 용솟음치며 뱃속으로 들어오자 좌우로 어지러이 달려들어 배를 모조리 뒤엎어 버리니 배에 탔던 군사들은 하나 남지 않고 모두 물 속으로 떨어지고 말았다.

능진은 깜짝 놀라 밑 빠진 배를 돌이켜 달아나려 했다. 그러나 한 간통을 미처 못 가서 그가 탄 배 역시 엎어지며 물 속에 빠지고 마니 숨어 있던 원소이가 물결을 헤치고 몸을 숫구치며 물에 빠진 능진을 껴안아 언덕으로 던졌다.

주동과 뇌횡이 능진을 묶어서 앞세우고 산채를 향해 올라오며 먼저 사람을 보내 기별하니 송강이 듣고 뭇 두령들과 함께 관에 내려와 능진을 보자 몸소 그 묶은 것을 풀어주고 짐짓 주동·뇌횡의 무리를 향해 원망했다.

"내가 여러 사람한테 부디 능 통령관을 예로써 청하여 산으로 모셔 올리라 했는데, 이런 무례할 데가 어디 있단 말이오?"

묶인 것이 풀리자 능진은 곧 송강을 향하여 죽이지 않은 은혜를 사례했다. 송강은 그의 손을 잡고 함께 산채로 올라갔다.

능진이 따라서 대채로 가 보니 앞서 사로잡혔던 천목장 팽기가 뜻밖에도 두령이 되어 자리에 앉아 있었다. 하도 어이가 없어 말도 안 나오는데 팽기가 앞으로 와서 권했다.

"조 천왕·송공명 두 두령이 체천행도하고 널리 호걸들을 초납하여 오로지 나라에서 초안하기를 기다리는 터이니, 우리가 이미 이 곳에 이른 바에는 다만 명을 좇을 것이 옳을까 합니다."

곁에서 송강이 또한 간절히 권했다. 능진이 말했다.

"소인은 이 곳에 머물러 있어도 무방하지만 다만 노모와 처자가 모두 경사에 있습니다. 일이 드러나는 때에는 주륙을 면치 못할 것이니 이것이 걱정이외다."

송강이 말했다.

"당신의 가족도 기한을 두고 꼭 모셔오겠습니다."

능진이 이 말을 듣고 입당하기를 원했다. 뭇 두령이 모두 기꺼워하기를 마지않았다.

## 8. 금창수(金槍手) 서녕(徐寧)

다음 날 취의청에 전 두령이 모여 연환마를 타파할 방책을 찾았으나 아무런 묘책이 나오질 않았다. 그러자 그 때, 금전표자 탕륭이 나서서 말했다.

"좋은 방법이 있기는 합니다. 제 조상이 대대로 군기(軍器)를 만드는 것이 업이라 선친도 이로 인하여 노충경략상공의 지우(知遇)를 받아 연안부 지채(知寨)가 되셨던 것인데 그 당시 연환마를 써서 싸움에 많이 이기셨습니다. 그런데 이 연환마를 깨치는 방법은 오직 구겸창법(鉤鎌槍法)밖에 없고, 제가 그 도본을 가진 것이 있으니까 만들려면 어렵지 않은 일입니다마는 쓰는 법을 모릅니다. 이 법을 아는 사람은 제 외종 형님 한 사람뿐인데 그게 마상(馬上)에서 쓰는 법과 보전(步戰)에서 쓰는 법이 다 정한 법도가 있어 참으로 신출귀몰하지요."

그의 말이 미처 끝나기 전에 표자두 임충이 한 마디 물었다.

"그 사람이 혹시 금창법(金槍法) 교사 서녕이 아니오?"

"예, 바로 그 사람입니다."

임충이 좌중을 돌아보고 말했다.

"탕 두령이 말을 내지 않았다면 이 사람도 잊어버릴 뻔했소이다. 서녕의 금창법과 구겸창법은 실로 천하 독보인데, 내가 경사에 있을 때 자주 상종하여 서로 무예도 교량(較量)하며 아주 가깝게 지냈었지요. 그러나 대체 그 사람을 무슨 수로 여기까지 불러올린단 말이오?"

탕륭이 말했다.

"서녕의 집엔 선조 전래의 보물이 있습니다. 그것은 쇄당예라 불리는 안령의로 된 금쇄개입니다. 그 갑옷은 그의 목숨과 같은 것이어서 가죽 상자에 넣어 언제나 침실의 대들보에 걸어 놓습니다. 그러니 그 갑옷만 집어 온다면 그는 어쩔 수 없이 여기에 올 것입니다.

듣고 나자 오용이,

"그야 무엇이 어렵겠소. 수단 높은 형제가 있으니 그건 염려 마오."

하고 고상조(鼓上蚤) 시천(時遷)을 돌아보며,

"한 번 수고를 해 보겠소?"

하고 물으니 시천은 그 자리에서,

"물건만 정녕 있다면야 훔쳐내 오는 건 식은 죽 먹기지요."

하고 대답했다.

탕륭이 말했다.

"시 두령이 갑옷만 훔쳐낸다면, 서녕을 속여 산으로 끌어 올리는 건 쉬운 일입니다."

"어떻게 산으로 끌어 올리겠단 말이오?"

송강이 물으니 탕륭은 그의 귀에다 대고 몇 마디 가만히 말했다. 그러자 송강이 웃으며 중얼거렸다.

"딴은 그 계고가 묘하구료, 그럼 곧 떠나도록 하오." 하니, 오용이 말했다.

"그럼 이 길로 아주 세 사람을 더 보내서 한 사람은 동경 으로 올라가 화포 재료 등 필요한 기계들을 사오게 하고, 한 사람은 능통령관의 가족을 모셔 오도록 하십시다."

그 말을 듣자 팽기가 나서며, 말했다.

"만일 사람 하나만 더 내시어 영주로 가서 제 가족까지 데려다 주신다면, 실로 크나큰 은덕(恩德)을 입겠소이다."

송강은 쾌히 응낙하고 즉시로 일을 분별했다.

며칠 후 시천은 어렵지 않게 서녕의 갑옷을 훔쳐내고 탕 륭은 그것을 미끼로 능진을 양산박 가까이까지 유인하는 데 성공했다.

마침내 한지홀률 주귀 주점으로 들어간 탕륭은 서녕에게 몽환약을 탄 술을 먹였다. 서녕이 쓰러지자 그를 배에다 옮 겨 싣고 금사탄을 건너 언덕에 이르니 이미 선통을 받은 송 강이 뭇 두령들과 함께 내려와 영접하고 곧 해독제를 서녕

의 입에 흘려 넣었다.

몽환 상태에서 깨어난 서녕은 눈을 떠 여러 사람을 둘러보다가 깜짝 놀라 탕륭을 보고 원망했다.

"자네, 어째서 나를 속여 이런 데로 데리고 왔나?"

탕륭이 일장 설화로 전후수말을 이야기하고 송강이 다시 좋은 말로 권하며 다음에 임충이 또 나서서,

"나도 또한 여기 들어와 있소이다. 형장에 대해서는 이미 여러 형제에게 말씀해 온 바이니, 저희와 뜻을 같이하는 것이 어떻겠습니까?"

하고 입당하기를 권하자 서녕이 한동안 침음하다가 다시 탕륭을 돌아보고,

"그럼 내 처자는 어찌 되란 말인가? 내가 여기 들어온 게 발각되는 날이면 내 가솔은 관가에 잡혀 들어가 갖은 고초를 다 겪을 게 아닌가?"

이 말을 듣고 송강이 대신 나서서,

"그건 조금도 염려 마시지요. 빠른 시일 안에 가족을 이곳으로 모셔 오도록 하겠소이다."

하고, 대종과 탕륭 두 사람을 다시 경사로 올려 보내서 서녕의 가족을 데려오게 했다.

과연 열흘이 못되어 양림은 영주에서 팽기의 가족을, 설영은 동경에서 능진의 가족을 데려오고 다시 수일이 지나자

대종과 탕륭이 서녕의 처자를 데리고 산으로 올라왔다.

서녕은 마침내 조개·송강 이하 뭇 두령과 더불어 형제의 의를 맺고 양산박 두령의 한 사람이 되는 수밖에 없었다.

이튿날이었다. 조개·송강·오용·공손승은 두령들과 함께 취의청에 모여 서녕에게 구겸창 쓰는 법을 보여 달라고 청하였다.

서녕이 쾌히 응낙하고 뜰로 내려가 한 자루 구겸창을 들어 모든 비법을 다 시험하니 과연 입신(入神)의 묘기라 두령들이 갈채를 보내기를 마지않았다.

사녕은 한 차례 쓰고 나자 이어서 뭇 군사들을 향하여 구겸창 쓰는 법을 가르쳤다.

"마상(馬上)에서 이 병장기를 쓸 때는 세 번 걸고 네 번 헤치고, 한 번은 찌르고 한 번은 끈다. 또 만약 보행(步行)으로 이 구겸창을 쓸 때는 12보(步)에 일변(一變), 16보에 몸을 돌려 창을 뒤로 물리는 듯 곧 세차게 찌르고, 24보에 위를 찌를 듯 아래를 치고, 동쪽을 걸며 서쪽을 치는 것이니 이것이 바로 구겸창을 쓰는 정법(正法)이다."

한 차례 설명하기를 마치자, 다시 한 번 창 쓰는 법을 보여 주었다. 이 날부터 시작하여 특히 가려 뽑은 정예 군사들로 하여금 부지런히 창법을 배워 익히게 하고 다시 보군에게는 수풀에 숨고 풀밭에 엎드려 말다리를 걸고 볼기를 찌

르는 암법(暗法)을 일러 주니 미처 보름이 못 되어 5, 6백 명 군사들이 모두 창법에 통하게 되었다.

조개·송강과 뭇 두령들은 이를 보고 크게 기뻐하며 산을 내려가서 관군을 깨칠 준비를 부지런히 했다.

한편 호연작은 천목장 팽기와 굉천뢰 능진을 잃은 뒤로 매일 군사들을 이끌고 물가로 나와 싸움을 돋우었다.

그러나 산채에서는 수군 수령을 시켜 각처를 굳게 지키며 물밑에 쇠못을 깔아 놓아 관군이 건너지 못하게 해 놓고는 도무지 뭍에 나와 싸우려고 하지 않았다.

호연작이 비록 맹장이라고는 하나 여기에 이르러서는 아무런 계책도 베풀 여지가 없었다.

번뇌에 빠진 가운데 날을 보내고 있을 때 산채에서는 모든 준비가 다 되어 마침내 송강이 인마를 조발하고 산을 내려갔다.

그 날 삼경에 구겸창대가 먼저 강을 건너 뭍에 오르자 사면으로 나뉘어 매복하고 사경에는 보군이 강을 건너고, 오경에는 능진이 화포(火砲)를 끌고 높은 데 올라 포가(砲架)를 세우고, 다시 서녕과 탕륭이 각각 호대를 가지고 물을 건넜다.

날이 훤히 밝을 무렵, 송강은 중군 인마를 거느리고 나가서, 물을 격하여 북을 치고 납함하며 어지럽게 기를 휘둘렀다.

이 때 호연작은 중군에 있다가 즉시 영을 전하여 백승장 한

도로 하여금 연환갑마를 단속하게 한 다음 자기는 척설오추마에 올라 쌍편을 들고 군대를 몰아 질풍같이 짓쳐 나갔다.

물을 격하여 바라보니 건너편 산 아래 송강이 무수한 인마들을 거느리고 있었다. 호연작이 군사들에게 호령하여 진을 세우려 할 때 선봉장 한도가 말을 달려와 고했다.

"정남상(正南上)으로부터 일대 보군이 쳐들어오는데 다소를 모르겠소이다."

호연작은 영을 내렸다.

"다소는 괘념치 말고 그저 연환갑마로 단번에 무찌르도록 하오."

한도는 마군을 이끌고 나는 듯이 나아갔다. 그 때 동남상으로부터 또 한 때 군사들이 몰려 들어왔다. 한도가 군대를 나누어 막으려 하는데 다시 또 서남상으로부터 한 때 군마가 짓쳐나오며 기를 두르고 아우성을 쳤다.

한도는 크게 놀라 군대를 거느리고 돌아가 호연작에게 보하였다.

"남쪽으로부터 짓쳐들어오는 3대 군병이 모두가 양산박 기호이니 이를 어찌하리까?"

"그놈들이 그새 아무 기척이 없다가 오늘 갑자기 나온 것을 보면, 반드시 무슨 계책이 있을 게요."

호연작의 말이 미처 끝나기 전에 북쪽으로부터 화포 터

지는 소리가 하늘을 진동시켰다. 호연작이 크게 노하여,

"서게 필시 능진이란 놈이 도적을 도와서 쏘는 것일 테지."

하고 내뱉었을 때, 삼대 기호가 또 북쪽에서 일어났다. 호연작이 한도를 돌아보고 말했다.

"이는 필시 도적의 간계일 것이니 우리도 군사들을 두 대로 나눠 나는 북쪽에서 오는 적을 막을 테이니 장군은 남쪽 인마를 막도록 하오."

바야흐로 군사들을 나누려 할 때 다시 서쪽으로부터 4대 인마들이 짓쳐들어왔다.

호연작의 마음이 황황해하는데 북쪽에서 연주포가 어지럽게 터졌다. 이것은 모포(母砲)라, 그 포성의 울림은 대단한 위력을 가지고 있었다. 때문에 호연작의 병졸들은 싸워 보기도 전에 제풀에 어지러워졌다.

호연작이 한도와 함께 각기 마보군을 이끌고 사면으로 충살(衝殺)했지만 송강의 10대 보군이 동으로 쫓으면 동으로 닫고, 서로 쫓으면 서로 닫았다.

호연작이 크게 노하여 군사들을 몰아 북쪽을 향해 짓쳐 나가자 송강의 군사들이 모조리 갈대밭 속으로 어지러이 뛰어 들어갔다. 호연작은 언환마를 크게 몰아 땅을 넓으며 그 뒤를 쫓았다.

갑마는 한 번 뛰기 시작하면 좀처럼 멈출 길이 없다. 30

필씩 한 덩어리가 되어 갈대밭 안으로 그대로 짓쳐 들어가는데, 수풀 속에서 바라 소리가 크게 울리며 구겸창들이 일시에 튀어나와 말다리를 걸어서 넘어뜨렸고 요구수(撓拘手)가 일제 나서서 사람과 말을 떠메어 갔다.

호연작은 구겸창의 계교에 빠졌음을 보고 급히 말을 돌려 남쪽으로 한도를 따라 나가려 했다.

이 때 등 뒤에서 화포가 연달아 터지며 이쪽저쪽에서 산과 들을 덮고 들어오는 것이 모두가 양산박 보군이었다.

호연작이 크게 놀라 아무리 연환마를 거두려 하나, 도무지 수습할 길이 없었다. 대열이 흩어져 미친 듯 갈대숲 속으로 몰려 들어가면서 하나하나 적의 손에 잡히고 말았다.

호연작과 한도가 말을 채쳐 에움을 뚫고 달아나는데 서북편을 향해 달리기 5리를 미처 못다 하여 한 때 군사들이 길을 가로막으니 앞을 선 두 명의 두령은 곧 몰차란 목홍과 소차란 목춘이었는데 각기 박도를 휘두르며 달려 나와 큰 소리로 꾸짖었다.

"너 패장이 어디로 달아나려 하느냐?"

호연작은 크게 노하여 쌍편을 휘두르며 두 장수에게로 달려들었다. 어우러져 싸우기 4, 5합에 목춘이 먼저 몸을 돌려 달아났다.

그러나 호연작은 계교에 빠질까 두려워 뒤를 쫓지 않고

서북 대로를 향해 달렸다. 얼마 안 갔을 때 산언덕 아래에서 또 한 때 군사들이 달려 나오니, 앞선 두 두령은 양두사 해진과 쌍미갈 해보로 각기 강차(鋼叉)를 꼬나잡고 있었다.

호연작은 쌍편을 휘두르며 두 사람과 싸웠다. 6, 7합에 이르러 해진·해보가 몸을 돌려 달아났다. 호연작이 분연히 그 뒤를 따라 미처 반리를 못 갔을 때, 양쪽으로부터 24파(把) 구겸창이 일시에 내달았다.

호연작은 싸울 마음이 없어 말머리를 돌려 동북 대로를 향해 달렸는데 왜각호 왕영과 일장청 호삼랑이 앞으로 내달아 길을 막았다.

호연작이 감히 싸우려 하지 못하고 그대로 길을 찾아 달아나니, 이 날 한마당 싸움에 3천 마군과 5천 보군을 모조리 잃고 필기 단마로 도망치는 심사가 처창하기 짝이 없었다.

한편, 한마당 싸움에 크게 이긴 송강이 제금을 쳐 군사들을 거두어 산채로 돌아가니 모든 두령이 공을 보하며 상을 청했다.

그 때 유당과 두천 두 두령이 백승장 한도를 잡아서 묶어 가지고 산채로 돌아왔다.

송강은 그를 보자 친히 그 묶은 것을 풀고 당상으로 청하여 올려 예로써 대접하며, 능진과 팽기를 시켜 입당을 권하게 했다. 한도도 또한 자기도 모르게 의기투합이 되어 양산박의 두령이 되기로 하였다.

# 제6장

1. 도화산(桃花山)

2. 명불허전(名不虛傳)

3. 청주성(靑州城)

4. 사진과 노지심의 재난

5. 조 천왕(晁天王) 귀천

6. 옥기린(玉麒麟) 노준의(盧俊義)

7. 낭자(浪子) 연청(燕靑)

8. 북경성(北京成)

## 제6장

### 1. 도화산(桃花山)


한편, 호연작은 다수의 병마를 잃었기에 감히 경도로 돌아가지 못하고 홀로 척설오추마를 몰아 청주의 모용 지부(慕容知府)에 기대어 보려고 내려갔다. 밤이 되자 배가 고프고 갈증도 느껴져 길가의 술집을 보자 말에서 내려 문가의 나무에 말을 묶어 놓고 안으로 들어가 술과 고기를 주문했다.

호연작이 술을 마시고 고기와 떡을 먹고 나자 주인은 잠자리를 깔아 호연작을 쉬게 했다. 그 때 호연작이

"자네는 내 말을 잘 먹여 주게. 내일 사례비를 후히 줌세."

하고 당부하자 주보가 말했다.

"황송합니다만 상공께 알려드릴 말씀이 있습니다. 여기서 과히 멀지 않은 곳에 도화산이란 산이 있는데, 그 산 위에 도적 떼가 있습지요. 첫째 두령은 타호장(打虎將) 이충(李忠)

이라 하고, 둘째 두령은 소패왕(小覇王) 주통(周通)이라 하는데, 졸개 5, 6백 명을 데리고 때때로 산을 내려와 집을 겁박하고 노략하건만 관사의 포도 군병들이 몇 번이나 잡으러 나왔어도 졸개 하나 못 잡았답니다. 그러니 오늘 밤은 상공께서도 너무 깊이 주무시지 마십쇼."

듣고 나자 호연작은 웃으며 말했다.

"나는 만 사람을 이기는 힘이 있는 터이라 그놈들이 모조리 몰려온대도 두렵지 않으이. 그런 건 아무 염려 말고 내 말이나 잘 좀 먹여 주게."

연일의 과로에 겹친 중 과음까지 하였기에 호연작은 옷을 입은 채 잠이 들었다. 그런데 자시쯤 뒤쪽에서 주인이,

"큰일났다!"

하고 외치는 소리가 들렸다.

"어떻게 된 거야? 왜 떠드느냐!"

"어르신님의 말을 도둑맞았습니다. 3, 4리쯤 앞에 아직 횃불이 보이는데 아마 거기에 있나 봅니다."

"저긴 어디야?"

"저 길은 틀림없이 도화산으로 가는 길일 겁니다. 도둑 부하들이 훔쳐갔어요."

호연작은 깜짝 놀라 곧 주인에게 안내케 하고 오솔길을 따라 2, 3리쯤 뒤쫓았으나 횃불은 점점 멀어져 보이지 않게

되고 간 곳이 없었다.

"만약 천자께서 내리신 말을 잃고 못 찾는다면 이 노릇을 어쩌나?"

호연작이 근심하기를 마지않으니 주보가 듣고 한 마디 했다.

"지금 당장이야 어쩔 도리 있습니까? 내일 현아(懸衙)로 들어가서서 관군을 보내 도적을 치시고 말을 도로 찾도록 하시지요."

호연작은 하는 수 없이 다시 주점으로 돌아와 밤을 앉아 밝히고, 이튿날 새벽에 의갑을 주점 주인에게 지워 청주 성내로 들어가 부당(府堂) 계하에 이르러 모용 지부에게 참배하니, 지부가 그를 보고 깜짝 놀라 물었다.

"장군이 양산박 도적을 잡으러 갔다는 말을 들었는데 어째서 여기를 오셨소?"

호연작은 그간 지낸 일을 낱낱이 고하였다. 듣고 나자 지부가 말했다.

"장군이 수많은 인마를 잃었다고는 하지만 이것은 결코 일을 태만히 한 죄가 아니라 도적의 간계에 빠졌기 때문이니 어찌 하겠소. 그러지 않아도 내 관할 지역에 도적이 많아 근심이 큰데, 이미 장군이 이 곳에 이르렀으니 먼저 도화산을 소탕하여 오추마부터 찾아오도록 합시다. 다음에 이룡산·백호산 두 곳 강적들까지 마저 소탕해 버린다면 내가 천자께 힘써 보주(保奏)하여 다시 군사들을 내어 장군의 원한을 풀도록 할까 하는데 장군의 생각은 어떠하오?"

듣고 나자 호연작은 두 번 절하고 말했다.

"은상께서 그렇듯 하념하여 주신다면 소장은 맹세코 그 은혜를 갚사오리다."

모용 지부는 그를 청하여 객방에서 편히 쉬게 하고 또 그의 의갑을 지고 온 주점 주인에게는 후히 상금을 내려 돌려보냈다.

그로부터 사흘이 지난 뒤 모용 지부는 마보군 2천 명을 점고하여 그에게 주고 다시 한 필 청총마를 내어 타게 했다. 호연작은 그에게 깊이 사례하고 갑옷 입고 말에 올라 군사들을 거느리고 도화산으로 향했다.

한편, 도화산에서는 좋은 말을 얻은 뒤로 타호장 이충이 소패왕 주통과 함께 연일 산채에서 술을 마시며 즐기고 있는데, 이 날 산 아래에 내려가 지키던 졸개가 급히 올라와서,

"청주 군마가 쳐들어 왔습니다."

하고 보고했다. 말을 듣자 소패왕 주통은 곧 일백의 부하를 이끌고 관군을 맞아 무찌르려고 산을 내려왔다.

호연작은 주통을 보자 말을 달려 뛰어갔다. 주통도 말을 달려 그에 응해 양마 엇갈리며 서로 싸우기를 6, 7합만에 기세가 꺾여 말머리를 돌려 산 위로 도망쳤다. 산채에 돌아

와 이충(李忠)에게 고했다.

"뜻밖에도 그놈 호연작의 무예가 심히 고강합니다. 만약에 그놈이 이 곳까지 쫓아 올라온다면 큰일이오."

듣고 나자 이충이 말했다.

"내가 다 생각한 게 있다네 소문에 들으니 이룡산 보주사에 화화상 노지심과 청면수 양지가 수백 명의 무리를 거느리고 웅거하고 있는데 근자에는 또 '행자' 무송이란 사람이 들어갔다네 셋이 다 만부부당지용이 있다거든. 그러니 내 생각에는 사람을 그 곳으로 보내서 구원을 청하여 다행히 위급한 것을 면하게 되면 다달이 예물이라도 보내기로 하는 것이 좋을까 하네."

"딴은 그 말씀이 유리하오."

의논을 정하자 이충은 곧 일봉 서찰을 닦아 두 명 영리한 졸개에게 주어 급히 이룡산으로 가게 했다.

두 졸개가 이룡산에 이르러 전각 아래 엎드리자 노지심이 물었다.

"네 무슨 일로 왔느냐?"

도화산 졸개는 두 번 절하고 아뢰었다.

"근자에 양산박을 치러 갔다가 패하여 돌아온 호연작이란 놈이 청주에 이르자 모용 지부가 먼저 도화산·이룡산·백호산 산채부터 소탕시키고 다음에 다시 군사들을 내어 양산박을 초멸하여 원수를 갚게 하려 한답니다. 그래서 저희 두령께서 저를 보내시어 대두령께 구원을 청하시는 터이니, 관군을 물리쳐 주시기만 한다면 앞으로 다달이 예물을 바쳐 섬기겠다고 하십니다."

들고 나자 양지가 노지심과 무송을 돌아보고 말했다.

"우리 무리가 제각기 산채를 수어하고 있는 터이니 본래 나가서 서로 구응하지 않는 것이 옳기는 하나, 첫째는 강호 상 호걸의 의리로 보아 그렇지 않고, 둘째는 그놈들이 도화산을 얻고 보면 반드시 우리 이룡산까지 우습게 볼 것이오. 그러니 이제 장청(張靑)·손이랑(孫二娘)·시은·조정(曹正) 네 사람을 남겨 두어 산채를 지키게 하고, 우리 세 사람이 친히 한 번 다녀오는 것이 좋을까 하오."

두 사람이 다 좋다고 찬성했다.

마침내 이룡산 세 두령은 의갑과 군기를 수습하고, 졸개 5백 명과 군마 60여 기를 조발하여 바로 도화산을 향하여 떠났다.

한편 도화산에서는 이룡산의 구원병이 온다고 듣자 이충이 몸소 졸개 3백 명을 거느리고 산을 내려갔다. 노지심의 무리를 나가서 맞으려는 것이었다.

그러나 산을 내려가자 바로 관군과 맞닥뜨렸으니 이는 급보를 받은 호연작이 군대를 이끌고 내달아 길을 막은 것이었다.

이충은 곧 창을 꼬나잡고 호연작을 맞아 싸웠다. 본래 그는

호주(濠州) 태생으로서 그의 조상 때부터 창봉 쓰기를 업으로 삼았기에 사람들이 타호장(打虎將)이라 별명지어 부르는 터였다.

그러나 역시 호연작의 적수는 못 되었다. 서로 어우러져 싸우기 10합이 못되어 이충은 더 당해내지 못하고 말머리를 돌려 달아났다.

호연작은 그의 무예가 낮은 것을 업신여겨 급히 뒤를 쫓아 산으로 올라갔다. 그러나 중턱까지도 미처 못 올라갔을 때 문득 산 위에서 어지러이 뇌목과 포석이 떨어져 길을 막았다. 이충이 위급한 것을 보고 소패왕 주통이 졸개들을 지휘하여 굴려 떨어뜨린 것이었다.

호연작이 황망히 말머리를 돌이켜 내려오려니까 어인 까닭인지 관군 진중에서 납함하는 소리가 어지러이 일어났다. 그는 급히 쫓아 들어가 물었다.

"왜들 이러느냐?"

후군에서 대답했다.

"멀리서 일표 인마가 나는 듯 짓쳐들어오고 있습니다."

호연작이 후군으로 가서 바라보니 과연 티끌이 자욱하게 일어나는 곳에 무섭게 살찐 화상(和尙) 하나가 한 필 백마를 채처 달려오고 있었다.

이 사람이 대체 누구냐? 바로 경권(經卷)을 보지 않는 화화상이고 주육의 사문(沙門)인 노지심 그 사람이었다.

노지심이 말을 달려 들어오며 큰 소리로 외쳤다.

"어떤 놈이 양산박에서 패하고 여기 와서 죽으려고 하는가?"

호연작은 속으로,

'내가 저 알대가리 중놈부터 죽여 마음 속의 울화를 풀어야겠다.'

하고 생각하며 곧 쌍편을 휘두르며 앞으로 내달았다. 노지심은 62근 철선장을 휘두르며 맞아 싸웠다.

양편 군사들이 다 함께 납함하여 위엄을 돕는데 두 사람이 서로 어우러져 싸우기 50합이 되도록 승패가 나뉘지 않았다. 호연작이 은근히 놀라기를 마지않을 때 양군이 동시에 제금을 쳐 두 장수는 각기 자기의 진으로 돌아갔다.

호연작이 잠깐 쉬고 다시 진전에 말을 내어,

"이놈, 중놈아! 또 한 번 나와서 나하고 승패를 결단하자."

하고 큰 소리로 외치니 노지심이 듣고 크게 노하여 다시 말을 채쳐 나오려 할 때 곁에 있던 한 사람이,

"형님, 잠깐 참으슈. 내가 나가서 저놈을 잡아오리다."

하며 말을 몰아 나오니, 이 사람은 남들이 청면수라 일컫는 본시 군반(軍班) 출신의 양지 그 사람이다.

양지와 호연작이 또 어우러져 싸우기 40여 합에 역시 승패가 나뉘지 않았다. 호연작은 양지의 무예 수단이 심히 고강한 것을 보고 은근히 놀라

'대체, 이 두 놈은 어디서 온 놈들이기에 솜씨가 이렇게 대단한가? 전혀 산도둑 솜씨로는 볼 수 없는데.'
하고 수상하게 여겼다. 양지쪽에서도 호연작의 무예가 뛰어난 것을 보고 패한 것처럼 가장하고 말머리를 돌려 자기 진영으로 돌아갔다. 호연작도 말을 멈추어 구태여 뒤쫓을 생각을 안 했다. 양군은 다 같이 철수했다.

## 2. 명불허전(名不虛傳)

호연작이 막영 안에서 초조해하며,
"산적들을 붙잡으려 했는데 저런 상대를 만나다니, 나는 왜 이렇게 운이 없는가?"
하고 막연해하는데 모용 지부로부터 사자가 왔다.
백호산에 웅거하는 강적 공명(孔明)·공량(孔亮)이 인마를 거느리고 와서 청주성을 치고 옥을 깨뜨리려 드니, 장군은 부디 급히 돌아와서 먼저 성을 지키도록 하라는 것이었다.
호연작은 이 기회를 타 군사들을 거두어 가지고 청주로 돌아가 버렸다. 이튿날 노지심이 양지·무송과 더불어 졸개들을 거느리고 산 아래 이르러 보니 군사가 단 한 명도 눈에 띄지 않았다.
의아해하며 놀라기를 마지않을 때, 산 위에서 이충과 주통이 인마를 영솔하고 내려와 세 두령을 산채로 청하여 올린 다음, 양 잡고 말 잡아 대접하며 일변 사람을 가만히 청주로 보내서 소식을 알아 오게 했다.

그런데 호연작이 군사들을 재촉하여 청주로 와 보니 이미 한 군대가 성 앞으로 밀어닥치고 있었다. 그들의 우두머리는 백호산 아래에서 사는 공태공(孔太公)의 아들 모두성(毛頭星) 공명과 독화성(獨火星) 공량이었다.

이 두 사람은 본현(本縣)의 한 세력가와 서로 다투다가 그의 일문을 모조리 죽이고 5, 6백 명 졸개를 모아서 데리고 백호산에 웅거하여 지내던 중 성내에 살고 있는 저의 숙부 공빈(孔賓)이 모용 지부의 손에 잡혀 옥에 갇히는 바 되었다. 이로 인하여 공명 형제는 저의 숙부를 구하러 오다가 성 아래에서 호연작의 군대와 마주치게 된 것이었다.

양편 군사들이 진을 치고 서로 대하자 호연작이 말을 진전에 내어 세우니 모용 지부는 그의 싸우는 양을 보려고 성루 위로 올라갔다.

모두성 공명이 창을 빗겨잡고 내달아 호연작을 공격했다. 호연작은 곧 그를 맞아 20합을 싸우다가 공명의 무예 수단이 낮은 것을 알자 지부가 보고 있는 앞에서 한 번 재주를 자랑하려고 한 소리 크게 외치며 팔을 늘이어 마상에서 공명을 사로잡았다.

이를 보자 공량이 크게 낭패하여 졸개들을 데리고 분주히 도망했다. 모용 지부는 성루 위에서 호연작을 지휘하여 그 뒤를 급히 몰아치게 했다.

공량은 군사들을 절반이나 잃고 간신히 목숨을 도망하여 날이 저물어서야 한 고묘(古廟)를 찾아들어 비로소 몸을 좀 쉬었다.

한편 호연작이 공명을 잡아 가지고 성으로 들어가니 모용 지부는 큰 칼 씌워 그의 숙부 공빈과 함께 가둔 다음 일변 삼군을 호상하고 환대하며 도화산 소식을 물었다.

호연작이 한숨짓고 대답했다.

"소장이 본래 생각에는 도화산 도적 떼쯤이야 독 속에 든 자라 잡듯 잡을 수 있으리라 믿었는데, 뜻밖에 강적 한 떼가 어디에선지 떠 달려들어 합세를 합니다그려. 그 중의 한 놈은 살찐 화상이고 한 놈은 뺨에 시퍼런 점이 있는데 한 번씩 싸워 보았으나 원체 두 놈의 무예가 심상치 않아 잡지를 못했소이다. 아무래도 녹림 중의 수단은 아니더군요."

듣고 나자 지부가 말했다.

"그 살찐 중놈이란 곧 전에 연안부 노충경략상공 장전의 제할 노달이란 자로 뒤에 머리를 깎고 중이 되어 세상에서 화화상 노지심이라 하는 터이고, 또 뺨에 푸른 점이 있다는 자는 동경 전수부의 제사관(制使官)을 지낸 청면수 양지이며 그 밖에 또 한 사람이 있으니 그는 행자 무송이라 전에 경양

강(景陽岡)에서 맨주먹으로 호랑이를 때려잡은 무 도두(武都
頭)요. 이 세 놈이 이룡산에 웅거하여 행인을 겁박하고 마을
로 나와 노략질을 하는데 관군에 항거하여 그 사이 포도관
을 5, 6명이나 죽였건만 우리는 이 때까지 졸개 한 놈 잡지
를 못하였소."

호연작은 그의 말에 고개를 끄덕이며 말했다.

"그놈들의 무예가 하도 정숙하기에 괴이하다 생각했더
니, 원래 양 제사와 노 제할입니다그려. 과연 명불허전(名不
虛傳)이라 하겠습니다마는 은상께서는 과도히 근심하시지
마십시오. 호연작이 대강 저놈들의 수단을 짐작했으니 이
제 한 놈 한 놈 차례로 잡아다 은상께 바치겠습니다."

지부는 크게 기뻐하며 곧 연석을 배설하여 그를 대접하
고 이 날은 객방에 나가서 편히 쉬게 했다.

한편, 독화성 공량이 패전한 인마들을 이끌고 길을 찾아
나가는데 문득 숲 속에서 한 때 인마가 내달았다. 공량이
눈을 들어 보니 앞선 호걸은 곧 행자 무송이었다. 공량이
황망히 말에서 뛰어내려 절하고,

"무 도두, 그간 안녕하셨습니까?"

하고 인사를 하니 무송이 또한 분주히 답례하며 그를 붙잡
아 일으키고 물었다.

"족하(足下) 형제가 백호산에 있다는 말을 내 들어서 알고

있었네. 그래 한 번 꼭 찾아가 보겠다 하면서도, 첫째는 산을 내려가기가 쉽지 않고, 둘째는 길이 또한 순치 못해서 이 때까지 그냥 지내온 걸세. 그런데 여기는 무슨 일로 왔나?"

공량이 저의 숙부 공빈을 구하러 나섰다가 형 공명마저 잃은 전후수말을 이야기하니 무송은 또한 노지심·양지와 더불어 도화산을 구하러 온 일을 말하고,

"이제 두 분 두령이 뒤쫓아오실 테니 함께 의논하고, 바로 청주성을 깨쳐 족하의 숙부와 형을 구해 내기로 하세그려."
하며 좋은 말로 위로하는 사이에 노지심과 양지가 이르렀다. 무송은 곧 공량을 이끌어 두 사람과 서로 보게 한 다음에,

"내가 전에 공명·공량 형제의 장상(莊上)에 있을 때 적지 않게 폐를 끼쳤었소. 우리가 본래 의기를 중히 여기는 터이니 이제 세 산채의 인마를 모두 모아 청주를 들이쳐 모용 지부를 죽이고 호연작을 사로잡은 다음에 부고의 전량(錢糧)을 취하였다가 산채의 용에 보태는 것이 어떻겠소?"
하고 묻자 노지심은 곧,

"내 생각이 또한 그러하네 곧 사람을 도화산으로 보내서 이충과 주통더러 졸개를 데리고 오라고 하여 삼산(三山) 인마가 힘을 합해 청주를 치기로 하세그려."
하고 말했다. 그러나 청면수 양지의 생각은 좀 달랐다.

"청주는 성지(城池)가 견고하고 인마가 강장한데다 또한

호연작 그놈이 심히 영용하오. 내가 구태여 우리 위풍을 깎으려고 하는 말이 아니라 삼산 인마만 가지고는 청주성을 깨치기가 용이치 않을 게요. 아무래도 대대 군마를 가져야만 할 것 같소이다. 내가 들으니, 양산박 송공명의 대명이 천하에 크게 떨쳐 강호상에서 그를 급시우 송강이라 부르는 터이요. 겸하여 호연작은 그 곳의 원수라, 양산박의 인마를 청하여 함께 치면 청주성 깨치기가 어렵지 않을 게요. 공량 형제가 송공명과도 가까운 사이라니, 직접 가서 청하면 저희가 오지 않을 리가 없을 것이오."

노지심이 말했다.

"딴은 그러는 게 좋겠네. 송공명이 하도 유명하다고 하길래 꼭 한 번 만나 봐야겠다 하면서도 길이 없었는데, 제가 그렇듯 이름이 천하에 떨쳤을 때는 짐짓 남자일 게라 그럼 공량 형제는 빨리 양산박으로 가서 그를 청해 오도록 하게. 우리는 그 동안 저놈들과 싸우며 기다릴 테니…."

공량은 곧 수하 졸개들을 노지심에게 붙이고 종자 하나만 데리고 객상처럼 차린 다음 양산박을 향하여 떠났다.

뒤에 남은 노지심·양지·무송 세 사람은 시은과 조정을 산채에서 불러내려 싸움을 돋우게 하고, 다시 사람을 도화산으로 보내서 이충·주통에게 산채의 인마를 모조리 거느리고 청주 성하로 모이게 했다.

## 3. 청주성(靑州城)

이윽고, 여러 날 만에 양산박 근처에 도착한 공량은 이립 (李立)의 술집으로 들어가 술을 마시며 길을 물었다. 이립은 그들 두 사람의 행지가 심상치 않다고 생각하며 안으로 청하여 들여 물었다.

"손님은 어디서 오셨습니까?"

"전 백호산 기슭의 백성으로 공량이라 합니다."

"송공명 형님으로부터 성함은 익히 들어왔습니다. 참으로 잘 오셨습니다."

술을 다 먹고 나자, 이립은 창을 열고 수정(水亭) 위에서 건너편 갈수풀을 향하여 향전(響箭)을 쏘았다. 졸개가 한 척 쾌선을 저어 이편으로 건너왔다.

이립은 곧 공량을 청하여 함께 배에 오른 다음 금사탄 언덕에 내리자 앞장서서 관상(關上)으로 인도했다. 뒤따라 산으로 올라가며 공량이 살펴보니 삼관(三關)이 웅장하고 창도검극(槍刀劍戟)이 숲처럼 늘어서 있었다. 공량은 속으로 혀를 내둘렀다.

'양산박이 대단하다는 말은 들었지만 이처럼 흥왕하리라고는 생각도 못했다….'

거의 대채 앞에 이르렀을 무렵, 선통을 받은 송강이 분주히 나와서 영접했다. 공량은 땅에 엎드려 절하고 목을 놓아 울었다. 송강은 그를 붙잡아 일으켜 위로한 다음, 대채로 이끌고 들어가 조개·오용·공손승 이하 뭇 두령과 보게 하고 의논했다.

조개가 말했다.

"이룡산·도화산 두 곳 호걸들도 의를 위하여 어진 일을 행하거늘 이제 아우님과 친한 벗이 위급한 지경에 이르렀는데 우리가 어찌 가만히 보고만 있겠소? 아우님은 그간 여러 차례 산을 내려가 수고를 많이 했으니 이번엔 남아서 산채를 지키도록 하시오. 청주에는 내가 한 번 다녀오겠소."

그러자 송강이 말했다.

"형님은 산채의 주인이시니, 경홀히 동하시는 것이 옳지 않습니다. 더구나 공량이 특히 저를 찾아온 터이니, 만약에 제가 가지 않는다면 저들 형제가 모두 불안해할 것이요. 이번에도 제가 몇 두령과 함께 다녀와야만 할까 봅니다."

그 날은 취의청 위에 크게 잔치를 베풀어 공량을 접대하고 송강이 산을 내려갈 인수를 분발하게 하니, 전군(前軍)은 화영·진명·연순·왕영이 길을 여는 선봉이 되었다. 제2대는 목홍·양웅·해진·해보이고, 중군은 주장인 송강·오용·여방·곽성이며, 제4대는 주동·시진·이준·뇌횡이고, 후군은 손립·양립·구붕·능진이었다. 군사를 재촉

하여 합후(合後)를 삼으니, 이상 5군(軍)의 두령이 도합 20명이고, 마보 군병이 3천 인마였다. 그 밖에 남는 두령들은 조개를 모시며 산채를 수호하기로 했다.

드디어 송강의 무리는 조개와 하직하고 공량과 함께 산을 내려갔다. 지나는 곳은 추호도 범하는 일 없이 여러 날 만에 청주에 이르렀다.

공량이 한 걸음 앞서 노지심 진중에 들어가 양산박 인마가 이른 것을 보고했기에 뭇 호걸들이 영접할 준비를 하고 기다리고 있었더니 마침내 송강의 군중이 이르렀다.

무송은 곧 노지심·양지·이충·주통·시은·조정의 무리를 인도하여 송강과 서로 보게 했다.

이 날은 모든 사람이 술을 나누어 즐기고, 이튿날 송강이 청주 소식을 물으니 양지가 대답했다.

"공량이 떠난 후 네댓 번 싸우긴 했습니다만 승부를 정할 수 없습니다. 지금 청주성에서는 호연작만 믿고 있으니 그놈만 잡으면 저 성은 쉽게 떨어지겠습니다만……"

곁에 있던 오용이 웃으며 말했다.

"그는 지혜로 잡아야지, 힘으로 잡지는 못할 게요."

"군사는 무슨 계교가 있으시오?"

하고 송강이 묻자 오용이 대답했다.

"이리이리 하면 될 겁니다."

들고 나자 송강은 크게 기뻐하며,

"참으로 그 계교가 묘하구료."

하고 말한 뒤에 이 날 인마를 분발했다. 그리고 이튿날 차례로 나아가 청주성을 에워싸고 북을 치고 고함지르며 싸움을 돋우었다. 모용 지부는 급히 호연작을 청하고는 물었다.

"저 도적들이 양산박에 가서 송강을 또 불러 왔으니 어찌하면 좋겠소?"

하지만 호연작은 조금도 겁내는 기색 없이.

"상공께서는 아무 염려 마십시오."

하고 말하더니 곧 갑옷을 입고 말에 올라 1천 인마를 거느리고 성 밖으로 내달았다. 그러자 송강의 진중에서 진명이 낭아봉(狼牙棒)을 꼬나잡고 말을 진전에 내면서 목소리를 가다듬어 크게 꾸짖었다.

"지부는 탐람하여 백성을 해치는 도적이라, 내 가족을 주륙한 원수를 오늘에야 갚을까 보다."

호연작이 곧 쌍편을 휘두르며 나와서 진명을 공격했다. 진명은 낭아봉을 휘두르며 호연작과 싸우기 시작했는데 두 사람은 적수라 4, 50합에 이르도록 좀처럼 승패가 나뉘지 않았다.

지부는 보고 있다가 호연작이 혹시 실수나 하지 않을까 하여 제금을 쳐 군사들을 거두었다. 진명이 구태여 그들의 뒤를 쫓으려 하지 않고 본진으로 돌아오자 송강도 또한 퇴

군하여 10여 리를 물러가서 하채했다.

한편, 호연작은 성내로 돌아오자 지부에게 말했다.

"소장이 바야흐로 진명을 잡으려고 했는데 상공께서는 무슨 연고로 군사를 거두셨습니까?"

지부가 대답했다.

"장군이 여러 합을 싸워 몸이 곤로(困勞)할 듯하기에 군대를 거둔 거요. 진명으로 말하자면 원래 통제관으로서 화영과 함께 나라를 배반했는데 우습게 볼 상대가 아니오."

"상공께서는 심려 마십시오. 소장이 맹세코 저 도적을 잡겠소이다."

호연작은 하처로 돌아오자 곧 의갑을 벗고 한숨 달게 잤다. 그러자 날이 미처 밝기도 전에 군교(軍校) 하나가 가만히 들어와 보고했다. 성 북문 밖 언덕 위에 적도 3인이 말을 타고 올라와 몰래 성내를 살펴보는데 한가운데 있는 홍포(紅袍) 입은 자는 백마를 탔고, 왼편에 있는 자는 도복(道服)을 입었으며, 오른편에 있는 자는 틀림없는 소이광 화영이라는 것이었다.

듣고 나자 호연작은,

"홍포 입은 놈은 송강이고, 도복 입은 것은 군사 오용일 게다. 공연히 서둘러 그놈들을 도망하게 만들지 말아라."

하고 말하고는 급히 갑옷을 걸친 뒤 일백여 명의 기병들을 이끌고 몰래 북문을 열어 조교를 내리게 하고는 와락 언덕 위로 밀려갔다. 송강, 오용 화영 세 사람은 멍하니 성을 내려다보고만 있었다. 호연작이 말을 급히 몰아 올라가자, 세 사람은 말머리를 돌려 천천히 사라져 갔다.

호연작은 힘을 다하여 그 뒤를 쫓았다. 세 사람은 분주히 달아나다가 몇 그루 나무가 서 있는 곳에 이르자 갑자기 말을 멈추고 서 있었다. 호연작은 더욱 급히 말을 몰아 그 앞으로 갔는데 그 누가 상상이나 했을 것인가. 갑자기 함성이 크게 일어나며 그가 말을 탄 채 그대로 깊은 함정 속에 빠지자 양편에서 5, 60명 요구수(撓拘手)들이 일시에 내달아 호연작을 묶었다.

그것을 보자 뒤를 따라오던 수하 군졸들 백여 명이 급히 말을 몰아 나오며 저희 대장을 구하려 했다. 하지만 화영이 곧 활을 당기어 앞서 오는 5명을 연달아 쏘아 말 아래에 떨어뜨리자 나머지 무리는 소스라치게 놀라 말머리를 돌려 서로 앞을 다투며 도망했다.

송강이 진지로 돌아와 자리에 앉으니 호위병들이 호연작을 끌어오고 있었다. 송강은 급히 일어나,

"빨리 끈을 풀어라."

하고 소리쳤다. 이어서 스스로 호연작의 손을 잡고 막영 안으로 인도해 자리에 앉게 하고는 정중히 예를 드렸다.

호연작이 뜻밖의 일에 놀라며 물었다.

"무슨 연고로 이렇듯 하시오'?"

"송강이 어찌 감히 나라를 배반하리까. 다만 조정이 탐관오리를 보내서 너무도 핍박하는 까닭에 잠깐 수박(水泊)에 숨어 화를 피하려고 할 뿐입니다. 전부터 장군을 깊이 사모했었으나 이제 만부득이 호위(虎威)를 범했으니 장군은 부디 죄를 용서하십시오."

"사로잡혀 온 사람을 의사(義士)는 무슨 연고로 이렇듯 후한 예로 대하십니까? 혹시나 나로 하여금 경사로 올라가서 천자께 고하여 나라에서 죄를 용서하고 초안하시기를 구하는 것이 아니오?"

"아니외다. 장군이 어찌 돌아가시겠소. 고 태위란 놈이 원래 심지(心地)가 편협하여 남의 큰 은혜는 잊어버리고 작은 허물은 따지는 무리라, 장군이 허다한 군마와 전량을 잃었으니 그가 어찌 장군을 가만 두겠습니까? 이제 한도·팽기·능진 세 분도 우리에게 입당하여 두령이 되었으니, 장군도 우리와 의를 맺어 입당해 주시기 바랍니다."

호연작은 잠시 생각에 잠긴 후 송강의 정중한 권유에 의기투합되어 그 자리에서 무릎 꿇고 동지가 되기를 맹세했다.

송강은 크게 기뻐하여 호연작을 두령들에게 소개한 후 이충과 주통을 불러 예의 척설오추마를 되돌려주게 했다.

모든 사람이 다시 모여 앉아 공명 구할 일을 의논하는데 군사 오용이 나서서 말했다.

"호연작을 시켜 청주 성문을 열게만 한다면 힘 안 들이고 성을 얻을 것이고 겸하여 호연작의 돌아갈 길도 아주 끊게 되오리다."

송강은 그 말을 옳게 여겨 즉시 호연작을 자리로 청하여 말했다.

"결코 송강이 성지(城池)를 탐내서 그러는 것이 아니라, 실로 공명의 숙질이 죄없이 옥에 갇혀 있기로 이를 구해 내기 위함이니 장군은 부디 수고를 아끼지 말고 한 번 저들을 속여 청주 성문을 열게 해 주오."

호연작은 응낙했다.

이 날 날이 저물기를 기다려. 송강은 오용의 말을 좇아 진명·화영·손립·연순·여방·곽성·해진·해보·구붕·왕영 등 열 두령을 뽑아서 일제히 군사의 복색을 하고 호연작을 따라가게 했다. 11기의 군마는 장령을 받고 바로 청주성 해자 가까지 나아가 큰 소리로 외쳤다.

"문 지키는 장수는 빨리 성문을 여시오. 나는 호연작이오."

성 위에 있던 사람이 호연작의 음성을 알아듣고 분주히 지부에게 보고했다. 그 때 지부는 하늘같이 믿고 있던 호연작을 잃고 어찌할 바를 몰라 하다가 뜻밖에 그가 돌아왔다

는 말을 듣자 기쁨이 비길 데 없어 황망히 말을 타고 성으로 나왔다.

성루 위로 올라가 내려다보니 10여 기 인마가 있는데 원체 어두워 얼굴은 알아볼 수 없으나 음성만은 호연작임에 틀림없었다.

"장군은 어떻게 돌아오셨소?"

호연작이 대답했다.

"소장이 저들의 함정에 잡혀 갔다가 요행으로 전에 소장 수하에 있던 군졸들이 몰래 말을 훔쳐내다 주어 이렇듯 함께 도망해 온 길이외다."

지부는 그 말을 믿고 곧 군사를 시켜 성문을 열고 적교를 내리게 했다. 군사 복색을 한 열 명 두령은 앞을 다투어 성내로 말을 몰아 들어갔다.

벽력화 진명은 먼저 낭아봉을 휘둘러 모용 지부부터 죽여 말 아래로 거꾸러뜨리고 해진·해보 형제는 여기저기 돌아다니며 어지럽게 불을 놓고, 구붕·왕영 두 두령은 성 위로 올라가 파수 군병들을 모조리 죽였다.

송강은 성 안에 불길이 이는 것을 보자 계교가 맞은 것을 알고 즉시 대대 인마를 거느리고 일시에 성으로 들어갔다.

먼저 영을 전하여 함부로 백성들을 상하게 하지 못하게 하고, 다음에 부고를 열어 전량을 거두며 대로(大牢) 안에서 모두성 공명과 그의 숙부 공빈을 구해 내었다. 한편으로는 불을 끄며 한편으로는 모용 지부의 일가 노유를 모조리 잡아내어다 머리를 베고 가사 집물을 빼앗아 군중들에게 나누어 주었다.

날이 밝은 뒤에 알아 보니 불에 탄 민가들이 적지 않았다. 일일이 계점하여 각기 곡식을 주어 구휼케 하고 부고의 금백과 양미(糧米)를 5, 6백 수레에 실어내고 또 양마 2백여 필도 거두었다.

부중에서 크게 경희연석(慶喜筵席)을 베풀고 세 산채의 두령을 청하여 함께 양산박으로 돌아가기로 뜻을 모았다.

며칠 안으로 삼산의 인마들이 다 모여들었다. 송강이 대대 인마를 거느리고 반사(班師)하는데 화영·진명·호연작·주동 네 두령으로 길을 열게 하며 지나는 고을에서 털끝 하나도 범하지 않으니 향촌 백성들이 늙은이를 부축하고 어린아이를 안고 나와 향을 피우고 길에 엎드려 영접했다.

마침내 일행 인마들이 양산박 가에 당도했다. 수군 두령들이 선척을 준비해 놓고 일행을 맞았으며 조개는 뭇 두령들을 영솔하고 금사탄까지 나와서 공을 하례했다.

바로 대채로 올라갔다. 취의청 위에 모든 호걸들이 자리를 정하고 앉아 크게 연석을 베풀고 새로 들어온 두령을 경정하니 이번에 송강을 따라 산에 올라온 호걸들은 모두 12

명으로 곧 쌍편 호연작·화화상 노지심·청면수 양지·행
자 무송·금안표 시은·조도귀 조정·채원자 장청·모야
차 손이랑·타호장 이충·소패왕 주통·모두성 공명·독
화성 공량의 무리였다.


## 4. 사진과 노지심의 재난


어느 날, 화화상 노지심이 송공명에게 와서 말했다.

"나의 친분으로 이충도 잘 아는 구문룡(九紋龍) 사진이라
는 자가 지금 화주 화음현의 소화산에 있습니다. 그 외에
신기군사(神機軍師) 주무(住武)란 자와 조간호 진달(陳達)이란
자, 또 한 사람 백화사(白花蛇) 양춘(楊春)이란 네 사람이 도
사리고 있습니다만 전 언제나 그들의 일이 걱정입니다. 한
번 찾아가 그들을 동지로 끌어들이고 싶은데 어떤지요."

"나도 사진의 소문을 듣고 있습니다. 당신이 가서 그를
데리고 온다면 그 이상 바랄 것이 없습니다. 혼자서는 안
되겠지요. 무송과 함께 갔다 오십시오."

그 날 노지심은 중의 옷차림을 하고 무송은 그의 시승(侍僧)
차림으로 소화산으로 향했다.

소화산 기슭까지 가자 망루에 있던 부하의 보고를 듣고
신기군사 주무, 조간호 진달 백화사 양춘 등이 산에서 내려

와 마중 나왔다. 그러나 사진의 모습이 보이질 않았다.

"사진은 어째서 안 보입니까?"

하고 노지심이 물었다. 주무가 말하기를,

"전번에 사대관인이 산을 내려갔을 때 한 그림 그리는 사람과 만났습니다. 그 그림쟁이는 북경 대명부 사람으로 왕의(王義)라 하며 서악화산(西嶽華山) 금천성 제묘(金天聖帝廟)의 벽화를 그리는 것이 원이었기에 그 원을 풀려고 왔던 것입니다. 그런데 그가 왕교지(王嬌枝)란 딸을 데리고 왔었는데 이 주의 하 태수(賀太守)란 놈이, 그놈은 채 태사(菜太師)의 문하생으로 무도한 짓을 하고 백성들을 못살게 구는 못된 관리인데, 묘에 참배를 하러 왔다가 우연히 왕교지의 고운 얼굴에 눈독을 들여 사람을 보내 자기 첩으로 달라고 자꾸 졸랐으나 왕의가 듣지 않았지요. 그러자 태수는 그 딸을 유괴해 첩으로 삼은 뒤 왕의는 문신을 하게 하여 주의 경계로 유형을 보냈는데 가는 도중에 여기서 사대관인과 만나게 되어 사정 애길하게 되었지요. 그래서 사대관인은 왕의를 구출해 주고 산으로 올려 보낸 후, 두 사람의 호송인을 죽이고 그대로 관가로 하 태수를 쳐죽이러 갔습니다. 그러나 놈이 먼저 그걸 알아챘기에 그분은 도리어 잡혀 지금은 감방에 갇혀 있습니다. 그뿐만 아니라 하 태수는 병졸들을 동원해 산채를 토벌하려 하고 있기에 지금 우린 어떻게 해야 할지

모를 지경입니다."

노지심은 그 말을 듣자 소리쳤다.

"되게 못된 짓을 한 놈이군! 그런 놈은 내가 대신 죽여 버려야겠다."

"형님, 성급히 덤비면 안 됩니다. 둘이서 빨리 양산박으로 돌아가 알리고 송공명님께 부탁해서 대군을 동원해 화주를 공격해야 합니다. 그렇게 하지 않는 한 사대관인을 구출해낼 수 없습니다."

무송이 그렇게 말했지만 노지심은 생각을 바꾸지 않았다.

"우리들이 산채에 응원을 구하러 가 있는 동안에 네 형제들의 목숨이 어떻게 될지 알 수 없잖소?"

모두가 아무리 말려도 듣질 않았다. 다음 날 아침 축시에 일어난 노지심은 선장을 들고 계도를 차고 곧장 화주로 뛰어갔다.

노지심은 화주의 성내로 뛰어들어가 길가에서 주 관청은 어디에 있느냐고 물어 보았다. 어떤 사람이,

"주교를 건너 바로 동쪽으로 꺾어서 가면 있소."

하고 손가락으로 가리켜 주었다. 노지심이 마침 그 다리 위로 갔을 때다. 사람들이,

"스님, 비켜요! 태수님께서 지나가신다."

하고 말했다. 노지심은 마음 속으로 뇌까렸다.

"내가 찾아가려고 하는데 마침 그 쪽에서 내 손아귀에 굴러 들어오다니, 이놈 아무래도 뒈질 때가 된 모양이군!"

하 태수의 행렬 선두가 두 명씩 줄을 지어 오고 있었다. 노지심이 보니 가마 양쪽에는 열 사람씩 붙어 있고 제각기 칼이나, 창, 철련 따위를 가지고 지키고 있었다.

하 태수는 노지심이 뛰어나올 듯하면서도 차마 뛰어나오지 못하는 것을 가마 위에서 보고 관가로 돌아가자 그를 불렀다. 노지심은,

'그놈, 되게 내 손에 죽고 싶은 모양이군! 지금 내가 가려는데 자기가 날 불러들여?'

하고 생각하면서 곧장 관가로 갔다. 태수는 이미 노지심이 마당 한가운데에 들어오면 선장과 계도를 떼어 놓은 후 안쪽 서재실에 안내하도록 시켜 놓았다. 노지심은 처음엔 순종하지 않았으나 모두가,

"당신은 불가의 몸인데도 어째 그렇게 이해를 못하는 말만 하십니까. 관가의 안에 칼이나 지팡이를 가지고 갈 순 없잖아요?"

하고 말을 하기에,

'내 이 두 주먹만으로 놈의 대가리쯤 때려 부술 수 있어!'

하고 생각하며 선장과 계도를 낭하에 놓고 관리의 뒤를 따라 들어갔다. 그 때 하 태수는 안방에서 번쩍 손을 들며 외쳤다.

"그 중놈을 잡아라!"

그러자 양쪽 병의 간막에서부터 삼사십 명의 포졸들이 튀어나와 손발을 붙잡아 꼼짝 못하게 하고 몽둥이질을 한 후 대가를 채워 감방에 처넣었다.

생포된 노지심은 화가 울컥 치밀어 소리쳤다.

"사람을 못살게 구는 색마놈, 네가 나를 잡았겠다. 사진 (史進)과 함께 죽는다면 아무런 미련도 없겠지만 잊지 말아라. 너 이놈 귓구멍을 쑤시고 잘 들어 둬라. 이 세상에 갚지 못하는 원수란 없는 법이다. 너는 사진을 옥에서 내놓고 왕교지(王嬌枝)를 이쪽으로 돌려보내고, 곧 화주 지부를 사직해야 한다. 그런 도둑놈 근성에다 계집을 좋아해서는 도대체 지부 노릇을 할 자격이 없다. 자, 어때 이 세 가지를 듣는다면 용서해 주겠지만 만약에 싫다는 '싫'자만이라도 입 밖에 내면 그 땐 후회를 해도 이미 늦어. 자 우선 나를 사진이 있는 곳으로 안내해라. 이야기는 그 다음이다."

하 지부는 분통이 치밀어 올라와 목소리조차 나오지 않았다.

'암살을 하러 왔구나 했더니 사진하고 한 패라니! 이놈, 옥에다 처박아 천천히 모든 사실을 토해 내게 해야겠다.'라는 생각이 들어 그 때는 고문을 하지 않고 큰 칼을 씌워 사옥(死獄)에다 넣고 서울에는 그 처분에 대해 상신을 했다.

선장(禪杖)과 계도(戒刀)는 봉해 관가에서 보관했다.

화주 성 안은 한동안 이 이야기로 떠들썩했다. 소화산(小華山)의 두 부하는 그 소리를 듣고 곧 보고하러 뛰어 올라갔다.

무송은 듣고 깜짝 놀랐다.

'둘이서 같이 나와 가지고 한 사람이 죽는 것을 멀거니 보면서 혼자서 돌아갈 수는 없지.'

하고 고민을 하고 있자니 산채의 부하가 뛰어 와서

"양산박의 두령으로서 신행태보 대종이란 분이 산 밑에 와 계십니다."

하고 했다. 무송은 황급히 내려갔다.

산채까지 안내를 하고 나서 주무(朱武) 등 세 사람을 소개함과 동시에 노지심이 말을 듣지 않고 실패한 사건을 설명했다.

"그건 큰 실수로군."

하면서 깜짝 놀란 대종이 말했다.

"난 곧 양산박으로 돌아가겠습니다. 형님에게 보고하고 부하들을 보내서 구원해야죠……"

"그럼 어서 빨리 돌아가 주시오. 난 여기서 기다리고 있겠소."

대종은 음식으로 배를 불리고 나서 신행법으로 돌아갔다.

사흘 만에 산채에 도착한 대종이, 조, 송, 두 두목에게 노지심이 사진을 구하기 위해 지부 하(賀)의 목숨을 노리다가

도리어 자는 범 코를 찌른 격이 되었다는 것을 말하자 송강도 놀라며

"사진과 노지심의 재난은 내버려 둘 수 없다. 어서 빨리!"
하며 그 날 안으로 군사들을 동원했다.

부대는 셋, 전군 다섯 사람의 두목은 임충, 양지, 화영, 진명, 호연작으로 기병 천, 보병 이천을 이끌고 나가 산에는 길을 내고 물에는 다리를 놓으며 전진했다. 중군은 주장이 송강, 그 밑에 오용, 주동, 서녕, 해진, 해보 이 여섯 두령이 이천 명을 인솔하고 출격했다.

후군은 주로 보급을 맡는 부대로 이응, 양웅, 석수, 이준, 장순의 다섯 사람이 역시 이천의 군사들을 인솔했다.

이렇게 해서 모두 칠천의 군사들이 양산박을 떠나 화주로 가는 길을 재촉했다.

얼마 후 전 거리의 반을 지났다. 소화산으로는 대종이 한 걸음 앞서 보고차 달려갔다. 주무 등은 돼지, 소 말을 잡고 맛 좋은 술을 빚어 놓고 기다리고 있었다.

송강 등 3대가 산기슭까지 오자, 무송이 주무, 진달, 양춘 세 사람을 데리고 하산하여 송강, 오용을 비롯한 두목 일동에게 소개한 다음 산채로 안내를 했다.

송강이 성내의 형편을 묻자,

"사진과 노지심은 지부에 의해 옥에 갇혀 있고 조정의 명

령을 기다려 처단을 하겠죠."

하고 주무가 말했다. 송강이

"두 사람을 구원해낼 수 있는 무슨 방법이 있을까?"

하고 재차 물어 보자 주무가 또 대답했다.

"글쎄요. 화주는 큰 성이어서 방어호도 깊고 그리 간단히
는 안 될 겁니다. 결국 안팎에서 호응을 해야 가능하겠죠."

"그럼 우선 내일 성으로 나가 사정을 살펴본 뒤에 다시
의논합시다."

라고 오용이 말했다.

송강은 늦게까지 술을 마셨다. 겨우 날이 새기를 기다려
성을 정찰하러 출발하려고 하자 오용이 말렸다.

"성에 거물 둘이 옥에 갇혀 있으니 경비가 대단할 것입니
다. 그러니까 낮에 나가면 안 됩니다. 오늘 밤에는 달도 밝
습니다. 저녁때 산에서 내려가 어둠이 깃들거든 가서 정찰
해 봅시다."

그 날 저녁때 송강, 오용, 화영, 진명, 주동, 다섯 사람이
말을 타고 산에서 내려왔다.

초경(初更) 때 일행은 성 밖에 이르러 언덕 높은 곳에 말을
세우고 성 안을 바라보았다.

때는 10월 중순이었다. 달빛은 대낮 같았고 하늘에는 한
점의 구름도 없었다.

내려다보았더니 성 둘레에는 성문이 몇 개나 있었다. 성벽은 높고 지형이 험하고 방어호도 넓고 깊었다.

일동이 잠시 그 곳을 두루 살펴본 다음 다시 시선을 멀리 옮겼더니 서악(西嶽)의 화산(華山)이 보였다.

송강 등은 화주성의 견고함으로 인해 이빨이 서지 않음을 느꼈다.

"자, 돌아가서 다시 의논해 봅시다."

다섯 사람은 급히 소화산으로 되돌아왔다. 송강은 매우 근심스러운 낯빛이었다. 이윽고

"우선 부하들 중 재치 있는 십여 명을 보내 봅시다. 무슨 소문이 있을지도 모르니까."

하고 오학구가 말했다.

그로부터 이틀이 지난 뒤 부하 한 사람이 우선 돌아와 보고했다.

"이번에 조정에서 전사태위(戰司太尉)가 출장을 나온답니다. 천자님이 헌납하시는 금령조괘를 받들고 서악 화산으로 소향(燒香)을 하러 오시는데 황하(黃河)에서 위하(渭河)로 가는 수로(水路)로 온답니다."

오용은 곧 송강에게

"그건 잘 됐다. 이걸 계략의 근본으로 삼으십시오."

하고 말하고는 이준, 장순 두 사람을 불러

"이렇게 저렇게 부탁하네."

하고 말했다 이준이

"하지만 지리를 알 수가 있어야죠. 아무나 안내해 줄 사람이 있었으면,"

하자 곧 백화사(白花蛇) 양춘(楊春)이 말했다.

"제가 가면 어떨까요,"

세 사람은 산에서 내려갔다. 오용도 그 다음 날 송강, 이응, 주동, 호연작, 화영, 진명, 서녕 등 일곱 사람과 함께 오백 명쯤 되는 부하를 이끌고 몰래 산에서 내려왔다. 그리고 위하(渭河)의 도선장으로 갔다.

이미 그 곳에는 이준, 장순, 양춘 등이 열 몇 척의 큰 배를 입수하고 기다리고 있었다.

오용은 화영, 진명, 서녕, 호연작의 네 사람을 언덕에 매복시키고 송강, 오용, 주동, 이응은 배를 탔다.

이준, 장순, 양춘은 그 배들을 도선장 앞에 남모르게 숨겨 놓았다.

이렇게 해서 일동은 그 날 밤에는 꼼짝 않고 대기를 했다.

얼마 후 밤이 밝아 왔다. 멀리서 징과 북 소리가 들려 왔다. 물 위로 세 척의 관선이 떠 오고 있었다. 배에 꽂힌 무수한 황기에는, '흠봉성지 서악강량 태위 숙'이라고 쓰여져 있었다.

주동과 이응은 장창을 손에 쥐고서 송강 뒤에 대기했다. 오용은 선수에 우뚝 서 있다가 태위의 배가 접근하자 터억 하고 가로막고 나섰다.

배 안에서 자주색 옷에 은대(銀帶)를 띤 차림의 우후(虞侯)들 이십여 명이 우루루 나타나 호령을 했다.

"너희들은 누구냐. 왜 이 도선장에서 태위님을 방해하는 거냐."

송강은 골타(위세를 나타내는 표. 막대기 끝에 공을 단 것 같은 모양의 것)를 받들면서 공손히 절을 했다.

오학구가 선미(船尾)에서 말했다.

"양산박의 의사 송강이 어의(御意)를 받고자 한다."

배에서 응대(應待)를 맡은 자가 소리쳤다.

"태위님이 성지(聖旨)를 받들고 서악으로 참배를 가시는 길이다. 양산박 난적들의 무례는 용서할 수 없다."

송강은 허리를 굽힌 채였다. 오용이 재차

"우리는 태위를 만나고 싶을 뿐이다. 여쭐 말씀이 있다."

하고 소리치자 응대원이 다시 말했다.

"네 따위놈들 주제에 태위님께 면회를 청하다니 그게 될 뻔한 말이냐."

우후들이 이구동성으로

"조용히 물러나라."

하고 꾸짖었다. 송강은 그대로 꼼짝 않고 있었다.

오용이 다시 말했다.

"태위님께서 잠시 상륙해 주시기 바랍니다. 의논할 말이 있습니다."

"못난 소리 작작 해라. 태위님은 조정의 대관이시다. 네 놈들하고 무슨 의논이 있겠느냐."

이 때 송강은 몸을 일으키며 입을 열었다.

"만약 끝내 만나 주시지 않으면 부하들이 무슨 짓을 할지 모릅니다."

주동이 순간 창 끝에 단 작은 기를 휙 휘둘렀다. 언덕에서는 화영, 진명, 서녕, 호연작이 기병을 이끌고 나타났다. 그리고 일제히 활과 살을 잡고 하구(河口)에 일렬로 서서 겨누었으므로 관선의 사공들은 놀라 전부 배 안으로 도망쳐 들어갔다.

응대하는 자도 당황해서 급히 보고차 물러갔다.

숙 태위(宿太尉)는 할 수 없이 선수에 모습을 나타냈다. 송강이 머리를 조아리고 말했다.

"무례한 점 죄송합니다."

숙 태위가 물었다.

"그대는 어째서 배를 이 곳에서 정지시켰는가."

"천만의 말씀이십니다. 고귀한 분의 배를 정지시키다니요. 오직 약간 말씀드릴 일이 있어 상륙해 주시기를 원할

뿐입니다."

"나는 성지를 받들고 서악으로 참배를 가는 자다. 너희들하고는 아무런 볼일도 없다. 조정의 대신의 몸으로 그리 쉽사리 상륙할 수 있겠는가."

배에서 오용이 말했다.

"그 점을 특별히 승인해 주시지 않으면 아무래도 저 부하들이 잠자코 있지 않을 껩니다."

이응은 이 때 기가 달린 창을 또 흔들었다. 그러자 이준, 장순, 양춘 등이 일제히 배를 저어 나왔다.

숙 태위는 겁이 났다.

이준과 장순은 비수를 번뜩이며 재빠르게 관선으로 뛰어올라 번개같이 두 사람의 우후를 물에다 집어 던졌다.

"폭행은 하지 말라. 각하께 실례가 된다."

하고 송강은 제지했다.

이준과 장순은 물 속으로 뛰어들었다. 집어 던진 두 사람을 곧 배로 건져 올리고 자기들도 또한 훌쩍 뛰어 나왔다.

숙 태위는 몸에 소름이 끼쳐 덜덜 떨기 시작했다.

송강과 오용이 말했다.

"모두들 근신하라. 무례한 짓을 해서는 안 된다. 긱하께 천천히 상륙하시라고 부탁드릴 테다."

"무슨 볼일이 있거든."

하고 숙 태위가 말했다.

"상관없으니 여기서 듣겠다."

"천만에요. 여기서는 말씀드릴 수 없습니다. 일단 산채로 와 주십시오. 결코 위험한 짓은 안 합니다. 만일 그런 일이 있으면 서악의 신벌을 받을 것입니다."

이제는 빼도 박지도 못할 처지였다. 숙 태위는 할 수 없이 배를 떠나 상륙했다. 나무 그늘에서 말이 끌려 나왔다. 태위는 그것을 타고 내키지 않는 출발을 했다.

송강과 오용은 우선 화영과 진명을 태위의 호위로 보냈다. 자기들도 말에 올랐다. 관선(官船)의 일동도 어향(御香), 공물(供物), 금령조괘 등을 전부 수습해서 소화산을 향해 떠났다.

관선(官船)을 지키기 위해 이준과 장순이 백여 명의 부하와 함께 뒤에 남았다.

얼마 후 일행은 소화산에 도착했다.

송강, 오용 등은 말에서 내렸다. 숙 태위를 부축하여 취의청 중앙으로 모셨다. 여러 두목들은 양쪽에 칼을 빼들고 벌려 섰다.

송강은 혼자 그 앞으로 나아가 네 번 절을 했다.

"저는 원래 운성현의 소리(小吏)였습니다. 소송을 당해 낼 수 없어 산림으로 들어와 피신을 하고 있습니다만 이번에 아무런 죄도 없는 두 동지가 지부 하(賀)의 모함에 빠져 옥

에 갇히게 되었습니다. 따라서 태위님과 어향과 기타 그리고 금령조괘를 빌려 화주(華州)에서 연극을 꾸며 볼 생각입니다. 끝이 나면 곧 도로 반환하여 무사히 돌아가시게 하겠사오니 꼭 승낙해 주셔야겠습니다."

"글쎄 그건…… 만약 이 일이 탄로가 나면 나는 입장이 아주 난처해지는데."

"그러나 귀경(歸京)하신 뒤엔 만사를 이 송강에게 책임을 전가시키면 무방하지 않습니까."

숙 태위는 그 곳의 형편상 도저히 거절할 수가 없었다. 그래서 그만 그러라고 승낙을 하고 말았다. 송강은 잔을 들어 감사의 축연을 시작하게 했다.

태위의 수행원들의 옷은 전부 벗겨졌다. 그리고 산채 부하들 중에서 살결이 흰 자를 골라 수염을 깎고 태위의 관복을 입혀 숙 태위 즉 숙원경(宿元景)으로 변장을 시켰다.

송강과 오용은 응대역(應待役), 해진, 해보, 양웅, 석수는 우후(虞侯)로 변장했다.

많은 부하들이 자주색 옷에 은대(銀帶)를 띠고 깃발과 어향, 공물 금령조괘를 받들어 들었다. 화영, 서녕, 주동, 이웅은 네 사람의 위병이 되었다. 또 태위와 그 수행원을 접내하기 위해 주무, 진달, 양춘 등은 산채에 남았다.

한편에서는 진명과 호연작, 임충과 양지가 각각 한 대를 이끌고 일동과는 따로, 화주성을 기습하기로 했다.

무송은 먼저 서악으로 파견됐다. 묘의 정문 근처에 있다가 신호와 더불어 습격하는 소임이었다.

산채를 떠난 일행은 곧 하구(河口)로 내려왔다. 거기서 배를 탔다. 화주의 지부에는 일부러 통지를 하지 않았다. 곧장 서악묘로 직행했던 것이다.

대종은 한 걸음 앞서 운대관(雲台觀=서악묘)의 관주와 묘내의 일동에게 알리기 위해서 달려갔다. 그들은 곧 강가까지 나와 영접을 했다.

향(香)과 꽃, 등불, 초, 기, 보개(寶蓋)의 행렬이 앞장을 섰다. 그리고 어항을 향락에 담아서 묘의 인부가 메고 금령조괘가 앞을 서서 갔다.

관주는 가짜 태위인 줄도 모르고 공손히 그 앞에 모시고 섰다. 오학구가,

"각하께서는 도중 병환이 나셔서 불쾌하시다. 가마를 곧 대령하도록 하라."

고 하자 가마가 움직여 악묘 앞까지 가서 내렸다. 응대역이 된 오학구가 관주를 행해 물었다.

"이번에 성지를 받들어 태위께서 금령조괘를 성제(聖帝)께 헌납하러 왔는데 어찌 된 일이길래 본주(本州) 지부는 영접을 하지 않는가?"

"이미 기별을 해 놓았습니다. 곧 올 것입니다."

관주가 죄송해하고 있을 때 추관(推官 : 형벌을 맡아 보는 관인)이 우선 공인(公人) 오육십 명과 함께 술과 안주를 가지고 왔다.

그런데 태위는 누가 보든 허울은 비슷했으나 귀인의 말을 몰랐다. 그래서 병든 체하며 이불을 덮고 상에 누워 있을 수밖에 없었다. 하지만 깃발이며 기타 행렬 기구 일체가 틀림없는 궁중 물건이었으므로 추관은 속아 넘어가고 말했다.

응대역은 바쁘게 드나들다가 추관을 불러들여 멀리 뜰 아래에서 인사를 하게 했다. 하지만 태위가 손을 흔드는 것이 보였을 뿐 무슨 소리를 하는지 도무지 알 수가 없었다.

응대역이 내려와 추관을 향해 불평을 털어놓았다.

"태위 각하께서는 천자님을 가까이 모시고 계신 분이다. 천 리나 되는 먼 길을 싫다 않고 성지를 받들고 소향하러 오시다가 도중에 병환이 나셨는데 이 고을의 관인들은 어째서 도중까지 영접을 나오지 않는가."

"틀림없이 공문을 받았습니다만 도중에 연락이 뚝 끊어져서 그만 그럭저럭하고 있는 동안에 태위님께서 먼저 이곳에 도착하시어 이렇게 되고 말았습니다. 곧 지부께서 대령할 예정이었사오나 마침 소화산의 산적들이 양산박 무리들과 손을 잡고 성을 노리고 있으므로 그들을 막기에 급해

곧 나오지를 못하고 우선 제가 선물을 지참했습니다. 지부
는 곧 나오실 것입니다."

"태위 각하께서는 술은 한 방울도 못 잡수신다. 빨리 지
부를 보내도록 해. 여러 가지 의식(儀式)에 관해 미리 말해
둘 일이 있으니까."

추관은 곧 술을 가져다가 우선 수행원 전원에게 대접했다.

응대역인 오학구는 또 다시 뛰어 올라가 태위에게 "열쇠
를 좀!"

하고 말해 빌려 가지고 내려왔다.

추관을 안내해 가지고 그 열쇠로 먼저 궤의 자물쇠를 열
었는데 향백(香帛) 주머니에서 꺼낸 것은 다름 아닌 은사의
금령조괘였다. 그것을 한 가닥 대나무 끝에 달아 쳐들어 추
관에게 배관시켰다.

세상에 비할 바 없는 정교함…… 궁전의 어용 기술자가
만든 것으로 칠보와 옥구슬 장치가 눈부시고 그 중심에 홍
사등롱이 끼워져 있었다.

즉 성제(聖帝)님의 어전 중앙에 매다는 장식품으로서, 하사
(下賜)가 없는 한 민간에서는 도저히 만들 수 없는 물건이다.

응대역은 그것을 추관에게 보인 후 다시 궤 속에 넣고 자물
쇠를 채웠다. 동시에 중서성(中書省)의 많은 공문서를 꺼내 보
이고 곧 지부를 부르라고 재촉했다. 그들은 이런 증거를 보자

황급히 지부(賀)에게 뛰어 돌아갔다.

송강은 아주 흐뭇해하며 중얼거렸다.

"저놈들, 만만치 않은 놈들인데 그냥 속아 넘어가는구나."

무송은 그 때 묘의 정문 근처에 있었다. 오학구는 석수에게도 단도를 가지고 무송을 도우라고 말해 내보내고 그 대신 대종을 우후로 변장시켰다.

운 대관의 관주가 정진 요리(精進料理)를 대접했다.

묘내에서는 강향(降香)하는데 필요한 준비를 서둘렀다.

송강은 한가한 틈을 타 서악 묘를 두루 구경했다. 웅장한 건물, 정채한 단청, 마치 천상계(天上界) 같았다. 일순간 뒤 사무소로 들어가니,

"하 지부의 행차요."

하고 문지기가 일렀다.

송강은 화영, 서녕, 주동, 이응 네 위병에게 무기를 잡게 하고 양측에 서 있게 했다. 해진, 해보, 양웅, 대종들도 무기를 몸 안에 감추고 좌우에서 모시게 했다.

하 지부가 삼백여 명을 거느리고 들어왔다. 묘 앞에서 하마(下馬)한 그들은 일제히 밀고 들어왔다. 응대역 즉, 오학구와 송강은 그들 수행원이 전부 칼을 찬 관인임을 주목했다.

"조정의 귀하신 분이 계신 곳이다. 아무나 마구 들어갈 수는 없다."

하고 오학구가 호령했다.

삼백여 명이 일제히 발을 멈추고 하 지부 혼자서 들어오는 것을 본 오학구가 다시

"각하께서 만나 뵙겠다고 하신다."

하고 이르자 방 앞으로 다가와 멀리서 꿇어 엎드렸다. 오학구가 다시 큰 소리로 호령했다.

"네 잘못을 모르는가."

"네, 각하께서 오시는 줄도 모르고 실수를 한 점 드릴 말씀이 없습니다."

"멀리 길을 떠나온 참배다. 어째서 영접을 하지 않았지?"

"도중에 보고가 두절되었기 때문에 이렇게 실례를 하게 되었습니다."

오학구가,

"여봐라, 저, 저놈을 잡아 묶어라."

하고 소리치자 해진, 해보 형제가 단도를 번득이며 뛰어나가 하 지부를 "이놈" 하고 차던지고 나서 목을 베어 버렸다.

"제군 그럼!"

하고 송강은 신호를 했다.

호위병 삼백여 명은 그냥 꼼짝도 못했다.

화영 등이 "와" 하고 소리치며 나와 그들을 골패짝 넘어뜨리듯 때려눕혔다. 나머지 반수가 오금아 날 살려라 하고 묘

문까지 도망쳤을 때 무송과 석수가 칼춤을 추며 내달았다. 산채의 부하들도 사면팔방에서 치고 덤볐다. 삼백여 명은 한 사람도 살아남지 못했고 나중에 뒤늦게 묘로 도착한 자들도 장순과 이준의 손에 빠짐없이 목숨을 잃고 말았다.

송강은 곧 어향과 조쾌를 거두어 배로 돌아갔다.

화주까지 달려와 보니 그 때 성내에는 불길이 두 곳에서 오르고 있었다.

일동은 "와"하고 함성을 지르며 쳐들어갔다. 먼저 옥을 깨뜨려 사진과 노지심을 구해 내고 계속 창고를 털어 탈취한 재백(財帛)을 수레에 쌓아 올렸다.

노지심은 안채로 뛰어들어가 계도와 선장을 되찾았다. 왕교지는 그 때 이미 우물에 투신하고 있었다.

일동은 소채산으로 개선을 했다. 숙 태위에게 어향, 금령 조쾌, 기치 등 기타를 모조리 되돌려주고 사례를 한 다음 송강은 쟁반 가득히 담은 금은을 태위에게 증정했다. 수행원 일동에게도 신분의 고하를 막론하고 미안하다는 인사와 함께 돈을 주고 다시 송별연을 크게 베풀었다.

두목 일동은 산에서 내려와 하구까지 전송하고 배를 비롯 무엇 하나 손상됨이 없이 깨끗하게 돌려주었다.

송강은 숙 태위와 작별을 하고 소화산으로 되돌아 왔을 때 그 곳의 네 두령과 결판을 지었다. 있는 모든 전곡은 다 거두고 산채에는 불을 질러 태워 버렸다. 사람도 말도 양산박을 향해 떠났다.

왕교지의 아버지 왕의는 두둑히 돈을 받아들고 일동과 헤어져 떠나갔다.

한편 숙 태위는 얼마 후 배에서 내렸다. 우선 화주성을 방문해 본 후 비로소 양산박 사람들이 쳐들어와 일백여 명의 성병을 죽이고 말을 전부 빼앗아 가지고 떠난 것을 알았다. 서악묘에서도 많은 사람이 목숨을 잃었다고 했다. 결국은 관영 추관에게 명해 중서성(中書省)으로 보고를 내게 했다. 요컨대—송강이 도상(途上)에 있어 어향, 조괘를 탈취, 그것을 이용 지부를 속여 묘로 나오게 해 살해했음.

숙 태위는 묘로 가 어향을 피우고 금령조괘는 운 대관의 관주에게 바치고 급히 서울로 돌아가 천자께 그 같은 사실을 주상(奏上)했다.

이쪽에서는 송강 등이 소화산 일동과 함께 인마를 나누어 3대로 편성, 양산박으로 귀환했다. 도중에 물론 아무 데도 건드리지 않았다.

산채에는 대종이 먼저 보고차 달렸다.

그리고 이 무렵 망탕산의 혼세마왕 번서와 팔비나탁 항충·비천대성 이곤이 또한 입당했다.

# 5. 조 천왕(晁天王) 귀천

어느 날 한 사나이가 양산박으로 송강을 찾아와서 넓죽 엎드려 절을 했다. 송강이 황망히 자리에서 내려가 그를 붙잡아 일으키고 물었다.

"족하의 성명은 무엇이고 어디 사람이오?"

그 사나이가 대답했다.

"소인의 성은 단(段)이고 이름은 경주(景住)라고 합니다. 보시는 바와 같이 소인의 머리털이 붉고 수염이 누름으로 하여 금모견(金毛犬)이라는 별명을 가지고 있습니다. 본래 북방에 가서 말을 훔쳐다 파는 것이 생업인데, 올 봄에 창간령(槍竿嶺) 북쪽에 갔다가 우연히 한 필 명마를 얻었습니다. 이놈이 어떻게 생겼는가 하면 온몸에 잡털이라고는 한 올도 없이 눈같이 흰데 몸체도 엄청 크거니와 걸음도 잘 걸어 하루에 능히 천 리를 가니 북방에서는 모두 이 말을 조야옥사자(照夜玉獅子)라 부르고 있습니다. 다름 아닌 대금국(大金國) 왕자의 승용마인데 제가 감쪽같이 손에 넣었습지요."

당경주는 잠시 말을 끊었다가 계속했다.

"소인이 일찍부디 강호상(江湖上)에서 형장의 대명을 듣자 왔으나 길이 없어 뵈옵지 못하다가 우연히 이 천리마를 얻었기로 형장께 이를 바치고 저의 성의를 표하려 했는데 뜻밖에 능주 증두시(曾頭市)를 지나가다가 이른바 증가의 오호(曾家五虎)놈들에게 말을 뺏기고 말았습니다."

송강이 그 사람을 자세히 보니 우람한 체격과 위풍이 범상치 않았다. 즉시 그에게 자리를 주며 입당하기를 권하니 쾌히 응했다.

그런데 단경주는 산채로 와서도 그 말에 대한 칭찬이 그치지 않았다. 그래서 송강은 신행태보 대종을 시켜 등주시로 가서 그 말의 행방을 알아 오게 했다. 대종이 간 지 4, 5일 만에 돌아와서 보고했다.

"등주시는 인가가 모두 3백여 호 가량으로 대주인은 증장자(曾長者)라는 사람인데 아들 5형제를 두어 별명을 증강 오호라고 하니 큰아들은 증도(曾塗), 둘째는 증밀(曾密), 셋째는 증색(曾索), 넷째는 증괴(曾魁), 다섯째는 증승(曾昇)입니다. 이 밖에 사문공(史文恭)이란 정사범과 소정(蘇定)이란 부사범이 있는데 채책을 세우고 5, 6천 인마를 모아 기필코 우리 산채의 두령들을 사로잡고야 말겠다고 큰소리를 치고 있습니다. 조야옥사자라는 말은 지금 정사범 사문공이 타고 다니는데 가장 괘씸한 것은 시중의 아이들에게 다음과 같은 노래를 가르쳐 주고 있다는 것입니다."

'쇠방울이 울기 시작하면 귀신도 떤다.

쇠수레가 있구나 쇠사슬도 있구나.

양산을 허물자 수박(水泊)을 무찌르자.

조개 머리 싹뚝 베어 동경으로 보내자.

급시우를 사로잡아 지다성을 사로잡아

증가오호 앞에 꿇어 엎드리게 하자.'

듣고 나자 조개는 울컥하며 크게 노했다.

"아가리가 찢어질 놈들. 내 몸소 한번 나서서 그놈들을 사로잡겠다."

그 날로 조개는 곧 5천 인마를 점검하고 20명 두령을 청하여 산을 내려가며 나머지 두령들은 남아서 송강과 더불어 산채를 지키게 했다. 조개를 따라 떠나는 20명의 두령은 곧 임충 · 호연작 · 서녕 · 목홍 · 유당 · 장횡 · 원소이 · 원소오 · 원소칠 · 양웅 · 석수 · 손립 · 황신 · 두천 · 송만 · 연순 · 등비 · 구붕 · 양림 · 백승의 무리였으며 출전연을 베풀었다. 그런데 한창 잔을 들어 서로 권하는 중에 문득 난데없는 일진광풍이 일어나며, 조개가 새로 지은 인군기(認軍旗)가 "딱"하고 소리를 내며 부러지고 말았다.

모든 사람의 얼굴빛이 변하는데 오용이 나와서 조개를 보고 간했다.

"형님이 바야흐로 행군하시는 날 인군기가 부러지니 이

는 정녕 크게 상서롭지 않은 조짐이외다. 4, 5일 정도 기다렸다가 재차 떠나시도록 하시지요."

그러나 조개는 듣지 않았다.

"천지 풍운을 마음에 둘 것이 무어요. 지금 봄날이 한창 화창한 때 가서 잡지 않으면 저희들의 기력만 길러 주어 더욱 잡기 어려워질 것이니 앞길을 막지 마시오."

조개가 끝내 고집하여 군사들을 영솔하고 금사탄을 건너가니 송강은 일단 산채로 돌아온 뒤 가만히 대종에게 명해 그들을 뒤따라가서 소식을 알아 오게 했다.

한편 조개는 20명 두령과 5천 인마를 거느리고 바로 증두시에 접근하자 그 정면에 하채(下寨)했다. 조개가 적을 깨칠 계책을 물으니 임충이 말했다.

"내일 증두시 어귀에 가서 한 번 싸움을 돋우어 저들의 허실을 보고 그 뒤에 다시 의논하기로 하시지요."

조개가 그 말을 옳게 여겨 이튿날 새벽에 삼군을 이끌고 증두시로 나아가 넓은 들판에 진세를 벌이고 뇌고납함하니 버드나무 숲 속에서 칠팔백 정도의 대대 인마가 나와 일곱 장수가 일자로 쭉 벌여 섰다.

모두가 늠름한 호한인데 특히 정사범 사문공은 팔에 활을 걸고 어깨에 전통을 메고 조야옥사자에 높이 올라 손에 한 자루 방천화극을 잡고 있었다.

북이 세 번 울리고 나자 증가의 진중에서 몇 채의 함거를 밀고 나와 진 앞에다 벌여 놓더니 큰아들 증도가 이편을 손으로 가리키며 큰 소리로 말했다.

　"이놈 도적들아. 여기 이 수레가 보이느냐? 우리 증가부중(曾家府中)에서 만약 너희들을 죽여서 잡는다면 실로 호한이 아니다. 어느 놈이고 살아서 펄펄 뛰는 놈을 한 놈씩 사로잡아 수레에다 처박아 도성으로 올려보낼 생각이니, 그리 알아라!"

　듣고 나자 조개가 크게 노하여 창을 꼬나잡고 말을 몰아 바로 증두를 공격하니 뭇 두령들도 일제히 날뛰기 시작했다.

　양편 군사들이 한동안 혼전을 계속했다. 그러다가 증가의 무리가 점점 촌중으로 물러 들어가자 임충과 호연작은 조개를 좌우에서 옹위하며 뒤를 급히 몰아쳤지만 길을 잘 모르는 탓으로 역시 급히 군사들을 거두었다.

　한마당 싸움에 양편이 모두 적지 않게 인마를 잃었다. 조개가 영채로 돌아와 침울해하며, 그로부터 계속해서 사흘 동안 나가 싸움을 재촉했으나 증가에서는 군사 한 명도 나오지 않았다.

　나흘째 되는 날이었다. 뜻밖에도 두 사람의 중이 조개의 영채로 찾아왔다. 군사가 이끌이 중군장 앞에 이르니 두 중은 조개 앞에 무릎을 꿇고 말했다.

　"졸승들은 증두시 동편 머리에 있는 법화사(法華寺)란 절의 감시승(監視僧)이온데, 증가 오호라는 것들이 걸핏하면 저희 절로 밀고 들어와 갖은 행패를 다 부리며 토색질이 심해 골칫거리입니다. 다행히 졸승들이 저놈들의 허실을 자세히 아는 터오라, 이제 여러분의 안내역이 되어 저놈들의 영채를 겁박하고자 합니다. 만약에 의사(義士)께서 저놈들을 모조리 잡아 없이 하여 주신다면, 참으로 졸승들로서는 그만 다행이 없을까 합니다."

조개가 그 말을 듣고 크게 기뻐하며 곧 두 중을 자리로 청하여 술을 주어 먹게 하니 임충이 보고 간했다.

"형님, 그들이 하는 말을 믿지 마십시오. 혹시 증가놈들이 간사한 꾀를 내어 저 중놈들을 보냈는지 누가 압니까?"

그러나 조개는 듣지 않았다.

"저희들은 출가한 사람인데 어찌 거짓말을 할 까닭이 있겠소? 더구나 우리 양산박이 오래 인의를 행하여 여기까지 오는 도중에 추호도 백성에게 폐를 끼친 일이 없었소. 때문에 저 중들도 우리를 찾은 것이니 지나치게 의심할 건 없을 줄 아오."

"형님께서 굳이 저들이 하는 말을 믿으시겠다면 부하들을 두 패로 나누어 그 한쪽을 제가 인솔하여 적진을 습격하겠습니다. 그러면 형님은 밖에서 계시다가 접응하도록 하시지요."

그러나 조개는 임충이 간하는 말을 끝내 듣지 않고 군사들을 반으로 나누어 중을 따라 영채를 겁박하러 가기로 했다.

　그 날 저녁에 조개는 군사들에게 야식을 배불리 먹인 다음 말에서 방울을 모두 떼고 사람은 매(枚)를 입에 물게 했다. 주위가 점차 어두워지자 그들이 가만히 두 중을 따라 법화사에 이르러 보니 경내에 인기척이 없었다. 조개는 말에서 내려 두 중을 보고 물었다.

"어찌하여 이렇듯 큰 절에 중이 한 명도 없느냐?"

　중이 대답했다.

"증가 놈들이 와서 하도 행패를 부려 하는 수 없이 모두들 환속하여 가고, 다만 주지님과 몇 명 시자(侍者)가 머물러 있기 때문입니다. 두령께서 잠시만 이 곳에 군사들과 함께 머물며 기다려 주시면 밤이 좀 더 깊기를 기다려 졸승들이 저놈들의 영채로 인도하오리다."

　조개가 그렇게 하겠다고 대답하고는 기다리고 있는데 증두시 거리에서 때를 알리는 북 소리가 들려 왔다.

"이제는 저놈들이 모두 깊이 잠들었을 것이니 가 보시지요."

　두 중이 앞을 서서 길을 인도했다. 조개는 곧 두령들을 영솔하고 뒤를 따라갔다. 그런데 법화사에서 나와 한 5리나 갔을까. 문득 깨닫고 보니 어두운 밤길에 두 명 중의 간 곳을 알 수 없었다. 자세히 둘러보니 사면이 모두 총잡한 수림이고 근처에는 인가도 없었다.

그제야 계교에 빠진 줄 깨닫고 급히 돌이켜 오던 길로 되돌아가려 할 때 미처 백 보를 못 다 가서 사면에서 북 소리가 어지럽게 일어나고 함성이 천지를 진동하며 전후좌우가 횃불의 바다로 변했다.

조개와 뭇 두령들은 혼비백산하여 도망치기 시작했다. 급히 군사들을 이끌어 길을 찾아 도망하던 그들이 두 번쯤 길모퉁이를 돌아 줄달음질치고 있는데 갑자기 한 때 인마가 뛰어나왔다. 그들은 어지러이 활을 쏘아 댔는데 조개가 미처 피하지 못하고 뺨에 화살을 맞아 말에서 떨어졌다.

삼원 형제와 유당·백승 다섯 사람이 죽기로써 그를 구하여 말에 올려 태우고 촌중을 벗어 나오는데 때마침 임충이 뭇 두령과 함께 군사들을 몰고 나와서 접응했다.

필사적인 난투는 날이 샐 때까지 계속되었다.

양편 군사들이 한마당 어지러이 싸우다가 날이 훤히 밝은 다음에 서로 돌아가니 연순·구봉·송만의 무리가 모두 목숨을 겨우 건져 도망해 왔다. 2천 5백 명 인마들 중의 절반 이상이 죽고 천여 명이 호연작을 따라서 움직여 겨우 무사했을 뿐이었다.

뺨에 박힌 화살을 뽑으니 심한 출혈과 함께 조개가 그대로 기절했다. 화살을 보니 대에 '사문공(史文恭)'이라는 석

자가 새겨져 있어 쏜 자를 알겠는데, 이 화살이 원래 독전(毒箭)이라 이 때 독이 이미 온몸에 놀아 조개는 말을 하지 못했다.

임충은 우선 급한 대로 금창약(金瘡藥)을 가져오라 하여 상처에 붙이고 여럿이 부축하여 수레에 태운 다음 삼원 형제와 두천·송만 다섯 두령으로 하여금 호위하여 급히 양산박으로 돌아가게 하고 열다섯 두령이 남아서 계책을 의논했지만 모두지 좋은 방법이 없었다.

사기가 크게 떨어져 모두 돌아갈 마음뿐인데 이 날 밤 파수를 보던 군사가 달려들어와 보했다.

"야습 부대들이 짓쳐들어옵니다."

임충이 깜짝 놀라 두령들과 함께 말에 올라 나가 보니 세 방면의 산 위에서 무수한 횃불들이 하늘을 찔러 낮같이 밝고 아우성 소리가 천지를 진동했다.

임충이 감히 나가서 맞싸우지 못하고 두령들과 함께 급히 영채를 빼어 달아나니 증가의 군마들이 한꺼번에 몰아쳤다.

일변 싸우면서도 도망치고, 도망치다가 싸우면서 5, 60리를 가서야 그들은 비로소 추격에서 벗어날 수 있었다. 그 곳에서 다시 인원을 조사해 보니 인원은 6, 7백 명이 더 꺾이어 남은 무리는 4, 5백에도 미치지 못했다. 너부나도 무참한 패배였다.

급히 양산박으로 돌아와 조개의 상태를 보니 이미 음식을 입에 넘기지 못하고 온몸이 퉁퉁 부어올라 꼼짝도 하지 못하고 있었다.

송강은 상머리를 떠나지 않고 눈물이 마를 사이 없이 친히 상처에 약을 붙이고 탕약과 산약(散藥)을 입에 흘려 넣으며 극진히 간병을 하고 있었다. 뭇 두령들이 함께 장전(帳煎)에 있어 병을 보는데 그 날 삼경에 조개의 병세가 십분 침중하여 겨우 머리를 돌려 송강을 보고,

"아우님은 부디 보중(保重)하오, 묘한 소리를 하는 것 같지만 일후에 누구라도 사문공을 잡아 내 원수를 갚는 사람으로 이 산채의 주인을 삼도록 해 주실 수 있겠는가."
라고 한 마디 당부하기를 마치며 눈을 감고 말았다.

송강 부모를 여읜 듯 목을 놓아 통곡했다. 두령들이 그를 부축하며 일을 주장하게 하는데 오용과 공손승이 송강에게 권하여 말했다.

"이제 단념하시지요. 죽고 사는 것이 다 타고난 일이요. 그것보다 뒷일을 생각해 주시오."

송강은 눈물을 거두고 향탕으로 조개의 시수(屍首)를 깨끗이 씻고 염을 해서 취의청 위에 모셨다. 설치한 제청 위에 위패를 안치했는데 그것에는 '양산박 주 천황 조공신'이라는 글이 쓰여져 있었다. 산채의 두령들이 다 거상을 입고

작은 두목과 졸개들도 모두 효두건(孝頭巾)을 썼다. 임충은 조개를 죽게 만든 화살을 영전에 놓았다.

송강은 매일 여러 사람과 거애(擧哀)하기만 할 뿐 도무지 산채 사무를 관리하는 데는 뜻이 없었다.

임충은 오용·공손승 및 여러 두령과 더불어 송강을 세워 산채의 주인을 삼기로 의논을 정했다. 이튿날 이른 아침에 임충이 주장하여 나서서 취의청에 좌정한 다음 먼저 나서서 말했다.

"나라에는 하루도 임금이 없지 못할 것이고 집에는 하루도 주인이 없지 못할 것이니 조 두령이 이미 귀천(歸天)하신 이제, 산채 안의 만사가 주인 없이 될 일이겠습니까? 형님은 세상에 이름이 높은 분이십니다. 내일은 일진도 좋고 하니 산채의 주인 자리에 앉아 주신다면, 모든 사람이 다 호령을 듣겠습니다."

듣고 나자 송강이 말했다.

"조 천왕이 임종시에 당부하시기를, 누구든지 신문공을 잡는 사람으로 산채의 주인을 삼으라 하셨으니, 그것은 여러분 두령들이 다 아시는 바요. 이제 골육이 아직 식지 않은 디에 이찌 잊겠으며, 더구나 원수를 갚지 못하고 분도 풀지 못한 터에 어찌 그 일을 의논한단 말이오?"

그러자 이번에는 오용이 말했다.

"조 천왕이 비록 그렇게 말씀은 하셨으나 아직 사문공을 잡지 못했습니다. 하지만 어찌 한시라도 산채에 주인이 없어서야 되겠습니까? 형님이 싫다고 하셔도 다른 사람들은 전부 형님의 부하가 아닙니까. 아무래도 형님이 주인 자리에 앉으셔야 하지, 그렇지 않고는 산채 안의 허다한 인마를 관령할 도리가 없소이다. 그러니 우선 권도로 이 자리에 앉아 계시다가 뒷날 다시 의논하여 정하도록 하시지요."

송강이 한동안 말이 없다가 이윽고 입을 열었다.

"딴은 군사(軍師)의 말씀이 근리하오. 그러면 내가 권도로 잠시 이 자리에 앉았다가 후일 사문공을 잡는 인물이 누구든 이 자리에 청하여 앉게 하십시다."

마침내 송강이 그 의견을 좇을 뜻으로 말하니 그 때까지 잠자코 있던 흑선풍 이규가 나서서 한 마디 했다.

"형님, 양산박의 주인은 말도 말고 대송 황제가 되신다 해두 누가 말리겠소?"

송강이 얼굴을 붉히고 소리쳤다.

"이놈아, 그게 무슨 소리냐? 다시 그 따위 미친 소리를 했다가는 혓바닥을 잘라 버리겠다."

"내가 언제 형님더러 면장이나 뭐 그런 거 되라구 권한 거유? 대송 황제가 되라구 그런 건데 왜 혓바닥을 자르겠다구 그러시우?"

이규가 그래도 가만히 있지 않고 입을 놀리는 것을 오용이 얼른 나서서 말했다.

"이 사람은 존비(尊卑)를 모르는 사람이니 상대하지 마시고 어서 대사를 주장하시도록 하시지요."

송강이 그의 말을 좇아 분향하고 나서 권도로 제일좌 교의에 앉으니 상수(上首)는 순사 오용이고, 하수는 공손승이며, 좌일대(左一帶)는 임충이 머리이고 우일대(右一帶)는 호연작이 어른이라. 모든 사람이 참배하고 나서 양편으로 나뉘어 앉자 송강이 입을 열었다.

"내 오늘날 이 자리에 오르게 되기는 오로지 형제의 부조(扶助)에 힘입은 바라 이제 동심합력하고 한 가지로 고굉(股肱)이 되어 체천행도하도록 합시다."

말을 듣고 대소 두령들이 모두 기뻐하기를 마지않았다.

## 6. 옥기린(玉麒麟) 노준의(盧俊義)

어느 날 송강이 뭇 두령들을 모아 놓고 군사들을 일으켜 증두시를 공격해 조 천왕의 원수 갚을 일을 의논하려 했다. 그러자 군사 오용이 나서서 긴했다.

"서민들도 상중에는 가볍게 동하지 않는 법이오. 백일이나 지나거든 그 때 군대를 일으키도록 하시지요."

송강이 그 말을 옳게 여겨 산채를 지키며 매일 조개의 명복만을 빌었는데 어느 날 한 승려가 양산박으로 초대되었다. 법명은 대원(大圓)이라 하고 북경 대명부 용화사(龍華寺)의 주지였다. 우연히 이 사람이 탁발을 나와 제녕으로 향하던 도중 마침 양산박을 지나다가 재를 부탁받은 것이다.

산채 안에 도량을 베풀고 재를 올린 다음 함께 앉아 한담을 나누는 중에 송강이 북경의 풍토와 인물에 대해 묻고 있자니 대원이 문득 이야기를 꺼냈다.

"두령께서 어째 하북(河北)의 옥기린(玉麒麟)의 이름을 못 들으셨습니까?"

송강이 이 말을 듣고 크게 개탄하며,

"아직 노망도 나지 않았는데 어찌하여 이렇게 잊어버리기를 잘 하노. 북경 성내에 노원외(盧員外)라는 사람이 있었어. 이름은 준의(俊義)고 작호는 옥기린이니 곧 하북 삼절(河北三絶)이라, 본시 대명부 사람으로 무예가 출중하여 봉술은 천하 무적일 거야. 만약에 그분이 양산박으로 올라와 주신다면 천하의 병마가 다 쳐들어온대도 두려울 것이 없을 게요."
라고 말했다. 그러자

오용이 웃으며 말했다.

"그를 불러 오는 건 그리 어렵지 않소이다."

"어찌 어렵지가 않다고 하오? 그 사람으로 말하면 북경 대

명부에서 첫 손 꼽는 부자인데, 무엇 때문에 산적이 되겠소?"

"그저 조그만 계교 하나만 쓰면 제가 아무리 싫어도 이리로 걸어올 것입니다."

"남들이 모두 족하를 지다성(智多星)이라 하더니 과연 놀랍소. 대체 군사는 무슨 계책을 쓰려고 하는 게요?"

"소생이 몸소 북경으로 가서 세 치 혀끝만 놀리고 보면 노준의가 안 오고 못 배기는데, 다만 상모가 괴상한 반당(伴當)이 없어 걱정입니다."

말을 미처 마치기 전에 흑선풍 이규가 나서서 큰 소리로 외쳤다.

"군사 형님, 나를 데리구 가시우."

댓바람에 송강이 꾸짖었다.

"네가 어딜 따라가겠다고 그러느냐? 방화나 살인을 한다거나 그저 막 때려부수는 일이라면 너를 쓰겠지만, 이 일로 말하면 세작(細作)이나 할 노릇이다. 자네에겐 안 맞네."

"군사가 상모가 괴상한 반당이 있어야만 한다기에 내가 따라가겠다는데, 왜 형님은 괜히 못 간다구 야단만 치우?"

듣고 있다가 오용이 말했다.

"자네가 기이이 따라오겠다면 세 가지 일을 꼭 지켜야만 하는데, 만약 못 지키겠으면 애초에 따라 나설 생각도 하지 말게."

"세 가지 지킬 것이 대체 뭐유? 세 가지 말고 서른 가지래도 내 다 지키리다."

오용은 손가락으로 꼽으며 말했다.

"첫째는 자네가 술만 먹으면 매양 일을 저지르는 터이니 이번 길에는 술을 한 방울도 입에 대지 않아야 하고, 둘째는 도동(道童) 모양을 하고 나를 따라가는데 무슨 말이고 내 말이면 어기지 말아야 하고, 셋째는 가장 어려운 일인데 내일부터 벙어리 행세를 해서 말은 한 마디도 하지 말아야만 내가 데리고 가겠네."

듣고 나서 이규가 한 마디 했다.

"술도 끊겠구 도동 노릇도 어렵지 않은데, 벙어리 행세하라는 건 너무 심하우. 사람이 말을 안 하고 답답해서 어떻게 한시를 지낸단 말이우?"

"아닐세. 자네는 입만 벌리면 곧 무수한 시비를 자아내고 마니 천하 없어도 이번 길에는 벙어리 노릇을 좀 해야만 되겠네 이 세 가지를 지키겠다면 데리고 가지."

"아따 그렇게까지 말하니 그럼 내 동전 한 닢 입에다 물구 가지"

뭇 두령이 듣고 다들 크게 웃었다.

그리하여 이튿날 새벽에 오용은 송강 이하 두령들에게 하직을 고하고 산을 내려가는데 이규는 도동의 맵시로 보따리를 등에 지고 따라 나섰다.

양산박에서 북경 대명부가 4, 5일 노정이라, 매일 날이 저물면 객점에 들고 일찍 일어나 밥 지어 먹고는 떠났는데 노상에서 오용이 이규로 인해서 이것저것 겪게 된 마음고생은 한두 가지가 아니었다.

이럭저럭 북경성 밖에 당도한 날도 객점을 잡았다. 그런데 그 날 밤 이규가 부엌에 내려가서 밥을 짓다가 대수롭지 않을 일에 화를 내고 객점의 더부살이를 주먹으로 쳐서 상처를 입히는 사고를 일으켰다. 그래서 오용이 대신 사과하고 여남은 관(貫)이나 돈을 주고 간신히 무마를 시키느라고 땀을 뺐다.

그 날 밤을 지내고 이튿날 아침에 조반을 먹고 나자 오용은 이규를 방 안으로 불러들여 말했다.

"여기까지 오는 동안에도 내가 자네로 해서 얼마나 속을 썩힌 줄 아나? 오늘은 성내로 들어갈 텐데, 매사에 각별히 조심을 해야지, 나하고 시비나 일으키고 했다간 의외의 봉변을 당하네, 내가 위험에 빠질 짓을 해서는 안 돼."

"잘 알았수. 내 조심하리다."

"그리고 암호를 하나 정해 두세. 언제든지 내가 머리를 흔들면 자네는 아예 꼼짝을 말게."

"그렇게 하겠수."

이규는 승낙을 했다.

두 사람은 우선 몸치장을 했다. 오용은 검은 비단으로 만든 관을 깊숙이 쓰고 흰비단 도포를 입고 오색띠를 띠고 검은 무명으로 만든 사각화를 신었다.

손에는 황금이 섞인 구리 요령을 들었다.

이규는 노랑 머리털을 그냥 축 쳐뜨리고 하인답게 뒤통수에 쌍고리를 만들고 갈색 무명저고리에 줄띠를 띠고, 튼튼한 신을 신었다. 그리고 등에는 자기 키보다 큰 지팡이를 메었다.

지팡이 끝에 달린 종이 기에는, '강명담천(講命談天), 패금 한 냥'이라 쓰여져 있었다.

두 사람은 방문을 잠그고 주막에서 나왔다. 목적하고 가는 곳은 북경성의 남문(南門)이었다.

오용과 이규는 버젓하게 당당히 성문 앞까지 왔다.

사오 명의 군졸이 문을 지키고 있었다. 중앙에는 지휘관인 듯한 사나이가 앉아 있었다.

오용은 서슴지 않고 나아가 고개를 숙였다.

"응, 사주장이 영감 어디서 왔지?"

오용이 대답했다.

"소생은 강호상에 점을 팔아 생계를 잇는 사람이라 이제 성내로 들어가 사람의 한평생 운수를 점치려고 찾아왔소이다."

군사가 힐끗 한 번 이규를 돌아보더니,

"저 도농의 눈이 꼭 도둑놈의 눈 같군."

하고 한 마디 중얼거렸다.

이규가 이 소리를 듣고 발작하려 했다. 오용이 황망히 머리를 흔들자 이규가 고개를 숙였다.

성문을 지나 오용이 성내로 들어가니 이규가 그 뒤를 따라가는데 지축지축 걸음도 병신스럽게 걸었다.

오용은 번화가를 향해 걸어 들어가며 손으로는 연방 동령(銅鈴)을 흔들고 입으로는 계속 무어라고 웅얼거렸다.

"모두가 수(數)요 운(運)이며 명(命)이니라. 생사와 귀천을 내가 다 아는 터이니 누구나 전정(前程)을 알고 싶거든 한 냥 은자를 아끼지 마오."

하고 길게 늘어놓고는 다시 동령을 딸랑딸랑 흔들었다.

북경 성내의 아이들이 5, 60명이나 그의 뒤를 줄줄이 따라 다니며 낄낄대고 웃었다.

이리저리 돌아 노원외(盧員外)의 집 문 앞에 이르러 더욱 어지러이 동령을 흔들고 구호를 외우니 아이들이 또한 더욱 웃고 들렜다.

이 때 노준의는 가게에 앉아 있다가 물었다.

"뭐냐, 왜 저렇게들 떠들지?

곁에 있던 점원이 보고 들어와 고했다.

"외처에서 들어온 사주장이가 복채 한 냥을 내면 귀신처럼 신수를 봐 주겠다고 외치고 다니는군요. 어림도 없지, 누가 그런 쓸데없는 일에 돈을 쓰겠습니까. 더구나 그 뒤를 하인 녀석이 따라왔는데 그놈이 아주 거지꼴 같고 이상해서 아이들이 놀려 대고 있답니다."

"그렇게 큰소리를 친다면 아마 상당한 사람이겠지. 어디 잠깐 불러 오게."

점원은 곧 밖으로 뛰어나와 오용을 불렀다. 오용은 곧 이규와 함께 그를 따라 청전으로 들어갔다.

오용이 앞으로 나가 노원외를 보니 용모가 청수하고 신장은 9척 정도였는데 위풍이 늠름하고 의표는 바로 천신(天神)과도 같았다. 옥기린 노준의의 명자가 과연 헛되지 않다고 생각하며 오용이 그를 향하여 예를 올리니 노준의가 몸을 굽혀 답례하며,

"선생의 고향은 어디시며 이름은 뉘시오?"
하고 물었다. 오용이 대답했다.

"저는 성은 장(張), 이름은 용(用), 호는 천구(天口)라고 하며 산동(山東)이 고향입니다. '황극선천신수(皇極先天神數)'를 배워 여러분의 생사 귀천을 점치는데 복채는 은으로 한 냥입니다."

노준의는 그를 안채의 아담한 방으로 데리고 들어갔다.
차(茶)가 나오고 은 한 냥이 나왔다.

"자 그럼 제 운수를 봐 주실까."

"생년월일시는?"

"군자는 재앙을 묻고 행운은 묻지 않는다고 하니 저는 재수가 어쩌니 저쩌니 하는 것은 묻지 않겠습니다. 오직 현재의 기운(氣運)이 어떤지 그걸 알고 싶습니다. 저는 올해 서른세 살, 갑자년 을축시 병인일 정묘시에 출생했습니다."

오용은 한 줌 철산자(鐵算子)를 꺼내어 탁자 위에 벌여 놓고 한동안 꼽고 세고 하더니 문득 손을 들어 탁자를 탁 치며 큰 소리로 외쳤다.

"이거 참 괴이하구나!"

노준의가 또한 깜짝 놀라며 물었다.

"이 사람의 길흉이 어떠하기에 그러오?"

오용이 말했다.

"원외께서 괴이하게 듣지 않으시겠다면 바로 말씀하오리다."

"내 어찌 괴이하게 생각할 까닭이 있겠소? 바른 대로 일러 주시오."

"그럼 말씀드리겠는데 주인님의 이 점괘를 보니 지금부터 백 일 안에 반드시 혈광(血光)의 재난이 있습니다. 재산은 없어지고 도검(刀劍)에 목숨을 잃으실 운명이 닥쳐오고 있습니다."

노준의가 웃음을 터뜨리며 말했다.

"선생, 그건 잘못 보셨습니다. 저는 이 북경에서 태어나서 치부를 한 사람입니다. 조상 중에 법을 어긴 분도 안 계시고 집안에 방탕한 여자도 없고 특히 저는 모든 일에 조심을 해서 못쓸 행동을 한 적도 부정한 돈을 받은 일도 없습니다. 그런데 어째서 혈광의 악운이……"

용은 안색이 홱 변했다. 급히 복채를 도로 내놓고 일어서며,

"천하 사람이 다 아첨하는 말만 좋아하는구나. 그만 두어라, 분명히 옳은 길을 가리켜 주건만 도리어 충성된 말을 악한 말로 돌리다니… 소생은 이만 물러가오."

하면서 곧 밖으로 나가려 하자 노준의가 황망히 말했다.

"선생은 노여워하지 마오. 먼저 한 말은 희담(戲談)이오. 선생의 가르치심을 받겠으니 어서 자리에 앉으시오."

"원래 직언이라는 것은 믿기가 어려운 법이외다."

"나는 믿을 터이니 조금도 숨기지 마시고 알려 주시오."

오용이 비로소 다시 자리에 앉아 말했다.

"그렇다면 말씀드리죠. 주인 당신의 운수는 아주 상상길(上上吉)이지만 오직 하필 올해에는 운수가 아주 나쁩니다. 더구나 백 일 이내에 몸과 몸이 각각 떨어지게 된다는 무서운 악운이 보입니다."

"그렇다면 그것을 피할 수 없는 것인가요."

오용은 다시 산대를 벌여 놓았다.

"으음, 이것은,"

하고 깊이 생각을 하고 나서 말했다.

"반드시 동남쪽으로 천 리 저쪽까지 물러가 버리면 악은 뗄 수가 있겠죠. 하긴 그래도 깜짝 놀랄 일이 있기는 있지만 그래도 결국은 무사합니다."

"만약 이 난을 피할 수 있다면 사례는 충분히 하죠……"

"주인님의 이 점괘에는 네 귀의 노래가 있습니다. 지금 여기서 부를 테니 어떻습니까. 손수 그 벽에다 써 주시면… 후일 반드시 '아, 그랬구나'하고 제 점을 다시 생각하게 되실 겁니다."

노준의는 붓을 들었다. 그리고 손수 그 벽에다 쓴 것은 오용이 부른 다음 네 귀의 노래다.

노화탄상유편주(蘆花灘上有扁舟). 보라 갈대 속에 작은 배
준걸황혼독자유(俊傑黃昏獨自遊). 혼자 걷는데 날이 저문다.
의도진두원시명(義到盡頭原是命).　전세의 약속, 운명이 다 되다.
반궁도난필무우(反窮逃難必無憂). 죽기보다 낫겠지, 도둑의 생활

노준의가 쓰기를 마치자. 오용은 산자를 수습하여 가지고 자리에서 일어났다. 주인을 향해 길이 읍하고 나가려 하니 노준의가 손을 들어 밈추게 하고,

"선생, 점심이나 자시고 가시오."

하고 다시 자리에 앉기를 권했다. 그러나 오용은 사양하고

나서 이규를 데리고 바로 성을 나서며

"자 이제 볼일은 끝났다. 급히 산채로 돌아가 수배를 해서 노준의를 그물에 잡아넣어야 한다. 결국은 찾아올 인간이니까."

라고 말하고는 북경 성하를 떠났다.

한편 노준의는 오용을 보낸 뒤로 매일 날이 저물면 뜰로 나가 하늘을 바라보며 우울해했다. 모두가 허튼 수작이라고 생각하며 웃어 버리고 싶었으나 역시 불안한 생각은 금할 길이 없었다.

마음을 진정하지 못한 그는 마침내 당직을 시켜 뭇 주관(主管)들을 불러들이게 했다.

오래지 않아 모두 모여들었는데 그 중에 도주관(都主管)으로서 집안 일을 총찰하는 사나이의 성은 이(李)요 이름은 고(固)니, 그의 수하에 딸린 소주관의 수효만도 4, 50명이라 모두들 그를 불러 이 도관(李都管)이라고 하는 터였다.

일동이 이고의 뒤를 따라 방 안으로 들어오자, 노준의는 쭉 훑어보고 나서 말했다.

"그 애는 어디를 갔느냐?"

밀이 미처 끝나기 진에 계하에서 또 한 사람이 나오니 6척이 넘는 신장에 나이는 이십 사오 세 정도 되는 청년이었다. 코 아래 수염이 예쁘장하고 허리는 가늘고 어깨는 넓었다.

이 사람은 누군가 하면 원래 북경 사람으로 어려서 부모를 여의고 노원외 집안에서 자란 사람이었다. 무예가 출중한 가운데 활을 잘 쏘아 사냥을 나가면 실로 백발백중이었다.

재주도 있거니와 또한 유달리 영리하여 머리를 이르면 꼬리를 아니 그의 성은 연(燕)이고 이름은 청(靑)이라 북경 성내의 사람들이 모두 그를 불러 낭자(浪子) 연청이라 불렀다.

하여간 노준의가 가장 신임하고 있는 부하였다. 그 연청이 자리로 나와 인사를 하고 일동과 함께 자리를 잡았다.

이고가 왼편, 연청이 오른편에 앉자 노준의가 입을 열어 말했다.

"내가 이번에 신수를 보았더니 나에게 백 일 안에 혈광(血光)의 악이 있어 동남쪽 천 리 밖으로 나가야 화를 면할 수 있다고 한다. 그래서 생각했는데 태안주(泰安州)가 동남쪽 천 리 밖인데 그 곳에는 동악태산, 천제인성제(天齊仁聖帝)님의 사당이 있어서 천하 사람들의 생사, 재앙을 맡아 보고 계시니 나는 그리로 가서 악운의 소멸을 빌고 장사도 할 겸 외방 경치를 구경해 볼 생각이다. 그러니 이고는 수레 열 채를 마련해 산동으로 보낼 짐을 싣고 나와 함께 길을 떠날 채비를 하고 연청은 남아서 집안 일을 돌보도록 하라. 사흘 후에 출발할 것이니 그리 알라."

듣고 난 연청이 말했다.

"나으리, 태안주에 가시려면 아무래도 양산박 아래를 지나게 됩니다. 근래 그 곳에 송강 이하로 한 때 강적이 모여들어 가까운 촌으로 나와 다니며 노략질을 마음대로 하건만 관병 포도조차 얼씬을 못한다 합니다. 점쟁이가 되는 대로 지껄인 말을 곧 이들이시고 태안주로 가시려 그 곳을 지나시겠다니 화를 피하시는 게 아니라 화를 맞으시는 게 아니겠습니까?"

"양산박 소문은 나도 들어서 알고 있다마는 그놈들을 두려워할 내가 아니다. 만나게 되면 내 한 놈씩 다 잡아다 관가에 바칠 것이다. 전일에 배운 무예를 천하에 드러내는 것도 또한 남자 대장부가 할 일이 아니겠느냐?"

그의 뜻이 굳은 것을 보고 아무도 다시 나서서 옳다 그르다 말하는 자가 없었다.

이고는 가고 싶지 않은 길이었으나 주인의 분부를 어길 수가 없어 수레 10채를 준비하고 행리와 행화(行貨)를 말끔히 묶어서 수레에 실었다. 수레를 끄는 말만 해도 4, 50필이나 되었다.

마침내 떠나는 날 아침, 노준의는 새 옷을 갈아입은 다음 조반을 재촉하여 먹고는 후당 안으로 들어가 사당에 하직을 고하고 문을 나서기에 앞서 부인 가 씨에게 당부했다.

"집을 잘 보고 있으시오. 오래 걸린대도 석 달이고 빠르

면 50일 안으로 돌아올 거요."

가 씨가 말했다.

"부디 길에서 조심하시고, 또 소식을 자주 전하세요."

드디어 노준의는 손에 곤봉을 들고 집을 떠나 성 밖으로 나갔다. 길을 가면서 둘러보니 좌우의 산천이 수려하고 평원광야가 평탄하여 실로 마음까지 활짝 틔는가 싶었다.

'내가 만일 집 속에만 들어앉아 있었다면 이런 경치를 어찌 구경해 보랴.'

그 날 밤은 그 곳에서 묵고 이튿날 새벽같이 일어나 밥 지어 먹고 다시 길에 올랐다. 이러하기를 여러 날 하여 하루는 한 객점에서 묵고는 새벽에 떠나려고 했을 때였다. 그 주막집 사람이 말했다.

"관인께 일러드릴 말씀이 있습니다. 여기서 한 20리쯤 가시면 바로 양산박 아래를 지나시게 되는데, 산상의 송공명 대왕이 내왕하는 객인들은 해치는 법이 없다 하지만 그래도 혹시를 모를 일이니 관인은 그저 가만가만 소리없이 지나가도록 하십시오."

듣고 나자 노준의는 말했다.

"그래? 그것 잘 됐군. 그러지 않아도 내 이번 길에 그놈들을 사로잡으려는 참일세."

주막집 사람은 어이가 없어 하며,

"관인은 부디 큰 소리로 말씀 마십시오. 소인네들한테까지 화가 미칠까 지레 겁이 납니다. 여기를 어디루 아시구 그러십니까? 1, 2만 명 군사쯤 가지고는 근처에도 못 와보는 양산박입니다.

라고 일러 주건만 노준의는,

"그런 방귀 같은 소리는 하지도 말게."

하고 한 마디로 코웃음을 친 다음 계속 수레를 나아가게 하니 이고의 무리들이 모두 한숨을 쉬면서 따라갔다.

노준의는 손에 한 자루 박도를 들고 수레를 재촉하여 양산박 대로를 거침없이 나아갔다.

험준하고 꼬불꼬불한 산길— 이고의 무리는 마지못해 따라는 가면서도 꼭 저승길만 같아서 한 걸음에 한 번씩 깜짝깜짝 놀랐다.

대낮이 가까워질 때까지 걷자 멀리 눈에 들어온 것은 관장한 숲이었다. 한 아름이 넘는 대목(大木)의 숲이었다.

그리로 접어들자 갑자기 '피익'하고 휘파람 소리가 들렸다. 이고 등은 섬뜩했지만 숨을 곳이 없었다.

노준의는 수레를 한편 길가로 밀어 세우게 했다. 인부들은 그 수레 밑으로 길어 들어가 덜덜 떨기 시작했다.

노준의는 꾸짖었다.

"너희는 조금도 겁내지 말고 내가 잡는 대로 묶어서 수레

에 싣기나 하라!"

그 말이 미처 끝나기 전에 숲 속에서 4, 5백 명 졸개가 뛰어나오고 또 등 뒤에서도 바라 소리가 크게 일어나며 4, 5백 명 졸개들이 내달아 돌아갈 길을 끊었다.

때맞추어 화포 소리가 크게 울리더니 머리에 붉은 두건을 쓴 한 호한히 큰 도끼 한 쌍을 손에 쥐고 휘두르며 달려나와 소리를 가다듬어 외쳤다.

"노원외야! 네 벙어리 도동(道童)을 알아보겠느냐?"

노준의는 그제야 깨닫고 마주 소리쳤다.

"나는 전부터 너희들을 잡을 생각을 하고 있는데, 너희가 제 발로 여기까지 나와 주었구나. 송강에게 빨리 항복하라고 해라. 만약 꾸물거리면, 너희들을 모조리 때려잡을 것이다."

이규가 입을 벌려 크게 웃으며 말했다.

"노원외야, 네가 이미 우리 군사의 점괘(占罪)에 속아 여기까지 왔으니 여러 말 말고 어서 교의에 올라앉기나 해라."

노준의가 크게 노하여 박도를 휘두르며 내달으니 이규가 또한 쌍도기를 휘두르며 맞았다.

그러나 어우러져 싸우기 3합이 못되어 이규가 권자(圈子) 밖으로 뛰어 나가더니 그대로 몸을 돌려 숲속으로 달려 들어갔다.

노준의는 박도를 꼬나잡고 그 뒤를 급히 쫓았다. 하지만 이규는 총잡한 숲속에서 이리 피하고 저리 피하며 노준의의 화를 돋울 대로 돋우고는 어디론가 슬쩍 몸을 감추고 말았다.

노준의가 하는 수 없이 몸을 돌려 밖으로 나오려 할 때 홀연히 한편에서 또 사람 한 때가 나왔고 앞을 선 자가 소리를 높여 그를 불렀다.

"원외는 달아나지 말고 나를 보라."

바라보니, 무지무지하게 살찐 화상이 몸에는 조직철(皁直綴)을 입고 손에는 철선장을 거꾸로 짚고 서 있었다.

노준의는 꾸짖었다.

"네 어디서 온 중놈이냐?"

화상이 한바탕 껄껄 웃고 대답했다.

"나는 화화상 노지심이오. 송공명의 장령을 받고서 원외를 산채로 모시려고 나온 길이오."

노준의는

"거지 중놈 같으니 미친 개소리 말아라!"

하고 악을 쓰면서 박도를 휘두르며 덤볐다.

서로 싸우기 삼 합(三合)이 되었을 때 노지심은 박도를 피해 도망치기 시작했다. 그 뒤를 쫓아갔더니 이번에는 행자 무송이 달려나왔다.

노준의는 노지심을 버려두고 무송에게 달려들었다. 그러나 무송 역시 그와 어우러져 싸우기 3합이 못되어 발길을

돌려 달아났다.

노준의는 그 뒷모양을 바라보고 껄껄 웃었다.

"내 너를 쫓지 않겠다. 그놈들 참, 하잘것없는 놈들이로구나."

그가 냉소하기를 마지않을 때, 문득 산언덕 아래에서 한 사나이가 나타나며 또 소리를 질렀다.

"나는 적발귀 유당이란 사람이다."

"네 이 좀도적놈, 도망가려 말아라!"

한 마디 소리친 노준의가 다시 박도를 꼬나잡고 유당에게로 달려들어 서로 싸우기 겨우 3합에 이르렀을 때 한 옆에서 또 한 사나이가 나오며 크게 외쳤다.

"호걸 몰차란 목홍이 여기 있다"

유당과 목홍 두 사람이 각기 박도를 휘두르며 노준의와 싸우는데 또한 3합이 못되어 등 뒤에서 난데없는 발 소리가 들렸다. 노준의가

"이놈아"

하고, 소리를 벽력같이 질러 유당·목홍이 두어 걸음 뒤로 물러나게 하면서 몸을 돌려 등 뒤의 호걸을 맞아 싸우니 그는 곧 박천조 이응이었다.

세 두령은 징자직(丁字脚)으로 에워싸고 들이쳤다. 하지민 노준의는 조금도 어려워하지 않고 수단을 다하여 맞아 싸웠다. 그런데 문득 산 위에서 바라 소리가 크게 울렸다. 그것

이 군호인 듯  세 사람은 각기 파탄을 보이더니 일시에 몸을 돌려  달아났다.

노준의는 이 때를 당하여 온몸에 땀이 쭉 흘렀다. 감히 그들을 쫓지 못하고  다시 먼저 있던 곳으로 나와 거장과 인반(人伴)을 찾는데  수레 10채와 허다한 사람과 마필이 어디로 갔는지 하나도 보이지 않았다.

노준의가 곧 높은 언덕 위로 올라가서 사면을 둘러보니 한편 산언덕 아래로 무수한 졸개들이 거장과 마필을 몰고 이고 등을 생선 두름처럼 엮어서 북 치고 바라를 치며 송림 속으로 들어가고 있었다.

노준의는 불같이 화가 치밀었다. 코에서 거센 숨을 내뿜으며 박도를 손에 들고 줄달음질을 쳐 뒤를 쫓았다. 한데 그의 앞길을 가로 막는 두 사람의 장정이 있었다.

"어디를 가느냐? 우리를 보고 가거라."

한명은 미염공 주동이고, 또 한 명은 삽시호 뇌횡이었다. 노준의는 소리를 가다듬어 꾸짖었다.

"이 도둑놈들아, 빨리 내 거장과 인마를 돌려보내지 못하겠느냐?"

주동이 손으로 긴 수염을 쓰다듬으며 껄껄 웃고 말했다.

"노원외는 어찌하여 여태껏 깨닫지 못하는고? 이미 우리 군사의 모계에 걸리고 말았으니, 설사 두 겨드랑 밑에 날개

가 돋쳤더라도 피할 길이 없는 터이니 앙탈 말고 함께 산채로 올라가서 교의에 앉는 것이 좋을 성싶구면."

노준의는 얼굴이 새빨개지며 두 사람을 향해 치고 덤볐다.

주동과 뇌횡은 적당한 틈을 타 도망을 쳤다.

'저놈들 가운데 단 한 놈이라도 사로잡아야만 내 거장과 인마를 찾을 것이 아닌가.'

라고 생각한 노준의는 죽기로 산언덕을 돌아 그들의 뒤를 쫓았다. 그러나 산모퉁이를 돌아서자 두 사람은 종적 없이 어디론가 사라지고 산꼭대기에서 퉁소 부는 소리가 유량히 들려 오기 시작했다.

쳐다보니 누른 기가 바람에 펄럭이고 있었다. '체천행도(替天行道)'라고 수를 놓은 네 글자가 보였다. 그래서 길을 돌아 접근해 갔더니 금란(金瀾)의 붉은 일산 밑에 서 있는 사람은 송강이었다. 왼편에 오용, 오른편에 공손승, 그 밖에도 칠십여 명이 모여 서서,

"노준의 나리 무사하셔서 무엇보다 다행입니다!"

하고 일제히 외쳤다.

노준의가 더욱 노하여 산 위를 손가락으로 가리키며 큰 소리로 꾸짖으니 오용이 말했다.

"노준의 나리, 화가 나시겠지만 송공명이 오래 전부터 나리를 모시려고 저를 댁까지 보내 이리로 나오시게 한 다음

함께 하늘을 대신해서 도(道)를 행해 보자고 생각하시고 있는 것입니다. 과히 허물치 마시기를,"

"이놈. 이 미친놈들아! 나를 속여서 유인을 하다니, 못된 놈들!"

하고 노준의가 소리쳤을 때, 송강 뒤에서 소이광 화영이 활에 살을 메워 들고 나서서 노준의를 향하여,

"노원외는 너무 잘난 체 말고 화영의 신전(神箭)이나 구경하라!"

하고 말한 뒤 곧 깍지손을 떼니 시위를 떠난 화살이 노준의의 삿갓에 달린 새빨간 술을 쏘아 떨어드렸다.

깜짝 놀란 것은 노준의, 돌아서서 도망을 치자 산에서는 북 소리가 '둥둥둥' 울리고 벽력화 진명과 표자두 임충이 일표 군마를 거느리고 기를 두르고 납힘하며 산 동편으로 쫓아 달려 내려오고, 동시에 또 쌍편 호연작, 금창수 서녕들도 산 서쪽에서 함성을 지르며 달려나왔다.

노준의는 심히 당황했다. 달아나려 하나 길은 없고 천색은 곧 저물려 하는데 다리는 아프고 배도 고팠다.

황망한 중에 어이 길을 가릴 것인가, 되는 대로 산벽 소로를 찾아 도망을 하는 중에 어느덧 황혼 때가 되었다. 연기와 안개가 산에 자욱하여 하늘의 달빛이 희미한데 겨우 더듬어 찾아 이른 곳이 압취탄 머리였다.

사면을 둘러보니 갈대가 무성하고 망망연수(茫茫烟水)였다. 노준의는 한 차례 둘러보고 나서 하늘을 우러러보며 길이 탄식했다.

"내가 연청이의 말을 듣지 않고 나섰다가 과연 오늘날 이런 화를 당하는구나."

바야흐로 번뇌하기를 마지않을 때, 문득 갈대숲 속에서 한 어부가 한 척 작은 배를 저어 나오다가 그를 보고 말했다.

"댁은 참으로 대담도 하시오. 이 곳은 바로 양산박 사람들이 무시로 출몰하는 곳인데 이 밤중에 어찌 여기 와 계시오?"

노준의가 말했다.

"내가 길을 잘못 들어 이리로 들어왔으니 부디 나를 좀 구해 주시오."

어부가 말했다.

"여기서 큰길을 찾아 돌아 나가려면 인가 있는 데까지는 30리가 넘는데 길이 극히 총잡하여 초행에는 더구나 어렵겠고, 곧장 물길로만 쫓아간다면 불과 5리 밖에 안 되니 손님이 내게 돈 열 관(貫)만 주겠다면 이 배로 건네다 드리리다."

어부는 배를 언덕에 갖다 대고 노준의를 붙들어 배에 오르게 한 다음 노를 지이 갈대숲을 헤치고 나아갔다.

한 4, 5리쯤 갔을 때 홀연히 저편 갈대숲에서 한 척 작은 배가 나는 듯이 나오는데 배 위의 두 사람이 하나는 뒤에서 노를 젓고, 하나는 뱃머리에 벌거벗은 알몸으로 우뚝 서 있었다.

벌거벗은 사나이가 장대를 놓고 노래를 부르기 시작했다.

"글공부는 아주 질색
양산박에 도사리고 앉아
함정을 파 범을 잡고
미끼로 고래를 낚네."

노준의는 그 소리를 듣자 전신에 소름이 끼치고 숨이 막혔다.

잠시 후 또다시 왼쪽 갈대숲에서 역시 두 사나이가 탄 배가 나왔다, 그쪽 노래는 다음과 같았다.

"하늘이 나 같은 놈을 내셨구나.
천성이 사람 죽이기만 좋아하네.
만 냥 황금 내 다 싫고
옥기린 하나만 잡아 보려네."

노준의는 점점 더 안타까워졌다. 그런데 이번에는 또 한복판에서 역시 작은 배 한 척이 쏜살같이 나타났다.

이윽고 배 세 척이 한 곳으로 모여드니, 중간은 원소이이고 좌편은 원소오 우편은 원소칠이었다.

노준의는 간이 콩알만해졌다. 헤엄을 칠 줄 모르는 것이다.

"여봐, 사공 어서 언덕으로 대 주게."

하고 간청을 하자 어부는 입을 크게 벌려 한바탕 껄껄 웃더니  노준의를 향하여 말했다.

"위는 청천(靑天)이고 아래는 녹수(綠水)라  심양강에 나서 양산박에 올라와 사람 죽이기를 생업으로 삼으니, 나로 말하면 곧 혼강룡 이준이오. 원외가 종시 우리에게 항복을 않겠다면 끝끝내 생명을 보전치 못하리다."

노준의가 불같이 노하여,

"목숨을 보전 못할 사람은 내가 아니라 바로 네놈이다."

하고 벽력같이 소리를 지르며 박도를 들어 이준의 가슴 한복판을 찌르려 드니, 이준이 방패를 들어 칼을 막으며 한번 발을 굴러 곤두쳐 물 속으로 들어가 버렸다.

사공 없는 배가 물 위에서 빙빙 돌았다. 노준의가 어찌할 바를 모를 때 문득 한 사람이 배 밑에서 솟아나오며,

"나는 낭리백도 장순이다!"

하고 외치더니 한 손으로 고물을 잡고 두 발로 물을 차며 배를 뒤집어 버렸다.

노준의가 무슨 수로 견디어 낼 것인가 그대로 물 속에 텀벙 떨어지고 마니 장순은 곧 그의 허리를 안고 건너편 언덕으로 헤엄쳐 갔다. 물가에 5, 60명 졸개들이 있다가 횃불

을 밝혀 들며 노준의를 받아 올려 요도(腰刀)를 끄르고 젖은 옷을 말끔 벗긴 다음에 곧 마바로 묶으려 할 때였다. 한 사나이가 달려오며,

"무례히 말아라!"

하고 소리를 지르니, 그는 곧 장령을 받고 달려온 신행태보 대종이었다.

뒤따라 이른 졸개에게서 한 벌 금의수오(錦衣繡襖)를 내어 노준의에게 입히고 났을 때 여덟 명 졸개가 교자(轎子) 한 틀을 메고 왔다. 그들이 노준의를 부축하여 태우고 가느라니까 멀리서 수십 쌍 홍사등롱(紅紗燈籠)이 한 때 인마를 옹위하고 오는데 풍악이 앞을 섰다.

가까이 이르는데 보니 곧 송강·오용·공손승과 뭇 두령들이었다. 그들이 일제히 말에서 내리는 것을 보고 노준의도 황망히 교자에서 내리니, 송강이 먼저 땅에 무릎을 꿇자 두령들이 또한 따라서 무릎들을 꿇었다.

노준의가 마음에 불안하여 저도 황망히 무릎을 꿇고 예를 한 다음에,

"나는 포로의 몸이요. 어서 목을 베시오."

하니 송강이 크게 웃으며,

"원외는 어서 교자에 오르시지요."

하고 권했다.

일동은 고악에 맞추어, 세 곳 관문을 지나 이제는 충의당(忠義堂)으로 이름을 바꾼 취의청 앞에 이르러 말에서 내렸다.

등촉이 환한 자리에서 송강은 정중하게 사과를 했다.

"원외의 대명을 우레같이 들었더니 오늘 다행히 뵈올 길을 얻어 크게 평생을 위로하겠소이다."

오용이 또한 나와서 말했다.

"전일에는 형장의 명을 받들어 특별히 문하에 가서 점치는 것을 빙자하고 원외를 꾀어 산에 올라오시게 하였으니, 이는 더불어 대의를 모아 체천행도하려 함이외다."

오용의 말이 끝나자, 송강은 곧 노준의의 손을 이끌어 제일좌 교의에 앉히려 했다. 그러자 노준의가 말했다.

"내가 그릇 호위(虎威)를 범했으니 만 번 죽어 마땅한데, 어찌 이렇듯 희롱하시나이까?"

"희롱함이 아니외다. 원외의 위덕(威德)을 사모하기를 실로 목마른 이가 물 구하듯 하는 터이니, 부디 이 산채의 주인이 되어 주신다면 모든 사람이 다 함께 호령을 듣겠소이다."

그래도 노준의는 듣지 않았다.

"내 비록 죽는 한이 있어도 그 말씀을 못 좇겠소이다."

오용이 곁에 있다가,

"그 의논은 내일 다시 하기로 하시지요."

하고 주식(酒食)을 갖추어 대접하니, 노준의는 마지못하여 두어 잔 술을 마셨다. 잠시 후 부하들이 안채 침실로 안내했다. 송강은 그 다음 날도 노준의를 위해 성대한 주연을 베풀고 사퇴하는 것을 억지로 중앙 좌석에 앉혔다. 잠시 후, 술이 몇 순배 돌았을 때 송강은 일어서서 잔을 잡고 몸을 일으켜 말했다.

"산채가 심히 협착하여 비록 용신하시기는 어렵겠으나 충의(忠毅) 두 자를 생각하셔서 취의(聚義)하여 주시겠다면, 송강이 진정으로 원외께 자리를 사양하오리다."

그러나 노준의는 역시 듣지 않았다.

"제가 일신에 지은 죄가 없고 집에 약간의 재물이 있으니, 살아서는 대송(大宋) 사람이고 죽어서는 대송의 귀신이라, 이 자리에서 죽으면 죽었지 그 말씀을 좇지는 못하겠소이다."

뜻이 굳은 것을 보고 오용이 말했다.

"이미 그러하시다면 우리가 억지로 핍박하지는 못할 일이니, 며칠 이 곳에 머물러 계시어 모든 사람이 평소에 사모하던 마음이나마 위로해 주시고 돌아가시지요."

"이 사람이 며칠 머물러 있기는 어려운 일이 아니나, 다만 집안 식구들이 소식을 궁금해할 일이 난처하외다."

"그 일이라면, 먼저 수레와 이고를 보내시고 주인께서는 한 걸음 늦게 출발하셔도 되지 않습니까."

오용은 곧 이고를 불러서 물어 보았다.

"본래 영거해 온 거장 인마가 다 그대로 있는가?"

"예, 다 그대로 있습니다."

이고가 대답하자 송강은 커다란 은덩어리를 이고에게 내주었다. 다른 자에게도, 또 수레의 인부들에게까지 고루고루 나누어 주었다. 일동은 감사하게 생각했다.

노준의는 이고에게 명령했다.

"내 딱한 사정은 네가 보아서 모두 아는 터이니, 집에 돌아가거든 낭자더러 아무 근심 말라고 일러라. 죽지 않으면 돌아갈 테니까."

"예, 그러면 먼저 돌아가겠습니다."

이고가 하직하고 충의당에서 내려가니 오용은 노준의를 돌아보고,

"원외는 앉아 계십시오. 소생이 이 도관을 산 아래까지 바래다 주고 오리다."

라고 한 마디 하고 곧 금사탄으로 먼저 내려갔다.

오래지 않아 이고와 두 명 당직이 거장과 이반을 영솔하고 산을 내려왔다. 오용은 이고를 한편으로 불러 가만히 말했다.

"자네 주인어른이 우리와 의논을 하고, 둘째 교의에 앉기로 하셨으니 그리 알게. 이것은 본래 산에 올라오기 전에 이미 작정을 한 일이라. 노원외가 댁 바람벽에다 네 귀 반시

(反詩)를 써 놓으신 것이 있으니, 한 귀마다 머릿자에 뜻이 있는 걸세. 내 일러줄 테니 들어 보게. '노화총리유편주(蘆花叢裏有片舟)'란 노(蘆)가 아닌가? '준걸황혼독자유(俊傑黃昏獨自遊)'는 준(俊)이 아닌가? '의도진두원시명(義到盡頭原是命)'는 의(義), '반궁도난필무우(反窮逃難必無憂)'는 반(反)— 이 넉자를 모으면 곧 '노준의반(蘆俊義反)'이 되지 않나? 미리 그렇듯 집에 다 써 놓고 산에 올라온 것을 자네들이 어찌 알겠나? 원래는 자네들을 모조리 죽이려 했던 것이나, 오늘만은 용서해 주는 거야. 북경으로 돌아가거든 그렇게 전해. 주인은 다시는 안 돌아온다고. 알았지?"

이고는 깜작 놀라 곧 하직을 고하고, 무리들을 거느려 나루를 건너자 길을 재촉하여 북경으로 돌아갔다. 오용은 다시 충의당으로 돌아와 그런 눈치를 보이지 않고 술자리에 끼어, 연해 노준의에게 잔을 돌렸다.

이 날은 이경이나 되어 자리를 파하고, 이튿날 또 연석을 배설하고 노준의를 청하니, 그는 좌중을 둘러보고 말했다.

"여러 두령께서 이렇듯 사랑해 주시는 것은 감사하나, 다만 이 사람이 지금 날 보내기를 해같이 하고 있으니 오늘은 그만 보내 주시지요."

송강이 말했다.

"모처럼 만나뵈온 터이니 내일 송강이 따로이 잔치를 베풀

어 정회(情懷)나 펴고 가시게 하오리다. 부디 사양 마십시오."

다시 하루가 지난 다음, 이튿날은 송강이 청하고 다음 날은 오용이 청하고 또 다음 날은 공손승이 청하여, 이렇듯 상청(上廳)에 앉은 두령 10명이 매일 한 명씩 차례로 연석을 베풀어 청하니, 하루하루 끌어온 것이 어느덧 한 달이 넘었다. 노준의가 참다못해 다시 하직을 고하려 하니 이규가 버럭 소리를 질렀다.

"내가 원외를 청해 오느라고 목숨을 내놓고 북경까지 갔었건만, 이번에 한 번도 모시고 잔치를 못해 봤으니 이런 법이 세상에 어디 있소?"

오용은 듣고 크게 웃으며,

"내 저렇게 손님 청하는 법은 생전 처음이로군."

하고 노준의를 향하여 말했다.

"모든 사람이 저렇듯 말하니 며칠만 더 묵어 가시지요."

노준의가 어찌하는 수 없이 다시 며칠을 더 머무르니 전후 50여 일이다. 북경을 떠나온 것이 5월 초순이었는데 양산박에서 두 달이나 묵어 어느덧 7월, 이제 중추절이 가까워지고 있었다.

노준의가 이제는 한시가 급하여 송강을 보고 간절히 청했다. 송강이 마침내 다음 날 떠나갈 것을 허락했다. 노준의의 기쁨은 비길 데가 없었다.

이튿날 송강은 의상(衣裳)과 박도를 노준의에게 돌려주고 뭇 두령들과 함께 그를 바래서 산 아래로 내려갔다.

금사탄에 이르러 송강은 일반(一盤) 금은을 주려 했으나, 노준의는 북경까지 돌아갈 노자만 있으면 족하다 하며 받지 않고 송강 이하 뭇 두령들에게 하직을 고한 다음 나루를 건넜다.

## 7. 낭자(浪子) 연청(燕靑)

노준의는 길을 재촉했다. 열흘쯤 걸려서 북경에 도착했는데 마침 날이 저물 때였다. 입성(入城)할 시간이 없어서 하룻밤을 성 밖 주막에서 보내고 다음 날 아침 일찍 성내를 향해 걸음을 재촉했다. 그런데 길가에서 다 떨어진 두건에 넝마를 걸친 사나이가 그를 보고 달려나와 땅바닥에 엎드려 절을 했다. 노준의가 자세히 보니 뜻밖에도 낭자 연청이 아닌가.

"아니 너 이게 웬일이냐."

"여기선 말씀을 여쭐 수가 없습니다."

노준의는 사면을 둘러보다가 길가 토담 곁으로 그를 끌고 가서 다시 물었다.

"대체 어찌 된 일이냐?"

그제야 연청이 조용히 말했다.

"나으리께서 나가신 지 보름 만에 이고가 돌아와서 낭자를 뵙고 나으리께서는 양산박 송강에게 귀순하셔서 둘째 교의에 앉으셨다고 말하고 즉시 관사(官司)에 고한 후 낭자와 부부가 되었는데, 소인이 저의 눈엣가시라 집에서 끝내 내쫓고 말았습니다. 그뿐 아니라 친척이나 친구들에게까지 저를 붙이는 자는 돈이 얼마가 들든 옥에다 잡아 넣겠다고 떠들고 다닙니다. 결국 저는 성내에 있을 수가 없어, 성 밖 이 곳으로 나와 거지 노릇을 하고 있습니다. 그야 다른 곳으로 가면 갈 곳이 없는 것도 아니지만 설마 주인님께서 산으로 들어가셨다고는 생각지 않았습니다. 하여간 만나 뵙게 될 때까지 이러고 있었습니다. 만약 나으리께서 지금 양산박에서 오시는 길이시라면 빨리 그리로 돌아가셔서 다시 좋은 도리를 찾으십시오. 이대로 성내로 들어가셨다가는 이고 놈의 수단에 빠지셔서 어찌 되실지 모릅니다."

듣고 나자 노준의는 꾸짖었다.

"너 이놈. 무슨 잠꼬대를 하고 있어! 집사람은 그런 여자가 아냐!"

"아니올시다. 모르시고 하시는 말씀이십니다. 나으리께서 평소에 여색을 가까이 안 하시는 까닭에 낭자가 전부터 이고 놈과 남몰래 사통해 왔는데, 이번에 기회를 타서 아주

펼쳐 놓고 함께 산답니다."

연청이 노준의의 옷자락을 붙잡고 말렸으나 노준의는 믿지 않았다. 한 발로 연청을 차 버리고 바로 성내로 들어갔다.

집으로 돌아가 대문을 밀고 들어서니 대소 주관(主管)이 모두 놀라기를 마지않는 중에 뒤에서 이고가 달려나와 당상으로 맞아 올리고 문안을 드렸다.

노준의는 대뜸 물었다.

"연청이는 어디 있느냐?"

이고가 대답했다.

"주인님 우선 옷이라도 갈아입으시고 먼저 사당에 들렀다 오십쇼. 그리고 아침 식사를 끝내시고 나면 천천히 말씀드리죠."

노준의는 아침 밥상을 받았다. 그 때였다. 앞문과 뒷문 쪽에서 '와'하고 함성이 들려 왔다고 생각하는 순간 이 삼백 명의 포리들이 와르르 집 안으로 들어왔다.

하도 뜻밖의 일이라 어이가 없어, 노준의는 말 한 마디 물어 보지도 못하고 그대로 결박을 당하여 유수사(留守司)로 끌려갔다.

이 때 양중서(梁中書)가 공청에 나와 앉아 범 같고 이리 같은 공인 7, 80명을 좌우에 두 줄로 늘어세우고 노준의를 잡아들이게 하니 가 씨와 이고는 한편에 무릎을 꿇고 앉았다.

양중서는 소리를 가다듬어 꾸짖었다.

"네 이놈! 네가 무엇이 부족하여 양산박 적굴에 몸을 던져 둘째 두령이 되었단 말이냐? 이번에 다시 돌아온 것은 아마도 내응외합(內應外合)하여 우리 북경성을 도모하기 위함이겠지? 네 이놈, 무슨 할 말이 있거든 해 보아라!"

노준의는 아뢰었다.

"소인이 일시 아둔하여 양산박 두령 오용이란 자의 간교한 수단에 속아 동남방 천 리 밖으로 향하던 중에 적굴에 잡혀 두 달을 갇혀 있다가 이번에 요행히 몸을 빼쳐 돌아왔소이다. 적굴에 몸을 던졌다는 말씀을 실로 억울한 말씀이오니 은상께서는 깊이 통촉해 주십시오."

"네 이놈 무슨 잔말이냐? 네가 양산박 도적들과 정을 통하지 않았으면 어찌 그렇듯 오랜 시일을 머물러 있었겠느냐? 네 처와 이고가 고해 올린 것이 정확한 사실이니 구차히 변명하려 말아라."

곁에서 이고가 말했다.

"나으리, 이제 와서 무슨 변명을 하시려오? 벽에다 써 놓고 가신 반시(反詩)가 다시 없는 증거니, 어서 자복을 하시우,"

부인 가 씨마저 이내 거들었다.

"우리가 무읫 하러 나으리를 모함하러 하겠어요? 다만 집안에 역적이 나면 구족(九族)이 멸망을 당한다니까 연루되는 게 두려워 고한 거죠."

노준의는 청하에 무릎을 꿇어앉아 무죄를 호소했으나 이고가 관리들에게 한 사람도 빠짐없이 뇌물을 바쳤기 때문에 좌우 관리들은 노준의를 묶어 땅바닥에 끌어내려 쓰러뜨리고는 변명도 듣지 않은 채 피부가 찢어져 살이 찢어지고 선혈이 튕겨 낭자하도록 때려 세 번 네 번씩이나 실신케 했다. 노준의는 그 고문에 못 이겨 거짓 자백을 한 뒤에 대뢰(大牢)에 감금되는 신세가 되고 말았다.

당시의 압뢰절급(押牢節級)은 채복(蔡福)이라 하여 북경의 토착인인데 완력이 뛰어나게 강해 남들이 철비박(鐵臂膊)이라 불렀다. 그의 동생인 채경(蔡慶)이라는 자도 옥리였는데 꽃을 머리에 꽂기를 좋아해 하북 사람들은 모두 그를 일지화의 채경이라 부르고 있었다. 어느 날 그 채복에게 이고의 심부름꾼이 와 그를 찻집의 이층으로 안내했다. 찻집에선 이고가 기다리고 있다가,

"오늘 밤 중으로 꼭 노준의를 깨끗이 해치워 버려 주십시오. 여기 50냥의 금자가 있습니다. 이것을 드리겠습니다."
하고 말하자 채복은 웃으면서 대꾸했다.

"당신은 그 사람의 재산을 가로채고 거기다 마누라까지 차지하지 않았소. 북경에서도 유명한 노준의 같은 사람을 그까짓 50냥만 받고 죽여 버리라는 건 놀랄 일이야. 협박을 하는 건 아니지만 금자 100냥을 받아야겠어."

"그렇게 하겠습니다. 한 푼도 빠짐없이 드릴 테니 오늘 밤중으로 해치우십시오."

채복은 금자를 받아 가슴 속에 집어넣고 일어서며 말했다.

"내일 아침에 시체를 가지러 오시오."

이고는 사례를 하고 크게 기뻐하면서 돌아갔다.

채복이 집으로 돌아와 안으로 들어가 보니 한 남자가 갈대 간막이를 열어젖히며 그의 뒤를 따라 들어왔다.

채복이 놀라 물었다.

"누구요?"

"전 청주 횡해군 사람으로 사진이라 하고 별명은 소선풍(小旋風)이라 합니다. 불행히 죄를 지어 양산박에 몸을 담고 있습니다만, 이번에 송공명 형님의 명령을 받아 노준의의 소식을 알려고 와 보았는데 탐관오리들이 노준의의 처의 간부와 기맥을 통하여 함정에 빠뜨리게 하여 그의 목숨을 손아귀에 쥐고 있는 상태입니다. 만약 노준의의 목숨을 살려 주신다면 당신을 동지로 생각하고 결코 그 은혜를 잊지 않겠습니다, 하지만 조금이라도 무슨 일이 있다면 그 땐 병졸들을 모조리 몰아와 성을 때려 부수고 현우노약의 구별 없이 몰살을 시켜 버릴 각오입니다. 이렇다 할 선물은 없습니다만, 여기 사례의 표시로 황금 일천 냥을 가지고 왔습니다. 혹시 저를 체포하시려고 한다면 이 자리에서 오랏줄을 받겠습니다."

채복은 그 말을 듣자 놀란 나머지 전신에 식은땀이 흘러 잠시 동안 말도 못했다. 사진이 다그쳐 묻자,

"어떻게 해 봅시다."

하고 대답한 뒤에 감방에 가 사실 경위를 동생에게 말했다. 그러자 채경이 말했다.

"일천 냥의 금자가 있으니, 둘이서 관가의 무리들에게 싹 뿌려 줘 버립시다. 양중서고 다른 관리들이고 모두 돈에 눈이 어두운 놈들 아니요? 뇌물을 받으면 반드시 노준의의 목숨을 살려 적당히 유형시킬 겁니다. 그걸 구출하고 말고는 양산박의 호한들이 할 일이지요. 우리가 할 일은 거기까집니다."

채복과 채경의 두 형제는 이야기를 끝내자 몰래 관리들에게 돈을 뿌리며 부탁을 단단히 해 두었다.

다음 날, 이고는 아무런 소식이 없기에 채복에게 가 재촉을 했다 하지만

채경은,

"윗사람들에게도 손을 써 주지 않으면 우리 손으로 해치울 순 없단 말이오."

하고 피했다. 이고는 곧 이어 사람을 시켜 양중서에게 뇌물을 썼으나 양중서도,

"그건 압뢰절급이 하는 일이니 내 마음대로 죽일 순 없소. 2, 3일 후에 스스로 목숨을 끊도록 꾸며 봅시다."

하며 채형제도 양중서도 서로 밀기만 할 뿐이었다.

채복은 몰래 또 뇌물을 써 빨리 결말을 보게 부탁했다. 그 결과 노준의는 증거불 충분이란 이유로 곤장 40대의 형을 받고 무게 20근의 철판 수가를 목에 쓰고 사문도로 유형을 가게 되었다.

그것을 알게 된 이고는 당황하여 곧 두 호송인을 매수해 가는 도중에 노준의를 죽여 달라고 부탁했다.

승낙한 두 관리는 길을 가는 도중 온갖 심술궂은 짓을 다 하며 노준의를 호송해 갔다. 사오 리쯤 간 무렵에 이윽고 날이 저물어, 어느 숲에 이르렀다. 노준의가,

"난 이제 한 걸음도 못 걷겠소. 잠깐 쉬게 해 주시오."

하고 말하자, 두 관리는 숲속에 그를 끌고 가 나무에 얽매었다.

"우리들 두 사람을 원망하지 마라. 너의 집 이고한테서 도중에 해치워 달라는 부탁을 받았다."

한 사람이 그렇게 말하며 두 손으로 수화곤(水火棍)을 잡고 노준의의 머리를 향해 벼락같이 내리쳤다.

숲 밖에서 망을 보고 있던 다름 한 사람이, "쿠낭!"하는 소리를 듣고 숲속으로 달려와 보니 노준의는 그대로 나무에 묶인 채 있고 제 짝은 나무에 아래 엎드려 쓰러져 있고 수화

곤은 그 곁에 내동댕이쳐져 있었다. 그가.

"이건 이상한데? 설마 힘이 넘쳐 넘어진 건 아니겠지?"
하며 자세히 보니 그 짝은 입에서 피를 토하고 있었고 가슴
팍에 3, 4순쯤 되는 조그만 화살이 꽂혀 있었다. '앗!' 소리
를 내려 할 때, 동북쪽에 있는 나무 위에서 한 남자가 쏜
독화살이 명중하여 그자는 두 발로 허공을 차며 쓰러졌다.

훌쩍 나무에서 뛰어내린 그는 단도를 뽑아 끈을 끊어 수
가를 때려 부수고 노준의를 껴안고 소리를 내어 울었다. 노
준의가 눈을 뜨고 보니 그건 낭자의 연청이었다.

노준의가 말했다.

"네가 힘으로 내 목숨을 구해 준 건 고맙지만 그 대신 난
두 관리를 죽이게 되어 그 죄가 더 무거워졌다. 이제부터
도대체 어디로 도망가야 한단 말이냐?"

"모두 송공명이 주인어른을 괴롭힌 탓이니 이젠 양산박
으로 갈 수밖에 다른 길이 없을 것입니다."
라고 대답한 연청은 노준의를 업고 곧장 동쪽을 향해 걸어갔다.

그러나 사오 리쯤 가자 더 이상 업고 갈 힘이 없었으며 조그
마한 시골 가게가 보였기에 잠시 거기서 쉬어 가기로 했다.

방을 빌려 허리를 펴고 우선 공복부터 채우려 했으나 찬
이 없었다. 그래서 연청이 활을 쥐고 가까운 산에 가 작은
새 대여섯 마리를 잡아 돌아오니 고을에서 와글와글 들끓는

소리가 들렸다. 연청이 숲속에 숨어 엿보니 이백 명쯤의 포졸들이 창과 칼을 가지고 포위를 하여 노준의를 수레 위에 묶어 끌어가는 길이었다. 연청은,

"아무래도 양산박에 가 송공명에게 말하여 도움을 청할 수밖에 없다."

하고 곧 그 곳을 떠나 야밤이 되도록 걸어갔다. 배는 점점 고파 왔지만 몸에는 한 푼도 가진 게 없었다.

어느 언덕 위에 올라가니 갑자기 까치가 시끄럽게 우는 소리가 들렸다.

"만약 저놈을 쏘아 죽일 수 있다면 고을 인가에서 물을 얻어 푹 삶아 공복을 채울 수 있을 텐데."

하고 생각하며 살짝 화살을 꺼내어 놓고는 마음 속으로 몰래 하늘에 빌었다.

"전 이 화살 하나밖에 없습니다. 만약 주인어른의 목숨이 구출될 수 있다면 이 화살이 까치를 맞히게 해 주시고, 주인어른의 목숨이 운수가 다한 것이라면 까치가 이 화살을 피해 날아가 버리게 하십시오."

활 소리와 함께 화살은 까치 꽁지에 맞고 까치는 꽁지에 화살을 꽂은 채 곧장 언덕 아래로 날아갔다. 연청은 급히 언덕을 뛰어 내려갔으나 까치의 모습은 없었다. 찾아 헤매는데 전방에서 두 남자가 막 연청을 스쳐갔다. 연청은,

‘마침 한 푼의 여비도 없으니, 저 둘을 때려눕히고 보따리를 가로채고 양산박으로 가자.’

하고 급히 되돌아가 뒤따르는 남자의 등을 주먹을 후려쳐 넘어뜨리고 앞서 가던 남자에게 다시 주먹을 휘두르고 덤볐다. 하지만 거꾸로 그 남자가 휘두른 몽둥이가 보기 좋게 연청의 오른쪽 허벅다리를 쳐 연청은 땅바닥에 넘어졌다. 그러자 뒤에 있던 남자가 기어와 연청을 발로 짓밟고는 허리칼을 뽑아 들고 똑바로 정면에서부터 내리치려 했다. 연청은 큰 소리로 외쳤다.

“호한, 나 연청은 죽어도 괜찮소. 하지만 그렇게 되면 내 주인 어른을 위해 알리러 갈 사람이 없으니 소식을 누가 전하냐?”

그 말을 듣자 사나이는 칼을 멈추고 연청을 잡아 일으키며 물었다.

“아니, 네가 노원외 집의 낭자 연청이란 말이냐?”

연청이 생각하니 어차피 죽기는 마찬가지라, 차라리 바른 대로 말하고 음혼(陰魂)이나마 주인과 한 곳에 모여야겠다고 생각하고,

“그래, 내가 연청이다. 우리 주인이 관사에 잡혀가게 되어 지금 양산박으로 소식을 전하러 가는 길이다.”

두 사람이 그 말을 듣더니 껄껄 웃으며 말했다.

"우리가 자네를 곧장 죽이지 않기를 잘 했네. 자네는 우리가 누군지 모를 테지."

이들은 양산박 두령 병관삭 양웅과 반명삼랑 석수였다.

연청은 그들이 양산박 두령으로 송강의 장령을 받고 노준의의 소식을 들으러 산을 내려온 것임을 알자, 곧 전후수말을 들어 낱낱이 호소하니 듣고 난 양웅이 석수를 돌아보고 말했다.

"별 수 없다. 나는 이 길로 연청 형제와 산채로 올라가 이 일을 통보할 테니, 너는 바로 북경으로 가서 자세히 소식을 알아 가지고 오너라."

석수는 응낙하고 두 사람과 헤어져 혼자 북경성으로 향했다.

석수가 성 밖에 이르렀을 때 천색이 저물었다. 객점에 들어 하룻밤을 지내고 이튿날 아침 일찍 성내로 들어가며 들으니 사람마다 탄식하고 모두가 슬픈 빛이었다.

석수가 마음에 의심하여 지나가는 노인 하나를 붙들고 자세한 말을 물으니 그가 일러 주었다.

"노준의가 사문도에 유형돼 가는 도중 호송인 두 사람을 죽인 탓으로 어젯밤 체포돼 와 오늘 저녁에 저 광장에서 참수 처형된답니다."

석수가 듣고 나서 바로 저자거리로 나오니 십자로구(十字路口)에 술집이 있었다. 곧 누상으로 올라가 거리로 면한 각자(閣子)

로 들어가 자리를 잡고 앉으니 주보가 앞으로 와서 물었다.

"누구 또 오실 분이 계신가요, 혹은 혼자신가요?"

석수는 눈을 부릅뜨고 말했다.

"어서 술하고 고기나 가지고 올 게지 무슨 잔소리냐?"

주보가 깜짝 놀라 아무 소리도 못하고 술과 고기 한 접시를 갖다 주었다. 석수가 일변 먹으며 일변 밖을 내다보고 있으려니 오래지 않아 거리가 떠들썩해지며 사람들이 모여들기 시작했다. 집집마다 문을 닫고 가게마다 빈지를 들었다.

얼마 후 거리 위에 바라 소리와 북 소리가 요란하게 일어났다. 석수가 내려다보니 십자로구에 법장(法場)을 만들어 놓고 10여 쌍 도봉회자(刀棒劊子)가 노준의를 끌고 와서 바로 주루(酒樓) 아래에 꿇여앉혔다. 노준의와 친분이 있는 채복(蔡福)은 법도(法刀)를 손에 잡고 채경(蔡慶)은 노준의의 칼을 잡아 주며 가만히 말했다.

"우리 형제가 원외를 구하지 않으려 해서가 아니라 일이 이렇게 되어 그러니, 부디 우리를 원망하지 말우,"

말을 겨우 마쳤을까말까 했을 때 외치는 소리가 들렸다.

"오시 삼각이다!"

채경이 앞으로 나와 노준의의 칼을 벗기고 머리를 붙드니 채복은 법도를 쑥 빼어 손에 잡았다.

단안공목이 큰 소리로 범유패(犯由牌)를 읽고 그것이 끝나

자 도봉회자의 무리들이 일제히 노준의 앞으로 다가갔다.

바로 이 때 석수는 요도(腰刀)를 손에 빼어 들고 주루의 누상으로부터 몸을 날려 아래로 뛰어내리며 벽력같은 소리로 외쳤다.

"양산박 호걸들이 여기 모두 다 와 있다!"

그 소리를 듣자 채복·채경이 노원외를 버려 두고 먼저 달아나 버렸다.

석수는 칼을 휘두르며 달려들어 미처 도망가지 못한 무리들을 10여 명이나 삽시간에 참외 베듯 하고 한 손으로 노준의를 이끌고 길을 찾아 도망을 쳤다.

급보를 받자 양중서는 깜짝 놀라 곧 북경성 사대문을 굳게 닫고 지키게 하며 공인들을 모조리 풀어 두 사람을 급히 잡아들이게 했다.

얼마 지나지 않아 석수와 노준의는 마침내 수백 명 공인들이 쫙 둘러싸고 요구삭(橈鉤索)을 던져 다리를 얽는 통에 둘 다 잡히고 말았다.

양중서 면전에 끌려가 처형장의 난동자로 취급되었다. 석수는 청하에 꿇어앉자 눈을 부릅뜨고 큰 소리로 욕설을 퍼부었다.

"이놈, 국가를 욕뵈고 백성을 해치는 악당놈아! 이제 곧 양산박의 군대가 이 성을 공격하여 흔적도 없이 짓밟아 네

놈을 세 동강이로 쳐죽일 것이다! 우선 내가 그걸 너에게 알리러 왔다."

그 다음 날, 성내와 성외에서 신고를 해 왔다.

"양산박에서 뿌린 포고문을 수십 장 주웠기에 숨김없이 제출합니다."

포고문에는 이렇게 쓰여져 있었다.

'양산박 송강이 대명부에 앙시(仰示)하고 천하에 포고하노라. 이제 조정의 탐관과 오리들이 전권(專權)하여 양민을 혹사하고 백성을 도탄에 빠뜨릴 새, 북경의 노준의는 곧 호걸지사라, 내 청하여 산에 올라 함께 체천행도하려 하거늘, 어이 망녕되이 뇌물을 탐하여 선량을 살해하려 하는고, 특히 석수를 보내어 먼저 보하게 했더니 뜻밖에 그도 또한 사로잡혔도다. 만약에 두 사람의 성명(性命)을 온전히 하고, 음부와 간부를 잡아서 바친다면, 내 구태여 침요하지 않을 것이나, 만일 우익(羽翼)을 상하며 고굉을 깨뜨린다면 내 마땅히 동심설한(同心雪恨)을 것인즉, 대병이 이르는 곳에 옥석이 구분(俱焚)하리라.'

읽고 나자 양중서는 크게 놀랐다. 양산박의 적당들은 이제까지 조정에서 잡으려 해도 못 잡는 무리들이다. 저희가

정말 쳐들어온다면 북경 한 고을의 힘으로는 도저히 당하지 못할 것이었다.

그는 마침내 병마도감 대도(大刀) 문달(聞達)과 천왕(天王) 이성(李成) 두 사람을 정청으로 불러들여 양산박의 포고문을 내보이고 그들의 의견을 물었다.

천왕 이성이 말했다.

"그만한 일로 상공은 마음을 괴롭히지 마십시오. 제가 비록 재주는 없사오나 군졸을 통령하고 성을 나서 하채(下寨)하고 기다리겠소이다. 저희가 만약 오지 않는다면 모르겠으되, 소혈을 떠나오기만 한다면 맹세코 저들을 소탕하오리다."

그 말을 듣고 양중서가 크게 기뻐하며 곧 비단을 내려 두 장수를 위로하니, 이성과 문달은 은혜를 사례하고 각기 영채로 돌아갔다.

원래 양산박의 포고문은 오용이 대종에게서 노준의와 석수 두 사람이 잡혔다는 소식을 듣자, 헛 고시(告示)를 초해 각처에다 붙임으로써 우선 양중서의 간담을 서늘하게 하고, 아울러 두 사라의 목숨을 잠시 안존하게 하기 위한 것이었다.


## 8. 북경성(北京成)


한편, 양산박에서는 송강이 일동을 집합시켜 노준의와

석수의 구출방법에 관해 협의했다. 노준의를 곤경에 빠뜨리게 한 것은 산채의 책임이기 때문에 이것은 어떤 일이 있어도 해결하고 구출해야 할 일이라고 결론을 내 송강과 오용이 곧 협의를 하고 인원 할당을 했다.

때는 늦가을, 전마는 살찌고 장부들에게는 무거운 갑옷도 가벼웠다. 군졸들은 오랫동안 전투에 임하지 않았기에 그 마음에 전투심을 불러일으켰고 모두 한결같이 비도(非道)를 증오하고 복수심에 불탔기에, 출진의 명을 받자 흔희낙약(欣喜雀躍)하여, 정해진 시간에 하산을 해 갔다.

양산박에는 다만 부군사 공손승과 유당·주동·목홍의 네 두령이 남아 있어 마보 군병을 통령하고 산채의 삼관(三關)을 수파하며 수채는 이준의 무리가 지키도록 했다.

한편 북경성의 상장 급선봉(急先鋒) 삭초(索招)가 비호곡 채중(寨中)에 있으려니 군사가 들어와 보고하되, 수도 알 수 없이 많은 양산박 군마들이 2, 30리 밖에 이르렀다고 했다. 삭초가 듣고 급히 이성과 문달에게 이를 보고하고 싸울 준비를 서둘렀다.

이성과 삭초는 다음 날 새벽 전군을 일제히 유가동(庾家疃)까지 진출케 하여 그 곳에 진을 치게 하고 일만 오천의 군사들을 배치했다. 그러자 멀리서 먼지를 일으키며 약 오백여의 인마가 밀려왔다. 그 선두에 말을 달리는 자는 곧

흑선풍 이규, 그는 두 손에 도끼를 쥐고 큰 소리로 외쳤다.

"양산박의 호한 흑선풍의 이규를 모르는가?"

이성과 삭초가 마상에서 그것을 보자 껄껄 웃으며,

"항상 양산박의 도둑 얘길 들었지만, 웬걸 저렇게 꾀죄죄한 도둑이었던가! 우선 저놈부터 붙잡아라!"

하고 말하는 순간, 뒤에서 왕정(王定)이라는 장군이 뾰족한 장창을 겨누며 부하 기병 일백을 이끌고 쳐들어갔다. 아무리 호담한 이규도 기병대의 돌격에는 당해 낼 수 없어 일동이 사방으로 흩어져 도망갔다. 삭초가 병졸들을 이끌고 유가동의 저편까지 뒤쫓아 갔으나, 그 때 언덕 뒤에서 '두둥둥' 하고 군고가 울려 퍼지며 좌편에서 해진과 공량, 우편에서는 공명과 해보가 각기 오백의 부하들을 이끌고 쳐들어 왔다. 삭초는 적에게 원군이 나타난 것을 보자 말머리를 돌려 퇴각했다. 그러자 이성이 전군의 병졸을 이끌고 대거 유가동으로 돌격해 갔다.

그러자 전방에 또 일대의 군대가 나타났다. 그 선두의 마상에는 아름다운 한 여성장군이 앉아 있었다. 홍기(紅旗)에는 금문자로 크게 '여장 일장청'이라고 쓰여져 있었다. 좌측에는 고대수, 우측에는 손이랑이 따라 붙고 일천어 명의 군졸을 거느리고 있었으나 그들은 모두 이 곳저곳에서 긁어모은 가지가지 잡다한 자들로 형성되어 있었다.

이성은 그것을 보고 말했다.

"저 병졸들이 뭘 할 수 있다는 거야. 급선봉, 나가서 저놈들을 상대해 줘!"

삭초는 명령을 받자 싯누런 금도끼를 들고 말을 달려 쳐들어갔다. 그러자 일장청은 말머리를 돌려 산의 움푹한 곳으로 도망쳐 갔다. 이성은 군사들을 나누고 사방으로 쳐들어갔는데 추격하는 도중 돌연 천지를 뒤흔드는 듯한 함성이 일어나며 일대의 군대가 맹렬한 기세로 밀려왔다. 이성은 황급히 병졸들을 4, 5리쯤 후퇴시켰으나 좌측에서 해진과 공량이, 우측에서 공명과 해보가 습격해 왔다. 세 여장군도 말머리를 돌려 뒤에서 쇄도해 왔다. 이성의 군대는 쫓기고 쫓긴 끝에 사분오열의 상태가 됐다. 급히 진지로 철수하려 하자, 흑선풍 이규가 튀어나와 길을 가로막았다. 이성과 삭초는 적군을 돌파하여 혈로를 뚫어 간신히 진지에 철수를 했으나 상당한 패배를 맛보고 말았다.

그들은 급히 양중서에게 보고를 했다. 양중서는 곧 문달에게 명해 부하들을 이끌고 출진케 했다.

대도의 문달이 병졸들을 산개시키자, 송강의 진중에서는 재빨리 벽력화 진명이 나타나 큰 소리로 욕설을 퍼부었다. 문달이 화가 치밀어,

"누가 저 도둑놈을 잡아라!"

하고 소리치는 순간, 급성봉 삭초가 말을 달려왔다.

진명은 말을 달려 낭아곤을 휘두르며 곧장 달려들었다. 삭초도 말을 몰아 진명에게 달려가 두 사람이 서로 엇갈리며 싸우기를 20여 합, 승부는 쉬 끝나지 않았다.

이 때, 송강 군중의 선봉대 안에서 한도가 이를 보고 곧 가만히 활을 당기어 삭초를 겨누고 쏘았다. 시윗소리와 함께 화살이 바로 그의 어깻죽지에 들어맞았다. 삭초는 말에서 떨어질 듯하며 그대로 도끼를 들고 말을 채쳐 달아났다.

송강은 때를 놓치지 않고 채찍을 들어 한 번 가리켰다. 대소 삼군이 일제히 아우성치며 내달아 그 뒤를 급히 몰아쳤다. 시체는 들에 가득하고 피는 강을 이루며 흐르는 듯했는데 적군에게 대패를 맛보게 한 양산박의 군대는 유가동을 넘어 삽시간에 괴수파의 진지를 점령하고 말았다. 그 날 밤, 문달은 비호곡까지 패주하고 병졸을 점검하니 3분의 1을 상실하고 있었다. 거기에 병졸이 뛰어와 보고했다.

"가까운 산 아래에 불길이 보입니다."

문달이 병졸을 거느리고 말에 올라타 가 보니, 동쪽 산정에 헤아릴 수 없이 많은 횃불이 번쩍이고 있었다. 문달은 곧 병졸들을 이끌고 습격해 갔다. 그러자 산 뒤에서 소이광 화영이 양춘과 진달을 이끌고 측면에서부터 습격해 왔다. 문달은 응전할 수 없어 병졸을 이끌고 급히 비호곡으로 철수했다. 그러자 서쪽 산정에서도 무수히 횃불이 오르며 쌍편 호연작이 구붕과 연순을 이끌고 습격해 왔다.

뒤에서도 벽력화 진명이 한도와 팽기와 함께 곧장 돌진해 왔다. 문달의 군대가 진지에서 철수해 후퇴하려 했으나 또 다시 함성이 일어나고 불빛이 번쩍이며 그들의 퇴로를 막았다. 광천뢰 능진이 화포를 쏘아댔다. 그러자 표자두 임충이 마린과 등비와 함께 퇴로를 차단하려 했다. 문달은 대도를 내휘두르며 혈로를 뚫어 도망을 가다가 때마침 이성과 조우하게 되어 병졸을 합쳐 한 덩어리가 되어 싸우면서 도망갔다. 그리하여 날이 샐 무렵 가까스로 성하에 당도했다. 양중서는 패전한 군대를 맞아들이자마자 굳게 성문을 닫아걸었다. 이어서 유수사에 모든 장수들을 모아 놓고,

"싸움이 우리에게 이롭지 않으니, 어찌하면 이 급한 것을 풀꼬?"

하고 계책을 물으니 이성이 말했다.

"적병이 성 아래에 임하였으니, 만일 이대로 시각을 지체하다가는 반드시 실함(失陷)하고 말 것입니다. 상공께서는 곧 가서(家書)를 닦으시어 심복인에게 주시고, 밤을 새워 경사로 올라가 채 태사께 고하게 하십시오. 조정에서 정병을 내어 구원해 주지 않으면, 우리가 살아날 길은 없습니다."

양중서는 그 말을 좇아 급히 동경 채 태사에게 올리는 가서를 닦아 수장(首將) 왕정(王定)으로 하여금 마군 두엇만 데리고 성문을 나가 동경으로 올라가게 했다.

또 한편으로 인근 부현에 관보하여 구원병을 청하며, 백성들 가운데서 장정들을 뽑아 성을 지키게 했다.

# 제 7 장

1. 대도 관승

2. 급선봉(急先鋒) 삭초(索招)

3. 조 천왕(晁天王) 현성(顯聖)

4. 원소가절(元宵佳節)

5. 제일좌 교의(第一座交椅)

6. 쌍창장(雙槍將) 동평(董平)

7. 몰우전(沒羽箭) 장청(張淸)

8. 108인의 영웅호걸

9. 십로절도사(十路節度使)

10. 동옥묘(東獄廟)

11. 돌아온 영웅들

# 제7장

## 1. 대도 관승

왕정은 주야를 쉬지 않고 말을 달려 동경으로 올라갔다. 태사부 앞에 이르러 문리(門吏)에게 찾아온 뜻을 말하니, 이윽고 태사가 안으로 불러들였다.

그는 후당으로 들어가 태사에게 참배하고 가지고 온 가서를 올렸다. 채 태사는 서찰을 읽고 나자 크게 놀라며 왕정에게 자세한 말을 묻고 말했다.

"네가 먼 길을 오느라 피곤할 것이니 관역에 나가 쉬도록 하여라. 내 곧 중관(衆官)을 모아 의논하겠다."

그를 내보낸 다음 그 길로 추밀원관을 청하게 하니 그가 시각을 지체하지 않고 삼사(三司)의 태위들을 인도하여 절당(節堂)으로 들어왔다.

태사는 곧 북경 대명부의 급한 상황을 이야기한 다음 계책을 물었다. 듣고 나자 모든 무리가 서로 돌아보며 얼굴에 두려워하는 빛을 띠우고 말을 못하는데 문득 한 사람이 나오니 그는 곧 아문(衙門)의 방어보의사로 성은 선(宣)이고 이름은 찬(贊)이란 사람이었다.

이 남자는 그 타고난 얼굴이 남비를 뒤집어 놓은 듯 했고, 콧구멍은 천장을 향하고, 머리는 고수머리 빨간 털에, 키는 여덟 자, 강도를 잘 쓰고 무예에 뛰어나 추군마(醜郡馬)라는 별명을 가지고 있었다. 언젠가 활쏘기 내기를 하여 번장(番將)을 이긴 탓으로 군왕(郡王)으로부터 그 무예를 인정받아 그의 사위가 되었으나 군주(郡主)는 그의 용모가 추한 것을 싫어한 나머지 죽게 된 탓으로 등용되지 않은 채 병마보의사로 머물러 있을 수 밖에 없었던 자다.

"저의 친지로 관우의 적손인 관승이라고 하는 청룡언월도를 잘 다루는 사람이 있어 대도 관승이라는 별명을 가지고 있습니다. 이 남자는 젊어서 병서를 배워서 무예에 정통하고 만부당의 용기를 가지고 있습니다. 부디 한번 고려해 주시기 바랍니다."

채경은 그 말을 듣자 크게 기뻐하며 곧 관승을 경사(京師)로 청했다. 관승은 의형제인 학사문(郝思文)을 데리고 길을 서둘러 동경에 도착하자 태사부 앞에서 말을 내렸다. 선찬은 관승과 학사문을 절당(節堂)에 데려가 소개를 했다.

채경이 관승을 보니 대단히 훌륭한 풍모였다. 태사는 매우 만족하여 물었다.

"장군의 청춘이 얼마나 되는고?"

관승이 아뢰었다.

"소장의 천한 나이 올해 서른둘이로소이다."

"이제 양산박 도적 떼가 북경성을 에워싸 십분 위태로운 터에 장군은 무슨 묘책으로 그 에움을 풀려고 하는고?"

"소장이 듣자니 도적의 무리가 양산박을 점거하여 세상을 소란케 한다하더니, 이제 만약 가서 북경을 구하려 한다면 부질없이 인력만 수고로이 하오리니, 은상께오서 소장에게 정병 수만 명만 빌려 주시면, 이 길로 바로 양산박을 들이쳐 도적으로 하여금 수미(首尾)가 서로 돌아보지 못하게 할까 하나이다."

듣고 나자 태사는.

"이는 곧 위위구조계(圍魏救趙計)니, 정히 내 뜻과 맞도다."
하고 기뻐하기를 마지않으며 추밀원관을 불러 산동 하북의 정예 군병 1만 5천을 조발하여 학사문으로 선봉을 삼고 선찬으로 후군을 거느리게 하며 관승으로 영병지휘사(領兵指揮使)를 봉하여 즉시 기행케 하였다.

관승은 마침내 태사에게 하직을 고하고 삼군을 영솔하여 양산박을 바라고 나아갔다.

이 때 송강은 뭇 두령들과 함께 매일 성을 쳤다. 그러나 이성과 문달은 성문을 굳게 닫고 감히 나오지 못했다.

　성을 쉽사리 깨치지 못하여 송강이 마음에 울민함을 견디지 못할 때, 소교(小校)가 들어와서 보고하되 군사(軍師) 오용이 왔다고 했다. 곧 맞아들이게 하니, 오용은 중군장 안으로 들어와 자리를 잡고 앉자 송강에게 말했다.

　"일전에 성에서 달려나간 세 기마(騎馬)가 있지 않았소이까? 그것이 정녕코 양중서의 밀서를 지니고 동경 채 태사에게 구원을 청하러 간 사자일 것인데, 어찌하여 오늘까지 아무 동정이 없는지 자못 수상한 일이 아니오니까? 이 사람 생각에는 혹시 저들에게 꾀 많은 장수가 있어서 위위구조계(圍魏救趙計)를 써서 이 곳을 구원하러 오지는 않고, 도리어 우리 양산박 대채(大寨)를 취하려는 것이나 아닐지… 만약 그렇다면 여기 이대로 머물러 있어서는 안 될 것이오이다."

　한창 이야기하는 중에 신행태보 대종이 달려와 숨 돌릴 사이도 없이 급히 보했다.

　"동경 채 태사가 관운장의 현손(玄孫)인 관승을 시켜 대병을 거느리고 양산박으로 내려왔는데, 산채 두령들의 힘만으로는 지키기 어려우니 아무래도 형님께서 곧 회군하여 먼저 양산박의 급한 것부터 구하셔야 하겠습니다."

　송강이 오용에게 계교를 물으니 오용이 대답했다.

"오늘 늦은 뒤에 보군을 먼저 떠나게 하고, 양지(兩支) 군마를 비호곡 양편에 매복시켜 두었다가 성중에서 우리가 퇴군하는 것을 보고 뒤를 쫓거든 그 때 내달아 치도록 하십시다."

송강은 그 계교를 좇아, 그 날 밤이 되기를 기다려 천천히 퇴병하여 이튿날 아침에는 전수를 물러가게 하였다.

이 때 이성과 문달이 성 위에서 바라보니 양산박 군병들이 기를 말고 칼과 도끼를 어깨에 맨 채 영채를 빼고 돌아가는 눈치였다. 곧 양중서에게 들어가 보고하니, 양중서가 물었다.

"저놈들이 갑자기 군사들을 거두어 돌아가는 모양이니, 이것은 어인 까닭일꼬?"

문달이 대답했다.

"아마도 경사의 원군이 바로 양산박을 취하려 하므로, 저놈들이 행여나 소혈을 잃을까 겁이 나서 도망을 하는 모양이니 곧 뒤를 엄살하면 가히 전승(全勝)을 얻을 수 있을까 하나이다."

그의 말이 미처 끝나지 아니하여 유성마(流星馬)가 동경으로부터 공문을 들고 이르렀다. 펴 보니, 대병이 바로 양산박을 가서 취하니 만약 도적의 무리가 에움을 풀고 물러가거든 시각을 지체하지 말고 곧 그 뒤를 몰아치라는 것이었다.

양중서는 크게 기뻐하며 즉시 이성과 문달로 하여금 군마를 거느리고 나가게 하였다.

두 장수가 영을 받고 풍우같이 뒤를 쫓아 바야흐로 비호곡에 이르자, 홀연 등 뒤에서 포성이 일어났다. 깜짝 놀라 말을 멈추고 돌아다보니, 후면에 무수한 깃발이 바람에 휘날리고 북 치는 소리가 어지럽게 울렸다.

복병이 있음을 깨닫고 두 장수가 황겁하여 급히 군사들을 물리려 할 때, 좌편에서 소이광 화영이 내닫고, 우편에서 표자두 임충이 내달아 좌우로 끼고 쳤다.

두 장수가 군사를 거두어 달아나는데, 앞에서 쌍편 호연작이 또 일지군을 거느리고 내달아 길을 막았다.

이성과 문달은 투구를 벗어 버리고 죽기로 싸워, 간신히 성으로 들어가서는 감히 두 번 다시 나오려 하지 않았다.

송강의 군마는 한 명도 꺾이지 않고 차례로 돌아가 양산박 가까이 이르니, 추군마 선찬이 군사를 거느리고 나와서 길을 막았다.

송강은 우선 그 곳에 하채한 다음, 가만히 샛길로 하여 사람을 양산박으로 올려보내 수륙 군병과 연락하고 서로 구응하기로 했다.

한편, 양산박 수채 안의 두령 선화가 장횡이 그의 아우 낭리백도 장순과 의논했다.

"우리 형제가 산채에 올라온 뒤로 별로이 공을 세운 것이 없는 터에, 이제 대도 관승이 대군을 거느리고 와서 우리 수채를 치니, 우리 둘이 가서 영채를 겁박하고 관승을 사로 잡아 오는 것이 어떠하겠느냐?"

장순이 말했다.

"우리 형제의 힘만 가지고 일이 쉽게 될 성싶소? 만약 실수라도 했다가는 도리어 남의 비웃음만 사게 될 것이요."

그러나 장횡은 듣지 않고 말했다.

"그렇게 매사에 조심만 하려 들면 어느 천년에 공을 한번 세워 보겠단 말이냐? 네가 가기 싫다면 오늘 밤에 나 혼자라도 가 보겠다."

장순이 굳이 말렸건만 끝끝내 듣지 않고, 이 날 밤 장횡은 소선(小船) 50여 척에 배마다 졸개 5명씩 거느리고 밤이슬이 고요히 내려앉은 가운데 물가로 저어 갔다. 시간은 약 해시쯤이었다.

관승은 마침 군중의 막영에서 불을 켜고 책을 읽고 있었다. 그러자 정찰병이 슬며시 돌아와 보고했다.

"갈대 늪 속에 4, 50척의 작은 배가 있습니다. 제각기 장창을 기지고 갈대가 무성한 곳에 두 갈래가 되어 숨어 있습니다."

관승은 그 말을 듣자 가벼운 냉소를 흘리며 이내 비밀리에 명령을 내렸다.

이런 줄을 꿈에도 모르고 장횡이 2, 3백 명 수군을 갈대밭 속에 매복시켰다가 영채 가까이 이르러 녹각(鹿角)을 헤치고 바로 중군으로 들어와 장중(帳中)을 바라보니, 등촉이 휘황한 아래 관승이 손으로 수염을 어루만지며 앉아서 병서를 보고 있었다.

장횡은 크게 기뻐하며 곧 창을 꼬나들고 장방(帳房) 안으로 뛰어들려 했다. 바로 그 때였다. 한옆에서 바라 소리가 요란히 울리며 하늘도 무너지고 땅도 꺼지게 함성이 일어나더니, 미처 몸을 빼쳐 도망할 사이도 없이 사면에서 복병이 일제히 내달아 장횡과 그의 수하 졸개들을 하나도 남기지 않고 모조리 묶어 버렸다.

장전(帳前)으로 끌고 들어가니 관승이 둘러보고 웃으며 꾸짖었다.

"어리석은 도적이 어찌 감히 나를 엿보는고?"

장횡을 함거 속에다 가두게 한 다음, 이제 송강을 마저 잡는 대로 함께 경사로 압송하기로 했다.

곧 양산박 대채에 이 일을 보하니, 유당이 다시 장순을 시켜 헤엄을 쳐 송강의 영채에 가서 소식을 전하게 했다.

송강이 오용에게 계책을 물으니 그가 대답했다.

"내일 나가서 싸워 승패를 본 연후에 계교를 정하기로 하

시지요."

　바야흐로 이야기하는 중에 홀연 북 소리가 어지럽게 일어나며 군사가 들어와 보고하되, 추군마 선찬이 삼군을 거느리고 바로 대채를 바라고 쳐들어온다고 했다.

　송강은 장수들을 거느리고 곧 앞으로 나갔다. 선찬이 문기 아래에 말을 세우고 있었다. 송강이 좌우를 돌아보고 외쳤다.

　"어느 형제가 나가서 저놈을 잡을꼬?"

　말이 떨어지자 소이광 화영이 창을 꼬나잡고 내달으니, 선찬이 또한 칼을 휘두르며 마주 나와 일래일왕(一來一往) 일상일하(一上一下), 어우려져 싸우기 20합에 화영이 짐짓 파탄을 보이고 곧 말을 돌려 달아났다.

　선찬이 뒤를 급히 쫓았다. 화영은 창을 요사환(了事環)에다 걸자, 활에 살을 먹여 몸을 틀며 선찬을 겨누고 쏘았다.

　선찬이 시윗소리를 듣고 눈을 크게 뜨고 보니, 바로 화살이 가슴을 바라고 날아든다. 번개같이 칼을 들어 막자 '쟁그렁'하고 살촉이 칼에 맞아 소리를 내며 땅으로 떨어졌다.

　화영이 둘째 살을 쏘았다. 선찬은 또 몸을 앞으로 굽혀 화살을 피하며, 그의 궁술(弓術)이 고강한 깃을 알고 즉시 말머리를 돌려 본진으로 돌아갔다.

　이를 보자, 화영은 말머리를 돌려 급히 그 뒤를 쫓으며 또 한 살로 선찬의 후심(後心)을 겨누어 힘껏 쏘았다. 화살이 호심경(護心鏡)을 맞히어 '쩽'하고 소리가 났다. 선찬은 황망히 말을 채쳐 진중으로 들어가며 곧 사람을 보내어 관승에게 보고하였다.

이윽고 문기가 열리는 곳에 관승이 나오니, 금갑녹포(金甲綠袍)에 탄 말은 한 필 적토마요. 손에 잡은 것은 청룡언월도니, 곧 한말 삼국 때 관운장이었다.

송강이 관승의 풍모가 뛰어난 것을 보고 오용과 함께 적지 않게 감탄하고, 제장을 둘러보며

"소문에 듣던 대로 영웅다운걸."

하고 말하자 표자두 임충이 분연히 일어나 창을 겨누고 말을 날려 돌진했다. 그러자 벽력화 진명이 또한 대로하여 낭아봉을 휘두르며 살같이 달려가 바로 관승을 공격했다.

이를 보고 임충이 진명에게 두공(頭功)을 빼앗길까 저어하여 급히 달려들며 두 장수가 쌍으로 관승을 공격했으나 관승은 조금도 두려워하지 않고 그들을 맞아 싸웠다.

삼기마(三騎馬)가 주마등 돌듯 빙빙 돌아가며 싸우니, 이 모양을 이윽히 보고 있다가 이미 관승을 아끼고 싶은 마음이 생긴 송강은 혹시나 관승이 상할까 두려워하여 급히 제금을 쳐서 군사들을 거두었다. 관승이 또한 말머리를 돌려 돌아갔다.

이 날 밤 관승이 장중에 있으려니 달빛이 유난히 밝았다. 문득 군사가 들어와 보고했다.

"어떤 수염 많이 난 장군 한 분이 필마(匹馬)로 장군을 뵈오러 왔다 하나이다."

"네, 누구냐고는 묻지 않았더냐?"

"그 장군이 갑옷도 안 입고 군기도 안 들고 왔는데, 성명은 물어도 대답을 않고, 다만 장군을 뵈옵겠다고만 합니다."

"그럼 불러들여라."

오래지 않아 한 장수가 장중으로 들어와 관승에게 절하를 했다. 등불 아래 자세히 바라보니, 어디서 한 번 본 일이 있는 듯싶은 사람이었다.

"소장은 호연작이라는 사람입니다. 앞서 연환마군(連環馬軍)을 거느리고 양산박을 치러 왔다가 뜻밖에 적의 간계에 빠져서 군기(軍機)를 실함하여 돌아가지 못하고 있는 중입니다. 이 사람이 전부터 조정에 귀순할 마음을 가졌으나 때를 얻지 못하고 있었는데, 오늘 소장이 몰래 계교를 세운 바가 있소이다. 장군이 만약 소장을 의심하지 않으시고 내일 밤 함께 소로를 따라 바로 적채(賊寨)로 들어가서 송강의 무리들을 사로잡아 경사로 보내신다면, 장군 한 분의 공훈에 그치지 않고 소장도 죄를 속하여 다시 양민이 될 수 있을까 하나이다."

관승은 그 말을 듣자 크게 기뻐하며 술을 내놓고 대접했다.

다음 날, 송강이 전군을 이끌고 도전을 해 가니, 호연작이 갑옷을 빌어 입고 적진 앞에 나타났다. 송강이 진상에서 호연작을 보고 소리를 가다듬어 꾸짖었다.

"산채에서 일찍이 너를 박대하지 않았거늘, 네 어찌하여 야반도주를 하였느냐?"

호연작이 마주 나서서 꾸짖었다.

"너희 좀도적들이 뭐라고 주둥아리를 놀리느냐?"

송강이 곧 진삼산 황신을 내보내 싸우게 했다.

호연작이 곧 맞아 싸워 10합이 미처 못되어 채를 한 번 번쩍 들어 황신의 머리를 후리쳐 말 아래 떨어뜨리니, 송강의 군중에서 군사들이 일제히 내달아 떠메어 가지고 돌아갔다.

이를 보고 관승이 크게 기뻐하며 대소 삼군으로 일시에 엄살하려 하자, 호연작이

"깊이 추격하면 안됩니다. 오용이란 놈은 무서운 지략가이기 때문에 이 이상 추격하면 계략에 빠질 우려가 있습니다."

하고 말했다. 관승은 고개를 끄덕이고 급히 병력을 본진으로 철수시켰다.

그 날 밤은 대낮과 같이 환히 밝은 달밤이었다. 호연작이 선두에 서 길을 안내하고, 관승은 스스로 오백의 기병을 이끌고 그를 따랐다. 산길을 돌아 약 반 시간쯤 진군해 가니, 호연작이 멀리 깜박이는 빨간 불빛을 가리켰다.

"저기 붉은 등롱이 보이지요? 바로 저것이 송강의 대채
(大寨)외다."

관승은 급히 인마를 재촉하여 앞으로 나가 등롱 달린 대
채 가까이 이르자, 곧 그대로 짓쳐 들어갔다.

그러나 대채 안팎에 단 한 명의 군졸도 볼 수가 없었다. 관승
이 크게 놀라 호연작을 찾으니, 그도 또한 간 곳이 묘연했다.

그제야 비로소 계교에 빠진 줄 깨닫고 황망히 말머리를
돌려 달아나려 할 때 숲속으로부터 북 소리가 어지럽게 일
어나며 좌우에 매복한 요구수(撓拘手)들이 일시에 내달아 관
승을 사로잡고 갑옷을 벗긴 채 앞뒤로 옹위하여 대채로 끌
고 갔다.

관승만 잡힌 게 아니었다. 선찬은 일장청 호삼랑의 투삭
에 얽혀 사로잡혔고, 학사문은 벽력화 진명에게 잡히고 말
았다.

이러한 때 또 한편으로는 박천조 이응이 대소 군마를 거
느리고 관승의 영채로 짓쳐 들어가서 먼저 장횡과 수군을
모조리 찾아낸 다음, 일변 양초(粮草)와 마필을 거두며 일변
사면의 패잔 인마를 초안(招安)하였다.

이 때 동방이 비로소 밝아 왔다. 송강은 모든 장수를 모
아 함께 산으로 올라갔다.

충의당 위에 자리를 정하고 앉자, 마침 도부수의 무리들

이 관승·서찬·학사문을 잡아 끌고 들어왔다.

이를 보자, 송강은 황망히 당에서 뛰어내려 군사들을 꾸짖어 물리치고 친히 묶은 것을 끌러 준 다음, 관승을 붙들어 자기가 앉았던 한가운데 교의에 앉히고는 그 앞에 절하고 말했다.

"무례하게도 그릇 장군의 호위(虎威)를 범하였으니, 장군은 부디 죄를 용서하십시오."

호연작이 또한 사죄했다.

"소장이 장령을 받고 부득이 계교를 행한 것이니, 장군은 과히 허물하지 마십시오."

관승은 한동안 말이 없다가, 서찬과 학사문을 돌아보고 말했다.

"우리가 이미 사로잡힌 몸이 되었으니, 장차 어찌 하였으면 좋겠소?"

두 사람이 함께 대답했다.

"소장들은 오직 장령대로 좇으오리다."

관승이 송강에게 말했다.

"우리 무리가 이제 다시 돌아갈 낯이 없으니, 부디 곧 죽여 주십시오."

송강이 그 앞에 다시 절하고 말했다.

"장군은 왜 그런 말씀을 하십니까? 만일 저희들 미천한 것

을 버리지 않으신다면 저희가 장군을 이 곳에 모시어 함께 체천행도할 것이고, 또 여기 머물러 계실 마음이 없으시다면 곧 군기(軍器)와 인마를 돌려드려, 경사로 돌아가시게 하오리다.”

관승이 그 말에 감격하여 마침내 선찬·학사문과 함께 입당할 것을 허락했다.

송강은 크게 기뻐하며 그 날 당장 연회를 베풀었다. 주연이 한참 진행될 때, 송강이 묵연해지며 노준의와 석수가 북경에서 생포된 채 있는 것을 상기하고 눈물을 뚝뚝 흘렸다. 오용이 내일이라도 군을 동원하고 북경을 공략해 소기의 목적을 달성할 것을 말하자, 관승이 일어서서 말했다.

“저의 생명을 구해 주신 데 대한 은혜를 갚을 길이 없으니 이번 길에 제가 선봉을 맡게 해 주셨으면 좋겠습니다.”

송강은 크게 기뻐하고, 다음 날 공격 명령을 내렸다. 선찬과 학사문에게 그들의 군졸을 되돌려주고 전군의 선봉이 되라고 명했으며 전에 북경을 공략한 바 있는 두령 전원에게, 이준과 장순을 가세케 하여 속히 북경을 향해 출발케 했다.

## 2. 급선봉(急先鋒) 삭초(索招)

북경 대명부에서는 양중서가 급선봉 삭초와 더불어 성중에서 술을 마시고 있는 중에 급보를 받았다.

관승·선찬·학사문의 무리가 양산박에 들어가 이미 입당을 하고, 이제 도적의 선봉이 되어 군마를 이끌고 이 곳을 향하여 쳐들어오고 있다는 것이었다.

뜻밖의 소식에 양중서가 소스라치게 놀라 손에 잡았던 잔을 저도 모르게 마룻바닥에 떨어뜨리자, 삭초가 태연히 말했다.

"전자에는 도적의 화살을 맞고 패했습니다만, 이번에는 기필코 그 원수를 갚을 것이니 상공께서는 아무 염려 마십시오."

양중서는 마음에 기뻐 곧 술을 큰 잔에 가득 부어 격려한 다음, 본부 인마를 이끌고 성 밖에 나가 대적하게 하고 다시 이성·문달 두 장수로 하여금 인마를 조발하여 뒤따라 나가 접응하게 했다.

때는 마침 겨울이라 한기가 심하고 연일 두터운 설운이 무겁게 하늘을 덮고 북풍이 요란스러웠다. 송강의 군사들이 육박해 가니, 삭초는 비호곡까지 나와 진을 치게 하고 그 다음 날 병졸을 인솔하고 대전을 했다. 전고가 세 번 울리자 관승이 진두에 나섰다. 그러자 상대편에서도 삭초가 말을 몰고 나왔다.

둘이서 싸우기를 십여 합, 그 때 중군에 있던 이성은 삭초의 도끼가 흐트러져 관승에게 패배당하듯이 보이자 쌍칼을 휘두르며 진에서 튀어나와 관승을 협공하려 들었다. 이

쪽에서 서찬과 학사문이 그것을 보고 각기 무기를 손에 들고 뛰어들어 가세를 했다. 이리하여 다섯 말 위의 투사들이 일단이 되어 난전을 펼쳤다.

다섯 장수가 한 덩어리가 되어 이리저리 시살할 때 높은 언덕에 올라 이 광경을 바라보던 송강이 채찍을 들어 한 번 가리켰다. 함성이 천지를 진동하는 가운데 대군이 일시에 내달아 몰아쳤다.

이성과 삭초는 한마당 싸움에 크게 패하고 성중으로 급히 도망하여 들어갔다. 송강은 때를 놓치지 않고 곧 군사들을 재촉하여 성 아래에 이르러 하채하였다.

이튿날, 붉은 구름이 하늘을 빽빽하게 끼고 천기는 혼흑(昏黑)한데, 삭초가 일지군을 거느리고 나와 싸움을 청했다. 오용은 가만히 영을 전하여 이 날 싸움은 거짓으로 패하게 하였다. 삭초는 일진(一陣)을 이기고 기뻐하기를 마지않으며 성으로 들어갔다.

이 날 날이 저물면서 풍색(風色)이 더욱 사나워졌다.

오용은 몰래 보병을 성 밖에 보내 산기슭의 냇가를 따르는 좁은 길목에 함정을 파게 하고 그 위를 흙으로 덮어 두게 하였다. 그 날 밤엔 폭설이 내리고 바람이 심했다. 새벽에 보니 눈은 두 자 넘게 쌓여 있었다.

한편, 삭초가 아침 일찍 성 위에 올라 바라보니, 송강의 군사들이 두려워하는 빛이 가득한 채 한 곳에 붙박혀 있지 못하고 우왕좌왕하고 있었다. 그래서 삭초는 곧 정병 3백 명을 점고하여 거느리고 가만히 성문을 열고 짓쳐 나갔다.

송강의 군사들이 사면으로 흩어져 달아났다. 삭초가 동서로 충돌하는데, 수군 두령 이준과 장순이 손에 긴 창을 꼬나잡고 내달았다. 삭초가 맞아 싸운 지 두어 합이 못되어서 두 사람이 모두 창을 버리고 달아났다. 함정 파 놓은 곳으로 유인하기 위함이었다.

그러나 본래 삭초는 성미가 남달리 급한 사람이라, 앞뒤를 헤아리지 않고 그대로 급히 뒤를 쫓는데, 이준이 시내를 끼고 달아나다 앞에 어지러이 도망하는 인마를 향하여 큰 소리로 외쳤다.

"송공명 형님, 어서 빨리 달아나슈!"

삭초는 그 말을 듣자 자기 몸을 생각할 여유도 없이 말을 달려 적진을 향해 돌진해 갔다. 그러자 산 뒤에서 포성이 일어나고 삭초는 말과 함께 함정 속에 떨어졌다.

수하 군졸들은 주장이 사로잡힌 것을 보자, 곧 앞을 다투어 성으로 들어가 버렸다.

양중서가 크게 놀라 즉시 사람을 경사로 올려 보내 급한 것을 고하고, 굳게 성을 지켜 다시는 나가서 싸우려 하지 않았다.

송강이 장중에 앉아 있으려니, 도부수의 무리가 삭초를 잡아 가지고 들어왔다. 송강은 곧 군사들을 꾸짖어 물리치고 그 묶은 것을 풀어 준 다음, 손을 이끌어 자리에 앉히고 술을 내어 권하며 은근히 말했다.

"장군도 보시다시피 여기 모인 여러 형제들의 태반이 다 조정 명관이오. 우리와 함께 산에 올라 체천행도하심이 어떠하오?"

이에 이르러 급선봉 삭초도 마침내 입당할 것을 허락하여, 이날 양산박 진중의 상하가 모두 취하도록 술을 마시며 즐겼다.

### 3. 조 천왕(晁天王) 현성(顯聖)

다음 날에는 성을 칠 의논이 있었고, 며칠 동안 행동을 개시해 보았으나 쉽사리는 떨어질 것 같지 않았다. 때문에 마음에 초민(焦悶)하여 하기를 마지않는 중 어느 날 밤의 일이었다.

송강이 홀로 장중(帳中)에 앉아 있는데, 문득 일진 냉풍(冷風)이 일어나며 등불이 흔들려 꺼질락 말락 했다.

송강이 눈을 들어 자세히 살펴보니 등불 밑에서 한 사람이 나오는데, 그는 곧 다른 사람이 아니고 돌이간 탁탑천왕 조개였다. 그는 앞으로 나올 듯 나오지 않으며 입을 열었다.

"아우님은 여기서 무엇을 하고 있나?"

송강은 깜짝 놀라 급히 몸을 일으키며 말했다.

"형님, 어째 오셨습니까? 형님 원수를 빨리 갚아 드리지 못하여 주야로 불안한데, 또 연일 군무에 휘매여 치제(致祭)도 못하고… 송구하기 짝이 없습니다."

"내 한 마디 급히 일러 줄 말이 있어 이렇듯 온 걸세. 자네 등에 무슨 일이 일어나고 보면, 강남의 지령성(地靈城)이 아니고는 무사하지 못할 게요. 또 삼십육계(三十六計)에 주위 상계(走爲上計)니 곧 이 곳을 떠나는 것이 좋겠네."

말을 마치자 즉시 흔적이 없이 사라지는데, 송강이 놀라서 깨달으니 곧 꿈이었다. 즉시 오용을 청하여 꿈꾼 이야기를 자세히 하니, 듣고 나자 오용이 말했다.

"글쎄, 천왕이 꿈에 현몽을 했다면 소홀히 생각할 수는 없겠죠. 어제 오늘 이처럼 혹한이 닥쳐 언제까지나 군사들을 이 곳에 둘 수는 없습니다. 이건 역시 일단 산채로 돌아가야겠죠. 그리고 내년 봄 해빙이 되거든 다시 나옵시다."

"옳은 말씀이오. 그저 저 노준의와 석수가 옥에서 우리의 구원의 손을 목마르게 기다리고 있을 텐데, 만약 이대로 돌아가 버리면 두 사람의 목숨이 위태롭거든, 다만 그것이 골치 아픈 문제야……"

과연 진퇴양난이었다. 얼른 결단을 내리지 못하고 있는데, 이튿날 송강이 심사가 번열하고 전신이 노곤하며 머리

가 뼈개지는 듯 아파, 자리에 누운 채 일어나지를 못했다.

뭇 두령들이 장중으로 들어와 병을 물으니, 등이 심히 아프고 뜨겁다 했다. 곧 옷을 벗기고 살펴보니 대추씨만한 큰 종기가 나서 사면에 굵은 발이 뻗쳐 있었다.

오용이 말했다.

"이것은 등창병입니다그려. 방서(方書)에 녹두 가루가 가히 해독(解毒)한다 하였으니 우선 이것을 구하여 써 보겠지만, 이 곳에서 졸연히 의원을 얻기 어려우니 이 노릇을 어찌하면 좋으리까?"

뭇 두령들이 모두 근심하기를 마지않을 때 낭리백도 장순이 나서서 말했다.

"이건 내가 심양강 저쪽에 있을 때의 이야긴데 어머니 등창이 도무지 약으로 낫지를 않아, 그러다가 건강부(建康府)의 안도전(安道全)에게 보였더니, 글쎄 한 번에 낫지를 않겠습니까. 형님께서도 역시 그 분에게 치료를 시켜야 합니다. 여기서 동쪽으로 길은 굉장히 멀지만 다른 일과 달라 한시라도 빨리 가서 불러 와야겠습니다."

"형님, 꿈에 조 천왕이 알린 '재난을 제거하는 것은 강남 지령성이다'라고 했다던데 그것은 혹시 그 안도전이 아닐까요?"

오용이 말하자 송강이 대답했다.

"부디 그런 의사가 있거든 수고스럽지만 곧 가서 청해다가 내 목숨을 구해 주시오.”

오용은 의사의 사례금으로서 백냥의 금을 꺼냈다. 따로 노자로 은을 이삼십 냥, 이것을 장순에게 주며 말했다.

“수고스럽지만 곧 떠나 주게. 그러나 꼭 데리고 오게. 우리들은 곧 돌아갈 테니까. 자네도 직접 산채로 오도록, 자어서 한시바삐 서둘러 주게.”

장순은 곧 여장을 수습해 성큼성큼 나아갔다. 오용은 그 직후 전군의 귀환을 명령했다. 병자인 송강은 수레에 태우기로 했다. 그리고 갑자기 퇴각을 시작했다.

북경의 관군은 산채의 복병에 혼이 나 있으므로 이번에도 속임수라 생각하고 추격해 나오지 않을 것으로 보았다. 그리고 저 양중서는 송강 등이 퇴각했다는 보고를 받았을 때 정신을 차리지 못했다. 이성과 문달도 또,

“오용이란 놈은 지독하게 위계를 잘 쓰는 놈입니다. 손쉽게 뒤를 쫓아서는 안됩니다. 그 보다도 성을 지킵시다.”라는 의견이었다.

## 4. 원소가절(元宵佳節)

장순은 송강을 구하기 위해 밤낮을 가리지 않고 걸었다. 때가 엄동이라 도중의 고생은 이루 말할 수 없을 정도였는

데 엎친 데 덮친 격으로 양자강에서 장왕과 손오라는 강도 두 명을 만나 물귀신이 될 뻔 했다.

하지만 결국 안도전을 데리고 오는데 성공했다.

안도전의 치료를 받고 송강의 종기는 아직 완전히 아물지는 않았어도 병상을 떠나 걸을 수 있게 되었다. 그러자 곧 대명부를 치고 노준의와 석수를 구하여 낼 것을 발론하니, 군사 오용이 말했다.

"그 동안에 사람을 보내서 알아 보았더니, 양중서는 우리 군대가 다시 쳐들어올까 겁이 나서 주야로 성을 굳게 지키고 있다 합니다. 이제 해가 바뀌어 상원일(上元日)이 가까운데, 대명부에서 해마다 등불놀이를 하는 터이라 이 때를 타서 먼저 성내에 매복하고, 밖에서 군마를 몰아 내외상응(內外相應)하면 쉽사리 깨칠 수 있으리다."

송강은 듣고 무릎을 쳤다.

"딴은 묘책이오. 그러면 군사는 곧 발락토록 하오."

오용이 뭇 두령들을 둘러보며 말했다.

"제일 요긴한 일이 먼저 성내로 들어가 있다 불을 놓는 것인데, 형제 중에서 누가 이 소임을 감당하겠소?"

말이 끝나지 않아 게하에서 한 사람이 나서며 외쳤다.

"그 소임은 제가 맡으오리다."

모든 사람이 보니 곧 고상조 시천이었다.

"제가 전일에 대명부 안에서 놀아 익히 압니다마는, 취운루(翠雲樓)에다 불을 놓는 것이 가장 좋을 성싶습니다."

"나도 실은 그렇게 할 작정일세."

하고 오용은 수긍을 했다.

오용은 사천에게 불 놓는 소임을 맡기고, 다음에 다른 두령들을 앞으로 불러 각기 임무를 분조하였다.

모든 사람이 군사의 영을 받고 차례로 산을 내려가니, 이 때는 바로 정월 초순이었다.

이 무렵, 북경 대명부 성중에서는 양중서가 이성·문달 이하 일반 관원을 모아 놓고 상원일의 축하 행사를 의논했다.

"연례(年例)로는 성내에 찬란하게 불을 밝혀 원소가절(元宵佳節) 하례하기를 동경과 같이 해 왔지만, 올해는 지난해에 두 차례나 양산박 도적 떼의 침범을 받은 끝이라 만약 예년대로 하다가 화라도 당하면 큰일이 아니겠소. 내 생각에는 이번만은 이를 폐하고 방비나 더욱 굳게 할까 하는데, 모든 사람의 의견은 어떠하오?"

그의 말이 끝나자 문달이 나서서 말했다.

"저들이 두 번이나 침범해 왔으나 두 번 모두 패하여 물러갔으니, 이제는 이미 세궁역진(勢窮力盡)했을 것이라, 설사 다시 온다 하더라도 근심할 것이 없사오리다. 만일 겁을 내어 행사를 폐하고 보면 저놈들의 비웃음을 면하지 못할 것

이니, 금년 행사는 예년보다 오히려 더 성대하게 하시지요. 소장이 일지군을 거느리고 나아가 비호곡에 둔치고 또 이 도감(李都監)이 철기(鐵騎)를 거느리고 성내를 순라한다면 자연 무사하오리다."

그의 말을 듣고 양중서는 마침내 이 해 원소절은 예년보다도 오히려 더욱 성대하게 하기로 마음에 작정했다.

이 소식을 양산박 첩자가 나는 듯이 산채(山寨)로 달려가 보고하자, 송강이 서둘러 가겠다고 주장했다.

그러자 안도전이 간하였다.

"장군의 창구가 아직도 완합하지 못했으니, 함부로 동하시면 안 됩니다. 만일에 종기가 한 번 덧나고 보면 다시는 고칠 도리가 없을까 합니다."

이 말에 송강이 주저하는데 오용이 나섰다.

"제가 이번에 형님을 대신하여 여러 형제와 함께 가서 대명부를 깨치고 노원외와 석수 두 사람을 구해 내며, 음부와 간부를 잡아 형님의 마음을 위로하도록 할 것이니 그 일은 제게 맡기시고 형님은 몸이나 잘 조섭하시지요."

송강이 마침내 이를 허락하자, 오용은 즉석에서 팔로(八路) 인마를 분발하였다.

팔로 마보군이 차서를 따라 산을 내려가되, 정월 대보름 밤을 기약하여 북경 대명부 성문 아래 모이기로 하고, 나머지 두령들은 모두 송강을 보호하여 산채를 지키기로 했다.

　북경 대명부는 본래 하북(河北)에서 으뜸가는 대군(大郡)으로서 중요 요충지인 데다가 예년보다 올해는 더욱 행사를 성대하게 한다는 말을 듣고 모두들 구름같이 모여들었다.

　가가호호가 문전에 등붕(燈棚)을 세우고 집 안에는 또 오색 병풍을 둘러놓으니, 곳곳에 등불을 아니 켜 놓은 곳이 없었다.

　특히 취운루의 사면에 켜놓은 불의 수가 없으니, 원래 이 주루(酒樓)는 이름이 하북에 떨친 가장 큰 집이라, 누상과 누하에 백여 처가 넘는 각자(閣子)가 있어, 밤낮 없이 고악(鼓樂)이 하늘에 울리었다.

　이 밖에도 성중 각처의 사원이며 불전 법당에 모두 한결같이 등화(燈火)를 베풀어 풍년을 기린다.

　드디어 정월 대보름, 상원가절(上元佳節)이었다. 이 날 날씨가 청명하여 황혼에 달이 오르고, 육가삼시(六街三市)에 불을 켜자 길거리마다 넘쳐나는 것이 모두 등불이었다.

　어느덧 누상(樓上)의 경고(更鼓)가 이경을 보할 때, 시천은 유황 염초 따위의 화약을 광주리 속에 담고, 위에는 몇 묶음 가화(假花)를 덮어 옆구리에 끼고 취운루 누상으로 갔다.

　각자(閣子)마다 술 마시고 노래 불러 상원가절을 즐겼다. 시천이 가화를 팔러 다니는 체하며 이 각자 저 각자로 돌아

다니는데, 별안간 취운루 아래에서 함성이 크게 일어나며 누군지 큰 소리로 외쳤다.

"양산박 군마가 서문(西門) 밖에 왔다!"

사람들의 말을 들으니, 비호곡에 나가 둔치고 있던 문달이 양산박 군마에게 패하여 채책을 잃고 패군을 수습하여 성내로 들어오고, 이성은 성 위에 있다가 이 소식을 듣자, 유수사 앞으로 가서 군졸에게 분부를 하여 성문을 굳게 닫아걸게 했다고 한다.

시천은 이 말을 듣고 곧 누상으로 뛰어 올라가 불을 질렀다. 이 때 양중서는 아문에 앉아 술이 거나하게 취한 채 이 소식을 듣고는 말을 끌어오라 하고 기다리고 있는데, 취운루에 불길이 솟아 화광이 사뭇 월색을 가렸다.

양중서는 급히 말에 올라 삼문 밖을 나가, 그편을 향하여 급히 말을 몰아 나갔다. 이 때 군사가 전하기를, 어떤 살찐 화상(和尙)이 철선장을 들고 마구 사람을 죽이며, 또 범같은 행자(行者)가 쌍계도를 들고 짓쳐들어온다고 했다.

양중서가 깜짝 놀라 말머리를 돌이켜 유수사 앞으로 도망해 오는데, 또 해진·해보 형제가 각기 강차(鋼叉)를 휘두르며 내달아 동충서돌했다.

양중서는 혼백이 다 허공에 떠서 급히 부중(府中)을 바라고 말을 달렸다. 그 때 마침 저편에서 왕 태수가 군사들을 끌고와 양중서와 합하려고 할 때, 유당과 양웅이 번개같이 달려들며 수화곤을 번쩍 들어 왕 태수의 머리를 내리치니, 두 눈이 쏟아지며 말 아래로 떨어졌다.

양중서가 다시 말머리를 돌려 이번에는 서문을 바라고 달리니, 성황묘 안에서 난데없는 포성이 천지를 진동하며 추연·추윤이 장대 끝에 불을 붙여서 집집마다 불을 지르고 돌아다녔다. 북경 성내가 발끈 뒤집혀 온통 악마구리 끓듯 했다.

양중서가 서문을 향해 계속 달아나다가 이성을 만나 함께 문루 위로 올라가 성 밖을 바라보니, 무수한 군마들이 풍우같이 몰려 들어오는데 중앙은 대도 관승이고, 좌편은 학사문, 우편은 선찬이며, 그 뒤를 다시 황신이 따라 마치 기러기가 날개를 편 듯한 형세였다.

양중서가 감히 나가지 못하고 이번에는 북문으로 가서 바라보니, 달빛이 낮처럼 밝은 가운데 표자두 임충이 앞을 서고, 좌편은 마린, 우편은 등비, 뒤에서는 화영이 무수한 인마를 휘몰아 들어왔다.

양중서는 또다시 말머리를 돌려 남문을 바라고 달렸다. 가까스로 길을 헤치고 나가 적교(吊橋) 가에 이르니, 화광이 충천한 가운데 흑선풍 이규가 이립·조정 두 장수와 함께 해자 가로부터 쫓아 들어오는데, 옷통을 벌거벗고 손에 쌍도끼를 든 양이 십분 흉악했다.

이성이 내달아 혈로를 뚫고 양중서를 보호하여 달리는데, 벽력화 진명과 쌍편 호연작이 내달아 길을 막았다. 이성은 쌍도(雙刀)를 휘두르 내달아 몇 합 어울러 보았으나, 도무지 싸울 마음이 없었다.

이성은 온몸에 상처를 입어 상처마다 피를 흘리며 죽기로써 양중서를 보호하여 길을 뚫고 달아났다.

이 때 두천과 송만은 양중서의 일문을 다 죽이고, 공명·공량 형제는 옥문을 깨뜨리고 사수로(死囚牢) 안으로 들어가 노준의와 석수의 칼을 벗겨서 데리고 나왔다.

노준의는 이고와 가 씨를 잡아서 한을 풀려고 석수·공명·공량·추연·추윤 다섯 형제와 함께 자기 집을 향하여 달려갔다.

이보다 앞서 이고는 양산박 두령들이 크게 군대를 일으켜 성내로 짓쳐들어왔다는 말을 듣자, 그만 혼이 허공에 떠서 어찌할 바를 몰랐다. 놀란 가슴을 간신히 진정하고 가 씨와 함께 금은 보배를 수습하여 보따리 하나를 만들어 등에 지고 막 문을 나서려는데, 미처 문간까지도 못 나가서 대문이 부서지며 밖에서 두령 한 떼가 안으로 달려들었다.

이고는 가 씨의 손을 잡고 횡망히 몸을 돌이켜 뒷문으로 나갔다. 뒷문 밖은 곧 물가였다. 두 남녀가 길을 찾아 도망하려 할 때, 누군가 손을 늘여 머리를 움켜쥐며 꾸짖었다.

"이놈, 이고야! 네, 나를 알아보겠느냐?"

들으니 곧 연청(燕靑)의 음성이었다. 이고는 빌었다.

"여보, 우리가 별로이 원수진 일이 없으니, 부디 나를 놓아 주."

그러나 연청은 다시는 대꾸 않고, 이고를 잡아 끌고 장순은 가 씨를 잡아 옆에 낀 채 두 사람이 동문을 향하여 나갔다.

마침내 오용은 영을 내려 성내의 불을 끄게 하고, 대명부 부고에 있는 금은보배와 전량(錢糧)들을 있는 대로 찾아내어 모조리 수레에 싣고 군대를 3대로 나누어 양산박으로 돌아갔다.

연청이 사로잡은 이고와 가 씨는 그 자리에서 죽이지 않고 함거에 실어 양산박까지 데리고 갔다.

## 5. 제일좌 교의(第一座交椅)

삼군이 금사탄에 이르니, 선통을 받은 송강이 뭇 두령들과 함께 산에서 내려와 영접했다. 함께 산채로 올라가 충의당에 오르자 송강은 노준의를 향하여 머리를 숙였다. 급히 답례를 하는 그를 향해.

"입산을 열망한 나머지, 뜻밖에도 도리어 사지(死地)에 빠뜨려, 하마터면 목숨을 보전하시지 못하게 했소이다. 그래도 천우신조로 이렇듯 돌아오시니 참으로 감개가 무량하외다."

하고 말하자 노준의도 답례했다.

"그것은 어쨌든 형님의 위엄과 또 여러분의 정성에 의해 구조를 받았으니, 이 몸은 비록 가루가 되는 한이 있어도 이 은혜는 다 갚지 못할 것입니다."

그리고 채복, 채경 두 형제를 불러내어,

"제가 오늘까지 목숨이 붙어 있었던 것은 오로지 이 두 분의 덕택입니다."

하고 소개를 했다.

송강은 바로 노준의를 산채의 제1좌 교의에 앉히려고 했다.

노준의는 크게 놀라 뒤로 물러나며, 말했다.

"이 사람이 무엇이기에 감히 산채의 주인이 된단 말씀이오니까? 이는 천만 부당한 말씀이외다."

노준의는 결코 들으려 안 하는데, 그래도 송강은 부득부득 권했다. 이 모양을 보고 흑선풍 이규가 자리에서 벌떡 일어났다.

"형님 천성이 곧지가 못하우. 전일에 형님이 좋아서 앉은 자리를 왜 또 남한테 물려주겠다고 이 야단이오. 대체 저 교의가 순금으로나 만든 교의인지, 밤낮 이 사람 앉아라, 저 사람 앉아라, 사양하다 볼일 못 보네."

송강이 낯빛을 붉히며 큰 소리로 꾸짖었다.

"이놈, 네가 무슨 말을 그렇게 함부로 하느냐?"

그래도 이규는 할 말은 하고야 마는 성미였다.

"형님이 만일에 황제가 된다면 노원외는 승상이 되고 우리는 다들 장군이 되겠지만 그것은 다 금란전에서나 할 얘기고, 여기로 말하면 불과 양산박 물 속에 강도가 앉는 자리니, 구태여 뭐 사양하고 어쩌고 할 것 없이 그대로 전같이 지내십시다그려."

송강이 그만 기가 막혀서 말을 못했다. 이 때 군사 오용이 나서서,

"지금 자꾸 그러실 게 아니라, 일후에 노원외가 공을 세우거든 그 때 다시 사양하시는 것이 좋겠소이다."
하고 권하자, 송강도 그제는 더 사양하지 않고 그 자리에 앉았는데, 노준의가 갑자기

"음부와 간부가 아직 처단을 기다리고 있습니다만!"
하고 말했다.

"그렇군, 잊고 있었군요."
하고 대답한 송강은 부하에게 명했다.

"그 두 사람을 이리로 끌어내라."

군졸은 수인차의 문을 때려 열었다. 당하로 두 사람을 끌고 와 이고는 왼쪽 기둥에 묶었다. 송강이 꾸짖었다.

"이놈들의 죄는 조사해 볼 필요도 없다. 노주인님께서 맘대로."

노준의는 단도를 들고 내려가 두 사람의 배를 갈랐다. 이렇게 해서 남녀 두 사람의 목숨을 사라지고 말았다.

그런데 다시 이야기는 바뀌어, 일단 도망친 양중서는 양산박의 일당이 철수했다는 소식을 듣고 다시 이성, 분달과 함께 낙오자들을 끌어 모아 성으로 되돌아왔다. 하지만 가족은 십중팔구까지 잃어, 울고 싶어도 울 수가 없었다. 근처 지방에서 원군도 와 있었으나 소 잃고 외양간 고치는 격이었다.

양중서의 처는 천만 다행으로 목숨이 붙은 사람의 하나였다. 뒤뜰에 숨어 있었던 덕택이다.

그것이 남편을 꼬드겨 조정에 상소문을 쓰게 했다. 채 태사에게도 알려 토벌을 부탁했다. 민간의 사자가 수천여 명, 부상자는 부지기수다. 관군의 손해는 삼만여 명에 달한다고 쓰게 했다.

한 사람의 사관급 군인이 상소문과 편지를 가지고 동경을 향해 급히 떠났다. 그는 절당에서 채 태사를 만나보고, 비적의 세력이 엄청나다는 것을 호소했다. 원래 채경은 흐지부지하는 동안에 적을 적당히 구슬려서 진정시켜 버릴 생각이었던 것이다. 그리고 그것을 사위 양중서의 공으로 만들어 주어 자기도 상을 나눌 생각이었는데, 지금 사태가 이렇게까지 된 이상 더 다시 우물쭈물해 버릴 수가 되었다. 울화가 치밀어 결전을 해야겠다는 각오를 정하고,

"우선 물러가 있게."

하고 사신으로 간 군사를 물리쳐 버렸다. 그 다음 날이 되었다. 여명에 경양루의 종이 울렸다. 대루원에 모인 문무백관은 채 태사를 앞세우고 옥계 가까이 나가 휘종 황제께 사건을 대략 아뢰고 상소문을 올렸다. 천자는 그것을 펴 보고 깜짝 놀랐다. 그러자 간의대부 조정이 자리에서 일어나 말했다.

"그들의 죄를 용서하시고 이리로 불러 관직을 주어 변방을 지키게 하는 것이 좋으리라 생각합니다."

순간 채경이 질타했다.

"그대는 그런 소리를 하면서도 간의대부인가. 조정의 강기를 어지럽게 만든 소인들을 중용하다니. 그 무슨 가당치 않은 소린가!"

그래서 휘종 황제는 곧 조정의 벼슬을 빼앗아, 평민으로 만들어 버렸다. 어전에서는 누구 하나 입을 여는 사람이 없었다. 천자는 다시 채경에게 하문했다.

"적세가 그처럼 강성하다면, 누구를 보내면, 좋겠는가?"

"강성하다고 하지만 기껏해야 오합지졸, 대군은 필요 없습니다. 지금 능주(凌州)에 두 장수가 있어 신은 그 두 사람을 추천합니다. 한 사람은 위정국(魏定國), 또 한 사람은 단정규(單廷珪). 두 사람은 지금 그 곳에서 단련사로 있습니다만 지금 성지를 내리시어 그들을 토벌군으로 삼으면, 양산박은 무너지고 말 것입니다."

천자는 곧 칙서를 쓰고 추밀원에서 사자를 보내라는 분부를 했다. 그리고 나서 옥좌에서 물러났다. 백관들도 퇴관했다. 그러나 그들은 채 태사의 진언을 은근히 상소했던 것이다. 채경은 그 다음 날 사자를 능주로 급파시켰다.

송강은 수호 가에서 산의 전군을 위로하며 북경에서 탈취한 금전 보물을 상으로 나누어 주었다. 날마다 호사스런 주연이 계속되었는데 그것은 물론 노준의를 대접하기 위해서였다. 물론 용이나 봉황 요리는 없었지만 그래도 고기의 산과 술의 바다였다.

얼마 후, 술이 한창일 때 오용이 송강에게 말했다.

"하여튼 노준의 어른을 구출하기 위해 그처럼 북경을 함락시키고 양중서를 패주까지 시켰으니, 놈들은 물론 상소를 하겠죠. 특히 놈의 장인은 당대의 재상이 아닙니까. 그러니 이 일은 이대로 끝날 것 같지 않습니다. 결국 정토군이 몰려올 것입니다."

"그렇소!"

송강이 동감의 뜻을 표하며,

"어떨까, 곧 밀정을 북경으로 보내고, 우리도 준비를 할까⋯⋯"

하고 묻자 오용이 대답했다.

"밀정은 이미 보내 놓았습니다. 아마 곧 돌아올 겁니다."

그대로 주연을 계속하고 있자니, 군사 오용의 말대로 밀정이 돌아 왔다.

"북경에서는 역시 양중서가 조정으로 상소를 해 토벌을 청했습니다요. 간의대부에 조정이란 사람이 있어 그자가 사태를 온당하게 처리하자고 천자께 권했다가, 채경의 일갈로 직책에서 파면을 당했구요. 결국 천자의 허락을 받아 사람을 능주로 보내 그 곳의 단련사 단정규와 위정국에게 토벌하러 나가라고 명령을 내린 것 같더군요."

"그럼, 이것을 막는 방법은?"

송강이 물어 보았다.

"글쎄요. 나오는 두 사람을 다 함께 묶어 버릴까요?" 하고 오용이 말했다. 그러자 관승이 일어섰다.

"나는 입산한 후, 폐만 끼쳤지 아직 아무런 공도 없습니다. 단정규와 위정국하고는 전에 포성(蒲城)에서 여러 차례 만나고 있었는데, 단정규는 결수침병지법(決水侵兵之法)에 능통한 자로서 성수장군(聖水將軍)이라 불리우고 또 위정국은 화공지법(火功之法)에 능통해 오로지 불을 사용하므로 그의 별명은 신화장군(神火將軍)입니다. 만약 저에게 오천 군사들을 맡겨 주시면 그들의 출발을 기다릴 것 없이 이쪽에서 쳐나아가 도중에서 막아 버리겠습니다. 그 때 그들이 항복하면 산으로 데리고 올라오겠지만, 싫다고 하면 포로로서 끌고 올 뿐이죠. 여러분의 조력은 필요 없습니다."

송강은 기뻐했다. 그리고 선찬과 학서문을 같이 보내기로 했다.

관승은 그 이튿날 오천 군사를 이끌고 하산했다. 오용들은 그를 금사탄까지 전송했다. 충의당으로 돌아오자 오용이 송강에게 말했다.

"관승이라도 아직 그 본심을 알 수 없습니다. 하니 누구하나 미행을 시켜 봅시다."

"아냐, 여간 늠름한 기상이 아니오. 의심할 필요는 없겠소."

송강의 말은 맞았다.

그로부터 십여 일 후 관승이 위정국과 단정규를 데리고 산으로 돌아온 것이다.

때문에 송강 이하로 모든 두령이 기뻐하기를 마지않을 때, 북지(北地)로 말을 사러 갔던 금모견 단경주가 급히 들어왔다.

송강이 어인 연고냐고 물으니 그가 대답했다.

"제가 양림·석용 두 두령과 함께 북지에 가서 근력 있고 털색이 좋은 준마 2백여 필을 사지 않았겠습니까. 그것들을 몰고 청주 지방까지 왔을 때 욱보사(郁保四)라고 하는 자가 수백 명 장객들을 몰고 나타나 말을 모조리 빼앗아 가지고 증두시(曾頭市)로 가 버렸는데, 그 통에 석 두령과 양 두령이 어디로 갔는지 모르겠고, 저만 밤낮을 달려 이렇게 오는 길입니다."

듣고 나자 송강은 크게 노하였다.

"전에도 우리 말을 잃었는데 이제껏 찾지 못했고, 조 천왕의 원수도 아직 갚지 못한 터에 이제 또 이렇듯 저희가 무례하니, 만일 이번에 아주 소멸하지 못한다면 남의 치소를 어찌 면할꼬?"

오용이 나서서 말했다.

"이제 봄날이 심히 화창하여 시살하기 꼭 좋소이다. 전에 조 천왕이 패하신 것은 지리(地利)를 잃었기 때문이니, 먼저 시천을 보내서 소식을 알아 본 뒤에 의논하여 하십시다."

송강은 그의 말을 좇아 시천을 증두시로 보냈는데, 그가 떠난 지 사흘 뒤에 양림과 석용이 돌아와, 증두시의 교사 사문공(史文恭)이 큰소리를 텅텅 치며 양산박을 쳐 무찌르겠다 하더라고 말하자, 송강이 또 발연히 노하여 그 날로 기병하자고 서둘렀다.

오용이 또 나서서 시천이나 돌아오거든 자세한 소식을 들어 보고 기병을 하자고 권했지만, 송강은 일시가 급해하며 대종을 시켜 가서 급히 알아 오라고 명했다.

대종이 떠난 지 며칠 만에 돌아와 하는 말이, 증두시에서 군마를 일으켰는데 증두시 어귀에 대채(大寨)를 세우고 또 법화사 안에 군중장을 베풀어, 수백 리를 연하여 두루 정기(旌旗)를 꽂았으니, 대체 어느 곳으로 군대가 나올 작전인지

를 모르겠다고 했다.

그 때 또 시천이 돌아와 보고했다.

"제가 증두시 안에 들어가 자세히 알고 돌아왔습니다. 그놈들이 증두시 앞에다 채책 다섯을 세우고 군사들 2천 명을 풀어 촌구(村口)를 지키고 있는데, 대채에서는 교사 사문공이 주장하고, 북채(北寨)에서는 부교사 소정이 증도와 함께 지키고 있고, 중앙 정채(正寨)에는 아비 증롱(曾弄)이 막내아들 증승과 함께 있습니다. 욱보사라는 놈은 신장이 10척에 허리가 열 아름이나 되며, 작호는 험도신(險道神)이라 하는데 우리한테서 뺏은 말은 모두 법화사 안에다 두고 기르더군요."

듣고 난 오용은 뭇 두령을 취의당에 모아 놓고 의논했다.

"그들이 5채(五寨)를 세웠다 하니, 우리도 군마를 5로(五路)로 나누어 치는 것이 좋겠소."

좌중의 노준의가 몸을 일으켜 말했다.

"이 사람이 산에 오른 뒤로 일찍이 마디만한 공도 세운 것이 없으니, 이번에 가서 증두시를 치게 하시면 목숨을 버려 은혜를 갚을까 하오."

조 천왕(晁天王)이 임종시에 유언하기를, 누구든 일후에 증두시를 치고 사문공을 잡아 자기의 원수를 갚는 사람을 산채의 주인을 삼으라 했다. 송강이 그 말을 듣고 오용을 돌아보며 물었다.

"노원외가 저렇듯 말씀을 하니, 이번에 선봉을 삼아 한 번 가 보시게 하는 것이 어떻겠소?"

오용이 대답했다.

"원외께서 전장에 익지 못하시고 그 곳의 산로(山路)가 또한 심히 기구하니, 선봉은 어려우실 겝니다. 따로이 일지 인마를 거느리고 수풀이 있는 들판에 매복하고 계시다가, 군중에서 호포 소리가 나면 나와서 접응하도록 하시는 게 좋을까 합니다."

오용이 염려한 것은 다름이 아니다. 노준의가 만약 사문공을 잡으면 송강은 조개의 유언을 끄집어 낼 것이다. 수석 두령의 자리를 그에게 양도해야겠다고 나설 것을 염려해서 그가 선봉이 되는 것을 가로막은 것이었다.

그리고 송강은 오용이 염려한 대로 어디까지나 노준의에게 공을 세우게 해서 산채의 주인으로 추대할 생각이었다.

오용은 끝까지 반대했다. 노준의로 하여금 연청과 함께 오백 보병을 이끌고 소로(小路)에 매복하라 하고 곧 5로 군마를 분발했다.

양군이 대치한 지 하루가 지나서였다. 맏아들 증도가 사문공에게 말했다.

"내 오늘 나가서 송강을 베고 도적을 모조리 토멸하고 돌

아올 것이니, 선생은 부디 영채를 단단히 지키고 계십시오."

사문공이 응낙하니, 증도는 곧 갑옷 입고 말에 올라 군사들을 거느리고 나가 싸움을 돋우었다.

송강은 중군에 있다가 증도가 와서 싸움을 돋운다고 듣자, 곧 여방·곽성 두 장수를 데리고 문기 아래로 나섰다. 증도는 진전에서 송강을 향하여 어지러이 욕을 했다.

송강이 크게 노하여,

"뉘 능히 저 도적을 잡아, 전일의 원수를 갚을꼬?"

하고 한 소리 외치니, 곧 소온후 여방이 방천화극을 휘두르며 내달아 바로 증도를 취했다. 두 사람이 서로 어우러져 싸워 30여 합에 이르렀다.

곽성이 문기 아래 서서 바라보니, 여방의 무예 수단이 증도만 못하여 30합까지는 오히려 증도를 당하더니, 30합이 넘어서부터는 차차 창법이 어지러워졌다.

혹시나 실수함이 있을까 하여, 곽성이 창을 꼬나잡고 말을 채쳐 나아가 싸움을 도왔다.

세 필 말이 진상(陣上)에서 한 덩어리가 되어 싸우는 중에 여방·곽성 두 장수가 증도를 잡으려 쌍극을 일시에 내리친 노릇이, 창끝에 단 금전표마(金錢豹尾)가 시로 얽히어 떨어지지 않았다.

증도가 이를 보고 곧 창을 들어 여방의 목을 찌르려고 할 때, 진상에서 바라보고 있던 소이광 화영이 왼손에 활을 들고 오른손에 화살을 빼어 힘껏 당기어 한 번 쏘니, 시윗소리 울리는 곳에 증도가 왼편 팔을 맞고 몸을 번두쳐 말 아래로 떨어졌다. 뒤이어 여방·곽성의 쌍극이 일시에 내려오니, 여방과 곽성의 두 창은 그를 비명의 귀신으로 만들어 버렸다.

종인(從人)의 무리가 도망하여 돌아가 이를 보고하자, 증장관은 그대로 목을 놓아 울었다.

곁에서 이 광경을 보고, 막내아들 증승이 이를 갈며 자리를 차고 일어나.

"내 나가서 형님 원수를 갚고 오리다."

하더니 갑옷 입고 말에 올라 군사들을 거느리고 나갔다.

송강이 벽력화 진명을 시켜 나가서 맞아 싸우게 하려 할 때, 그보다 먼저 한 장수가 쌍도끼를 휘드르며 내달으니 곧 흑선풍 이규였다.

증승이 곧 궁노수들 에게 명하여 일시에 활을 쏘게 하니, 이규는 언제나 적과 싸울 때는 벌거벗고 나서는 터이라, 다른 때는 항충과 이곤이 만패(蠻牌)로 가려 주었으나, 이 때는 홀로 나왔다가 다리에 화살을 맞고 그대로 뒤로 나가떨어지고 말았다.

그가 쓰러지는 것을 보자, 증승 수하의 마군이 내달아 사로잡으려고 했다. 이를 보고 송강의 진중에서 화영과 진명이 채

쳐 나와 죽기로써 구하여 돌아가니, 증승은 양산박 진중에 인물이 많은 것을 보고 그대로 군사들을 거두어 돌아갔다.

그 날 밤 오용이 분향하고 암축(暗祝)하여 한 점괘를 얻으니, 오용이 보고 말했다.

"오늘 밤에 적군이 기습해 올 괘요."

"그럼 미리 방비가 있어야 하겠구료."

송강이 말하자 오용은,

"이미 계교를 정한 것이 있으니, 형님은 아무 염려 마십시오."

라고 대답하고 곧 뭇 두령들에게 분부하여 좌우에 매복하게 하고 밤이 되기만 기다렸다.

이 날 밤에 사문공이 증승에게 말했다.

"이번 싸움에 적장들이 연하여 상했으니, 저희가 반드시 두려워할 것이라, 이 때를 타서 겁채(劫寨)하는 게 좋겠소."

"그러면 부교사와 셋째 형님을 청해서 같이 갈까 보오."

의논을 정하고 밤이 깊어지자 말은 방울을 떼고 사람은 매(枚)를 물어 가만히 나아가 송강의 영채로 가니, 채 안이 텅 비어 단 한 사람도 볼 수가 없었다.

계교에 빠진 걸 깨닫고 급히 군사들을 돌이켜 나오는데, 왼편에서는 해보가 짓쳐 나오고 오른편에서는 해진이 짓쳐 나오며, 또 뒤에서는 소이광 화영이 군사들을 몰아 질풍같이 내달았다.

사문공 · 소정 · 증색 · 증승의 무리가 서로 돌아보지 못하고 각기 길을 찾아 도망하는 중에 증색이 미처 피하지 못하고 해진의 강차에 맞아 죽고 말았다.

증 장관은 이번 싸움에 또 셋째 아들을 잃고 마음에 번뇌하기를 마지않다가 마침내 일봉 항서(降書)를 닦아 소교(小校)를 시켜 송강의 대채로 보냈다.

송강이 들어오라 하여 그 소교가 바치는 글을 보니, 글뜻은 대강 다음과 같았다.

'증두시주 증룡은 돈수재배(頓首再拜)하여 글월을 송공명 통군 두령 휘하에 바치나이다. 전자에 작은아이가 한때 용맹만 믿고 그릇 호위를 범하매, 천왕(天王)이 무리를 거느려 오시니, 도리에 마땅히 귀부해야 하올 것을 부졸(部卒)이 무단히 냉전(冷箭)을 쏘고 다시 말을 빼앗은 죄를 더하였소이다. 입이 설사 백이 있은들 변명할 길이 있겠사오리까. 그러나 근본을 따지면 이는 본의가 아니므로 이제 화친(和親)을 청하는 터이니, 만약에 싸움을 파하고 군대를 쉬기로 하신다면 앗아온 말을 모조리 납환하고 다시 금백(金帛)을 보내어 삼군을 호상하오리니, 엎드려 비옵건데 깊이 살피소서.'

송강은 보고 나서 먼저 오용에게 눈짓을 했다. 그리고 만면에 분노를 나타내며 투항장을 갈기갈기 찢어 버렸다.

"조 천왕을 그런 꼴로 만들어 놓고 뻔뻔스럽게 싸움을 중지하자고, 마을을 구석구석까지 짓밟아 쑥밭을 만드는 것이 나의 소원이다."

사신은 그 곳에 주저앉아 사시나무 떨듯 떨기 시작했다.

"아니, 잠깐만 진정하십시오."

하고 오용이 급히 중재를 했다.

"싸움은 피차의 고집에서 벌어진 것입니다. 저쪽에서 강화하자는 사신이 온 이상 분함을 못 이겨 대의를 잃어서는 안됩니다."

하고 그 자리에서 답서를 써 주고 십 냥의 돈을 사자에게 상으로 주었다. 사자가 돌아가 그 답서를 내놓자 증 장관은 사문공과 함께 개봉하고 읽어 보았다. 쓰여진 내용은 다음과 같았다.

'양산박의 주장 송강이 증두시의 주인 증롱에게 보인다. 예로부터 믿음이 없는 나라는 반드시 망하고, 예의를 모르는 사람은 반드시 죽고, 용맹이 없는 징수는 반드시 패하는 법이니 이것은 당연한 이치로서 의심할 여지가 없는 법이다. 대저 양산박과 증두시는 결코 원수진 사이는 아니었다. 제각기 경계선을 지키고 있었을 뿐이었다. 그럼에도 불구하고 너희들이 요망스런 생각으로 오늘의 원한을 맺게 되었다. 과연 진심으로 화를 청할 생각이라면 두 차례에 걸쳐 가로채 간 마필을 돌려보내라. 또 홍도 욱보사도 잡아서 보내는 것이 당연한 일이니 정성스러운 태도를 보여 주기 바라노라.'

이튿날 증두시에서 사자가 다시 왔다. 욱보사를 잡아 보내라고 하니, 그러면 그편에서도 볼모를 보내라는 것이었다.

오용은 이를 응낙하고, 시천·이규·번서·항충·이곤 다섯 사람을 보냈는데, 떠나기에 앞서 가만히 시천을 앞으로 불러서 계교를 일러 주되, 그 곳에 가 있다가 만일에 변고가 있거든 이리이리 하라 하였다.

시천의 무리가 볼모가 되어 증두시로 가니, 시문공은 볼모를 다섯 사람씩이나 보낸 것을 은근히 의심하는 모양이었으나, 증 장관은 마음에 강화하기가 급하여 술과 밥을 내어 환대한 다음 법화사에 안돈시키고, 막내아들 증승을 시켜 욱보사를 데리고 송강의 진중으로 가게 하였다.

증승의 욱보사와 함께 두 번에 걸쳐 빼앗아 간 마필과 금백 한 수레를 영거하여 대채에 이르니, 송강이 불러들여 보고 말했다.

"단경주가 끌고 오던 조야옥의 사자마가 없는 것이 어찌

된 까닭이냐."

"그 말은 우리 사부 사문공이 사랑하여 타고 다니는 까닭에 못 가지고 왔습니다."

"그게 될 말이냐? 빨리 돌아가서 옥사자를 가져오도록 하여라."

증승이 편지를 써 수행원에게 주어 보냈더니 사문공이 회서하기를. 만일 옥사자를 찾으려거든 곧 퇴군하라. 그러면 돌려보내겠다고 했다.

송강과 오용이 이 건을 의논하고 아직 어떻게 했으면 좋을지 결정을 보기 전에 화급한 보고가 들어 왔다.

"청주와 능주에서 적의 원군이 오고 있습니다."

"그래? 그놈들이 그걸 알면 귀찮아. 반드시 태도가 달라질 것이다."

송강은 즉시 비밀리에 명령을 내렸다. 관승, 단정규, 위정국은 청주의 원병 쪽으로 화영, 마린, 등비는 능주의 원군 쪽으로 각각 저지하러 달려갔다.

그러는 한편, 가만히 욱보사를 불러내어 좋은 말로 어루만진 다음에 은근히 한 마디 일렀다.

"자네가 내 말대로 하여 공을 세운다면 산채의 두령을 시켜 주고 말을 빼앗아 간 일은 혐의하지 않기로 하겠네. 자네 의향이 어떤가?"

욱보사가 듣고 나자 절하고 말했다.

"진심으로 항복하기를 청하는 터이니, 부디 장하(帳下)에 두고 부려 주십시오."

오용은 곧 계교를 일러 주었다.

"그럼 자네는 몰래 도망해 온다 하고, 증두시로 돌아가 사문공에게 말하게. 가서 눈치를 보니까, 송강은 옥사자만 찾으면 돌아가려고 하니, 이 때를 타서 들이치면 틀림없이 깨칠 것이오 라고 말하란 말이야. 그래서 저희가 자네 말만 믿고 그대로 한다면, 내 다 좋은 도리가 따로 있네."

욱보사는 응낙하고, 그 날 밤으로 사문공의 영채로 가서 일러준 대로 말했다. 듣고 나자 사문공은 그를 데리고 증 장관을 찾아갔다.

"송강 그놈이 우리와 싸울 생각은 별로 없는 모양이고 우리를 심히 두려워하는 눈치니, 오늘 밤에 군대를 몰고 가서 겁채하면 틀림없이 송강을 사로잡게 되오리다."

증 장관은 망설였다.

"증승이 저쪽편에 있으니 만약 그런 짓을 하면 그애가 우선 살해되지 않을까."

"적들만 무찔러 버리면 결국은 구해 낼 수 있을 것입니다. 오늘 밤 전군에게 통지를 해서 일제히 출격, 우선 송강의 본진을 격파해야 합니다. 그렇게 하면 적은 대가리가 떨어

진 뱀이죠. 그 밖의 놈들에게 무슨 수가 있겠습니까. 그리고 나서 이쪽 다섯 명을 처치해 버립니다. 뭐 그리 힘드는 일도 아닙니다."

들고 나자 증 장관이 말했다.

"그렇다면 모든 일을 교사가 알아서 물샐 틈 없이 잘 하오."

사문공은 그 길로 영을 전하여, 북채(北寨)의 소정과 남채의 증괴와 동채의 증밀로 하여금 이 날 밤에 군사들을 모조리 일으켜 송강이 대채를 엄습하게 했다.

욱보사는 그 틈에 빠져 나가 버렸다. 그리고 법화사로 다섯 명 인질을 찾아가 시천에게 은근히 이러한 소식을 전했다.

한편 송강의 영채에서는 오용이 송강을 보고,

"욱보사가 돌아오지 않는 것을 보니, 계교가 들어맞아 저 놈들이 오늘 밤에 겁채하러 올 것이 분명하오. 곧 군사들을 분별해야겠소이다."

하고 영을 내려 대채를 텅 비게 한 후 양편에 군사를 깔아 놓고, 화화상 노지심과 행자 무송으로 하여금 보군을 이끌고 가서 동채를 치게 했다.

그리고 미염공 주동과 삽시호 뇌횡도 역시 보군을 이끌고 가시 서채를 치게 하고, 청면수 양지와 구문룡 사진은 마군을 거느리고 가서 북채를 치게 하였다.

이런 줄을 알 까닭이 없는 시문공은 기필코 겁채하여 송강을 사로잡기 위해 소정·증밀·증괴 세 장수와 더불어 전 군마를 모두 거느리고 길을 나섰다.

이 날 밤에 구름이 많아 달빛이 심히 밝지 못했다. 말은 방울을 떼고 사람은 매(枚)를 물고는 사문공과 소정이 앞을 서고 증밀·증괴가 뒤를 따라 가만히 송강의 진 앞에 이르러 보니, 채문이 활짝 열려 있고 안에는 도무지 사람의 기척이 없었다.

그제야 계교가 틀린 줄 깨닫고 급히 군사들을 돌려 본진으로 돌아오는데, 증두시 안에서 난데없는 포성이 진동했다.

법화사 누상(樓上)에서 고상조 시천이 종과 북을 어지럽게 치자, 동문·서문 두 곳에 화광이 크게 일고 함성이 천지를 진동시켰기에 군마의 다소를 도무지 알 수 없었다.

절 안에서는 흑선풍 이규·혼세마왕 번서·비천대성 이곤·팔비나탁 항충의 무리가 일시에 고함을 지르며 내달았다.

사문공은 소스라치게 놀라 도로 옆길로 달아나고, 증 장관은 양산박 군마들이 양로로 나뉘어 조수처럼 몰려 들어온다는 말을 듣자, 마침내 죽음을 면하지 못할 것을 깨닫고 스스로 목매달아 죽었다.

증밀은 서쪽 진으로 향해 달아나다가 주동의 박도에 이슬이 되고 말았고 증괴는 동쪽 진으로 달아나다가 난군의 말발굽에 밟혀 흙투성이가 되어 처참하게 숨지고 말았다.

소정은 북문으로 도망을 쳤으나 노지심과 무송이 뒤쫓고 앞에서는 양지와 사진이 막았기에 그만 난전의 제물이 되어 죽고 말았다.

그런데 사문공에게는 천리마의 쾌족이 있었다. '앗' 하는 순간에 서문으로 홀로 뛰어 나갔다.

그러나 이 어인 일인가? 검은 안개가 사면을 자욱이 덮어 도무지 동서를 분별할 수 없었다.

황황한 가운데 10여 리를 달려갔을 때, 별안간 바라 소리가 어지럽게 일어나며 등 뒤에서 4, 5백 명 군사들이 아우성치며 나오는데, 앞을 선 장수는 곧 옥기린 노준의였다.

사공문이 깜작 놀라 말을 몰아 길을 찾아 나가려 할 때 낭자 연청이 앞을 막고 옥기린 노준의는 뒤에서

"네 이놈 어디로 달아나려느냐?"

하고 한 소리 외치며 박도로 내리쳤다. 사공문은 미처 손을 놀릴 사이가 없어 다리에 한 칼을 맞고 그대로 말 아래로 떨어졌다.

노준의는 군사들에게 명해 사문공을 단단히 결박지워 앞세우고, 연청은 조야옥사자를 끌고 뒤를 따라 함께 등주시로 들어갔다.

연청이 조야옥사자를 얻은 것을 보고 송강은 크게 기뻐했으나 옥기린 노준의의 손에 사문공이 사로잡힌 것을 보는

순간 그의 얼굴에 일순 어두운 그림자가 스쳤다.

그는 먼저 증승을 목 베어 죽이고 증가의 일문을 전멸시켰다. 그리고 그 곳에서 빼앗은 금은 보화와, 곡식 등은 하나도 남김없이 양산박으로 운반시켰다.

관승도 화영도 각각 원군을 차 뭉개 버리고 돌아왔다. 대소 두령 중에서는 한 사람도 다친 사람이 없었다. 조야옥사자마도 되찾았고 그 밖에 많은 전리품도 있었다. 수인차에다 사문공을 가두었다.

이렇게 해서 전군이 양산박으로 개선해 돌아갔다. 산채에서는 충의당에서 조개의 위령제가 집행되었다. 임충이 송강을 제주로 삼았다. 성수서생 소양이 제문을 지어 치제(致祭)하고 일제히 거애한 다음, 사문공의 배를 가르고 간을 내어 바쳤다.

제사가 끝나자 송강이 충의당에서 양산박의 주인을 세우자는 말을 다시 꺼냈다.

군사 오용이 먼저 입을 열었다.

"역시 형님께서 제일좌 교의에 앉으시고, 노원외가 버금이 되고, 그 밖의 다른 두령들은 다 예전대로 지내는 것이 좋을까 합니다."

그러자 송강이 말했다.

"전일에 조 천왕이 유언하시기를, 누구를 막론하고 사문

공을 잡는 사람으로 산채의 주인을 삼으라 하신 터가 아니오? 오늘날 노원외가 이 도적을 사로잡아 원수를 갚고 한을 풀었으니, 떳떳이 제일좌 교의에 앉아야 할 것이라. 군사는 다시 그런 말을 말오."

말을 듣고 노준의가 입을 열었다.

"이 사람은 덕도 박하고 또 재주도 없소이다. 산채의 주인이 되다니, 될 뻔이나 한 말씀입니까. 말석에 앉는 것도 오히려 과분한 일이외다."

송강은 뭇 두령을 향하여 말했다.

"내가 겸사하여 하는 말이 결코 아니오. 내가 도저히 원외만 못한 것이 세 가지가 있으니, 첫째로 나는 키가 작고 인물이 보잘것없는데 원외는 일표 당당하고 일신이 늠름하니, 여러 형제가 다 미치지 못할 것이고, 둘째로 나는 아전 출신으로 죄를 짓고 도망해 다니다가 여러 형제의 덕택으로 잠시 이 자리에 앉았으나, 원외로 말하면 호부한 집안에서 귀하게 자라나 호걸의 풍채가 있으니, 이도 여러 형제가 미치지 못하는 일이며, 셋째로 나는 나라를 다스릴 학문도 없고, 제군에게 비할 만한 무도 없으니, 닭 한 마리 죽이지 못하고 몸에 티끌만한 공도 없소. 그러나 노준의 나리는 그 힘이 만인 중에 빼어나고 널리 고금동서에 통달해 계시오. 그토록 재(才)가 있는 당신이 당연히 산채의 주인이 되어 주셔서 호일 조정에 귀순했을 때 우리들 일동을 끌어 주시기를 부탁 드려야 합니다. 내 결심은 굳습니다. 아무쪼록 사퇴하지 마시기 바랍니다."

노준의는 그 자리에 엎드려 말했다.

"형장은 다시 그런 말씀을 하지 마십시오. 이 사람이 비록 죽는 한이 있다 하더라도. 그 말씀에는 좇지 못하겠소이다."

그의 말이 끝나자. 오용은 뭇 두령을 향하여 넌지시 눈짓하고 한 마디 했다.

"아까 내 말씀대로 형님이 주인이 되시고 원외가 버금이 된다면 모든 형제들이 다 심복하겠지만, 이렇듯 여러 번 사양하시면 다들 마음이 편치 않을 것이오."

좌상에 앉아 있던 흑선풍 이규가 벌떡 일어나며 큰 소리로 외쳤다.

"내가 강주에서 목을 내놓고 형님을 구해 내어 함께 산에 올라온 뒤로 형님을 산채 주인으로 섬겨 온 터에, 오늘날 이렇게 남에게 자리를 사양하지 못해 애쓸 것이 뭐요? 나는 하늘도 두렵지 않고 땅도 무섭지 않은 사람이라, 마음에 있는 대로 말을 하오. 왜 공연히 거짓말로 사양을 하는 체, 그러는 게요? 자꾸 그러면 우리들은 모두 뿔뿔이 헤어져 버리겠소!"

행자 무송이 또한 오용이 눈짓하는 것을 보고 나서서 말했다.

"이 곳에 계신 분들 중에서 관가의 고관들도 많이 계십니

다. 그들이 전부 형님을 내세워 놓았소. 그런데 다른 사람으로 바꾼다면 아무도 승낙을 하지 않을 것입니다."

다음에 유당도 들고 나섰다.

"처음에 우리 일곱 명이 산에 왔을 때, 마음 속으로는 형님을 총대장으로 정하고 있었지요. 이제 와서 그게 바꾸어질 수는 없을 겁니다."

노지심도 버럭 소리질렀다.

"형님이 그래도 망설이신다면 우리는 양산박에서 떠나 버리겠소."

여러 사람들이 그렇게 말하는 것을 듣고 난, 송강이 조용히 입을 열었다.

"여러 형제의 하는 말을 잘 알겠소. 이미 그러하다면 좋은 수가 있으니, 이 일을 어떻게 정해야 옳을지 한 번 하늘에 알아 보도록 합시다."

"하늘에 알아 보다니, 어떻게 하시자는 말씀인가요?"

오용이 묻자 송강이 말했다.

"지금 우리 산채에는 곡식이 딸리는데 양산박 동쪽에는 풍부하게 전곡을 쌓아 둔 고을이 두 곳 있소. 하나는 동평부(東平府)요, 또 하나는 동창부(東昌府)지요. 우리들은 아직 이웃을 괴롭힌 일이 없지만, 만약에 식량을 꾸러 간다면 반드시 거절당할 것이오. 그러니 두 개의 제비를 만들어, 나와 노준의님이 한 개씩 뽑아 가는 방향을 정해 누구든지 먼저 공을 이루는 사람이 양산박의 주인이 되게 하면 어떻소?"

오용이 곧,

"그거 참 좋은 말씀이오."

하고 즉석에서 찬성하는데, 노원외는 머리를 흔들었다.

"구태여 그렇듯 번거로이 하실 일이 아니외다. 형님이 그대로 주인이 되시면, 이 사람은 삼가 영을 좇으오리다."

그러나 송강은 그의 말을 듣지 않고 곧 철면공목 배선을 불러 제비 두 개를 만들게 한 다음, 하늘을 우러러 암축(暗祝)하고 노준의와 더불어 하나씩 집어서 펴 보았다.

송강은 동평부가 걸리고 노준의는 동창부였다. 여기에 대해 아무도 이의를 단 사람이 없었다.

그 날은 주연을 베풀었는데 송강은 그 사이에 명령을 내려 부대 편성을 짜게 했다.

송강의 부하는 임충·화영·유당·사진·서녕·연순·여방·곽성·한도 ·팽기·공명·공량·해진·해보·왕영·호삼랑·장청·손이랑·손신·고대수·석용·욱보사·왕정륙·단경주 등 대소 두령 25명에 마보군 1만이고, 수군 두령은 원소이·원소오·원소칠이었다.

노준의의 부하는 오용·공손승·관승·호연작·주동·뇌횡·삭초·양지·단정규·위정국·석찬·학사문·연

청·양림·구붕·능진·마린·등비·시은·번서·항충·이곤·시처·백승 등 대소 두령 25명에 역시 마보군이 1만이며, 수군 두령은 이준·동위·동맹이었다. 그리고 나머지 두령은 산채를 지키기로 했다.


## 6. 쌍창장(雙槍將) 동평(董平)


때는 3월 초하루였다. 날씨는 따뜻하고 바람은 부드러워 싸움에는 절호의 계절이었다.

한 날 한 때에 산을 내려와 노준의는 뭇 두령과 함께 동창부로 향하고, 송강은 군사들을 이끌어 동평부를 향해 떠났다.

송강이 동평부에서 상거 40리 되는 안산진(安山鎭)이란 곳에 진을 치고,

"동평부의 태수는 정만리(程萬里), 병마도감은 하동(下東) 사람으로 동평(董平)이라고 하는데 두 자루의 창을 잘 쓰는 명수이기 때문에 쌍창장이란 별명을 가지고 있으며 뛰어난 용력을 지니고 있지. 그런데 성을 치기 전에 먼저 기별을 해 두는 게 좋을 성싶다. 두 사람에게 도전장을 들려 보내서, 항복을 하겠다면 싸울 것까지 없고 말을 듣지 않는다면 들부수기로 하겠는데 그래 누가 편지를 가지고 간담."
하고 말하며 입맛을 다시자 휘하에서 송강 앞으로 나오는

장수가 있었다. 키는 열 자에다 허리통은 몇 아름이나 되는 엄청나게 큰 사람이었다.

그는 다름 아닌 욱보사였는데,

"저를 보내 주십시오."

하고 자청했다. 그러자 또 한 사나이가 앞으로 나왔으니 삐쩍 마른 양자강의 왕정륙이었다. 그들은 이구동성으로,

"우리 두 사람은 산채로 온 후 아무 공도 세우지 못했습니다. 이번 일은 우리 두 사람을 보내 주십시오."

하고 사정하듯 말했다.

송강은 홀연히 받아들여 즉시 도전장을 써서 욱보사와 왕정륙에게 들려 동평부로 보냈다.

그 무렵 동평부 태수 정만리(程萬里)는 송강이 군사들을 이끌고 안산진에 이르렀다는 보고를 듣고, 본부 병마도감을 청하여 의논하고 있었다. 그 때 군사가 들어와 보고하되 송강이 사람을 시켜 격서를 보내왔다고 했다.

태수가 곧 불러들이라 하여, 계하에서 올리는 격서를 받아 보고는,

"이놈이 우리더러 군량을 꾸어 달라고 하니 어찔할꼬?"

하고 곁에 앉은 병마도감 동평을 돌아보았다.

동평이 크게 노하여,

"저놈들을 얼른 끌어내어다 한 칼에 베어라!"

하고 군사들에게 호령하니, 정 태수가 급히 손을 들어 말렸다.

"예로부터 두 나라가 서로 다툴 때 사자를 베는 법이 없으니 척장 20도를 쳐서 돌려보내 저희가 어찌하는가를 보기로 하세."

마침내 욱보서와 왕정륙 두 사람을 땅에 엎어 놓고 각각 신곤(訊棍) 20도를 치니, 가죽이 찢어지고 살이 으스러져 유혈이 낭자했다.

두 사람이 돌아와 울며 송강에게 호소하자, 송강은 크게 노했다. 우선 욱보사와 왕정륙을 산채로 올려 보내어 조리하게 하고, 뭇 두령들을 모아 동평부 칠 일을 의논했다.

구문룡 사진이 앞으로 나와 말했다.

"제가 전날 동평부에 있을 때 유곽의 한 창녀와 친해진 적이 있었습니다. 이수란(李睡蘭)이란 계집으로 저와는 어지간히 깊은 관계를 맺고 지냈습니다. 제가 약간의 금은을 마련해 가지고 잠입해 그 계집의 집에 묵고 있다가, 형님께서 날짜를 받아 치실 때 누상(樓上)으로 올라가 불을 지르고 안팎이 호응하면 대사를 가히 이룰까 합니다."

"그거 참 좋은 수다."

하고 송강은 무릎을 쳤다. 사진은 즉시 금은을 보퉁이에 꾸려넣고 몸에 무기를 감춘 채 길을 떠났다.

사진은 성내로 몰래 잠입해 서와자(西瓦子)에 자리잡은 유곽에 있는 이수란의 집에 무사히 닿았다. 포주는 사진을 알아보고 깜짝 놀라며 안으로 청해 수란을 만나게 해 주었다. 수란은 용모도 쓸 만하거니와 속이 툭 트인 계집이었다.

이수란은 사진을 이층으로 안내했다.

"참 오랜만에 오셨군요. 소문에 들으니 양산박에서 두령이 되셨다면서요? 관가에서 잡는다고 방문이 나붙고 했어요. 요 며칠 새 송강이 양식을 털러 온다고 발칵 뒤집혔는데 겁도 없이 잘도 오셨군요."

사진이 대답했다.

"내가 네게까지 속일 수야 있나, 사실 나는 그 동안 양산박 두령이 되었지만 아무런 공을 세운 일이 없다. 그런데 이번에 송강 형님께서 이 고을로 식량을 빌리어 온 틈을 타서 옛정을 못 잊어 찾아왔다. 한데 네게 간곡한 청이 하나 있다. 옛다, 이 금은을 줄 테니 내가 여기 온 사실을 입 밖에 내지 말아 다오. 일만 제대로 되면 너의 집안 식구를 산채로 데리고 가 일생을 편히 즐기게 하겠다."

이수란은 좋을 대로 하자고 승낙을 한 뒤, 금은 보따리를 챙겨 놓고 주안상을 내다가 사진을 대접했다. 그리고 나서는 포주와 의논했다.

"저 사람은 전에 출입할 때는 신분이 확실해서 재워 줘도 상관이 없었지만 지금은 도적 패가 되었으니 만일 발각이라

도 되면 큰일이지요?"

이수란이 이렇게 그를 꺼리는 눈치를 보이자, 아비가 아는 척하고 참견을 했다.

"양산박 송강의 패거리한테는 함부로 굴 수가 없느니라. 성을 친다면 반드시 쳐부수고 마니까, 만일 서툰 짓을 했다가는 성을 친 후에 우리를 가만 안 둘 게다."

어미가 그 말에 화를 버럭 냈다.

"늙은 게 무얼 안다고 떠들어. 상말에도 벌이 품에 들면 옷을 풀어 헤치라고 했는데, 한시 바삐 관가로 들어가서 고해야 죄가 없지, 무슨 당치도 않은 소리야!"

그래도 아비가

"그렇지만 금은을 받은 이상 어디 그럴 수가 있담."

하고 말하자 어미가 큰 소리로 말 했다.

"이 숙맥 천치 늙은이야. 우리집은 돈 버는 유곽이란 말이여. 사람 등쳐먹는 장사란 말이여. 만일 임자가 안 가겠다면 내가 가서 당신까지 한패라고 몰아 줄 테다."

"그렇게 법석을 떨 건 뭐고. 수란이보고 접대하라고 하여 눈치채지 않도록만 하오. 내 살짝 빠져나가 관원을 데리고 올 테니."

늙은 부부의 입씨름은 아비의 이 말에 서로 수그러졌다. 사진이 이층에 올라온 이수란을 보니 어쩐지 계집의 안색이 조마조마한 눈치라 수상쩍었다.

"집 안에 무슨 일이 있었나? 왜 얼굴빛이 그렇지?"

사진은 지나가는 말인 듯 물었다.

"아무것도 아녜요. 지금 계단을 올라오다 발을 삐었지 뭡니까. 어찌나 놀랐는지 가슴이 뛰는 걸요."

이 말에 사진은 마음을 놓았다. 그는 무용에는 뛰어났지만 여자에게는 약했다.

조금도 수란의 말을 의심치 않았다.

두 남녀가 서로 회포를 풀며 술잔을 나누는데, 갑자기 '삐걱삐걱' 하고 계단 올라오는 발 소리가 나면서 밖에서는 함성이 올랐다. 그 순간 수십 명의 관원들이 계단을 뛰어 올라왔다. 사진은 옴짝달싹을 못하고 앉아서 일을 당했다. 포리들은 마치 솔개미가 병아리를 채가듯, 사진을 밧줄로 묶어 동평부로 끌고 갔다. 정 태수는 계하에 꿇어앉힌 사진에게 호령했다.

"네 이놈, 담도 크구나. 감히 단신으로 세작이 되어 여길 들어오다니…. 만일 이수란의 아비가 고하지 않았더라면 성내 백성들이 큰 화를 입을 뻔했구나. 송강 그놈이 어째 너를 보냈으며, 여기 들어와 무슨 일을 하려고 했는지 어서 직초(直招)를 하여라!"

그러나 사진은 입을 봉하고 도무지 말이 없었다. 동평이 곁에 있다가.

"저놈이 아무래도 매를 좀 맞아야 직초를 할까 봅니다."
하니, 태수는 곧 좌우에게 호령하여 매우 치게 하였다.

옥졸(獄卒)의 무리가 달려들어 먼저 사진의 두 넓적다리
에다 찬 물을 끼얹고, 연하여 1백 대곤(大棍)을 쳤다. 그러
나 사진은 끝내 입을 봉하고 말이 없었다.

태수는 하는 수 없이 그대로 옥에 내려 가두게 하고, 앞
으로 송강을 잡는 대로 함께 동경으로 올려 보내기로 동평
과 의논을 정했다.

한편, 송강이 사진을 염탐꾼으로 보내 놓고 그 전말의 사
연을 적어 오용에게 전하자 오용은 보고 크게 놀랐다.

'원 세상에 창기를 끼고 대사를 도모하는 데가 아디 있담?'
곧 노준의에게 말하고, 오용은 밤을 새워 송강의 진중으
로 달려왔다. 송강으로부터 다시 자세한 말을 듣고 나자 오
용이 말했다.

"자고로 창기라 하는 것은 마음이 물 같아서 정한 주견이
없고, 또 목전의 이해만 생각하여 의를 돌보지 않는 터이
니, 이번에 사 두령이 반드시 실수가 있을 게요."

한편, 병마도감 동평이 태수를 보고 말했다.
"이제 군사들을 거느리고 성 밖으로 나가 도적을 잡을까

합니다.”

태수가 이를 허락했다.

동평은 곧 군마를 거느리고 성을 나가 바로 송강의 영채를 향해 짓쳐 들어갔다. 한 군사가 나는 듯이 대채로 달려가 보고하자, 송강은 즉시 삼군에 영을 전하고 나와 맞았다.

양편의 군대가 서로 만나 진을 벌이고 나자 동평이 말을 문기 아래 내니, 송강이 진전에서 동평의 인물됨을 보고 마음에 은근히 사랑하기를 마지않았다.

송강은 곧 한도에게 명하여 나가 싸우게 했다. 한도가 창을 꼬나잡고 말을 몰아 나가서 싸우는데, 쌍창장 동평의 창법(槍法)이 과연 신출귀몰했다. 한도가 능히 대적하지 못하는 것을 보고, 송강은 다시 금창수 서녕을 시켜서 나가 싸움을 돕게 했다.

서녕이 구겸창을 빗겨 들고 내닫자 한도는 곧 몸을 빼쳐 돌아왔는데, 서녕도 동평과 어우러져 싸우기 50합에 이르러서는 점점 창법이 어지러워졌다.

이를 보고 송강이 급히 제금을 쳐서 군사들을 거두니, 동평이 곧 쌍창을 휘두르며 말을 몰아 진중으로 짓쳐들어왔다.

송강은 곧 채찍을 들어 한 번 가리켰다. 사면에서 군마가 일시에 일어나 동평을 향해 짓쳐 들어갔다.

송강이 높은 곳에 올라 동평을 진 속에 몰아넣고, 동으로

달아나면 동쪽을 가리키고, 서로 달아나면 서쪽을 가리키면서 그를 쳤다.

그러나 동평은 조금도 어려워하는 빛이 없이 쌍창을 이화(李花) 날리듯 하여 에움을 뚫고 마치 무인지경을 가듯 나가 군사들을 거두어 성내로 들어갔다. 송강은 곧 군사들을 몰아 성 아래 이르러 진을 쳤다.

이튿날, 송강이 뇌고납함하며 싸움을 청했다. 동평은 크게 노하여 곧 갑옷 입고 투구 쓰고 말에 올라 성 밖으로 나갔다.

송강이 문기 아래 서 있다가 큰 소리로 말했다.

"내 수하에 맹장이 천 명이고 용병이 10만이다. 너희 조그만 고을로 어찌 당하겠느냐? 빨리 항복하여 목숨들이나 살도록 하여라."

동평이 듣고 나자 소리를 가다듬어,

"도적놈이 어찌 감히 큰 말을 하느냐?"

하고 한 마디 꾸짖고, 즉시 쌍창을 휘두르며 내달아 바로 송강을 공격하려 했다. 화영·임충 두 장수가 내달아 그를 맞았다.

그러나 3합이 못되어서 두 장수가 패하여 달아나니, 송강이 또한 말머리를 돌려 달아나고 군사들도 모두 사면으로 이리저리 흩어져 도망했다.

동평은 영용을 자랑하며 말을 채쳐 송강의 뒤를 급히 쫓았다. 쫓고 쫓기어 10여 리를 가니, 한 촌락이 나서는데 양편이 모두 초가이고 한가운데로 길이 나 있었다.

동평은 계략인 줄도 모르고 줄기차게 뒤를 쫓았다.

송강은 동평이 강적인 것을 미리 알고 있었으므로, 그 전날 밤 왕왜호, 일장청, 장청, 손이랑 네 명에게 백여 명의 군사를 딸려 초가집 양쪽에 매복을 시켜 놓고 여러 개의 반마삭(絆馬索)을 길 위에 깐 다음 그 위에 흙을 살짝 덮어 놓고 기다리는 중이었는데, 징 소리를 신호로 일제히 반마삭을 잡아당겨 동평을 사로잡기로 했다.

동평이 이것을 모르고 송강의 뒤를 급히 쫓아 이 곳에 이르자, 바라 소리가 크게 일어나며 반마삭이 일시에 일어났다.

말이 놀라 뛰는 서슬에 동평은 땅에 떨어지고 말았다. 좌편에서 왕영 · 호삼랑이 달려나오고, 우편에서 장청 · 손이랑이 내달아 동평의 의갑과 투구와 쌍창을 모조리 빼앗고 단단히 결박을 지운 다음에 송강 앞으로 압령해 갔다.

송강이 나무 그늘 아래 말을 세우고 서 있다가, 군사들이 동평을 잡아가지고 오는 것을 보자, 곧 소리를 가다듬어 꾸짖었다.

"동 장군을 정중히 모셔오라고 했거늘 결박을 짓다니, 무엄하구나!"

송강은 황망히 말에서 뛰어내려 몸소 그 묶은 것을 풀어 준 다음, 금포(錦袍)를 벗어서 동평에게 입히고 그 앞에 정중히 절을 드렸다. 동평이 황망히 답례했다.

송강이 그에게 말했다.

"만약 장군께서 미천한 것을 버리시지 않으시겠다면, 받들어 산채의 주인을 삼으오리다."

동평이 대답했다.

"붙잡힌 이 몸을 죽이지 않으시고 용서해 주신다면 그 이상 무엇을 바라겠습니까."

송강은 다시 말했다.

"산채에 양식이 부족하여 동평부로 꾸러 온 것이지 다른 뜻은 조금도 없소이다."

동평이 말했다.

"정만리란 놈은 애초에 동관(童貫) 문하의 문관성생이었는데, 저렇게 출세를 하면서부터 양민을 괴롭히고 무관을 우습게 알아 항상 불만이 있었던 터입니다. 송 장군께서 만일 허락해 주시면 제가 그를 속이고 성문을 열게 하여 성내에 있는 금전 식량을 빼앗아 이 은혜를 보답코자 합니다."

송강은 크게 기뻐하며 즉시 갑옷 투구와 창, 말 등을 동평에게 되돌려주었다. 이래서 동평을 선두에 세우고 송강의 군사들은 깃발은 걷어치우고 가만히 뒤따르며 동평성으로 향했다. 동평은 성문 앞에서 큰 소리로 외쳤다.

"속히 성문을 열어라."

성문을 지키던 병사는 횃불을 비추어 동 도감임을 확인하고 성문을 활짝 열었다. 송강은 동평의 뒤를 따라 인마를 재촉하며 풍우같이 성내로 달려 들어갔다.

송강은 명을 내려, 양민을 학살하거나 민가에 방화하는 것을 엄금시켰다.

동평은 그 길로 관저로 뛰어가서 정 태수 일가를 몰살하고 그의 딸을 빼앗았다.

송강은 먼저 옥문을 열어 사진을 구출해 내고 이어서 금고를 열어 금은보화를 남김없이 끌어 모으고 나서 미창에서 양곡을 털어서 수레에 가득 싣고 양산박의 금사탄까지 호송케 했다. 완씨 세 두령이 산 위로 이를 옮기게 했다.

사진은 스스로 부하를 끌고 서쪽 유곽에 사는 이수란의 집에 가서 포주 노파 일가를 모조리 쳐 죽였다.

송강은 태수의 가재도구를 주민들에게 나누어 준 다음, 방문을 걸어 주민을 학대한 관원들은 이미 모두 죽여 없앴으니 안심하고 각자 생업에 종사하기를 바란다고 알렸다. 이 일을 끝내고 전군을 철수시켰다.

## 7. 몰우전(沒羽箭) 장청(張淸)

송강이 동평부를 토벌하고 군사들을 이끌고 안산진을 거

쳐 산채로 돌아가려 할 때 백승이 달려와서 다음과 같이 알렸다.

"노원외가 동창부를 치다가 연하여 두 번을 패했습니다. 성내에 창덕부(彰德附) 출신인 장청이란 장수가 있는데, 돌을 날려 사람을 치면 참으로 백발백중이라, 작호가 몰우전이랍니다. 수하에 또 부장 둘이 있어, 하나는 화항호(花項虎) 고왕(龔旺)이라 하여 비창(飛槍)을 잘 쓰고, 하나는 중전호(中箭虎) 정득손(丁得孫)이라 하여 비차(飛叉)를 잘 씁니다. 우리가 저들과 몇 차례 싸웠으나, 번번이 장청이 던지는 돌에 맞아 두령들이 상하고 싸움은 이롭지 못합니다. 그래서 군사가 나더러 형님께 구원을 청해오라 해서 이렇게 달려온 길입니다.

그 말을 들은 송강은

"노준의는 정말 운이 없단 말이야. 일부러 오학구와 공손승까지 보내면서 어떻게든 그가 전과를 올리고 산채에서 체면을 세워 주길 바랐더니 또 이렇구나. 허나 일이 이렇게 된 이상 가만히 있을 수야 없지."

하고 중얼거리고는 즉시 명령을 내려 전군을 출발시켰다. 여러 징수들은 말을 타고 송강을 따라 일로 동창부로 향해 갔다.

마중 나온 노준의에게 그 때까지의 전황을 듣고 나서 진을 쳤다. 마침 의논을 하고 있을 때 군사가 달려와서 몰우전 장청이 또 나와서 싸움을 돋운다고 알렸다.

송강은 노준의와 함께 대소 두령을 거느리고 문기 아래로 나갔다. 북 소리가 크게 울리는 곳에 장청이 중전호 정득손과 화항호 공왕을 데리고 나와 손을 들어 송강을 가리키며 소리를 가다듬어 꾸짖었다.

"도적이 어찌 우리 지경을 범하는가?"

송강이 좌우를 돌아보고 물었다.

"누가 나가서 싸울꼬?"

한 장수가 말을 달려 나가니, 곧 금창수 서녕이었다. 서녕이 장청과 어우러져 싸우기 5, 6합에 장청이 문득 말머리를 돌려 달아났다.

서녕이 구겸창을 꼬나잡고 그 뒤를 급히 쫓는데, 장청이 창을 왼손으로 바꾸어 들고 오른손으로 금대(金帶) 속의 돌 한 개를 집어 서녕의 면상을 바라고 한 번 던지니, 겨냥이 바로 들어맞아 서녕이 미간에 돌을 맞고 말 아래로 떨어졌다.

송강의 진에서 여방·곽성 두 장수가 급히 내달아 서녕을 구하여 돌아오기는 했으나, 예기(銳氣)는 크게 꺾였다. 송강이 다시 좌우를 돌아볼 때, 한 장수가 장령도 기다리지 않고 내달으니 천목장 팽기였다. 팽기가 삼첨양인도(三尖兩刃刀)를 휘두르며 나가는데, 장청이 돌을 던져 그의 칼을 맞혔다.

팽기가 감히 계속해서 싸울 생각을 못하고 돌아오니, 이

때 노준의의 등 뒤에서 한 장수가 또 벽력같이 호통치며 내달았다. 추군마 선찬이었다. 선찬이 장청을 바라고 말을 몰아 나가자, 장청의 손이 빠르게 움직이며 돌 한 개가 날아 선찬의 입을 바로 맞쳤다.

선찬이 말에서 떨어져 십분 위태로운 것을 여러 장수가 일제히 내달아 구해 가지고 돌아왔다.

여러 장수가 연달아 패하는 것을 보자, 송강은 크게 노하여 칼을 들어 자기가 입은 전포 자락을 찢고 외쳤다.

"내 만일에 이 도적을 잡지 못하면, 맹세코 돌아가지 않으리라!"

쌍편 호연작이 이 말을 듣고 격동되어 분연히 척설오추마를 몰아 나아갔다.

"이놈, 장청아! 네가 호연작을 아느냐?"

큰 소리로 외치니 장청이,

"나라를 욕되게 한 패장이 무슨 낯으로 감히 나와 큰 소리를 치느냐?"

하고 꾸짖으며 돌을 날렸다. 호연작은 강편(鋼鞭)을 들어 막다가 팔을 맞고 싸울 뜻이 없어 돌아왔다. 송강은 좌우에 늘어선 징령들을 돌아보고 물었다.

"기병 두령들은 모조리 부상을 당했구나. 이번엔 보병의 두령 중에서 누가 나설 장수는 없는가?"

그러자 유당이 박도를 움켜쥐고 진을 뛰쳐나갔다. 장청은 그것을 보고 껄껄 웃으며 욕설을 퍼부었다.

"이 병신 패장놈아, 기병도 모조리 물러간 판에 보졸 따위가 뭘 하겠다는 거냐."

유당이 버럭 화를 내고 장청에게 대드니 무슨 생각인지 장청은 한 합도 맞서려 하지 않고 말머리를 돌려버렸다. 유당이 급히 그 뒤를 쫓아 바야흐로 그가 탄 말을 찍으려 할 때, 말이 뒷발을 들어 유당을 차며 꼬리로 얼굴을 후려쳤다.

유당이 놀라서 흠칫 뒤로 물러나자 벌써 돌이 날아들어 유당을 맞혀 땅에 자빠뜨렸다. 군사들이 내달아 유당을 사로잡아 진중으로 들어간다.

이를 보고 송강은 큰 소리로 외쳤다.

"누가 나가서 유당을 구할꼬?"

이 때 한 장수가 말을 채쳐 진전으로 나서니 곧 청면수 양지였다. 장청의 손이 또 한 번 빠르게 움직이며 돌이 날아들었다. 양지가 눈이 빨라 이를 보고 몸을 기울여 피하자, 연달아 돌이 또 들어오며 그의 투구를 맞혔다.

양지가 싸울 뜻이 없어 그대로 안장에 엎드려 돌아오자 그것을 본 두 장수가 일시에 좌우에서 내달았다. 곧 우편은 미염공 주동이고, 좌편은 삽시호 뇌횡이었다.

장청이 껄껄 웃고,

"한 놈으로는 당할 수 없어 두 놈이 한꺼번에 나오는구나. 그러나 열 놈이 오면 무얼 하겠느냐."

라면서 돌 두 개를 손에 감추어 들고 있다가, 던져 먼저 뇌횡의 이마를 맞히고 다음에 주동의 목을 맞히어 두 장수가 모두 땅바닥에 쓰러졌다.

이를 보고 대도 관승이 크게 노하여 청룡도를 휘두르며 적토마를 급히 몰아 주동과 뇌횡을 구하여 돌아오는데, 또 돌 한 개가 날아들었다. 관승이 번개같이 청룡도를 들어 막으니, 화광이 병출(迸出)했다. 관승도 싸울 마음이 없어 그대로 돌아왔다.

이것을 보고 쌍창장 동평이 속으로 생각했다.

'나 같은 신참자가 이런 기회에 솜씨를 보이지 않는다면 산채로 돌아가 기를 펼 수 없게 될 것이다.'

동평이 두 자루의 창을 휘두르며 적진을 향하자 장청이 욕설을 마구 퍼부었다.

"네놈과는 이웃 고릉에 사는 처지가 아니냐, 서로 힘을 합하여 도적을 쳐부술 생각은 않고 무슨 까닭으로 조정을 배반했는고, 부끄러운 줄을 알아라."

동평이 장청에게 덤벼드니 두 개의 창이 불꽃을 튀기고 네 개의 팔이 허공에서 서로 얽혔다. 오, 육 합쯤 맞부딪쳤을 때, 장청이 말머리를 돌려 달아나자 동평이

"네, 다른 사람은 맞혔지만 나도 맞힐 듯싶으냐?"

하고 큰 소리로 외치며 뒤를 급히 쫓는데, 장청이 창을 요사환(了事環)에 걸며 곧 돌 한 개를 꺼내 동평의 얼굴을 향해 던졌다.

동평이 몸을 굽혀 날아드는 돌을 피했다. 장청이 마음이 황황하여 하는 차에 동평의 말이 풍우같이 들어오며 쌍창이 일시에 장청의 후심(後心)을 찌르려 했다.

장청은 번개같이 몸을 틀어 들어오는 창을 피하며, 곧 두 손으로 동평의 어깨를 잡아 그대로 말 아래로 내리치려고 했다. 동평이 또한 마주 팔을 잡고 서로 한 덩어리가 되어 떨어지지 않았다.

송강의 진에서 그것을 보고 있던 삭초가 큰 도끼를 휘두르며 구출하러 나갔다. 그러자 적진에서 공왕과 정득손이 달려와 삭초를 막았다. 장청과 동평은 서로 얽힌 채 떨어지지 않았다.

이렇듯 동평은 장청과 싸우고, 삭초는 공왕·정득손 두 장수와 서로 싸워 좀처럼 승부가 나뉘지 않을 때, 송강 진상에서 표자두 임충·소이광 화영·소온후 여방·새인귀 곽성 네 장수가 일시에 내달았다.

장청은 형세가 불리함을 깨닫고 동평을 놓아 버리고 말을 달려 진으로 달아나 버렸다. 동편은 그대로 놓치기가 싫어 뒤를 쫓아갔는데 돌멩이에 대한 주의를 깜빡 잊고 있었

다. 동평이 다가오자 장청은,

"에잇!"

하고 돌팔매질을 했다. 살같이 들어오는 돌멩이에 귓전을 맞았기에 동평은 말머리를 돌리지 않을 수 없었다.

삭초도 공왕과 정득손을 내버려둔 채 적진으로 쳐들어갔다. 그러자 장청은 창을 들고 있는 체하고는 살짝 돌멩이를 꺼내어 삭초를 향해 팔매질을 했다. 삭초는 그것을 피하려고 얼른 몸을 비틀었으나 되려 얼굴에 호되게 얻어맞고 선혈을 뿌리며 후퇴해 버렸다.

이 때 한편에서는 임충과 화영이 공왕을 둘러싸고 치다가 사로잡아 돌아왔다. 한편 정득손은 비차를 휘두르며 필사적으로 연방, 곽성과 싸우는데 마침 진문에서 그것을 보고 있던 장자 연청이 속으로 생각하기를,

'순식간에 열다섯 명의 우리편 두령을 부상을 입었으니 저놈의 부장 하나라도 쳐 죽이지 않고선 면목이 서지 않겠다.'

하고 화살을 날리니 정득손의 말굽에 명중하여 말이 털썩 주저앉았다. 그 틈을 타서 연방과 곽성이 붙잡아 진으로 끌어오게 되었다. 장청이 달려가려고 했지만 중과부적이라 유당만을 거우 붙들어가지고 우선 동창부로 물리가 버렸다.

성벽 위에서 전황을 관망하고 있던 태수는 장청이 양산박 두령 열다섯 명을 일시에 쓰러뜨리고 공왕과 정득손을

잃기는 했지만 유당을 생포한 것을 보고 기뻐해 마지않았다. 그는 큰 칼을 씌워 유당을 하옥시키고 나서 새로이 전략을 협의했다.

한편, 송강은 군사들을 거두어 본진으로 돌아가서 공왕과 정득손을 양산박으로 압송했다. 그리고 노준의와 오용을 향해

"오늘 장청은 눈 깜짝할 새에 아군의 두령 열다섯 명을 해치웠으니 굉장한 맹장이 아닌가."

하고 말했다. 모두가 아무런 대꾸도 없이 있자 송강이 이어 말했다.

"내가 보기엔 그가 공왕과 정득손을 그의 우익으로 삼고 있나 보오. 수족인 우익이 생포되었으니 이 기회에 장청이 놈마저 때려잡을 무슨 묘책이 없을까?"

그러자 오용이 말했다.

"형님, 염려 마십시오. 그가 하는 짓을 보고 이미 제가 계략을 세워 놨으니까요. 우선 부상당한 두령들을 산채로 송환시킬 일이 시급합니다. 그리고 노지심, 무송, 손립, 황신, 이립 등에게 전 수군을 뒤딸려서 수레와 배를 갖추어 수륙으로 병진케 하여서 장청을 유도해 내면 성공할 겁니다."

한편 장청도 성내에서 태수와 마주 앉아 앞으로 싸울 일에 대해서 궁리하였다.

"우리가 비록 두어 진(陳)을 이기기는 했으나, 저들의 병력을 별로 상하게 하지 못했으니, 서둘러 사람을 보내서 적정(敵情)을 탐지해 본 뒤에 무슨 도리를 차리는 것이 마땅할까 봅니다."

태수가 그 말을 옳이 여겨 바야흐로 사람을 보내려 할 때, 군사가 들어와 보고했다.

"대체 어디에서 오는 군량인지는 모르오나, 서북쪽에서 양식을 가득 실은 수레가 백여 채나 뒤를 이어 들어오고, 또 강 위로도 양식을 실은 배가 백 척 가량 들어오고 있습니다."

태수와 장청은 혹시 적의 간계나 아닐까 의심하여 다시 자세히 알아 보게 했더니 이튿날 소교(小校)가 돌아와서,

"수레에 실은 것은 모두 군량으로 언저리에 드문드문 쌀이 흘러 있었습니다. 그리고 배에는 장막이 둘러쳐져 있으나 그 전부가 쌀자루로 보였나이다."

라고 보고했다.

장청은 더 의심하지 않고 군사들을 배불리 먹인 다음, 갑옷 입고 투구 쓰고 손에 장창을 들고 말 위에 높이 올라 군사 2천을 거느리고 가만히 성문을 열고 나가니, 이 날 밤에 월색이 교교하고 별빛이 찬란했다.

10리를 다 못 가서 앞을 바라보니, 한 때의 수레가 오는데 수레 위에 '수호채 충의량(水滸寨忠義糧)'이라고 큰 글씨를

쓴 기를 꽂고, 화화상 노지심이 어깨에 철선장을 메고 앞을 서서 가고 있었다.

장청은 곧 금대에서 돌을 하나 꺼내어 그를 노리고 던졌다. 노지심이 뒤에 따라오는 장수가 있는 것은 알았지만 돌 던지는 수단이 귀신같은 줄은 몰라 전혀 방비를 않고 가다가 뒤통수에 돌을 맞았다.

"에쿠!"

하고 한 소리 지르며 그대로 쓰러지니, 장청의 수하 군사들이 고함치며 내달아 사로잡으려 했다. 무송이 당황하여 두 자루의 계도를 휘두르며 필사적으로 뚫고나가 노지심을 떠메다가 군량과 마초를 실은 수레조차 버려 둔 채 달아나 버렸다.

장청이 빼앗은 수레 안을 조사해 보니 과연 쌀이 분명하므로 추격할 생각을 버리고 수레부터 성내로 압송케 했다.

태수도 그것을 보고 크게 기뻐하며 손수 노획물을 거둬들였다. 의기양양한 장청이,

"이번엔 강으로 나가 쌀을 실은 배를 빼앗아 오겠습니다."

하니 태수가 손을 잡고 격려했다.

"장군 부디 잘 싸우고 오시오."

장청이 남문을 나가 바라보니, 강 위에 양식 실은 배들이 이루 그 수효를 모를 지경으로 많았다. 장청이 크게 기뻐하며 군사들을 몰아 물가로 짓쳐 나가는데, 문득 난데없는 검

은 안개가 천지를 뒤덮었다. 병사들은 서로 휘둘러보았으나 도대체 누구의 얼굴인지 식별을 할 수가 없었다. 즉 공손승이 도술을 쓴 것이다.

장청은 이 모양을 보고 당황한 나머지 눈앞이 캄캄해졌고 뒤돌아서려 해도 길이 보이지 않았다.

이 때 사방에서 함성이 쏟아져 나왔으나 어디에 적군이 나타났는지 분간할 수 없었다.

임충은 철기군사들을 휘몰아 장청을 말과 함께 강물로 몰아붙였다. 강상에는 이준, 장횡, 장순, 원씨 삼 형제, 동씨 삼 형제 등 여덟 명의 수군 두령이 한 줄로 서 있었다.

장청이 아무리 영용무쌍하나 벗어날 도리가 없어, 드디어 원가 삼 형제에게 사로잡히는 바 되고 말았다. 수군 두령이 송강에게 급보를 보내어 이 사실을 알렸다.

장청이 이미 붙잡혔으니 태수 홀로 어찌 성을 지킬 수 있겠는가. 성 밖에서 포성이 진동하고 성문이 활짝 열리자 태수는 놀란 나머지 달아나지도 못하고 우왕좌왕했다.

송강의 군사들이 성내로 밀려가 유당을 구출하고, 창고를 털어 금은과 식량을 약탈하여 일부는 양산박으로 보내고 일부는 주민들에게 나누어 주었다. 태수는 평소에 청렴결백한 사람이라 죽이지 않았다.

이래서 송강 일행이 관아에 모여 있는데, 수군 두령들이 장청을 끌고 들이닥쳤다. 수많은 동지들이 그의 손에 상처를 입은 것을 분히 여기며 장청을 죽여 없애려 했다.

송강은 급히 이를 말리고, 장청의 묶은 것을 풀어 주며 손을 이끌어 청상으로 올려 앉히고 죄를 사례했다.

"장군, 내 그릇 호위를 범했으니 부디 허물 마시지요."

그의 말이 미처 끝나기 전에 계하에서 머리를 수건으로 동여맨 노지심이 철선장을 꼬나잡고 올라왔다. 송강은 앞으로 나서서 이를 막고 꾸짖어 물리쳤다.

장청이 의기에 감동하여 마침내 항복하기를 청했다. 송강은 화살을 꺾어 맹세하고 뭇 두령들에게 말했다.

"이제 이미 형제가 되었는데 만약 다시 원수를 갚으려 드는 사람이 있다면 황천이 반드시 도우시지 않을 게요."

두령들은 모두 말이 없었다.

이에 군대를 수습하여 양산박으로 돌아가기로 하는데, 장청이 한 사람을 천거했다.

"이 고을에 수의(獸醫) 황보단(黃甫端)이 있습니다. 이 사람이 말을 잘 보고, 또 온갖 짐승의 병을 잘 고쳐 침과 약을 쓰면 아니 낫는 병이 없는데, 수염이 하도 탐스러워 남들이 자염백(紫髥伯)이라 부르지요 이 사람을 청하여 함께 산채로 올라가시는 것이 어떠하리까?"

송강은 그 말을 듣고 크게 기뻐하여 그 자리에서 쾌히 승

낙했다.

장청은 송강의 쾌락을 얻기가 바쁘게 황보단을 데려와서 송강 및 여러 두령들에게 상면케 했다. 황보단의 비범한 풍모를 보고 송강이 찬탄해 마지않으니, 황보단 역시 송강에게 의로운 기상을 발견하고 가담할 것을 자청했다.

송강은 즉시로 두령들을 시켜 수레에 양곡과 금은을 싣게 하고, 이부(二府)의 식량을 산채로 운반케 했다.

양산박 충의당 위에 올라, 먼저 사로잡았던 공왕과 정득손을 불러내어 좋은 말로 위로하니, 두 사람이 또한 절하며 항복을 했다.


## 8. 108인의 영웅호걸


송강이 잇달은 경사에 못내 흐뭇해하며 축연을 베푸니 모두 충의당으로 모여서 열에 따라 자리에 앉았다. 두령들을 둘러보니 꼭 백 여덟 명이라 마음에 기뻐하기를 마지않으며 뭇 두령들을 보며 말했다.

"우리 형제들이 이 곳에 모인 이래, 어디를 가든 단 한 번도 그르침이 없었던 것은 모두 하늘의 도움 덕분이지 사람의 힘으로 된 것이 아니오. 이렇게 내가 우두머리로 앉아 있는 것도 모두 영용한 형제들을 둔 덕택이라 생각하오. 이

제 의로써 뭉칠 때가 온 것인바, 지금부터 내가 하는 이야기를 모두들 잘 들어 주기 바라오."

오용이,

"어서 형님께서 의도하시는 것을 들려 주십시오."

하니 송강은 차근차근 흉중을 털어 놓기 시작했다.

"내가 강주(江州)에서 죄를 짓고 산에 올라온 후 여러 형제의 도움을 입어 산채의 주인이 되었거니와, 우리가 그 동안 싸우면 반드시 이기고 치면 반드시 취했으며, 혹 사로잡히거나 상했어도 끝내는 다 무사하여 이제 백팔 인이 온전히 모였으니, 이는 참으로 고금에 드문 일이라 하겠소. 하지만 우리가 전일에 군사들을 이끌고 도처에서 무수한 생명을 해쳤으니, 내 마음이 아무래도 한 번 나천대초(羅天大醮)를 세워, 천지신명의 권우하여 주신 은혜에 보답할까 하오. 첫째 천지신명의 가호에 보답하고, 둘째로 형제 일동의 안락을 기도하며, 셋째로는 조정에서 하루속히 특사가 내려서 대죄를 용서받기를 기원하며, 넷째로 조 천왕이 천계에 부활하셔서 억만겁 길이길이 인도하심을 바라는 동시에 횡사한 자, 불에 타 죽은 자, 물에 빠져 죽은 자, 이들 죄없는 무리의 영혼을 편히 쉬게 해 줄 것을 제사 지내고 싶은데, 여러분의 의향은 어떠하오?"

"여부가 있겠습니까. 형님 생각이 옳소."

두령들이 모두 칭선하는 가운데 군사 오용이 나서서 말했다.

"먼저 일청 선생으로 이 일을 주장하게 하되, 사람을 내려보내 널리 득도한 고승(高僧)을 청하여 오고, 또 한편으로는 소용되는 제수(祭需)를 구하여 오게 하시지요."

의논을 정하고 4월 15일을 기하여 칠 주야를 연하여 재를 올리는데, 충의당 앞에 큰 기 네 개를 세웠다. 당에서는 삼층 고대를 모으고, 당 안에는 칠보(七寶)의 삼청성상(三淸聖像)을 포설하며, 당 밖에는 신장(神將)을 벌여 세웠다.

송강이 상천(上天)의 보응을 구하여 특히 공손승으로 하여금 청사(請詞)를 올려 천제(天帝)께 주문(奏文)케 하였다.

바야르로 제 7일에 이르러 삼경사분에 공손승은 허황단(虛皇壇) 제1층에 있고, 뭇 도사들은 제2층에 있고, 송강 이하 뭇 두령들은 제3층에 있으며, 작은 두목들과 장교는 단 아래 있어, 간절히 응답을 내려 주기를 기원하고 있었다.

그 때 갑자기 천상에서 비단을 찢는 것 같은 날카로운 소리가 들려 왔다. 그 소리는 서북편 천문(天門) 근처에서 울렸는데, 일동이 우러러보니 그것은 양 끝이 구부러지고 중앙이 열린 직립한 금반 같은 것으로 천문개(天門開) 혹은 천안개(天眼開)라고 불리는 것이었다.

그 안에서 쏟아져 뻗치는 광채는 눈이 부셨으며, 오색 안개가 가득 찼는데, 그 속에서 광주리 같은 형상의 불덩어리가 굴러나와 빙빙 허황단으로 날아왔다. 그 불덩어리는 단을 한 바퀴 돌고, 남쪽 땅 밑으로 떨어져 꺼져 버렸다. 그때 천안은 이미 닫혀져 있었다. 도사들은 단을 내려갔다.

송강은 사졸을 시켜 철추로 땅을 파서 불덩어리를 찾게 하였다. 석 자 깊이를 다 못 파서 한 개의 석갈(石碣)이 나타났는데 꺼내어 살펴보니 위에는 곧 과두문자(蝌蚪文字)라, 아무도 알아보는 사람이 없는 중에 하 도사(河道士)라는 자가 송강에게 말했다.

"빈도에게 조상으로부터 전해 내려오는 한 권 문서가 있으니, 이는 천서를 변험(辯驗)하는 것이외다. 석갈 위에 있는 글이 과두문자가 분명하니, 빈도가 보면 능히 뜻을 풀 수 있을까 합니다."

송강이 크게 기뻐하며 곧 하 도사를 시켜 석갈에 쓰인 글을 자세히 상고하게 하니. 그는 보다가 이윽고 말했다.

"이 돌 위에 새겨 놓은 것이 모두가 의사(義士)들의 대명(大名)이고, 한편 모서리에는 '체천행도(替天行道)' 넉 자이며 또 다른 편에는 '충의쌍전(忠義雙全)' 넉 자인데, 만약 책망하시지 않는다면 처음부터 차례로 번역하여 읽어 드리오리다."

"다행히 도사님의 가르치심을 받게 되었으니 이 또한 인연이 아니겠소. 읽어 주시면 감사하겠습니다. 다만 상천의 꾸짖으심이 아닌가 싶으나 추호도 감추지 마시고 사실 그대

로 말씀해 주십시오."

송강이 곧 성수서생 소양을 앞으로 불러 황지(黃紙)를 펴고 하 도사가 부르는 대로 받아 쓰게 하니, 전면(前面)의 천서 36행은 모두가 천강성(天罡星)인데, 그 아래에는 뭇 의사들의 이름이 차서(次序)에 따라 적혀 있었다.

하 도사가 천서를 새겨 읽기를 마치니, 듣는 무리들이 모두 놀라며 신기해하기를 마지않았다.

송강은 뭇 두령들을 둘러보고 말했다.

"내 원래 무학 무능한 소리(小吏)로서 천상의 괴성(魁星)을 응하고 여러 형제가 또한 상천의 현응하심을 입어 이미 차서에 분정하셨으니, 뭇 두령은 각기 그 자리를 지켜 서로 다투지 않는 것이 좋겠소."

모든 무리가 대답했다.

"천지의 뜻과 물리(物理)의 수(數)가 정하여진 터에 뉘가 감히 어기오리까."

송강은 길일양신을 가리어 충의당과 단금정에 새로이 패액을 걸고 체천행도의 행황기를 세우며, 크게 연석을 배설하고 친히 병부(兵符)와 인신(印信)을 받들어 호령을 전했다.

"대소 두령들은 긱기 관령하여 준수하되, 징령을 어기어 의기를 상하는 일이 없도록 하오. 만약 영을 지키지 않는 자가 있으면, 군법으로 다스리어 일호의 용서함이 없으리라."

이어서 인원을 다음과 같이 분조(分調)하였다.


양산박 총병 도두령(總兵都頭領) 2명

호보의(呼保義) 송강(宋江) · 옥기린(玉麒麟) 노준의(盧俊義)

기밀군사(機密軍師) 2명

지다성(智多星) 오용(吳用) · 입운룡(入雲龍) 공손승(公孫勝)

참찬 군무 두령(參贊軍務頭領) 1명

신기군사(神機軍師) 주무(朱武)

전량 관리 두령(錢糧管理頭領) 2명

소선풍(小旋風) 시진(柴進) · 박천조(撲天鳥) 이응(李應)

마군 오호장(馬軍五虎將) 5명

대도(大刀) 관승(關勝) · 표자두(豹子頭) 임충(林沖) · 벽력화
(霹靂火) 진명(秦明) · 쌍편(雙鞭) 호연작(呼延灼) · 쌍창장(雙
槍將) 동평(董平)

마군 팔호기 겸 선봉사(馬軍八虎騎兼先鋒使) 8명

소이광(小李廣) 화영(花榮) · 금창수(金槍手) 서령(徐寧) · 청
면수(靑面獸) 양지(楊志) · 급선봉(急先鋒) 삭초(索超) · 몰우
전(沒羽箭) 장청(張淸) · 미염공(美髥公) 주동(朱同) · 구문룡
(九紋龍) 사진(史進) · 몰차란(沒遮攔) 목홍(穆弘)

마군 소표장(馬軍小彪將) 16명

진삼산(鎭三山) 황신(黃信) · 병울지(病蔚遲) 손립(孫立) · 추군

마(醜郡馬) 선찬(宣贊) · 정목안(井木犴) 학사문(郝思文) · 백승장(百勝將) 한도(韓滔) · 천목장(天目將) 팽기(彭玘) · 선수장(聖水將) 단정규(單廷珪) · 신화장(神火將) 위정국(魏定國) · 마운금시(摩雲金翅) 구붕(毆鵬) · 화안산예(火眼狻猊) 등비(鄧飛) · 금모호(錦毛虎) 연순(燕順) · 철적선(鐵笛仙) 마린(馬麟) · 도간호(跳澗虎) 진달(陳達) · 백화사(白花蛇) 양춘(楊春) · 금표자(錦豹子) 양림(楊林) · 소패왕(小霸王) 주통(周通)

보군 두령(步軍頭領) 12명

화화상(花和尙) 노지심(魯智深) · 행자(行者) 무송(武松) · 적발귀(赤髮鬼) 유당(劉唐) · 삽시호(揷翅虎) 뇌횡(雷橫) · 흑선풍(黑旋風) 이규(李逵) · 낭자(浪子) 연청(燕靑) · 병관삭(病關索) 양웅(楊雄) · 반명삼랑(拌命三郞) 석수(石秀) · 양두사(兩頭蛇) 해진(解珍) · 쌍미갈(雙尾蝎) 해보(解寶)

보군 장교(步軍將校) 17명

혼세마왕(混世摩王) 번서(樊瑞) · 상문신(喪問神) 포욱(鮑旭) · 팔비나탁(八臂那吒) 항충(項充) · 비천대성(飛天大星) 이곤(李袞) · 병대충(病大蟲) 설영(薛永) · 금안표(金眼彪) 시은(施恩) · 소차란(小遮欄) 목춘(穆春) · 타호장(打虎將) 이충(李忠) · 백면랑군(白面郞君) 정청수(鄭天壽) · 운리금강(雲裏金剛) 송만(朱萬) · 모착천(摸着天) 두천(杜遷) · 출림룡(出林龍) 추연(鄒淵) · 독각룡(獨角龍) 추윤(鄒閏) · 화항호(花項虎) 공왕(珙旺) · 중전

호(中箭虎) 정득손(丁得孫)・몰면목(沒面目) 초정(焦廷)・석장군(石將軍) 석용(石勇)

수군 두령(水軍頭領) 8명

혼강룡(混江龍) 이준(李俊)・선화아(船火兒) 장횡(張橫)・낭리백도(浪裏白跳) 장순(張順)・입지태세(立地太歲) 원소이(院小二)・단명이랑(短命二郎) 원소오(院小五)・활염라(活閻羅) 원소칠(院小七)・출동교(出洞蛟) 동위(童威)・번강신(飜江蜃) 동맹(童猛)

정탐 겸 내빈접대 두령(情探兼來賓接待頭領) 8명

소울지(小蔚遲) 손신(孫新)・모대충(母大蟲) 고대수(顧大嫂)・채원자(采園子) 장청(張靑)・모야차(母夜叉) 손이랑(孫二郎)・한지홀률(旱地忽律) 주귀(朱貴)・귀검아(鬼臉兒) 두흥(杜興)・최명판관(催命判官) 이립(李立)・활섬파(活閃婆) 왕정륙(王定六)

총탐첩보두령 (總探諜報頭領) 1명

신행태보(神行太保) 대종(戴宗)

군중기밀 보군 두령(軍中機密步軍頭領) 4명

철규자(鐵叫子) 악화(樂和)・고상조(鼓上蚤) 시천(時遷)・금모견(金毛犬) 단경주(段景住)・백일서(白日鼠) 백승(白勝)

수호중군 마군효장(守護中軍馬軍驍將) 2명

소온후(小溫候) 여방(呂方)・새인귀(塞仁貴) 곽성(郭盛)

수호중군 보군효장(守護中軍步軍驍將) 2명

모두성(毛頭星) 공명(孔明)・독화성(獨火星) 공량(孔亮)

행형회자(行刑劊子) 2명

철비박(鐵臂膊) 채복(蔡福)・일지화(一枝花) 채경(蔡慶)

삼군내채사 마군 두령(專掌三軍內探事馬軍頭領) 2명

왜각호(矮脚虎) 왕영(王英)・일장청(一丈靑) 호삼랑(扈三浪)

제반 전문직 두령(諸般專門職頭領)

성수서생(聖水書生) 소양(蕭讓)・천면공목(鐵面孔目) 배선(裵宣)・
신산자(神算子) 장경(蔣敬)・옥번간(玉燔竿) 맹강(孟康)・옥비장
(玉臂匠) 김대견(金大堅)・통비원(通臂猿) 후건(候健)・자염백
(紫髥伯) 황보단(皇甫端)・신의(神醫) 안도전(安道全)・금전
표자(金錢豹子) 탕륭(湯隆)・굉천뢰(轟天雷) 능진(凌振)・청안호
(靑眼虎) 이운(李雲)・조도귀(操刀鬼) 조정(曹正)・철선자(鐵扇子)
송청(宋淸)・소면호(笑面號) 주부(朱富)・구미귀(九尾龜) 도정왕
(陶宗旺)・험도신(險道神) 욱보사(郁保四)

선화 2년 월 1일, 양산박 대집회에서 위와 같이 할당함을 고시함.—

이 날 송강이 영을 전하여 뭇 두령들을 분조(分調)하고 나
자, 모든 호걸들에게 각각 병부와 인신을 나누어 준 다음
엄숙한 목소리로 말했다.

"이제는 삼채가 옛날에 비할 것이 아니기로 내 한 말 하겠
소. 오늘날 이 곳에 천강(天罡)・지요(地曜)가 함께 모였으

니, 모름지기 하늘에 맹세하여 각자 딴 마음이 없음을 표하고, 생사와 고락을 함께 하는 것이 어떠하오?"

모든 무리가 듣고 크게 기뻐했다.

차서에 따라 각각 분향하고 일제히 당상에 엎드리니, 송강은 마음을 정성스러이 하여 맹세를 지었다.

"저는 한낱 미천한 몸으로 배운 것도 없고 재주도 없사오나 천지신명의 은총을 입어 이제 형제들을 양산에 모으고, 영웅들과 수박(水泊)에서 만나니 모두 합해서 백 여덟 명이옵니다. 그 수는 하늘의 정하심에 의한 것이오며, 아래로는 민심에 맞춘 것이옵니다. 앞으로 각자가 잘못을 저지르고 대의에 어긋남이 있을 때는 원컨대 천지신명께옵서 벌을 내리시고 만세 후까지도 사람으로 태어나지 못하며 영겁의 심연에 빠지게 해 주십시오. 저희들이 원하는 것은 다만 서로가 충의를 중히 여기며 서로 도와 나라에 공훈을 세우고, 하늘을 대신해서 도를 행하며 변경을 지키고 민심을 편안하게 하는 것뿐이옵니다. 천지신명께서 부디 살피시어 응보를 내려 주시옵소서."

송강이 맹세를 마치자 일동은 일제히 일어나서 같은 맹세를 나누었다.

이 날은 모두 피를 빨아먹으며 맹약을 세우고 마음껏 술을 마신 후 헤어졌다.

## 9. 십로절도사(十路節度使)

양산박의 무리가 너무 설치자 드디어 고구, 즉 고 태위가 토벌군 총수가 되어 나섰다.

고 태위가 채 태사에게 말했다.

"전에 열 명의 절도사(節度使)가 크게 나라에 공을 세운 일이 있습니다. 그들은 남방을 정복했고 혹은 서하(西夏)를 치고 또 금(金)과 요(遼)를 쳐서 용맹을 떨쳤으니, 그들을 장수로 임명해 주십시오."

채 태사가 승낙하니, 열 통의 명령서를 하달하여 휘하에 정예 일만 명씩을 거느리고 제주(齊州)에 집결하여 지휘를 기다리게 명령했다. 이 열 명의 절도사는 모두 범상한 인물이 아니다.

이들 십로 군사들은 모두 정병이지만 열 명의 절도사는 원래가 도적이었으나 초안을 받고 이 같은 높은 관직에 오른 자들이었다.

그 날, 중서성에서는 날짜를 정하여 열 통의 차부문서를 보내어, 기일을 어기는 자는 군령으로 처벌할 것을 선언했다.

또한 금릉의 건강부에는 유몽룡(劉夢龍)이란 통세관이 있었는데, 모친이 검은 용 한 마리가 뱃속으로 들어온 태몽을 꾸고 태어났다 한다. 장성함에 따라 물에 익숙하여 서천의

협강에서 도적을 친 공적으로 하여 주관으로 발탁된 뒤 도통제(都統制)까지 올랐고, 일만 오천의 수군과 오백 척의 전선으로 강남을 수비하고 있었다.

고 태위는 이 수군과 전선을 쓰기로 하고, 급히 휘하에 들라는 명령을 내렸다.

그리고 심복 부하 우방회(牛邦喜)라는 자를 보병 교위로 발탁하여, 이 사람으로 하여금 장강 연안 일대 및 모든 운하로부터 배를 징발하여 모조리 제주에 집결시키게 했다.

고 태위의 휘하에는 많은 아장이 있었다. 그 중에서도 가장 뛰어난 장수가 둘이 있는데, 한 사람은 당세영이라 하고 다른 한 사람은 당세웅이라 불렀다. 그들은 형제간으로서 이번에 통제관에 임명되었으며, 만부부당의 지용이 있었다.

고 태위는 또 어영군 가운데서 일만 오천의 정병을 선출했다.

그래서 각지의 군사를 합하니 십삼만인데 우선 각 방면으로 관원을 파견하여 양곡을 도중에서 교부하는 한편 전투 태세를 갖추기에 연일 분주한 나날을 보냈다.


한편, 대종과 유당은 며칠 동안 동경에 머물러, 자세한 내막을 염탐하고 나서 급히 산채로 돌아와 보고했다.

송강이 고 태위가 몸소 정예군사 십삼만을 거느리고 열 명의 절도사로 하여금 지휘하게 했다는 소식을 듣자, 당황

하여 오용에게 상의하니 오용이 말했다.

"근심하실 것 없습니다. 저도 진작부터 열 명의 절도사에 대한 소문을 듣고 있었으나 대단치 않은 무리들입니다. 그들이 조정을 위해 큰 공을 세웠다지만, 그 당시 상대할 만한 호걸이 없었기에 그리 된 것뿐입니다. 지금 이 자리에는 이리와 범 같은 우리 형제들이 있으니 그 따위 열 명의 절도사는 이젠 시대에 뒤떨어지는 무리에 지나지 않습니다. 이제 그들의 군대가 쳐들어오거든 간담을 서늘하게 해 줍시다."

"무슨 방책이 있소?"

"적의 십로 군대가 제주에 집결한다니 우리 측에서도 날쌘 두 장수를 보내어 제주 근방에 숨어 있다가 한바탕 맞부딪치게 해 고구를 혼내 줄 필요가 있습니다."

"그럼 누굴 보내면 될까?"

"몰우전 장청과 쌍창 동평을 보냅시다. 이 두 장수라면 능히 해낼 만하지요."

송강이 두 장수에게 각각 마군 일천 명을 딸려 주고 제주로 나가 적정을 정찰한 후 매복해 있다가 적을 때려 부수라는 명령을 하달했다. 이어서 수군 두령들에게는 호수에서 적의 신박을 빼앗을 준비를 시키고, 산채 두령들도 요소요소에 배치를 시켰다.

고 태위가 동경에서 20여 일을 꾸물대자 천자로부터 출진을 독촉하는 칙서가 내렸다. 고구는 우선 어영 마군을 출정시키고 교방사에서 가수와 무희 30여 명을 골라 종군케 했다.

드디어 출진하는 날이 되자, 기제를 지내고 천자께 하직을 아뢰고 출발했는데, 준비 기간이 한 달이나 걸렸다. 때는 초가을, 대소 관원들이 모두 장정까지 나와 전송했다. 군장을 갖추고, 황금 안장을 얹은 말에 탄 고 태위의 좌우를 당세영, 당세웅 형제가 호위하고, 뒤에는 전수, 통제관, 통군제할, 병마방비, 단련 등 수많은 장수를 거느렸다.

고 태위는 대군을 이끌고 출정하여 장정 앞까지 와서, 전송 나온 관원들과 작별 인사를 나누고 출진을 축하하는 술을 들고 마침내 길을 떠났다.

그러나 제주로 향하는 도중에 이미 군기가 해이해져서 병사들은 마을에 이를 때마다 닥치는 대로 약탈을 일삼아 주민들의 패해가 막심했다.

한편 십로 군사들도 속속 제주로 향발했다. 절도사 왕문덕은 경북 지방의 군대를 거느리고 제주에서 사십여 리 되는 곳에 이르렀다. 그것은 봉미파라는 곳으로 그 언덕 밑은 커다란 숲이었다. 전군(前軍)이 막 숲을 지나려 하는데 돌연 징 소리가 요란히 울리더니 일대의 군사들이 튀어나왔는데 그 곳에 장수 하나가 선두에 서서 앞길을 막았다.

그 장수는 갑옷투구에 활과 화살을 등에 메고, 두 개의

황색기를 전통과 활집에 꽂았는데, 양 손에 두 자루의 장창을 든 이 장수는 양산박에서 선진 격파의 명수인 용장 동평이었다.

동평이

"네놈은 어디로 가는 어떤 놈이냐? 썩 말에서 내려 포승을 받지 못할까?"

하고 소리치자 왕문덕도 말을 멈추고 큰 소리로 비웃었다.

"호리병에도 두 귀가 있는 법, 네놈도 들어 두어라. 우리들 십절도사가 대공을 세우고 그 이름을 천하에 떨친 것쯤은 알고 있겠지. 대장 왕문덕님의 이름도 말이다."

동평이 크게 웃으며,

"네 따위가 무슨 큰 소리냐. 되지 못한 자식 같으니."

하니 왕문덕이 열화같이 노해 고함을 질렀다.

"나라를 배반한 도둑놈아, 네놈이 감히 날 비웃느냐?"

하고 창을 겨누어 동평에게 달려드니, 동평도 쌍창으로 이를 맞아 두 장수가 어울려 삼십여 합 싸웠으나 승부가 나지 않았다. 왕문덕이 동평을 이기지 못할 것을 알아차리고,

"한숨 돌리고 나서 다시 싸우자."

했기에 각각 자기 진으로 돌아갔다.

왕문덕은 휘하 군사들에게, 결전을 나중에 미루고 우선 뚫고 나가라고 지시한 후에 몸소 선두에 서서 전군이 함성

을 지르며 돌진케 했다.

동평은 군사들을 거느리고 그 뒤를 쫓았다. 왕문덕의 군 졸들이 숲을 빠져나왔을 때, 전방에서 다시 일대의 군사들 이 튀어나왔다. 선두에 선 맹장은 다름 아닌 몰우전 장청으 로 마상에서

"게 섰거라."

하고, 대성일갈하며 돌멩이를 날려 왕문덕의 머리를 겨누 었다. 급히 몸을 빼 돌리려 했으나 돌멩이가 투구에 명중, 왕문덕은 안장에 찰싹 엎드려 간신히 도망쳤다. 동평과 장 청이 이들을 쫓아 달려가는데, 불쑥 옆에서 일대의 군사들 이 튀어나왔다. 왕문덕이 보니, 같은 절도사 양온의 군대였 다. 그들이 구원하러 온 것을 안 동평과 장청은 쫓기를 중지 하고 되돌아갔다.

왕문덕과 양온의 이로 군마는 합류하여 제주로 들어가 주둔했다.

태수 장숙야가 각 로의 군사를 접대했는데, 며칠이 지나 자 선봉군으로부터 고 태위의 대군이 도착한 것을 알려왔 다. 열 명의 절도사들이 성 밖으로 나가 영접했다. 고 태위 는 현청 관사를 임시 원수부로 정하고 쉬었다.

십로 군대는 모두 성 밖에 주둔하고 있다가 유몽룡의 수 군이 도착하면 일제히 진발하게 된다.

그래서 각각 진을 치게 되었는데, 가까운 산에서 벌목을 하는가 하면, 인가에서 문짝과 창을 뜯어다가 막사를 지었으므로 주민들의 피해가 막심했다.

고 태위는 성내 원수부에서 토벌군의 편제를 정할 때, 뇌물을 바치지 않은 자는 모두 첨병으로 맨 선두에서 싸우게 하고, 뇌물을 바친 자들은 중군에 머물게 하여 전공이 없어도 있는 것처럼 상신케 했다.

고 태위가 제주에 2, 3일 동안 묵고 있는 사이에 유몽룡의 전선이 도착하여 원수부로 뵈러 오니, 고구는 즉시 십절 도사들을 불러 모아 전략을 의논했다. 왕환 등이

"먼저 보군과 마군을 척후로 보내 도적 떼를 끌어 낸 후, 수로에서 전선을 내보내어 적의 본거지를 들이치면 놈들이 두 동강이 나서 연락이 끊길 것입니다."

하고 말하자 고 태위는 그 진언에 따라서 왕환과 서경을 선봉에 내세우고 왕문덕과 매전을 전군으로, 장개와 양온은 좌군에, 한존보와 이종길을 우군에, 항원과 형충을 전후의 접응군으로 하고, 당세웅에게는 삼천 정병을 주어 배를 타고 유몽룡의 수군과 협력하도록 명령했다.

명을 받은 장수들은 사흘에 걸쳐 장비를 정비한 다음 고 태위에게 일일이 검열을 받았다. 검열이 끝나자, 대소 전군 및 수군은 일로 양산박을 향해 진발했다.

한편 동평과 장청이 산채로 돌아와 자세히 보고하니, 송강이 두령들과 함께 대군을 거느리고 산을 내려오는데, 얼마 안 가서 관군이 밀려오는 것이 보였다.

전군이 화살을 퍼부어 적의 발을 멈추게 하고 쌍방이 서로 대치하니 선봉 왕환이 진두에 나타나 장창을 휘두르며 크게 외쳤다.

"이 무지막지한 도적놈들아, 선봉대장 왕환을 몰라보느냐?"

그러자, 대진의 수기가 좌우로 열리는 곳에 송강이 몸소 앞으로 나와 왕환에게 정중히 인사를 했다.

"왕 절도사님, 절도사께서는 연로하시어 나라를 위해 힘을 뽐내기에는 너무 짐이 무거운 줄 아옵니다. 맞붙어 싸우다가 혹시 상처라도 입게 되면 존귀한 이름이 허사가 될 것 아니겠소. 그러니 이만 물러가시고 다른 젊은 사람을 대신 내보내시는 게 어떨는지요."

왕환이 그 말을 듣고 열화같이 노하여 욕설을 퍼부었다.

"이놈, 상판때기에 죄수의 자문을 넣은 잡졸놈아, 감히 천병(天兵)에게 대들다니."

"왕 절도사님, 너무 큰 소리치지 마시오. 여기에 나온 호걸들은 무두 하늘을 대신해서 천도(天道)를 행하는 의사들이오."

송강이 말을 마치자 왕환이 창을 휘두르며 덤벼들었다.

송강의 뒤편에서 불쑥 튀어나온 장수는 표자두 임충이었다.

두 맹장이 맞부딪는 창은 흡사 벽력과 같고 번개와 같아 바위라도 뚫을 듯 용의 꼬리가 춤을 추듯 번쩍이면서 빛을 발했기에 보고 있던 군사들은 발을 구르며 아우성을 쳤다.

두 사람이 칠, 팔십 합 싸웠으나 승부가 나지 않았다. 드디어 양군에서는 금고가 울리고 두 맹장이 떨어져 자기 진으로 돌아가니, 절도사 형충이 앞으로 나와 고 태위에게 큰 소리로 아뢰었다.

"저를 보내 주십시오."

고 태위가 즉시 형충을 내보내자, 송강의 뒤에서는 호연작이 튀어나왔다.

형충이 황색 말에 올라 큰 칼을 휘두르며 호연과 맞겨루기 이십여 합, 호연작이 일부러 틈을 보이자 상대방이 큰 칼을 내리쳤다. 이에 재빨리 피하며 쇄채찍을 들어 일격을 가하자 형충의 머리통이 쫙 갈라지고 눈알이 튀어나와 굴러 떨어졌다.

절도사 한 사람이 적의 손에 목숨을 잃게 되자, 고구는 급히 항원진을 불러 적진으로 내보냈다.

항원진이 칼을 휘두르며,

"도적놈들아, 나를 덩할 자는 없는가?"

하고 소리치니, 송강의 뒤에서 쌍창장 동평이 튀어나와 맞붙었다.

십여 합도 겨루기 전에 항원진은 갑자기 말머리를 돌리더니, 창을 질질 끌며 달아나기 시작했다. 동평이 뒤를 쫓아가자 항원진은 진 안으로 도망가지 않고 진 밖을 빙빙 돌아 달아났다. 동평이 기를 쓰고 추격하자, 항원진은 갑자기 활을 들고 몸을 홱 돌리더니, 화살을 힘껏 날렸다.

동평이 시윗소리를 듣고 손을 들어 그것을 뿌리치려 했으나 화살이 오른편 팔꿈치에 명중하여 창을 버리고 말머리를 돌려 진으로 달아났다. 이번에는 항원진이 역습을 해 왔으나 송강편에서 호연작과 임충이 달려 나가 동평을 구해냈다.

고 태위가 대군에게 혼전을 명하자 송강이 우선 동평을 구해 산채로 돌아갔으나 후군이 적을 막지 못하고 뿔뿔이 흩어져 패주했다. 고 태위는 물가까지 추격시킴과 동시에 따로 군사들을 보내서 수로의 수군을 응원케 했다.

수군을 거느린 유몽룡과 당세웅은 배를 몰아 양산박 깊숙이 들어갔으나 앞길은 망망한 갈대숲과 수초가 무성하여 강어귀를 뒤덮었기에 아무것도 보이지 않았다.

관군 측 배들이 십여 리나 수면에 연이어 늘어서서 앞으로 나갈 때, 갑자기 언덕 위에서 한 발의 포성이 울림과 동시에 사방팔방에서 일제히 작은 배들이 나타났다.

관군의 수병들은 처음부터 겁을 집어먹고 있었기에 그

울창한 갈대숲 속에서 적의 배들이 와락 몰려드는 것을 보고는 태반의 군사들이 앞을 다투어 달아나기에 바빴다.

관군의 진형이 흐트러지는 것을 본 양산박 호걸들은 일제히 군고를 올리며 추격해 왔다. 유몽룡과 당세웅이 급히 배를 뒤로 빼려 했으나 방금 지나온 얕은 강어귀는 양산박 호걸들이 작은 배들에 가득 실은 시초와 산에서 잘라 내온 나무들로 빽빽이 막아 버린 후여서 노나 삿대가 전혀 움직이지 않아 배를 움직일 수 없었다.

군사들은 모두 배를 버리고 물 속으로 뛰어들었다. 유몽룡도 갑옷을 벗어 던지고 기슭으로 기어올라 달아나 버렸다.

당세웅만은 끝까지 배를 버리지 않고 뱃군들을 독려하여 수심이 깊은 어귀로 골라 배를 저어 갔는데 이십 리도 못 가서 세 척의 작은 배가 나타나 앞을 막았다.

거기에 타고 있던 원씨 삼 형제가 요엽창을 이용해 배를 갖다 붙였다. 배 위의 군사들은 모두 물 속으로 뛰어들고, 당세웅만이 뱃머리에 우뚝 서서 철삭을 움켜쥐고 맞붙어 싸웠는데, 원소이가 물 속으로 뛰어들자, 이어서 원소오, 원소칠 두 장수가 다가왔다.

형세가 불리함을 깨달은 당세웅이 철삭을 내 던지고 물 속으로 뛰어들자, 물 속에서 선화아 장횡이 불쑥 나타나 한 손으로 당세웅의 머리털을 쥐고 한 손으로는 허리를 틀어잡아 갈대가 우거진 기슭으로 질질 끌어 올렸다. 그러자, 미리 숨어 있던 십수 명의 부하들이 요구와 투삭으로 꽁꽁 묶어 수호채로 끌고 갔다.

한편, 고 태위는 호수 위의 배들이 모두 어지럽게 산 쪽으로 달아나고, 배 위에 묶여 있는 자들은 모두 유몽룡의 수군인 것을 보자 수로에서의 패전을 알아채고 급히 명령을 내려 전군을 제주로 철수시키려 했다. 그 때였다. 마침 날은 저무는데 돌연 사방에서 포성이 연달아 울리더니, 헤아릴 수 없이 많은 송강의 군사들이 밀어닥쳤다.

그래서 급히 휘하 두령들에게 알리는 한편 자신도 걸음아 나 살려라 하고 도망치지 않을 수 없었다.

사실 양산박 편에서는 단지 호포를 사방에서 쏘아 댔을 뿐으로 복병을 매복시켜 두었던 것은 아니었는데, 고 태위는 그만 겁을 집어먹고 간이 콩알만 하게 되어 휘하 장병을 거두어 가지고 제주로 돌아왔던 것이다.

돌아와서 점검을 해 보니 보병들은 별반 손상이 없었으나 수군은 태반이 없어졌고 전선이 한 척도 돌아와 있지 않았다. 유몽룡은 난을 피해서 돌아오기는 했으나 병사들 중 헤엄을 칠 줄 아는 사람만이 목숨을 건졌고 나머지 병사들은 온통 물에 빠져 죽어 버렸다.

군의 위신을 땅에 떨어뜨리고 패기가 꺾인 고 태위는 일

단 휘하 장병들을 성 안에 머무르게 하고, 우방희가 배를 징발해 오기만을 기다렸다.

배가 얼른 징발되어 오지 않자, 사자에게 독촉하는 공문서를 주어 보내는 한편 어떠한 배건 쓸 수 있는 것이라면 닥치는 대로 모조리 징발하여 제주로 보내서 출진 차비를 갖추라고 명했다.

한편, 수호채에서는 송강이 동평의 몸에 박힌 화살을 뽑아내고, 신의 안도전의 치료를 받게 했다. 안도전은 금창약을 상처에 발라 주며 며칠 채 안 가서 섭생케 했다.

뒤이어 오용이 두령들을 이끌고 채로 돌아왔고, 수군의 두령인 장횡은 당세웅을 충의당에 끌고 와서 논공을 하려고 신고했다.

송강은 일단 당세웅을 후채로 호송하여 연금하도록 분부하고 빼앗아 온 배들은 모조리 수채에 수용케 한 후 각 두령에게 이를 분배하도록 했다.

그즈음 고 태위는 제주 성내에서 장수들을 모아 놓고 양산박을 공략할 계책을 도모했다. 이 때 여러 장수들 가운데서 상당 절도사인 서경이 진언하기를,

"저는 어렸을 때 이곳 저곳을 떠돌아다니며 창을 쓰고 약장사를 했습니다. 그러다가 잠시 어떤 사람하고 알게 되었는데, 그 자신이 깊이 병서에 통달하여 병법에 아주 밝고,

손자, 오자의 재주와 제갈공명의 지모를 갖추고 있었습니다. 성은 문(文)이고 이름은 환장(煥章)이라고 하는데, 현재는 동경성 밖의 안인촌(安仁村)에서 서당을 내고 있는 모양입니다. 이 사람을 맞아다가 참모로 삼는다면 오용의 흉계를 능히 깨뜨릴 수 있다고 생각합니다."
라고 하였다.

고 태위는 즉석에서 부장 한 사람을 사자로 정하고 비단과 안장을 실은 말을 선물로 주어서 급히 동경으로 떠나보냈다. 그런데 부장이 떠나간 지 아직 네댓새도 되지 않았을 때 성 밖으로부터,

"송강의 군사들이 가까이까지 밀려들어 싸움을 걸고 있습니다."
라는 기별이 날아들었다. 고 태위는 왈칵 화가 치밀어서 즉석에 부하 장병들을 소집해 성 밖의 적을 맞아 쳐부수라고 분부를 내리는 한편, 각진의 절도사들도 함께 출전하라고 분부했다.

송강의 군대는 고 태위가 군사들을 휘동하여 가까이 다가오는 것을 보자, 서둘러 성 밖의 평탄한 곳까지 후퇴했다. 고 태위가 군사들을 이끌고 쫓아가 보니 송강군은 이미 언덕 기슭에 진을 치고 있었고, 홍기대(紅旗隊) 진두에 한 사람의 맹장을 세워 놓고 있었다.

그 맹장은 쌍편 호연작으로 그는 말을 옆에 두고 창을 비껴들고 진두에 서 있었다. 이를 본 고 태위는,

"저놈은 전에 연환마를 지휘해 갔을 때 조정을 배반한 바로 그놈이다."

하고는 곧 운중 절도사 한존보를 내보내서 그를 치게 하였다. 이 한존보는 방천화극의 상당한 고수였다. 두 사람은 진두에 나타나자 한 마디의 말도 없이 대뜸 하나는 화극을 휘두르고 다른 하나는 창으로써 이를 맞아 싸웠다.

양자는 다 같이 싸우기를 오십여 합이나 하였다. 이 때 호연작은 주춤하는 듯이 보이더니, 살짝 몸을 빼서 말을 타고 언덕 기슭으로 도망을 쳤다. 한존보는 기어이 공을 세워 보겠다고 말채찍을 갈기며 그를 뒤쫓아갔다.

여덟 개의 말굽은 십 리 가량이나 되는 인적 없는 길을 달려갔다. 그리하여 마침내 한존보가 그의 뒤까지 바싹 쫓아가 보니, 호연작은 말머리를 급히 돌리면서 창을 치우고는, 쌍편을 휘둘러 대며 무섭게 반격을 가해 왔다.

이리하여 두 사람은 다시 십 합 남짓 싸움을 겨루었다. 그러다가 호연작이 돌연 쌍편으로 화극을 피하더니 다시금 급히 말머리를 돌려 달아나기 시작했다. 한존보는,

'저놈은 창으로 나를 당해 내지 못하고 쌍편으로도 나를 이길 수 없는 거다. 이럴 때 놈을 뒤쫓아가서 사로잡지 못한

다면 두 번 다시 기회는 없을 것이다.'

라고 생각하고는 호연작을 뒤쫓아갔다. 그리하여 어느 산
허리를 돌아갔는데, 마침 길이 두 갈래로 갈려져 있어서 호
연작이 어느 쪽으로 가 버렸는지 전혀 알 수가 없었다. 한존
보는 말머리를 돌려 산꼭대기로 올라가서 사방을 두루 살펴
보았다. 그러자 골짜기 길을 돌아서 도망쳐 가는 호연작이
눈에 띄었다.

한존보는 큰 소리로,

"이 바보 같은 놈아, 네까짓 놈이 도망을 치면 어디로 간
단 말이냐. 얼른 말에서 내려 항복해라. 목숨만은 살려 줄
테니."

하고 외쳤다. 그러자 호연작도 말을 세우고 한존보에게 마
구 욕설을 퍼부었다. 한존보는 분해서 숨을 씨근덕거리며
호연작의 퇴로를 향해 달려갔다. 이리하여 그들은 골짜기
어귀에서 다시 마주쳤다.

한쪽은 산이고 다른 한쪽은 골짜기의 계속이었다. 그 사
이에 좁다란 한 줄기 오솔길이 나 있었는데, 그들의 말은
몸을 자유롭게 움직일 수가 없었다.

"항복을 하려면 지금 해라. 지금밖에는 때가 없다."

하고, 호연작이 말했다.

"이미 내 수중에 들어와 있는 패장인 주제에 나보고 항복

을 하라구. 분수없이 주제넘은 놈이로구나."

"내가 네놈을 여기까지 유인해 온 것은 생포하기 위해서였다. 네놈 모가지는 이제 곧 달아나게 된다."

"나야말로 네놈을 생포해 버릴 테다."

이리하여 두 사람은 또다시 삼십여 합이나 싸웠다. 싸움이 한창 절정에 달했을 때, 한존보는 화극으로 호연작의 옆구리를 겨냥하고 찔렀다.

이 때 호연작은 재빠르게 한존보의 화극대를 잡아 버렸고, 한존보도 호연작의 창대를 움켜잡았다. 일이 이렇게 되자 그들은 말 위에서 서로 밀치고 밀며 허리와 옆구리와 다리에 힘을 주어 가며 각자 힘을 다해서 싸웠다.

그러다가 마침내 한존보의 말이 뒷발을 계곡에 빠뜨렸기 때문에 호연작도 말과 함께 물 속으로 끌려들고 말았다.

이리하여 두 사람은 서로 엉키어 물 속에서 뒹굴었다. 물에 빠졌던 두 필의 말은 유성같이 물 속에서 언덕으로 올라가서 같이 산쪽으로 달려갔다. 그러나 두 사람은 물 속에서 무기를 떨어뜨려 버리고, 쓰고 있던 투구도 잃어버리고 몸에 입고 있던 갑옷도 조각조각 찢겨진 채 맨손으로 치고 막고 했다.

그 때 언덕 쪽에 한 때의 군사들이 몰려 왔다.

그 군대의 우두머리는 몰우전 장청이었다. 병사들이 왈

칵 달려들어 한존보를 생포해 버렸고 몇 사람의 병졸은 급히 달아난 두 필의 말을 찾아 떠났다. 그러나 말도 이편에서 우는 말 울음소리와 떠들어 대는 사람들의 말소리를 듣고 이내 이쪽으로 되돌아왔다.

호연작은 젖은 몸으로 말을 탔다. 장청의 군사들은 한존보의 손을 뒤로 묶고 말에다 실은 후, 골짜기 어귀를 향해서 나왔다. 그러자 저쪽 앞에 일진의 군대가 나타났다. 그것은 한존보를 찾아 나선 군사들이었다. 이리하여 두 군대는 정면으로 부딪치게 되었다.

한존보를 찾아나선 군대의 우두머리인 두 절도사는 한 사람은 매전이고, 또 한 사람은 장개였다. 말 위에 묶인 채 물방울이 뚝뚝 떨어지고 있는 한존보를 보고 난 매진은 크게 노하여 심청양인도를 휘둘러 대며 장청을 습격해 왔다.

장청은 말을 휘몰아 싸우기 세 합도 되지 않았는데 곧장 도망을 치기 시작했다. 매전이 뒤쫓아가자 장청은 가볍게 팔목을 뻗치어 완만하게 허리를 꼰 후 팽 하니 돌팔매질을 했다.

돌멩이는 정확히 매전의 이마를 맞혀 붉은 피가 뿜어져 나왔다. 매진은 잡고 있던 삼첨양인도를 버리고 두 손으로 얼굴을 감쌌다.

장청이 재빠르게 말머리를 돌리려 할 때, 장개가 살을 매

긴 활을 힘껏 당기었다가 쏘았다. 그런데 때마침 장천이 말 머리를 쳐들었으므로 화살은 말 눈에 명중하여, 말이 쓰러져 버렸다. 장청은 말에서 뛰어 내려 창을 비껴들고 땅 위에서 싸웠다. 그러나 본시 장청은 돌팔매를 쳐서 적장을 쓰러뜨리는 것이 장기였으며 창은 그다지 잘 쓰지 못했다.

장개는 우선 매전을 구해 놓고 나서 장청에게 다시 도전해 왔다. 말 위에서 휘두르는 그의 창은 신출귀몰, 장청은 단지 그것을 막아내는 것만이 고작이었으나, 마침내 그것도 막아낼 수가 없게 되었다. 그는 할 수 없이 창을 끌고 기병대 속으로 몸을 숨겼다.

장개가 말 위에서 창을 휘둘러 오, 육십 명의 기병을 죽이고, 기병대를 이리저리 마구 흩트려 버린 후 군사들을 거두어 막 물러가려 할 때, 갑자기 크게 함성이 일어나며 골짜기 어귀에서 이진의 군대가 밀려 들어왔다.

그 일진은 벽력화 진명이고 다른 일진은 대로 관승이었다. 이렇게 두 사람의 맹장이 달려들자 장개는 겨우 매전을 보호해 가지고 도망을 치기가 고작이었다. 때문에 이진의 군사들은 일제히 달려들어 다시 한존보를 빼앗았다.

장청은 말 한 필을 빼앗아 타고 호연직은 있는 힘을 다하여 병사들과 함께 마구 칼을 휘둘러 관군의 본대에까지 습격해 가서 관군을 제주까지 철퇴시켜 버렸다.

송강 등은 충의당에 모여 있다가 한존보가 잡혀 밧줄로 묶여 온 것을 보자, 병사들을 물리친 후 손수 밧줄을 풀어 주고 대청에 모셔 놓고 정중하게 접대를 했다.

한존보는 너무 감격하여 몸 둘 바를 모를 지경이었다. 송강은 그 때 당세웅을 불러 대면을 시키고 함께 접대를 하며 말했다.

"두 분 장군께서는 아무쪼록 의심하지 말아 주십시오. 저희들은 결코 딴 마음을 품고 있지 않습니다. 다만 탐관오리들에게 쫓기어서 이렇게 되었을 뿐입니다. 만약 조정에서 은사 초안의 분부를 내리신다면 기꺼이 국가를 위하여 전력코자 합니다."

송강은 이튿날 말 준비를 갖추어 그들을 타게 한 후, 돌아가게 했다. 두 사람은 도중에 여러 가지로 송강의 좋은 점을 이야기하며 제주의 성 밖에까지 왔다. 그러나 이미 해가 저물었으므로 이튿날 성 안에 들어가 고 태위를 만나고, 그에게 송강이 자기네를 돌려보내 준 사연을 이야기했다. 그러자 고구는 크게 노했다.

"그것은 우리 관군의 사기를 무디게 하려는 모략이다. 너희들은 감히 내 앞에서 비웃살 좋게 이러쿵저러쿵 어떻게 그런 말을 하느냐. 여봐라, 이놈들을 끌어내다가 당장 목을 베어 버려라."

하고 소리 질렀다. 왕한 등 여러 장수는 일제히 엎드려서 그에게 빌었다.

"그것은 이들 두 사람과는 아무런 관련도 없는 일이올시다. 그것은 단지 송강과 오용의 계략일 뿐입니다. 만약 이들 두 사람의 목을 베게 되면 도리어 그놈들의 웃음거리가 될 뿐이올시다."

고 태위는 여러 장수들의 간절한 청원으로 두 사람의 목숨만은 살려 주기로 하고, 관직을 박탈하여 서울에 있는 태을궁(太乙宮)에 그들을 후송했으며, 다른 분부가 있을 때까지 기다리라고 하였다. 그들은 할 수없이 태을궁으로 호송되어 갔다.

한편, 채경은 무슨 생각에서인지 조례를 올릴 때, 휘종황제가 전각에 납시자, 조칙을 내려 초안토록 하는 사자를 보내 줍시다, 라고 아뢰었다. 그러자 천자는,

"일전에 고 태위가 사자를 보내 안인촌의 문환장을 급히 진중으로 불러다가 참모로 쓰겠다고 하였는데, 그렇다면 그자와 함께 사자를 보내도록 하오. 만약 투항하여 온다면 그들의 죄상은 다 용서 주겠지만, 여전히 반항한다면 고구에서 기한부로 수 일 내에 한 놈도 남기지 말고 평정해 비리고 돌아오도록 해야 하겠소."

라는 분부를 내렸다.

이리하여 채 태사는 조칙의 초안을 작성하는 한편, 문환장을 중서성에 초대하여 연석을 베풀었다. 본시 이 문환장이란 사람은 이름이 널리 알려진 문인으로, 조정의 대신들 사이에서도 아는 사람이 많았으므로 모두들 주석에 참석하여 그를 환대했다.

연회가 파하여 사람들이 집으로 돌아가 버리자 이내 출발 준비를 서둘렀다.

문환장은 얼마 후 칙사와 함께 서울을 떠났다.

한편 고 태위는 제주에서 이것저것 두루 생각하다 보니 여간 마음이 울적하지 않았다. 이 때, 문지기가 들어와,

"우방희님이 찾아왔습니다."

하고 아뢰었다. 고 태위는 곧 그를 들게 하였다. 서로 인사가 끝나자 고 태위가 물었다.

"배는 어찌 되었는가?"

"여기저기서 긁어모아 일천 오백 척 가량 징발되었습니다. 징발된 배는 모두 수문 근처에 집합시켰습니다."

하고 방희가 대답하자 태위는 몹시 기뻐하며 그에게 상을 내리고는 곧 명령을 내렸다.

배는 모두 넓은 강만쪽으로 모으고, 세 척씩 옆으로 못을 쳐서 떨어지지 않도록 붙여 놓은 후, 그 위에다 널판자를 깔고 선미에는 고리를 달아 사슬로 묶으라고 했다.

그리고 보병 전부를 배에 타게 하고 나머지 기병은 언덕에서 배를 호위하며 행군하라고 했다.

양산박에서는 그러한 이쪽의 모든 준비를 샅샅이 알고 있었다. 오용은 유당을 불러서 계략을 세워 주고 수로전을 지휘하여 공을 세우라고 하였다. 수군의 두령들은 저마다 작은 배를 준비한 후 뱃머리에는 철판을 넣어 못을 박고, 배 중간에는 갈대나 깍지 같은 것을 심었으며, 그 깍지에는 유황이나 초산 등 인화물을 뿌려 두고, 조그만 강어귀에서 관군이 쳐 오기를 기다리고 있었다.

포수인 능진에게는 따로 앞이 탁 트인 산꼭대기에서 호포를 쏘도록 하고, 또 물가의 나무숲이 우거진 주변 일대에는 나뭇가지 끝에다 정기를 매달아 두고 그 곳에 금고와 화포를 배치하여 인마가 거기 주둔함으로써 진지가 구축된 듯이 보이게 꾸며 놓았다.

또 공손승에게는 술법을 써서 바람을 다스리게 하고, 육상에서는 세 대의 기병을 배치하여 원호하게 하였다. 이렇게 오용의 계획은 완전히 준비를 끝냈다.

한편, 고 태위는 제주에서 군대를 출동시켰다. 수로군의 통사는 우방희이며, 이 밖에 유몽룡과 당세영 두 사람을 너하여 셋이서 지휘하였다.

고 태위는 용의로써 장비를 갖추고, 군고를 세 번 울리는 것으로 신호를 삼아, 강어귀에서는 배를 떠나 보내고 육로에서는 기마대를 진군케 하였다. 배는 살같이 나가고 말들은 나는 듯이 달려 양산박으로 쇄도해 갔다.

우선 수로선들은 간대를 나란히 하고 금고를 울리며 완연히 양산박 깊숙이까지 파고 들어갔다. 적군의 배는 한 척도 보이지 않았다.

그리하여 금사탄 가까이에 이르니 마침내 풀이 우거진 속에 두 척의 어선이 떠 있는 것이 보였다. 두 배에는 다 사람이 두 사람씩 앉아서 손뼉을 치며 웃고 있었다. 뱃머리에 앉아 있던 유몽룡이 화살을 마구 쏘아 보내자, 어부들은 모두 물 속으로 뛰어들어가 버렸다.

유몽룡은 급히 전선을 그쪽으로 노저어 가게 하여 금사탄 언덕으로 가까이 다가갔다. 언덕에는 온통 버들이 우거져 있고, 그 중 어느 버드나무에는 소가 두 마리 매어져 있었는데 푸른 풀 위에서 목동 세 명이 잠자고 있었다. 훨씬 저쪽 편에는 목동 하나가 황소의 등을 옆으로 타고 앉아서 통소를 불고 있었다.

유몽룡은 곧 선봉으로 정한 한 병사를 맨 먼저 상륙케 했다. 그러자 잠자고 있던 몇 사람의 목동들이 일어나더니 큰 소리로 웃어대고는 모두들 버들숲이 우거진 속으로 달려가 버렸다. 선진인 오륙백 명 군사들이 동시에 왈칵 상륙해 버

리자 버들숲이 우거진 숲속에서 포성이 진동하고 좌우에서 일제히 전고가 울려 퍼졌다.

뒤이어 좌측에서 붉은 갑옷을 입은 일대가 뛰어나왔다. 그들의 두령은 벽력화 진명이었다. 우측에서 달려 나온 일대는 검은 갑옷으로 몸단속이 되어 있었는데 그들의 두령은 쌍편 호연작이었다. 각각 군사 오백 명을 거느리고 물가로 쳐 나왔다.

유몽룡이 낭패하여 병사들을 배에 불러 들였을 때는 이미 병사들의 반이 목숨을 잃고 난 뒤였다. 우방희는 전군의 동요를 듣고 곧장 뒤따라오는 배를 퇴거케 하였으나, 이 때 산꼭대기에서는 연주포가 불을 뿜고 갈대숲에서는 바람이 일기 시작했다. 공손승이 머리를 풀어 헤치고 검을 손에 든 자세로 산정에서 바람을 일으키는 도술을 부렸다.

처음에 바람은 숲을 울리고 이어서 돌을 날리게 하였으며, 모래를 날게 하였지만, 뒤이어 흰 물결이 하늘에 솟아 소용돌이를 치고, 순식간에 검은 구름은 땅을 덮었으며, 햇빛도 빛을 잃고 바람결은 광풍으로 변했다.

당황한 유몽룡이 배를 저어 뒤로 물리려 하자 갈대 숲속과 연꽃이 어우러져 핀 깊숙한 못 속으로부터, 또 조그마한 강어귀로부터 일세히 작은 배들이 쏟아져 나와 급히 대선대 속으로 쳐들어왔다.

그리고 울려 퍼지는 북 소리와 함께 작은 배들은 일제히 횃불을 밝혔다. 이어서 순식간에 세찬 불길이 치솟고, 하늘에 떠오른 불꽃들은 큰 배 안으로 떨어져 왔다. 앞뒤에 늘어선 관선들은 한꺼번에 불타기 시작했다.

유몽룡은 그것을 보았지만 어떻게 할 도리가 없었다. 그래서 투구와 갑옷을 벗어 던지고 물 속으로 뛰어들었으나 언덕으로는 가까이 갈 수가 없기에 깊숙한 곳에 있는 넓은 강어귀 쪽을 향해 헤엄쳐 갔다.

이 때 갈대 숲 속에서 한 사나이가 조그만 배를 저으며 나타났다. 유몽룡이 물 속으로 숨었으나 그 순간 누군가가 그의 허리를 안아 배에 넣었다. 배를 저어 온 사람은 출동교 동위이고, 허리를 안아 배 안에 넣은 사람은 혼강룡 이준이었다.

한편 우방희도 주위의 관선대에서 일어나는 불길을 보자 당황했는데 그 때 뱃머리 쪽에서 남자 하나가 기어 나오더니 요구로 머리를 걸어 물 속으로 끌어넣어 버렸다. 그 남자는 선화아 장횡이었다.

양산박 안에서 수로선들이 이 같이 참패하여 시체들은 수면을 메우고 피는 물결을 타고 출렁거리고 있었다. 당세영은 가까스로 조그만 배를 타고 노를 저어 달아났으나, 좌우의 갈대 숲속으로부터 날아온 화살에 맞아 끝내 물 속에서 죽고 말았다.

병사들은 헤엄칠 줄 아는 자만 가까스로 목숨을 건지고

헤엄을 칠 줄 모르는 병사들은 모두 죽었다. 그 중 생포된 자들은 모두 산채로 끌려갔다.

이준은 유몽룡을 생포하고, 장횡은 방우희를 잡았는데, 처음에는 산채로 그들을 끌고 가려고 했으나, 송강이 이번에도 그들을 석방해 줄 것만 같아 둘이서 상의한 결과 그들을 길에서 죽여 모가지만 잘라서 산으로 보냈다.

한편, 군사들을 이끌고 수군과 호응하기로 했던 고 태위는 갑자기 연주포가 터지고, 북 소리가 울리자, 아마 물 위에서 싸움이 벌어졌나보다 하고 생각하며 말을 달려 으슥한 산기슭에 이르러서 보니 이쪽저쪽에서 병사들이 물 속에서 허우적거리며 언덕으로 기어오르는 것이 아닌가. 고구는 그 병사들이 자기편 군사라고 알자 어떻게 된 영문이냐고 그 까닭을 물었다. 병사들은 불 공격을 받아 배는 모조리 타 버리고 모두 어떻게 되었는지 전혀 모른다고 대답했다.

고 태위는 몹시 낭패했는데, 잇달아 또 함성이 들려오고 검은 연기가 하늘에 가득히 피어올랐기에, 그는 서둘러 군사들을 이끌고 왔던 길을 되돌아갔다.

그러자 앞쪽에서 북 소리가 울려 퍼지며 일대의 군사들이 뛰어나와 길을 막았다. 그들의 내장은 급선봉 삭초로서, 큰 도끼를 휘둘러 대며 말을 달려 공격해 왔다.

고 태위의 곁에 있던 절도사 왕환이 창을 들고 삭초와 싸웠다. 그런데 싸우기 오 합도 채 되지 않았을 때 삭초가 말 머리를 돌려 도망치기 시작했다. 고 태위가 군사들을 이끌고 뒤쫓아갔으나, 산허리를 돌자 삭초의 모습은 보이지 않았다.

그래도 계속해서 뒤쫓아 갔는데 뒤에서 갑자기 표자두 임충이 군사들을 이끌고 나타나 덤벼들었다. 그를 피하여 십 리 정도 갔을 때, 이번에는 청면수 양지가 군사들을 이끌고 나타났다.

다시 그를 피해서 달아나는데, 십여 리도 채 못 갔을 때, 뒤에서 미염공 주동이 쫓아와 칼을 휘두르며 베려고 했다.

이것은 모두 오용이 만들어 낸 추간계로, 전면에 나와서 막거나 하지 않고, 뒤에서 쫓아와서 공격하는 것이었다. 패한 장군은 싸울 용기를 잃고 오로지 도망을 치기에만 바빠 후군을 구할 엄두도 낼 수 없게 되는 것이다.

이렇듯 고 태위가 쫓기면서 황급히 제주로 도망을 쳐서 성 안에 이르렀을 때는 이미 삼경이었다. 그런데 이 때 또다시 성 밖에 있는 진지가 타기 시작해 우왕좌왕하는 처참한 아우성 소리가 들려 왔다. 그것은 석수와 양웅이 오백 명의 보병을 숨겨 두었다가 이곳 저곳에다 불을 지르고 도망을 치게 했기에 생긴 소동이었다.

고 태위는 넋이 허공으로 빠져 나간 듯 놀랐다. 연방 염

탐꾼을 시켜 조사를 서둘렀으나 모두 불을 지르고는 퇴거해 버렸다는 보고뿐이었다. 일은 어찌 되었건 일단 적군이 퇴거했다고 듣자 그는 가슴을 쓸어내렸다. 그리고 군사들의 수효를 점검해 보니 거의 태반이 상실되어 있었다.

고구는 너무나 속이 상해서 마음을 졸이고 있었다. 이 때 파수병이 들어와

"칙사가 오셨습니다."

하고 아뢰었다. 고구가 황급히 보병, 기병들과 절도사를 인솔하고 성 밖에 나가 칙사를 맞았더니, 그는 초안의 칙서가 내렸다고 말했다. 문환장도 함께 와 있었다. 새 모사인 문환장과 인사를 나누고 함께 성 안의 원수부에 들어와 상론을 했다.

고 태위는 우선 칙서의 사본을 받아 들고 자세히 읽었다. 초안의 칙서를 그대로 적군에게 내주기가 싫었지만 싸움에 두 번이나 패했는 데다 징발해 온 많은 배들을 송두리째 불태워 버렸으니 어찌하는 도리가 없었다. 그렇다고 초안의 칙서를 그대로 내리고 나면 동경으로 돌아갈 체면이 서지 않았다. 그래서 어떻게 했으면 좋을지 결정을 짓지 못한 채 며칠을 보냈는데 엉뚱한 일이 생겼다.

제주 관아에 성은 왕(王), 이름은 근(瑾)이하고 하는 늙은 관원이 있었다. 이 사람은 성품이 각박하고 잔인하여 사람

들은 그에게 완심왕이라는 별명을 붙여 주었는데 마침 제주 관아에서 원수부에 파견되어 잡다한 일을 맡아 하는 하급 관원으로 근무하다가 고 태위가 그 칙서 때문에 고민하고 있다는 말을 듣게 되자 급히 원수부에 달려가 교활한 계책을 아뢴 것이다.

"태위님. 그렇게 걱정하실 것 없습니다. 저도 읽어 보았습니다만, 그 칙서에는 구멍이 뚫린 데가 있습니다. 그 칙서를 기초하신 담당관께서 태위님을 위해 미리 도망칠 구멍을 뚫어 놓은 것 같습니다."

고 태위는 깜짝 놀라며 물었다.

"어느 대목이 그렇다는 것인가?"

"칙서의 가장 중요한 대목은 가운데에 있는 행입니다. 그 것은, 송강, 노준의 등 대소배가 범한 죄상을 제하고 함께 사면하노라는 대목인데 이 귀절이 애매합니다. 그러니 송강을 제하고를 한 구절로 하고, 노준의 등 대소배가 범한 죄과와 함께 사면하노라를 따로 한 귀절로 하는 것입니다. 그리고 놈들을 속여서 성 안에 유인했다가 두령인 송강만 붙잡아서 죽여 버리고, 아랫놈들은 흩어지게 하여 이 곳저곳으로 쫓아 버리는 거지요. 옛적부터 머리가 없는 뱀은 움직이지 못하고 날개가 없는 새는 날지 못한다고 합니다. 송강만 없애버린다면 나머지 놈들이 무슨 짓을 하겠습니까.

어떻습니까 저의 생각이?"

고구는 크게 기뻐했다. 곧 왕근을 기용하여 원수부의 장사로 임명하고, 사람 하나를 양산박에 보내어 칙서가 내려왔다는 사실을 알리고, 송강 이하 전원이 제주성에 내려와 천자의 칙서를 받고 은사를 얻으라고 전하게 했다.

한편, 송강은 또다시 고 태위와의 싸움에서 이기게 되자, 불에 탄 배는 부하들에게 시켜 운반했다가 땔감으로 만들게 하고 타지 않은 배들은 거두어 수채 깊숙이 옮겨 놓게 했다. 포로로 잡혀온 병사들은 한 사람도 남김없이 석방하여 잇따라 제주로 떠나게 했다.

그 날은 마침 송강이 대소 두령들과 함께 충의당에서 이야기를 나누고 있었다. 이 때 부하 하나가 들어와서,

"제주 관아에서 사자가 왔습니다. 사자의 말에 의하면 이번에 조정에서 칙사를 보내시어 칙서를 내리셨다고 합니다. 죄과를 용서하여 무사하게 하고, 관직을 주기로 한답니다. 사자는 이 기쁜 소식을 알리러 왔다고 합니다."

하고 말했다. 송강은 뜻하지 않았던 소식을 듣고 만면에 웃음을 띠었다. 급히 사자를 맞아 당상에 앉히고는 자세한 내용을 물었다.

"조정에서 칙서를 내리시어 초안한다 하옵기에, 고 태위께서 소인을 보내시어 여러분께 알리라고 하셨습니다. 그

러니 여러분은 다 함께 제주성에 나오시어 칙서를 펴 보는 의식을 받으라고 하셨습니다. 아무런 계략도 없사오니 결코 의심하지 마시기 바랍니다."

송강은 군사와 상의한 끝에 우선 은자와 비단 등을 사자에게 주어 제주로 돌려보냈다.

그리고 모든 두령은 한 사람도 빠짐없이 준비를 갖추고 칙서를 봉독하는 의식에 참여하라고 명했다. 그러자 노준의가,

"형님, 일을 그르쳐서는 아니 됩니다. 혹시 고 태위의 계략인지도 모르지 않습니까. 가시지 않는 편이 좋습니다."
라고 말했다. 송강이,

"그렇게 의심만 해서야 언제 올바른 길로 되돌아갈 수 있겠나. 그러니 우선 의심하지 말고 가 보기로 하세."
하고 말하자 오용이 웃으며 말했다.

"고구란 놈은 우리에게 형편없이 참패했으니 잔뜩 겁을 집어먹고 있겠지요. 그러니 제 따위가 아무리 계략을 꾸민들 어떻게 할 것입니까. 걱정 말고 송공명 형님을 앞에 세우고 다 같이 산을 내려가기로 합시다. 하지만 먼저 흑선풍 이규에다 번서·포욱·항충 이근 등을 보충하여 보병 일천을 주어 제주의 동쪽 길목에 복병케 하고, 다음은 일장청 여두령에다 고대수·손이랑·왕왜호·손신·장청 등을 주어 보병 일천을 거느려 제주의 서쪽에서 숨어 있도록 해야

겠지요.”

오용이 이와 같이 부하의 배치를 끝내고 나자 두령들은
다 함께 산을 내려오고, 수군의 두령들만 뒤에 남아 산채를
지키기로 하였다.

고 태위는 제주성 원수부에서 왕한 등 열 명의 절도사를
모아 놓고 협의한 끝에, 각로의 군사들을 성 안으로 들어오
도록 했다.

또한, 절도사들은 각각 무장을 갖추고 성 안에 숨어 있게
하고, 성벽에는 어디든 기를 꽂지 못하게 하고 북문에 ‘천주’
라는 두 자가 새겨진 황색기 하나만을 세워 두게 했다.

고구는 준비를 끝내고 칙사와 관원들을 동반하고 성벽
위에 올라가 송강 등이 오기를 기다렸다.

그 날 양산박에서는 우선 몰우전 장청에게 마군 오백을
주어 척후로 내보냈다. 장청은 제주성 가까이까지 가서 성
주변을 한 바퀴 돌고는 북쪽으로 사라져 갔다. 뒤이어 신행
태보 대종이 걸어서 성 주변을 대강 돌아보았다.

드디어 멀리 북쪽에서 송강의 군사들이 오고 있는 것이
보였다. 금고와 오방의 정기를 앞세우고 두령들은 원형 혹
은 반원형으로 정연하게 대오를 짓고 행군해 왔다. 그 선두
는 수령 송강과 노준의·오용·공손승이었으며 마상에서
흠신례로 고 태위에게 인사를 보냈다. 이를 본 고 태위는

성벽 위에서 종자로 하여금 소리치게 했다.

"이번에 조정에서 그대들의 죄를 용서하고 특히 초안하신다고 하는데, 어찌하여 무장을 하고 오는가?"

송강은 대종을 성벽 아래까지 보내 그 말에 대답하게 했다.

"저희들은 아직 성은을 받잡지 못하와, 칙서의 취지가 어떠한 것인지 알지 못하옵니다. 그 때문에 언감생심 갑주를 벗지 못하고 왔습니다. 태위께서는 아무쪼록 충분한 배려를 하시어 성 안에서 사는 백성들과 장로들을 한 사람도 남김없이 불러다 놓으시고, 그들과 함께 칙서를 받들도록 해 주십시오. 그 때에는 삼가 갑옷을 벗겠습니다."

이에 고 태위는 성 안의 주민들과 장로들이 성벽까지 나와 칙서를 받들도록 하라고 분부를 내렸다. 얼마 뒤 왁자지껄 떠들어대며 모두들 성벽 앞으로 몰려 왔다. 송강은 주민들이 노유를 막론하고 성벽 위로 잔뜩 몰려든 것을 보고 나서야 말을 몰아 나아갔다. 금고가 한 번 울리자 모든 장수들은 말에서 내렸다. 금고가 두 번 울리자 장수들은 성벽 아래로 걸음을 옮겼다. 뒤에는 부하들이 말고삐를 잡고, 성으로부터 화살이 닿을 만한 거리에 늘어서 있었다. 금고가 세 번 울리니 장수들은 성벽 아래에서 공수(拱手)한 채 성벽 위에서 읽는 칙서의 내용을 듣기 위해서 귀를 기울였다. 칙사가 칙서를 읽어 내려갔다.

"이르노니, 사람의 본심은 본시 두 갈래가 없고, 나라의 항도는 모름지기 한 가지 이치뿐이니라. 선을 행하면 곧 양민이요, 악을 행하면 곧 역도가 되느니라. 짐이 듣건대 양산박 무리들은 모인 지 이미 오래 되었으나 선화를 입지 못한 바 아직 양심을 되찾지 못하였다 하니, 짐이 이번에 칙사를 보내 조서를 내리는 바, 송강을 제외한 노준의 등의 무리들이 범한 죄과는 함께 사면키로 하노라. 그 우두머리 되는 자는 동경으로 나와서 은혜에 감사할 것이며, 나머지 무리들은 각기 그 고향으로 돌아가라. 오호라 하루 속히 사를 떠나서 옳은 길로 돌아와 마음을 잡고, 광폭한 행동을 범하지 말고, 이제 낡은 것을 새롭히고 새 것을 취하도록 하라. 이처럼 짐의 뜻을 밝히니, 이 뜻을 명심하여 새겨들으라."

이 때, 군사 오용은 '송강을 제외한'이라는 말을 듣자, 곧 화영에게 눈짓하며,

"들었지?"

하고 말했다. 칙서가 다 읽혀지자 화영은 큰 소리로,

"형님은 용서하지 않는다고 하니 우리끼리만 투항해서 무엇합니까."

하고 외치고는 살을 매겨 활을 당기며 칙서를 읽은 그 칙사를 향해,

"화영의 신전을 알아 둬라."

하고, 살을 쏘아 보내니 화살은 칙사의 얼굴에 명중했다. 사람들은 황망히 칙사를 부축하려고 달려왔다. 성 아래에 있던 송강의 군사들은 일제히,

"해치우자."

하고 외치며, 성벽 위를 향해 화살을 퍼부어 댔다. 고 태위는 간신히 몸을 피했다.

네 개의 성문으로부터 관군이 쏟아져 나오자, 송강의 군사들은 일제히 말에 올라 도망쳤다. 관군이 그들을 뒤쫓아 십여 리쯤 갔다가 되돌아오려고 하는데, 갑자기 송강의 후군으로부터 포성이 터지자, 동쪽으로부터는 이규의 보군이 쳐 나오고 서쪽으로부터는 호삼랑이 이끄는 마군이 쇄도해 왔다. 관군은 틀림없이 복병이 있는 것으로 짐작이 되어 겁을 집어먹고 후퇴를 서둘렀다.

그러자 송강의 전군도 방향을 바꾸어 쫓아오기 시작했다. 이리하여 삼면으로부터 협공을 받게 된 관군은 대혼란 속에서 우왕좌왕하다가 목숨을 잃은 자들이 적지 않았다. 송강은 군사를 한데 모으는 한편 더 이상 쫓지 않고 양산박으로 돌아갔다.

이렇게 되자, 고 태위는 제주에서 송강 등 역적의 무리가 칙사를 살해하고 초안에 순종하지 않았다는 상주문을 작성하여 상신하는 한편, 채 태사와 동 추밀, 양 태위에게 밀서

를 꾸며 보냈다. 밀서의 내용인즉, 아무쪼록 잘 협의해, 태사께서 천자께 상주하시고, 연도로부터 양초와 원군을 급히 보내 주시어 도적 떼를 쳐부수도록 해 달라는 것이었다.

채 태사는 이러한 고 태위의 밀서를 받자, 즉시 궁중으로 들어가 천자께 이를 상주했다. 천자는,

"수시로 조정을 욕되게 하고 함부로 대역을 일삼는 역적들이로군."

하고는 이내 조서를 내려, 각지로부터 각각 보강군을 보내고 태위의 지휘를 받도록 하라고 분부했다.

양 태위는 다시금 어영사에게 두 장수를 선발하여, 용맹, 호익, 봉일, 충의 4영으로부터 각각 몇 백 명씩 골라낸 정병 이천을 거느리고 고 태위의 토벌군에 합세토록 보내게 했다.

두 사람의 장수 중 하나는 팔십만 금군 도교두로서, 벼슬은 좌의위친군의 지휘사 호가장군인 구악(丘岳)이요, 다른 한 사람은 팔십만 금군 부교두로, 벼슬은 우의위친군의 지휘사 거기장군인 주앙이었다. 이들 두 장군은 많은 싸움에서 발군의 공을 세워 이역에까지 이름이 떨쳐 있고 무예에 통달하여 위력이 동경에 있는 대장군들을 누를 지경이었으며, 고 태위의 심복 부하이기도 했다.

양 태위는 이 두 장군에게 곧 출발하라는 분부를 내렸다. 두 장군이 채 태사에게 떠난다는 인사를 하러 가니 채 태사는,

"아무쪼록 조심히 큰 공을 세우고 돌아들 오게. 내 반드시 중히 쓸 것이니 조심들 하오."

하고 넌지시 말했다.

4영에서는 하나같이 키가 크고 건장하며, 산동, 하북 출신으로서 산을 잘 타고 물에 익숙한 군사들을 선발하여 두 장군에게 배속시켰다.

구악과 주앙은 군사들을 각 4대로 나누어 용맹, 호익 2영의 일천 명과 마군 이천여 기는 구악이 지휘하고, 봉일, 충의 2영의 일천 명과 이천여 기의 마군은 주앙이 지휘했다. 이 밖에도 일천 명의 보군이 있었는데, 이들도 반씩 나누어 각기 소속시켰다.

이리하여 구악과 중앙은 선두가 되어 대열을 이어 성 밖으로 나가 제주를 향해 진군해 나갔다.

한편 고 태위는 제주에서 문 참모와 협의하여 원군이 도착할 때까지 군사들로 하여금 부근 산에서 목재를 베어 오게 하고 가까운 주와 현으로부터 선공들을 징발해 왔다. 이리하여 제주 성 밖에 조선소를 설치하고 거기서 전선을 만들게 했다. 동시에 용감한 뱃사람들과 군사들을 모집했다.

구악과 주앙 두 장수가 원수부에 와서 부임 인사를 하자고 태위는 술과 음식을 내어 그들을 접대하고 사람을 보내서 군사들도 위로했다.

제7장 | 775

"두 분께서는 얼마 동안 푹 쉬시오. 해추선(海秋船)이 완성되면, 그 때 수륙 양로로 배와 말을 나란히 몰아 쳐들어갑시다."

한편, 양산박으로 돌아온 송강은 오용 등과 다시 의논을 했다.

"초안을 가지고 온 칙사를 다치게 해서 죄가 더 무거워졌으니 조정에서는 반드시 토벌군을 보내올 게 아닌가? 그러니 대책을 강구해야지."

그들은 곧 부하들을 하산시켜 관군의 동정을 살피게 했다. 2, 3일도 채 못 되어 하산했던 부하들이 자세한 정보를 얻어 가지고 산에 돌아와

"고구는 요즘 수군을 모집하며 크고 작은 해추선 수 백 척을 건조하고 있습니다. 또 동경에서 어전 지휘사 두 장수가 원군을 이끌고 와 제주 성 아래 진을 치고 있습니다. 그 밖에 각지에서도 많은 원군을 보냈습니다."

라고 보고했다. 듣고 난 송강은 곧 오용에게,

"그처럼 큰 배를 가지고 싸움을 걸어오면 좀처럼 쳐부술 수 없는데……"

하며 그의 의견을 묻자 오용이 웃으며 말했다.

"뭐 크게 걱정하실 것 없습니다. 수군 두령들 몇 사람에게 맡기면 해결됩니다. 한데, 그렇게 큰 배를 만들려면 다 끝내기까지는 아마 수십 일은 걸리겠지요. 그러니 아직 4,

50일의 여유는 있습니다. 그 동안 우선 우리 두령 이 삼 명을 조선소에 보내 소동을 벌여 놓은 뒤 천천히 상대해 주기로 합시다."

송강이

"그것 참 묘안이오. 그러면 고상조 시천과 금모견 단경주 두 사람을 보내도록 할까."

하자 오용이 말했다.

"그 밖에 장청과 손신을 보냅시다. 그들은 재목을 나르는 인부로 가장하여 조선소에 잠입하고, 고대수와 손이랑은 밥을 날라 주는 일꾼으로 가장하고 여자들 틈에 섞여 잠입합니다. 그리하여 시천과 단경주의 일을 돕도록 하는 거지요. 또 장청은 군사들을 이끌고 가서 응원하도록 만전을 기해야 합니다."

고 태위는 밤낮으로 배 만드는 일을 독려하며 아침저녁으로 주민들을 잡아다가 일을 시켰다. 그 때문에 제주의 동쪽 일대는 온통 조선창으로 변했으며 수천 명을 헤아리는 목공들로 붐벼대고 있었다. 횡포한 병사들이 칼을 빼 들고 인부들을 위협하며 주야의 구별없이 배 만드는 일을 독촉하고 있었다.

시천과 단경주는 우선 건조장에 들어가 은밀하게 계획을 짠 뒤 유황, 염초 등을 몸에 숨기고는 불지르기에 적당한

장소를 찾아 나섰다.

한편 장청과 손신은 제주성 밑에 가서 오백 명이나 되는 인원들이 목재를 끌고 조선소로 들어가는 틈에 끼어 조선소 안으로 들어갔다. 조선소 입구에서는 약 이백 명 정도의 병사들이 요도와 곤봉을 뽑아 들고 인부들을 매질해 가며 재목 운반을 독촉하고 있었다. 조선소 주위에는 목책이 빙 둘러 쳐져 있었고 띠로 지붕을 이은 작업장이 2, 3백 동(棟)이나 있었다. 두 사람이 안에 들어가 보니, 판자를 켜는 사람, 못질하는 사람, 감시하는 사람 등 수천 명이 혼잡을 이루고 있었다. 두 사람은 살금살금 사람들의 사이를 돌아서 부엌 채 뒤에 가서 숨었다.

손이랑과 고태수는 때가 낀 옷을 입고 각각 밥통을 들고 밥을 나르는 여자들 틈에 끼어서 부엌으로 들어갔다.

드디어 날이 저물고 밤하늘에는 달이 떴다. 대부분의 목공들은 그 때까지 채 끝나지 않은 일을 서둘러서 하고 있었다. 드디어 2경 무렵이 되었을 때 손신과 장청은 왼쪽 조선소에 불을 지르고 손이랑과 고태수는 오른쪽 조선소에 불을 질렀다. 두 조선소로부터 불이 일어나자 안에서 일하고 있던 목공과 인부들은 앞을 다투며 목책을 넘느라고 야단법석이었다.

이 때 고 태위는 마침 잠이 들어 있었다.

"조선창에 불이 났습니다."

잠결에 갑작스런 보고를 받은 그는 허둥지둥 일어나서 관병들을 성 밖으로 풀어 불을 끄게 했다.

구악과 주앙 두 장수는 각각 휘하의 군사들을 끌고 조선창에 일어난 불을 끄게 했다.

그러나 또 금방 성루에서 불길이 일어났다.

보고를 받은 고 태위는 말을 타고 병사들을 이끌고 손수 불을 끄러 나갔다. 그런데 또다시,

"서쪽 마초장에서도 불길이 충천해서 그 일대가 대낮같이 환합니다."

라는 보고가 들어왔다.

구악과 주앙이 군사들을 이끌고 서쪽 마초장으로 불을 끄러 갔더니 군고 소리가 땅을 흔들고 함성이 하늘을 찌르고 있었다. 몰우천 장청이 표기병 오백 명을 거느리고 거기서 잠복해 있기 때문이었다. 장청은 구악과 주앙이 군사들을 거느리고 진화 작업을 도우러 온 것을 알자 정면으로 그들을 맞아 치기로 했다.

장청은

"양산박 호걸들이 총출동하셨느니라."

하고 소리치고는 창을 들고 구악과 싸우다가 슬쩍 말머리를 돌려 도망쳤다. 구악이 공명심이 앞서,

"역적놈아, 게 섰거라!"

하고 큰 소리로 외치자 장청은 장창을 거두고 비단 주머니에서 돌멩이 한 개를 집어내어 구악에게 던졌다.

돌멩이는 구악의 얼굴에 명중했으며 그는 말에서 거꾸로 떨어졌다.

이 광경을 본 주앙은 급히 아장을 시켜 필사적으로 구악을 구출케 하고 자신은 장청과 어울려 싸우기 시작했다. 주앙과 두서너 차례 겨루고 난 장청은 말머리를 돌려 도망치기 시작했다. 그러나 주앙이 쫓아오지 않자 다시 말머리를 돌려 주앙을 향해 달려왔다.

이에 왕환, 서경, 양온, 이종길 등의 4로군이 진격해 왔다. 이를 본 장창은 표기병들을 거두어 오던 길로 되돌아섰다.

관군은 복병이 있을 것을 두려워하여 그들의 뒤를 쫓지 않고 군사들을 거두어 진화 작업에 돌렸다. 이리하여 세 군데의 화재가 진화 되었을 때는 이미 새벽이었다.

고 태위는 사람을 보내 구악을 문병케 했다. 돌멩이가 얼굴 한가운데와 입언저리에 명중했기에 이빨 네 대가 부러지고 코도 입술도 형편없이 깨어져 있었다. 의원의 치료를 받게 했으나 구악의 상처는 너무나 끔찍한 것이었기에 양산박에 대한 고 태위의 원한은 골수에 맺히게 되었다.

고 태위는 섭춘을 불러, 전력을 다해 배를 만들라고 분부

하고 나서, 조선창 주변에는 절도사들로 하여금 진을 치게
하여 밤낮으로 경계하도록 했다.

배 건조가 겨우 끝나게 되었을 때는 어느덧 겨울철이었
다. 그러나 그 해에는 날씨가 유별나게 따뜻했기에 고 태위
는 하늘의 도움이라고 생각하며 기뻐했다. 크고 작은 해추
선들은 잇달아 진수되었다.

드디어 고 태위는 절도사들을 거느리고 신조된 전선의
검열을 나왔다. 이백여 척의 해추선이 수면 가득히 떠 있었
고, 그 중 십여 척에는 정기가 나부끼고 있었다. 마침내 징
과 북이 울리자 배 양쪽의 물을 가르는 수레바퀴가 일제히
움직였다. 그것은 마치 바람이 휘몰아 나가는 듯한 기세였
다. 고 태위는,

"마치 나는 배 같구나. 도적놈들이 아무리 날쳐도 이 배
는 막아내지 못할걸."
하고 생각하며 금은과 비단을 내다가 섭춘에게 선사하고, 다
른 목공들에게도 각각 후한 노자를 주어 집으로 돌려보냈다.

그 이튿날 고 태위는 검정 소, 백마, 돼지, 양 등을 잡고
마른 안주도 장만하여, 금은과 지전을 바쳐 수신제를 지냈다.

수신제가 끝나자 고구는 동경에서 데려온 기녀와 무희들
을 배에다 태우고 주연에 배석시켜 노래를 부르고 춤을 추
게 했다. 또한 병사들에게 배 젓는 연습을 시키며 물 위로

달리게 했다. 놀이는 해가 저물도록 끝나지 않았다. 그 날 밤은 배에서 묵고 주연은 이튿날 다시 열렸다. 연회는 사흘 동안 계속되었고 그 때문에 배는 발이 묶여 있었다.

그 때 병사 하나가 와서 알렸다.

"양산박 도적이 시를 써서 제주성 안의 토지묘에 붙여 놓은 것을 누가 떼어 이렇게 가지고 왔습니다."

그 시의 내용은 아래와 같았다.

'일개 건달 고구가 뜻을 얻으니
아무리 해추선 일만 척을 움직여 본들
양산박에 들어오면 한 척도 안 남을 것을.'

시를 읽고 난 고 태위는 대로하여 곧장 군대를 출동시켜 양산박 적들을 토벌하려 했다.

"한 놈도 남김없이 놈들을 죽여 버리기까지는 맹세코 군사들을 물리지 않으리라."

고구가 흥분해서 소리치자, 참군 문환장이 말했다.

"태위님, 노여우시더라도 잠시 고정하십시오. 생각하옵건데 도적들은 시레 겁을 먹고 일부러 악담을 써 갈기고 허세로 위협을 하고 있습니다. 며칠 동안 푹 쉬고 난 뒤 수륙 양군을 재편성하여 토벌하는 것이 상책일까 합니다. 지금은 한겨울인데도 날씨가 이 같이 따뜻한 것은 폐하의 은덕과 원수님의 위광이옵니다."

이 말을 듣고 난 고구는 크게 기뻐하며 성 안으로 돌아가 군을 재편성할 것을 협의했다. 이리하여 적을 쫓는 주앙과 왕환에게 각각 대군과 수군을 거느려 중군을 수행하여 원호하도록 했다. 또 항원진과 장개에게는 마군 일만을 지휘케 하여 곧장 양산박 산 앞길까지 가서 적을 막아 싸우게 했다.

본시 양산박 일대는 예로부터 사방이 망망한 채 갈대에 덮여 있는 수면으로 물안개가 연기같이 뿌옇게 피어오르곤 할 뿐이었다. 그렇던 곳이 이즘에는 산 앞에만은 한 줄기 길이 나 있었다. 이 길은 송강이 새로 닦은 길로서 본시는 없었던 것이다.

고 태위는 마군을 먼저 이 길로 진군케 하여 길을 막으려 했다. 그리고 참군 문환장, 구악, 서경, 매전 왕문덕, 양은, 이종길, 장사 왕근, 목공인 섭춘, 수행하는 아장들, 대소의 군교와 군졸들은 온통 고 태위를 수행하여 배를 타고 가기로 되어 있었다.

문 참군이 이러한 고 태위의 편성에 관해서,

"원수께서는 마군을 독려하시며 육로로 진군해 주십시오. 수로를 택하심은 스스로 위험한 곳을 책하시는 것이니 다시 생각해 주시기 바랍니다."

하고 말했으나 고 태위는,

"걱정 말게. 전번에는 두 번 다 장수다운 장수가 없어서 싸움에 패하고 많은 배들을 잃었지만 이번에는 훌륭한 배를 건조했고 또 장수들도 다 믿음직하지 않은가. 내가 진두 지휘를 하지 않는다면 그 도둑놈들을 쳐부수지 못해. 이번에야말로 놈들을 깨끗이 쓸어버릴 것이니 군소리 말게."
하고 말했다.

문 참군은 그 이상 더 말할 수가 없었기에 할 수 없이 고 태위를 따라 배에 올랐다. 고구는 30척의 대해추선을 선봉인 구악, 서경, 매전에게 맡겨서 지휘케 하고, 50척의 소해추선으로 하여금 선두에 나아가게 했으며 양온, 장사, 왕근, 목공, 섭춘으로 하여금 지휘케 했다. 맨 앞장을 선 배에는 큰 홍수가 두 개가 세워져 있었다.

중군 배에는 고 태위와 문 참군이 가녀와 무희들을 데리고 탔는데 그 배는 중군 선단을 통제하는 사령선이기도 했다.

때는 11월 중순경이었다. 마군은 명령을 받고 수군보다 먼저 출발했다. 수군은 선봉인 구악, 서경, 매전 등 세 사람이 선단의 선두를 지휘하며 일로 양산박을 향해 전진했다.

그러자 바야흐로 앞에 한 때의 배가 이쪽을 향해 오는 것이 보였다. 어느 배에나 십사오 명씩 타고 있을 뿐인데, 한결같이 갑옷을 입고 또 배의 한가운데 두령이 한 사람씩 앉아 있었다. 그 선두의 세 척 배에는 하얀 깃발이 하나씩 세워져 있는데, 그 기에는, '양산박 원씨삼웅' 이라는 글이 쓰여져 있었다. 한가운데가 원소이, 왼편이 원소오, 오른편이 원소칠이었다. 멀리서 바라다보니 모두들 번쩍번쩍 빛나는 갑옷으로 몸을 감싸고 있는 것 같이 보였으나 사실은 금박 은박지를 풀로 붙여 놓은 것이었다.

선봉을 선 관군의 세 장수는 그들을 발견하자 화포와 화창과 화전을 쏘아 대게 했다. 그러나 원씨 삼 형제는 조금도 겁내지 않고 그대로 이쪽을 향해 오고 있더니 드디어 창이나 화살이 날아와서 닿을 만한 거리에 이르자 함성을 지르며 일제히 물 속으로 뛰어들었다. 구악 등은 세 척의 빈 배를 뺏어 가지고 그대로 앞을 향해 나갔다.

그러나 오 리도 채 못갔을 때 세 척의 쾌속선이 바람을 가르며 노를 저어 오는 모습이 보였다. 그 중 앞장을 선 배에는 십여 명이 타고 있을 뿐이었는데, 그들은 한결같이 청대와 황단과 토주와 이분을 몸에 바르고 머리털은 풀어 헤친 채 휘파람을 불며 나는 듯이 배를 저어 왔다. 그 양편의 두 척 배에는 육칠 명씩 타고 있는데 그들은 빨강 초록 등 멋대로 물감들을 칠하고 있었다. 한가운데는 옥번간 맹강이고, 왼편은 출동교 동위이고 바른편은 번강신 동맹이었다. 이쪽의 선봉인 구악이 다시 화기를 쓰게 하자 그들은

고함을 지르며 모두 다 배를 버리고 일제히 물 속으로 뛰어
들었다.

이리하여 다시 세 척의 배를 나포해 가지고 앞으로 나가
는데 오 리도 채 가지 못했을 때 또다시 세 척의 중형 배가
나타났다. 각 배는 꼭 같이 여덟 명이 네 대의 노를 젓고
십여 명 남짓되는 부하들이 한 대의 붉은 기를 세우고 뱃머
리에는 한 사람씩 두령이 앉아 있었다.

가운데 배의 깃발에는, '수군두령 혼강룡 이준'이라고 쓰
여져 있었다. 왼쪽 배에 앉아 있는 두령은 창을 손에 들고
초록 깃발 한 폭을 뱃전에 꽂아 놓았는데 그 깃발에는, '수
군두령 선화아 장횡'이라고 큼지막하게 쓰여져 있었다. 오른
쪽 배에 의연히 서 있는 두령은 상반신에 아무것도 걸친 것
이 없었다. 하반신도 두 다리를 그대로 드러내 놓았는데,
허리에다 몇 자루 끌을 꽂았고 손에는 구리망치를 들고 있
었다. 그 배에도 한 폭의 검은 깃발이 펄럭이고 있었으며
그 깃발에는 은박으로, '두령 낭리백도 장순'이라고 쓰여져
있었다. 장순이 갑자기 배 위에서 큰 소리로 외쳤다.

"배를 보내 줘서 고마우이."

그러자 관군 선봉인 세 장수는,

"활을 쏴라."

하고 명했다. 시윗소리와 함께 세 척 배에 있던 장사들은

일제히 거꾸로 물 속으로 뛰어들었다.

때는 겨울의 마지막 고비였다. 관군 배에 타고 있던 병사와 모집한 뱃군들은 '어떻게 얼음같이 차가운 물 속으로 뛰어드나' 하며 놀라고 있었는데 갑자기 양산박 산정에서 호포가 터지기 시작했다. 이 때 갈대 숲속에서 일천여 척의 작은 배들이 일시에 나타났기에 수면은 마치 메뚜기 떼가 어울려서 날고 있는 것같이 어지러워졌다. 어느 배나 사 오 명씩 타고 있을 뿐이었는데, 그 배 안에 무엇이 들어 있는지 알 길이 없었다. 대해추선은 앞으로 더 전진하려고 했으나 더 나갈 수가 없었다. 수레바퀴를 밟아 움직이려고 했으나 물 속에 무엇인지 꽉 차 있어서 수레바퀴가 움직이지 않았다. 노두에서 활을 쏘아도 작은 배에 타고 있는 장사들은 저마다 판대기를 방패삼아 화살을 막으며 차츰 대해추선으로 가까이 다가왔다.

그래서 어떤 장수는 요구로 키를 누르고 어떤 장수는 판도로 수레바퀴를 밟는 병사의 목을 쳐 버렸는데 어느 틈에 오륙 십 명이 관군의 선봉선에 올랐다.

관군이 계략에 빠진 것을 알고 후퇴하려 했으나 퇴로가 막혀 후퇴할 수 없었다. 고 태위와 문 참군은 중군 배에서 관군이 대패한 것을 알자 장황히 기슭으로 상륙을 꾀했다. 그러나 이 때 우거진 갈대숲 속으로부터 금고 소리가 요란

하게 울리고 배에 타고 있던 병사들이,

"배에 물이 새들어온다."

하고 떠들어댔다. 물은 왈칵왈칵 배 안으로 치솟고 있었다. 앞배에도 뒷배에도 온통 물이 새어 들어 가라앉아 가고 있었다. 그리고 주위의 작은 배들이 마치 개미 떼같이 큰 배를 향해 몰려왔다.

고 태위가 새로 만든 배에 물이 새게 된 것은 장순이 이끌고 온 수군의 일대가 망치와 끌로 배 밑에 구멍을 뚫어 놓았기 때문이었다.

고 태위는 타루 위에 올라가서 뒤에 있는 배에 구원을 청했다. 그러자 물 속에서 한 사람이 타루로 뛰어 올라,

"태위님, 제가 도와 드리겠습니다."

하기에 고구가 보니 한 번도 본 적이 없는 얼굴이었다. 그 사나이는 가까이 다가서더니 한 손을 뻗어 왈칵 고 태위의 두건을 움켜잡고 다른 한 손으로는 고 태위의 허리에 띤 속대를 움켜잡고는,

"에잇!"

하고 소리를 지르며 그를 물 속에 던져 버렸다. 이어서 곁에 있던 두 척의 작은 배가 달려와 태위를 배 위로 건져 올렸다. 태위를 건져낸 장사는 낭리백도 장순으로 그가 물 속에서 사람을 건지는 것은 마치 독 안에 든 자라를 잡는 것이나

다름이 없었다.

　선봉인 구악은 전세가 기울어졌음을 보자, 급히 도망칠 궁리를 했다. 이 때 곁에 몰려 있던 뱃사람들 사이에서 갑자기 한 사람이 튀어나오더니 몰래 그에게로 다가갔다.

　그리고 한칼에 구악을 쳐서 목을 배 밖으로 날려 버렸으니 그는 금표자 양림이었다.

　서경과 매전은 선봉인 구악이 죽는 것을 보자 둘이 함께 양림에게 덤벼들었는데 동시에 뱃사람들 속에서 차례로 네 명의 소두령들이 뛰어나왔다. 한 사람은 백면랑군 정천수, 한 사람은 병대충 설영, 한 사람은 타호장 이충, 한 사람은 조도귀 조정이었다. 그들은 일제히 뒤로부터 습격해 갔다. 서경은 형세가 불리함을 알고 갑자기 물 속에 뛰어들어 도망치려고 했으나, 뜻밖에도 물 속에는 이미 누군가가 그를 기다리고 있어 사로잡히고 말았다. 설영은 창으로 매전의 넓적다리를 찔러 그를 쓰러뜨려 버렸다.

　원래 두령 여덟 명은 관군의 뱃사공으로 들어가 있었고, 이 밖에도 양산박 사람 세 명이 더 관군의 선봉선에 타고 있었다. 한 사람은 청안호 이운, 한사람은 금전표자 탕룡, 한 사람은 귀검아 두흥이었다. 절도사들이 설사 삼두육비의 괴력을 가지고 있었다고 하더라도 양산박의 이들 앞에서는 꼼짝도 못했을 것이다.

한편, 양산박의 송강과 노준의는 각각 수륙으로 나뉘어 이미 공격을 개시하고 있었다. 송강은 수로를 맡고 노준의는 육로를 맡고 있었다.

수로군의 완승은 말할 나위도 없다.

노준의는 여러 장수들과 각 군을 이끌고 산 앞에 난 한길로 쏟아져 나왔다. 이 때문에 관군의 선봉인 주앙과 왕환은 그들과 정면충돌을 면치 못했다. 주앙은 양산박 군대를 보자 맨 먼저 말을 달려 앞으로 나왔다.

"도둑놈들아, 내가 누군 줄 모르겠느냐?"

하고 호통을 치니, 노준의도 큰 소리로,

"이름도 없는 하졸놈이구나. 지금 당장에 네 목이 떨어져 나갈 것도 모른단 말이냐?"

하고 호통을 쳤다. 그리고 창을 비껴들고 말을 달려 주앙을 공격해 나갔다.

주앙은 큰 도끼를 휘두르며 말을 달려 대항했다. 이리하여 두 장수는 양산박 한길에서 서로 싸우기를 삼십 합이나 했지만 승부가 나지 않았다.

이 때 갑자기 후군 기병대에서 함성이 터져 나왔다. 그것은 양산박 기마대군으로서 산 앞 수풀 속에 숨어 있던 복병들이었다. 그들은 함성을 지르며 사방으로부터 짓쳐 달려들었다. 동남쪽으로부터는 또 관승과 진명, 서북쪽으로부터는 임충과 호연작 등의 용사들이 나타났기에 항원진과 장개는 도저히 그들을 막아낼 도리가 없었다. 가까스로 혈로를 열어 겨우 도망치는 것이 고작이었다. 주앙과 왕환도 전의를 잃고 창과 도끼를 거두어 필사적으로 도망쳐 가까스로 제주성으로 돌아왔다.

한편 수로를 맡았던 송강은 고 태위를 생포하자 급히 대종에게 분부를 내려 관병을 살해치 못하게 했다. 중군의 대해추선에 타고 있던 문 참군 등과 기녀와 무희 등 일행은 모조리 체포해서 다른 배에 옮기고 금고를 쳐서 군사들을 거두어 산채로 호송해 갔다.

이리하여 송강, 오용, 공손승 등 일동이 충의당에 모여 있노라니, 장순이 물방울이 흐르는 차림새 그대로의 고구를 호송해 왔다. 이를 본 송강은 급히 충의당에서 내려와 그를 부축해 일으키고 새로 지은 비단옷을 가져다가 갈아입도록 하고는, 그의 손목을 잡고 당상으로 오르게 하여 정좌(正座)에 앉혔다. 그리고 나서 머리를 숙여 최대한의 예를 갖추며,

"뵈올 면목이 없습니다."

하고 인사말을 했다. 고구는 급히 그에게 답례를 했다. 송강은 오용과 공손승에게 고구가 그렇게 못하도록 말리게 한 뒤, 인사를 끝내고 나서 고구를 상좌에 앉게 했다. 그리고

연청을 보내,

"금후 만약 살인하는 자가 있으면 군령에 의해 중형에 처하리라."

하고 포고했다.

그로부터 한참 지나자 관군 포로들이 차례로 호송되어 왔다.

송강은 그들도 옷을 갈아입게 해서 매무새를 고치게 한 뒤에 함께 충의당에 불러다가 자리를 베풀고 환대했다. 포로로 사로잡은 병사들은 모두 석방해서 제주로 돌려보냈다. 가녀와 무희와 그리고 종자들을 위해서는 따로 좋은 배 한 척을 주어 거기서 쉬게 하고 행동도 자유롭게 하도록 했다.

송강은 소와 말을 잡아 성대한 연회를 베풀었다. 이리하여 한편으로는 각 군의 병사들을 위로하고 또 한편으로는 피리를 불고 북을 치며 대소 두령들을 모두 불러다가 고 태위에게 인사를 시켰다. 두령들의 인사가 끝나자 송강은 술잔을 들고 오용과 공손승은 술병을 들고 노준의 등은 곁에 시립해 섰다. 송강이 입을 열었다.

"얼굴에 자자를 넣은 하급 관리인 제가 천자에게 반역하려는 생각은 추호도 없습니다. 바라옵건대 깊은 함정에 빠져 있는 저희들을 가긍히 생각하시고 저희 무리들을 구원해 주시어 밝은 빛을 받게 해 주십시오. 그렇게만 된다면 그 뜻을 뼈에 새기고 평생토록 속 깊이 간직해서 끝까지 은혜에 보답하겠습니다."

고구가 주위를 둘러보니 둘러서 있는 장사들은 모두들 용맹한 영웅들이었다. 또 임충과 양지는 눈을 번뜩이며 고구를 흘겨보고 있었는데 당장이라도 달려들어 요절을 낼 것만 같은 자세였다. 그는 겁이 잔뜩 나서,

"송공명님, 그리고 여러분들. 아무 걱정도 하지 마십시오. 제가 조정에 돌아가면 반드시 폐하께 또 한 번 상주해서 은사를 베풀어 초안토록 하고 벼슬을 내리도록 하겠습니다. 여러분은 모두 의사이므로 한 분도 남김없이 조정의 녹을 받으며 어진 신하로 지낼 수 있도록 도모하겠습니다."
라고 말했다. 그러자 송강은 크게 기뻐하며 성대하게 연회를 베풀어 그를 후하게 대접했다. 대소 두령들은 번갈아 그에게 술잔을 건네고 술을 따르는 등 은근하고 융숭한 대접을 했다. 그러자 고 태위는 심하게 취한 나머지 간이 커져,

"나는 젊었을 때부터 씨름을 했었지. 그 때문에 씨름은 아무도 나를 당해내지 못했었지요."
라고 말했는데 노준의도 취해 있었으므로 연청을 가리키며 말했다.

"내 아우놈인 연청도 태악에서 세 번 시합을 했는데 천하무적이었지요."

그 말을 들은 고구는 벌떡 몸을 일으키더니 웃통을 벗어 젖히고 연청에게 씨름을 해 보자고 청했다. 두령들은 송강이 고구를 조정의 태위로서 공경하므로 모두들 참고 앉아서 그의 자랑을 듣고 있었으나 뜻밖에도 그가 씨름을 하자고 대들자 일제히 자리에서 일어나,

"그것 참 재미있겠습니다. 어서 시작하시오. 구경합시다." 하고는 떼를 지며 충의당 아래로 내려갔다. 송강도 취해 있었으므로 별로 말리려고 하지 않았다. 이리하여 그들 두 사람이 옷을 벗고 당 아래의 넓은 마룻방에 내려서자, 송강은 부드러운 깔개를 가져와 깔게 했다.

두 사람은 부드러운 융단 위에서 씨름할 자세를 취했다. 고구가 달려들자 연청은 살짝 손을 뻗어 고구를 움켜잡고는 단 한 번 몸을 비틀어 융단 위에다 동댕이쳐 버렸다. 고구는 목을 새우처럼 웅크린 채 한동안 일어나지 못했다. 이 수법을 수명박(守命撲)이라 한다. 송강과 노준의는 창황히 고구를 부축해 일으키고는 옷을 입혀 자리에 앉게 했다.

"태위님께서는 지금 취중이시므로 씨름에 이기시는 것은 무리올시다. 아무쪼록 용서해 주십시오."

여럿은 웃으며 말했다.

고구는 겁에 질려 있었으나, 자리에 돌아와 밤늦게까지 술을 마시다가 잤다.

이튿날도 역시 연회를 베풀어 고 태위를 위로했다. 고구가 이제 돌아가야겠다고 송강 등에게 하직 인사를 청하자 송강은 말했다.

"저희들이 고귀하신 신분인 태위님을 여기까지 모셔온 것은 결코 딴 뜻이 있어서가 아니었습니다. 만약 저희들이 조금이라도 거짓이 있다면 천벌을 받겠습니다."

"만약 의사께서 나를 서울로 보내 주신다면 여기 계신 여러분들을 의사로서 폐하께 상주하여 반드시 초안토록 하고 나라에서 중용(重用)하도록 하겠습니다. 만약 내가 변심이라도 한다면 하늘도 땅도 나를 버리시어 끝내는 활이나 창 아래서 목숨을 마칠 것입니다."

고구의 이러한 맹세를 듣고 송강은 땅에 닿도록 머리를 숙여 치하했다. 고구는 다시 말했다.

"의사께서는 나의 맹세가 의심스러우시다면, 관군의 장수들을 모두 인질로 잡아 두셔도 좋습니다."

"태위님 같은 고귀하신 분의 말씀을 의심할 리가 있겠습니까. 여러 장군님들을 저희가 억류할 필요도 없습니다. 저희들이 말에 안장을 얹어 태위님과 여러 장수들을 태워 전송해 드리겠습니다."

"여러 가지로 환대해 주시어서 참으로 감사합니다. 그럼 돌아가 봐야겠습니다."

고 태위도 다시 예를 갖추어 인사했다.

송강 등은 한 번 더 만류하여 또다시 성대한 잔치를 베풀어 이야기꽃을 피우며 술을 마셨다. 이리하여 연회는 그 날 밤이 새기까지 계속되었다.

사흘째 되는 날 고 태위가 기어코 돌아가겠다고 우겼기에 송강 등도 더 만류하지 못하고 또다시 주연을 베풀어 이별주를 나누고 금은과 붉은 비단 등 수천 금어치를 내어와서 예물로 주고, 절도사 이하의 인물들에게도 따로 선물을 안겨 주었다. 고 태위는 결국 그 선물을 다 받지 않을 수 없었다. 마지막 전별의 잔을 나눌 때 송강이 다시 초안 이야기를 끄집어내니 고구는,

"그렇다면 누구라도 믿을 수 있는 분을 저에게 딸려 보내 주십시오. 제가 그분을 폐하께 알현토록 하여 양산박에 계신 여러분들의 충정을 말씀드리게 하여 하루 속히 조칙이 내리도록 하겠습니다."

하고 말했다.

송강은 오로지 초안만을 바라고 있었으므로 곧 오용들과 상의하여 성수서생인 소양을 딸려 보내기로 했다. 이 때 오용이

"그 밖에 철규자 악화도 같이 보내도록 합시다."

하고 의견을 말하자 고 태위는,

"좋습니다. 그러시다면 저는 약속한다는 증거로 문 참군

을 남겨 두겠습니다."

하였다. 송강은 크게 기뻐했다.

나흘째 되는 날, 송강 등은 이십여 기의 기마군을 거느리고 고 태위와 절도사들을 배웅하여 산을 내려왔다. 금사탄을 건너서 이십 여 리나 더 와서 비로소 이별주를 나누었다. 이리하여 고 태위와 작별하고 산채에 돌아온 송강 등은 오직 하루속히 초안이 내리기만을 기다리게 되었다.


## 10. 동옥묘(東獄廟)


고 태위로부터 소식이 오기를 기다리던 어느 날 관문에서 한 무리가 호송되어 송강 앞으로 왔다.

송강이 보니, 모두 몸집이 우람한 사나이들뿐이었다. 그 중의 하나가 무릎을 꿇고

"저희들은 봉상부에서 왔는데 태안주의 태산으로 참배하러 가는 길입니다. 오는 3월 28일이 천제성제님의 탄생일로서, 우리는 곤봉 시합에 출전할 사람들입니다. 올해는 씨름에 강한 사나이가 나오게 됐는데, 그는 태원부 사람으로 성은 임(任), 이름은 원이라 하는 자로 스스로 경천주(擎天柱)라 이름 짓고 큰소리를 치는데 천하무적이랍니다. 그도 그럴 것이 이태 동안 묘당 시합에서 아무도 그를 쓰러뜨린 자가 없

어 상품도 독점해 왔는데, 올해도 방문을 내어걸고 적수를 기다리는 중이랍니다. 우리는 참배도 할 겸 임원의 솜씨도 구경하면 배울 점이 있지 않을까 싶어 지금 갈 길이 바쁘니, 제발 지나가게 해 주십시오."

라고 말하자 소두목에게 분부했다.

"이 사람들을 즉시 산에서 내려보내라. 앞으로도 참배하러 가는 사람들에겐 시비를 걸지 말고 그대로 지나가게 하여라."

그들은 절을 거듭한 뒤에 산을 내려갔다. 그런데, 이 때 연청이 일어서서 한 마디 했다.

"저는 어려서부터 노준의님을 모시고 씨름을 익혀 왔는데 아직까지 그럴 듯한 상대를 만나지 못한 것이 한이었습니다. 이번에 천행으로 그 기회를 얻었으니, 3월 28일에 동옥묘의 씨름판 위에서 기어이 임원이라는 놈을 쓰러뜨리고 말겠습니다. 설사 그자한테 져서 죽는다 해도 원한은 없을 것입니다."

"하지만 그자는 금강역사같이 천근의 무쇠도 거뜬히 들어 올린다지 않는가, 그러니 자네의 마른 몸으로 어떻게 대적이 되겠나. 자네 솜씨가 아무리 뛰어나다고는 해도 안 될걸."

송강이 부정적인 반응을 보이자 연청이 다시 말했다.

"속담에도 씨름할 때 힘이 있으면 힘으로 잡고 힘이 없거든 지혜로 잡으라 했습니다. 미리 큰소리치는 건 아니지만, 임기응변으로 해치울 자신이 있습니다."

노준의도 거들어서,

"연청은 어려서부터 씨름을 충분히 익혀왔으니 걱정하지 마시고 보내 주십시오."

하니 송강이 연청에게 물었다.

"그럼 언제 떠나겠나?"

"내일 떠나겠습니다."

이튿날 송강은 술자리를 마련하여 연청의 출발을 축하해 주었다. 산골 촌놈 행색인데, 허리에는 작은 북을 찬 연청을 보자 일동은 한꺼번에 웃음을 터뜨렸다.

연청은 두령들과 하직하고 산에서 내려가, 금사탄을 건넌 후 태안주로 향했다. 그 날 해가 질 무렵 객점을 찾고 있는데, 뒤에서 누군가가 부르는 소리가 들렸다.

"여보게."

연청이 짐을 내리고 뒤돌아보니, 흑선풍 이규였다.

"웬일인가?"

"자네 혼자만 보내자니 마음이 안 놓이기에 형님께도 말하지 않고 살짝 빠져 나왔어."

"난 그런 건 바라지도 않아. 그러니 속히 돌아가게."

연청의 말에 이규가 버럭 화를 냈다.

"여기까지 쫓아왔는데 그게 무슨 소리야. 자네가 뭐라든 난 따라갈 테니, 그리 알게."

연청은 이규와 사이가 나빠질까 봐 이렇게 말했다.

"함께 가는 건 상관없지만 거기는 사방에서 참배인들이 모여들 텐데, 자네 낯을 아는 자도 더러는 있을 걸, 그러니 자네가 내 말을 듣는다면 함께 가 주지."

"좋아."

"지금부터는 따로 떨어져 갈 것, 객점에 들어가면 함부로 밖에 나오지 말 것, 이것이 첫째, 그리고 묘당 근처의 객점에 가서는 꾀병을 부려 이불을 뒤집어써서 얼굴을 숨기고 아무 말도 하지 말 것, 셋째는 그 날 묘에서 시합이 시작되면 결코 구경꾼들 틈에서 소란을 피우는 일이 없을 것. 자네는 이 세 가지를 모두 지키겠나?"

"아무렴 내 꼭 지킬 테니 두고 보게."

그 날 밤 두 사람은 객점에서 쉬고 이튿날 오경에 일어나 돈을 치른 후에 길을 나섰다. 도중에 밥을 지어먹고 나서 연청이 말했다.

"자넨 십 리 가량 앞서 가게. 난 그 뒤에 갈 테니."

연청은 오후 신시 무렵에 모당 근처에 이르렀다. 연청이 짐을 내리고 사람들을 비집고 들어가 보니 두 개의 빨간 표주(標柱)가 서 있었다. 그 표주 위에 걸린 흰 현판에는 '태원

상박 경천수 임원'이라고 쓰여져 있고 그 곁엔 좀 작은 글씨로 다음과 같이 쓰여져 있었다.

'주먹으로 남산 맹호를 치고
발로는 북해 창룡을 찬다.'

연청은 그것을 보더니 갑자기 짐막대로 그 현판을 마구 두들겨 부수어 놓고는 다시 짐을 메고 묘당으로 향했다.

그것을 본 한 사람이 임원에게 달려가서 그 같은 사실을 알렸다.

"올해는 현판을 두들겨 부수는 상대가 나타났소."

연청은 걸음을 재촉하여 이규를 따라잡아 객점에서 방 한 칸을 얻어 편히 쉬려고 했으나 묘당 인근엔 많은 참배객들로 인해 백 오십여 개나 되는 가게는 물론 천 오백 개가 넘는 객점들도 모두 대만원이었다.

연청과 이규는 하는 수 없이 마을의 변두리에 방을 정하고 막 쉬려고 했는데 그 집 심부름꾼이 들어와서 물었다.

"형씨는 산동에서 온 행상이지요. 구경꾼들을 노리고 장사하러 온 모양인데, 숙박비 치를 돈이나 가졌는지 궁금하오."

연청은 사투리를 섞으며 대답했다.

"너 사람을 업신여기면 못쓴다. 이까짓 작은 방 값 하나

못낼 것 같나. 남들이 내는 대로 낼 것이니 걱정 마라."

"식사도 여기서 하시겠죠?"

이래서 심부름꾼이 밥을 짓고 있는데, 대문 밖이 떠들썩해지더니 이삼십 명의 덩치가 큰 사내들이 몰려와서 심부름꾼에게 물었다.

"현판을 두들겨 부수고 도전에 나선 호걸이 어느 방에 있느냐?"

"저희집엔 그런 사람 없는뎁쇼."

심부름꾼이 대답하자 한 사내가 말했다.

"모두가 너희집에 있다고들 해서 왔다."

"빈방은 두 칸 뿐인데, 한 칸은 지금 비어 있고, 다른 한 칸엔 산동에서 온 행상이 병객 한 사람과 함께 쉬는 중입니다."

"바로 그자다. 그 행상이 현판을 두들겨 부순 도전자란 말이다."

"웃기지 마십쇼. 그 행상이란 작자는 빼빼 마른 말라깽이에요. 그 몸으로 씨름을 한다는 겁니까."

"어쨌든 좀 봐야겠다."

모두가 이렇게 떠드니 심부름꾼이 그 방을 가리켰다.

"저쪽 구석에 있는 방입니다."

일행이 다가가서 보니 방문이 단단히 닫혀 있었다. 문구멍으로 들여다보니까 침대에서 자는 중이라 모두가 그것을 보고 수군댔다.

"예까지 들어와서 현판을 두들겨 부순 놈이니 예삿놈이 아닐 게다."

"틀림없어, 아무튼 간에 그 때 가 보면 알게 되겠지."

그로부터 해질 무렵까지 이 객점으로 와서 묻고 간 사람이 부지기수라, 심부름꾼은 대꾸하느라고 입술이 부르틀 지경이었다.

이윽고 그 날 밤 삼경이 되자 주악 소리가 들려 왔다. 참배자들이 성제께 축원을 드리는 절차가 시작된 것이다. 사경에는 연청과 이규도 일어나서 준비를 했다.

"이 도끼 두 자루를 가지고 가도 되겠나."

이규가 물으니 연청이 대답했다.

"그건 안 돼."

두 사람은 사람들 틈에 섞여 들어가 묘당 복도로 가서 숨어 있었다. 참배자들이 밀어닥쳐서 인파는 지붕 위에까지 기어올랐다. 가령전 맞은편에 높직한 시상대가 꾸며져 있었는데 선반 위엔 금은 기물과 비단 명주필이 가득히 쌓여 있고, 문 밖엔 다섯 마리의 준마가 안장을 얹고 재갈을 물린 채 매여 있었다. 이윽고 지부가 참배인들을 단속할 겸 봉납하는 씨름판을 보러 왔다.

늙은 심판이 나와 죽비를 들고 무대로 올라서서 신에게

배례한 후에 목청을 뽑았다.

"씨름에 출전할 분들은 어서 나와서 시합을 시작하시오."

그 말이 끝나기가 바쁘게 인파가 물결처럼 술렁대는 가운데 십여 쌍의 곤봉을 든 사나이들이 나타났다. 그 선두는 수를 놓은 네 개의 깃발을 앞세우고 교자에 탄 임원이었는데 앞뒤로 팔에 문신을 넣은 이삼십 조의 장사들이 에워싸고 무대 쪽으로 나왔다. 심판이 임원을 교자에서 내리게 한 후에 인사를 마치니, 임원이 말했다.

"나는 2년째 이 곳에 와 연승하고 상품을 독차지해 왔소이다. 금년에도 한바탕 설쳐 볼까 하오."

그러자 한 사람이 물통을 들고 올라왔다.

임원은 배에 두른 띠를 풀고 두건을 벗은 후에 촉금비단으로 지은 윗옷만 걸치고 나서, 엎드려 큰 소리로 기원을 드렸다. 그런 다음 신수(神水)를 두 모금 마시고 촉금의 상의를 벗어 던지니 많은 구경꾼들이 일제히 함성을 질렀다.

심판이 임원을 향해,

"장사께서는 이태를 연거푸 묘에 나오셨으나 대적하는 사람이 없었소. 금년이 3년째이니 여기 모인 천하의 참배인들께 인사 말씀이나 한 마디 해 주십시오."

하고 말하자 임원은 관중들을 보며 큰 소리로 말했다.

"사백여 주, 칠천여 고을의 믿음 깊은 참배인들께서 성제님을 위해 바치신 현상을 이 임원이 이태나 연거푸 차지했습니다. 누구 여기 나와서 나와 상을 다투어 볼 분은 없으십니까?"

그 말이 미처 끝나기도 전에 연청이 여러 사람들 틈을 비집고 나오면서 소리를 질렀다.

"여기에 있느니라."

그가 구경꾼들의 잔등을 밟고 무대 위로 뛰어들었기에 사람들의 아우성은 한층 더 높아졌다. 심판이 연청을 맞아 물었다.

"성명이 무엇이며 어디서 온 사람이요?"

"나는 산동에서 온 행상으로 장이라 합니다. 저 사람과 한 번 싸워 보려고 왔소이다."

"목숨을 건 시합인 줄을 아실 테지요. 그리고 보증인은 있습니까?"

"내가 바로 보증인이요. 설령 목숨을 잃더라도 원망하지 않겠소이다."

"그러시면 의복을 벗으십시오."

연청은 두건을 벗어 말끔히 빗어 올린 상투를 드러내고 미투리를 벗었다. 맨발로 무대에 올라 각반과 무릎덮개를 풀고 벌떡 일어나 한삼을 벗어 붙이고 몸을 보였다.

구경꾼들은 물 끓듯 소란해지며 거의 모두가 제 정신들

이 아니었다.

연청은 무대 위로 올라가 임원과 마주 섰다. 심판은 먼저 그에게서 서약서를 받고 씨름판에서 지킬 규칙을 읽은 후 말했다.

"아시겠지만, 속임수를 써서는 아니 되오."

연청은 웃으며 말했다.

"내겐 이 잠방이 하나뿐이오. 속임수를 쓸래야 쓸 수가 있겠소."

사람들이 일제히 시합을 시작하라고 떠들어댔다. 양 편으로 갈라진 구경꾼들은 생선 비늘처럼 술렁대며 서로 밀치면서 이 씨름 시합이 중지면 안 된다고 저마다 목에 핏대를 세웠다.

임원은 이 말라깽이 녀석을 단번에 구천의 구름 밖으로 내던져 죽이겠다고 잔뜩 벼르고 있었다. 연청은 빙긋 웃었다.

심판이, 말했다.

"두 사람이 기어이 시합을 하겠다니, 금년은 이 첫 번째 씨름을 성제님께 봉납하기로 합시다. 그럼 두 분은 준비를 하시오."

무대 위엔 세 사람 뿐이었다. 지난 밤에 내린 이슬도 말끔히 마르고 아침 해가 떠오르기 시작했다. 심판은 죽비를 들고 쌍방에게 마지막 주의를 주고 나서 외쳤다.

"시작!"

연청이 재빨리 오른쪽으로 가서 쭈그리고 앉자, 임원도 지체없이 왼쪽에 가서 버티고 앉아 자세를 취했다. 연청은 그대로 꼼짝도 하지 않았다. 처음에는 각각 무대 반쪽을 차지하다가 한복판에서 맞부딪치게 되어 있었는데 연청이 움직이지 않는 것을 보자 임원은 한발 한발 다가갔다. 연청은 뚫어지게 임원의 아랫도리를 노려보았다. 임원은 속으로,

'이놈이 내 사타구니를 노리고 있구나. 오냐, 그렇다면 손을 댈 것도 없이 이놈을 무대 밖으로 차 버려야겠다.'

하고 생각하고 연청의 앞으로 다가가며 일부러 왼쪽 다리가 허술한 척했다. 그러자 연청은,

"요것이?"

하고 소리를 질렀다. 임원이 '옳지'하고 나는 듯이 덤벼드는 순간, 연청은 그의 왼쪽 겨드랑 밑으로 슬쩍 빠져나갔다. 임원이 벌컥 노기를 띠고 얼른 뒤돌아서서 다시 연청에게 덤비자 연청은 맞설 것처럼 하더니, 그대로 오른편 겨드랑 밑으로 빠져나갔다. 몸집이 큰 사내는 몸을 돌이켜 세울 땐 아무래도 민첩하지 못한 법이다. 임원의 발놀림이 어지러워지는 순간 연청이 달려들어 오른손으로 임원을 움켜잡고, 왼손은 그의 사타구니로 파고들며 어깨로는 상대방의 가슴패기를 냅다 지르면서 임원의 몸뚱이를 들어올려, 몇 바퀴

빙빙 돌리다가 무대 가장자리로 들고 가서 '에잇' 하고 무대 밖으로 집어 던졌다. 임원이 머리를 거꾸로 처박고 나가떨어지니, 이것은 바로 유명한 발합선이라는 수법이다.

수만 관중은 일제히 함성을 올렸다. 임원의 제자들은 사범이 나가 떨어지는 것을 보자, 먼저 시상대를 때려부수고 상품을 탈취했다. 구경꾼들이 소리를 지르면서 잡으려 하자, 이 삼십 명의 제자들은 무대 위로 뛰어 올라가 난동을 부렸다. 지부는 그것을 보면서도 손을 쓸 수가 없었다.

때마침 흥신이 노하여 이 자리에 뛰어드니 그는 흑선풍 이규로, 괴상하게 번쩍이는 눈을 부라리며 호랑이 수염을 곤두세우고 나타났는데 손에 잡히는 게 아무것도 없자, 마치 파를 뽑는 듯 무대를 가설한 통나무 둘을 빼더니 성난 귀신처럼 달려들었다.

마침 참배인 가운데 이규를 아는 자가 있어 이규의 이름을 불러 대니 밖에 있던 관원들이 그 소리를 듣고 묘 안으로 몰려들어 와서,

"양산박 이규를 놓치지 마라."

하고 외쳤다.

지부는 그 말을 듣자, 머리끝에서는 삼혼이 빠져 나가고 다리 끝에선 칠백이 달아나서 후건 쪽으로 허둥지둥 도망을 쳤다. 사람들은 떼를 지어 이리 밀리고 저리 밀리며 앞을

다투며 달아났다.

이규가 임원을 보니, 무대 밑에 눈을 감고 쓰러진 채 간신히 숨을 할딱이고 있었다. 이규는 댓돌을 들어 임원의 머리를 박살내 버렸다.

연청과 이규가 묘 안에서 설치고 있으려니까 문 밖에서 여러 개의 화살이 날아왔다. 두 사람은 하는 수 없이 지붕 위로 기어 올라가서 기왓장을 떼어 잡히는 대로 내던졌다.

이 때 북문 근처에서 함성이 일어나며 누군가가 쳐들어왔다. 선두에서 달리는 사람은 머리에 흰 범양 전립을 쓰고 몸에는 흰 주단 상의를 입었는데, 요도를 옆구리에 끼고 박도를 휘두르며 짓쳐왔다. 그는 북경의 옥기린 노준의였으며 뒤엔 사진, 목홍, 노지심, 무송, 해진, 해보 일곱 호걸이 뒤따르며 일천여 명 군사를 이끌고 응원을 와서 묘당 문을 때려부수었다. 연청과 이규는 그것을 보고 지붕에서 뛰어내려 그들을 뒤따라 묘에서 벗어났다. 이규는 그 길로 객점에 가서 도끼 두 자루를 움켜쥐고 뛰쳐나와 관원들을 마구 때려 죽였다. 관군이 몰려왔을 때 양산박 호걸들은 이미 멀리 도망치고 없었다. 관병들은 양산박 병력이 얼마나 강세인가를 아는지라, 감히 뒤를 쫓아가지 못했다.

# 11. 돌아온 영웅들

고 태위가 돌아와 전후사정을 소상히 아뢰자 천자는 크게 꾸짖은 뒤, 신하들을 둘러보았다.

"그대들 중에 양산박 송강의 무리를 선무하러 갈 사람이 없는가?"

그러자, 그 말이 채 떨어지기도 전에 시종 태위인 숙원경이,

"소신을 보내 주옵소서."

했다. 숙 태위의 주상을 받은 천자는 비로소 희색을 띠며,

"그러면 내가 스스로 조서를 쓰도록 하지."

하고 곧 어안을 가져오게 하더니, 손수 조서를 썼다. 근시 중 한 사람이 옥새를 바치니 천자는 그것으로 날인했다. 그리고는 곳집을 맡은 신하에게 일러 금패 36면, 은패 72면, 붉은 비단 36필, 또 녹금 72필, 황봉의 어주 108병을 가져오라 하여 숙 태위에게 내렸다. 금패, 은패로 말하면 천자가 내리는 찬사가 새겨져 있고, 명예로운 현창(顯彰)이나 권한이 부여 또는 신분 등이 보증된다. 은패는 금패보다는 하위에 속한다.

어쨌든 숙 태위에게는 다시 징(正) 부(富)의 복지 24필과 금문자로 '초안'이라고 수놓은 어기 하나를 주면서 날을 받아 출발하라는 하명이 내려졌다. 숙 태위는 천자에게 절을

▣ 대한고전문화연구회 ▣

저서 · 편저 · 번역 발행도서
- 큰글 삼국지
- 큰글 수호지
- 큰글 초한지
- 정통 삼국유사
- 정통 삼국사기
- 정통 십팔사략

한권으로 독파! **큰글 수호지**　　정가 28,000원

2024年 8月 5日　2판 인쇄
2024年 8月 15日　2판 발행
　　지은이 : 시 내 암
　　엮은이 : 김 영 진
　　발행인 : 김 현 호
　　발행처 : 법문 북스
　　　　　　(일문판)
　　공급처 : 법률미디어

저자와 협의
하에 인지 생략

⑤⑤②-⓪⑤⓪
서울 구로구 경인로 54길4(구로동 636-62)
TEL : 2636-3281, FAX : 2636-3012
등록 : 1979년 8월 27일 제5-22호
Home : www.lawb.co.kr

▌ISBN 978-89-7535-749-7 (03820)
▌이 도서의 국립중앙도서관 출판예정도서목록(CIP)은 서지정보유통지원시스템 홈페이지(http://seoji.nl.go.kr)와 국가자료종합목록 구축시스템(http://kolis-net.nl.go.kr)에서 이용하실 수 있습니다. (CIP제어번호 : CIP2019026848)
▌파본은 교환해 드립니다.

하고 물러났고, 백관들도 퇴궐했다.


　어느 날, 송강이 향을 사르면서 구천현녀(九天玄女)의 천서를 내어 하늘에 기도하고 점괘를 짚어 보니 상상대길의 조짐이 나왔기에

"이번에는 소원 성취하겠군."

하고 말하면서, 연청과 대종을 곁으로 불러 수고스럽지만 급히 달려가 동정을 살펴 달라고 했다. 그들의 보고에 의해 준비를 갖추고자 한 것이다. 대종과 연청은 떠난 지 며칠 만에 돌아와 보고했다.

"조정에서 숙 태위에게 칙서와 어주, 비단 등을 실려 초안차 보냈다니 미구에 도착할 겁니다."

　송강은 기뻐하여 즉시 충의당의 여러 두령들에게 명을 내려 칙사를 맞이할 준비를 서두르도록 하였다. 즉, 양산박에서 제주까지 이르는 사이에 스물 네 개의 산봉우리를 만들어 세우게 하고, 그 윗면은 채색 비단과 조화로 장식하고 아래층에는 가까운 고을에서 사들인 악사들을 각 산봉에 나누어 배치시켜 조칙을 봉영하도록 했다. 그리고 산봉마다 한 사람씩의 두령이 딸려 감독하게 했으며 환영연을 위한 술과 안주 그 밖의 갖가지 음식도 소홀함이 없이 미리 장만하게 했다. 산봉은 일종의 가설무대를 말하는 것이다.

한편 숙 태위는 칙서를 받들어 양산박으로 초안의 길을 떠났는데, 일행이 제주에 도착하니 태수인 장숙야가 교외까지 마중 나와 성 안으로 인도하여 역관에 편히 모셨다. 태수는 숙 태위에게 인사를 하고 나서 접풍주를 대접했다.

"조정에서 조칙이 내려 초안을 하러 왔었지만, 그럴 만한 사람을 얻지 못하여 나라의 대사를 그르쳤던 것입니다. 이번에 태위상공께서 내려오셨으니 반드시 나라를 위한 큰 공을 세우실 걸로 믿습니다."

장숙야가 말하자 숙 태위가 응답했다.

"폐하께서는 이번에 양산박의 일당이 의로운 마음으로 고을을 침노하지 않고, 또 양민을 해치지 않을 뿐더러 체천행도(替天行道)를 표방한다고 들으시고, 저에게 손수 쓰신 칙서와 함께 금패 38면, 은패 72면, 홍면 37필, 녹금 72필, 황봉의 어주 108병, 복지 24필을 하사해 주시면서 초안을 보내신 것입니다만 예물은 이만하면 되겠는지요?"

"그들 일당은 예물 같은 것은 생각지도 않고 있습니다. 오로지 충의를 나라에 다해 이름을 후세에 걸어 두자는 일념뿐입니다. 만일 태위상공께서 좀 더 속히 오셨다면 나라도 군대도 손실되지 않고 전곡노 허비하는 일이 없었을 것입니다. 저 의사(義士)들은 귀순만 하면 반드시 조정을 위해 훌륭한 공적을 세울 것입니다."

"그럼 나는 여기서 기다리고 있을 테니 수고스럽지만 당신이 산채에 가서 조서 봉영의 준비를 하라고 전해 주시겠습니까?"

"가고 말굽쇼. 기꺼이 하겠습니다."

장숙야는 대답을 하고 곧 말을 달려 성 밖으로 나가, 십수 명의 부하들을 데리고 양산박으로 향했다. 산기슭에 이르니 벌써 소두목들이 마중을 나와 있다가 산채에 알리러 갔다. 송강은 보고를 받고 급히 산을 내려가 장 태수를 영접해 산으로 인도했다. 두 사람은 충의당으로 들어가 서로 초대면의 예를 나누었다.

먼저 장숙야가 입을 열었다.

"의사, 축복합니다. 조정에서 근시의 숙 태위를 사자로 세워 어필의 조서와 초안을 내렸으며 금패, 은패, 어주, 비단 등을 가지고 이미 제주의 성내에 도착해 계십니다. 성지를 받들 준비를 해 주십시오."

송강은 기쁨을 어찌할 길 없다는 듯, 두 손을 이마에 올리면서 또 한 번 큰절을 했다.

"황공무지로소이다. 정말로 저희들은 이제 재생하는 기쁨뿐이옵니다."

그는 곧 장 태수를 모시고 잔치를 벌이려 했다. 그러나 장 태수는 굳이 사양하며 말했다.

"사양하는 것은 본의가 아니지만 늦게 돌아가면 태위를 뵈올 낯이 없으니 이만 가게 해 주십시오."

"그러신 줄 압니다만 꼭 한 잔만이라도 드시고 떠나 주십시오. 크게 책망하지는 않으실 것입니다."

송강이 간곡하게 권유했으나, 장 태수는 겸사하고 사양하며 돌아가고자 했다. 하는 수 없이 송강은 급히 사람을 시켜 그릇에 가득 금은을 담아 오게 하여 주려고 했다. 정 태수는 질겁하고 손을 내저으며 사양했다.

"하도 섭섭해서 정표로 드리는 겁니다. 다음 날 일이 끝나면 다시 예를 표해 드릴 생각입니다."

"아니올시다. 정히 그러시다면 우선 산채에 두었다가 다음에 찾아 가도록 하겠습니다."

정 태수야말로 청렴고결한 관리였다. 그에 대해서 읊은 시가 있다.

'제주 태수, 썩어 가는 세상에 그야말로 둘도 없는 존재다.
그는 황금을 사랑한 게 아니라 송강이란 인물을 사랑했노라
청렴과 덕으로 백성을 다스릴 일이지
권도나 위세로 싯누른다고 정치가 되는 게 아니리라.'

이리하여 송강은 군사 오용과 주무, 그리고 소양과 악화

네 사람으로 하여금 정 태수와 함께 제주에 가서 숙 태위를 뵙도록 했다. 그리고 다음다음 날이 되면 크고 작은 두령 전원이 산채에서 삼십 리 밖까지 나가서 길가에 엎드려 칙사를 봉접하기로 했다.

오용 등은 장숙야를 따라 곧장 제주에 가서 그 다음 날 역관에 나가 숙 태위를 뵙고 인사를 드린 다음 무릎을 꿇었다. 숙 태위는 깍듯이 일어나기를 권하여 각기 자리를 권했다.

네 사람은 사양하며 자리에 앉을 생각을 하지 않았다. 태위는 오용에게 다정한 구면 인사를 했다.

"가량 선생, 화주에서 헤어진 후 몇 해 만에 오늘 뜻밖에 이렇게 만나게 되었군요. 나는 당신네들 형제가 진작부터 충의심을 가지고도 간신배들 때문에 길이 막혔고, 남을 음해하고 상사에게 아첨이나 하는 소인배들이 권력을 내둘러 당신네들 뜻이 위에까지 이르지 못하고 있었음을 잘 알고 있습니다. 이번에 폐하께서는 그 사정을 아시고 이 사람에게 명령을 내리시어 친히 쓰신 조서와 함께 금패, 은패 등 기타 어주와 복지를 하사하시어 초안을 보내신 것입니다. 그러니 추호의 의아심도 갖지 마시고 성의를 다해 받아 주시기를 바랍니다."

오용은 재배하고 예를 갖추었다.

"산야의 필부인 저희들이 태위님이 내려오신 영광을 입

고, 다시 천은을 받잡게 된 것은 오로지 태위님의 힘써 주신 덕택으로 아옵니다. 형제들 일동은 뼈에 새겨 길이 잊지 않고 이 큰 은혜에 보답코자 합니다."

장숙야는 네 사람을 위해 잔치를 벌여 위로해 주었다.

사흘째 되는 날 아침이 되자, 제주부에서는 세 대의 향거를 만들고 어주는 모두 용봉을 그린 함에 넣고, 금패, 은패, 홍금, 녹금은 따로 함에 넣었다. 그리고 조서는 용정에 봉안했다. 숙 태위는 말을 타고 용정을 바짝 뒤따라갔고, 장태수 역시 말 위에 올라 그 뒤를 따랐다. 오용 등 네 사람도 그 뒤를 따랐다. 수행원 일행은 모두 이들을 호위하고 갔다. 선두의 말에는 은사의 금박황기를 세우고 금고와 기를 든 대오는 길을 인도하면서 제주를 뒤로 두고 천천히 나아갔다.

십 리도 채 못가서 보니 벌써 봉영의 산봉이 세워져 있었다. 숙 태위가 마상에서 바라보니, 위는 오색 무늬의 채견과 갖가지 조화로 꾸몄고 아래층에서는 악사들이 피리와 북을 울리며 봉영했다. 다시 몇십 리쯤 가니 거기도 비단과 꽃으로 꾸민 산봉이 있는데 향을 사르는 연기가 서리고 있었으며, 송강과 노준의가 앞줄에 꿇어 엎드려 있고, 그 뒤에는 두령 전원이 정연하게 열을 지어 엎드려 봉영하고 있었다. 숙 태위는,

"모두들 말을 타시오."

하고 부드럽게 말했다.

일동이 호숫가까지 인도하니, 양산박의 천여 척의 전선이 일제히 이 일행을 태워 금사탄에 상륙시켰다. 세 관문의 위아래에서는 흥겨운 가락이 울리고 있었는데, 많은 군사들은 의장의 대열을 지어 섰고 향내가 그윽한 속을 곧장 올라간 일행은 충의당 앞에 말을 멈추었다. 향거와 용정은 충의당 안에 모시었다. 거기에는 책상이 세 개 놓여 있었는데, 어느 책상이고 용봉이 수놓인 누런 비단보가 씌워져 있었으며, 그 한가운데에는 만세의 용패가 놓여져 있었다. 즉 천자의 현신을 상징하는 위패다. 어필의 조서는 그 한가운데 책상에 금패, 은패는 왼편 책상, 홍금, 녹금은 오른편 책상, 어주와 복지는 그 앞에 놓았다. 금으로 만든 향로에선 연신 향을 사른 푸른 연기가 서리고 있었다.

송강과 노준의는 숙 태위와 장 태수를 당상에 청해 자리에 앉혔다. 왼편에는 소양과 악화가 시립하고 있고, 오른쪽에서는 배선과 연청이 시립했다. 송강, 노준의 등 일동은 당 앞에 꿇어앉았다.

"예를 표하라."

하고 배선이 호창하자, 일동은 예를 표했고, 소양이 근엄하게 조서를 개독했다.

"제하여 이르노니, 짐이 즉위한 이래 인의를 써서 천하를 다스리고, 상벌을 공평하게 하여 간과(干戈)를 쳥했노라. 어진 이를 구함에 나태함이 없고, 백성을 사랑함에 미치지 않을까 걱정했으니, 원근의 적자가 다 짐의 마음을 아는 바다. 간절히 생각하노니 송강, 노준의 등은 본시부터 충의를 품고 포학을 저지르지 아니하여 귀순하려는 생각을 가진 지이미 오래인 바 보효의 뜻이 늠연했도다.

비록 죄악을 범했다고 해도 각각 그 말미암은 바가 있었던 것이니, 그 충정을 살피매 깊이 연민함직하다. 짐이 이제 특히 전전의 태위 숙원경을 시켜 조서를 제봉하고 친히 양산박에 이르게 해, 송강 등 대소 인원이 범한 죄악을 전부 사면하고 금패, 36면, 홍금 36필을 급강하여 송강 등 상두령에게 사여하고 은패 72면, 노금 72필을 송강의 부하들에게 사여하노라. 사서가 이르는 날, 짐의 마음에 위배되는 일이 없이 모두 다 귀순할지어다. 반드시 무겁게 등용하리라. 고로 이에 조사하는 바이로다. 바라건대 그대들은 십분 헤아릴 지어다.

선화 사년 준이월 조시(詔示)."

손양이 조서를 다 읽고 나자 송강 등 일동은 만세를 부르고 다시 두 번의 절로써 성은에 감사했다.

숙 태위는 금패, 은패, 홍금과 녹금을 내려다 배선에게 명하여 차례대로 두령에게 나누어 주게 했다. 그것이 끝나자 어주의 봉을 뜯어 모두 은으로 만든 술통에다 쏟아 부었다. 그리고는 곧 당 앞에서 주병표에 데우도록 하여 이것을 다시 은 항아리에 옮기게 했다.

숙 태위는 금잔에 술 한 잔을 담더니 여러 두령들에게 향해,

"나는 군명을 받들어 일부러 어주를 예까지 가지고 와서 여러 두령 일동에게 드리기로 되었지만, 혹시라도 여러분의 의심할지도 모르는 일이니 내가 먼저 이 술을 여러분 앞에서 마시겠소."

하고는 단숨에 주욱 들이켰다. 두령들은 감사해서 어쩔 바를 몰라 했다. 숙 태위는 자기가 비운 잔에 술을 부어 우선 송강에게 권했다.

송강은 잔을 받자 무릎을 꿇고 마셨다. 그 뒤로 노준의 오용, 공손승 등이 차례차례 마셨고, 일백 여덟 명의 두령들이 한 사람도 빠짐없이 마셨다. 송강은 명령을 내려 어주를 거두어 봉해 두게 하고, 자리를 정해 앉기를 청했다. 그리고 태위에게 나아가 감사의 말을 드렸다.

"제가 일찍이 서악에서 존안을 뵈온 적이 있습니다만, 이번엔 또 과분한 호의로 폐하께 여러 가지로 잘 말씀 드려 저희들에게 다시 하늘을 보게 해 주시니 그 큰 은혜야말로

깊이 뼈에 새겨 평생토록 잊지 않겠습니다."

숙 태위는 그 말에 답했다.

"이 사람도 의사 여러분들이 충의심이 늠연하여 체천행도를 하고 있다는 사실은 이미 알고 있었습니다만 자세한 사정까지는 아는 바 없어 폐하께 말씀 드리지 못하고 오랫동안 세월만 헛되이 보내왔습니다. 전번에 문 참모의 편지를 받고, 또 여러분들이 정성껏 보내 주신 예물을 받고서야 늦게나마 여러분의 충정을 알게 된 것입니다. 그 날 폐하께서 피향전에서 나하고 한담을 하고 계실 적에 여러분들에 관한 이야기를 물으시길래 내가 아는 바 그대로를 말씀드렸는데 뜻밖에도 폐하께서 나보다 더 소상하게 알고 계시어 내 말과 일치가 되었습니다. 그래서 다음 날, 폐하께서는 문덕전에 납시어 여러 중신들 앞에서 호되게 동 추밀을 질책하시고, 고 태위가 두세 차례 패전을 한 일에 대해서도 심히 나무라셨습니다. 그리고 곧 문방사보를 가져오라 하여 친히 조서를 쓰셨고, 나에게 대채에 내려가 여러 두령에게 전하라는 분부를 내리셨습니다. 그러니 아무쪼록 빨리 준비를 차려 도읍으로 향하여 천자님의 높으신 뜻에 어긋남이 없도록 하십시오."

일동은 크게 기뻐하여 배수로써 감사의 뜻을 표했다. 예가 끝나자 장 태수는 공사가 바쁘다 하며 숙 태위와 작별하고 성내로 돌아갔다.

한편 이쪽에서는 송강이 문 참모를 불러 숙 태위와 가까이 만나 보도록 했다. 숙 태위는 흔연히 이를 맞아 두 사람은 서로 반겨 구정을 이야기했다. 숙 태위는 즉시 중앙의 상좌에 앉히고 문 참모는 그 맞은편 자리에 앉고 당상당하의 일동은 각기 위계에 따라 열을 지어 자리에 앉도록 하고는, 성대한 연회가 베풀어졌다. 술잔이 돌아가는 동안 풍악이 울렸다. 포룡팽봉은 없어도, 그야말로 산해진미의 안주더미와, 맛좋은 술의 바다랄까, 호화판 잔치로써 그 날은 모두 대취하여 서로 몸을 의지하며 장중으로 돌아가 쉬었다.

다음 날도 주연이 벌어져 모두들 흉금을 털어놓고 평소에 먹은 말을 털어놓아 여기저기서 이야기꽃이 피었다. 사흘째도 또 술과 음식을 장만하여 숙 태위를 산놀이에 불러 질탕 마시고 놀다 저물어서야 흩어졌다. 이렇게 하여 날 가는 줄 모르게 어느덧 며칠이 지나자 숙 태위는 이제는 돌아가야 되겠다고 말했다.

송강 등이 한사코 만류하자 숙 태위가 말했다.

"여러분들은 내정을 깊이 모시겠지만 나는 여러분들께서 쾌히 귀순을 해 주셔서 내가 맡은 막중한 임무는 성과를 거뒀습니다. 하지만, 빨리 돌아가지 않으면 간신들이 투기하여 무슨 장난을 치지 않는다고 장담할 수 없습니다."

"그러한 사정이시라면 무리하게 더 만류하지 않겠습니다만, 오늘 만큼은 맘껏 마시고 즐겨 주십시오. 내일 아침 떠나시도록 채비를 차리겠습니다."

송강은 곧 여러 두령을 한자리에 모이게 하여 술자리를 마련했다. 술을 마시며 일동은 감사의 다시 말을 했으며 숙 태위도 간곡하고 정중하게 이들을 위로했다. 이 날도 해가 저물어서야 흩어졌다. 이튿날 아침 일찍 거마의 준비가 되자 송강은 숙 태위의 장중으로 가서 금과 주옥이 가득 들어 있는 함을 드렸다. 숙 태위는 저사하고 사양했으나 송강이 두 번 세 번 간곡히 권하자 마지못해 받았다. 숙 태위는 의복 상자와 짐을 꾸리도록 이르고 인마 정비를 재촉하여 길 떠날 채비를 끝냈다. 다른 수행원들은 연일 주무와 악화로부터 응분의 대접을 받았고 겹쳐서 금은과 비단을 선사 받았기에 모두들 크게 기뻐하였다. 또 문 참모에게도 금과 귀한 보물이 증정되었다. 그도 사양했으나 송강이 끝까지 굽히지 않고 권하는 바람에 정표로서 받아 두었다. 송강은 그때 문 참모에게 숙 태위를 따라 동경으로 돌아가기를 권했다. 이렇게 해서 양산박의 대소 두령들은 금고를 울리며 태위를 전송하여 산을 내려가 금사탄을 건너 이십 리 밖까지 바래다 주었다. 두령들은 말에서 내려 숙 태위에게 전별주를 올렸다. 제일 먼저 송강이 잔을 올리면서,

"태위님께서 돌아가셔서 폐하를 뵈옵거든 아무쪼록 말씀을 잘 해 주시기 바랍니다."

하니, 태위도 말했다.

"안심하십시오. 그보다도 빨리 정리를 하고 도읍으로 올라오시는 게 좋을 겁니다. 여러분의 군대가 서울에 올 때에는 미리 내 집에 사람을 보내 주십시오. 내가 폐하께 먼저 아뢰고 영접 사신을 보내도록 하지요. 그러면 여러분의 체면도 서지 않겠습니까?"

"한 말씀 더 드리겠습니다만, 저희들의 수택은 맨처음에 왕륜이 열었던 것을 조개가 맡아 있었고, 현재는 제가 맡아 가지고 있기까지 몇 해 동안 부근의 주민들에게 적잖은 신세를 지고 있습니다. 그래서 저는 이번에 전 재산을 털어서 한 열흘 동안 저자를 열어 말끔하게 뒷처리를 한 다음에 전원이 서울로 올라갈 생각입니다. 결코 일부러 기일을 지연하는 건 아닙니다. 거듭 바라옵건대 아무쪼록 저희들의 충정을 폐하께 말씀 사뢰 주시옵고 며칠 늦는 것을 관대히 보아 주십시오."

숙 태위는 잘 알겠노라면서 여러 두령들과 작별하고 수행원 일동을 거느리고 제주를 향해 떠났다.

송강 등은 대채로 돌아와 충의당으로 들어가 북을 울려 일동을 모이게 했다. 대소 두령들이 자리에 앉고 군사들이

당 앞에 모이자, 송강은 엄숙히 말했다.

"여기 모인 여러 형제들, 왕륜이 이 산채를 연 뒤에 조천왕이 산으로 올라와 이 대채를 이어받아 오늘날과 같이 융성해 졌습니다만, 내가 강주에서 형제들의 도움을 받아 이 곳에 와서 산채의 주인 노릇을 한 지 여러 해가 되었는데, 이번에 조정으로부터 초안을 받아 다시 천일(天日)을 보게 되었소. 이제 서울로 올라가 나라를 위해 힘쓰지 않으면 안 되게 되었소. 그에 앞서 여러분, 부고에서 가져온 건 각 집에 그대로 남겨 두어 공용에 쓰도록 하려니와, 기타의 재산은 골고루 균등하게 갖기로 하겠소. 우리들 일백 여덟 명은 상천의 별에 응해 생사를 같이해야 할 형제가 아니겠소. 이번에 천자께서 특별한 대사초안의 관명을 내리시어 우리들 일동은 한 사람 빠짐없이 여태까지의 죄를 면하게 되었습니다. 우리들 일백 여덟 명은 머지않아 서울에 올라가 천자님을 뵈옵고 그 홍은에 보답할 결심이오. 하지만 군사들 중에는 자진해서 우리편에 가담한 사람도 있고 끌려서 산에 올라온 사람, 또는 조정의 군관으로 싸움에 지고 한식구가 된 사람, 혹은 생포되어 머무르게 된 사람이 있겠지만, 이번에 우리들이 초안을 받고 가는데 있어 힘께 가고 싶지 않은 사람에게는 노자를 주고 생업에 종사하도록 하리라."

송강은 말을 다 끝내자, 배선과 소양에게 일일이 명부에다 그 이름을 기재하도록 시켰다. 군사들은 끼리끼리 모여 한참 의논했는데 집으로 돌아가겠다는 군사들은 3천 명 정도 되었다. 송강은 그들에게 고루 금품을 나누어 주며 자유롭게 가도록 했다. 따라가겠다는 군사들은 명부에 올려 관아에 보고하도록 했다.

다음 날, 송강은 또 소양에게 명해 방문을 쓰게 하여, 사방으로 사람을 보내 가까운 고을의 거리나 마을에 붙여서 열흘 동안 저자가 열릴 테니 뜻이 있으면 산으로 모여 거래하자고 알리게 했다. 그 방문은 다음과 같았다.

'양산박의 의사 송강 등이, 삼가 대의로써 사방에 포고합니다. 저희들이 산에 무리를 모아 있음으로 인해서, 여러 곳의 백성들에게 적잖은 작폐가 있었습니다만, 이번에 다행히도 천자님의 관이후덕하심이 있사와, 특히 조칙을 내리시어 본죄를 사면받아 초안 귀항하여 조정으로 올라가 천자를 뵈옵게 되었습니다. 그래서 열흘 동안 산 위에서 저자를 열어 평소에 여러분에게 진 신세에 보답코자 합니다. 결코 헛말이 아님을 밝혀 둡니다. 원근의 주민 여러분께서는 추호도 의심 마시고 왕림해 주시면 성심껏 응해 드리겠습니다.

선화 4년 3월 5일 양산박의 의사 송강 등 근청'

소양은 방문을 다 쓴 다음에 가까운 곳에 붙이도록 했다. 그리고 각 집에서 금주보패와 대단능라사, 견자 등을 꺼내어 각 두령과 병사들에게 나누어 주었으며, 일부는 별도로 골라 나라에 바치는 헌상물로서 남겨 두었다. 그 외의 물건은 모두 산채에 쌓아 놓고 열흘 동안 저자를 열기로 하여 3월 초사흗날에 시작해서 열사흘에 끝내기로 했다. 또 소와 양을 잡고 술을 빚어 산채의 저자에 모인 사람들을 후히 대접하기로 했다.

그 날이 되자 사방의 주민이 바랑을 메거나 채롱을 지고 떼 지어 산채로 모여들었다. 송강이 열 냥짜리는 한 냥으로 싼 값에 팔도록 명을 내렸기 때문에 사람들은 저마다 기뻐하며 산을 내려갔다. 열흘이 지나 저자를 거두자, 전원에게 명이 전해서 뒷처리를 끝내고 서울로 올라가 천자를 뵈올 준비를 했다. 송강은 각자 가족들은 고향을 돌려보내고자 했으나 오용이 반대했다.

"형님, 그것은 안 될 말씀입니다. 가족들은 당분간 이 산채에 머물러 있도록 했다가, 우리가 천자를 뵙고 은전을 입은 연후에 각기 고향으로 돌려보내는 게 좋을 것 같습니다."

"군사의 말이 그릴 듯하오."

송강은 고개를 끄덕였다. 다시 명을 내려 여러 두령들에게 곧 준비를 시켜 군사들을 한 곳에 모이게 하였다.

이리하여, 송강은 출발을 서둘러 제주에 도착하여 태수 정숙야에게 예를 올렸다. 태수는 곧 연석을 베풀어 의사들을 환대하고 전 군사들에게도 술과 음식을 나누어 먹여 위로했다.

송강은 장 태수에게 작별을 고하고, 많은 군사와 함께 동경으로 향했다. 먼저 대종과 연청이 한 걸음 앞서 동경의 숙 태위 집에 알리기 위해 빨리 떠났다. 태위는 기별을 받고 즉시 입궐하여 천자에게 주상했다.

"송강 등의 군사들이 서울에 닿았다고 하옵니다."

천자는 크게 기뻐하여, 곧 태위와 어가지휘사 한 사람을 사자로 세워 성 밖으로 마중하러 내보냈다. 숙 태위는 성지를 받은 즉시 교외로 나갔다.

송강의 군사들은 질서정연한 대오를 짓고 있었다. 선두에는 두 개의 홍기를 세웠는데 한 기에는 '순천'이란 두 글자가 쓰여져 있고 다른 하나에는 '호국'이라는 두 글자가 쓰여져 있었다. 두령들은 모두 군장 차림이었다. 오용은 윤건에다 도복을 입고, 공손승은 학의 털로 만든 갓옷에 역시 도포를, 그리고 노지심은 붉은 장삼, 또 무송은 검정 직철, 그밖의 두령들은 모두 전포에 금개라는 본래의 차림이었다. 어가지휘사가 절을 가지고 일행을 맞으러 오자 송강은 두령들을 이끌고 선두에 나아가 숙 태위에게 인사를 했다. 그리

고 군사들을 신조문 밖에 머물게 하고 성지가 내리기를 기다렸다.

한편 숙 태위와 어가지휘사는 성내로 돌아와 천자에게 복명했다.

"송강 등의 군사들 일동이 신조문 밖에 주둔하여 성지를 기다리고 있습니다."

천자는,

"진작 들은 바에 의하면 양산박의 송강 등 일백 여덟 사람은 상천(上天)의 별에 응해 모두가 영웅으로 용맹하다고 한다. 지금 귀순해서 서울로 왔다니 내일 내가 백관을 거느리고 선덕루에 올라 송강 등 일동에게 완전한 군장을 시키고 사오백 명의 보기병만 입성케 하여 내가 친히 열병을 하겠다. 동시에 성내의 국민들에게도 이 영웅호걸들이 이 나라의 양신이라는 것을 보여 줘야겠다. 그것이 끝나면 갑옷을 벗기고 무기를 풀게 한 다음 일동에게 금포로 바꿔입게 하여 동화문으로 들어와 문덕전에서 보는 예를 엄숙히 거행토록 하라."

어가지휘사는 즉시 양산박 군사들이 있는 진 앞으로 가서 이 같은 성지를 구두로 송강 등에게 전했다.

다음 날, 송상은 녕을 내려 철번공목 배선에는 몸이 장내한 사람으로 육칠백 명의 보군을 뽑아 선두에 금고, 기번을 세우고, 군사들은 각각 도검, 궁시를 들렸으며, 두령 일동은 본시대로의 갑옷을 입혀 대오를 짜서 질서정연하게 동관문으로부터 들어갔다. 동경의 주민들은 노인들을 부축하고 어린이들은 손목을 쥐고 길가에서 구경했는데 마치 신을 우러러보는 듯했다.

이 때 천자는 선덕루에서 백관을 거느리고 노대에 나와 열병했다.

그가 보니 선두에는 금고와 기번 그리고 창칼과 도끼를 들렸고, 각기 대오를 나누어 중앙에는 백마를 탄 기병이 '순천', '호국'의 두 홍기를 세웠으며, 그 둘레에서 이삼십 기가 따르며 말 위에서 군악을 울리고 있었다. 뒤를 이어 많은 호걸들이 줄을 이어 행진했다. 영웅다운 호걸들의 입성 모습이야말로 장관이었다.

휘종황제는 선덕루에서 양산박의 송강 등의 위용을 보고 용안에 웃음을 감추지 못하면서 백관들을 둘러보며,

"과연 그들 호걸은 듣던바 그대로 영웅들이군!"

하고 재삼 감탄함을 마지않았다. 그리고 송강 등에게 은사의 금포로 바꿔입고 배알하도록 명했다. 송강 등은 동화문 (東華門) 밖에서 군의와 무구를 벗고, 은사의 홍금, 녹금의 웃옷을 걸치고 금패, 은패를 달고 각각 조천의 건을 쓰고 누런 조화를 신었다. 조천의 건과, 조화는 천자 배알용의 두건과 신을 말한다. 단 그 중에서 공손승은 홍금으로 도포

를 지어 입고 노지심은 장삼을 짓고, 무송은 직철로 지어 입었다. 비단으로 승복들을 지어입은 것은 천자가 내린 뜻을 잊지 않기 위해서였다. 이리하여 송강과 노준의가 앞을 서고 오용과 공손승이 그 뒤를 따랐으며 그 뒤로는 대소 두령들이 줄을 이어 동화문으로부터 들어갔다.

그 날, 천자를 뵙는 조현 의식의 준비가 끝나자 어좌가 정해지고 신시 경에 천자가 문덕전으로 납시었다. 의례사의 관리는 송강 등을 인도하여 위계로 열을 지어 예를 드리도록 했다. 송강 등은 전두관의 지시에 따라 천자께 예를 드리고 만세를 불렀다. 천자는 매우 기분이 좋아서 문덕전으로 가까이 올라오도록 불러 위계대로 차례차례 자리에 앉기를 권했다. 그리고 곧 연석을 열도록 하명했다. 어명대로 광록사에서는 연회 준비를 곧 시작해 양온서에서는 술을 내오고, 진수서에서는 요리를 내오고, 장염서에서는 밥을 지어 내오고, 대관서에서는 상을 나르고, 교방사에서는 악을 연주하는데, 천자는 친히 어좌에 앉아 같이 술을 들면서 연회를 즐겼다.

천자는 송강 등에게 연석을 내려, 날이 저물도록 즐기다 산회했다. 연석을 파한 송강 등은 서화문 밖까지 나와서 가기 말을 타고 진영으로 돌아왔다.